U0965517

人不断地创造着，不是为了反映世界，而是由于人性中最根本的，他的血液的，他的愿望的需要表达

顾城海外遗集

如同拾一片落叶

访谈对话卷（下）

荣挺进 辑录
顾乡 校注

金城出版社
GOLD WALL PRESS

目录

第五辑 1992 年 6 月（二）

阿姆斯特丹 – 鹿特丹 – 柏林

第六辑 1992 年 7 月—10 月

柏林

第七辑 1992年11月—1993年1月

柏林－波恩－巴黎－柏林

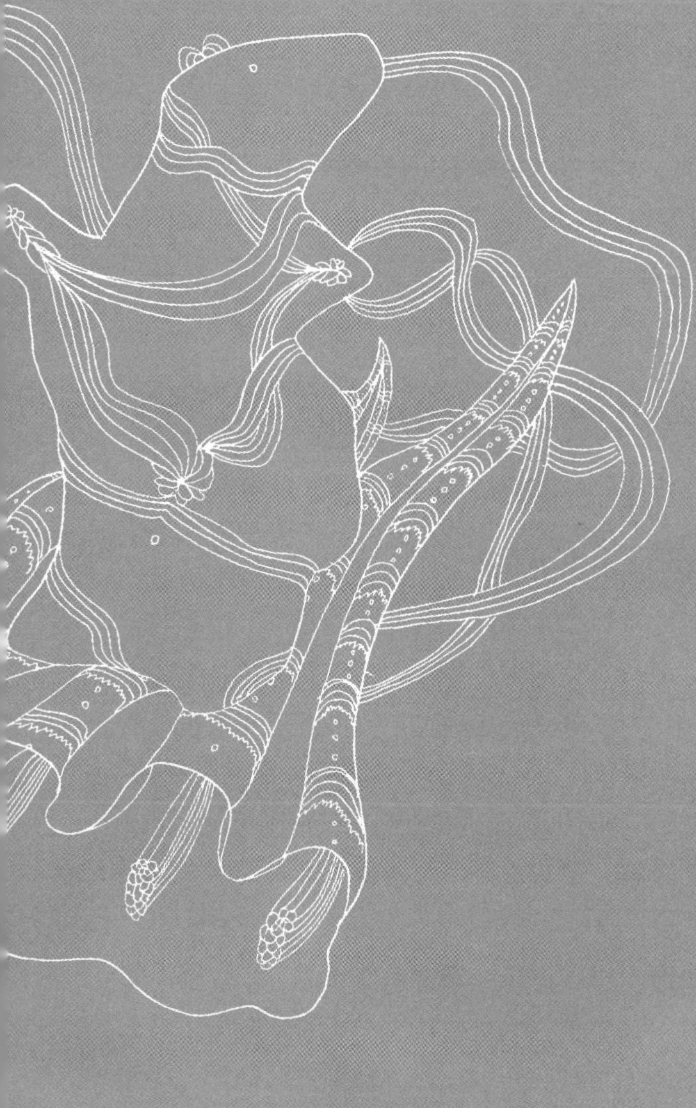

第五辑　1992年6月（二）

阿姆斯特丹—鹿特丹—柏林

“创造已经成功的东西”

——同德国汉学友人餐间谈[1]

民主这种东西也是一样，它是同民族性格，他们的文化宗教历史，同他们对人世的感应长在一起的，就像有人说继承唐诗风韵，而那个风韵是不可能从那个时代切下来搬过来的。

A：你是说我们这个西方的民主，它不能搬到中国？

我觉得民主起码首先要求这样一个环境，比如在我们那个小岛上，没什么谁高谁低的观念，没什么欺弱、幸灾乐祸这类内心成分，你有钱是你的生活方式和由于你的机遇，我穷过是我的爱好和命运，就跟你唱歌我跳舞一样。大家谁高兴了聚一聚，平时各干各的，在一起都挺好的。这样民主才能自然而然。没这点，那就难保比专制好，而且跟着还得闹出新的专制。比如说人多势众的就会一起打击抢劫人少势弱的，这我小学、幼儿园里都看见了，几个孩子一嘀咕，其实就是民主通过，就可以把一两孩子欺负了，欺负成什么样都有可能，这时候还只有老师，也就是专制才是保证。要说起来，不准打人骂人都规定得好好的，小孩儿也都清楚得不得了。

当然也有同样多的情况，小孩儿都想这样，而老师一个人的专制就让所有小孩儿的愿望破灭。

我是相信精神的，精神自有自己的道路。哪怕他就是一个人，哪怕面对强权，精神强大的时候照样一往无前。但是精神不是说有就有的。民主如果不能遇到一个由本土长出来的精神，并且由这个精神推动的话，那无论是靠强力还是靠说教，都是搬不进去的，要么变成另种专制，像许多大

[1] 此为阿姆斯特丹中国现代文学研讨会期间。A为汉学友人。

小专制你争我夺呵，或者什么强力傀儡政治呵，要么一切照旧。

A：就是什么也不改变？

我相信每块土地只要它命不该亡的话，它就一定会生长出照耀自己也照耀万物的生命精神来的。

A：我们这里民主，也是恃强凌弱。

现在就是世界物化，人也物化，艺术也物化，评论也物化。

但是就像上帝把气吹到人身上，人就活了一样，没有这个呼吸，它就是死的。

无论你怎么研究它的鼻子、耳朵、眼睛，它没有这口气，没有呼吸，它还是死的。

那死的东西论高下的话，那也没有呼吸，那就像称石头似的，看哪个重吧。诗看它用多少手法，文看它造多少形式，那个秤呢，还是个西方秤。

A：你看《圣经》，你的生活并不是你创造的，就是本来就有。

我们创造已经成功的东西。

烨：这是他写在一首诗里的句子。

A：《圣经》里还有个说法，创世纪七天。这七天还没完，我们还在这七天里。

从一个昆虫到一个蛇到一个云到一个人，全部过程，这一切都只是一个象征，显示上天的那个力量。

A：我是信教的。

烨：噢，感觉到了。

刚才你走过来，我正跟他们说你像个神父呢。

A：我有什么东西给人这个印象？

我有一个朋友叫库彬，我想您知道他？

A：知道。

他的眼睛有时候也会这样地看着。在他心里不单是人的问题，在他心里有一个神的问题。我觉得是这样。

A：你觉得我和他一样吗？

烨：不是说一样，是这个感觉。

我刚才说在你的眼神里有种东西不是这个世界上的，你在看这个世界的时候，有一点忧愁。

A：有吗？

这个忧愁不在于这个世界应该这样还是那样。

A：你看到这点，就是知道我的秘密了。

烨：哎哟！

你知道库彬他也曾经学习神学，他是一个神学家。

A：是吗？哦！

他后来看李白，他觉得东方是他的宗教。

A：他是天主教吗？

不知道。你看他穿的衣服，有时候是黑的，好像是披风似的。他不是有意追求。

烨：但是就表现出来啦。

A：没办法，是他自己的。

我喜欢有神的人。特别是现在，对着一个如此无神的时代，而不是神泛滥的时代。

6月9日　阿姆斯特丹

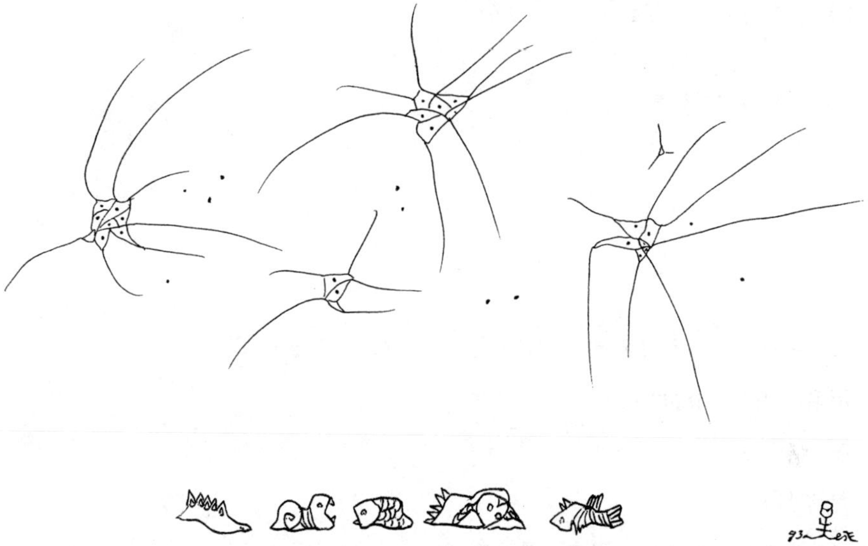

从一个昆虫到一个蛇到一个云到一个人，全部过程，
这一切都只是一个象征，显示上天的那个力量。
我相信每块土地只要它命不该亡的话，它就一定会
生长出照耀自己也照耀万物的生命精神来的。

——图《星》1993年画于柏林

真理没有“好”“坏”

——与汉学友人谈[1]

人是重要的，人和世界间的关系就是这个“性”，怎么说？

灵和物的一个冲突。

对。

是矛盾的。

它就是把人从客观中分出来，是主观的。

人是不重要的，这是中国的看法。刚才说的那句话，“你和宇宙本是一体”，也就是说，人即自然，不妨套用你的词，就是人即“客观”吧；然后“你以为你和宇宙不是一体，以便在它的怀抱中嬉戏”，我们就将这个“以为”看作你说的“主观”吧；这个主观是暂时的，又是灵动的，当创造通过它而实现的时候，它被它自己误为创造者，或者它要“贪天之功”强说与“天”无关。

像“天”呵“自然”呵，这些个字看用在什么地方，含义是有变化的。“天”是天空、宇宙、万物、客观、神、冥冥、命运、自然；“自然”，一个指同主观相对的自然万物，一个是人的自然的心境态度，还有一个就是那个“人法地，地法天，天法道，道法自然”的“自然”；这里“道”应该看作就是宇宙天地的根本规律了，像爱因斯坦的相对论、牛顿的几个定律都还没够上，只是达到了“天”吧，离“道”还不知多远；而那个终极的“自然”它便是这一切的创造者，“道”“天”“地”“人”，根本定律，包括主观，

[1] 作者6月12日至20日停留鹿特丹，参加6月13日开幕的第三届荷兰国际诗歌节。

灵动呵，精神呵——皆来自这里。

这时你该看得出来了吧，人是最小的。中国将人看作泥土、尘埃，没有存在的意义；但是同时看见灵动是属天的，创造是自冥冥来的，是属道或自然的。这就在将人的生活鄙夷到了底的同时，看见了灵性的直达天庭。人生的意义就在这个灵性上，灵性进入才叫"生命"；所以我说"生命同生活无关"，而且"人可生如蚁而美如神"。

这是你说的，还是？

这是我说的。但是不论是不是我说的，这是符合中国的说法的。中国有十分明晰的阐述，像"云在青天水在瓶"这样的话，就是将生命和生活分开看待的，一方面没有自由地生活着，一方面让生命自由，两者可以各顾各的，互不相干。这样将生命同生活分开看待，可以使人超越生活的苦难。

西方将"灵"看作就是属人的，天地都是上帝归给人管的，人很重要，要不然天地都成问题；这在中国看，就是很孩子气的了；就像小孩子总是觉得自己很重要一样，他们动一动都会牵动父母；西方愿意强调上帝一直看顾他们。

我觉得中国人主要是宇宙中间的人与人的关系，懂我的意思吗？就是孔子谈到人与人的关系，人和宇宙的关系。

孔子画了一个圈儿，人世上的。力怪鬼神，人不能知道、不能掌握的东西他都不说。那么排除了这个之后，就只剩下了人和人的关系了。他的着眼点就在这儿，让这个社会有序，以延续下去。也就是说他只取了人如泥土、草芥那一极，"灵"的那一极他是不要的，因为那个东西不好控制，纳不进规范，会破坏他认为最为要紧的秩序。而唯有秩序是人生存下去的保障，这当然说的是整体性地生存下去，个别的生存不论。

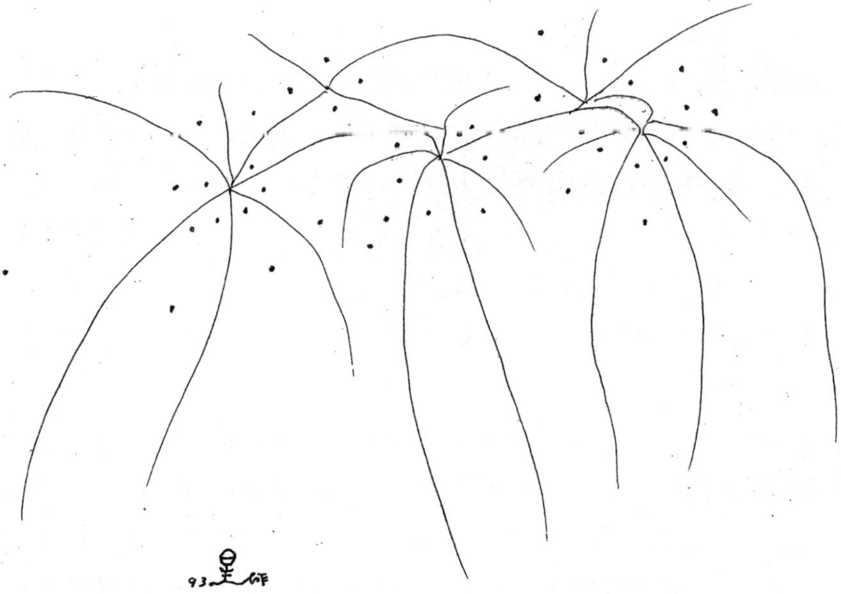

『天』是天空、宇宙、万物、客观、神、冥冥、命运、自然……这就在将人的生活鄙夷到了底的同时，看见了灵性的直达天庭……重要的是那个不去说的东西。那个东西是个大大的背景，是个无所不在的威慑……

——图《星》1993年画于柏林

那么秩序的骨干成分他认为是等级。这是不错的，就像鸡的社会、猴子的社会里都有清楚的等级一样。形成了等级，就建立了秩序；遵守这个等级，便是他称作的“礼”。可以说“礼”是他认为的社会法则。

“礼”，知道知道。

这是一个很高明的方式。高明在哪儿？在于他在哲学上知道全部，他知道全部，因而他不说，他只说这个。看来是个方式，其实是个哲学观的显现。

我就是人是重要的，并不是哲学。

孔子的态度不是人是重要的，而是人是无奈的，人的延续是唯一的，尽管没有意义，但是是只有选择延续下去的。他妙就妙在不谈这些道理，他就是将这个圈儿画这么大，到此为止。所以如此，是因为他在哲学上看到了一切。哲学对于他是在先的，至于人，正是因为他依据中国哲学将人放得极低，才可以让他的社会秩序成立。你可以看得很清楚，在这个“秩序”中间，人是完全不重要的，重要的只是整体性的延续，至于人的个性的发展、个人的喜怒哀乐委屈冤枉都是毫无地位的。

中国的哲学表现同西方很不同：西方要论证清楚，要说服人，要传扬；而中国的表现不是说，是做。做的事情却又是次要的，重要的是那个不去说的东西。那个东西是个大大的背景，是个无所不在的威慑；是不言而可喻，喻而不可言的。你明白这个意思吗？

我懂你这个意思，我懂了；你知道在台湾有一个名字叫卢中川[2]吗？你知道吗？

不知道。我读的书非常少。

是这样的？那么你说的东西从哪来的？就是读书来的。

[2] “卢中川”，这里暂取音。

读了几本。

那就是多少读了几本。

我读书经常是这样的，一般性地浏览，忽然有些字就特别清楚起来，我一看，正正地印证着我的想法。

那大概的意思就是不读书而思考。这样很危险。你懂这个意思吗？

但是孔子还说过这样一句话：生而知之，上也，不读书而知者上；学而知之，次也，因读书而知道，是次一级的。

对对对。

然后是困而后学，最差的是困而不学。

我也知道这一句话。

那么毕竟还是有第一种人的。

第一种人就是圣人。

也不一定，人本质中是有这种东西的。老子说过：不出门，知天下。这同那个俗语“秀才不出门，全知天下事”可不一样；他不是说读书。

对。

你走得越远，你离“道”就越远；实际上，“道”就在这儿，就在你的血液里。

有一个台湾哲学家有一种理论，就是说按照东西方比较，就是说，中国哲学强调直觉。懂吗？

中国叫“悟”。

中国哲学就是重要的事情是不说出来的，做?

中国哲学不是说出来的，是体现出来的。它说只是零星的偶然的片言只语，至于你听不听，听成什么样，凭的就是感应了，悟性。因为“道可道，非常道”，说多少也够不着；而一旦悟了，就知了，完全没有逻辑的过程。

因此你要想了解中国哲学，你就应通过这一“体现”而感悟；即使读文字，也应该把它作为一个“体现”来看，而不是咬文嚼字。中国哲学到后来体现为一种什么东西呢？体现为一种修养和性情。

修养和性情。

这个体现是哲学本身，而不是一个宣扬方式；它自身就是终极，所以就没有方向或者目的。它的内在是寂静的，表象呢，无为地隐现在或许是种种有为的行为之中，一旦被碰，它会有一个反应，这时它就显了，而平时就不显。

不显。对。

举个极端的例子，周恩来、毛泽东。以西方的价值观一量，那当然了……

对对。就是有的褒，有的是说很坏的。

但是无论褒贬，大褒或大贬，都不能自圆其说，都不能解说许多的表象，于是他们“量”而“得出”结论时，就将那些纳不进“结论”的表象干脆忽略掉。问题就出在他的尺度上。他那个尺度是功利世界的，是假设真理是向着人、为人着想的，是一厢情愿以为上帝是对人情有独钟的。

对，就是人是重要的。

那么他这时候就有一个混乱——他如果说我以人权的尺度来量，那就是诚实的，而他说的其实是以真理的尺度，或者他是将人权等同真理的，那么这个时候他就是虚伪的，他的尺度就是无效的。因为不合人权未必不合真理。我相信爱因斯坦的真心决不会说真理是青睐人类的。而西方的所谓价值观在这点上就是骗人的，他不如孔子，他如果就像孔子那样说，真理我们不说，我们就说人权，那是老实的态度；但是他盛气凌人，炫耀他的价值观以炫耀绝对真理的姿态，说明他们心里是有一个虚弱的地方的——他们真那么信吗？他们的行为也自相矛盾。

爱因斯坦说有好真理和坏真理。

看来你是受不了了，害怕真理了吧？嗯。如果他真的这样说，他说的不是真话。或者是他好心吧。孔子也说过“民可使由之，不可使知之”。就是说他独自承担这个绝望，或者说他有信心自己可以超越，而其他人、社会，他是不放心的。可贵的是孔子没有说他是让“民”“知”的，并且“知”的就是“真理”，他就老实地说不可让民知。那么爱因斯坦或许也是这个心情，一般人听到他这样的话的确也就此满足了。如果他没说过这话，人们也是希望他说的，等他死了，“让”他说是个好办法，嗯。我的确怀疑他会这样说。

其实你应该看出来了，人并不是那么要真理的，还是要安逸的。说……不让别人思想，其实思想未必是好事儿，你看那么多人都在自动地放弃思想，将思想的差事交了出去，说着“上帝看顾我们”，就把它交给了宗教或者什么价值观，就不思想了，骗自己真理总是为了人的，就再不思想了。显然不思想是一个幸福。

我也希望人是万物之灵，小时候最早感到人要结束的时候真是吓坏了，这个惊吓至今也不能说缓了过来。那有什么办法？真就是真，真偏偏就是没有“好”“坏”的，真理并不和人站在一起，它一点儿也不偏向人，它根本没有好坏。

残酷就残酷在，你不得不在某个时刻回答，你是要真，还是要人。而作为一个真心的人，一个真心做艺术的人，他怎么能不要这个真呢？艺术要是失了真，还能是个什么东西呢？那人干嘛要它呢？一个真心诚意的艺术家，他是不可能不选择真的。这真是一个悖论，人就在这样的一个困境中间——没了真，人不需要这个东西；而要了这个东西，又没了人。所以孔子是聪明的，就是不要这个东西。

可惜我总是不能不要。思想得太厉害了，我就说：我不要，什么都不要，艺术、诗都不要。我就去打石头，强迫思想停止。直到我醒悟到，噢，“云在青天水在瓶”，可以将生命和生活分开——比如我们今天说的许多话，它就只该是放在艺术的范畴里的，是“云在青天”；生活还是要生活的。一张画儿，画的时候心境纯粹，生死置之度外；但是过后为了生活是可以卖它的，卖是可以看谁给的钱多的。这时就是“水在瓶”，是不相干的两回事了。

你说你举一个例子，是什么例子？

噢。我说周恩来、毛泽东是中国哲学的一个突出体现。

哲学的体现。我知道。

（略20行）

你要是可以领会这中间的意味，你就可以知道中国哲学有多么虚无，同时又会幻化出怎样的生动了。

噢噢，对对，我懂了。

他们最后其实是，只剩下了天和地，和他们之间的这一件事情。……

这种关系，有一个影像，可以在《红楼梦》里边，在林黛玉和薛宝钗之间见到。

也是一种看法。

很有意思呵。薛宝钗，人家都说她圆滑、势利。其实她是第一个“白茫茫大地好干净”的人。她不说。她的屋子里什么都不摆，一片白色。

对对。

如果你做汉学的话，我觉得你会觉得挺不幸的。

挺不幸的？

挺不幸的。因为中国人的这个东西，可以产生非常美的文化，像唐代文化，像《红楼梦》，可是也产生非常无情的东西。就像日本文化，有刀有花儿，中国文化也是有花儿也有刀的。像刚才说的，无情的一面就是刀，而从另面看，又是花儿。这中间的体味，很难说清楚。

对对对。

只能是体会。

对对，我懂这个意思，体会。

你把它归纳得清清楚楚，没有意义，因为那一定就背离了。“真意”是超越归纳的，你逻辑以为清楚的时候，它却在逻辑外头。

我告诉你，西方所谓汉学家，是达不到从内部，你说的这种体会，达不到，西方人从外相来描写，有一种先验的限制，你懂了我的意思了吗？

其实我非常感谢西方真爱中国的汉学家，为什么呢？

为什么呢？

就是因为他们，一些中国文化才保存了下来。中国人近代面对西方的时候，失去了自信，他们对自己的文化是很懂的，但是变得不爱自己的文化，保存它是因为外国的看重，否定它是因为外国的不看重。这中间汉学家做了重要的好事。因为我没有办法，我真是很爱这个文化的。尽管这个爱本身有点儿不像是中国文化的，有点儿西方式小孩子或童话的那种不谙世故。可是我对西方文化，总体上说，是缺乏热爱的。我看米开朗基罗可比看青铜器在感动上差远了，对西方的宗教、哲学那就更没有什么深入的感觉了。

你对西方的汉学家还有一种……

在这一点上我是真正感谢的。你知道中国人无所谓，所以他就剩个拿价值量了，这个价值是西方人眼里的价值，要不是汉学证明这个东西多有价值，这个东西就扔了。要是汉学证明故宫什么也不是，那故宫也会给拆掉，在那儿盖个飞机场、大超级市场都是可能的。

你是这么说的？

中国本来有一个很好的自然环境，它养育了中国文化。这个环境可以使人不愿意待在孔子的社会里时，跑到庄子的社会里待着。你可以自己到树林里种地。这甚至形成了中国文化的一支，隐士文化。中国文化有一个巨大无言的部分，它在自然中间，滋养着在社会中显象的部分；而这一显象的部分，同这个巨大的自然背景是从没有脱离的，许多诗人、艺术家经常地离开社会，到这个自然中间去。可是西方的进入导致了政治的变迁，自然的部分已经没有了，没有一个人可以独立于统辖之外，没有一个独立的耕种者。

台湾还是有一些可以说？

对。台湾一直在这一秩序的变化之外，它基本上保持在孔墨的状态。日本没有中断孔子，因为对他的统治有好处；一般“反孔”都不会是统治者的作为。毛泽东是一个特例。台湾受西方影响是平缓的，慢慢的；不过混乱还是有的。

中国现在缺的是一个精神，一个由自身生长出来的精神，而不是移植进的观念。

你现在住在德国吗？

我住在新西兰，在德国是临时的。但是我读的都是中国书。我不懂外文。

你在那里有几年了？

五年吧。

你都做什么？写书？

我在大学教了两年半书，后来我就辞掉了，专心去种我的地。

去种地。

因为我在那岛上去大学每天坐船太麻烦。跑了两年，我就离开了大学。

噢，你在岛上。很小的吗？

不算太小，两千人的一个岛。

那里有毛利是不是？

毛利，对，有四分之一是毛利吧。

现在毛利人生活怎么样？和一般的白新西兰人有什么不同？他们照自己的生活方式？

他们不能保持自己的生活方式，除了跳舞、做个什么仪式以外。但是他们的性格跟西方人不一样。你看毛利人口只有全新西兰人口的十分之一，可监狱里头百分之五十是毛利人。他们不能习惯西方社会的这种要求。

……高明在哪儿？在于他在哲学上知道全部，他知道全部，因而他不说，他只说这个。

……中国哲学到后来体现为一种什么东西呢？体现为一种修养和性情。

……中国文化也是有花儿也有刀的。像刚才说的，无情的一面就是刀，而从另面看，又是花儿。

……你要是可以领会这中间的意味，你就可以知道中国哲学有多么虚无，同时又会幻化出怎样的生动了。

……你知道中国人无所谓，所以他就剩个拿价值量了，这个价值是西方人眼里的价值，……

——图或画于 1992 年在德工作生活期间

他们也是种地？

做各种工作的都有，做体力的多些。

你跟他们讲话吗？

我妻子跟他们讲话。她跟我的性格不一样，她喜欢跟所有人交往，在我们那个岛上，人人都认识她，如果她要竞选当一个岛议员什么的，很有希望。

那就是说你跟他们没有什么。

没有多少，我有四五年就没怎么跟外界说话，除了去大学的时候。

为什么？

岛上没有中国人，我不会说英语。而且我也没有时间，我在忙着种地、修房子好些事。

噢，你的妻子讲英文。

对，讲英文。她会一些英文。

噢，那不错。

我们岛上的人有很多很好玩儿。有一个人一直造他的帆船，他原来就自己造帆船，漂到日本娶了个妻子，到了我们岛上拿船换了块地，然后拿帮着人家拆旧房子拆下来的破木头盖了一个棚，然后又造帆船；造了十三年，生的两个孩子都长大了，就又去海上漂，他的妻子想家，他们就漂去日本，漂了一年了，可能现在快到了吧？

他是毛利人吗？

不是不是，是英国人，他原来从英国开始漂的，后来就住在我们岛上了，叫班那达这个人，他的妻子我们叫她小林八千代。她很厉害，太厉害了，她一点儿也不喜欢海，她根本不会游泳，上船就吐，但是就跟着这个班那达，毫无道理的。她在日本是在大学教英文的，过得好着呢。班那达漂到日本跟她一起教了几天英文，就把她拐到海上去了。她就这么过，也没有人知道，也没人报道他们。

还有一个人自己驾个木船从加利福尼亚漂到我们岛上，是个表演哑剧的。他给我看报纸，他在法国、美国好几个国家有很多剧照，好像是个挺走红的演员，可是他不做了，自己漂到我们岛上来了。你知道，他一个人很多个月独自在海上。

他们那些人都挺安静的。我也很喜欢他们。他们依顺他们自身生命的要求，不是做给谁看的，十分单纯的行为，所以十分美丽。西方的个人主义也可以做到这一点，就是十分独立的，没有功利、外在目的的，达到了像是中国“无为”的境界。

噢，我懂我懂。

1992年6月13日　鹿特丹

这书忒宝贵了

——与友人谈[1]

（住室）

……

当然也有种种发表欲呵，但是跟现在的写作比起来，精神的成分大得多，要不怎么能感人哪？艺术还就在这点上它就假不了，你真有精神，人家才感动，你要没精神，你蒙谁呀？这就是艺术可敬的地方，它是精神的东西。假的真不了。

这你看，很简单，……说那么多口号，老百姓也不动弹；真□□了，真要死了，老百姓就急了；这人，就还是有这点儿良心的。

……

你至少这个时候，你的精神在那儿，你没有投降的念头。我跟你说人一有杂念哪，他必到时候投降；你没杂念，你就不投降，大不了我磕死算了。

……

我没有碰到过这么严峻的情况。不过在那个青春诗会的时候，不是老□撤了吗？这帮人说了半天都撤了，后来我就急了，

烨：他惹了 ×× 了，也就是为了这个。×× 明摆着告诉他，你就照我说的这样办，你就可以，就什么都可以啦。

×× 跟我说：你的诗最好，要评奖。

[1] 友人言谈大多略，以省略号表示。文初见于《顾城文选 · 卷三》；文中“（汉学院图书馆）”一节移为《散谈八》，见《散文卷》下册。

友人：×× 想把你拉过去。

烨：对，她就这样说的。

后来我跟她急了：这个是两回事儿。我说：都说“灵魂的工程师”，到关键时刻全成了现实主义了，这现实主义究竟是写诗的现实利益，还是对现实的一个精神看待？——我话不全是这么说啦。

这中间就有很虚伪的东西，很虚伪。我就说人不能拿这个做交易。

友人：你跟 ×× 说这个。

烨：他跟 ×× 说这个，惹了她嘛。

我说人不是机器，我说这社会再不公正，也不能这么换。反正当时也挺乱的，因为老□也走了。

烨：就剩他，还在那说。

就给我晒那了。

当然 ×× 在那个位置上属于好心啦，要不她管这个干嘛呀。×× 跟我谈完，当时我在北戴河坐那儿，我想我是一个木匠，人家把我弄到这儿来，那么好的房子住着，坐在这儿写诗；那会儿我刚认识谢烨，挺想有个美满生活的。可是再一想太可怕，我想我沿着这条路走，走得最好，当个文化干部，他妈这辈子不堪回首。这个，当时是有个选择的。后来我想，无论如何，那样的话，我这辈子就没法儿过了。

烨：后来他写了个信给我呢，他说可能咱们不行了，什么什么，然后我就说那就算了。

哎，后来我写个信给谢烨，我说我的前程一片黑暗。

那会儿我就在那个地儿躺到十二点，月亮落下去。

（诗歌节报到处）

……

这就是正气。中国人还是有点儿讲正气的。服你的精神。

烨：正气。咱们李逵嘛，咱们上梁山！梁山哪有什么正义的东西呀，不就是这气？

咱们他妈压根儿不服这气！

……

我在诗刊那样儿，也不光是我有勇气，整个儿那是相应的，这东西是真理，真理就是真理。

你说艾略特再完整，思维再缜密，不在这儿，在他对世界的感觉的那个真切。

……

烨：而且上回说的那个目的性，你说是这样的，可是你做出事情是那样儿的，他这明摆着就不一样。那这个人，太明显了。那什么叫“卖”，太可笑了。

这逻辑一出毛病，必是你的真目的你没说，你给隐藏了。

烨：你隐藏了目的，你没说。

……

老鄂多棒呵，这一圣人呵；就跟周恩来似的，猛做，推个小车，要没精神早散了，他要有点儿妄想，他早干别的去了，干嘛这样儿？他这就是他的本心在那儿，甭管这事儿有什么价值，付什么代价，他就一心做。

这，在真正的人前就是“齐物”，无论你是一个博士，是一个掏大粪的，只要你是真人，就一样敬你。你写诗也是，你在那儿高雅，米开朗基罗呀、艾略特的名言呀，你不是真的，就什么也不是；写小说一样，没真还说什么。

……

你看咱们无论走到顾晓阳那儿或者曲磊磊那儿，大家都有一个特别的感情哈，这感情就是《今天》原来的那个感情。到现在大家精神弱了，得不到了，彼此也给不了什么了，但是大家要的就是这个，不是因为你当大诗人，也不是因为我是小诗人，不是因为这个，真不是因为这个，就是因为有这个过去，这“过去”跟一家子似的。整个儿就是梁山泊下来的，咱们是吧？花果山钻出来的。

烨：就是走到哪儿，最后惨啦！

惨不惨，咱不管，这个东西咱得坚持。

烨：有根儿！

……

烨：而且你变到哪儿去，你最后看见朋友还是朋友，你看到不是朋友还不是朋友。

现在我怎么着，你要是那时候人，我就认你，你要是一下变了，那我就不认你了；不是我不认你了，是你没法儿让我认了，我跟你说话，你听不懂了，那我怎么办？我说不上来了。

……

而且你细细想想，什么时候，比那个时候更真实？后来这些生活都是他妈假的，都是例行公事，活下去的一个例行公事，没精神，没创造，并不构成一个真实的意义。它没劲，它这事儿。

……

烨：他就是幸运者。什么叫幸运呵，他妈这是一个外界的机遇，它不是说他创造出这样一个机遇。

现在的这些个人写诗，那个选择，都在那儿看——什么东西，到底什么东西时尚。

烨：能把自己的身价抬起来，说咱们要建立一个他妈的一个政治的共同的共识。他妈那个时候哪有什么共识呵？

有共同精神。所以现在说“民主”我根本不信，那会儿说就信。

烨：还没辙，真不信。

现在这说，我怎么信呢？

烨：根本就不信，真的。

友人：对。我觉得现在有些人特别苦闷。

就是“那些爬不上去的人，勉强压抑着凄惨的心情”。

烨：就是。

这艾略特说得好，清楚：要不然就是“夫人们走来走去，谈论着米开朗基罗”——爬上去的人就在这儿玩儿“漂儿”。然后在下边儿的人就“苦闷”。这个事儿没劲哪这个。

烨：这世界上是可以有这个东西，但是。

你看那个毛泽东，我为什么现在要讲毛泽东呢，毛泽东他到老老了他也不服。他为什么读《水浒传》？《水浒传》最后李逵给喝了毒酒了，见宋江还是上来就说：哥呵，咱们反了吧！——他要这个。他批《水浒》批在哪儿，说人家“只反贪官，不反皇帝”！

友人：可我觉得你对毛泽东的谈法，我一直觉得有一个商榷的地方。

烨：这可以，这个观点性的问题。

友人：我觉得实际上我们对毛泽东的复杂心态没有说清楚，你要说我们现在就崇拜毛泽东，这事儿。

不是不是。

烨：不是崇拜。

怎么是崇拜？

友人：这你得明确了。

一点儿不是崇拜。而且这东西一伟大了我就赶紧得离远了。但是你说就是这个“不服”的精神哪，这是不错的——就是这个世界到最后也没把他同化了。你看他硬是喜欢李逵，不喜欢宋江，按说哪个皇帝不是喜欢宋江的？

友人：所以你必须得把它作为个现象，要不你一说，人家就很容易感到……

烨：说清楚，就是这个。

友人：因为实际上当时如果我们不反对……的话。

那是呵！但是……的统治是一回事儿，……的反统治又是一回事儿。说实在的，咱们的那个反统治精神，跟……的反统治精神是有机一体的。真的！（烨：真的。）他那个造反精神跟“我不相信”那是有共同之处的。你能不承认这一点？

烨：……当然干了好多混蛋事儿，这当然。

当然我反对……了，是吧？因为……是统治，我们就反对统治。

……

友人：其实这些诗人都是孤独的反抗者，你看那个

眼神儿哈。

友人：都不太对头。

其实这种诗歌大烩菜呵，是比较荒诞的一件事儿。

烨：大荟萃。

友人：引起世人注意诗歌。

（路上）

友人：还真是那么回事儿，要真穷到一个份儿上，你就志短了。那什么志那还？

（笑）没"治"了。——可是还有一条儿，就是二十年后又是一条好汉。咱今天不论，赶明儿回来，不短，一点儿不短。

烨：这是顾城的。

你也别想把我灭了。

烨：他老觉得这世界让他吃饭都是要灭他，他是有点儿自虐的他。

我这个受了"文化大革命"的恐吓以后哇，我对外界特别恐惧，而且特别抵触，所以压根儿想逃到一个旮旯去，在中国就一直这样想。

烨：他觉得世界通过吃饭都来控制他，要他屈服，他就老这样。在岛上就那样，不让我买东西，什么："你要买东西，你就受人家治！"我说他妈你别跟我说这个，我跟他急啦。

（笑）我跟谢烨说：你一开汽车，阿拉伯酋长就娶媳妇啦。

烨：老说这，哎哟，人家都笑得要死。不许我买汽车都是从这儿来的。

因为你一接受这个世界的东西，你就受它的统治，这公平合理呀。就是想不接受它，结果还是接受了。

1992 年 6 月 12 日、6 月 13 日　鹿特丹

为了有一天到树上去歌唱

——诗歌节开幕式前散谈[1]

说话很可能成为写作的好方法，它让声音起到了作用。我后来写诗都是在一个声音到来的时候，我基本上就是记下这个声音。

说话的时候就进入到一片声音里，好像有点儿像是在作曲；这个声音有时候像是自身有一个发言。

H：对，谈话是比较好玩儿。

其实许多古人都是光说话，不写的，这也挺好；清谈，古来风气之一。

H：清谈是什么？

清谈就是什么目的也没有， 随便地说话，想说什么就说什么；说完了，就拉倒。清澈的清，谈话的谈。

H：你看这本书？

哎，小时候看的，很合我的意。《昆虫的故事》。

人很小，人对人生一点儿办法也没有，我很小的时候就有这个感觉。

但是这本书告诉我，每个生命都有一个属于它的努力过程，都有一个属于它的希望。而这个希望就成为它的命运。

你看这些黄蜂、马蜂，它们建立起一个蜂窝。你看这个时候，它们有三万只蜂，很厉害，狗熊也不敢过来。

但是你看，秋天一到，他们便一打一打死去，最后一打“也在灰尘中间不再清洗自己的衣服”。然后没有奇迹地就都死了。这个“盛大”也就彻

---

[1] 此篇为一次餐间散谈。其中H为汉学友人，A、B应是中国留学生。

底地结束了。

这个事情，法布尔说：不是因为冬天天太冷的缘故——那些生活在他的温暖的屋子里的蜂也死。法布尔说：是因为有一个我们看不见的生命的钟，走到了尽头；无论你有过怎样的强盛或者小心，这个尽头是不可避免的。

但是春天来的时候，新生的蜂周而复始。努力是必然的，希望是必然的，化为乌有也是必然的；一个宿命坚定地贯穿在中间。

H：什么是宿命？

宿命就是必然的命运。

H：我懂了。

我觉得他是一个很好很好的诗人。我的哲学到现在也没有超出他的范围。我喜欢他。

他这个人原来是一个中学老师，但是他说他眼睛看着黑板的时候，总是看见在一个荒凉地方有一块自己的小小的地。然后呢，围栏围起，知了在那儿歌唱，蜘蛛在那里打猎，螳螂在举行婚礼，地下也有它们的眼睛发亮。

最后他放下一切事，真的就到达了这样的一个地方。

他感觉中的世界就是这样的一个生命的世界。

H：对对对。

他说知了，就是那个夏天在树枝上“知呵，知呵”叫的蝉，它一直在地下默默地做苦工，挖一个洞，就坚持在那里面谱写歌曲，全部目的就是有一天到树上去歌唱；而它自己是听不见歌的，因为它是一个聋子。——他的这些地方都写得非常漂亮。

H：对，有意思。

但奇怪很多人都不知道这本书。

H：我也不知道。他叫什么？

J. H. Fabre，法布尔；再多我就说不上来了。周作人的散文中间有过这个名字，我见到过，大概是在二十年代就有了，那个时候中国就有人提到这本书。

烨（自另一谈话）：这个人可能一百多年前的喽。

一八几几年十九世纪的人。据说有人提过他拿诺贝尔奖。听说有个动画片，讲的就是他的昆虫的故事。

H：Fabre，我知道了。

你看它这一开头就写着七八千年以前，埃及农民就注意到了这种推球的甲虫，认为它在解释星体的运行，所以叫它是“神圣的甲虫”。这上来就写得漂亮。它这字里行间充满着一种神秘的生命的感觉，又是很简单朴素的。这本书后来都快被我看坏了，现在找出来又看，还是很好，很合我意。

因为你知道，中国的哲学和道理都太世故了，不合我意。

H：世故？

世故就是太老人的眼光了，有一种权衡。你看庄子、老子，他实际上最后还是要告诉你这些事值得做还是不值得做，他不过是说人世的一些事情不值得做。我觉得这种想法就很坏，因为它有着一个比较，有一种谋算，终极是个人自己。它整个是一个比较世故比较成熟的观照。这个我不太喜欢。佛教就比它好。佛教是“就是这样”，没有那个比较。

那么这个书我喜欢，它有非常可爱的一个小虫子的视角，和你的对小虫子的微小生活的看法，你从微小进入而发觉越来越宽阔盛大。

它写螳螂打猎，举个大刀，

H：螳螂，噢，对对，螳螂就是一个虫子。

对，绿的。法布尔很生气地说：她把她的丈夫吃掉了。你知道螳螂结婚之后，就把丈夫吃掉吧？

H：对对对。

我管这叫从一而终（笑）。但是法布尔很生气。这个书很好玩儿。

所以从那时起，我十一二岁这样一个时候起，我想这是一个我最初的信仰，就是到一个远远的地方去，再也没有人的干涉，我就筑一个小城，待在里边再也不出来。我在里边种土豆儿，黄昏的时候在这个城上走走，带一个弓箭，外边也没有人，我向空地射上几箭。这是我最高的理想。现在我在新西兰也筑一个小城，

H：是吗？

哎，画了一个城；从山上搬石头下来筑这个城。筑了两年才筑了一些地基，大概有这么高。谢烨于是说要筑成我图上的样子，得要几百年。

H：就是修城对你有一种怎么说，神秘作用？

哎，也可能，因为我的名字就叫城。我想修好了就一关门，这个世界就与我无关了。

H：我懂了，就是有一种象征？

我还想铸一个大炮。

H：大炮？为什么要大炮？

（笑）因为城上应该有大炮。

H：应该有大炮？那这样，你还是跟外界有关系？

对。但这个关系就表现得有点儿好玩儿了，就跟我往外射几箭一样了，是对外边给我的恐惧的一个宣战，其实就是给自己壮胆儿——你有一个对付盲目世界的武器。

H：有一种作用，对。

这整个儿就是个感觉。

可是现在大概，回去我还会修这个城。我知道我这辈子也修不成它，

但是没关系，修它就是我要做的事。

H：主要是修的这个过程。

嗯。

H：你用什么修，买砖头修吗？

我在山上打石头。

H：自己打？

自己打。把石头打裂，撬，撬下来，就跟修大寨田一样。有一回有一块石头很大，控制不住，从山上滚下去了。

A：在新西兰还是哪里？

在新西兰。然后这个石头就在树林里，“咚”撞这棵树，“咚”撞那棵树，树就“哗啦”一摇，“哗啦”一摇，

H：这个树都摔倒了？

没有，它就一晃。

……

H：你在中国农村没有打过石头？

呵，我们那儿没有石头。我们待的那个潍河那个地方只有烂泥，没有石头。那儿的人如果是有钱人家，你就看他的屋子，墙基上就有几块石头，越有钱就越多垒几块，首先垒在正面。因为石头要从二百里外的山里运过来。次些的人家砌砖。但是整个房子还都是泥和着草搭的。我们村就没有一个房子能叫成是砖瓦房的。屋顶也是泥抹的，然后往上一层层铺草；草过一阵儿就要换新的。不过军队到那一带办农场，盖的就是砖瓦房，要不他们都没见过瓦。

A：在山东哪里呀？

山东昌邑县。

B：怎么没石头呵？

那是一片老海滩，都是泥，盐碱地。那儿盖房子就是很成问题，一般都是先脱泥坯，晒干了盖，还有就是“干打垒”，就是两块板儿这么一夹，

往里边灌泥。我在我们岛上垒墙也用过这个方法，只不过我往里灌的是水泥。这样的泥墙下雨就会倒，我们家的墙就倒过，整面的院墙“空！”全倒了。

B：你们的房子也是泥做的？

都是，所有房都是草和着泥做的。我们那房算不错的，正面墙根儿还砌着几块石头。这石头都是用手推车从很远的地方推来的，就是那种独轮车，推一车往返要好几天的时间。

B：真是，你们做这个。

我们没有做这个事情。我们住的是老乡的房子，交给他们点儿钱。那儿也没什么人家有多出的房，那有多出房的就是过得最富裕的了。我们过了一年，才住了个单独的房子。他们那儿，小伙子如果要结婚的话，第一件事情就是带上几天的干粮，去推一车石头到新娘家去。所以这个给我印象很深。所以我到了我们岛上就很开心，第一有很多石头，第二有很多木头。在我们那个村儿，也没木头，多少里也看不见几棵树。一直我们就老是没有烧的，没法儿做饭。冬天很冷，也不能烧火。

H：怎么解决吃饭和温饱？

我们找草。一般的农民他们有秫秸秆，就是打下庄稼的那个庄稼的秆儿，是按每户的工分和人口分的，我们就没有。有时候我就悄悄捡点儿他们的棺材板，晚上我和我姐姐一起去偷。

H：棺材板？

哎，老乡都是很害怕的，认为里头有鬼。我们是很小心的。我们有时候也能买到一些煤。

A：如果给老乡抓住的话，肯定会……

那会儿是革命时期，坟差不多都给翻了。我们那几年里，老能烧点儿棺材板。白天发现了几块，晚上就去捡，月亮底下把它拿回家。每一小块都很宝贵，都是用在最需要火的时候。

所以我到了新西兰，我就“哎呀”！——这个地方实在是太富有了，又有石头又有木头。但是谢烨认为这个东西没什么意思；因为她是在上海长大的。

B：重庆也有哇，又有石头，又有木头。

还有□□□（笑）。在中国没有□□□，我就钻一个山里干我的事儿去了。

B：你是在嘉陵江边长大的？

不是。

B：你不是有诗写过嘉陵江吗？

我去过嘉陵江。

那儿确实有很多滚下来的大石头。

B：我在嘉陵江边住了四五年。

哦。

B：所以读你的诗读到那儿就特别注意。

我那会儿正处在一个忧国忧民时期，大概我最后地忧了一回国和民之后，就不“忧”了，嗯，就光生气了。

原来相信有一个方法可以改变中国。那是比较天真的时期。

……

（荷兰语）

翻译：她说她今天介绍的时候会说：今天是第三届诗歌节，有四十多个从世界各地来的诗人。她会说今年是中国的猴年，然后她说今晚在座的中国诗人顾城就是属猴的。然后他们介绍你。她说他们看诗歌节的资料，那里面说你诗歌没有政治性，但是很神秘的。她说她会问你问题，请你回答，有政治性的问题有关系吗？

没有关系。她希望我的回答占用多少时间呢？

（荷兰语）

翻译：她说这个比较灵活，多说几句没关系。她说你也可以自己讲一段话然后念首诗。你准备了诗了吗？

我就念这一小段“布林”吧，也有猴子，也有出国。讲几句话，你看我就这样说几句怎么样？

我说中国有一个很有名的猴子，有名到了外国，所以也就有了个外国名字，叫Monkey King。差不多所有的中国人都喜欢这只猴子，包括毛泽东。这只猴子，他不接受任何统治，他不服从。他从地下跳到天上，从东方跳到西方，不喜欢给纳进任何规范。他应该算是最早一个出国旅行的中国人了，但是他从来也不办护照和签证。他去了很多的国家，我不知道是不是也来过荷兰。但是有一点我是知道的，就是他的旅行是快乐的，不会有我们这些人的伤感。在我们看见花开了又落了的时候，在我们觉得花开花落是一个不可避免的事情，觉得美丽是如此的虚幻的时候，他却可以跟着春天一起走，走在永远有花的季节里。下面我念的这首诗，记录的就是一段他的旅程。当然他不光喜欢走在春天里，也一样地喜欢走在任何的季节里。

这长短可以吗？

（荷兰语）

翻译：她说可以。

烨：顾城，现在向你提问。为什么你说不要相信诗歌？

我说了吗？“记者先生”？

烨：你说不要相信诗人的话。

不要相信诗人对这个世界的要求。我是这个意思。因为诗人对世界的要求永远是苛薄的和过度的。而你不是诗人是幸运的，因为这个世界对你很可能是合适的，你就好好地过世上的日子吧，完全不必去理睬诗人还有什么见鬼的要求。

烨：谢谢顾城先生，那我就不理你啦。

1992 年 6 月 13 日 鹿特丹

麦地在阳光下一片平坦

——与友人[1]谈

压根儿，知识，那是后来的事儿。慧能一个字不识，照样是个明白人。

友人：对对对。

艺术这个事儿，人家历来就说灵感，那就是一个你不知道的精神忽然来到你的身体里呀，然后产生出一个极强的生命的冲动。这个冲动就是创造力。

创造就是显示崭新，它这个力量直达那个崭新，不管旧有的多么权威或者是多么地被人依赖，都不管，就是跨越过去，甚至是扫荡过去。创造，那就是灵感的运动，艺术的真谛就在创造，艺术的真谛也就在灵感。甚至可以说，灵感的显示就是艺术，而艺术它必是灵感的创造物。

那么，这中间就有一个问题，就是人在什么位置上——诚实地面对艺术的话，艺术面前是没有人的位置的。

友人：哎哟！

是呵，你看，艺术是精神的创造，而人是不能创造精神的，灵感是不由人控制的，那么人的位置在哪里？人只不过是艺术创造过程中精神的一个使用工具罢了，文章是天做的，人不过是“妙手偶得之”罢了。

人可以做的，至多呀，是抵制精神的到来，锁住自己在物质世界里。大多数人也就是这样做的，整个社会也基本就是这么要求的。因为天做文章，天又是从来不管人的死活的；而人当然要把死活摆在首位。

可偏偏人又是需要这个精神的，尤其是最有艺术向往的那些人。那，

---

❶ 友人，少时移居国外。

精神一旦到来要做什么事，人力就不是那么可以左右的了，尤其是在精神强大的时候。强大的精神是可以从个人范围漫溢出来，而到达另一个人的；我们说的艺术打动人，就是这样的现象。最强大的精神甚至可以将许多人在一个短时间里贯穿得如同一个人。我以此解释“文化大革命”的起因。因为同“文革”这么巨大的形式相比，迄今为止寻找到的任何功利动因都是远远不够的，远远撑不起这么大的形式；也就是说任何的功利因素同这个巨大的形式相比，都是太太过小的了。

（略7行）

那会儿说“史无前例的”，此言那还真是不虚。

这个呢，就是人才有的命运，就是人成了文化人之后才有的命运。人成了文化人之后哇，精神就同人的物质体就脱离了；当初人还是个完整的自然生命的时候呢，它们那时候是一体的，就如同一朵花、一个桔子，一个初生的婴儿一样，精神是蕴含在整个生命中间的，是不分的，也就是说是无所谓精神的。而当精神与人脱开之后，就成了有来有去，艺术也是这个时候才有的东西。你或许可以抗拒精神的到来，但是却完全无力留住到来的精神。

“文化革命”咱们经过，噢，你没在国内待。经过那个时刻就知道，“叭”，那个精神一打，登时给人打得，就生死都无所谓了。

友人：那不是催眠，经过洗脑？

烨：扯，甭信那个。

友人：就是说你跟着走，你不走不行，后来你自己也是苦恼。

那是，精神没有注入是一回事，精神走了是又一回事。最苦恼的就是精神来了又走了的时候。

就说……你去问那个成天白送人冰棍儿吃、钱也不要了的卖冰棍的老太太，那个成天去送包子的个体贩，就我姐姐她住的那儿，那个劳教回来一小流氓开的一个包子铺，我们都叫它黑店，那些日子那人就焕然一新，就店也关了，夜夜做包子，白天蹬车送过去让人白吃，就从没见他那么意气风发过，据说那包子比什么时候搁的肉都多。你和他们去讨论民主自由，人家根本没想过。那就是个开心，就是去过节呢，动员起大家的就是那个光辉灿烂的无政府状态，它忽然就，哎，什么钱、工作，什么房子、级别，这些个从来最最要紧的玩意儿，就都无所谓了，一身干净，一身轻，就满心光明，就充满了幸福和感动。

友人：你说的这，其实是很短暂的一种，

后来就惨啦——这精神到来是照亮一切，可这精神可不对现实负责，它说走就走；它一走，你惨啦，那个沮丧。

友人：就是这个精神没能得到普及，被……之后，

烨：不……也一样。

任何革命只能进行一半。这是弗洛斯特说的，说革命最好只进行一半。前一半是真老虎，后边的就是纸老虎了，前半截是爱情，后边的是婚姻，前半截是革命，后边的就成政治了。这整个儿的就不一样了。

友人：太透彻了。

那是呵，前半截是灵感的，后边的你装模作样在那儿当诗人了。

烨：后来不是诗人，就是整个儿是政治家了，在那儿说民主自由哇，其实是用这件事，达到自己的目的。

就是后来精神就不够了，就走了。这时候单纯的人就沮丧，心怀现实野心的人就装蒜，精神还在的人继续革命。

这精神对于某些人来说是不走的，不过它会变幻形式，这个变幻你未必能把握。

说到甘地，他就一直和他的精神在一起，对他接受这个精神而做下的一切事负责。这我们说是品质，也说是人格。要我说人格是属于自然生命的，就是说还是有一种精神是从来也没有离开人的，这便显示为你的个性，你的人格。当然我并不否认科学上的解释，基因呵，遗传，那也是属于自然生命的。

人格具有精神的力量，它同时可以召唤精神，所以它是有号召力的。它甚至自身就是艺术，使有灵性的人获得精神享受。你看甘地，死心塌地。

（略3行）

所以这两天我跟振开说的事情就是我现在真正怀念的就是《今天》最早的那个时候。因为他说他认为精神对艺术是没有用处的，要不就是现今是精神衰微的年代，不能谈精神。我说要是不谈这个，我们就没有可谈的了。

烨：很严重的问题。

因为使我们最早走在一起的，就是这个精神。

振开，我为什么服他，那会儿警察抓他，他就挺住了，这个我就服了。你看他写《雨夜》，不管怎么评它，但我看了就感动。那个你外国艺术家，你到那时候，你不一定挺得住。所以在这一点上我是唯精神论的。

但是现在你说反抗……的政治，我就不以为然了；为什么呢？那是外国的一个大潮流，你这“反”，会获得欣赏、同情甚至是什么切实的好处；那与其说反，倒像是成了一种迎合了。说了半天就是说，是不是一个精神的行为，是，那没的说。

人是要有点儿精神的。要不然呵，你在哪儿也都被人家吃了，给收了去了。为什么说现在的诗不打动人，它就是没了精神了；那人给收了去，诗也给收了去了。

友人：这得怪诗，不能怪人。

怪神灵，它不来了。

烨：怪神灵。

友人：真理，我总觉得是相对的一个东西。

什么是真理呵，神灵就是真理，它到来的时候，你别无选择；而它一离开，你这就都是选择了，都是道理，没有真理。

神灵到来，你诗一句句出来，根本就不去想也根本不用改，它就绝对的对。神灵一走，你就是这么写那么写，好像都有道理，又好像都不对；你说我发展这个意象还是那个意象？沿着这个逻辑还是那个逻辑？要这个目标还是那个？

友人：对，那过程就是人为的了。

诗人哪，我觉得唯一该做的事儿是什么呢？就是让自己心里干净，别弄进乱七八糟的事儿，至少有一个地方倍儿[2]干净，然后那光呢，就能通过这片干净到这个世界上来。

你别的事儿做不了哇，它来不来不由你呵。

一个玫瑰开的时候多漂亮，谢的时候多惨；后来我明白了，这玫瑰在春天通过它的时候，它是有一个感觉的，就是说它成为了春天。如果我们心里有春天，那就是处处生花，只有开放，没有凋谢。其实所谓的超越呵，就是这个，——“咔”，你从这儿到那儿去了。

友人：你本身就进入一个永恒的境界了。

这个永恒，你在人间的时候它只是瞬间；而当你进入它的时候，人间就是瞬间了。

烨：今天他们在谈那个，××× 在谈，说什么什么问题，那个都不着边儿。

那都是硕士生的问题。

你看那个，就是王维的诗，就有这境界。他是把这些个问题都忘了，自说自话，万物自生。

一个字，就像是一个红豆儿。红豆“叭”——生出个南国来；一个字也是，叭，一个广阔的境界就出来了。

你要是心有灵犀，那红豆就生出了南国；你要是心无灵犀，那红豆就是一粒红豆。

一粒红豆——一个南国；然后南国里边才“春来发几枝”呢；然后才叫你保存一些，说“此物最相思”呢——使你可以想起这个境界，这个瞬间的、永恒的南国。

---

[2] 北京方言：特别；极其。

友人：它也许是思想创造物质。

那当然，要不佛教怎么说“一切皆幻”呢。

友人：我很惊讶，因为你在那个环境里，从小培养就是物质为先，而你却这么不信物质。

我最早的虚无感呵，清楚的是在五岁的时候。有一回我爹妈都不在家，我中午睡醒了，要不就是傍晚，我就看着白色的墙，看着看着，就觉得那上边有什么东西在看我，我就猛地想到人死了是要烧成灰的，这个灰是会这样地涂在墙上的；我就一下想到了我也是要死的，然后涂在墙上。那是第一回产生了这个意识，就是我也是要死的；然后就给我吓晕了。尤其是我抓不着任何东西可以让我不滑向它，抓父母也不行。这个墙就离我这么近，我必给他妈的涂上去。哎。

友人：面对死亡，这个感觉，老实说，我也有点儿。

虚无呵？

友人：不过没关系，你说下去。

然后从那以后，我就明白了点儿事儿，就是这上学呵什么的，何必呢？咱们有点儿好玩儿的事儿干干得啦。所以我就不爱上学，一上学就发烧，一到考试就高烧；发烧也可怕，我不吃药就死灌我，一堆白衣服，打针好几个大人按着我。但是后来有一个事儿帮了我，我看到了一本书，就是法布尔的《昆虫记》。它里边说了句话，说是“它来到世界上，没有谁欢迎它，石头是摇篮”，给我的感觉很强。

接着它又讲了很多小昆虫的故事。讲一个鸟飞走了，留下一个蛋，让我一下觉到了历史。一个鸟、一个蛋、一个昆虫，都有它的遭遇和历史，那么我呢，也有。我就觉得我有了一片属于我的很广阔的安详的世界了。

写书的这个人很有意思，他到了四十岁的时候，就扔下了所有的事，就到了一个没有人烟的地方，修个小房子，在那和他的儿子和各种小昆虫、小动物在一起，写了十几本书，都是讲小昆虫的。他写的黄蜂大家族，就跟罗马帝国的兴衰似的，凶的时候三万只黄蜂，嗡嗡如雷霆，狗熊都望风而逃，只只铮亮；可是秋天一到，就一片片地死，衣服都暗了，翅膀也变脏了；最后，一个小蛾子蛀塌了它们的大厦。

它那都是非常好的语言，把我一下就带到昆虫世界里去了，每天就出去捉虫子，做标本。

友人：是不是那个生命就有了一定的意义？

对，有了一个什么意义呢，一个在欣赏中间的，感受平等的那样一种意义。

友人：这个是咱们最缺的，平等这个因子在中国根本上是缺少的。

烨：平等？都不平等。

友人：佛教里有。

中国可以将佛教，从中发展出素食馆来，真也是非常的一绝。

友人：等到你在仕途上失败，你隐居山林，这时你才说佛。你成了失败者你才去找这个平等。

烨：（笑）那就是找平衡了。

释迦牟尼的自由在于他是王子而去要饭，这是平等，这是大隐。

友人：就是人皆能成佛，平等因子就在那里呢。可是中国道教就分诸天神。

像政府机关似的哈。等级嘛。中国人一般地说，需要等级胜于需要财富。为什么？中国人他没有神的依靠，也没有人是万物之灵这样的自我安慰，那么他就需要这个等级的支撑，唯此才可以显示他的人生价值。

友人：中国人对神，他没这个概念。可是对万物起源，就是我们从哪来的这个问题，他从来不问。问它干什么？他根本不问。

这是一个明智。他不给自己找麻烦。

友人：可同时它应该有个积极意义才对，这都成了一种消极性。

其实它是对世界充分理解之后，达到的一个无言。但通常就是，照我妈的说法就是：你别找自己的麻烦。

友人：对，变成很消极的这种。

实际上孔子是知了天命才不言鬼神的。他为什么不说？他是呵，跟你们说不着这些事儿。但是后来的人呢，索性——咱们就省点儿心吧，该吃该喝的，少找麻烦。

友人：少找麻烦。

后来我十二岁的时候就特别想去农村，就找一个地儿，像法布尔这样过一种生活。但是一到农村，就明白了，你没水，没有烧的，这时候最重要的事情就是活。在这个荒凉的地方我没找到昆虫世界，无意间，真的，我开始写诗了，在天地间走的时候，一大群鸟落下来对你说话，然后太阳热起来，因为你在天地间特别孤独，这时候一个声音就微微微微响起来了，然后我就开始写。有一回我手割破了，没想到疼，因为那个血呀，像红宝石一样，特别漂亮，往村里走，就看见好多小花儿——野花星星点点，像遗失的纽扣撒在路边——我就开始说这个话。

在河滩上放猪，看见鸟在空中睡觉，特好玩儿，睡着了，就往下落，快到水面了，"叭"醒了，就向上飞走了——哎呀，一下儿心就开了，就写"没有目的，在蓝天中荡漾；让阳光的瀑布，洗黑我的皮肤"；——就那一回教育了我什么呀，就是我发现我的大恐惧呀，就是死也罢，世界也罢，所有这些恐惧呀，就没了——就是远处的河水推着河岸，就如同你的手这样抚着膝盖，就浑然不分了；树林微微响着，如同你的心在唱，你的心就那么的广大。

友人：哦。要说恐惧是什么呢？是眷恋这个世界？想通了这种恐惧就完全没依据了。

在这个荒凉的地方我没找到昆虫世界，无意间，真的，我开始写诗了，……

——顾城1970年春（火道村房东家门前）

想通了这点呀，就活得自然了。

友人：对，心豁然开朗。

对。我刚开始对付这个死亡恐惧的办法，就是比如说陷在小昆虫里，或者爱好画画儿，就陷到画儿里，使我忘了这个事儿。但是后来写诗呢，它使你慢慢慢慢接近了一个什么心境呢？就是说在万物中间呵，有一个平常看不见的东西，它像春天一样一直在变化，在花与花之间变化；你有时候好像全知道了，那些去上学的孩子头发那么黑，花儿那么红，这之间的那个流动你一下就知道了，就清晰如见。

有那么一回我在瑞典的时候，两个小女孩儿是哑巴，我们和她们的父母谈了一夜的话，父母就这样用手势翻译给女儿们听，过了一个很好的夜晚。一个小女孩儿想知道日本，一个想知道中国，我给她们写中国字，画画儿。她们的父亲也很有意思，在地上架着木柴烤一块肉。

第二天我们走的时候呢，又碰上了这两个小女孩儿，田野里一个人都没有，麦地在阳光下一片平坦，远处才有树，这两个小女孩儿不会说话，冲我们就微微一笑，就走过去了，在大地的波浪里若隐若现，就消失了。只有这么高的小女孩儿。

这个是唯一的真理，死亡在这时候就没有了。

1992年6月17日　鹿特丹

最端正的杯子，是桔子

——与汉乐意[1]餐间谈

L：……香蒲……（省略号处难以辨听）

对，一种草[2]，……一种……棍儿……红色的，很好看。（省略号处难以辨听）

烨：你把你的那个东西拿出来。

《水银》我想你看到了，这是在那之前的一组诗，跟《水银》有些衔接，都是四十八首[3]。

这就好像读书一样读我自己，第一次读了一遍。我以前写抒情诗，就是感觉到什么写什么；后来我就开始读自己。那么这是第一遍读，《水银》是第二遍读，现在我做的《城》是在第三次读自己。每一次读，都不同，大概是自己一直在变化。我十年后的诗一定会又是很不一样的。

这个是我在梦里听到的一首诗。很奇怪的一首诗。

L：我很喜欢最后的一段。你到了这个地方，每行都是七个字，这你意识到了没有？

没有。梦里完完全全它就写在一块石头上，我把它记住了[4]。

L：就是如期而来的？

---

❶ 汉乐意本名：Loyd Haft。此篇中以L表示。荷兰汉学者。

❷ 这里正谈及的应是作者的组诗《颂歌世界》。

❸ 这里所说《水银》“之前的一组诗”应即《颂歌世界》。

❹ 这里谈及的应是《颂歌世界》中的《提示》。诗写于1983年12月。参见作者手稿影印件。对方应正在翻阅此组诗，翻到哪里，议论到哪里。

对。这首诗是我在研究昆虫学的时候，“文化革命”中间，忽然从昆虫学就知道了男人和女人的事情，就吃了一惊。这是那个记忆。然后走到街上，就发现世界跟我原来看见的不一样了——阳光变得很长，树也很厉害起来[5]。

这首呵，我在“文化革命”刚开始的时候，第一次看见了死人，他在河水里。我和一个小男孩在那儿插树枝，往河水里插，想把这个树枝插到河底下，老也插不到底，插下去，水就把它冲走了。后来在水那边，看见了一个死人[6]。

“文化革命”是个很奇怪的事情。这个《颂歌世界》跟“文化革命”很有关系。它到来的时候跟地震一样，有一种光；你就觉得它升起来，越来越亮。现在觉得是很奇怪的事儿。

这个就是那个死人。感觉。[7]哎。

这个《来源》[8]可以算是我对我的诗的想法。其实有时候一下就很清楚，你就是一个灵，到这个世界上来。特别清楚。但是有一个时候忽然就忘了，然后就觉得给装在一个小瓶里，很着急。

有时忽然这瓶子就没有了，有时候忽然又有了。

“我低声说了声你的名字”——这首诗我有点儿喜欢，也是做的一个梦。

“三个人从战场上逃跑”，“他最后一个被拖过广场”[9]——其实本来后边还有两行，就是：“黑头发像梦 / 黑头发像梦遮着眼睛”，后来我把它删掉了。

---

❺ 这里谈及的应是《颂歌世界》中的《懂事年龄》。诗写于1984年3月。参见作者手稿影印件。

❻ 这里谈及的应是《颂歌世界》中的《黑电视》。诗写于1984年7月。参见作者手稿影印件。

❼ 这里谈及的应是《颂歌世界》中的《我还在收集金黄的烟丝》。诗写于1983年10月。参见作者手稿影印件。

❽ 《颂歌世界》之一。诗《来源》，写于1984年6月。下文中的“我低声说了声你的名字”为诗的尾行。

❾ 这里谈及的应是《颂歌世界》中的《叙事》。诗写于1984年7月。参见作者手稿影印件。

……（录音缺失）

它，这首诗，有点儿可怕的一个感觉。但不知怎么翻译成英文，他们读就总有人笑；也许作为英文来讲，有点儿滑稽[10]？

L：这也未必，这也未必。我觉得，就是，挺不错的。

这有一首，我喜欢的。这儿，这首。

L：这首哇？

“盘头发的人，扶着车”。

这是两个梦，到一起了。这边是一个梦，这边是一个梦。两个梦到一起了。

L：非常不普通的梦。

两个梦，这样，到一起。可以分开[11]。

L：我发现你好多的东西都是出自梦里的？

哎。这大部分是梦。后来就差不多全部是梦了。今天中午我还睡了一觉，做了一个梦。

L：也就是你越来越有这个趋向？

嗯。

L：利用梦，噢，不能说利用，就是，

它来。我不再找。我只等它来。

它愿意来就来。今天中午做了一个梦。有一个很好的感觉。那个梦告诉我：“最端正的杯子，是桔子，它在树上跳舞，一滴水也不洒出来。”我说，挺好。有时候也来一句很厉害的话，像：“你怎么以为你是人呢？”一下给我一个很厉害的感觉。有一回我在奥克兰，在那儿画像，也挣一点儿钱，但是有很多不愉快的事儿。后来我快睡醒时，忽然就听见了这句话，接着还有一个说明，它说：“你们尽可以劝告，鱼在沙滩上晒太阳，鸟在空

---

[10] 这里编者不能判断作者指的是《颂歌世界》中的哪首诗。

[11] 这里谈及的应是《颂歌世界》中的《离》。诗写于1985年9月。参见作者手稿影印件。

作者手稿影印

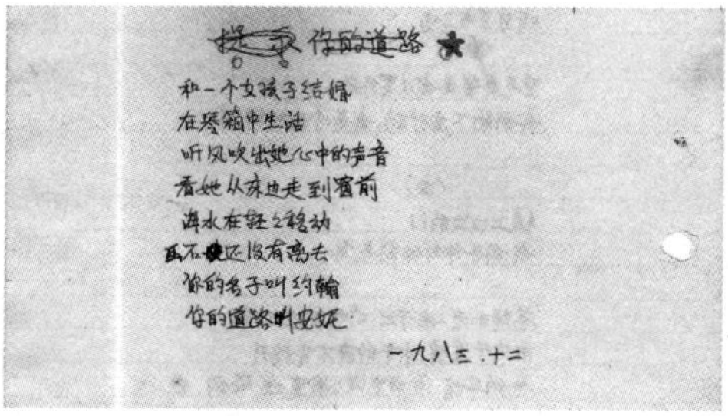
提示 你的道路 ★
和一个女孩子结婚
在琴箱中生活
听风吹出她心中的声音
看她从床边走到窗前
海水在轻轻移动
瓦石还没有离去
你的名子叫约翰
你的道路叫安妮
一九八三.十二

《提示》

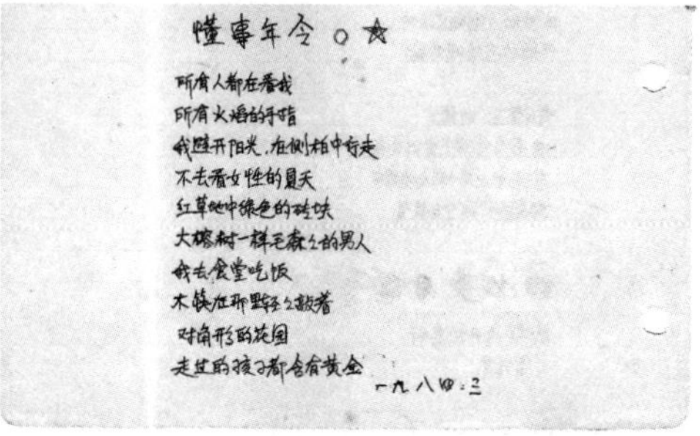
懂事年令 ○ ★
所有人都在看我
所有火焰的手指
我避开阳光，在侧柏中行走
不去看女性的夏天
红草地中绿色的砖块
大榕树一样毛茸茸的男人
我去食堂吃饭
木筷在那里轻轻敲着
对角形的花园
走过的孩子都含有黄金
一九八四.三

《懂事年龄》

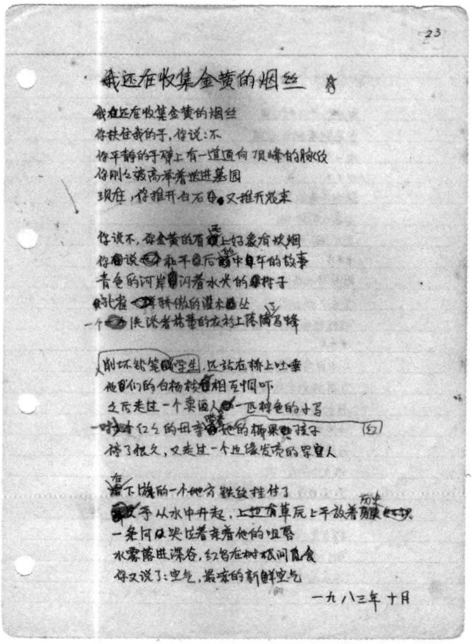
23
我还在收集金黄的烟丝
我还在收集金黄的烟丝
你扶住我的手，你说：不
一九八三年十月

《我还在收集金黄的烟丝》

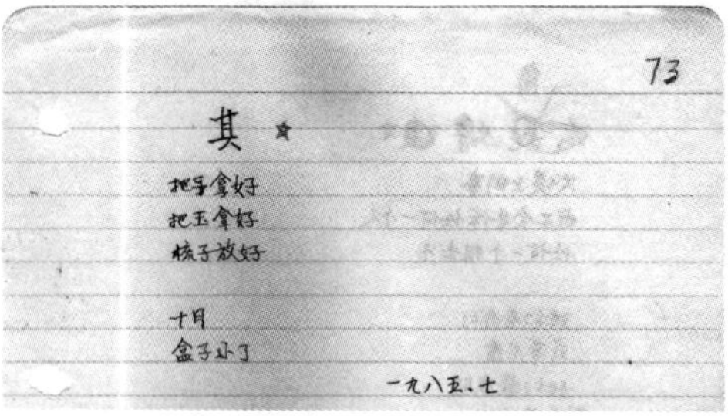
73
其 ★
把手拿好
把玉拿好
孩子放好
十月
盒子小了
一九八五.七

《其》

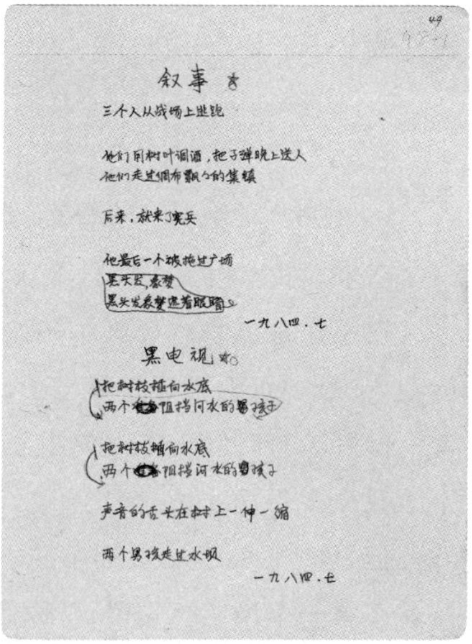
49
叙事
三个人从战场上逃跑
他们用树叶调酒，把子弹晚上送人
他们走过烟布飘飘的集镇
后来，就来了宪兵
他最后一个被拖过广场
黑头发，秀发
黑头发秀发遮着眼睛
一九八四.七
黑电视
把树枝插向水底
两个阻挡河水的男孩子
把树枝插向水底
两个阻挡河水的男孩子
声音的舌头在树上一伸一缩
两个男孩走过水坝
一九八四.七

《叙事》《黑电视》

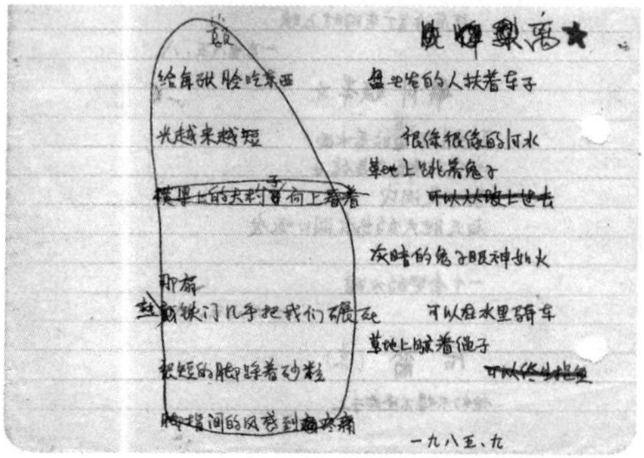
一九八五.九

《离》

中睡觉”——就是告诉我，这些事和我没关系。

这个是写一个女孩子的，到生活中去[12]。写这样的事情的时候，我很喜欢铜钱和玉石这样的感觉。那时候，我觉得我瞎了，只能这样地触摸，于是我觉到了文字有一种质地。那时字和字就不再限于形状的改变，进而是成为水，成为金属，成为空气，这样的质地的改变了。

这组诗里是有点儿宗教感的。

《城》你已经看到了。

L：我把它放好了。

你知道中国有一种锅，特别有意思，古代的，铜的，你搓它的耳勺，锅里的水会慢慢沸腾起来，最后会喷出来。

烨：你还要吗？

L：不要。

可以慢慢吃。

烨：双鱿。双鱿就是两种鱿。

L：哦哦。

一种是墨斗，一种是鱿鱼。

烨：我自己来。

谢烨一直跟我有个冲突，因为她非常喜欢做饭，可是我并不像一般人那样地喜欢吃她做的饭。

L：哎哟！

而且刚结婚的时候，我是个暴君，说不许做饭，我做一个很简单的汤，有什么就放里边，一般地就是土豆和鸡蛋，只准吃这个，不许浪费时间。嗯。可是现在如果我们在家里，我们就各做各的饭，我做我的汤，什么都扔进去，谢烨的剩饭也扔进去，我叫它“人民大烩汤”。

L：人民大会堂。我知道。那她做自己的饭；小孩儿怎么样呵？

---

[12] 这里谈及的应是《颂歌世界》中的《其》。诗写于1985年7月。参见作者手稿影印件。

他当然喜欢好吃的。

烨：他喜欢西餐。

他喜欢炸土豆片儿。

烨：哎，喜欢炸土豆片儿。

L：什么汉堡？

哎，汉堡。

烨：杂烩面，都炒进去的。

L：以前我结婚的时候，我非常喜欢做饭。现在离婚之后，我就觉得一个人弄饭没味道了。

没有读者了哈？

L：现在都是那些冰冻的东西，不管什么好不好，就是快。

其实写诗，只需要一个读者，可能也就够了。中国古代也有这个风格，弹一个琴，有一个人，远远地坐在树下听。

L：主要的是有一个知音者。

哎，足矣。一个默契。

L：这就是油菜吧？

烨：对，这可能老了一点儿。

L：你们在新西兰买得到空心菜吗？

烨：空心菜有，新西兰有，德国没有。

这中国有的词很妙，就像“知音”，它不是说“知心”。它的味道呵，“听话听音”，就都在一个“音”上。

L：这个是有一定道理的，一个人是一个频率。

哎。一个频率进入一个频道，就有了一个播发一个接收。

如果有神的话，神一定是跟人有一个单独的联系，跟每个人有一个单独的联系。

所以佛教就讲自性是佛。禅，都很讲究这个。自己的那个频道。

L：你们选得不错呵。我非常喜欢台湾的空心菜。

烨：我挺喜欢吃空心菜的。

L：我最喜欢吃的，精炒豆芽啦，一般餐厅都没有这些东西。

烨：没有没有。

L：餐厅里都没有，它让你吃 Peking Duck[13]。

烨：那个东西太油了，老吃不行。

在中国参加一个什么团，到处走，老吃饭馆儿，那个感觉不太好。

L：那你们在新西兰的情况是怎么样的？除了工作方面的。

我们呀，在城里住了半年，就跑到一个小岛上去了。找银行借钱，买了一个很坏的房子，修理它，在树林里，有四年。

我们最早采贝。我想过一种不依靠世界的生活。因为我真正觉得有一个恨，就是恨我这个身体，因为它，我就得依靠这个世界，这个时候我就觉得，我思想也比较极端，我就觉得很耻辱。我不说这个世界不公平，只要我依靠它一天，我就不说它不公平。什么时候能够独立的话，当然也就不用说它了，我就自己做自己的事。这是我一直想的事情。我到了那个岛上，看到了那片树林，我知道这就是我要找的地方。

嗯——

我不喜欢我的想法被外界强迫。我小时候不喜欢上学也是为这个，为什么这四十五分钟就得想算术，那四十五分钟就必须想语文？这对于我是很可怕的事情。

L：我也是的，有你这样的，

[13] “北京烤鸭”的英文叫法。

烨：哎哟，你跟顾城似的？

L：我是这样的，我要看着蓝天哪。

哎对，我一直看着外边，看树晃，云彩飘过去。

L：哎，最理想的是树，一方面看，一方面听呵。

树的声音。你知道我上学的院子里有棵很大的老树，大极了。我在《水银》里有好几个诗写上学的，都是上这个小学校。我做梦，也是回到这个小学校去。那个大树，遮天蔽日，好多古代的石碑，就躺在那个院儿里——我们生下来的时候，中国正在消失；等我们长大了，它就消失得真是无影无踪了。小时候，我姐姐上的那个学校也是，万寿寺也是一个庙，慈禧太后的一个行宫，那里边有很多碑刻、怪石什么的，就都砸了四处丢着。我们那个庙是个财神庙，很大的，就在六里桥那个地方，后来军队从那儿进兵，丰台，六里桥。财神庙，当时不知道那个东西是那样的，现在想才清楚起来。我来来回回上过两个小学校，今年上这个明年上那个；还有一个也是庙，也有一棵大树，在西直门那儿。

烨：您去过中国吗？

L：去过一次。一九七九年。

烨：七九年，很早了。

L：很早了，就住了三个月。

你是怎么喜欢中文的呢？

L：这很难回答了，就是因为兴趣吧，像我年轻的时候有这么一种兴趣，假如现在的话，那就不会的了。

我知道。很多人都这么觉得。

L：因为我们年轻的时候，念的都是一些唐诗译文，什么佛教的那些译文，所以呢，就觉得，噢，这就是中国。后来就发现只是中国的一个渺小的成分。而且呀，和我上次跟你讲的一样，我个人就是这个感觉，就是所谓的中国不像从前了，现在。

是这样的。而且对于我来说就是特别具体地就没有了；你看着它，就没有了。我临离开北京的时候，有个人给我看了一箱子瓷器，他想二百块钱卖给我，是清朝和民国初年的，并不太好。但我看了就很感动，因为那会儿最俗气的最一般的东西，现在看都是有心境在里头的，都精致、有味道，看着都觉得是有非常生命力的了。哪怕是我小时候上学的一个白粉墙，一个随便的老槐树呢，它都是有蕴涵的。现在是什么东西，这样乱闪的高楼。

L：尤其是人哪。这些染红的头发，这些染什么颜色的头发，我都看到了，衣着哇，所有的行动，做人的东西，

烨：太可怕了。

它是一点儿灵性都没有了，眼睛都很清楚地，这样——

L：哦，太像了。

烨：真的是非常，

我和××一直在争论的问题也是这个，就是说人到底是有没有灵性的。我不说人吧，现在我们就说诗吧，如果你诗也是这么一堆垃圾，一些器官，加上一些锅碗瓢盆和汽车零件，那这个诗我干嘛还要它呢？□□我是真没想到，会忽然有这么一个刹那，人刹时脱离了物质。所以现在中国人有时候他怀念毛泽东时代。毛泽东时代是一个比较纯粹的时代，……但是那时人没有这些问题。所以自由究竟是什么？对于一个有梦想的人，也许意味着走近梦想，变得失望和滑稽；对于没有梦想的人，他们要什么呢？所以有时候我就想，孔子是对的，就是还是不给你这个自由的好，他大概比我们更了解中国人。

我在奥克兰大学，我们那个 John Minford[14]，

L：我知道。

他也喜欢《红楼梦》。他认为男的在世界上就是一个恶棍流氓，要不就

[14] John Minford，即：闵福德。可参见本卷《同伊凡、高尔登、闵福德问答》。

是个受难者，这是他的逻辑；而女孩子当然像月亮一样安静，是最漂亮的。那是他的梦想。

但是后来，我看他也够疯的了，就是……过去了一段儿时间以后，他一个中国人都不见。后来他就说了一段话，说中国人的品质有问题。他这样说了以后，中国人就都恨他。他问过我，说好像鲁迅和周作人都这样地说过的。我说是呵，说得比你这要狠多了，可是周作人还说过一句话，说不希望西方这样说，他说由他来说。John 说：噢，我是一个大鼻子。他后来很伤心，也没办法。其实他一直非常强烈地帮助中国人，支持中国，老上电台骂，说西方政府不帮中国。

其实西方也是中国的梦。我读安徒生，读梭罗的时候，啊，真漂亮。我最早读法布尔的《昆虫记》，讲小虫子的故事，真好。我在“文化革命”中间，读的主要一本书就是这本书。所以可能双方看到的都不过是自己的梦而已。

我第一次到纽约，一九八八年，一个朋友在纽约待了一个星期说：美国人怎么这么傻呵？我说美国人当然就是这个样子的了，你还指望他什么？他说不对呀，我也是看过索尔•贝娄、杰克•伦敦的呀，他们都是很聪明的呀！我说那些人恰恰是在美国无法生活下去的人，所以才写那样的书呢。

这世界真说不上是在变好，还是在变坏，反正它是越变越快了。

L：这并不是什么好的趋向。

我在岛上骑了一回马，我一下觉得天地都大了，海阔天空；我就想，这古代打仗真是一个艺术，这骑在马上，奏着乐，穿着很漂亮的衣服，拿着很漂亮的武器，气宇轩昂。现在是什么？一摁电钮；□□是什么？坐坦克里边开过去。这算什么。

不过世界就由它去吧，无可奈何。佛教里也讲，万事万物，有生就有灭。

要能够“看”它。能够“看”就能够知道。谢烨，我很奇怪她参加那么多的事情；有一回问她，她说她喜欢她的“看”，就是像看电影那样地看一个个的人、一件件的事情。

我是个特别极端的人，也特别敏感，所以就弄得躲到很远的地方去。我挺喜欢芒克的，他在中国能够过得很快乐，我觉得，他的自性非常强。

烨：你看过英译本的《红楼梦》吗？

L：不是全都看完啦，就是大体上。

烨：我明白。你感觉那里头写的女性，就是中国的女孩子，作为西方人来看，是很可爱的吗？

L：呵，这个问题。

烨：但是很好玩儿吧？

L：中国有秀气这个概念。荷兰就相反，荷兰女人并不做什么女人的样子，我就是我，你喜不喜欢我是你的问题。

（录音中断，空去部分）

……我当时就一愣，我说瑞典有女孩子吗？把我给吓坏了。然后她说你看我们都是些怪物吧？我说我好像走进了一座树林。

L：西方现在的看法就是，不是男人女人，而是人。所以你要说我看见一个非常好看的女子，所以我就喜欢她，她就反对这个。她说你不了解她的自我。

中国是这样的，你看《红楼梦》的话，《红楼梦》写了一个中国人从来没有写的事情，就是“女儿性”——女儿的性情。女儿的性情它跟中国佛教的最高理想是一致的——清洁、自在、独断。这个跟禅宗的理想是一致的。它写这些女儿性，我不知道西方人怎么感觉，但是从我的感觉上讲，美得没法儿再美了。这个不是因为爱情，它是玉石一样的美。

你知道中国本来人是很虚无的，他们没有理想，他们有些祖先；而这对于一个庄子这样的人，是没有用处的，所以我们看见他们的一些漫无目的的行动，一些空虚的比如喝酒这样的排解方式。但是到了唐代就不一样了，有一个清凉的光芒到来，为中国这个特别黑暗的历史增加了一个明亮的房间——死是没有的，只有非常干净的一个“若有”的自己；非常干净，可以看见周围事物的自然状态。

这种虚幻的哲学意境在《红楼梦》里完全转换成了一种女儿的性情，它是自然的却同时显现为这个世界上的影像，所以它的呈现又是个个不一的。每个女儿都有自己的性情，互相很不一样；但是呢，每一个都是干净的。

像林黛玉说，什么臭男人，皇亲国戚也罢，风流才子也罢，都是臭男人。

贾宝玉一直迷惑的就是这个事情。那里边最有意思的就是贾宝玉，他只是一个“看”，并不太像一个人。他比较弱，但是有一回他发了脾气，就是司棋被那些女人带走的时候，他想拦，当然不行，就气了，不明白为什么女儿这么好，成了女人沾了男人的混账气——它这个男人概括的是这个世界呵——怎么就变得比男人还坏。他不明白这女儿是从哪里来的，后来明白了——女儿是从天上来的，是天上降下的露水。她们还要回到天上去。

这个呵，就是中国头一次有了一个信仰，它不是要这个爱情，它是对美的一个相思。

他不是作为男人在爱女人，他看见她们的时候，就想起了自己，自己的真实的洁净的生命——他是天上的一块石头，非常之顽固的。他一直以来失掉了这个记忆，最后忽然之间想了起来；想起来了所有的这个美丽的到人间来的过程。

我刚开始没有太读懂《红楼梦》。但是长久以来我在人间感觉最惋惜的一件事就是，看见一个好女孩儿，可她竟然到了这个世界上来，她为什么要来？很早我就有这个感觉，我很惊讶。虽然只要我一听见她们说话，这个感觉马上就消失了，但是如果离得很远的话，我便充满惊讶——有这么好的人。

西方也有对女性的想法，有圣母这样的想法，感觉对我们有一种光辉的引导。《圣经》《神曲》都可以算是这样的故事，特别是《神曲》，哪怕到

……这个呵，就是中国头一次有了一个信仰，它不是要这个爱情，它是对美的一个相思。

……但是如果离得很远的话，我便充满惊讶——有这么好的人。

……如果有神的话，神一定是……跟每个人有一个单独的联系。所以佛教就讲自性是佛。……

——图或画于 1992 年在德工作生活期间

天上去，也是“永恒的女性引导我们”。

东方呢，不是说她是我们的母亲，她引导我们。你看《红楼梦》那么长，融会其中的是一个“相思”。

我小时候不能理解这个事。有一次我和我母亲进了一个小店吃饭，那个地方很荒凉，现在是一点儿不荒凉了，在紫竹院环湖边上，万寿寺那个地方；那个时候那儿有很多的芦苇，有一个很黑很脏的小店，《水浒传》里那样的店，里里外外一些个看去很粗野很凶悍不洁的，要不就是挺疲惫的那么些个人——我忽然觉得哎呀，我母亲干净极了，她在那儿买饭，穿着件灰大衣，干净极了，这时候我猛然有个感觉，我怕别人发现这件事，太危险了。

后来我走来走去的所有所有时间里，看见一个干净的人就会很高兴。

我现在写诗都是这样的，就是“满山满树都是叶子，再一看是花，再一看又是叶子”，然后“你美丽像手指，有点儿不好意思”，就是一刹那你就看见了那个女孩子的美丽，一刹那她又是叶子了。

我觉得人喜欢什么，他就是什么。我原来很笨，我喜欢我就要，一要就没有了，走近了也会消失。后来我跟谢烨说，说这个“相思”呵，是中国最为智慧的一件事情。从这里我读唐诗也就读懂了，那就是“鸿雁长飞光不度，鱼龙潜跃水成文”，一直在这个光芒里。

我原来挺恨中国人没有梦想的，后来我发现还是有一个《红楼梦》，有一个唐诗。这时你从那里过来，到了人间，活着就特别痛快；辛弃疾——茅檐低小，溪上青青草——这种声音就特别好听。

L：我翻译了你一个诗，在，

哎，在荷兰的《苍茫时刻》上——“在一切柔顺的梦想之上，光是一片溪水……”[15]——开始我觉得，人活着就是为了吃饱了做梦；后来我觉得是从梦里出来，到这边看一看。

---

[15] 句出作者的诗《许多时间，像烟》。写于1983年9月。

这男的比较可怜，（笑）只能做一个好汉。

L：我就是不干。所谓的好汉，我就是不干。实际上，这是我个人的看法，我觉得那个性唯一的功用就是要生小孩而已；当然它还有别的方面，不过都是次要的，都是后来演变出来的，它主要的就是要延续。所以我觉得目前社会上这些所谓的性感的东西都是神经病。

（笑）那当然是神经病了。

烨（笑）：那当然是神经病了。

L：当然我是人哪，我作为个人也不是完全脱离了那些。我说的是原则上，我并不同意，说这是一种自我表现，就不是；就是生活而已。

而且他们现在已经弄成杂技了。

烨：其实简单的生活反而是有味儿的。

西方现在真有个大的毛病，就是他们太注意自己，太强调自己是一个人；要说思想，那思路可太窄小了点儿：人是什么样，该怎么做人。转在针尖上，还转得很复杂。

烨：其实本来也没那么复杂的问题。

很简单的，最简单不过了。

烨：就弄出女性解放什么的——你如果要解放没人能拦得住你；如果你就是那个样子的话，也用不着说你怎么不解放。

本来这男人就够可怜的了，现在女人也变成男人，这世界多么可怕。

L：仿效男人这个可怜。

哎，他们就认为这个是重要的。男人演演这个戏就够呛了，好端端的，女子也参加进来。特别是中国。西方她们本就很强壮，还有点儿像；中国人那么小，那么弱，她们也不是这个性格。有一个歌叫：我们亚洲，山是最高的，我们永远高昂着头。我说是不是你要站山上跟人家比个儿呵？不知道这是在干什么。

烨：亚运会的歌儿，那不是？

而且自己还不够，还“我们亚洲”，把亚洲都算进去。我不喜欢强的世界。太可笑了。

就是都是要目的，要结果的，要成功，要更成功；而其实生命唯一的真理就是“春来发几枝”——自然的生长。

现在诗也是这样，“做”得厉害。我说的是中国诗。其他语言的诗不知道。

L：也是这样的想法，就是诗人是谁最大，谁最有名，谁写得最好，这样的一种竞赛。

成体育比赛了。我给××写了个信，××想给发表了，他是有气度的。我说如果写诗变成了一个考状元的活动，就太可怜了。我们有一个很好的过去，就是有警察的时候，我们是朋友。那时候，我们大家除了需要真实地说几句话以外，没有别的，什么做诗人，成为一个文学家，没有这些问题。昨天他们邀请了几个说是最有名的诗人谈问题，我就没有参加。

烨：××上来就告诉他，让他到时候少说话，就不愿意让他说话。我们想还不如走呢。

喜欢跟最有名的诗人对话。但是我看人跟“有名”没关系。我说我就提一个问题吧，就是请问著名诗人每个人对自己的灵性有什么看法。他们说，哎，这是个太古老的问题了，十九世纪的问题，过时了。我也没管，就走了，看电影去了。后来说是那几个诗人就讨论了这个问题，别的都没谈。

什么我们面对语言的困境，面对世界的物化，应该怎么办？是不是还能写下去？应该怎么写？不存在这些问题。

烨（笑）：他们认为那是高级问题。

是不是应该严肃？更严肃？——怎么会有这些问题呢？没有什么严肃不严肃，人就是有感觉的时候写，写就只能这么写，跟“严肃”有什么关系？我一点儿不明白是怎么回事儿。

其实也是自然的。就是人有一个目的以后，他逻辑就改变了。我是九八五年想通这事的，我想我从小上学，就不想从一年级上到六年级，我现在为什么要从一个小诗人去当一个大诗人呢？这不是我想干的事儿，我要的是活，是鸟的感觉、鱼的感觉、人的感觉，像女孩子那么干净地生活的感觉；这些乱七八糟的事儿同我有什么关系呢？同诗有什么关系呢？

中国现在把所有最真实的东西都给变得不真实了。《红楼梦》那么多人在讨论，

L：我觉得不仅仅是中国。

芒克说了一句话，他说现在不是人人都有这个感觉的，你说也没用。我觉得他是很清楚的。

烨：他说诗人是有灵感的。

他说诗人有另外的来源。

烨：没有灵感，写什么诗呵？你。

超自然的一个来源，不是我们这个社会知识范围内的一个来源。当然我们有个切近的来源，要不然我们为什么在这个世界上忧愁，为什么要看他们觉得奇怪。

烨：七点了。

我想咱们吃干净可以走了。再吃一点儿？吃饱了吗？

烨：吃饱了。吃多了。

L：我也是。

我觉得男的吧，起码应该有一点儿精神。女孩子不用说，她们自然就很美丽。可是这女孩子世界上很少。

烨：老得加定语哈，修饰一下。

很难碰到一个。

我很喜欢雷诺阿的画儿。画一些女孩儿。他很平静地看这些美丽的生命，她们天真、漂亮、简单。雷诺阿画头发很漂亮。雷诺阿会用红颜色，生命的感觉很强。花儿，水果，孩子，身体，都有一种生命的光溢出来。

有一回问我同不同意济慈说的一句话，就是"真的是美的，美的是真的"；我说，美的是真的。我不知道什么叫"真的是美的"，也许美的是真的，真的就是美的，跟佛教的道理一样：空就是色，色就是空。

要是看世界看着看着，一下和唐诗一样了，该多漂亮。

《红楼梦》里最妙的人就是薛宝钗，她的屋子白色的，什么都没有，但是她非常合适地做一切事。这个"合适"呵，有一回谢烨说，她忽然觉得她做所有的事都要做得合适，没有目的，就是要合适。这很怪。薛宝钗，她看不上贾宝玉，没有爱情这回事。她完全是自身的，心静如水，完美无缺，不进不出；包括出嫁，都是无所谓的。她始终处在一个无我的状态。哥哥给抓起来了，无所谓，家破产了也无所谓。这很像……

毛泽东喜欢林黛玉和贾宝玉，不怎么喜欢薛宝钗，（略2行）

这一个人，做一切事情，而且做得合适，只是做，所有言行举止都是合适的，自己的一切都给了别人，也无所谓；这个还是我一直没有自身体会的一件事呢。

也许快该走了，吃几筷子，总是有点儿东西要给剩下来，嗯。

烨：太多了。

那会儿在岛上，就是那个大商店的垃圾箱，我在里头捡了好多肉肠儿，吃得；（连续的刮盘声）西方有一个真正阔气的地方，就是垃圾箱。所以我在西方待得很痛苦。在中国我就想过捡破烂儿为生。那是一个高尚的生活方式，清洁环境，消灭浪费。可惜我就是有点儿扛不住那个脏的感觉。中国的废品收购站是个真正可爱的地方。不过跟着西方跑大概也快消失了。发展经济就是把大自然全都人造成垃圾。造了汽车卖了最好是让它赶快给送进垃圾场，然后再来买。什么叫促进消费呵，就是——

西方有一个真正阔气的地方，就是垃圾箱……

发展经济就是把大自然全都人造成垃圾……

我特别不喜欢来饭馆儿，集中地看人类的堕落……

——图信笔于 1988 年岛上生活期间，曾用作其《布林的档案》组诗装饰图

烨：得啦。你看，他就是要都刮干净。

我其实特别不喜欢来饭馆。

烨：他自己的是得给都吃喽，他看别人剩也难受。

我特别不喜欢来饭馆儿，集中地看人类的堕落。这样地挥霍浪费，他没道理不亡。

我想我们可以走了？

烨：你可别以为他节省。他捡破烂儿，可是专扔那个值钱的。他不花钱，扔钱。

谢烨永远惦记我把她的半导体收音机给扔了。那是因为她先扔东西的。

烨：你看，我扔的是垃圾，（录音完结）

1992年6月18日　鹿特丹

写诗就是一个赤子之心

——与友人L、S[1]谈美英荷之行

他说了一句话我不开心了。他说现在哪儿还有精神这回事呵？我说那要是没精神我们还说什么？就真的没有可说的了。因为我觉得人在一起就是由于一个精神，要是没这个，仅仅是凑一块儿捣腾一些个文字，那我干脆别凑了。我说××我敬你就敬你在这个精神上，不是别的。

烨：那天给顾城说急了，挺好玩儿的。整个一下午，他们俩就在后边一直说。

后来我们还谈到反抗问题。反抗，我说你这只要一思想说我们要反抗，你就跟统治者掉一个逻辑里了。但是以生命讲呢，外围对生命一个压迫，生命就必有一个反抗；这时如果脑袋一介入呢，用脑袋一权衡利弊呀，这个反抗就会遭到压制或是鼓励，这时就含有政治的成分了。我说我们不要那么听脑袋的，就顺从生命。忠于生命嘛，不是说。原来在中国的时候我们有这个反抗，现在在西方也一样。西方文化不能说它不好，但是它太强势，整个西方社会呀，也是个异化的东西，你看这一个个，自负又空洞的样子。

精神它自然就是对物化世界、对文化强势的反抗。（笑）所以我鼓吹精神——以我们的精神使傲慢的西方感到来自生命自身的反抗。

烨：他就提倡反抗西方文化。

我们一路上碰上好多个朋友，过去一块儿抗过这个世界，但是现在东一个，西一个，就好像是抗不住了。

烨：挺逗的，特好玩儿，××说，我们不能不正视这个现实。

他说现实中哪还有精神呵？我们还谈精神，而实际上这个东西已经过时了，就是说，这已经不再是现在的艺术面对的问题了，艺术面对的是纯

---

[1] L、S均为中国居德友人。

的艺术上的问题。

烨：顾城一下就急了，他说如果你这么说，我今天和你掰。××说那个东西太虚了。顾城说你不能说“虚”就没有。

你现在看不见，但是当时我们都是用心感觉到的。这一个人就在他一口气上。他没有这口气，五官再端正有什么用呵？

烨：××问顾城，什么是精神？顾城就急了，说就没法再和你谈了。说他当初走进“今天”的时候，

我说我走进那个小屋的时候，看见你坐在那儿的时候，我摸到了什么了？我听到了什么，看到了什么了？精神的确是看不见，摸不到的，但是是什么东西让我冒那么大雪，穿过整个北京，到那个小屋去？是什么让我们坐在了一起？

烨：他说你今天说没有精神，他说那我告诉你别人没有不等于我没有，他告诉人××，哎哟，××说：“小声点儿。”

即使这世上没有，也不等于说我们就应该没有。

烨：××说我们考虑考虑。

后来××让我写一篇。我就给他写了一篇“上书”。他可能要发。××还是个诚恳的人，再说没精神，他还是有精神的。

《今天》，说实在的，它弄得太学术了，也不是说不可以学术，关键是它那个不是骨子里的学术，是失了主心骨，一种诚惶诚恐的，生怕够不上档次的硬着头皮的学术。

烨：他的感觉就是说，《今天》的整个趋势是什么呢？整个就认为，学术是一个标准，整个就奔学术那儿去了。

问题还在于那并不是诚恳的学术。它整个儿是邯郸学步，它学着西方的方式，还不是西方古典的，是西方现代的，以此来看待全部的中国艺术。你看待是可以的，但是还进而以此为衡量中国艺术的标准，进而就等于是要求艺术创作向这个标准看齐。且不要说这是个什么标准，艺术创作根本

就不该追循任何学术标准，艺术创作就跟树要长叶，花要开花一样，它这是天然的事儿；然后你对它有什么看法，那是你的事儿，是另一回事儿了，和艺术创作没有关系。

L：不过这大概每个人不一样。

说的就是不一样，所以才不能用标准要求呵。不过又要说，在一个真正的精神到来的时候，人还就在一个时刻是一样的了。就像这树的每片叶子它彼此都不一样，但是你要从树干内部看，它就是一体的，来源共一的。

其实不一样是完全正常的，也才说明是生动的、有活力的；其实我是说，无论怎么多样，写诗一定不是一个考状元的活动。

烨：就是不能有这么个目的。

我现在谈的是纯诗，或者叫纯艺术呵，这要求可就苛刻了，是吧，到底什么是纯诗?

烨：那就没准儿有名的人就能给筛下去了，像杜甫什么的。

要论纯诗呀，杜甫也就一两首行。李白也就七八首行。它就这么苛刻。

L：你看你们之间的看法都不一样，你们这诗人我认识好几个，看法都差得挺远。

烨：这有个实质问题在哪呢？在个好处上。

有一个谜底，我给 ×× 上书也写了。就是他说写就是一种献身，因为现在写诗没什么好处。我说可是现在写就和那时写大不相同。你知道我们俩说这些话的时候呵，就正向饭店走呢，人家请我们吃饭，我们不是往公安局走；而早那时候写呵，基本上就是快到公安局门口了。

S：现在的献身就是纯物质上的，在西方赚钱，或者干什么，有成就感，它的标准，就是物质上的。

烨：不是，顾城，我跟你说，写诗对于功名来说在这个世界上比过去的时候，要大得多，也就是说好处要多得多。

不光是钱的问题，有功名的问题。

烨：这个目的呀，它就太讨厌了。他有这个目的在那儿搁着，他这个逻辑就怎么都往那儿偏。然后你顺着他那个逻辑一推，你就看见他那个目的清清楚楚。这就好比买Lotto[2]，只要他买就是想中；他说他买他不想中，这是胡说；所有买的人都想着可能中，他才去买；如果他不想中，他就不去买了。实际上就是这么个道理，对不对？

是。

烨：顾城在那儿开会提问题：为什么中国有那么多人写诗？

（笑）为什么中国有那么多人走写诗这条路？我说还就是因为这条路哇，看着是条名利之路，而它要的走路成本似乎特别低，就是那个创作材料哇，它特别简单，比画画儿简单多了，写写字嘛，谁都会。这就跟Lotto买的人特别多一样，要说打麻将赌，就还复杂了点儿。

而其实呢，诗是最难的了，难也就难在这儿，它没有技术的台阶可攀，你达则达，不达你无路可循，你此刻达，彼刻可又不一定了。这就不像画画儿了，匠人不匠人的，他上了几个台阶是几个台阶，有功力在那儿就是个依靠。

L：可人家就沿着路走，台阶越上越高，还就成诗人了；你说他写的不是诗，反正他就是成功了，是诗人了。

你知道我呵，这要求得太高了，我希望《今天》成为一个精神实体，而不是只是一个艺术实体。这我已经将艺术降下来了，依我的原本认定呢，艺术是等同精神的。

L：别说这个呵。精神实体，哎呀。……

烨：这个呀，就在你们最早接近的时候，是不存在后来说的这些问题的，你知道吗？

有一种默契。

后来想起《今天》好多人都特别好。有一个人从蒙古插队回来，一脑

[2] 一种六合彩。

门子就扎在“今天”了，就一直干活儿。直到今天还给“今天”的人吧，像芒克家什么坏了，他背个小箱子装着改锥什么的就来了。他根本就是跟这些人有的是一种纯粹的精神的联系。

S：他是不是给你们干好多杂事儿呵？

那人永远就是干。北岛现在还怀念这个人。这个人不写东西，可是就跟他们在一起，《今天》财政也交给他管，因为交给谁都不放心。交给××，××就喝酒去了。北岛老跟他制定纪律哈。这个人最厉害了，这个人“拒腐蚀，永不沾”。这人叫老鄂。这人到后来，我就觉得是圣人了，他做一切事情，而他什么都不图。看过去，他说话也有点儿结巴，眼睛还有点儿对着，可就是他，就把“今天”的人团住了。

S：他这一个人造成了大家抱成团儿的气氛。

对。

L：没有疑问这种精神的存在。但是大部分人我看都是散了以后，每个人处理具体事的时候，他就按照另外的这个——

问题是，我们说的是诗歌。我们不是说生活。要说生活我遵守生活的法则，该干活儿干活儿，该挣钱挣钱，该图名图名，该做广告做广告，这个都可以；但是，我要说北岛的贡献，他那个时候说：我曾在世界上多次撒谎，但始终遵守着一个儿时的诺言。就是这个话，就让我认北岛。这回看见云虹，他说了句话，说你们把老外蒙了，但是别老外一夸你们，你们把自己也给蒙了。这就是个危险。因为说实在的，写诗就是一个赤子之心。人要是没有这最后的一点儿领域，最后的一点儿尊严和梦想，那还说它个什么劲？连自己的最后的愿望都不要了，还说什么说？就是把这堆垃圾从这边儿撮那边儿，从那边再撮回来，有什么可撮的还？

烨：玩儿是可以的。那个芒克说得就对，他说咱们玩儿呗。

现在国内就在“玩儿”艺术。王朔玩儿得就好，好在哪儿？他把自己也放里头玩儿，他承认自己就是垃圾，他同时笑话自己，那撮垃圾的锹也撮着自己呢。这“后现代”，是，咱们就后现代，让各位看看这后现代的德性。可是你不能你撮着，把人家都扔“后现代”里，自己还假模假式地坐在尊严的古典宝座上，那宝座是神的，你有神才能坐在那儿，你要没有的话，那咱们就一起当垃圾，一块儿挨撮，王朔那个我赞成，我特别赞成，咱们垃圾，我在垃圾中间也闹腾是吧？那他这其实就是有一分痛心在里头，有一分精神没死。所以他一边是垃圾，一边还有一个从旁的清楚的观看。

烨：而且，哎，垃圾有功名，我要功名，因为什么，我活着得花钱，你们都说垃圾好，咱们也说垃圾，我他妈这堆垃圾高。

这叫荒诞派。他看出了整个儿，包括自己在内的这个世界的荒诞来了。他有这个“看”，那就是这个世界再混乱，他还有一个“天”。要是没这个，那荒诞艺术也就不成立了。

L：我们这有几个人凑到一块儿，一会儿去看王安忆，王安忆来了。你们一块儿去吗？

可以呀。

L：她说起来就是，顾城我认识，没见过，很想见见之类。

我见过她弟弟，见过她姐姐。

烨：她几号走？

S：二十四号。

（其他琐事。略）

哎，你们看不看得上我的字儿呀？

L：哎？没看见你的字儿，看看你的字儿，看看你的字儿。

烨：不会看不上你的字儿，人知道你是艺术家。

（对字的具体议论。远离录音，难以辨听）

……第一天写的；第二天写的……我的字儿历来写得坏得不得了……

顾城 1993 年 3 月不同字体写“东方红”。（文中所涉时期至整个 1992 年作者书字全部散失）

这回到美国去……（省略号处难以辨听）

烨：好玩儿吧？

是不是好玩儿？……我在那儿写了好多……（省略号处难以辨听）

烨：这就写神啦！

L：你要多写以后真是，

有点儿希望哈？

S：我想真是，你这俩字儿给练书法的人看，人家嫉妒耶。

是。那个人舍不得纸给我写，后来我急了，我就买了五十块钱的纸，后来第二天就镇了，他特奇怪，而且他的字也一下就写好啦。

S：哎哟，这真是！

歪体。

烨：真是觉得挺天才的哈？真是。

（话题转移，略）

1992年6月21日　柏林

那个声音他们能懂

——友人来访

友人：你对中国字的这个感觉是从什么时候开始的？是从来如此，还是逐渐逐渐发现的？

逐渐逐渐地。差不多是一九八五年，忽然，我就不想写诗了；可是忽然，我就对中国字有了一个新鲜的感觉。

友人：有没有一个契机呵？发生了什么事情？

哎，是。我这个人隔三五年就死而复生一次似的，像有一个轮回。那会儿，我就不写诗了，我就攒铜钱。铜钱有真有假，你老得在灯下细看，那有的字就很好看，像宋徽宗写的大观通宝什么的，就很好看。我就看这些字，慢慢就看出味道来了，就看出古字跟现代字的不同来。那古字往里走，收大于显，它涵十，而显一，就是那个内力呀，很厉害。而现在的呢，它“一”却往“十”里表现。这字的气象可就大不一样了。

古代的玉我也喜欢。有一阵儿我想学瓷器。已经说好跟一个专家学了，冷不丁就出国了。

小时候，我语文特差，就怕那个“听写”，字写半个那半个就想不起来了。反正我这个人吧，你让我学，我就坏了。如果赶上我有了兴趣呢，糊里糊涂倒也就知道了一点儿。后来到岛上看《红楼梦》，还教了一年唐诗在奥克兰大学。

在岛上看唐诗，才知道那个东西有多好，真正漂亮。

友人：你说的是表层上的漂亮，还是里头的漂亮？

小时候，我语文特差……

——照片 1964 年（作者这时已对诗有所认识，写下了如《松塔》《杨树》这样的诗）。

你比如说王维的“红豆生南国”，你在岛上走的时候，海气升起来，银闪闪的云朵，周边光撒下来，花就亮了，这时候你的直感是什么呢？是红豆呵，它生出了一个南国。

中国古诗，它讲“空灵”呵，这“空”就是“无”吧，这“灵”呵，就是“无中生有”。就是你呢，根本无心；而它呢，自生；就像万物自生一样——天何言哉，而四季行焉，万物生焉；还有呢，文章成焉。

友人：你是教外国人吗？他们能听懂吗？

听我课的都是研究生，中文学了好几年了的。

友人：能听懂吗？我想中国人都不一定能听懂。

可我读，那个声音他们能懂。

友人：声音？

声音呵，加上我在黑板上画；当然免不了还是要讲解的。我是尽量让他们直接感受，就是不通过翻译，不往英文翻，也不往现代汉语翻。因为现代汉语和古代汉语，对他们来说距离是一样的。

我跟他们说，可以想象这是一堂音乐课。可我有一个不解，就像《春江花月夜》音韵循环往复，声音漂亮极了，可是有的地方会忽然涩一下。我想它是应该用古音读的，那一定更漂亮。很遗憾没办法听到那个原初的优美了。

在那儿读唐诗什么的，对我的精神真是有很大的帮助，一下儿入了另外一个境界了，就像现代科幻聊那个时间隧道似的，一下就到了唐代了，要不就进了红楼梦了。中国人其实历来就没有信仰，还就是到了唐，那个佛境给它提供了一个新的生命，就是死亡是没有的。

友人：死亡是没有的？

死亡是没有的。中国人本来意识到的是生之渺小、死之空无，那么对着这个空无的终极，他就是对酒当歌，人生几何；但是入了佛境呢，死不过是狭小的人的一个想法而已；空并非死灭，而是充满生机，这种美丽就幻化出“采菊东篱下，悠然见南山”——“行到水尽处，坐看云起时”[1]——“八月蝴蝶黄，双飞西园草”……那么平淡，比现在的白话文还要简单，却让你永远如最初一刻一样地感到神性。

友人：你给学生读这些诗？

我是每星期去奥克兰大学教四课，坐船去，有两个学期他们都是将我的课安排在同一天里。每回读诗对我来说感受都是很好的。学生，我刚开

[1] 此句原句多数版本为“行到水穷处，坐看云起时”。

始不知道，后来才知道，他们跑去找教授说：讲得好极了。我觉得人是有种精神的，而精神是可通的，尽管语言不特别通；你可以画画儿，做手势，但是到达一定境界的时候，它一下就通了。

后来我看那些讲唐诗的书，真叫有点儿遗憾，讲的都是外在的，时代背景呵，手法呵，用字炼句呵；而其实那是神品，是天然自成的。它是境界的显现，到那个境界它就出来了。王国维说“境界”，是对的。

烨：不过写小说是要一种具体的生活，

友人：我觉得应该是抽象的，但是不容易做到。

烨：它不太一样，文学的对象不太一样；

友人：具体材料不一样；

烨：反正得有精神；

友人：没精神就没意思了，就看报纸，看社会新闻啦。

这回我和 ×× 有个争论就是艺术到底产生于精神，还是可以仅仅依靠一种修养和知识呵。

友人：这一定是精神的。

我觉得一定是精神的。没精神，你做这个事干嘛？但是现在外国批评基本上，它回避这个。它也没有精神。

烨：现在外国批评也没有精神。

没有精神的时代嘛。

友人：那 ×× 怎么说？

烨：他说这种精神说比较过时了。

他认为这属于一个古老的概念了。

友人：呵。

现行潮流呵，新的批评呵，结构主义、解构主义呵，比较热衷这些。

烨：后现代。

友人：×× 的问题就在这儿，他总是需要个具体的背景和具体的对立面。他在这中间才能生活。

我的诗他说不符合现代诗的标准。我说我对那个“标准”本身大加质疑。

外国搞艺术的，他们都是十分个人化的。但是中国人老以为西方有一个“主流文化”，老探讨这个“主流”。要我说呢，这倒真是一个古老的概念。

（录音中断．空去部分）

……教会，哎，如果你到了这个境界，你就没有教会的问题了。

那你非非主义还存在着这么多焦虑，那你就不是非非了。

友人：他们给非非主义的定义是什么呢？

我不知道。反正他们的口号都是比较高的，不同流，不合污的，那又存在着那么多现实的焦虑，就比较奇怪了。

烨：现在他们那个中国诗研究，说的就是这个。他们说新生代的特征，说是有一种精神焦虑。

我说这是在说诗的特征还是诗人的特征呵？

烨：精神焦虑，我问了他们，他们不是讨论会吗？他的论文说出来，说有一个特征特别明显，就是精神焦虑。我说这个精神焦虑指的是什么？他说你看，过去有李白什么什么，现在有北岛这些诗人，名声都已经很大了，他们如果要超越他们是需要很多努力和这个怎么说呢？

友人：叛逆性？

烨：不是叛逆性，就是说超过他们的力量。

跟跳高似的。好像那个运动会已经有一个纪录了，必须突破它，要不就白跳了。

烨：哎对，所以就特别的难，所以就焦虑。当时我就觉得非常奇怪，我说首先你要问写诗到底为什么？

诗想写才写的。那写怎么会有焦虑呢？写了拿去比赛，或者是为比赛而写，那就都不是诗的事情了。

1992 年 6 月 22 日　柏林住室

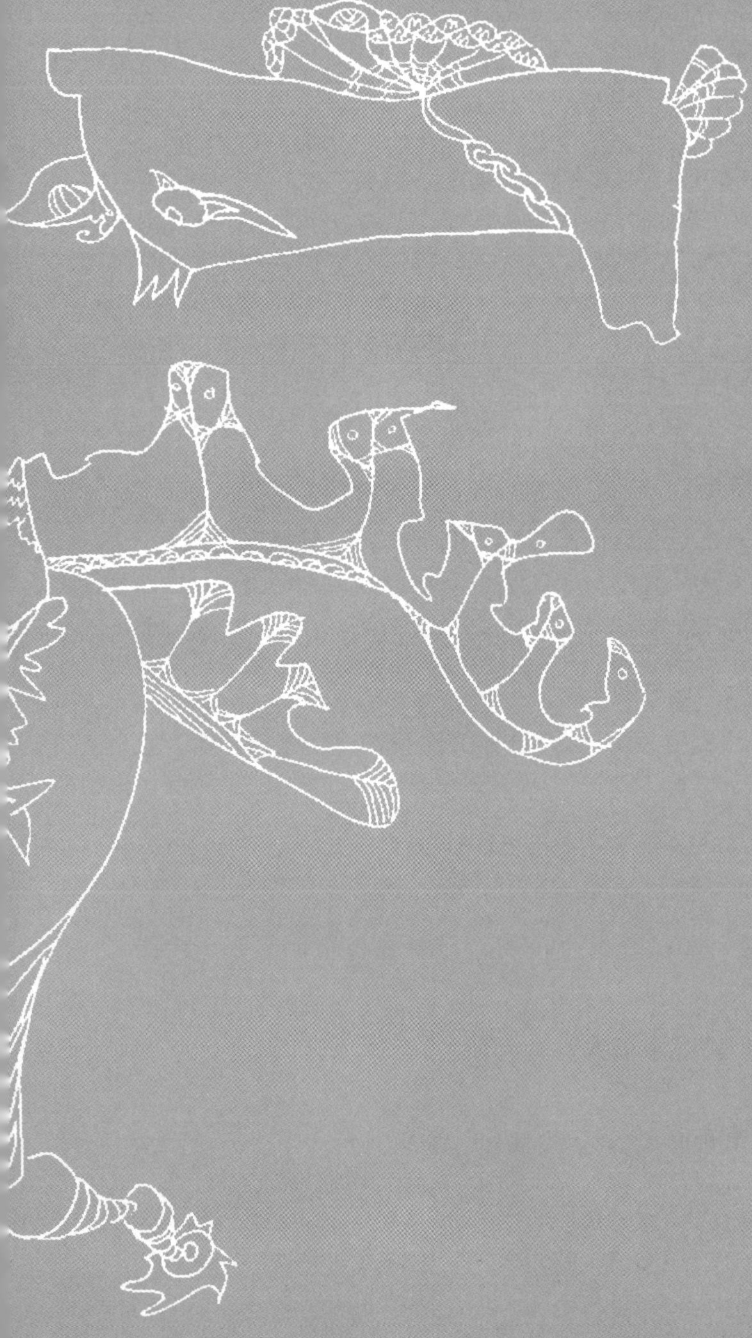

第六辑 1992年7月—10月

柏林

诗人只面对上帝

——同劳拉谈[1]

我读你的诗，最早读的就是《烟囱》和《星月的来由》。

那是我还在北京时写的。

那个时候我就知道有一个秘密，而且只有我知道这个秘密。这也是烟囱和星月的秘密，我们在同一个秘密里。

这使我开始不害怕这个世界，包括我自幼恐惧的死亡。

世界变得遥远；每当我听到诗的声音的时候，世界就消失了。

这时烟囱也是我，星月也是我；河水是我手的抚动，云朵是我的微笑。

我在农村时写了第一本诗，其中《生命幻想曲》是最好的一首。

那个时候根本想不到发表，甚至也想不到拿给别人看，因为我会感到那太不协调了，外边完全没有这样的声音。

而且也不敢，那时是“文化大革命”，这样的诗我知道到了外边都是反动腐朽的东西。

而我珍惜诗的时刻，我后来在油灯下将它们抄成了一本。

那是我幸福明亮的天地，却又是无法与人分享的天地。

那个时候，我以为世界上已经没有诗歌，只有我将它们写在一个小本上。

所以我到现在还是相信诗歌不是从书里来的，是从天上来的。

那时我也给连队和村里写些“诗”，写插秧、种树，写战士、农民，他

[1] 劳拉：意大利诗歌爱好者，有志于译诗；有一定的中文水平。此篇其插语大多略。其间谢烨以英文给予对方一定的解释。

那时我也给连队和村里写些“诗”……

——1970 年 12 月连队收工之时顾乡持家中相机摄。持车把者是直接领导顾城父亲的炊事班副班长。

们给登在黑板报上，或是排演成节目。

那些“诗”我都没有抄到小本上。那些“诗”和报纸上登的是一致的，只不过我还是试图让它“艺术”点儿。

但是它们同我小本上的诗歌是不沾的。

那些诗歌让我有个感觉，就是我和它们来自同一个地方。

这就是我刚才说的“秘密”，那个地方在天上。

这个秘密的感觉让我时时惊喜，在和人们在一起时就有了些从容，而且看什么都美丽。

我和村民和战士们相处得都很好。但是我不太知道怎么说话，我说出的话总惹他们笑，所以我就不怎么说话。

我好像更多的时候是像看画儿一样地在欣赏他们。像我是从另个地方来，到这儿来看看一样。

后来很突然地，出现了一个恐怖的感觉，我意识到我成了一个男孩儿，还要成为一个男人。

这真正把我吓坏了。

在我无意识的感觉里，男人是丑的，是笨的，是同我诗的来源格格不入的。

而我要成为他。

原来清澈的感觉给破坏掉了——原来我感觉我同诗来源于同一个地方。

现在回头想，这个“男人”还是更属于概念的，我看一个个人可爱的时候，并没有想到他们是男人，就如同没有想到我是个男孩儿一样。

可是轮到看见一个可恨的样子，趾高气扬，或是低三下四，那就是男人。

我不太知道这样的概念是怎么形成的。也许是从小，那些大院儿里的大人给我的印象。

这样的印象后来在看《红楼梦》时得到了印证。

我老有个感觉，这个世界被男人占领了。所以这个世界才那么虚情假意，蛮横无理。

我好像一直就没想到，我将要成为的是一个男人。但是这时白骨在身体里生长的声音在告诉我。

十七岁的时候我回到北京，我必须想办法来对付我自己，像对付世界一样。

我必须阻挡我成为我厌弃的世界的一部分。

我就开始读马列，并且去当了个木匠。

那是一个谁有一点儿办法都不肯去的很差的单位。可是那个时候，马列让我去那里。

我在那里几乎成了个“工农兵作家”，忘了我写在小本上的诗。

几年以后中国发生了很大的变化，我参加活动的工人文化馆，创办了一个文艺小报。

我异想天开将我少年时期写的诗拿给他们，竟然登了出来。

这个时候我还看到了《今天》。

《今天》现在在 Stockholm[2]？

—— Yeah[3]；但是跟原来不一样了，那个性质不一样。两个境界。——

我就认识了北岛、江河、芒克、杨炼。然后我又认识了她。

那时我心生一种强烈的爱情，想对人说话。

我想告诉人，你们要的那个东西跟你们没有什么关系。

我觉得人们在做噩梦，我应该把他们叫醒。

但是到了一九八二、八三年的时候，我就发现我十分可笑了。不过我还是没有放弃。

八一年起，我开始写这些你看到的《布林》。

稍早一点儿我写了《我是一个任性的孩子》，表达我的失望和希望，然后“布林”就冒了出来。

我这个时候还在说话，人家都认为我有点儿疯。

我妈妈就这样认为。后来我岳母更是这样认为。我就生了一场大病。

那个时候我想把自己丢掉。我想去流浪，饿极了自然会要饭；该死死该活活，再不会有人要求我过他们的生活。

上海非常可怕，我只在半夜十二点和老鼠一起出来，去街上走。

因为如果是白天我必须看见许多许多奇怪的人。

那个时候我每天读五六本书，有庄子有惠特曼。但是没用。

后来我回到北京。有一天坐在那儿生病。看见所有人走过去，忽然就听不见他们说话的声音了；就像小时候，鸟对我叫过以后，我忽然听到另外的声音一样。

[2] 英文。即：斯德哥尔摩。

[3] 表示同意的意思。音“耶”“呀”之间。

这个另外的声音让我想起我的像春天一样的生命。

春天是不摘任何一朵花的，但是所有花因它而开放。

如果我是一朵花，我会凋谢；如果我摘一朵花，花会枯萎。

但是当我是春天的时候，我的呼吸就是花朵；呼吸与我同在，花朵与我同在。

这是同一个秘密——你就是春天。

《圣经》上说：上帝不在任何地方安歇。佛教说：无所驻处是真心。

我做很多事情，我锯过木头，种过地，养过鸡，这都是我心的旅程。

一九八五年以后，我就不写诗了。我的诗有一多半儿是从梦里直接抄下来的。

还有一部分是一个精神到来，一个梦想到来，这时候我高兴把它落到纸上而出来的。

所以对于一个真心来说，写不写诗是一样的，它并不需要停留在诗上。

有人说诗人永远面对语言。

我知道诗人只面对上帝。

上帝并不是《圣经》创造的；没有《圣经》上帝还是上帝。

1992 年 7 月 1 日　柏林住室

理想、实现与人性

——与友人 Z、C 等散谈[1]

……

黄金时代；白玉时代。

Z：这白玉时代是二十世纪初布洛克那一批诗人，那批诗人我太喜欢了。

布洛克。

Z：你知道那个时候有

呵，帕斯捷尔纳克。

Z：还有几个女诗人，

阿赫玛托娃！

Z：这些诗人都是好得不得了，他们的诗。

好像没有多少翻译成中文吧？像普希金的诗翻译成中文都是很一般的；我想他那个平白中的神韵可能是很难翻到另个文字里去的。

Z：马雅可夫斯基、叶赛宁，这都是那个时代的关系。

你懂俄文真正好。

……

O：这个社会主义根本就是个……

任何理想呵，他同实现是两回事。就是说理想就是理想，实现就是实现；理想没有实现或是根本不能实现，它作为理想的性质并不会变，也就是说理想中不必包含可实现性。

[1] Z这里是一位苏联汉学者。C：中文讲师。W、F、O：居德中国朋友。

越是高于人性的理想，它就越不可能实现。硬要去实现，那就只有采取种种与理想本身不容的非常手段了，因为它必须让所有人一直永远地坚持做高于人性的事情。所以，他这，无论实现不实现，它都已经无法同那个理想接近了。同时在这个非常的“实现”过程中，大家全都跌入了魔鬼的生活。

所以我说理想不是为了实现的，它的意义就在于画饼充饥，给人心里一个照耀。

W：马克思就是一个书生。

马克思已经实现了他的理想了，那就是他的理论。他分析资本主义分析得很深刻，我到现在还觉得是最为严谨深刻的。

（略4行）

F：马克思这种想法可以作为人永远的

向往

F：……

要保持慎重的距离。因为人类的本性从来就没有提高。

烨：马克思实现了他自己的理想，就是完成了他的研究。剩下的事儿是别人做的。

实际上理论本身就是一种实现。而且，这点也该看到，就是现在的各资本主义社会都含有不同程度的社会主义成分，已经不是纯粹的资本主义了，这中间也有马克思主义的贡献吧，虽说社会主义革命本身过犹不及，但是它还是有贡献的，它的成果在人类社会现状中还是可见的。

烨：马克思毕生的精力搞了这个研究。

Z：……资本主义是很自然地发展出来的一个结果，它就是，人和人之间竞争。自然中有狼，把狼都消灭了，大自然就不平衡了。

烨：就麻烦了。

F：大鱼吃小鱼。这样社会才会发展。

烨：那就没人道主义啦！

C：所以资本主义一定要强调人道主义，在尽可能的范围内。

要说自然，你看，在原始社会里，人难有活过四五十岁的，因为你竞争力一差，你就死掉了。

W：一病就完了。

动物们，你一跑得慢，立刻就被吃掉了。

C：资本主义的功利问题，没有功利主义社会没法发展，但是必须想其它办法制约，比如民主制度、法制，包括你刚才说的社会主义成分。

人在其中呵，最好别那么惑——无限的资本增值，社会就要失去平衡，世界也要失去平衡。

民主要是绝大多数人都要求增值呢？法制是不是也是鼓励增值的呢？现在没哪个政府会对人民说它是不要增值的，都在说发展经济，不论是专制的还是民主的。至多也就在分配公平不公平上有个区别。而在对整个世界资源的耗用上总而言之是朝着同一个方向走的。

竞争就是比赛着用，抢着用；民主一般就是这个国家的人全都同意不抢白不抢；谈判就是谁都要抢只好商量一下，商量不成那就用强啦，也法制判判，可挡不了用强；民主连同法制要是一个国绝大多数人都要求把另个国抢了呢？

所以人光在这其中发晕不行。他需要另外的境界。中国像唐代，它一方面有功名思想，有征伐思想，但它另一方面也有佛教，也有无为思想。这两者的平衡，使那个社会达到了一个平稳宽阔的状态。如果没有我们现在判为虚无的精神在看不见的另一端平衡着的话，社会就只有向实利的一端无可遏制地倒去。（略2行）

中国人是非常实际、非常实利的，但同时也是非常虚无的。要是没有虚无的那个立脚点的话，他就陷在实利里淹死了。

因为毛泽东搞了过多的精神，现在中国就倒过来，搞过多的实利。

烨：实际上这两者都是不平衡的。

是。中国现在就是这么一个大错乱——所有精神它给变成了一个虚伪的东西；所有实利呢，它又变成了一个虚妄的东西。

你看我们岛上的人，我觉得那个实利就很对劲儿，他要盖房子，他就找木头，他要放羊，他就钉桩子，他要挣钱，他就做工，很实在的。

而中国现在，它只有个挣钱，挣钱挣面子，面子的全部内涵就是钱。过去有捐官儿的事儿，捐多少钱，官至几品，现在它就是多少钱就是多大的面子，所以赚了钱还要赚钱，如何请客，如何送礼，是面子也是钱。没钱着急，有钱也着急，贬值升值都着急。

你看，把古迹它都给拆掉，再盖点儿莫名其妙的新“古迹”，整个现在一个错乱。它不知道那个生活的味道。

它明代再腐败吧，他好多人，还是静的，一时一树一花，它知道人在时间中的过程，不光只是张扬。

再说唐代吧，王维他有时候做官，有时候他就到自然里边去，李白也去找和尚，没找到，得到一种心境就回来了。他们始终都知道人间是这个自然过程的一部分，人间不是全部。

但中国现在，一则没了祖先，没有了把功绩刻在碑上的这种感觉，二则没了自然，知识分子不可能在自然中间有个生活，这两头的联系都失掉以后，所有人就都在忙着说话，忙着表现，把西方的东西拿过来变成这么一撮怪物。

F：我相信不仅是经济问题。

像日本吧，它保持了自己的一部分精神，它有禅宗、柔道这种东西，看起来这好像都是些毫无用处的东西，但其实因由这种精神它才控制住了外来的制度和西方的技术，使社会运转一体。中国就在这点上，……给它一下儿砸了以后哇，没了，这东西。

这是一个宿命吧，我想。一个文化有兴盛的时候，就有瓦解的时候。何况它已经这么悠久了。

F：别这么说呵，“明天更美好”，人要“往高处走”呵。

“人往高处走，水往低处流”，就是个“向上爬”吗不是？这要是得了选择权，不就是选择向上爬吗？要是得了自由权，不就是利用自由向上爬吗？你也向“上”，他也向“上”，那不就得打吗？要不不就成“水往低处流”了？这要真闹出个民主制度才热闹呢。先不说别的，你就看咱们海外这些民主组织，哪个它也不能民主选举，打得，他都要人往高处走是吧？

F：是。

烨：顾城就是“水往低处流”！

哪有什么高低呀？不能光看西方表面的民主，要看到西方人的他那个自由性格，他那个心思里就没有多少高低的比较。你没这个前提，光有个民主制度一定还是民主不了。

O：中国应该让宗教独立呀，像教会，基督教。

中国呀，它没那个宗教感觉；现在好像基督教呀，西方看着有些兴奋好像正在那儿兴起哈，其实那只是一种时髦而已，因为西方在中国正是时尚嘛，那基督教也就成了时尚。要说感悟呵，什么皈依主呵，你还是别想。中国人没有宗教感，但是怕死感、空虚感是有的，所以道呵，佛呵，也源远流长，只不过在中国这还称不上宗教，对一些人来说是境界，对大众来说，它都是要求十分实际的，所以就出来了算命呵，风水呵，跳大神儿呵，烧香磕头呵，以至于气功、中医、功夫这种谈不上信仰而只是为抵抗那个“死”的伎俩式的东西。因为怕，对这种东西的依赖就成了一种中国式的迷信。他胆儿大的人就可以用这个。你看中国那个“教”呵，都是忽一下就起来一个，甭管黄巾起义还是太平天国，你要说那是宗教感，得啦，一败散个稀泥一滩，一点儿骨气也看不见是吧？哪谈得上什么信仰呵。共产党呵，它看这个是看得极清楚的，先不说它自己有它的骄傲感，它就做到了前仆后继，而且它太有这个经验了；它看你们，什么教会独立，得啦，归罗马教皇？那罗马教皇哪懂中国呵，那不用推想，立刻就是个太平天国；你不用说中国那个气功它要得 (děi) 着了还就闹个义和团呢。中国打“民主自由”的旗子，你别看现在闹得个个山头，可要是来个什么黄天大师，罗马教皇，那还真能一哄而起。（略2行）

F：让你说的，唉。

O：民国时期，那个时期教堂很多，有这样的事吗？

那是。那时候突出的可不是教会。你军阀就军阀去是吧，土匪你就去闹土匪，要革命就去革命，有什么主义就去主义，它不用盯着教堂呵。现在，谁不明白呀。反正……最明白。

中国历来不少明白人。你要说庄子，他看你爬呀爬不就是在个蜗牛犄角上爬吗？那有什么可爬的？我是确实喜欢我做的那些事儿，跟石头、树叶、鸡、昆虫在一起，心里有一种安宁。而且你同现实拉开了一些距离以后，便对现实就容易有一个观看了。

C：你这观看，那谢烨呢？

我不太能单纯地观看，谢烨才是呢。

烨：他老掉在里头。他拉不开距离，他得硬拉距离。

我就有一回问过谢烨，——谢烨她老是跟很多人交朋友，说话，做很多事儿；我有时候就觉得奇怪，因为她并不是特别爱人的，并不是博爱主义者；有一回我就问她，说你为什么管这么多事儿呵？她后来告诉我说：“我喜欢我的看。”——她欣赏这个生活。从那以后，我就知道我们挺不一样的。

W：正因为你们不一样，所以你们两个在一起生活。

哎对，她是薛宝钗式的，什么事情都要做得得体，但其实又是什么事情都无所谓的。

F：她原来在国内做什么？

在国内当工人，当会计。也写诗，写小说。她的诗还编进过诗集。但她不拿它当回事儿。她最喜欢做饭，但是我有个很大的缺点，我特别不欣赏做饭；所以我们结婚以后，我像列宁一样，“专政”，不许做饭，只吃煮土豆。但是现在我们分开了，一国两制，她做她的饭她吃，我用一个大锅，煮我的东西。

烨：说他的大锅汤哪？我跟你说呵，他那个什么乱七八糟都往里头扔。

我跟谢烨说：饲料。

烨：就是饲料。他小时候不是熬猪食吗？大概差不多。我告诉你到什么程度呵，我这要是吃剩了饭，他就能给扔进他的大锅里，到下一顿一块儿热了都吃了。后来我也不在乎了，一吃剩了，就往他的锅里一扣，有时候就直接往他碗里一扣，他就吃。

F：这太过分了。

烨：他什么不过分哪？真的。

O：你做得这个锅贴很好吃呵！

她最会做鱼；她会做很好吃的鱼。有机会我们可以一起吃鱼。

烨：我都是家常做法。这个锅贴刚做出来非常好吃，这都是昨天晚上做的，顾城包的，不好看。放在冰箱里了。是，哪天我们可以一起做。

1992年7月5日　柏林

实境·虚境·幻境

——同留学生朋友聚会[1]

烨：可顾城就得觉得那就同流合污了，要不就是被世界拿住了。他认为世界在通过吃饭什么等等的手段控制他你知道吗？

A：我跟你一样，我不喜欢人。

我挺喜欢人的，就是我不喜欢太社会化。你比如说我们那个岛上吧，人都特别好，碰上随便打个招呼、说说话都特别开心，小孩儿也光着脚跑来跑去。

B：岛上没有交通工具呀？

有，什么都有。

烨：我跟你说，实际上是什么呀，只有我们家是那样儿的生活，那个岛是非常现代化的，等于是西方世界的一个农村，只是人少了一点儿。其实你说要选择的话，像我们这样选择在城里生活，顾城在大学教书或者怎么样，我去找个工作，能过得挺好。可他那就是向世界投降了。

最关键的是城里的生活比岛上的便宜。我说这就是世界逼着我们向它屈服，逼我们走它的逻辑。

烨：哎，他就这样说。后来不让我买车，也这样说。

所以谢烨就跟我矛盾。岛上的什么东西都是专门运上去的，越远越小的岛就越贵。我们买东西要比在奥克兰买贵出三分之一去。

烨：所以你想，他选择那种生活是挺烦人的。他不管生活费增加，他就是设想一种不跟外界有任何接触的生活，就是我们不出去买东西，我们自己生产东西。

B：就是桃花源呵

烨：不是桃花源，是鲁滨逊那样的，过一种好像与世隔绝的生活。

---

[1] A、B、C表示三位参与谈话的朋友。

可是我也妥协了，车反正是买了是吧，也没去更远的岛，我后来想再跑远点儿。我们那个岛其实离奥克兰挺近的。

B：还有更远的？

有。也有人住。

B：就是谢烨想住城里，你想跑远远的，然后你们就折中，上了那个岛？

烨：而且我们看了那个地方，确实是非常喜欢那个地方，所以这就是矛盾。所以人家说人性的冲突哇。就是在你感到一个东西好的时候，特别诱惑你的时候，同时你必须知道在它后头是什么。

实际上自然的生活呀，是特别不潇洒的，特别盲目的。每天一早一睁开眼，干活儿。

烨：对，没有停的时候。

天黑“嘭”地躺到床上就睡着了。累得浑身发麻。

烨：绝对是那样。

自然实际上它非常残酷，你在中间如果想生存的话，它就非常残酷。比如老鼠要吃你的粮食，鸟儿要吃你的果子，虫子吃菜，不是你吃它就是它吃你，就这么回事儿，都是斗争，一点儿也不和平。

烨：你看像顾城这样的人呵，很少，他是一个思想家，一天到晚就特深沉。我们刚去就下大雨，三个星期大雨，那一年好像是新西兰八十年里特别大的，发大水。然后每天就洗凉水，都得到外头有一个大水罐那去接水。特别苦的那个感觉。等我现在过来以后，我就觉得特别庆幸，我相信别人是很难这样生活的，而我这样生活了。

这个就跟插过队再回到北京似的哈，谢烨就这感觉。这你要是挑过两个月的水，那你再在流水线上干活儿就不算什么了。

烨：生活拿你没办法了。

一般人他生活在一个波段里，我们这，有了两个波段以后呢，就会从那边看这边。

C：中国跟外国也是两个波段。

波段多些比较好吧，眼界宽。不过我倒是就喜欢待一个波段里，就待我们岛上。

我们那个教授到我们那玩儿，一看，吃苜蓿，他说哎哟，这是牛吃的，你们真够自然的。他就不能想，上海人不是好吃草头吗？草头就是苜蓿，其实挺好吃的。

C：顾城也画画儿是吧？

烨：对，而且特别刻苦哈，真的特刻苦，你要看见十年前的顾城，那可不是现在这样儿，就现在咱们一说话，他就“啪啪啪啪啪”就画上了。整个在火车上，我见他的时候，把我的同学给迷的呀，就没治啦！

谢烨的同学就像谢烨似的，我当着是她妹妹呢。

烨：我觉得特怪，我说他有什么好的？然后她就，她说他画得不错，不错。然后晚上，他就开始跟我练诗，还真把我镇住了。

B：他的诗？

烨：不是，是人家的诗，要是他的诗，我肯定，也不行了。

C：哎，我问你，你当时知道顾城这个名字吗？

烨：不知道。我要知道了，那更崇拜啦。

那会儿没有，还没真发表呢，都还是那种革命诗呢，工农兵文艺。就在一个区办小报上发了几首真诗，放猪的时候写的那些《生命幻想曲》呵。

烨：快了，跟着不是有个《星星诗刊》吗，复刊号上就是一篇写他的文章。就过了两个月吧：新的课题，从顾城同志的几首诗谈起。

A：我觉得德国人在很多方面还是比较浅的；首先它对中国这样一个民族没有一个很好的认识。

他干嘛要认识你呢？他怎么能认识你呢？

不说别的，就说这古诗吧，我在那个奥克兰大学教《长恨歌》，打开那本白话译本，上来一句就吓了我一跳，说是：汉朝皇帝非常好色，想找美女找了好多年也没找到。当即把我镇了。你说它译得不对吧，它全对；但是中国古诗它并不在说事上，它似是说事意却不在事上，而在个诗境上，在它的那种声音，就是所谓的音色声韵啦，那种味道上，在它对这件事情的如光一般柔和又明澈的观照上，在那种渗透于文字中间的沉静态度上，它它它，“汉皇重色思倾国，御宇多年求不得”——非常好听的一个声音，精致优美，就跟书法似的，它就连续地到来了，至于那些字是什么确定的意思，这时并不重要。你看翻成现代口语都成了这个样子呢，那要说翻成外文，再让外国人那种脑筋一想……

A：好多诗真是挺好，一翻成德文就整个不对了；而看中文的挺好。

其实它越文学化吧，它跟文字，跟民族潜在心理的关系就越紧密，它翻译的难度就越大。

烨：甭打算他们了解我看。

西方汉学有几种现状。一种是它就是待在它的西方方式里，跟中国的文化内核不沾，它把中国只是当成个学术材料，一个研究例证，为的是显示他自己形而上的这种结构、这种思维形态的漂亮程度。还有一种呢，是把中国作为一个政治实物或是一个社会标本式的东西来研究的。再一种是作为一种向往甚至信仰进入的，然后真的就陷在里头了。

比如说翻译《红楼梦》的这个霍克斯，或是瑞典的马悦然呐，中国文化就成了他们的一种信仰了。他们闹到后来呢，就有点儿成了老派中国人的样子，就好像活在先秦或者《红楼梦》那个时代似的。霍克斯他翻着《红楼梦》，自己真的就放羊去了，他整个就浸在里头了。这种人特别少。

还有一种就有点儿乱来式的，他给你瞎翻译。像庞德那样的，抓着中国诗，就加上自己的想象，就一通乱翻，就翻得中国、日本、阿拉伯，什么感觉都进去了，最主要的当然是他自己的感觉了。就是说他创作大于了翻译。这也不失为一种方法。

就是基本上是两种，一种是把中国当作材料，而实际上搞他自己的形式，一个就是，他就是真的讨厌西方，那么就用这个方法维护他的个性，他就一脑门子钻到中国古典里头了。

A：有的人学中文是为了生存。

靠它吃饭。还有一些人，就是那会儿嬉皮时代，普遍地倾向于东方，他们把中国作为一个信仰，或者一个不凡俗的感觉来平衡、充实自己。但是后来他们真理解到了一部分东方的那个天道无情之后哇，他们就受不了了，因为他那个人道主义的本质呵，太强了。比如……，我知道的就好几个人都神经了。而作为中国的历史来讲，它是正常的，实际上中国人能够接受，虽然作为现代人他表示不能接受，而这个民族，作为它的本质，它能接受。中国很明显，孙中山和袁世凯，中国接受袁世凯，孙中山败了，中国接受毛泽东，不接受王明。实际上中国是接受这个东西的。这是民族性的表现。

但是西方人好多他受不了，就像我们那个系主任，就是John Minford，……以后他就进疯人院了；没办法，没中国人那么皮实。他还给我写了封信呢，他说……后来他跟我谈。那会儿我们一起看了个电影叫《野战排》，美国人在越南打着打着，不是后来受不了了吗；《现代启示录》不也是讲生命冲突，那股劲儿过去以后，那股痞劲儿帅劲儿过去以后，他最后受不了了，杀人杀到后来他受不了了，是吧？可是亚洲文化，它就能一直杀下去，这就是天道无情；你看特别是佛教国家，日本或者柬埔寨。

A：有的西方人到了对中国真了解的时候会失望。他们想象中国的东西是很纯很美的。

我知道好几个人他们都是后悔的。这回我在荷兰那儿碰着一个人，他说他要是知道汉学是这样的，他就不学了，可是他大半辈子已经过去了。好多人是这样的，后来后悔了。因为刚开始都是"举杯邀明月"呀，"红豆生南国"呀，这些最美的东西；从这儿进去，从这最美丽潇洒的地方进去，——他不知道这些都是置生死于度外的，当然美啦。

（录音中断）

……而外国人它是孩子气的，一直抱着一种，彼岸哪，上帝呀，或者

他不知道这些都是置生死于度外的，当然美啦……

——图画于1991年9月岛上，作者题：好花好月好人间

是东方呵，那么一种心情，都是很童话色彩的，期待或是向往的那么个状态；而中国人特冷静，压根儿就没童话，中国人没那么幼稚。你看苏东坡、王维是吧，大部分艺术家他都是通达的。只有一个人不通达，就是李煜。他为什么不通达？他长在深宫里，整个儿他就等于是一个小孩儿，“叭唧”一下给抓出来了，一下儿人家要毒死他，他到了这现实生活里他根本就应付不了；应付不了，唯一的办法他就是“啪”跟现实的那个连线干脆就断了，他就是“流水落花春去也，天上人间”，哎，“车如流水马如龙，花月正春风”——他就完全跌到一个特别明丽的梦里去了。

B：像李白，就是喝多了，就写出来了。

李白，那是另外的，他超过了通达以后变成一种神力了。李白是天才。其实李白写得最平白的东西呀，我现在倒觉得是特别好的，比如《长干行》，它特别简单就是“妾发初复额，折花门前剧。郎骑竹马来，绕床弄青梅”——可是这个境界呀，那不是说到就到的。蒙在尘世里，这简单的倒是看不见了。李白，“五月不可触，猿声天上哀”，这样的句子简直太漂亮了；“八月蝴蝶黄，双飞西园草”，像“明月出天山，苍茫云海间”，这简单难，平白难；平白它没有奇闻，没有壮烈，没有形容，没有学问，什么都像是没有，但是它全有。

这是最了不得的。这就是“空灵”的真谛。你不知道它哪来的，它不是人间来的，它不是说源自一个感情、一个希望、一个痛苦；——它是天然的，像天化作了情意那样。这真是神灵。

“月落乌啼霜满天，江枫渔火对愁眠”，这，均匀极了；“姑苏城外寒山寺，夜半钟声到客船”，真是太漂亮了。句句道的是实境，句句是幻境。

A：李商隐你觉得怎么样呢？

李商隐，有些好诗。他最好的我觉得还是“锦瑟无端五十弦，一弦一柱思华年”，还有像“君问归期未有期，巴山夜雨涨秋池”。

其实我少年时呵，是喜欢比较华丽和热闹的句子的，像《将进酒》呵，像漂亮的对子呵，后来发现，那样的诗靠一种才力呀，是能够作出来的；但是有一种诗不是“作”出来的，它妙手天成。

A：那这应该有一个认识过程对吧？到一个境界的时候。

就是王维说的——“行到水穷处，坐看云起时”；就是到了，自然就出来了。

那李白说，“相看两不厌，只有敬亭山”，这都是了不得的，这真是了不得的。

就我在岛上，一个人，想这些句子，我才知道了不得。

A：诗总归是个诗境，听你讲就是到了一个境界，就体会到了。

呵，就是“行到水尽处”，“云”就起来了；那个东西你不到尽头哇，它就，劫数未尽。

A：到一个地方，一下就明白了。

就是你的心境呵，跟它的心境相应了，这一下就明白了。中国那诗你光是读不行，必要有一个心境。你心境到了，全明白了，清清楚楚，特别简单；你不到，你不知道他说什么。

我最喜欢的五言唐诗就是“红豆生南国，春来发几枝”，你想这一个“生”呵——这红豆生在南国，这红豆生出南国；两者皆可，真是漂亮。

李煜的词也漂亮，他真是贾宝玉的前身。他有一个：“帘外雨潺潺，春意阑珊，罗衾不耐五更寒。梦里不知身是客，一晌贪欢。”然后：“独自莫凭栏，无限江山，别时容易见时难。”（赞叹音）“流水落花春去也，天上人间。”——多漂亮。整个人世“流水落花”就去了，然而“天上人间”——那个境界，根本——佛性常清净，何处染尘埃。

C: 当皇帝当到这份儿上。

这些人都是通佛境的。这个就是到了这个地步，它就是，置生死于度外了，就是什么时候你生死置之度外了，

A：才能写出这种诗。

哎。李白那个诗怎么来的？他喜欢什么气概呀，一方面他怜惜这“青梅竹马”，另一方面“十步杀一人，千里不留行”，这也是一个佛境。惠特曼也有一句诗嘛，叫“美洲人对服从极端地不能忍受”。这也是一种自由精神。在中国这种自由精神要是不变成行为还是很漂亮的。毛泽东怎么说？就比较可怕了——“帝王将相，才子佳人，乌龟王八蛋”，给你这么个“齐物”。

（略11行）

B：问君能有几多愁，恰似一江春水向东流。

这写得漂亮。李煜有五六首词，都是写得非常非常漂亮的。辛弃疾有一两首词。像苏轼那么通达吧，要到这个境界还差一点儿，因为他太通达。

A：那《水调歌头》不是写得不错吗？

说是那样，其实你要细体会呢，倒是“天涯何处无芳草”——“枝上柳绵吹又少，天涯何处无芳草。”——这种词写得漂亮。

A：辛弃疾也挺好。

辛弃疾呀，你看他也是，也是“茅檐低小，溪上青青草”，

B：我喜欢那个《黄鹤楼》。

辛弃疾是个很痛快的人。其实我不太喜欢宋词好多的，粘粘乎乎的那个劲儿。

C：宋词从念的角度。

唱可能很漂亮。其实唐诗也能唱，但是这些曲子统统失传。中国人对乐曲呀一直采取贬的态度，认为属匠人之工。“五音使人聋”嘛，不重视这个。

烨：跟西方人整个儿相反。

中国人重视文字，对文字始终有一种，类似敬符咒式的敬意。从甲骨文开始嘛，它就是一种巫师或知识分子，感受天命与人世关系的途径，一个导体，所以文字在中国倒是一直被敬重的。但是对音乐呢，一直就取个

很虚渺的态度，一般地视其作匠术一类。还有工艺美术呵，雕塑呵，那大佛雕得相当棒，但中国绝不会记着这中间出了几个大雕塑家。你看乐山大佛。

A：那编钟嘛。

B：那音乐都是作为点缀。

乐工嘛。其实好多人也作曲，但是他们都挺羞于说出口的。唐明皇也会作曲。但是谁写诗！这个很高级。有原因的，因为孔子肯定过诗，那么诗编过诗史，就正宗了；词当时还不行，戏也一直不行，小说也一直不行，这都是不入正路的。中国认为，这都是瞎胡闹的。但是后来到了民国的时候，整个儿就变过来了；清末的时候，受西方的影响。

中国有两个东西，一个诗一个画儿，文人画儿。这两个东西为什么被肯定呢？还有一个最重要的原因是这两者在中国当时是非商业化的。比如说文人画儿，完全是友人之间的一种风雅式作为。你要是大批画了卖，那就是匠了。诗，“诗言志”呵，它表达的是你的心性、志向、气概，是你生命本质中的感觉。所以你看唐代以诗取仕，它有它的道理，就是可以借此判断你这人的精神、气度。

有的人他也有才，但是那才不可用。比如高适这种才，他是有种气概的，它能用；有的，像李白的才就是不可用的，它不能变成一种政治气概，而只能是虚无缥缈的一种气度。

烨：像你这种才也不能用的。

我当然是最无用的了。

烨：无用无用。

中国这种东西，你要是入了其中三昧吧，也确实，真好的东西也很少；但是真好起来，那就是神境。现在世界的气候呢，它和这抗着的，不和，没有一个感受人活着到底为什么的这样的精神气氛，人们读不了诗。

C：可是人大多都活得很累，很烦恼。

无所谓，其实。你要是想透了就是说，生命是一个过程，生活是一个过程。你将这两个过程给分开来，你就过得特别好；你要是分不开来，搅成一团，那就越过越糟。

A：这个怎么解释呢？生命是一个过程，生活是一个过程？

比如你看《红楼梦》吧，它有好多生活过程，婚丧嫁娶，它写得很具体，可是你还是印象不深；但是呢，她们的轻灵，一言一行，一颦一笑呢，却历历在目。这就是生命跟生活的两个过程的分离。

其实生命是又实在又虚幻的一个东西，你说它没有它就没有，而你说它有，就有。而有了之后，你看生活就不过是个混乱的无所谓的过程而已。

我觉得生命是一个完整的过程，生活是一个混乱的过程。

C：大概是应该读一些哲学？

小时候我一直有个很强的感觉，就是我想什么谁也不知道。这就让我有了一个自我保护的自信——甭管你外边怎么着，而你管不了我想什么。

但是到长大以后，外边儿的思想开始入侵到我的脑筋里，我发现我这脑子，你不管它，它却一直在想事儿，在想外边儿的事儿，在想书里的事儿，在用别人的方法想事儿，这时候我就比较恐惧了。我就想把那些外边的东西都清除出去，可是我发现我用来清除的东西也是外边的东西。这样到八三八四年的时候，我就有点儿崩溃了。然后我就有了一个大的变化。

B：就开始吸收外来信息？

不是。我就是不依靠文化来反对世界的侵入。实际上，只要你依靠一个形式吧，这个形式就入侵你，不是这个文化入侵你，就是那个文化入侵你，那个原初的你，单纯的你还是回不来。你只要一思想就上了一个轨道，你逃离了这个轨道就又上了那个轨道，就跟我做噩梦似的，不是上这个楼梯，就是下那个楼梯，我的那块平地呢？

A：假如思想在轨道上，我觉得好办了。思想有一个明确的目标之后，就得有一个轨道。

其实原本的生命呵，没有目标，你就是一棵树，一枝花嘛。

A：生命是。我说生活。

生活，你遇到个事儿，你就尽人事做就是了。老子有一句话特别好，他说万物不推辞它要做的事，但是做呢，不占有它，也不依靠它。你要写诗吧你就写，写完了人家把你叫诗人，你可别当真。你要是真就扮演成一个诗人了，那就麻烦了。反正经历了，你就知道那个虚妄了。

B：这个经历也是一个人生的财富。

其实你细想起来，你生下来，当一个人，这是怎么回事儿呵？一会儿又当一个男人又是怎么回事儿呵？所有这些都是莫名其妙强加给你的一个形式而已。就像那个魔法把你变成个青蛙了，你这浑身的不对劲儿，可是你就注定得当这个青蛙。但是人好歹有一项能力，使他可以看这些东西。就像你看书，你是书里的故事，你也是写书的这个人。

烨：一看就看见了，一看见就不知道了。

A：你是不是想喝点酒？

不不不不，回家回家，够晚了。

烨：他不会喝酒。

明天还各有事情。

1992年7月31日 柏林

因为土地才有天空

——加拿大《太阳报》采访[1]

I：我碰到《今天》的编辑，问到你的诗，他说你的诗不太合他们的要求。你知道是什么样的要求吗？

我的想法跟他们好多人的想法可能不太一样。

I：他们的看法是怎么样的？

他们相当大一部分人的想法，说是应该融入主流社会，就是说西方或者说世界有一个主流社会，或者是主流价值观，有一个世界文学，我们应该融进去；具体些呢，就是以现代世界文化的评判标准来作为我们艺术创作的标准，比如你写诗，什么是诗？你写的像不像诗？要拿这个标准量一量，或者参照这个标准，确定诗往哪个方向写。

那么作为我，我觉得我写诗根本不关这些标准的事儿，我写诗就是我心里有个声音要出来。苏东坡写水时说，这水或从地下来，或从高山来，或遇大川合，或入窄道急——萦林络石隐复见，下赴谷口为奔川；川平山开林麓断，小桥野店依山前——碰上没路了呢，那四处都堵着呢，就停下来不走了。我觉得写作就是这样一个自然的事情。你心里有情感之水、生命之水，它要流淌，就这么简单。我早的时候，没有人听我说话，那么我这个水是不流动的，我对自己说话，对鸟对鱼对小虫子，对它们说话。到可以发表诗的时候，1979 年起吧，我就开始对人说话，这时水就流动起来。我到了岛上，水又静了下来。

---

[1] 篇中 I 为《太阳报》记者，稍通中文。A为中文翻译。

其实到了一九八四、八五年以后，我就不太想对人说话了，这个水就流动得缓慢曲折起来。

I：一九八四年？你出国是一九八……

八七年。

整个儿，我觉得创作是个自然的事情，碰不碰上主流，或者永远就是孤独地流动，或者积成一片湖泊，而这水都是你的生命之水。它遇到别的水是愉快的，甚至会融为一体，但是它是自然流淌的，不可能规定它流到哪里去。你说我还可以挖运河呢，让它去发电去浇地或者去御花园转圈得个大奖牌呢；我说你还可以往里加肥田粉呢，加滴滴涕呢。那水还可以蒸发呢。总之生命之水是自然之水，你拿出任何标准要求它对它都没有作用，也限制不了它也扩充不了它——它在地上待不了了，还上天去了呢；除非你喜欢人造水。当然这只是一个随便的比喻，你知道意思就完了。

就像我小时候上学，老师讲很多的道理，可是和我需要的表达没有关系。我要是想得好分的话，我就要研究他的标准；我要是想表达的话，就不会去管它。而且我是用中文写作的，那么它显示出来的特点，当然应该是中文的、中国文化的特点；我觉得中国的传统，我是说中国的精神，不是说形式，对于我来说就比世界文化更为重要。

世界文化，其实就是西方文化，它现在好像处在一个强势的、优越的位置上，同时好像也是很丰富、很繁盛的，但是我觉得其本质并没有变，也就是说精神内涵并没有更新，或者说提升。

精神这个东西它永远是自成一体的，不会跟随社会形态的变化而变化，就像水在河里是长的，在杯子里是圆的，在海里是平面的一样，它水还是那个水，并没有变。因为水是没有形状的，你便不能以为将它装进什么形状里，就改变了它。西方文化现在的强势同它内在精神的强弱没有关系，它是呵，你看，西方现在它在物质世界中走强，迷惑着人们呢，比任何时候都更崇拜物质了，对文化的判断标准也比任何时候都更加地物质化起来，让这些搞文化的人呢，也都不谈精神了。我看西方这个文化强势呵，它就是因着它这个物质上的强势才强起来的；而对我，写作从来就是精神行为，根本不以为要理睬物质，那这个强势对我就没有作用。

I：你是一九六八年开始写诗的？

我一九六八年呵，开始比较正经地写诗了，就是有点儿拿它当个事做了。那时的诗大多都写得很短。

I：就是我这里这个《一代人》？

那是很后来的了。最早的是这些，我给结成了一本儿，叫“无名的小花”。

I：呵，那时候你没有十二岁？

是吧。

不过我真正地感到诗，还是在《生命幻想曲》到来的时候。这之前的写，像是为这一到来所做的准备。

很早，我是有一个感觉的，看见树枝上的露水，看见树叶精致的纹路，看见小虫子不断地爬不断地摔下来，都有一种感动，出现一些句子；但那些时候还都是它是它，我是我，就是在那么一种它使我感动的状态里。到了《生命幻想曲》的时候就忽然大不一样，我跟世界之间没有了界线，树林是我的呼吸，河水是我的抚摸，云朵是我的心情；我进入了完全的自由，没有了“它”或者“我”，万物都是我——那真是一个最好的感觉。

A：他说你这谈的是自然，你对中国的政治是不是有点儿兴趣呢？

呵，我看重的是中国的精神，精神是灵魂的显现；我对中国的哲学感兴趣，哲学和精神是一体的。要说政治，它一方面可以看作是社会活动的结果和现象，一方面也是民族精神的现实结果和体现。我对从后一个方面看政治有兴趣。尤其是看中国革命和毛泽东。

I：你怎么看，说一下？

中国是一个非常实际的民族，可以说实际得像泥土一样；中国又是一个非常虚幻的民族，可以说虚幻得像空气一样。这是相对中国人对人世的感觉和看法说的。中国的哲学是一元论的，人等同万物，来源于一，这个“一”是“无”，所以终极是“无”；“有”源自“无”归于“无”，不过是“无”的一个幻化而已。而西方是要把“无”也看成“有”的，比如要造出一个上帝。

于是中国就有了从老子开始的“无为”思想，到唐代发展至佛和禅，形成了一个广大而镇定的“如是观”。这是一个以天为立场的观照，于是人世便小之又小，失去了它所期待的尊贵地位——唯一可贵的是人的灵动。这个灵动创造美丽，创造达至天庭的美丽。

灵是天在人中的显现，是天的幻化过程中于人的片段迸发出的光亮，于是人世似乎拾回了它的意义，那就是做一个真情真性的灵的游戏。中国老百姓喜欢《水浒传》，《水浒传》里喜欢武松喜欢李逵，喜欢《西游记》，喜欢孙悟空，喜欢《三国演义》，到了文人层上，喜欢《红楼梦》。无疑这里体现了中国的人性。而用西方的尺子量的话，它就是反人性的了。

毛泽东是在这样的土地上生长起来的，他几乎是将这几本中国人家喻户晓广受欢迎的书实演了一遍。（略8行）

如果看毛泽东的话，我们可以看到一个中国的精神对中国的历史起到的作用。而依照一般的唯物主义解释，历史是由生产力、生产关系这些物质性的东西的发展推动的。应该看到确实有另一种力量的推动，这就是同这些物质性的发展毫无关系的精神，这一精神在一定的时候蓦然降临，反抗物质，表现自身。

I：毛泽东对你的生活有什么影响吗？

那当然。在那个时代，没有人的生活能不被毛泽东影响。那个年代我老是处在一个很害怕的状态中间，现在回忆的时候就变得非常恐怖了，像父亲给抓走了，家给抄了，我也因为不去上学，而要被学校管制起来。小时候在幼儿园里也不能犯错误，要不就会到了星期六也不准你回家，我觉得在那里就跟在监狱里一样。必须服从老师的所有指示。后来到了农村，父亲也挨过批判，还给放在精神病院了一段时间。而且刚开始，我们家四个人排在一个小炕上，脚一伸直就到了外边，尤其是我父亲和我姐姐，腿要弯得很厉害。炕下边就是门，屋里只有放两个小板凳的地方。而且那个地方非常荒凉，见不着几棵树，只有到了滩河边上，才有一小片。

这是一个记忆，生活的记忆。还有一个是精神的生命的记忆，毛泽东时代有一种光芒，那种“中国人死都不怕，还怕困难吗?”的光芒，人超越了生存法则之后，他的精神就获得了一个自由，虽然这个自由感是在一个巨大的统治暴力下产生的，但它一定是自由的，因为它超越了来自物质的诱惑和对死的惧怕，那么它就是自由的。当然决不是说所有的中国人都进入了这个状态，这是相对现在说的。

I：一九八四年以后你还希望同人交流吗？有希望吗？

希望当然有了。这是我自己的缘故，我不是不希望，而是，大概是因为希望太高了。我想不仅是我，很多人对人都是有过过高的希望的。

我那时候就像鲁迅感觉的那样，人们都在一个很坏的梦里，追求着让世界越变越坏的东西，而等他们醒来，就会发现生活可以是很简单的，并不需要什么东西。世界也就美好、愉快起来。但是当我一再地审视我的时候，我发现不是这么一回事了，那个贪婪就在人性里，我中间就有，因为我有贪婪才痛恨贪婪，因为我会堕落我才痛恨堕落，我一点儿不心平气和，人家拿走我一样东西我就念念不忘。不是人在噩梦里，而是噩梦在人里，怎么才能“醒来”呢?

我曾经对西方文化也是抱有一个希望的，我看了安徒生，看了洛尔迦、惠特曼；还有两个作家的作品那时给我的影响也很大，一个是俄国的陀思妥耶夫斯基，一个是英国的哈代。我想我那个时候感到了一种基督精神。我十七岁回到北京的时候，对西方就产生了一个理想。包括对马克思主义的信仰都是这个理想的一部分。

但所有这些到了一九八四年的时候就结束了，我似乎在两边都遭遇绝境。一方面，中国文化让我很实际地看待人性，于是绝望；而西方那样的精神对于中国的血液、体魄、灵魂来说，它是不融的，引过来掺和起来就变得极其古怪，人像变成了化妆戏子，或是做了皮肤切换手术的人；总之那个精神也不再是精神，更感觉像是件不合适的外衣。我很喜欢安徒生这样的梦想，罗大里那样的纯净，惠特曼那样的博爱，但是我不能演他们。

（问答出国过程．略）

（录音中断．空去部分）

她漂亮是她个性的漂亮。女孩子有几个特点，首先是干净，非常的清洁。比如林黛玉、妙玉这样的人，包括薛宝钗。她们干净是因为她们的自在，她们自身便达到了完美，她们不必再求得什么。不像男性。我觉得男性一般地如同是杯子，杯子可以装水，也可以装别的东西。因为他们本身是空的，所以就追求，就需要。而女孩子，她们自身就是水，所以她们不需要。因为她们什么都不要，她们也就独断。

清静、自在、独断——这就是她们的特点，也是中国的禅对人性的理想。我给由女孩子体现出来的这一特性起了个名字，叫“女儿性”。最近我写了个女儿性的小文章，你要是对这个题目有兴趣，我可以印一份给你看看。

I：噢，那一定给我一份。

那么多人研讨《红楼梦》，讲得太多了。可是我说《红楼梦》讲的就是一个女儿性。贾宝玉后来发现这女儿性是来自天上的。一朵花你摘它，它就没有了，你不摘它，它也会没有；但是春天是永远的。实际上贾宝玉和禅宗，它们最终明白了的都是这个道理。

你和光在一起，就没有了黑暗。在这么一个实际的国度里会产生《红楼梦》，是因为有土地才会有天空，当佛性的光使天空明澈的时候，虚幻的禅的理想幻化成了一个女儿性情的故事。这样的灵动是中国文化中间最美丽的部分了。它不是去讲生死、善恶、好坏的世间道理，它来到这个世界上，又与这个世界无关。

它不是由人把握的，它来，它去，是天上的事情。我是感谢一本《红楼梦》留在了世上的，它给了中国人一个信仰。

我在岛上想清楚了一个事情，就是女儿性并不是女儿，也不是女性。

I：Goethe，德国的诗人，也说女性。

歌德是。他在《浮士德》的最后说了一句话，中文的意思大概是：永远的女性，引导我们前行，或者是引导我们向上。

它讲的也是这样的一种光芒，就是由女性呈现出来的灵性的、上天的光芒。可是它在这个时候说“真美呵，你留下来吧”，这个光就消失了。中国呢，它不说不求，静在其中，光就永远有，这个光就是“相思”。《红楼梦》讲的就是这样的一个相思的故事。它中间那么重的情，但是不说“真美呵，你留下来吧”，没有“我爱你”这个话。他们看过去就是说话、吃饭呵，随便地写些诗词呵，而它是一个充满默契的过程；最核心的字不说，心有灵犀一点通。这是可以保存美丽的唯一方法了。

我想这是中国文化非常成熟的一个表现。这个成熟就在它对精神和存在的关系的处理上，它让精神归精神，存在归存在；避免了相撞，也就避免了冲突。西方文化是深陷在这个冲突里的，他们在现实中要这个精神，要显耀这一精神，要这一精神在现实中的胜利，唯此不能获得存在的感觉；结果弄到后来你看，精神也丢了，存在复归迷茫。

当然也不能简单地一概而论。而且精神它就是有来有走，有走有来的。

A：你讲的这种中国哲学和文化，现在是不是失落了呵？由于新的文化、生活的

CHINATHEMEN

Herausgegeben von Prof. Dr. Helmut Martin,
Ruhr-Universität Bochum,
und
Prof. Dr. Lutz Bieg, Universität Köln

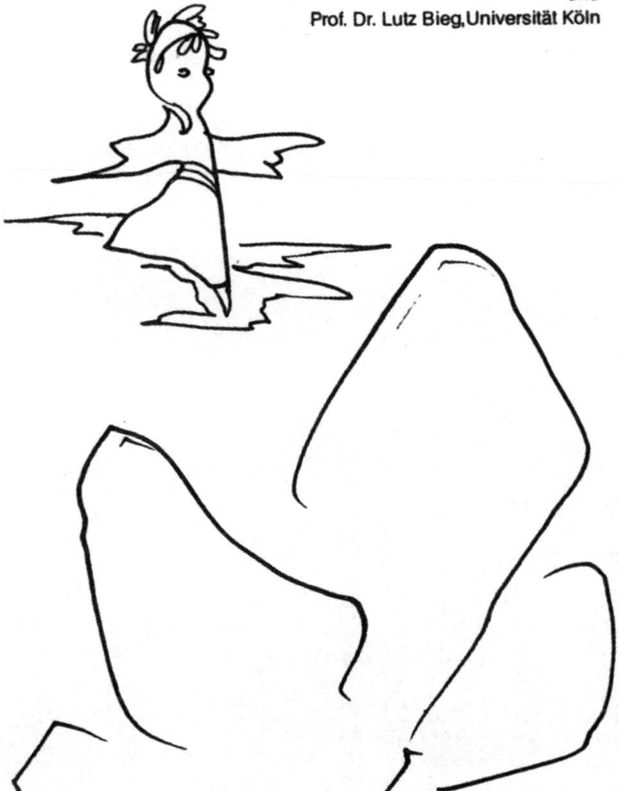

……因为她们什么都不要，她们也就独断。清静、自在、独断——这就是她们的特点，也是中国的禅对人性的理想。……

……这个光就是『相思』。《红楼梦》讲的就是这样的一个相思的故事。……

我想这是中国文化非常成熟的一个表现。……它让精神归精神，存在归存在；……

……当自然进到你的心里的时候，在哪就没有太大的不一样了；这跟你心里有神，就不必去教堂是一样的。

——图 1992 年于德国签画于其德译诗集《水银》扉页

变迁哪？

是呵。你看中国文化中没有神，但是有自然；也就是说自然就是中国的神了。中国一直以来一方面是社会，一方面是自然，中国的文化人从来没有整体地断掉过同自然的联系，即使是寄身在社会上层的士大夫阶层，他们同生活在自然中的人也往往直接有一些联系，就不要说一般的文人了。那么自然中间的那样一种宁静的精神，就自然而然地保持着对中国社会的影响。

作为社会，中国社会是一个非常残酷的社会，但中国人因为有这个自然的依托，便一直可以采取一个很坦然的态度，听天由命。对一般老百姓来说，听天由命；对知识分子来说，有老子的话在那里：及我无身，何患之有？连自己的身体都是虚幻的，那就没有恐惧这回事了。那么人在这种态度下，做一切事，遭遇一切事，就会从容、镇定许多。它这个自然是中国文化的根，中国精神巨大的营养地，尽管不是一眼看得见的。

可是后来呢，中国发生了一个大变化，这个变化是中国文化自己造成的，也是毛泽东造成的。比如……来了，所有的土地都成了国家的。我小时候就有这种感觉，就是天像一个大网一样，其下的一切都是国家的，没有一寸土地是你的土地。在这个时候呢，人不能离开社会，一切都是社会的。那这个时候，中国文化这棵大树就遇到了问题，本来虽说文化也是社会中的现象，但是它的根是在自然中的。那么现在，自然没有了，也就是说它的长在自然中的根给斩掉了，虽说这树看着还是一棵树呢，可是它失去了深广的根基。那么中国看过去，人都在说话，甚至是必须说话，可是说的都是一样的话，就是都在说你的还是我的，源泉没有了，人们只在杯子里搅和这点儿水，和过来和过去，这些个东西搬过来搬过去，它心无寄所，物无所依了。

这个时候呢，中国丰厚的文化土壤就变成了尘土。中国本来这个文化土壤呵，它是一直有着自然之水的灌溉滋养的，这样它才成为土地，才能生长东西；这个自然之水没有了之后呢，土就都飞扬起来。我在一九七四

年就隐隐觉到了这点，到七七年以后越来越有这个感觉了。（略7行）

同时中国不比许多地方，就是说它还不可能变成西方。为什么呢？因为中国的哲学，它的宇宙人生观已经达至极点，它早已看透了人生，人嘛，活不活的，左不过就是个吃东西和繁殖罢了，要套用“信仰”这个词的话，那这就是中国人最简洁明了的信仰了——人不就是人口吗？一张嘴嘛。它说多少多少人口，它就不说多少多少人心是吧。你看中国古代青铜器，它都是一些个锅，它不是神像；中国古代祭神就是一些鼎，一些大锅——吃么。这是中国由来已久的很实际的一个精神——人就是泥土，就是虫子、猪狗。比起外国现代派，中国人可要早得多地接受了这个想法。

I：你说得太快了。

A：你说得太多了，我翻译一点儿前边你说的那些。

I：你的东西在中国能发表吗？

可以。政治上还是可以的。

烨：那个时候有个说法，对他的东西，叫做，什么，

允许存在，不宜提倡。

烨：对，允许存在，不宜提倡。

A：你想回中国去吗？

我是想回去看一看父母的。中国对于我来说，是《红楼梦》和唐诗，还有宋代的画儿。所以我的中国已经消失了。

I：你们为什么住在一个岛上？

在……给了我一个很大的恐惧的时候，我读到了一个人的书，这个人叫法布尔。这本书对我的影响最大，它讲一些小昆虫从生到死的生活，它们或者滚一个球，或者挖一个洞，都很努力地做它们命里注定的事情。

这本书让我觉得我就是这样的一只昆虫，我便想更多地了解它们。法

布尔去了一片荒地，就进入了昆虫世界，我便也想这样。但是后来到了农村呢，完全成了另回事儿。不过从此我好像就一直想着要去一个自己的地方了。

A：你为什么回到柏林来了，这么多的人。

这个呀，那就得往下讲了，就跟去山东农村遇到的是另个情形一样，我到了岛上也遇到了问题，那块地不是我的，是银行的，我必须给它六百块钱一个月当利息，要不然这地就收回去了，不像鲁滨逊或是梭罗那个年代了。这呢，就算是我来德国的主要原因吧，有可能回去就把银行的钱全还掉了。同时呢，能在这儿看看朋友也很好。

另外呵，当自然进到你的心里的时候，在哪就没有太大的不一样了；这跟你心里有神，就不必去教堂是一样的。

我这回来德国，特别佩服德国的大石头，因为我这几年里老是打石头，搬石头，我知道这么大一块石头是很重的，要把它们摞成这个样子很不容易，所以就很佩服。五年前来这里时，就没有这个感觉。

A：你持什么护照？

中国护照。我们俩都是中国护照。

A：你们的孩子不是吧？

他是新西兰护照。我们带他去美国的时候给他办的。我们是一家两国。

A：你还同其他那些诗人，北岛还有联系吗？

这次出去，我们在美国、英国、荷兰一直在一起，走在一条路上。

A：但是你们有争论？

哎，（笑）其实我不是一个爱斗争的人，但我一路就说我们应该造西方的反。北岛就笑。我说这西方你看就是有点儿钱，什么都没有。我这也是故意气他呢，因为他把一些学校的道理很认真地讲给我，好像我们写诗都面对着考试一样。这中国过去就考状元，皇帝就让大家写诗，对不对？这西方并没有这一套，了不得不就是他们有那么点儿奖金吗？咱们现在就凑着研究西方人怎么看待中国诗，怎么写诗能够便于翻译，让西方人好懂，那我不如反了呢；我写诗就是诗自己长出来，你要我这么窝窝它，那么剪剪它，弄个盆景去参加比赛，那我参加打石头比赛去算了，到底痛快得多。

I：现在研究中国文学，比较一致地把中国文学分成三个部分，一个是中国官方的，一个是中国地下的，一个是海外流亡的，你是不是同意这样分？

我觉得从外形上来分类事物对了解事物的内涵有什么帮助还要一个个具体地来看。诗一看有长有短，那么就长的一类、短的一类，一看写的人有的在国内有的在国外，就国内的一类，国外的一类，有的诗发表了，有的没发表，就发表的一类，没发表的一类，但是文学本身、诗本身、精神本身，它并不是能用它的外形或外在际遇简单地说明的。水你给它倒进杯子里和倒进碗里，你不能说它不一样，盐水和糖水你给都倒到杯子里也不能说它们就一样。说到你说的这个分法，你说像崔健的创作它是官方的，还是地下的？都不是。还有像王朔。他们表现了一种精神，一种反抗的对世界不认同的独立态度，……而在自身的精神上依附世界的状态比，你不能说前者更接近……而后者更远离……。如果返回到早些时候，返回到“文化革命”刚结束的时候，这样分类应该说还算比较符合实际。我想你如果真想知道，就不会对这种分类方式多么有兴趣，你就会切实地去感受每一个作品，感受它的世界观，它的精神，然后也许你会发现可以有个分类也未必。

A：就是说，这个分法，官方文学、地下文学还有海外文学，对中国的，

不在这个。这海外的很多人，包括搞文化的搞政治的，我觉得很

1992 年 8 月下旬柏林（墓地）

像……，而崔健、王朔他们在国内，我觉得永远不会变成……。就是说……并不在名字上。如果把……就看成个名字的话，那么实质并不会是固定的。

1992 年 8 月 6 日　柏林

只要诚实，就能到达

——与K[1]林中散步谈美、英、荷之行

所谓的文化史，让我看是精神影响人间的历史，也就是说是个精神史。把它看成仅仅是一个文化的历史，或者是社会发展史的一个部分，是肤浅的，甚至是虚假的。

K：我同意你的看法，不能够完全说世界上现在没有什么精神了，还有，当然比较少。

烨：对。

世界缺乏精神，不是我们没有精神的理由。因为我们跟这个世界不一样。北岛那时说“告诉你世界，我不相信”。西方社会当然跟中国比较是很合理的，但是整个来说，我觉得也是一个很荒唐的世界。这个诗好就好在，它说“告诉你世界，我不相信”，而不是“告诉你，……”。这时候一个精神就出来了，那一精神的纯正和彻底就出来了。

讨论中间大家比较学术化，对精神都敬而远之，对人的呼吸，那个诞生艺术的呼吸避而不谈。人因为有呼吸，是活的，精神到来的时候，才有一个波动，才产生了文字。我觉得是这样的。不是文字产生了精神，而是精神产生了文字和声音，产生了诗和节奏。所以我不特别喜欢，像他们常挂在口上的“面对文字”呵，这样的话；如果文字不是我们的呼吸的话，我为什么要去“面对”呢，而如果是我们的呼吸的话，也就无须“面对”，也就没有“面对”了。

[1] K，德国汉学家。

烨：在荷兰有个事儿挺有意思。因为开会有很多大诗人去，《今天》就安排采访这些诗人。然后 ×× 就让每个人预先提出些问题，好有个准备，到时候问他们。因为顾城老说那些不中听的话，×× 就跟顾城说，让他在大诗人面前少说话。顾城就说咱们看电影去得了。然后他就扔下一个问题，我们就看电影去了。他扔下的问题是，请每个诗人谈谈自己的灵性。

谈谈对灵性的看法或者感觉。可是他们认为这是个太古老的问题了。

烨：×× 说，这个问题现在过时了。太老了。

问题应该提得现代一些，像关于语言或者文字上的技术性的问题。我就觉得如果是同语种的话，这样探讨也许还能有些什么获得，而在完全不同的两个语种之间，那就一定很难碰得上。后来他们也拟了十几个问题，大概都是很专业的，像博士论文题目那样的。但是还是把我的那个问题也列上了。后来他们找了四个大诗人。当时我不在，我和谢烨、×× 看电影去了。

K：真是你，具体问题不听。

烨：是他们要提问的。他本来就没有问题。

其实我很喜欢跟外国作家说说话，但是如果弄成这么个学术的样子，我就不太适应了。后来我们看完电影回来，说是有两个作家，听了那些问题以后，站起来就走了，大概他们被这类问题已经弄得烦透了，听得太多了。但是 ×× 另外又找到两个作家，有一个是美国的。他们就谈了很久。一个是苏联的。他们对灵性的问题谈了很多。

烨：结果人家只谈了顾城提出的问题，别的问题都没谈。

对其他问题他们大概没有兴趣。嗯，我想也是。有的问题是学校的，有的问题是自己的。我只能提自己的问题。

我们回来以后，那个美国诗人还在。他是说了好多灵性的。他们看见我就跟他说，这就是提问题的那个人。我就跟他谈。我说到了弗洛斯特，他就很高兴。我们谈了大概二十分钟。第二天碰上 ××。他说，呵，你们昨天谈了什么？我说谈了弗洛斯特。因为美国作家我最喜欢的就是惠特曼和弗洛斯特，对别人我知之甚少。他说正好，那个人是弗洛斯特的弟子。

K：给你们安排了好多玩儿的活动，是吗？

烨：没有。

一直坐在那儿开会，基本上。

烨：我们自己要求取消一天会议，然后我们去阿姆斯特丹玩儿了一天，自己去的。

去看了梵高博物馆。嗯，梵高的画儿真正漂亮；嗯，那是真正的漂亮。我喜欢那样的东西。

K：你们真辛苦。

你不去嘛。

K：没办法。伦敦很漂亮是吧？

烨：挺漂亮的。

伦敦，他们真正在谈问题。但谈得最好的竟然是伦敦的两个研究生，就是柯雷和米歇尔。当然汉乐意也在谈，但是他是用英文谈的。

那个人挺有意思，老是一副发愁的样子。后来我说你是不是准备去当牧师呵？他就吃了一惊，说他正这么打算呢。

烨：他说你怎么知道的？他说你的眼睛告诉我的。然后那个人就愣了。

那个人恍惚得很。他谁也不理，会基本都不参加，诗会大概每隔两天来一天。但他翻译我想，人家都说翻译得不错。他说我有一个秘密，要不然我已经去做牧师了，我就是离不开女人。但是他妻子已经离开他了。一个忧郁的人，这是。

K：美国你们在什么地方？

美国？非常热闹。我们在纽约和旧金山。嗯。

K：纽约呵，噢噢，旧金山。

他们活动组织得非常好。

K：你们参观过纽约没有？

烨：纽约？去过两次吧。

嗯，我们每回都去看看大都会博物馆。

烨：看看大都会呀，看看什么，博物馆，挺多的。

我们进去，看见一个喜欢的东西，看一会儿就出来。这狗太厉害了，一个狗。

K：柏林有一个博物馆，那里有一个很有名的古画。我们家附近的一个展览，有一种图画，叫“死亡岛”，是上个世纪瑞士画家画的。希特勒喜欢，图画放在他的办公室。当然其实这个图画真的画得好。

希特勒一直很喜欢画儿呵。他收集了很多。

K：那个国际博物馆你没去过吧，是不是？国际展览。

烨：国际展览？

K：哎，International Gallery.

烨：好像没有。

K：他们画大部分都是十九世纪的。很好。也包括那个《死亡岛》在内。特别漂亮的一个图画。那有一天你们来我家玩儿，还是我们？

你告诉我们那个地点。

K：去玩儿，我们可以一块儿去。因为我也想再看看。

好的。

K：这个图画我觉得很有代表性。德文，说这个图画代表一种死亡的渴望。

渴望，噢。

K：希特勒充满着死亡的渴望。

可能所有极端的理想主义者都有点儿这样，死成为一个魅惑。

（录音中断.空去部分）

可以通过文字，也可以不通过文字。

K：怎么不通过文字呢？

因为他已经知道这个道理了，为什么还要绕到一个遥远的地方去，再通过文字去寻找这个道理呢？但是那些个教会就不能原谅他，所以他必须死。

有时候就是这样的。就是说那种感觉已经到达了你。你如果表达，那你可能是说话，也可能是写字，或者跳舞，或者垒石头、刻木头、画画儿、奏乐、作曲等等。这样的表达可以传达。如果涵有传达的目的话，就是说有意将这个到达你的感觉再通过你让别人也觉到的话，那会是需要一个方式的，但这已经是人和人之间的问题了。并不是人和神之间的。

人和神之间的相通，未必需要经过一个方式，经过思想。比如慧能，他知道这个道理，可是他不识字。现在有一个看法，就是说只有具有很高知识的人才能够到达这个道理，我以为不一定。我以为只要诚实，你就能到达。

说到传达的方法，我觉得只有当方法是你精神的创造的时候，你的传达才会是纯正的。所以在讨论中，我就觉得问题是倒过来的，人们说只有通过一个形式，我们才能理解神的意思，或者到达艺术的真谛，我就觉得理解或者到达未必需要经过一个形式。而一旦你明悟，你的精神足够强大时，方法也便应运而生，表达或者传达的形式会不断地创造出来。

还有一种说法，说文字不过就是让人度过时间的消遣物而已，这样说倒是比较朴实的。但是当然，我还是愿意将文字看作是神的作品，尽管通过它不一定能找到神。说必须通过《圣经》才能理解神，那么在《圣经》之前呢？那些撰写和整理了《圣经》的人呢？耶稣在《新约》之前，又是怎么明白这个道理的？

烨：你这样跟××[2]说，××是神父。你看他造反造到这儿来了，他讲话是不是不中听？

K：《圣经》出来以后才开始那个教育的社会。

是啊，就是说《圣经》是创造的，是神到达人时的创造；那么就是说

❷ “××”，K的中文名字。

1992年8月下旬柏林（黑格尔墓前）

在《圣经》出现之前，人便和神有了联系了，人这时是怎么达到神的呢？

所以我以为《圣经》的意义在于让人们看见创造，而不是要求人们遵循。神通过人有着万千的创造，还将不断地创造。

K：嗯。

烨：困。

K：是不是客人的问题？客人今天早晨才走？

烨：没有，昨天就走了。

我们一般习惯白天睡觉，晚上工作。是倒过来的。一般工作到天亮，然后睡到下午。所以现在是我们的睡觉时间。所以对不起，我们的脸色就不太好。

开始是因为坐飞机。坐了一次就变成这样了。

现在跟做梦也差不多。

K：那夜里一点钟吃午饭吧？

对。

K：哎哟！

（谈中国博览会等．略）

1992年8月17日　柏林

说出来，就说出来了

——与汉学友人 K[1] 谈

（略 6 行）

所以这件事不能单从政治需要或社会经济发展规律上找解释，从中国哲学上解释才更切近。鲁迅已经预感到了这样一个破坏，他说希望它不会来。实际上也有些情形，像明代有个皇帝，正德皇帝，《万历十五年》上写的，他不热衷当他的皇帝，先还是御驾亲征，可他一个文官不带，就是说连个秘书也没有，所以他在前线什么样就没个记载，等亲征回来，他御封自己个“威武大将军”，然后又降旨这个大将军出征打仗，谁也没辙，接着又封自己个“镇国公”，岁俸，就是年薪，多少多少大米。他出征，所有人，趴在地上，一排排的大臣阻止他，但是他下令把他们一个个地打多少杖。他不想老老实实当皇帝，他想玩儿。他还可以做木匠。中国历史上有这样的统治者。但是反规矩反章法远远没有深广到……这个程度。（略 3 行）

这个中国故事少有人明白，因为人们习惯依循着生存法则去想，可是不知道有一个超越生存的事情。在那个时候获得一个什么样的自由呵，人可生可死。这个时候中国剩下的是什么，只剩下了一个真性情，《水浒传》上叫“落个快活”。

烨：你说得太快了，他在想那个问题，你又说个新概念。

K：不是说太快，是说太多。

烨：对，就是太多，又快而且概念太多。

K：没关系，好，没关系。

---

[1] K，德国汉学家。

烨：你说得太快，没法明白。

（略5行）

K：那你的意思是说中国的传统就是无法无天？

含有这个成分。像《水浒传》里那话要说出来，西方人都得吓死，就是阮小七还是阮小五唱“老爷生长石碣村，禀性生来爱杀人”这样的话，鲁智深说自己“平生不修善果，只爱杀人放火”。

烨：对。

这个杀人成了写意了，李白诗里也有“十步杀一人，千里不留行”，这里体现了他们的审美，一种可生可死，无羁无绊的人性彻底性上的痛快。这个审美同一般性的生存法则，同人道主义是冲突的。显然人道主义不是这一审美的原则。他们以性情的自由自在为原则。这对于人道主义是可怕的事情。可你没法不承认，它又是属于人的。孔子、老子、庄子他们都是明白这个道理的，就是天道弥远。天有天规，但它离人极其遥远，它并不同人亲近，一点儿也不管你的哀乐善恶，实际上你是什么坏事都可以做，没什么拦着你的。那么这时候天不拦你，人就一定要拦你了，要不世界就会大乱，人也就自相残杀光了；所以孔子说了，老子、庄子就这点认识都是一致的，就是“民可使由之不可使知之”，就是这个道理不可走向一般人普通人，为什么呢？因为他们是要活下去的；而要活下去嘛，那就只有活在这个套子里，这个不知里，浑浑噩噩窝窝囊囊地活；你要出去吗？那你可就得可生可死了。这个套儿，孔子给具体成一个生存秩序，他的秩序核心就是等级。

那么像《水浒传》，它就从一个方向走出了这个套儿，对现有等级表示了轻视的态度。孙悟空呢，对玉皇大帝，对一切现有秩序也表示了一个无所谓的态度。那你这就看到了中国文化的两极：很安静的一极，无为的；还有可能是非常可怕的一极，无不为呵。

“无不为”如果只是像庄子似的，只在个人世界里一会儿是鱼一会儿是鸟，那他基本是到了套儿外并不太干扰套儿里人的生存秩序的；但如果是到了人世外，却又连带着人世里的生存世界一起折腾的话，今天做一个好人，明天做一个坏人，今天建立国家，明天再推倒这个国家，那，

K：你的意思是说无为和无法无天的关系？

当然，无为是道家的说法，到了无法无天，那是佛家的说法。无为无不为尚属于个人性的，到无法无天就扩展开来了。

K：那你说，好像《水浒传》的代表性就在，（烨笑：杀人。）杀人？不不不。

《水浒传》有它的原则，这个原则就是看你是不是真的，是不是一个好汉。这"好汉"跟道家的"真人"有点儿相近。它就是不管你是不是书法家，是不是钦差，是不是读了多少书的人，这都不管，它就是看你是不是磊落。你看梁山泊的人，干什么的都有，从小偷到皇亲国戚，到柴大官人，都有，但是他们在这点上是平等的。这点是哪点？就是看你是不是一个说真话的人，不畏生死的人，敢做敢当的人。

同孔子以社会地位论尊卑的原则完全相悖。

这个给中国影响很大。

烨：也不以社会效益为准。

哎，也不在乎社会功利，社会因此就怎么样了，极其其次。我们高兴就去保卫边疆，不高兴了就把国家拆了。哎，就是这样儿。李逵高兴了，我拜你做大哥，不高兴了把宋江扯下来就要杀掉，你如果抢了民女的话，哎，把你扯下来杀掉。

每本书都有一个原则。孙悟空那个，也有一个原则，

烨：你别太多的"原则"。现在我告儿你讲，就讲《水浒传》。《水浒传》大有问题可说。《水浒传》为什么在中国可以流行？因为中国人喜欢这里头说的事情，喜欢这里头的人物。这里头的人物包括一切，包括他们想干什么就什么，包括他们不归皇帝管，也包括他们杀人。认为是坏的人他杀，杀了以后他不跑，他就说这是我杀的，我觉得他坏，所以我把他杀了。这是中国人的一个好的观念。所以跟西方人的观念是不一样的，西方人的观念觉得坏人也不能杀。

你看李逵，就中国最一般的老百姓，看《水浒传》，

烨：都喜欢李逵，哎，中国人都喜欢李逵。

为什么呢？就因为他是个痛快的人。你也可以杀我，你认为我不好，你就杀我。那个宋江给他喝了毒酒，他说，你毒死我，我也不后悔。他这就是什么杂的都没有了，生死无碍了，那么剩下的唯一东西就是一个真切的性情，不受你这等鸟气，中国人赏识这个东西。（略2行）

但是这中间，你要从西方的角度来看，就是极其可怕的了。我记得最早跟您谈过这个问题，我觉得非常可怕，因为那个时候我思想很接近基督教。我觉得杀人特别可怕，现在我也还是这样觉得。可是我也知道中国的逻辑。比如……其实现在他们想得天下不难，但是他们付不了那个代价，没有这个气概。孙中山回国当总统之前还在美国洗盘子呢，他也可以当总统，也可以洗盘子，他有这个气概。这他对中国人就有了一个魅力。可惜是他太西方化了，跟基督教的信念太近了，他不能够战胜袁世凯这样完全的中国人。所以你看得出来，中国人他有两个原则：一个是接受现实统治，我没气，没办法，我就服从；还有另外一个原则，

烨：你说得太复杂了。人家没办法拐过弯儿来。再举一个例子，就很简单的一个例子，中国人都喜欢《水浒传》，《水浒传》里像西方人这样非常绅士的外在架势，中国人是不喜欢的。如果我跟您在一起的话，我要告诉你，你是朋友，而我这样是做给别人看的。如果没有这个的话，中国人是不喜欢的。像《水浒传》里，它喜欢一种你不是皇帝而是朋友的关系，像宋江是大哥，我们听你的，但是你为非作歹了，那我们照样把你杀掉，没有二话。这对皇帝就不行。它喜欢每个人都是兄弟，都可以为大，当我真性情出来的时候，我为大，李逵杀人的时候，李逵为大。李逵说：哥呀，这个事儿我做的，我认为他不好，我杀了他了，这个事儿你找我。您知道吗？就是说我这个时候我有权力说话，我为大。所以呢，这些人不喜欢皇帝的等级，不喜欢酸秀才在那儿乱扯，就是，咱就动真的，我认为对就杀，不对，咱们哎，

不对，就杀我。

烨：哎，不对，就杀我。我要是对的，我就杀别人。所有的人的关系是平等的。就是这个平等有点儿像西方的就是都是兄弟哈，但是它有杀人在内，就是西方的基督教它

没有这个，不可以杀人。

有点儿美国西部时期的那个牛仔的劲儿。但是牛仔它还是有点儿处于上帝关怀之下的那种彼此的关系对吧，它需要这种感觉。

烨：而毛泽东搞的这个“文化大革命”，你看，那个等级就破了。

中国老百姓一时间全可以起来打倒你的顶头上司。你可以推翻它。

烨：我今天想推翻你就推翻你啦，我可以不听你的啦，我们可以自己说了算，自己组织起来，我们相信谁就让谁做领导。

“文化革命”中间，尤其是初期是有这个性质在的，而且很强烈，不能说就是个滥杀。

群众一下热情就起来了，毛泽东唤起了人们的这种感觉，就是说这个国家是人民的，人民就可以说了算！实际上人民哪可以说了算呵？

烨：人民一说了算就乱啦！所以“文化革命”就乱啦，中国就乱啦；可是乱呢，大家都很痛快，很过瘾，你知道吗？

一种从桎梏中解放出来的痛快，一种可以砸掉桎梏的痛快，但是跟着就很不痛快了。

烨：哎，你痛快了，你就得付出代价。你不能仅仅从一个方面去讲，从人道主义去讲不行，从经济上讲也不行；“文化革命”刚刚起来的时候，真的，所有人都非常激动，那就是有一种宗教的感觉，那所有的人都很崇敬的。

《水浒传》第一章叫“洪太尉误走妖魔”，就是把一个石头拿开了以后，里边呜呜——东西都出来啦——就跟“文化革命”一样；就像西方的故事有个魔鬼在瓶子里，一下把它放出来了。（略3行）

烨：对，得支持群众。

你一不管，那大家可不就都冲进政府去了？结果就是这样。（烨：政府就被推翻了。）各地政府就都给推翻了。煤炭部长在煤炭部里，平头百姓就进去了，结果堂堂的部长就给捉走给打死了。

（略80行）

伦理规范、文化秩序，是一个无可奈何的事。因为人要活下去。要是你陷害别人自己却要活，那你就害怕。要是你自己超越生死，无所谓生死了，你也就不屑于去陷害别人了。这时候剩下的就会只是个审美，就是前边说的真性情，人要是全都到了这个境地，伦理规范、文化秩序，就都消失了，那世界从任何角度看一定都不坏；当所有人全都自然地单纯地从审美上看一切的时候，一般地说，一定是损害最少的。我的理想世界也不过如此吧。但是所有人全都超越生死，进入纯审美，这根本不可能，只会是个极少数，所以规范就是必须的。你极少数的人出这个范围，你也是走不远的，你再超越生死，可是你有父母，有妻子儿女，有责任在那儿，就做不到像孙悟空那种东西那样，不高兴他跳起来就走了，老孙去也。你这到底还是个人，千丝万缕的，你自己可生可死，可还就是死活不那么由你，因为别人并不是可生可死的，你没道理连带了别人。

说到这儿就要说说人的本性，人的本性一般地说是贪生怕死的，要不然人怎么能够延续下来呢？都乐于死，那人早就绝迹了。可是人还特别地不乐意承认他的这个本性，因为这个本性会连带出一连串的恶行，出卖、陷害、欺骗，这些全都是贪生怕死引出来的，而又恰恰正好，是最威胁人的生的，所以又是贪生怕死的大忌；首先从贪生怕死的角度就要否定它，且不要说从社会伦理或是艺术审美的角度了。这你看，就是人的本性反对人的本性对不对？人居然不愿意承认自己的本性。所以这人没有出路呵，你左一个理想，又一个提升，可你不是真的，不诚实，你就没出路。所以不是孔子虚伪，孔子很诚实，他看见了这个命定，你不是既怕死又不承认怕死，又要说诚实吗？那我就给你画个圈儿先保着命，然后你尽可说你是诚实的，要真理的，只是被我这个万恶的“圈”给限制住了。孔子实际上是把恶名全都自己担过来了。打倒孔家店，解放人性，解放出来的是个什么？人的社会美好、安全或者公平了吗？而且立刻各种新的限制接踵而来。这是人性的必然，也是人性的必需。

你看孙悟空他吃人肉，《水浒传》也吃人肉，那个戒条一破，观念一破，它就成个跟吃猪肉一样的事情了。这时看的就是你的本性了，吃，不吃，就全都是你的本性了。可生可死，或者你死我活，谦让和平或是贪婪残忍，就都是你的本性。……“文化革命”的意义之一就是让中国人看看自己的本性，看过之后再说，你是不是还要这个自由。

这人性的恶呀，只要一个允许，你看日本也罢，柬埔寨也罢，这都是可以十分安静的佛教国家，可是真到了就是可以杀人的时候，那是最最厉害的了，因为佛教是超越生死的，那人的那个本性很容易就把它变成杀的借口。你要是真正的超越生死了，就是你不恋生的那些享乐荣华了，你不会这么杀，而且不会就是杀别人，它这就是，像我们过去也背很多教条似的，他这概念上是熟知了，但是没有一个真心的感悟，所以他就以自己的需要来解释。那这时候就最坏，因为人会拿它去杀别人而独独放过自己。“超越生死”，那不是说给别人的，只有当它成为你的自然的时候，那才叫达到了超越呢。

人性就是这么个东西。那么在佛教看来呢，人不过是宇宙变幻中的星些灰尘。……

（略5行）

烨：什么都试试。

哎，他观赏、欣赏他制造的异样景象：乱得好，天下大乱，形势大好；七八年再来一次。这就跟看树春天长叶秋天落叶似的。

我觉得在他的思想深处，死是一个可疑的事，规律是一个可疑的事，还不仅仅是一个乏味的不如意的事。那么照常规走，路就是这样的，所以他要反常规地试试，说不定奇迹就出来了。（略2行）

对这个他想改变却依旧的世界，人类既然诞生，就没道理不接受死。可是人在讲真理的时候，也讲生存，而生存和真理并不并行。人在讲一串串的道理的时候，有一条不能不承认，就是如果说为了生存，就不要说是为了真理。当然他们要强说生存即真理。且不要说这样定义真理，真理还有没有意义，就算生存即真理的话，那你也要生存，我也要生存，不能都生存的时候，哪个生存是真理呢？人不可能都生存，也不可能永远生存，要说真理这是真理。真理并不为人的生存着想，这是最浅显的道理，可是人都不愿意接受，却还要说我们是要真理的。

只有一种情况下人是要真理的，就是被精神照亮的时候，像……的时候。那这时生存就置之度外了。

中国会有它自己的道路，如果它不灭亡的话。但是一定不是西方的道路。真正谁相信民主哇，我是中国人我就知道，那不过是个借口罢了。因为中国人没有西方人这么死心眼儿，他一旦打通了吃饭、睡觉这个坎儿，说你吃了没有？一旦超出了这个，那中国人可了不得，什么都能做。西方哲学无论怎样它都有很伟大的形而上的纯思想支持着，但它不具备这么痛快的否认人类就该生存的品质，尽管他觉得生存很荒诞，很没道理，但它从来不想，这一切事儿一切问题从来就是没有的。对不起，把锅贴说得也不好吃了。

烨：××可怜死了。

K：（叹）哎呀——

烨：××痛苦死了。

别想这些事儿了。

K：因为我最近老在研究那个破坏者的问题。

鲁迅说到的？

K：我从东欧也谈到中国。

我觉得是这样，要不然不说，要是说出来吧，就说出来了。中国一贯的态度是不说，因为说出来太没意思。但也可以说。我想说出来也很平常。

K：下个星期，我们就应该到东柏林去看，那个黑格尔和希特勒，那里还有希特勒故居。他们说少看。上午有的时候两个小时，下午有的时候两个小时。那里有很多有名的人的墓，不远。

你说，鲁迅说过，最后一个破坏者还没有来？

对。他说希望不要有这样的人，破坏一切的人。

K：他是在什么地方说过这句话？

……当所有人全都自然地单纯地从审美上看一切的时候，一般地说，一定是损害最少的。

……真理并不为人的生存着想，这是最浅显的道理，可是人都不愿意接受，却还要说我们是要真理的。只有一种情况下人是要真理的，就是被精神照亮的时候，……

——图《真正的爱情》画于1988年4月奥大讲课中间

我可以给你查出来。

K：我估计是那个《野草》。

我还翻到一页，有这样一句话，他说这个破坏一切的人在中国还未曾有，他希望永远不要来。我觉得鲁迅有一个感觉，因为他自己的思想到达了这个边缘。但鲁迅没有走过去。

因为鲁迅他受了西方的人道主义的影响，所以他才那么恨人，像毛泽东他不恨人。

K：毛泽东不恨人吗？你怎么知道？因为对他来说没有什么人，只有群众，人众还是什么。

人民群众。对。但是“没有什么人”并不是恨人。“人民，只有人民才是创造世界历史的动力。”[2]人民是动力，能量。“真正的铜墙铁壁是什么？是群众。”[3]群众是墙是石头。就是随着那个情境的改变，你就成为什么。毛泽东是喜欢人的，个人或者群众。个人是个别的人；群众，毛泽东有一点最清楚，可以焕发出能量，他开始，焕发这个能量是控制式的，就像建立核反应堆那样，可以发电，为他进行了人民战争。后来他释放这个能量就像……

你看，毛泽东特别喜欢说死。但他说死跟……那种死亡祭悼的庄严感觉，虔诚的再生的感觉，一点儿都不一样。他说我准备有五种死法，准备翻车死，飞机掉下来死，被敌人开枪打死，被细菌吃掉，游泳淹死，他跟蒙哥马利说的，他说他死了就烧掉，灰丢到海里去喂鱼。他是很随便，跟说笑话一样说的。问他那么他之后谁接班，他说刘少奇，刘少奇之后呢，他说他就不知道了，也许是他，他指一下王任重。[4]他这都是很即兴的口气。……我第一次有这个感觉，就是看他接见红卫兵的时候，忽然他就现出

[2] 许多年里尽人皆知的毛主席语录。

[3] 许多年里尽人皆知的毛主席语录。

[4] 可参见熊向晖《毛泽东对蒙哥马利谈“继承人”》一文，节选入《我眼中的毛泽东》(河北人民出版社1990年版)。

一个特别厌倦的神情，红卫兵正在无止境地喊他万岁。最早他是很兴奋的，建立这个国家的时候他会哭哦，升五星红旗的时候，他一按这个钮，旗子升起来，他就脱口而出：升得好。

烨：你不用说那么多，它一个观点一个观点太多了，人家没办法思想，你知道吗？一个问题还没思想清楚又说一个问题，又说一个问题，太多了。

（讨论 xx 小儿的问题．略）

（笑）他来审判我了。他可以审判我们大家。×× 找到一个挡风的墙。

烨：他上不上幼儿园呵？

K：哎，下个月开始了。

1992 年 8 月 25 日 柏林住室

1992年8月下旬柏林（格特利布墓前）

灵魂 艺术 环境

——德国新闻署采访[1]

C：她代表联邦德国新闻署采访你，她本人是德新社记者。

她说你写了什么东西愿意用德文发表的可以交给她。

但是我不知道我写了什么。

这个倒是最近的。噢，还有这些。

C：她问都可以给她看吗？

可以。这个最后一页是谢烨的。我们五年前就在这儿一起朗诵过。这是德文的。

S：Xie——

谢——烨。

S：Xie—— Ye。

C：她说就这一首诗呢？还是，

这些都是她的诗。

C：她说她现在最感兴趣的还是对你本人。她说她所知道的，你一九八七年开始在纽西兰定居的，是不是？

嗯，一九八八年。

C：她说她有一些资料呵，她不知道都对不对，她想和你求证一下。

你是不是“文革”一九六九年离开北京到乡村去的？

---

[1] S：采访记者Sabine Kwaplk；C：译者。德文部分全略。

（一些关于履历及出生年代的问答.略）

C：她说你只上了三年小学，问你其它的知识完全靠自学的？

我上学上到第三年“文化革命”就发生了，之后就基本没上学。

C：她问你看的都是什么书？

我在城里看了很多有关昆虫的书。

C：她的资料，你的知识是从《百科全书》上学来的。

《辞海》。中国那会儿没有《百科全书》。现在正在出。那会儿的《辞海》也是刚出来的，出来一年就“文革”了。后来我把那上下两大本《辞海》看得非常熟，简直就是，我想找什么，不用从头查，就这么一翻，我就知道它在哪儿。那个时候一直看。

C：她说你那时还是个小孩，怎么会对知识这么有兴趣？

我是非常不喜欢上学的人，但是看书一直是我的一个癖好。那会儿我们家书柜上的书，我就挨着一本本抽出来看。有的太不好看了，我也会直接又放回去。最不爱看的就是外国人的诗，洛尔迦的诗那会儿翻了翻就放回去了，惠特曼的也没读多少，普希金的那本倒一行行全读了。还有马雅科夫斯基，我那会儿有点儿当笑话看他的诗，他太激动了，他诗里说“谁说向右转？向左！向左！向左！”，我就笑，转三下左，不正好是向右了？

我那会儿把《星火燎原》好几大本都给看了，对中共党史、军史弄得挺熟，长征各个根据地的路线图，红几军几军；还有苏共史。那会儿苏联是修正主义，后来又叫社会帝国主义，可是我还真读《列宁选集》，把《共产党宣言》也读了；收书的时候，这些红书都当黑书给扔麻袋里了。

烨：那会儿的小孩儿就没他这样的。就是大人也没读那些书的。

C：她问那时你到底多大？就是书都给抄家抄走的时候？

十岁？是军人来抄的，是一九六八年，应该是我快十二岁了。

C：她很好奇你那么小读那么多书。你后来，书都被抄走以后，你就是光读《辞海》

了，你是为了知识吗？

我呵，不是还有一本法布尔的《昆虫记》吗？那里头讲一个个小虫子的故事特别打动我，让我觉得我们人在这个世界上的生活同这些故事非常相似；不由地就产生了一种命运的感觉。

但是我先没往文学那儿走，我让自己往科学那边儿钻研。《辞海》呢，有一个“昆虫纲”的条目，里边说了昆虫纲分三十四个目，但是呢，没写都叫什么目。那我就没办法知道了。我就一页页地翻这个《辞海》，四千页，就一篇儿篇儿翻，把三十四个目全找到了，给抄下来。目之下还有科，《辞海》就不列入了。那时候我去自然博物馆、书店就找这些科。全北京就王府井那儿有一个书店还有这种科学书；自然博物馆是开开关关，后来又关闭了。

C：她问这都是在什么时候，是“文革”的时候吧？

哎。都是在六九年底去农村以前的事。

（问答有关去农村前后及 1974 年回北京以后的情况。略）

C: 她问，你的这些诗都写得挺早，一九七一年，这个是一九六八年，可是为什么印出来这么晚呢？

因为在“文化革命”中间是不可能印的，一般都不敢给人看。我父亲给我的劝告就是“都给烧掉”。我也确实烧掉了一些。他把他的都烧了，写了就烧。

C：她说她想知道你还能够回想起你最初写诗时的心情吗？

还是从法布尔的《昆虫记》说吧。读那本书让我感到一个人跟一个小虫子一样，他看不见自己的命运，但是他能够看见早晨和夜晚，春天和秋天。死亡的莫测和生命的快乐，一直在我的心里，它交替呈现着。时常到了一个时刻，就有要写下字来的愿望。我并没去特别地想写下的那些字是不是诗；我父亲说是诗呵，我就很高兴。

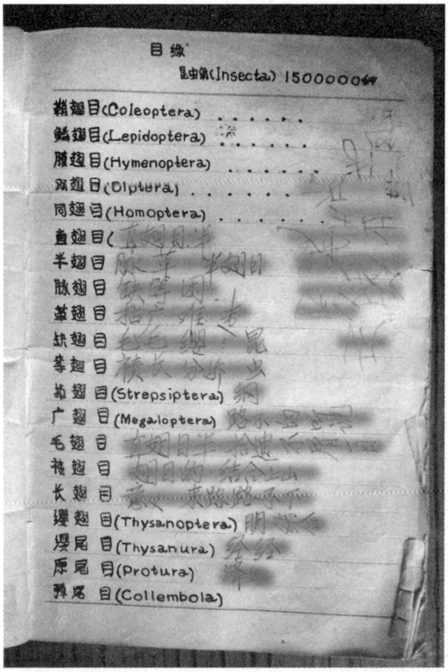
目録
昆虫纲(Insecta) 1500000种
鞘翅目(Coleoptera)
鳞翅目(Lepidoptera)
膜翅目(Hymenoptera)
双翅目(Diptera)
同翅目(Homoptera)
直翅目
半翅目
脉翅目
捻翅目(Strepsiptera)
广翅目(Megaloptera)
毛翅目
缨翅目(Thysanoptera)
缨尾目(Thysanura)
原尾目(Protura)
弹尾目(Collembola)

图一

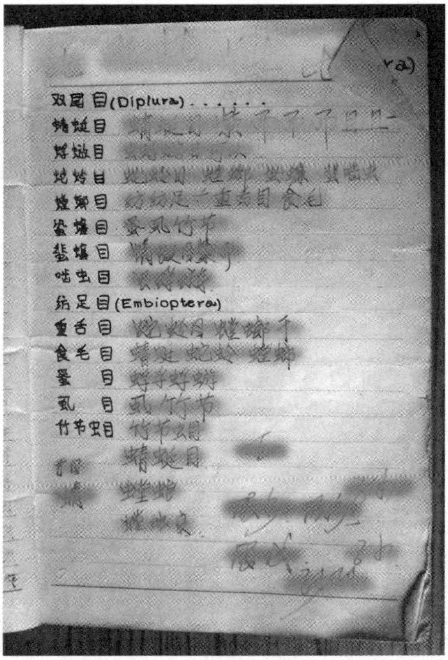
双尾目(Diplura)
蜻蜓目
蜉蝣目
纺足目(Embioptera)
食毛目
虱目
竹节虫目

图二

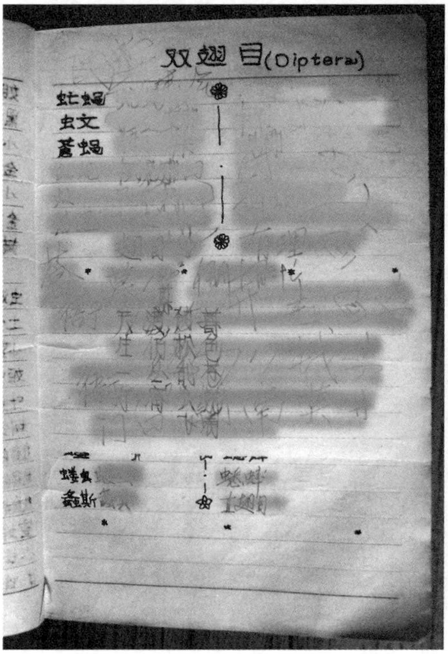
双翅目(Diptera)

图三

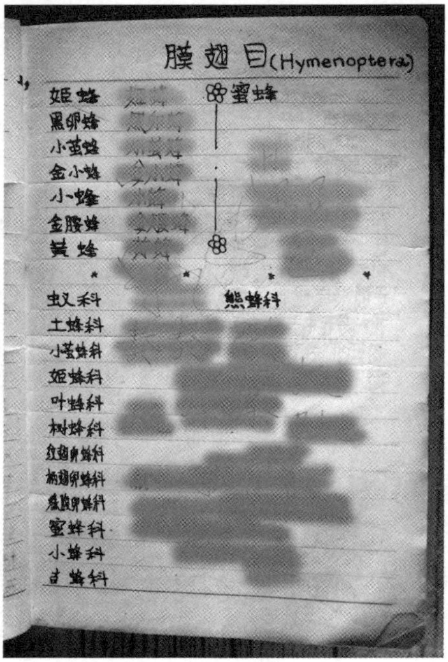
膜翅目(Hymenoptera)
姬蜂
蜜蜂
黑卵蜂
小茧蜂
金小蜂
小蜂
金腰蜂
黄蜂
熊蜂科
土蜂科
小茧蜂科
姬蜂科
叶蜂科
树蜂科
蜜蜂科
小蜂科

图四

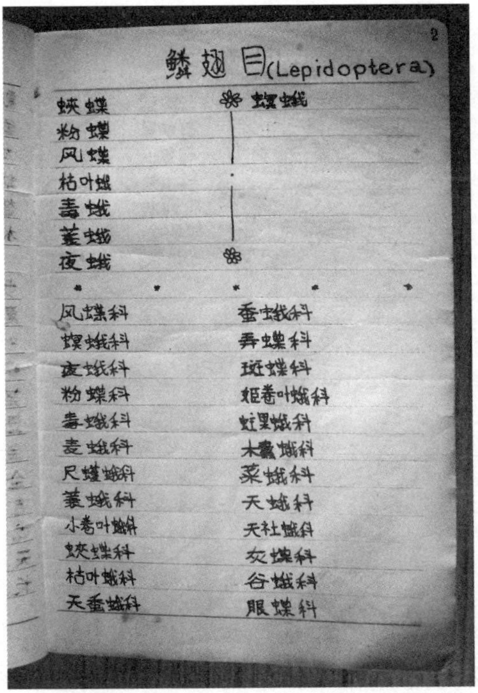

图五

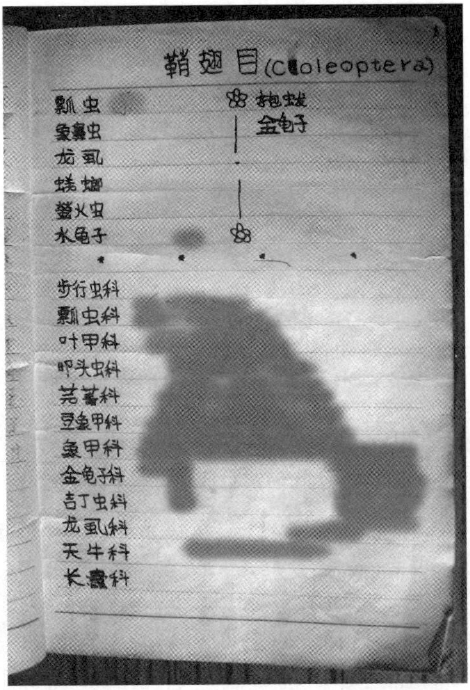

图六

……我就一页页地翻这个《辞海》，四千页，就一篇儿篇儿翻，把三十四个目全找到了，给抄下来。目之下还有科，《辞海》就不列入了。那时候我去自然博物馆、书店就找这些科。全北京就王府井那儿有一个书店还有这种科学书；自然博物馆是开开关关，后来又关闭了。

——2012年偶见的顾城大约在1967、1968年间，查找之后抄记在小本上的几页『昆虫纲』之下的『目』（图一图二）和诸『目』之下的『科』（图三至图六），有的还后缀了于书上或自然博物馆说明字中难得查到的拉丁文学名。遮避处为他人后写在空处的字，编者将其遮去。

（问答有关去农村的原因及一些具体情况 。略）

C: 她说那你现在在柏林怎么办呢？这么不自然。

（笑）我现在看柏林也是树林。

C： 她觉得“柏林也是树林”这个话很有意思，你可以再讲讲柏林给你的印象吗？

我要是讲可能你会觉得有点儿怪：第一感动我的，是柏林有冬天。我三月一来柏林它就下了雪，我有五年没有看见下雪了。雪让我想起北京，我小时候，在下雪的城墙上踩出一个脚印，又踩出一个，然后往下边看。第二柏林有许多石头摞起来的房子，我在岛上的时候，老搬石头，想筑一座城，所以知道这么多石头放在一起是很了不起的。第三柏林有树，中文叫树林的时候，德文好像就叫做柏林。

柏林有一条库丹姆大街，我在那儿看见一个老人，她坐在一堆垃圾袋中间，我一直想看看她的脸，可是鸟不断地落下来，把她埋住，我想全柏林的鸟，大概都认识她吧？她走的时候，鸟一直在她头顶盘旋。

柏林还有墓地，有那些在过去的历史中间死去的人。这和北京很相像。在人生活了很久的地方就会有幽灵，使这个地方像梦一样幽深；你不知道梦下边最深的地方潜藏着什么。

C： 她说听你这样讲，就想知道柏林对你的创作有什么影响？

柏林帮助我写北京，柏林有杨树也有槐树，如果你不看人，只看树和天空的话，和北京很像。柏林是个幽灵伏动的地方，和北京一样，可能每块石头都有故事。

有时候我站在街上，会忽然什么都想不起来了，觉得要去上学，去交作业，作业做了没有？一着急就猛醒过来，可是仍然不觉得在真实里。

等到这个冬天下雪的时候，我会在外面走一走，听听踩雪发出的咯吱咯吱声，那是我小时候听过的声音。

C：她说，你很想北京是吗？

我几乎每天做梦都回北京，但是那是我童年的有城墙、堞垛、城门的北京，我爬到城墙上就可以看见几百年里这个一直安安静静的城市。

当然现在北京有了变化，北京无论是变成美国的样子，还是别的什么样子，都是让我害怕的。

我有这样的习惯，小时候玩儿过的地方，一般不愿意再去；我害怕再看见它。

烨：人家现在理解的他的那些给叫成现代派的诗，都是他十年甚至二十年以前写的。他现在写的我估计人家又不懂啦。

C：她说你七四年回北京以后再写的诗是不是跟前一阶段还是相近的？

不呵，有非常大的变化。

七三年的时候，我有几首诗说是有人拿去转给郭小川看了。

郭小川几乎是中国最著名的一个革命诗人了。据说他给我批了字说我的诗是“艺术的没落，政治的死亡”。

C：你说的革命诗人就是共产党的诗人？

但是那个时候他正被残酷打击呢。

那之后我就写了应该说是少年时代的最后一首诗，我说我要把我自己吃掉，和盘子一起吃掉，然后我就笑着变成这个世界，变成另外一个人。后来七三七四年开始，我就光写点古体诗，或者笑话诗，还有就是政治不没落，艺术不死亡的那个时候给叫成工农兵文艺的东西吧，一直到七九年看见了《今天》。那时候也可以发表诗了，你看的这些我最早写的一些诗已经开始发表了，我那时以为就我孤独地写这些东西呢。看见第一期《今天》，我才吃惊地知道有好几个人在“文化革命”的时候也写诗。

C：北岛。

还有芒克。还有多多好几个人，舒婷在南方。芒克和北岛一起办《今天》。芒克写诗写得好。北岛、芒克那个时候诗都写得好。

C：芒克？

芒，克；拼音这样写：……噢，这正好有。

C：M,A,N,G；Ke；Ok。

芒克最近在荷兰见过。明年一月没准儿他来，有一个邀请。柏林有个活动。他现在在北京。

C：她说你读了《今天》以后你的诗风有什么改变？

这个事情是同时的，读到《今天》给我的最大感觉是竟然有人在写诗，在想。第一期《今天》应该是在七八年底看到的，我有个姐姐，她抄给我的。那个时候我也发表些诗，可是像《无名的小花》这些诗我还都没想到可以拿出来，大概是让郭小川给吓的❷。西城区文化馆那会儿正筹办一个文艺小报叫《蒲公英》，那时候我一个异想天开，就拿了几首给他们，负责的人就很惊奇，研究之后准备首期重点刊登，我也参加点儿编辑工作。这时候我就看见了《今天》的诗，我本不知道世界上还有别人在想这些事情。我就立刻去找了他们。

那时候我一下对人产生了极大的信心，我认为人不过都是在噩梦里而已，只要我真心地说几句话人们就会醒来。所以我的诗又多起来，从七九年到八二年，我不断地说，希望人们能够放弃这种可怕的生活。

烨：那时候他写得特别多，可是人家能接受的不多，到了现在说来说去的他的现代派诗净是他那时候写的，还有好多到现在编辑还是不能接受呢。

---

❷ 作者将《无名的小花》一组诗如他所说“异想天开”“拿出来”应是在1978年3月，并专门为送审写了《序》（手稿图见下一图页），从批判角度谈其发表的意义。但发表还是推至一年以后，直到筹办的《蒲公英》小报问世。当时（1978、1979年之前）他作为工人在西城区工人文化馆主办的《西城文艺》上发表一些他所称的“工农兵文艺”。

C：她问，你属于《今天》吗？

这得怎么看了。第一期的时候，我只是个读者。后来应该叫朋友吧。他们那个时候看去更是革命者，还老有一点儿坐牢的悬念。我去找他们是因为他们的诗，更是因为他们把诗自己油印出来贴到墙上去的那个勇气。后来我们家里就老让我别介入，因为这边儿呢，《蒲公英》连载了我的《无名的小花》之后，这些诗就在正式报刊上开始陆续发表，家里怕在政治上惹事儿给这个"好趋势"中断了。我呢，还是给了《今天》我的诗，他们后来出过一个诗专集，用了我一两首小诗吧，不过我署的是个谐音的名字。

舒婷比较特别，《今天》第一期上就有她的诗，同时很快地，一般报刊上也广泛地刊登她的诗了。

烨：《诗刊》，就是中国最权威的诗刊物，七九年也不知五月还是六月，就登了她的诗。《诗刊》第一次发他的诗是在七九年十一月，发了个《歌乐山诗组》，我还记得，在上海还看到了。那会儿，只要在《诗刊》上发个诗，你这诗人的身份就算肯定了。

C：她问你关于"占有美，便失去了美"这个问题，是不是在同别人谈话的时候明白的？

也是由我自身体会到的。当我在和别人说话说得太多的时候，我就觉得我成了笑话了。很像堂•吉诃德。

C：她问，你一九八七年来德国，又去了好多地方是吗？

上次来德国，去了八九个城市吧。之后又去了维也纳、丹麦、瑞典、英国、法国，一九八八年去了纽西兰，从香港去的。

C：她说你没有回国？

没有。

我在奥克兰住了半年，之后就搬到一个岛上去了，我想自己种地，过一种鲁滨逊式的生活。这也是一个中国的传统，自己种地自己吃。

（略11行）

序

《无名的小花》基本上是我少年时代的日记。曾有一度我以为它是有价值（自然美）而无思想的，后来当我发现它是有思想时（虚无、颓废）却又认为它是无价值的了。

现在我觉得它还是有一点微小的价值，至少它记载了在林彪、"四人帮"横行时，一个随父"下放"的少年的畸形心理。他（也就是我过去的灵魂）曾在巨大的、荒凉的海涂上徘徊。他找不到知识的河流，看不见真理的阳光，所能做的，只是拾捡一些老乡丢弃的烂棺木，来维持那时有时无的炊烟。他害怕人，尤其害怕"官人"（因为他们的目光总是发冷）他是孤独的，只有去交结大自然，借此来逃脱人间的纷争。他开始只是沉醉于"蜜蜂的歌，蝴蝶的舞，和花朵的诗"，后来便越走越远，最后竟终日沉浸在幻梦之中。当然，在现代，这种脱离时代的灵魂是不会长寿的，在七三年左右他便离开了世界，寻找老聃去了。继之而生的是一个开始思索社会的灵魂（也就是我现在的灵魂）。他死了，却在我生命的地层中，留下了几缕脉纹，这就是《无名的小花》。

我保存这片近代化石，是为了给未来的考古人士提供一点论据，让他们更容易发现，在二十世纪六十年代到七十年代间，有一片多么浓重的乌云，有一块多么贫瘠的土地。

也许有人会对此发生"担心"，但我却以为担心是多余，因为很难想象成为化石的花朵，还会结出什么种子。

一九七八年三月，顾城

图为作者1978年3月为《西城文艺》准备选发其1969年至1973年写在农村时的诗所写的《序》手稿。作者大约在1973年于济南停留期间将这一时期尚存的诗抄写在一起，定集名为“无名的小花”。之后改变“虚无、颓废”的人生态度，转而写“工农兵文艺”。1974年返回北京后，作者选择去街道服务所做木工，获机会参加西城区工人文化馆文化活动，成为诗歌组成员。1978年受环境鼓励作者想到将自己尘封多年的诗集《无名的小花》拿出来交大家看看，获诗歌组赞赏而有了选载计划；为不刺激政治起见，作者试从自我批判角度写了这篇文字作为《序》——

《无名的小花》基本上是我少年时代的日记，曾有一度我以为它是有价值（自然美）而无思想的；后来当我发现它有思想时（虚无、颓废）却又认为它是无价值的了。

现在我觉得它还是有一点微小的的价值，至少它记载了在林彪、“四人帮”横行时，一个随父“下放”的少年的畸形心理。他（也就是我过去的灵魂）曾在巨大的、荒凉的海涂上徘徊。他找不到知识的河流，看不见真理的的阳光，所能做的，只是拾捡一些老乡忌讳的烂棺木，来维持那时有时无的炊烟。他害怕人，尤其害怕“官人”（因为他们的目光总是发冷）。他是孤独的，只有去交结大自然，借此来逃脱人间的纷争。他开始只是沉醉于“蜜蜂的歌，蝴蝶的舞，和花朵的诗”，后来便越走越远，最后竟终日沉浸在幻梦之中。当然，在现代，这种脱离时代的灵魂是不会长寿的，在七三年左右他便离开了世界，寻找老聃去了。继之而生的，是一个开始思索社会的灵魂（也就是我现在的灵魂）。他死了，却在我生命的地层中，留下了几缕脉纹，这就是《无名的小花》。

我保存这片近代化石，是为了给未来的考古人士提供一点论据，让他们更容易发现，在二十世纪六十年代到七十年代间，有一片多么浓重的乌云，有一块多么贫脊的土地。

也许有人会对此发生“担心”，但我却以为“担心”得多余，因为很难想象，成为化石的花朵，还会结出什么种子。

一九七八年三月　顾城

——政治环境起伏多变，诗搁置至1979年初文艺环境进一步宽松时，始连载于年初创刊的文化小报《蒲公英》。此《序》被向积极和标准化方向做了大幅度修改，一并刊登。作者回忆时，大约已模糊了这段过程，或者连这篇早期《序》也一时忘记了？当然也是由于他不甚有心于此的缘故吧。

看中国现在，空洞的谈论少了些，以及对西方的崇拜少了些。

现在中国的艺术很多已真正地跟政治没了关系，就是说不属于统治的一部分了；但是艺术离灵魂还很遥远。

诗歌只在《今天》早期的时候实现了这么个艺术理想，就是诗歌不是政治，不是功名，而只是单纯的内心情感的表达。

C：她问你是不是对西方有些意见呢？

……时我曾经讲过，我不相信西方的民主，也不相信西方的科学，我更不希望中国变成美国，但是为什么我到这儿来了呢？就是因为我不能在家里待了，我过不下去了，所以来了，如此而已。

我不喜欢社会主义的中国，也不喜欢资本主义的中国；中国曾经是有自己的精神的。

C：她说，你刚才说你也不赞成科学？

我不相信，不是不赞成。

我不相信，这是从如果寄希望于科学可以拯救人类或者拯救中国这样的角度说的。

C：她说你作为艺术家，是非常需要自由的气氛的。你对民主也不相信，你的脑筋里面是不是有一片净土还是一个大同世界，人类可以达到的？

我相信人的真实的心灵。至于大同世界和净土，我是想过的；但是人类如果能实现这样的净土应该早就实现了。人性决定了人的命运——人性大概不是那么高的，就像它也不是那么低的一样。

艺术创作是天赐的，谁也夺不走；只有保存和发表是需要社会环境的。

艺术创作的自由仅仅依赖社会环境我是不以为然的，再好的环境，没有一个自由的灵魂的话，你的创作还照样被制约着，比方说被名利制约，想会不会亏了时间和钱赚不回来呀，会不会不被赞美而没面子呀，会不会拿不到奖呀，竞争不过别人呀，诸如此类。从这个意义上讲，在自由环境中创作的艺术家，并不比在严酷的政治环境中创作的艺术家更自由，灵感绝不会因为你在好的环境中而青睐你。只有发表的条件是不同的。如果说到人身自由，那就是另个问题了。而说艺术创造的话，没有人身自由的人，也是一样会有自由的灵魂和自由的创造力的。只是个传播的问题，那是另个问题。

我所理解的自由的气氛，不仅仅是容忍每一个人去追求安适的生活，而且包括容忍坚持独立的理想和独一无二的灵魂，在这一点上，民主不一定是正确的道路，更不会是唯一的道路。

C：她说你相信真性情，你真的相信吗？人类真的有真性情吗？

我不能说人类，我说人有真的性情——天性；中国有句话叫做“江山易改，本性难移”。

C：她问你所指的真性情是包括好坏都在内，还是指我们一般认为好的那部分？

真性情无好无坏，它就是：是这样。

如果究底的话，它是跟人的自在的本性一致的。至于好坏，是由于从世界的位置看它而生出的问题，世界的位置大体是人在这个世界上的利益的位置。如果从审美角度看，我相信只有单纯的才会是美的，单纯的就是本质的，就是真性情的。所以有美或者不美，喜或者不喜，而没有好坏的问题。

荷兰有本书叫《小约翰》，说两个蘑菇在那儿说话，一个小孩儿过来插嘴说：“你们是有毒的！”蘑菇听得莫名其妙。因为人想到了吃它们才会有“有毒”的看法，而对于蘑菇来说就没有这个问题。好和坏是人间功利的问题，而纯粹人的本性是没有这个问题的。

C：她说现在东欧各国的变化跟中国走的差不多是完全不同的路，你在国外这么久了，你对这事有什么特别的看法吗？

我觉得东欧的变化包括苏联的变化，是同他们的文化本质有关系的，他们有他们的宗教和对于人的信念。中国在这点上跟东欧不一样，文化不一样，对人的根本想法不一样，那么中国的变化形式也将是不一样的。

C：她说比如这场自由化演变，尤其对于艺术来讲，现在他们都有了自由，有了新的创作天地，那么在诗歌、艺术方面一定会有一个大的改变，有一个新的方向，在这方面你认为中国怎么样？

发表和交流对于艺术工作是很重要的，但不是最重要的，最重要的是精神。没有精神，艺术就没有生命，就是死的，就不是艺术，……他站到……她向枪口走去，这时谁都会感到艺术的最高境界，这也是我相信的真性情的时刻。

可是随着这个世纪的消失，这个世纪所特有的一个精神也在消失，可以说它的理想主义和它的理想主义所创造的专制，以及专制所激发的又一重理想主义在同时消失；那么对于一个艺术家和目前的现代艺术来说，与自由同来的很可能不是你说的新的创作天地或者新的方向，而是没有了天地，失去了方向所感到的新的危机，也很难说。

C：她有些困惑，她想知道你对东欧现在的走向开放到底是什么看法，她还想知道它对你有什么影响，还有你看中国人会怎样对待这种情况？

我想东欧，让他们一下接受全部西方的世界观，西方的生活方式和审美方式，会是有障碍的。因为社会主义不管多么……，它也是有一个精神内核支持着的，至少在很长一段的时间里是这样。

现在这个精神内核失掉了，那么往这个真空里填什么就是一个问题了。

柏林还有墓地，……在人生活了很久的地方就会有幽灵，……

——1992年8月下旬柏林（墓地）

我以为你们西欧及美国并没有比东方和东欧社会主义国家更强大的内在精神力量，而只是因为你们发展出了比较强大的生产技术罢了。

中国人对付这种危机是有很好的办法的，比如嬉皮士的玩世不恭的办法，中国是有着非常完美的玩世不恭的传统的，中国历史上发生过多次崩溃，像魏晋时代什么的，他们有办法，他们会用充分的胡说八道来度过光阴。

对于我，东欧最近的变化没造成什么大的影响，就像我从书架上取书，一百年前的书或一千年前的书，我取来是等距离的。唯有中国的变化对我有影响，尤其是北京，那里发生的事是切肤的。

C：她说可是社会的形式已完全不一样了，一千年以前还是奴隶制的社会呢！现在还是吗？

奴隶主不同罢了。

C：她问你得过什么文学奖？

没有。

C：她想再请你谈一下你的信仰。

当灵感从天上降下的时候，人就飞到天上去了；这就是我的信仰。

C：她问你画了多久的画？

我没专业受训过，业余自己瞎画，十六到十七岁之间我画过半年多的静物素描。

C：她问你在纽西兰是不是也画画？

在岛上画，画了得有一千多张吧。

C：她问，你觉得在柏林画的画儿有特色吗？

有些变化。

C：她问，你是用钢笔画，毛笔画还是什么笔画？

母亲给我的劝告，用便宜的笔画。

烨：他就用这种圆珠笔芯。一块人民币买了一把，够他画一辈子的。他母亲寄到我们岛上的，他又给带到这儿来了。

1992年9月3日　柏林

光使万物枯萎，又使万物生长

——关于前卫（现代观念）艺术展[1]

1.

友人：你这个话，马上就可以给下一步铺路。这确实是个比较重要的问题，现在这么多的中国艺术家在外面生活，碰到两方面文化交融的问题。是不是就成为这回展览的主题？我看你就侃侃，你先侃上一段儿，就是作为一个中国艺术家，在西方文化中生活……

烨：你先试试看，能不能说？

我，现在？

友人：你说个大概，你想说的是什么吧。

我刚开始说，不是这个活动吗？我说这是中国艺术家在西方文化氛围中生活，而创作的作品，那么我们今天在此聚会呢，并不是希求获得一个一致看法，更不准备形成一个统一的主义或者流派，大家到这里来，只是随心地欣赏、倾听、表达，做一次穿行在各形各色的观念间的漫步，一次随情随性的思想交流。那么仅此方式本身，就含有东方的灵性即兴选择的意味，而不妨将其也看作是展览品之一。

[1] 篇中友人拟为艺术展报道者，顾城则为发起人和主持人之一。

友人：好，这就是你开场说的。然后我作为记者呢，我就问你，你在国外，你的艺术创作有什么变化？

从我个人的创作感觉上讲，应该说并没有什么变化。

友人：噢，那，就是出国转折的问题，怎么谈？

（笑）谢烨你不要笑！要严肃！

烨：嗯，要严肃，严肃。

你一笑，要葬送掉我的。嗯，我今天脑子很不清楚。就是说你想问出国对我创作上的影响？

友人：什么样的影响。

这呀，你要是专写别人，写外在环境的，就大受影响，要是只表达、描述自己，那就不受影响；你要是想写了给人看，还想得到称赞，那就受影响，要是你只是因为想写，不管别人看不看，那就不受影响。

友人：不过我觉得在这儿搞活动，在报纸上登出来，你一定要说点儿让人家感兴趣的话。你要是只自己跟自己就行了，那你就关在屋子里就得了。

这倒是，那还登什么广告？

友人：就是呵，你一方面说跟你们没关系，一方面又，

拉关系。

烨：这就在你把握了，如果你很会把握。

这呀，这回也没什么我的事儿哈，这回主要闹的是"视觉艺术"，视觉艺术和批评家们，那没多大的纯个人表达成分哈，那这个环境的影响当然就进来了是吧，那这个环境就跟柏林社会就联系上了，一个交流渠道就产生啦！

友人：你这，可是它还是没有交流的意义。

（笑）找着了交流的可能性，还没找着必要性。

友人：我说的交流，哎，交流也确实说不上什么意义，就是必要性。

你这个问题，我卡就卡在这了，我呢，压根儿，不交流就不交流；但是呢，我跟×××[2]是朋友。

烨：××× 要交流，拉着他。

哎，这样说，你这样提，说我们知道这里除了你使用中文创作以外是吧，这里的视觉艺术家呢，他们使用的大多是西方的现代观念材料，那么呢，你说你想知道他们对他们作品的东西方性的想法。这你就把东西方搅和到一块了对吧？然后我就说，的确，他们的表达没有使用中文，甚至没有通过语言；是不是这样的？又是以什么表达，和表达的是什么？其中融合着多少西方和东方？又是如何融合的？当你们进入观赏之后呢，自会了然。

友人：你就这么一说就把人家打发掉了？

那我怎么办？我又不能替他们发表俩宣言。

烨：你要介绍。

那我就把活动项目说一说？

烨：要你总体介绍，介绍不能光介绍表面，那个不用你介绍。

你这，我又没经过民主选举，谁让我当代表说他们啦？

烨：现在你跟 ××× 就是发起人。

（笑）这事儿最好去采访×××！

友人：最好采访你们俩，一块儿采访。

哎，对喽！对对，把×××叫来！

烨：对！

友人：××× 不是走了吗？不是去波兰了吗？

---

❷ 艺术展的设想者和发起人。同为主持人。

2.

友人：嗯，搁这儿，好，咱们开始。顾城，听说你们从十一月二十八日到十二月三日将在柏林组织一个艺术家和作家的活动，你作为这个活动的发起者之一，能不能简单讲一下你们这个活动的大致内容和主题？

嗯，说发起者，有点儿言过其实，我大概只能算个尾随者。据我所知呢，这次活动将是一次海外中国艺术家、评论家的聚会。在这次聚会中间呢，将讨论一些有关中国现代艺术的东方性的问题，并展示一些艺术家们的观念艺术创作，包括即兴创作。这次聚会呢，并不准备设定什么主题，也不准备形成什么结论，就像它的名字一样，任何主题以及结论凭缘而生吧，于是在这个活动中间将会诞生和发展出什么样的变化，就看灵性的即兴选择了。

友人：名字，就是活动的题目是什么？

题目是：东方艺术——灵性意识的选择。

友人：你谈到东方艺术的灵性意识，就引起我的一个问题，比如说你们这些这次来参加这个活动的艺术家，都是在国外生活了很长时间的人，他们来谈东方灵性意识，可他们都已经受了西方艺术观念的影响，你怎么看这个问题？

嗯，西方现代艺术对中国艺术家的影响，可以说是无处不见的，但是呢，也只是现象。作为每个艺术家的具体创作来讲，它都是从自身出发的，自身的生活，自身的血液，自身才是实质，是跨越不出去当然也不需要跨越的。特别是由自身显现出的灵性，是创造的真正来源。那么就像我们看见世界上流行着时装，而每个人呢还都是每个人的面貌一样，而且就算你照着美人标准去整了容，你的实质还是没变样。

友人：你的意思就是说，虽然表面形式上有很多西方的影响，但是实质没有变？

实质没有变。对。

友人：那么你能不能就这个谈谈，究竟什么是东方艺术的灵性，东方艺术的精髓呢？也就是说它同西方艺术到底区别在哪里呢？

以我的感觉，东西方艺术的哲学起点就完全不同。

西方的神灵像太阳样的强烈，你看从阿波罗、雅典娜、宙斯直到上帝，都是光芒四射的；而所有的生命和生命创造的艺术，所谓永恒的忧郁呵，则一概趋向这个光芒，很有点儿像那个“葵花朵朵向太阳”。就是它有一个精神核心，这个核心虽说在物质世界中是确定不出的，但在精神中间，它却是以“实有”为形态的。这就诞生了西方的宗教、人文主义以及派生于此的艺术。

那么中国作为东方的传统呢，它的人文背景不是实有而是虚无，它的哲学不是叫你寻找“有”，而是让你看清所有你以为“有”的事物中间的“无”。那么我们看中国画，它在大片大片的空白中若有若无地显现出一点蜻蜓、花鸟、山水、人物，微弱且虚幻；那么中国的灵性呢，就产生在这样的背景下——我们看这只来自空白的鸟，它是画家看见的，所以显现出来，它也是画家自己，所以他能看见。这便是灵。

中国的“神”，是一个虚无，是一个太极或者无限的事物，就如同这样的一个空白；但是这个空白它幻化万物。万物通过灵，就是生命，东方式的生命，而复又显现这个空白，这个幻化万物的终极。

一个鸟在空白中飞，这就构成了“有”和“无”的一个和谐。

这只鸟飞向什么地方是没有一定的，这就是它的空灵。

它不像西方有一个强烈的“有”的核心。如果它“有”的话，那不过是一只自由飞翔的鸟，从虚无飞向虚无。

这个飞翔便是“有”。而体现这个飞翔的背景是“无”。

就是说，所谓有，不过是姑且有之而已。而无，也不是一片空无。

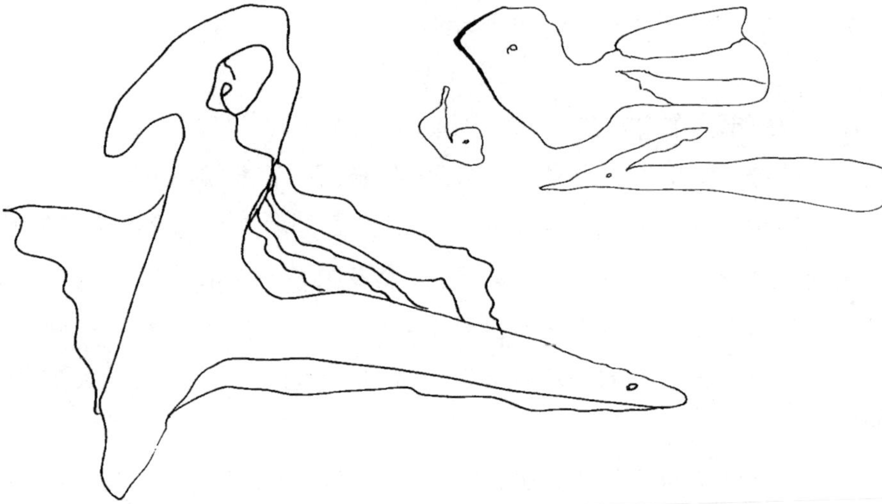

……如果它『有』的话，那不过是一只自由飞翔的鸟，从虚无飞向虚无。

……就是说，所谓有，不过是姑且有之而已。而无，也不是一片空无。

——图信笔于岛上生活期间（1988年7月—1992年3月）

友人：那么就以个人的经验来看，你是如何在你的文学作品中间来体现这个东方意识呢？

烨：你先等一会儿，他的文学作品先放后头，这可以插一个，就是刚才你谈了“有”和“无”的那个哈，现在有个问题就是说，比如说中国古代有好多文人哈，他们有很多文字以外的东西表现这些文人气质，就是你讲讲你的故事。

友人：就是说这个灵性的具体体现，在创作中的具体体现是什么形式。

烨：或者我这样问，可不可以把中国作家看成这样一只鸟儿，从无中来到无中去？就是说从他们文字的表现形式看见他们背后的那个东西？你的意思是不是它的背后有更多的东西？

可以这样说，但是不可绝对化。就是避免观念化，感觉到哪里才是哪里。

作为中国的艺术、哲学来讲，都是讲究天人、物我合一的。它表现出来的呢，往往是灵动的一刹那。而它本身呢，跟那个空灵，那个“无”是一体的。这个“无”，在艺术生活中间也可以叫做自然。中国历史上不少艺术家住在离开尘世的地方，他们和自然交融，灵性自为；这时人和树林一体，树林和神一体——采一朵花呢，就看见了一座山。

它有着奇异的创造力，或创造文字或创造绘画或创造歌舞，或者创造一个行动、一个行为、一个故事，这样的创造或以“有”的形式流传下来，或随即消失在虚境中，没有流传，就像花开花落一样，其中有的花被做成了标本。

我们现在看到的当然是偶然成了标本流传下来的这部分，那么没有流传下来的，就属于你说的“背后更多的东西”吧。春天使树木生长，我们看不见春天，根须使树木生长，我们看不见根须；无论是艺术家还是艺术作品，它同这一看不见的春天、看不见的根须是连结不可分的，你问到的“背后”最终就是这个。

烨：你下边就是例子哈，就是“空”和“有”的关系。

那就说“空则灵”吧，“空则灵”可以说成是一个“空”到“有”的过程——当你解脱了所有尘世观念干扰的时候，灵性就产生了，这是一个自然现象。其实这种灵性的艺术，它自然而然就会在洁净的境界里呈现，这是中国的可以说是非常“自然主义”的创作方式。

烨：不是，你不用说得这么概括性耶；你现在说的全是理论；你就直接说，你现在可以谈你自己。

友人：我觉得你现在就可以介绍你自己。或者我简单地问一句说，顾城你出国以后一直在一个新西兰的比较偏僻的小岛上，那么你是不是在那儿也是追求一种自然的生活、自然的创作环境呢？

可以说我在新西兰获得的是一个中国古典艺术的境界。

友人：这句我觉得很好。

我在新西兰打石头，锯我的木柴，过一种这样的生活。那里看地图是远离了中国，给父母写信最快也要一个月才有回音。而恰恰这时，我的血液中我感到复又升起了那一与自然和谐的东方精神。

所以，东方精神，我想可以不是一个地理概念，甚至也可以不是一个文化上的概念，它更像是一种目光，一个看待世界的心境。

在新西兰有一阵可以说我很少做文字上的事情，但我觉得我做的所有的不是文字上的事情呢，反而使我更接近了我热爱的中国文化、东方意境。

友人：这说得很好，我觉得很好。

烨：这段精辟。

友人：这已经不少了。

最后得有一段朱金石要的东西，不能光说我的。

烨：这个空着，没关系。

然后你就可以提一个东方精神和西方的现代形式交融的问题，这就靠向朱金石，也扣上这个展览了。——像你喜欢东方意境，那么我想提个相近相关的问题，哎，参加这个会的有许多观念艺术家，他们大多都是搞西方现代艺术的，那么你所说的东方灵性同他们熟悉的现代西方形式之间有没有相通的地方?

友人：或者换句话。

对，你再说得专业点儿。

友人：你刚才谈的是你个人如何在西方环境中保持东方灵性感觉的，那么因为你是作家是以中文为主要创作工具的，而对参加这一活动的许多视觉艺术家来说，他们在西方生活和创作，利用的是大量的西方的艺术材料和技术，那么在这种情况下，怎么能够在他们的作品中体现东方灵性呢？你怎么看这个问题呀？

当然我只能讲我的看法。刚才我说了，我们说东方的灵性意识的时候，它可以是一个超越地域限定的概念，同时也可以是一个超越任何特定文化形式的概念，也就是说任何形式都有可能成为它的选择，或者说为它所创造。

它实质上是一个精神，一个心境。像目光一样。而对象是什么，是山水还是高楼大厦都不应使它有所改变。一旦你持有这一目光，改变的将是万事万物。

中国传统的文化形式，正统的一支是极为规范严谨的。但同时也有不断离开正统的另一支，生动自由多变。像庄子的“庖丁解牛”，他在结构复杂紧密的牛躯体间，看见的是宽广的自由驰骋的大路。解牛成为他的艺术形式，事物在这一看待之下大为不同。

魏晋风度，“风度”成为了一个艺术表现。而翻青白眼、打铁也都成了灵机到来时的形式选择。刘伶赤身裸体，客人问起来还振振有词，说天地是他的房子，房子是他的裤子，笑客人跑到他裤子里去了。这说起来，你别说，真还是现代观念艺术的很典型的表现呢——观念一变，事情就完全不同了；就是观念艺术家爱说的：通过观念改变世界。

这样看是很清楚的，灵性作为中国艺术的创造者，它可以是寂静无为的——芙蓉自生，万物天成；也可以是灵机多变无不为的，那么任何材料、任何形式都可能被选择。这样看，尤其看“无不为”这一极，依我的猜想，它和西方现代艺术不拘使用任何方式惟求一个个性的表现、一个观念的表达呢，它就没有了太大的隔阂。

友人：这就完成啦！

烨：行啦！很准，挺好。

友人：东方艺术——灵性意识的选择。这是活动的题目。

这个题目不甚合这个活动的性质。得是个什么概念呵，应该是东方艺术家的东方意识在西方创作背景下的体现。

烨：表现。

在西方背景下的体现和选择。

烨：哎！这个可以耶！或者西方文化背景，或者什么背景。

也可以，都可以。就给它一个定义。

烨：这可以耶，其实朱金石要的也是这个。

他要这个“东方的”。要不然从形式上看，这谁也说不上和西方的有什么不一样了。怎么跳出这个“一样”呢？他可以说，这是东方的。

友人：哎，就是题目还是不变，然后加个定义，提要那样的。

唉，总算咱们又没说假话，又把这事儿办了。

烨：没有打扰干净的心。

……

1992 年 10 月中旬柏林与友人交谈

3.

中国的道家意识，禅宗哇，它是超生死、等万物的。它寂然无声，又隐含着一切可能；他没有任何精神的律法你知道吗？这点同西方的思辨精神可是截然不一样的。

这是一种逍遥独往的意识，是人可能达到的最高的自由，因为它已经超越了生的道理，可死可生，进而无死无生，无为而无不为了。这种精神不仅仅为少数隐者所有，而且它也潜藏在、渗透于中国的群体意识之中。那么作为这种无法无天意识的平衡，现实的伦理制约，几乎就是不可缺的，因为什么呢，因为这是找不到第二个的能装进去这个魔鬼的瓶子。光凭法律没有伦理不行，因为这东西它要是六亲不认，生死不在话下，你法律就控制不住它；而对那个贪生怕死又无恶不作的，他也会钻法律空子，也是控制不住它。所以没有一个伦理规范，不建立起伦理意识的话，那只剩下个虚空中的自由意识，法律这时无论规定得多严酷，控制也是乏力的。而且就法律本身而言，它的建立如果离开了伦理的支持，执法者如果全没有伦理意识，那法将更成为维护社会秩序的因素，还是扰乱社会秩序的因素，就难说了。“文化革命”一开始就是破伦理。伦理破，法律也破，这个大空间下，那你就看中国人干的都是什么事儿了。

西方和这个相反，它现实中人的概念，人权的概念根深蒂固，所以人的愿望、人的个性自由就是被极为看重的，那么基于人的独立性，社会也就呈现为比较多元性的了。而在这多元的背后，应该看到是人们对于思辨理性的一致认同，对于人的重要性和神性的一致认同，这个认同是他们的每一个体的现实自由均被认同，而在整体上达成一个平衡，使社会形成秩序的无形保障，他们的政治、法律制度都是在这个基础上生长起来的，以及人们的道德意识、行为规范、处世教养等等。

由于东西方哲学认知上的根本不同，那么将西方的现实法则生搬到中国去是危险的。其实我说这话也是够傻的了。谁不知道呵！没有比中国人更知道自己的了，人是最不可靠的。知道而谁都不说，都说那个冠冕堂皇的，（笑）要充分发挥人的不可靠性。从这点上说我倒不太像个中国人了。

说到底西方靠耶稣制约现实的妄为，中国靠孔子制约从思想到现实的妄动，这不是偶然的。

这把大扫帚它总得有绳子捆着才能使用。

（录音中断）

……然后就说你看你手里的钱币，上边是谁？他说是凯撒。耶稣当时就说：把上帝的给上帝，把凯撒的给凯撒。

烨：哎哟！这块儿跟中国说的一样嘞。

其实这个话说得特棒，你知道吗？

烨：哎，就是。

实际上呵，人是有种精神的东西的，遇到契合的时候呵，它就焕发出来，人就到了一个大精神中，这时候就是把上帝的给上帝，你甭管……、……，还是“砍头不要紧，只要主义真”，它就是这种情况；而过后呢，就又回到生活里，就像……，他那股精神过去了，又是具体的人生了，这时候就是把凯撒的给凯撒了。这就完全应了耶稣的这句话了。

友人：耶稣真说过这句话呀！

真说过这句话。人家刁难他，你知道吗，说他宣扬这个道理，是为了煽动反对罗马帝国呀，要处死他，就是找他碴儿，

（录音中断）

烨：我说的就是这句话。

你的选择方式显示的就是你的本质。除了这个还有什么哲学？

烨：你的本质决定了你的这个方式，这个你还没辙，你再怎么着都得这么选，再换一万遍他还这么选。

友人：现在有个问题在里边，

烨：说。

友人：你说……，你说他怎么想？

烨：他根本不想，他什么也没想。

友人：他想……？

他没想，没选择。

烨：他没选择，我告儿你。

什么惯他那儿了，忽噜就下来了，跟泄肚子似的，他不消化。

烨：没错儿！我也觉得，没脑子的一个人。

他根本没加进个人形式。他 ××× 他有他的个人形式和个人的东西，它顶到那儿他那个四川辣劲儿上来了，

烨：就非得这样儿。

就非得这样儿。我的衣服呢？

烨：你的衣服？谁知道哇！

（录音中断）

……

我今天最为得意，你把我给救出来了。

友人：哎哟嚯。

（笑）庖丁解牛说起来容易，做起来是很不容易的。

友人：……（难以辨听）

这个呀，原则上我都同意。我这个人，我喜欢精神上造反，我不喜欢群众运动。

这人呵，他需要信仰就像大海中他需要方向一样，谁也不忍告诉孩子，说你诞生的终结就是死是吧？唯有中国说淡若海漂无所止。

嗯——

太阳照耀着，地球围绕着它抱怨，光不合意。

光使万物枯萎，光又使万物生长；灾难全由地承担。

光从大地一无所获，而它永远照耀；地球永远祈求，灾难永远产生。

1992 年 10 月 16 日前后　柏林住室

与起点合一的终点

——关于前卫（现代观念）艺术同J[1]谈

1.

要说文字语言是种材料哇，也是可以的。它有它的硬度，在某种语感之下，这个字和那个字弯一下，就又有了一种衔接。

J：你这种东西在讨论会里讲呵，绝对优势，因为大家没有。

烨：没有人说过。

我八四年那会儿吧，攒铜钱儿，我闭着眼睛摸上边的字，字就有一种质地。它铸在铜上和刻在玉上，或者木头上，有着不同的质地。最后你发现，字离开了石头、竹子呵，它仍然葆有那个质地。为什么会这样呢？这我也想了，还真不是凭想象，比如它这给刻上甲骨的时候，那种刻的力量，那种青铜刀和骨头对抗的力量，就留在字里边了，人在刻的时候的情感力量，纯熟中饱含的苦难的力量，就留在字里边了，再写到纸上，笔墨又添入了新的力量；这个源远流长呵，中国那个字一个一个就都成了精了，就是都像那个木偶，它被刻呀刻呀，就有了灵性了。

后来我是不敢学外文了，原因也在这儿。因为这字呢，它有了灵性之后呢，我就不再去像使用个筷子碗那样地使用它们了，我任它们自由来去，就像是自动写作似的，最后我再判断一下，是不是这样。那我要学了外语，

[1] J即《光使万物枯萎，又使万物生长》一文中的×××。为筹备举办的前卫艺术展发起人，作者与之合作。这里的探讨侧重观念艺术内涵问题。

那种刻的力量……中国那个字一个一个就都成了精了……

——章，顾城设计并石刻于 1993 年年初德国

外国字有没有灵性我不知道，我想着是没有的，那么几个字母，既没含义也谈不上模样，也没有多么丰厚的历史，可有一阵儿它还真混了进来，我脑袋里不时就出来了“No，No，No”。“No”算是什么呢？我就真觉得碰上麻烦了。我还没有现代到这个程度，怎么也不能接受诗里外文和中文挤在一起。

J：我十一点走。太晚了我们那边儿太危险了。除了纳粹还有野猪。

烨：碰见野猪挺悬的。

是呵，野猪它不管你是不是中国人。新纳粹还得研究研究你是哪的人呢。

J：你说文字是可以弯的，像金属一样是可以弯？

它有一种韧性，就像“是树木游泳的力量，使鸟保持它的航程”，[2] 这整

---

[2] 引自于作者诗《是树木游泳的力量》。写于1985年5月。后列于其组诗《颂歌世界》。全诗可参见下一图页其手稿影印件。

个句子有一种明显的韧性，而这个韧性你可以感觉到是来自字的。它很平稳，但是你如果弯它它是不会断的。像“一节又一节阳光的铁链 / 小木盒带来的空气 / 鱼和鸟的姿势”[3]，就是这样轻轻一弯，出现的一个衔接。有的口语像沙子一样，很散也很实，可以铺得很平，像也是这个《颂歌世界》里的，像《求画》《调频》[4]这样的诗。

这依顺的是文字自身的脾性，所以是不可翻译的，毫无疑问是不可翻译的，别的字不能传达。除非你有感觉将一幅画翻译成一首乐曲。但那就是两个东西了。

J：你要是有这样的感觉，那这个诗可真是。

烨：你说的这个感觉呀，像他吧，他一点儿也不管社会，他的这种改变就开始了；我一直发现就是特别奇怪的，就是他的诗往往写出来十年以后，被世界接受。

J：被世界接受不是一件好事吗？

烨：不是说好事坏事。他做这事儿的时候没以为社会会接受它，就根本没有这个想法。你知道他最早的那种最简单的抒情诗哈，他小时候十二岁写的嘛，到二十二岁发表出来。他那个《布林的档案》现在是已经翻译了哈，在美国朗诵效果是非常好的，人家就接受了，可是他是一九八一年八二年写的。十年。到现在，在中国还是没能发表。

嚯，投了不下七十处。

J：为什么呢？

就是呵，都认为诗是抒情的。那个观念在那儿。不认为这可以作为诗出现。

烨：我告儿你呀，顾城，所有人看你那诗呵，都有感觉，都笑，都开心。但是他没意识到这个荒诞已经到了这个地步。过了十年，差不多好像他就意识到了。

他写什么诗好登呵，其实我也挺喜欢那些诗的，有个《我觉得》[5]我记得，也就刚认

---

[3] 引自于作者诗《来源》。写于1984年6月。后列于其组诗《颂歌世界》。

[4] 《求画》写于1984年2月。《调频》写于1984年7月。后均列于作者组诗《颂歌世界》。诗可参见其手稿影印件。

[5] 应为《我总觉得》，写于1980年6月。

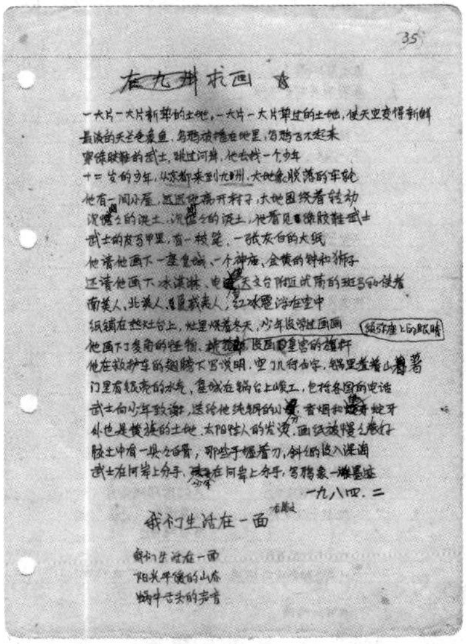

35

求画

一大片一大片新翠的土地，一大片一大片翠过的土地，使天空变得新鲜

我们生活在一面

我们生活在一面
阳光平淡的山谷
蜗牛舌头的声音

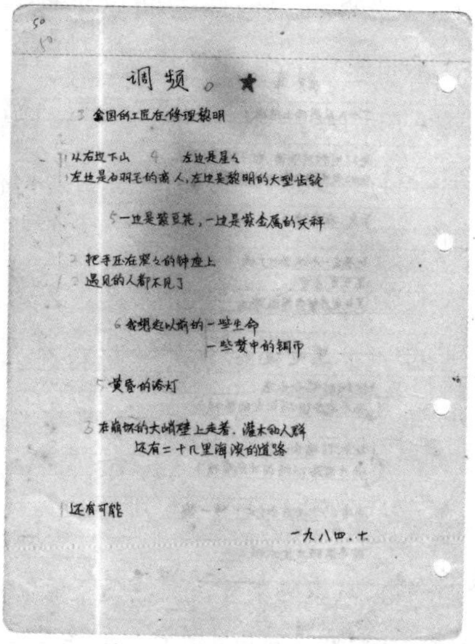

调频

金国的工匠在修理黎明

从右边下山　　左边是星星
左边是白羽毛的商人，左边是黎明的大型齿轮

一边是紫豆花，一边是紫金属的天秤

把手压在深深的钟座上
遇见的人都不见了

我想起以前的一些生命
一些梦中的铜币

黄昏的油灯

在崩坏的大城墙上走着，灌木和人群
还有二十几里海滨的道路

还有可能

一九八四.七

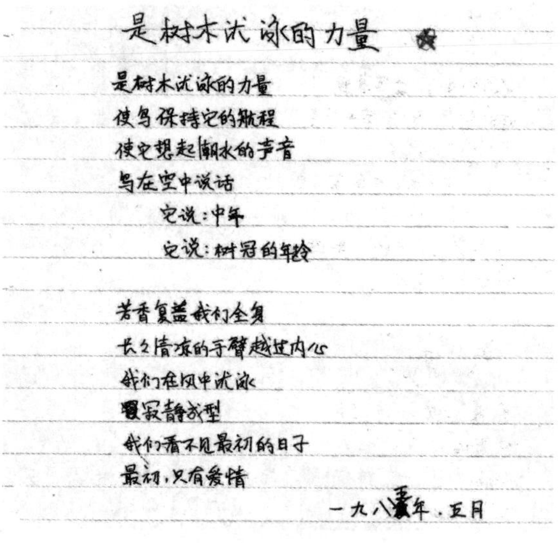

是树木游泳的力量

是树木游泳的力量
使鸟保持它的航程
使它想起潮水的声音
鸟在空中说话
它说：中年
它说：树冠的年龄

芳香覆盖我们全身
长长清凉的手臂越过内心
我们在风中游泳
■寂静成型
我们看不见最初的日子
最初，只有爱情

一九八■年．五月

作者手稿《求画》《调频》《是树木游泳的力量》

识他的时候，他就那么随便一写的，就登了，可就是挺好的。可是呢，他老写牛角怪你知道吗？

“牛角怪”，谢烨臭骂我：你这些东西有什么用？

烨：通过他我知道了艺术家的那个问题，就是和世界的，

这人哪，一旦被社会接受，他也会有种恐惧。

烨：这是你自己的感觉，人家期望着社会的接受。

一旦被接受吧，你就觉得这是怎么回事儿？这是个本能反应。原本不接受我，怎么又接受啦？觉得是不是自己出了问题。

烨：我没见过他这样的人，我告诉你。

谢烨，你不能这样说，那你说是社会一下改变了？不是吧？

我们有一回跟北岛去星星诗歌节，闹了一场，特别特别难受的一个感觉。那些人包围了汽车，然后让你签名，那个司机看大批人还在过来哈，歪着脑袋硬开车开出去了。我就说，对不起对不起，让你这么不容易。他说嗨，上回蒋大为来也这样。实际上，你说你被接受到底是因为什么，他们真需要你的诗？

烨：面对社会是一个很重要的事情。作为我来说，就当然要很实际，我说现在我要过生活，你呢，应该养家对不对？我们还有孩子。那么你要是不被人家接受的话，你是可以无所谓，可是咱们应该从生活角度来谈。

J：你说的这个很实际，每个家庭都有这个问题。比如我现在做这些事情吧，结果我变得亲戚都没有了。

烨：对呀。

J：我觉得北岛一句话说得特别好，他说我不那么想，我们代表一个时代，如果我们不能坚持这个感觉，这个时代就没有了。（烨笑）

你别笑，你听××[6]说。

---

❻ 即J的名字。

J：我也有类似的感觉

（录音中断）

2.

J：有说法说观念艺术起源于中国。观念艺术就是在作品中注入观念，中国很习惯，但外国没有这个。比如中国山水画强调意境。唐代最早的山水画家他们要静坐默想，然后才画呢。拿到今天是个绝对的观念艺术家。

这回的前卫艺术展是在波兰活动之后的一个聚会，有讲座、幻灯、报告。你就是作为诗人——诗人顾城，为这个活动做一个《序》。

我的序题大概就是“东方艺术——灵性意识的选择”；我这个“选择”带有选定的意思——从选到定。

观念艺术，严格地说，我不懂。

J：他们理解的观念艺术和我们讲的不一样。可以说我们的。

那我大概讲讲艺术的流变。世界艺术好像在一个不断的变化中，一再打破旧的框架。包括内容、形式以及使用的材料，都在不断变化，以至于找不到一个切实的描述可以界定一个所谓的创作是否属于艺术。你这修正出个定义，可它的流变并没有停止，结果定义也成了必须是流变的了，那就不成定义了。

J：“流变”这个词挺好听的。

这种流变过程在中文里，从最早的甲骨文到钟鼎文到写到竹简布帛写到纸上，篆书隶书楷书这些东西，这个演变在历史上的呈现是很柔和的，而到了现代则变得特别迅速，因此也就尖锐了许多。过去一个转换比一个甚至几个人生是要长的，而现在我们同一个时间里甚至都能看到超过一个的变换。不论是艺术观、艺术的内在和外形、使用的材料，都停不下来地变，还可以包括工具，比如电脑也加入进来了。

说起来什么是艺术，孔子说过学六艺，除了乐、书以外还包括礼、射、御呵，还有数；那要是掌握得好，当然就可以说是艺术高了。所以这看起来，变来变去，这现代艺术的概念倒跟最早的这个“艺术”快合上了，不妨叫做“与起点合一的终点”吧，当然这终点是起点那流变还是要继续下去的，直到再绕回来。

孔子最主要的行为艺术是他的周游列国：知其不可为而为之。

J：为什么这么说呢?

他明明知道他干的是行不通的事呵；路人问他何以干干不成的事？他说不是因为干得成，而是因为他应该干它。知其不可为而为之，这是孔子行为的核心所在，也就是他的哲学意味所在。讲诗的时候孔子讲过一句话，叫“思无邪”，《诗三百》一言以蔽之，就是思无邪。思无邪便是不以“成”为做事的前提。“做”就是前提，就是全部。在这样的背景下，那么对应他的行为，就象征出一个哲学境界，他的行为也就有了行为艺术的内涵了。

有人问他，你这不信鬼神，为什么还要强调“礼”呀祭祀呢？孔子说，不是因为有鬼神他才讲究祭祀，而是因为活着的人需要这样的仪式。

J：就是一个仪式。

对。从这点看，它便不是宗教的，而很有点儿是观念艺术的。

那么是不是所有人做这个事都是艺术的呢？并不是。孔子他有这个哲学上的境界，他的行为才会是艺术，才有观念意味；那周游列国的人无疑有好多呢，为什么唯独孔子的周游有了这样的性质呢？因为那些人的周游皆是谋官谋利的。君子喻于义，小人喻于利呵，也是孔子的话呵。

我们对古代的态度，不该是被统治或反统治的态度，而应该是欣赏或不欣赏的态度。像我离开了中国让我欣赏中国。

有个叫郭象的人，他注了《庄子》；他的注几乎将《庄子》又推进了一步。

后来有人评说，说不知的人还得以为是庄子给他注释呢。现在我们谈中国，情形也有点相似。当然反对郭象的是大有人在了。

孔子讲究从心所欲不逾矩，非常地讲究，所以那个材料、格调都是有严格要求的。

而像庄子呢，“矩”在何方？实际上庄子是个齐物论，他是不讲究材料、形式的。

中国文化，它一方面是特别讲究，像用什么纸什么墨如何研这个墨呵，另外又有完全什么都不讲究的一方面。这后者就可能进入行为艺术，或是观念艺术喽。而这种东西在中国也是源远流长，可以说俯拾即是——竹林七贤与猪同酒呵，王羲之流水取盅呵，屈原投江。前者也可以以其态度的虔诚或是形式要求的严谨而被我们说成行为艺术、观念艺术，像你说的中国画先打坐是吧。这涵盖宽了去了。

J：有点建议，中国视觉艺术在无为无不为的影响下，不足以在平面表现，就改到别的方面去了，但还是受了约束的，比如书法就是书法。我们应该谈谈约束。

约束它发生在人与人的范围里边，而离开了这个范围就不用约束了；你跑进森林里不穿衣服没人管，你不穿衣服上朝廷那肯定不行。而你要是有“思无邪”的境界，那冲突也可以消弭，你在人间就也可以自然而然。

这中国艺术虽然它是浑然一体的，但“是”或“不是”界限又是十分清楚的。比如刘伶不穿衣服，他是境界，你这不穿就未必是；李白喝酒是艺术，别人喝就不是，醉汉从来是哪都有的。

为什么别人不是呢，这又回到那个“浑然一体”了。事情看起来似乎是同样的事，但那个背景可是大大地不一样；刘伶、李白是背负着那个背景的，于是他做这件事或那件事，就不在这个事情上，而在那个精神背景上，这个事呢，不过是他们精神光明的一个显现。

谢灵运的一句诗——池塘生春草——被誉为一语天然万古新呵，被历代称道，而其实它真是十分平常的，就是池塘里春天生出草来了，一年级

1992年10月中旬柏林，与友人交谈中

的小学生作文，谁都可能有这么一句；为什么到了他那儿就那么了不得了呢？就是因为他有整个的背景——那个观照，那个境界——有这个衬托，这平凡的几个字就顿时生机无限了。

一个人站在山上，这是禅宗里的故事，另外一个人过来问他：你站在这里是不是因为风景好呵？他说：我没看风景。那是不是因为空气好呢？我并没觉到。那你干嘛站在这呢？——我就站在这呵。

这对话要是没有中国哲学为背景的话，那就没有意思。实际上它这表现了一种中国文化观念。这个意味是清楚的。但是你要是对中国哲学缺乏感受的话，那这个意味对你就是不存在的。

J：貌似和神似。

我说的就是这个波浪它怎么出来的，是底下有鱼游泳，还是上边有风吹过去。

这还是一种隐性的艺术，突发出来是很厉害的。比如说徐渭。

这“无不为”本一直还是自然状态中的灵机显现，到了宋代禅悦之风盛行，便使无不为意识有了图解式表现，也就特别地显出观念性了，比如喝！将灯吹灭；比如有个人冷了，他就烧佛像，人说你这人怎么胆敢烧佛像呵？这个人说我想烧出舍利子来呀！人说木头像里哪有舍利子呵？这个人说那没有舍利子就可以烧啦！——他是说没有舍利子那就不是真佛像了，就用不着供在那儿就可以烧掉了；照佛教说法，真佛是可以烧出舍利子的。

像一个老和尚给个小和尚一本书，他说这本书是我一生的禅学心得结晶。禅宗不是不立文字的吗？那个小和尚于是拿过来看也没看就搁火里烧了——立文字的当然就不是禅宗了，你让我学禅宗，没有让我学不是禅宗是吧。

我觉得不立文字，这是特别典型的一个观念艺术；释迦牟尼最后讲佛的时候，他拿起一枝花，所有人都茫茫然，只有一个人笑了；这就好像是知道了这“一朝风月”的美妙处——你看见了花怎么会不笑呢？而其他的人大概全在那里苦苦思索其复杂的含义呢。这个要图释的观念大概就是我说的那个“真话往往都是简单的”，可真话也是“简单的并不容易”[7]呵（笑）。像那个“池塘生春草”，它再平白简单不过啦，你要是有感觉那含义也是无限，没有的话，你就是深想一百年也落个不着边际。

J：我举个例子，一个艺术品，装置艺术，它非常强调安放的地点，比如给搬到展览会来了，好像是同样的花，只是换了个地方，但是这个地方没了那种特殊的气氛，这个花的灵性就变了。咱们说灵性，他们不叫灵性，他们就叫材料呵什么的。

其实你要真是空即色，色即空呵，像人家问什么是“道”，答说：穿衣吃饭。那这个材料就是很日常的了。

中国无为无不为的心境，它在离开人的环境里呢，它创造的那就是纯艺术；观念艺术那是以人为前提的，以人为创作对象，那强烈些的甚至是以人为创作材料的，观念是人的东西嘛，没有人那就没观念了。但是呢，它这个人它可没有将他脱离开自然来看，还是自然中的一个现象，包括观念。

---

[7] 作者的一幅画儿名；画作见本卷上册。

那表现非常强烈的，像晚明时候的徐渭呀，把自己脑袋就砸了，金圣叹轮到砍头时聊点儿“至痛也，大奇也，不亦快哉”，一笑受刑呵；这在日本的武士道里看见得更多、更形象，把死作为一个观念、一个艺术对象，这是非常明显的，从插花到剖腹，它都是统一的。所以如果从材料和形式来看，东方是有这个传统的，而且甚至是极端的，可以称作纯粹的观念艺术。

一般的，比如棒喝，点墨，平和优美的像插花呵。那离开人的呢，像寒山，他没被人看见的时候，那就谈不上观念艺术，他观念也是自己跟自己观念，久而久之那观念只会消解不会形成，没了观念，那就处在纯自然纯艺术中间了。他住山洞里，心情到了写几句诗在石头树皮地上雪上，偶然被人看到了，去找，人没找到，诗在石头树皮上找着了三百多首，这时他连同这诗就成观念艺术作品了。

他到底怎么回事，终究也是谁也不知道。有说法儿，他也跑人间来要要饭，人家拿扫帚赶他，他就哈哈大笑，这就是观念艺术。他要饭，他不是贪生怕死，他那是艺术，有他的观念在其中。他写什么呀，人家抄下的句子里有这样的：升红日，融白雪，从慈暖，养老客。什么寒山道，无人到，如若行，称十号[8]。你要是行，你就到了，就知道了，知道他那个境界——太阳升起来，融化了白雪，有种湿润的温暖，被我老头喝了，喝到我老头的肚子里去了——那么他也就自然体会到了万物与他之间的合一的并置的关系，无论鹤一飞，还是云彩一亮，就都是他的目光和心创造的艺术了，就是他整个的全都融在这个艺术的创作里了，对于他“自然”与“艺术”已经无别了。

待让别人看到时呢，这个画面便成了以他为灵性中心的一个观念艺术作品。

J：这些故事都可以讲，我们可作为一种提示。

到了近代……

[8] 作者即兴引述的两段寒山诗与记载原句或并不字字相合。

（略21行）

……我以为正是因为他们有无为的共同前提。彼此了解而默契，行各自的无不为之事，左右了中国这个庞然大物。

我个人以为无不为意识是中国哲学中特别极端的灵性意识，这一点是东方哲学无为背景之下的极大特点。

（略24行）

……在这中间，他要实现的其实是他自己，单从这一实现来讲，也可以说是相当艺术了吧？当然这个艺术超极可怕。

谭嗣同说："死得其所，快哉快哉！"别人都跑了，康有为也跑了，就谭嗣同哪也不跑，专等着杀头；他会武术，哲学文学都好，他的文字比康有为的那本书写得好多了。

什么事违反了正常的生存逻辑之后，他就成了一种观念和境界了。

J：东方艺术是东方人的感觉，它不是通过西方的影响来的。

通过东方艺术的表现形式，人们可以感到一个灵性的存在、境界的存在。形式各式各样，是这一灵性的创造、境界的折射。

J：每一次艺术的变化都是由不和谐到和谐的。比如你的诗的变化。

我的诗，那些排列像是自己形成的，字各就各位。

J：你把这个写进去，文字的装置感。

我对字的感觉，质地中还包含着硬度、韧度，可以在一定的情形下变形，还可以洇开，或者皱起来。有一阵儿我觉得使用语言表达我自己非常可怕，而有意思的是语言本身。

3.

（同J电话通话）

• 你只能阻挡阳光，你不能伤害阳光。

• 东方是凭感悟的。一碰就有个应，不碰，它可以跟无一样。

• 机锋是精神偶然推出的方式，载着观念，像下棋的某些时刻一样。

• 越是观念艺术，它那个内在精神能量越大，在表现上就越显得反规律，世人也就越视其不见，只当它是通常的捣乱或是疯了罢了。因为这个时候，这个东西它已经愈发只有内在精神的推动，而对向世人显示没了兴趣了。那么到了极致呢，它的观念性反倒消失了。作为世人一般的时候看它不是个东西哈，忽然某个时刻凭个什么观念拿一个什么艺术尺度去量，没准儿又是发现了行为艺术家了。但是这同它全然无关。

• 东西方在“大道”上并不矛盾，对科学的结论都可以接受或者容纳，但是他们的气质不同，最终气质决定他们选择了不同的形式。西方精神庄严，东方精神随意，都是本性使然。

• 这是可感、可画的观念。

• 观念艺术画家也是把可感放在首位的，但是对画不专做考虑；只在“感”要求到了那个程度时，才会用心在画上。

• 有感悟入哲学；没感悟他闹玄学，在形式上做文章，目的在炫耀。

• 云在青天水在瓶，它是各行其是；无所住处是真心呢，它是不拘形式。

• 得意忘言，得意忘形，你看这中国有好些词是说艺术观念的，那它本身就是个观念艺术。得鱼而忘网，得兔而忘马，讲捕鱼和狩猎，换一个角度看，就是观念艺术。哪怕是常说的捡了芝麻，丢了西瓜，他要的就是那个芝麻呢？你世人的价值尺度和他的不一样，他看见的别人没看见，他那是他的精神照耀把他推到了那个崭新的观念上了，或者说是他的精神推他到达的观念照耀了他。

• 魏晋风度在中国的艺术变化过程中是重要的，没有它后边就不会是唐代文化。

• 中国境界的最大特点是不“执”；感到了就是达到了，并不去追求。

• 表达出来了，那就表达出来了，感到哪儿是哪儿。

• 西方典型的例子像浮士德要将美留下来。中国是轻描淡写，任灵性来去。中国人差不多都可以感到一切皆幻，只是大都是在失意被动无奈之下去感的，做聊以自慰用；如果你处在上升主动看去前程远大的时刻，有这个心境，那便是真懂了。

• 作为人，人世的惨痛是剧烈的；作为天，就不一样。天解人事，而人难测天意；所谓修行就是将人的意念修成天意。

• 天是无须在人世有任何作为的。那么中国艺术的属天性质，便注定了中国艺术的非实用性。

1992 年 10 月 22 日前后　柏林

有感悟入哲学，没感悟他闹玄学，……

……所谓修行就是将人的意念修成天意。

——图信笔于 1992 年在德期间

关于现代主义

——前卫艺术展筹备期间与友人谈[1]

诗也罢，画也罢，作为一个艺术作品，它怎么就叫形成了？历来有个说法儿，就是“和谐”了。

这“和谐”是古典主义里的词儿，尽管现在说“不和谐”也是一种“和谐”呵，但那时候“和谐”里没这个意思，“和谐”就是“匀称”。

合唱表现一种匀称，古希腊的人体也显示匀称，唐诗的仄平呵，也是求匀称的。

你这画儿，很大的空白，因为那显的部分，它这就不再是纯粹的空白，而就有可能生出含义；当达到均衡时，那含义就是无限。

…… ……

那么这现代艺术，它坎儿在哪儿呢？它不再照顾这个“和谐”了，它怎么的呢？你看古典主义它宏大也罢，它开阔也罢，它还真是一个共同精神的结晶和传达；那时代人确实是有着共同精神的，比如说不管你信神、信上帝，还是崇尚自然，它都有着对世界、对神的一个共通的感知。物质环境严酷时，人只要没死，他的精神感都是很强的，这是他对应着严酷而能够支撑下去的力量。

这一精神感源自纯粹的生命感，源自生命自身与天直接的感应；因为严酷中同样的面对，这一精神感就通了，成为共同精神，相应的公认形式于是也就应运而生。

…… ……

---

[1] 友人超过一人，其言谈略，以省略号表示。

现代主义是怎么回事呢？它这变了，科学技术的急遽发展，人的生活状态大变，人和天之间忽然就隔着好些东西了，尤其是技术的介入；那么这时天或者神就变淡了，而无视物质影响的人呢，几乎没有，一般就是顺应物质或者反抗物质。

因为人性它并不是随着物质世界那么快速变化的，它就难免会感到一种不适，以至产生反抗，反抗物质，或者反抗世界，这就有了现代主义的特征。

现代主义是非常个人性的，表达的是特殊个体在世界中的感知，因此他们彼此之间也会很不一样，并不就是共通的，同时又同普遍人性形成反差；因为人性总体上还是为物质诱惑的，要不然物质也不会得到快速发展。

这些特殊个体他们特别不能适应现实，如果不是能力问题，那就是由于一种个人精神同现实的冲突了。而精神是有能量的，它一定需要一个承载形式，现有形式不能承载，它就会创造新形式。因为它本身就是逆反现实的异物么，所以它闹出的形式必是不合现实规范的，反常态的；于是对于他人来说成为难解的，甚至是反欣赏的，也就不奇怪了。

……　……

它当然不会去照顾你公认的欣赏准则了！它就是反了这个准则才体现出来的么，甚至就是以破坏这个准则为问世目的的么。

……　……

现代主义，你要是说它是瞎胡闹，那当然确有很多的瞎胡闹，尤其是单单将它认作为一个形式，只求在手法上标新立异的时候。

现代主义，有个说法怎么说？说是思想解放、精神解放的产物。那精神解放就连带着形式解放，当形式和这个精神完全吻合的时候，一个完美的作品也就出现了。可是这个作品，精神这个东西当它非常个人化的时候，其他人也就不太会在乎了，甚至就算内心产生了某种呼应他都会回避，因为谁都不想跟随着走向你这个孤立的精神境地。但是精神它只要是一个人的，它就一定同时是许多人的，不同只在，于别人属于隐隐潜在的，于你则极为强烈罢了。所以当一个孤立的精神，完美地显现出来的时候，打动人以至最终被现实接纳那是很有可能的。

当然这中间评论家往往至关重要，发现新的“艺术家”“艺术品”那是评论家的大成就，所以他一定会去发现和推崇某些生僻怪物的。现代主义也就这么着地走向了普及。只是在这个过程中，无论是专家还是普通人，他们都更愿意去注意形式；一当然是因为形式可见，好掌握，二也是因为那个精神太独有，太叛逆，让人心里不舒服，甚至害怕，所以就不去理它。

那么当避开了这一独有形式的真正创造者——精神，只去看被创造的形式的时候，那这个已经被推成了时尚的现代主义，它就似乎只剩下了一个特点，就是形式上的解放功能而已了。比如油画儿，可以把别的东西，像一个字典或者几个什么，破肥皂盒，都给堆上来是吧？说“瞎胡闹”就在这时候。

而其实呵，艺术就是艺术，这里面的核心就是，这个材料使用上的无限制、无不为呵，形式上的无法无天呵，它只在一种情况下才是被允许的，就是在神灵附体的情况下——只有神灵有这个特权。

什么叫艺术？艺术是精神的显现形式；艺术品，那就是神灵的作品。

…… ……

现在是个人主义的时代，不是集体主义的时代了。古典主义只能产生于集体主义时代。古代人就得在一起，他这个体——不只是说个体的生存呵——这个个体的精神才能支持下去，他只有集合在一起建造教堂才能把上帝供奉起来。

我这当然是在说西方，现代主义就是西方的东西么，古典主义也是。这和他们的人文的东西，到了现在人权、民主这些东西都是一体贯通的。要说中国，那就不是这样说了。

说现在是个人主义的，是说在精神上它走向个人主义，或者说在精神上它允许了个人主义；而社会生存状态呢，它仍然不能个人，甚至在某些程度上更加抑制个人了。过去你跑一个地儿自己待着还不太明显，现在你要还想找这样的地儿，不纳税、不上学、不服兵役、不管社会规章，那就困难得多。那么这时这个精神上的个人主义，这一个人精神，它就特别表现出了排它性。

……　……

现代主义有些人是非常聪明的，出于对世界的不信任，他甚至建立了一个东西，是密码性质的。这密码本身当然往往是反欣赏的，可是人们由于现代主义的被承认被推崇，就继续把它作为一种公共艺术进行欣赏。这样阻隔便实现了。而对于欣赏者来说，他根本也不在乎有什么阻隔、是否参透了这一阻隔，他反正是认为看到了就知道了。

……　……

现代主义就产生于反集体主义呵，波德莱尔也罢，卡夫卡也罢，梵高也是一样；反传统也就反了集体主义呵。

……　……

现代主义被公认之后，它被社会共识公式化了，这就为商业化创造了条件，同时也是不断商业化的结果。

以前《红楼梦》，你不提着毛笔一笔一笔地写，是出不来的；米开朗基罗，西斯廷教堂，你不仰几年脖子是画不出来的。现代可好，三篇儿纸五个马粪就成艺术了，也忒容易点儿了，对吧？但是对于商业来说呢，它就更可以出效率，加上请评论家帮助一下，是吧。

本来作为古典主义的形式，它非常困难，那么仅凭着这个困难它就排斥了许多投机者；但同时呢，也造就了许多的匠人，束缚了精神。现代主义，它给精神的解放提供了宽大空间，因为它完全地解放了形式；可是要是没有精神呢，那它这解放的形式，也就成了投机者的聚集地。

……　……

作为精神来说，精神的到来和产生，是纯粹天然自由的，完全无关什么命令什么准则，所以试图以任何尺度来评价、衡量精神，都是不适宜的。

……　……

只有在极特殊的情况下，你发疯了，你也许就会真的开始欣赏梵高了；你如果掉在了中国古代如水的心境里边，你就有可能欣赏《红楼梦》和唐诗；你具有崇高感你会欣赏米开朗基罗。可是现在的人，他既没有古典的精神，又没有鲜明的个性精神，这欣赏就有了阻隔。

这阻隔，阻隔阻隔，中间就生出了大量的误解；有的“误”它误成了人所公“误”呢，也就成了人所公认，也就理所当然地成了一种确认。然后在这样的确认中间，好多关于现代主义的准则就制造了出来。而实际上现代主义是没有准则的。说现代批评不管怎么讲还带着强烈的古典主义痕迹，就是说它总在使用准则，制造准则，总认为有准则；现代艺术要说准则，就只有一个准则，那就是否定准则。所以这整个儿就是一个错乱。

古典主义是有准则的。古典主义的精神是集体性的，所以它就会形成一个集体公认的精神准则，继而也就有了形式的准则。

如果只停留在形式的准则上，那只能造就匠人；而光有精神的准则，于古典时期则不构成艺术，于现代主义当然是没有这个问题的。

…… ……

现在它就是，没有足以创造形式的精神，他就生造形式；而艺术批评呢，又在寻找不存在于现代主义艺术的准则。

现代主义艺术由于商业化的要求，它性质上不承认准则也必须让它有准则，那么就自会有人伪造准则。所以关于现代主义艺术的批评准则是伪造的。

这种伪造的准则它既不涉及精神，也不真正关心艺术形式，它只考虑了一样东西，就是商业价值。

…… ……

什么叫“有意味的形式”？这话简直等于没说，什么“主义”的形式是拒绝意味的？这“意味”到底是停留在形式上还是指精神含义或者什么意图图解的观念？纯粹属于形式的“意味”有这个东西吗？那要是硬说一个形式是有意味的，比如说七言绝句这个形式是有意味的，那么同时任何的形式就都是有意味的了，三句半、对口词不就也有了形式意味？所以这话说了等于没说。翻译或者引用也是这样的，比如说艾略特的批评：什么是诗？诗是我们关于诗的体验。这句话说了什么？——诗就是体验？诗是诗的体验，画是画的体验，油画是油画的体验？

什么是艺术？有艺术感觉的形式就是艺术。——他们就弄这种东西。因为他们有充分的经费和研究生，他们的终身职业就是制造各种说法。

…… ……

现代艺术真是知之者知之，不知者不知。它不带有任何社会性，倒是带有密宗的性质和禅宗的性质：你自己知道，谁也不知道。

在现代艺术中间只有一个诚实，就是作者的诚实，他知道他没有胡说八道；但是他知道他说出来的和别人胡说八道出来的，看去会是一样的。

越是现代主义的表现，越是私人化的，它不再跻身向上帝祈祷的这样一种公众化生活；生活越来越私人化，感情越来越下意识，形式也就越来越个人化；这个状态造成的效果都是反欣赏的。

现代主义就其特性言是反公共原则和反欣赏的，实际上它是从现代社会生活中游离出来的或者是给排挤出来的一股不合作精神，同这世界本是油水不沾的；但是它的异样就给看作了“反”，它自己也会感到这一“反”的现实境遇。

…… ……

艺术家确实面临一个问题，你要是还想在这个世界上存活下去的话，你不是百万富翁的话，你就不能说他们完全是在胡说八道，因为他们正在真诚地推销你的艺术商品。道理如此。

现代艺术绝对到了这样的程度，不是你不能欣赏林黛玉，而是你不能变成林黛玉。它要求的是这个。它是非常贴近个性、个人心理的，以至零距离的。看似献身，而它又全然不是一般神性意义、神性感觉上的献身；它更像是被神魔选中了一般，别人拿他无可奈何，他自己也是身不由己。

…… ……

现代主义是缺乏神性的。当神淡远的时候，它没有跟随而去，而又因为自身中微弱却又极为明晰、固执不去的精神光亮，使它不能混同物质化而泥沙俱下。

神性能够在一个高处贯通所有，它养育了古典主义；而现代主义只是保持了神秘主义式的期待，它不能焕发神性的光辉，它不能获得巨大神性的滋养。只有当一个不期的时刻，走向物质化的人们远离了的神，忽然以极为强大的另一精神面貌返回，那么现代主义有可能像注入吗啡般剧烈闪耀盛大一番外，它只有自我沉浸在萤萤思想、精神烛光的黯淡之中了。

……　……

现在的人越发地实际了，他直了地强调社会效应。这西方的好多艺术家，普遍直了地强调社会效应。当然那这艺术家，就没什么艺术可言了。

总之他们不是越来越虚幻，而是越来越实际。这就是后现代主义的特征。

……　……

总之呵，最反传统的形式，最反社会、反人民、反大众的形式，哎，又都被大众接受了；这里的奥秘就是它被接受的其实只是那个形式，而那个精神实质根本就是给撂一边了，或者随便被安装个“进步意义”“消极意义”呵，表现了“什么抗争”“什么极端”呵，应予“批判”或者“发扬”呵，任着社会闹些个说法就算完了。也的确就完了，因为它那个实质精神呢也可以与你无关。

那么就是这么个形式的时候，就变得好像谁都可以捣鼓一下了，因为它并没有设置任何特殊的技术障碍嘛。那么都来捣鼓，这个殿堂也就被拆至乌有了，拆至一块砖再砸成粉末，就又恢复到了泥土状态。后现代主义也就开始了。

……　……

梵高、毕加索有一些东西是能打动人。但是大半儿的，我觉得也只是维持一种形式而已。这神灵呢，不可能老创造很近似的形式，一大半儿情况是，神灵创造了一个形式就不再来了。神灵不来的时候呢，他们就维持着这个形式。因为在这个物质的也就是势利的社会里呢，一旦成了大艺术家就永远是大艺术家了，他造作乃至伪造形式都会被看作是创作。

…… ……

人只在很少的时候处于灵感状态，欣赏也是如此。

你呀，之所以对这些充耳不闻，是因为呢，你深知你是依靠着这个社会生活的。当然也不必叫劲。但又不可不知。

…… ……

这你应了那句话了：达则兼济天下，不达时呢可明哲保身。现在都是明哲保身，倒也实在。

可是呢，他还要煽乎，好像有一种艺术的体系，艺术的世界在；实际上呵，早没了，早就被狂风吹得四散了。

…… ……

倒是有一种东西现在是群众性的，两头儿又都还实在，这头儿自己，他没有生造，那头儿大众，听着也真切，就是王朔那样的东西。他胡说八道，他也说他是胡说八道，此时此刻的乱说；可是它贯穿了一个他感知的真实：这个宿命是不可抗拒的；我们的存在都是荒诞，不过瞎胡闹罢了，就是写字儿码字儿。但是他这字儿码得还是有内在精神的推动的。

马尔克斯有一个实在说法，有人问他：你对读者来信怎么处理？他说一概不回，写东西就是自己的事儿。这是诚实的。但是好像还没有一个作家说“我不希望任何人读我的书”。只有一个人——塞林格像是这么做了，他挣了钱，然后把门一关，还写，你爱怎么着怎么着，我还写，就不发，我够了，多少版税也没用，我不见。谁也不知道他干嘛呢，把这世界忘没影儿了。

在这一点上，我是古典主义的，我相信人有神性，有美；你相信它，它就会来临，万物就会在瞬间为光亮贯通。

其实相信人的灵魂，从最古典主义到最现代主义没有距离；因为对于

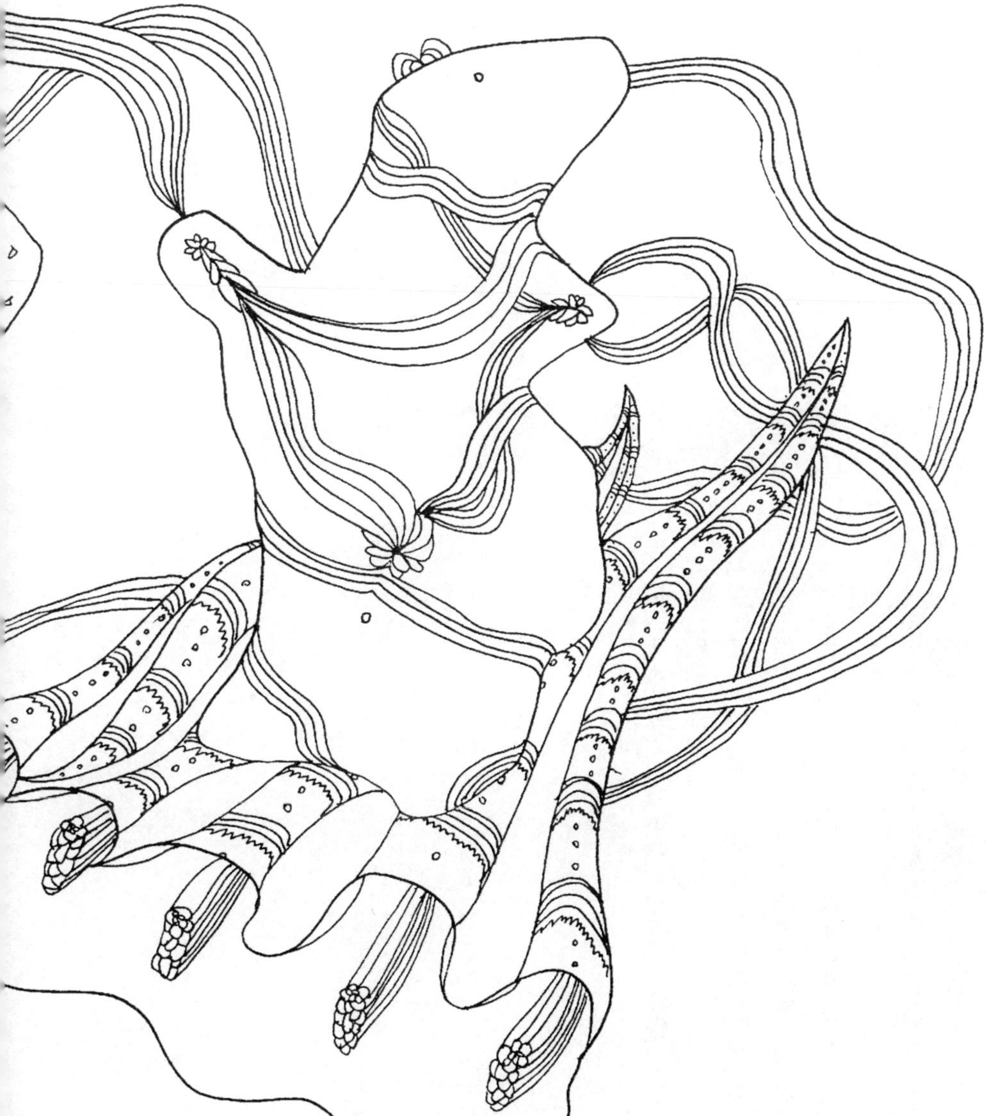

因为人性它并不是随着物质世界那么快速变化的，它就难免会感到一种不适，……

现代艺术要说准则，就只有一个准则，那就是否定准则。

……所以关于现代主义艺术的批评准则是伪造的。

总之他们不是越来越虚幻，而是越来越实际。这就是后现代主义的特征。

其实相信人的灵魂，从最古典主义到最现代主义没有距离；因为对于纯粹的灵魂来说，只有自身，是没有外界的。

——图画于岛上（1990 或 1991 年间）

在这一点上，我是古典主义的，我相信人有神性，有美；你相信它，它就会来临，万物就会在瞬间为光亮贯通。

——照片摄于 1993 年 1 月柏林

纯粹的灵魂来说，只有自身，是没有外界的。

…… ……

现代主义就是跟这世界断交，对人间采取一个就是不合作立场，从而对遥远的神性保持一个平衡。

维纳斯说明什么？她既表现了人的美丽，也表现了神的美，二者是和谐一体的。这就是古典主义。

现代主义就是个死面疙瘩，尽管人们期望着一块蛋糕。

1992 年 10 月 22 日前后　柏林

解释概念我不擅长

——与汉学友人谈[1]

运用概念我特别不擅长。如果我说诗表现一个人看不见的事物，却又是人“看”见的事物，能不能懂?

（笑）不懂?

然后我再说，不必懂，“懂”了就行了。

不要笑，笑笑就行了。

真的。——不必在意是不是真的，只要“真”就行了。

你要把概念说清楚。

可是，道可道非常道，名可名非常名，道非道，名非名。

不是，这个“概念”是很讨厌的——你以为弄懂一个事儿必须通过概念，或者只有通过概念是吧？好像那样才可能是正确的又简捷的；而其实那是最麻烦的。

既然是概念，它就的确是，需要解释清楚；可是你觉得不觉得，一个概念，就是你写上一大本辞典，也好像还是说不清楚？好像越说就越不清楚？要不然怎么“现代”“什么叫现代”“再论什么叫现代”“现代即非现代”“非现代即现代”“现代就是现代”……它就永远完不了呢？因为永远清楚不了。这就是概念的麻烦。

而一个直觉，它就可以清清楚楚。“道”“道”“道”，每一个“道”的

[1] 汉学友人言谈多略，他人言谈全略，以括号形式提要谈话内容。

含义它忽然就清清楚楚。

可惜这样的清楚第一有可能是极为短暂的。而一旦你担心你的感知会消失，想给它转成概念保存的时候，比方说以概念的方式试图写下来记下来的时候，它就消失了。

第二它不能言传。它不是通过概念达到的，当然也就很难通过概念言传了。这跟前边说的也是一回事。

所以中国说心领神会，它干脆就不指望言传了。

一种懂是脑子懂。一种懂是心懂。一种懂是血液里的懂。还有一种是神通。诗一定是要求最后一点的。那就是灵感到来的时候。一个明亮的灵感到来，顿时天通地通，疑问全消，万象清清楚楚。

西方人学中文是很难的。这当着 ×× 不太好说哈。——学任何另一种语言可能都有这个问题，就是特别要依靠脑子来“懂”，也就是完全从概念出发去懂。

那这个时候要弄懂中文就特别困难了。因为中文自古那个概念的东西就是很宽泛的，很随意的；随情定义，随境改变；中国人从来就不信任概念，知道那就是个花架子、空架子，唬人用的。

那你一个西方人他拿中文怎么办呢？西方人又那么样地依靠概念，信仰概念。那么多汉学家，要说背中文辞典，可能中国古汉语教授都比不了。×× 教授认甲骨文是吧，我认得一定不如你。可是要说体会，那真是你就没有什么办法了，因为那不是凭脑子的。

再说就不好说了。说实在的，汉学家，那么有学问，可是要说鉴赏起中国文学来，尤其是诗，我觉得会是很绝望的。小说散文也一样。那个语言，那个字间的味道、气息，那要有血液里的一种呼应才能读出来。不是什么读者读都一样的，那不是数学公式。

不过我觉得中国人还是感谢汉学家的，他们对中文的热爱、推崇，即使达到的只是中文的表面，也还是让更多的人觉到了它的深处。尤其是汉学家的治学精神，那真是让我们全都惭愧。中国文化它太老了，萎靡了，这个精神是一个注入。所以中国文化中间，也会渐渐融进一点汉学精神的吧。

（谈及诗语言，是不是于是就很奇怪）

诗人不是要奇怪地显示语言。诗的语言来自一个看不见的地方，带给了我们那个看不见的地方的信息，就像一块陨石从天外落进来，我们觉得奇怪，但它又是真实的。

诗和哲学一样，呈现的或是讲述的是超越出我们视限的事，却又是我们“看”见的事。人的确有一个超越视觉的“看”的功能，可以看见全部的生活和历史。

中国没有神，可是有这个“看”；这个“看”是神性的，是十分美丽的。

你把语言说得很神秘。

你这语言要是只是语言，词汇只是词汇，没有背后的深厚意味的话，那你在说什么呢?

中国的语言含有一种韵味，文字也是，玉器也是。

说语言是一个宝贝，它为什么是一个宝贝？因为无数的生命、魂灵在它的面前消失了，浸透在了里边，渗入到了它的背后，我们的视线里没有它们，但是它们没有离去，它们使语言成为宝贝。

中国文化历来有隐有显。很多人在自然之中，这时自然就有了意味，同时使显现出的文字也有了意味。中国文字，它们曾经被刻在骨头上、石头上、木头上、竹子上，被铸在青铜上，最后才写到了纸上，对我们现代的人消失了的对它并没有消失；它本身就是岁月，就是几千年的时代。它的能量如一支飞行的箭，它的历史便是那个被巨大的文化之手拉开的大弓，历史和文化的深厚使它的能量远远超过了我们任何一个有限生命的承载限度。

我因此热爱这个语言，我因此敬畏这个语言。

（谈及文学的社会责任问题）

中国古代有个哲学家叫杨朱，他说了句可怕的话叫“拔一毛而利天下而不为”。有一天我冒出一句：“拔一毛而换天下我也不换。”而这应该正是杨朱的下半句话。“拔一毛而利天下而不为”，是因为“拔一毛而得天下亦不为”。所以不拔一毛而利天下，是因为给我全天下，要我付一根毫毛作代价，我也不做这个交易。他的意思，每个人就是每个人，都不妄想妄行去利天下就天下太平了，你的“利”亦是另个人眼中的“损”，不去利天下同时也就是对天下不存非份之想。这是典型的道家方式，在创作上便是独来独往——我这个东西可以被世界认作没有价值，但它本不是为世界而做的。

你能在你的诗里保存一点秘密就好。

像八卦、甲骨文给我们留下来的就更深厚了。甲骨文不懂的人去看同样能感到它非常的美丽。中国的书法给我的启发也在这儿，你这一笔来得自然，来得神秘，灵气是最重要的，别的意义就谈不上什么了。这对汉学家来说，可就是个太大的困难了。

人离开了自然，自然就愈发地神秘了。我想这是因为人，他心理上的血液中的和自然的潜在联系，从未曾断掉过的缘故；那个神秘感在人不断远离自然而时时产生的恐慌中，反而越来越强烈了。

还是一个活的问题。

是呵，就是这一个问题。所有道理都隐含着这个问题，如何活，为何活，对着毫无意义的生命加以解说，以阻挡生命感知中那个无所不在的虚

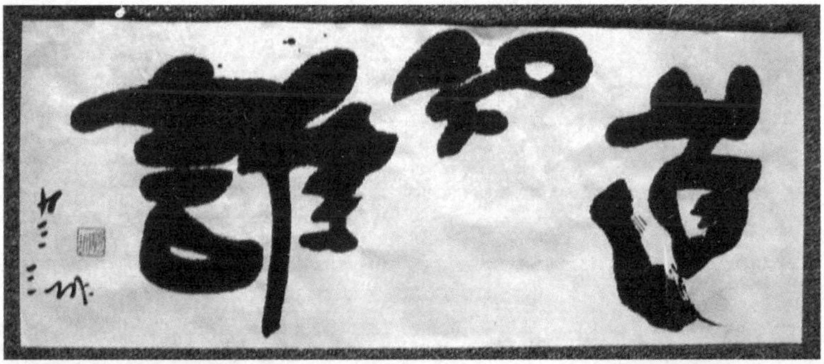

……无数的生命、魂灵在它的面前消失了，浸透在了里边，渗入到了它的背后，我们的视线里没有它们，但是它们没有离去，它们使语言成为宝贝。……中国文字，它们曾经被刻在骨头上、石头上、木头上、竹子上，被铸在青铜上，最后才写到了纸上……

——三幅字于 1993 年 3 月柏林

无。可生可死的说法在这个世界上是不畅行的，倡导死，赞美死的说法在这个世界上是不畅行的；独立于生死之外，欣赏生命的说法，或有人知，其作品倒是畅行于世，《西游》《三国》《水浒》皆是，《红楼》《聊斋》亦是；只不过前者欣赏的是生命淋漓尽致的痛快、自由，后者欣赏的是生命飘乎真切的忧伤、美丽；刀和花便是这精神的两极。

佛教对活的蔑视，道家对死的淡然，构成了东方美学中如是的审美情趣。成千成万的存在和逝去是不足虑的，只有生命的灵动、美丽是可念可惜的，这是一种纯粹的审美，几乎不带有人道的温情。它们充满兴趣地关注着这个过程，并不对生命的意义另外加以解说。

那天我们在一起说，人一辈子都在考虑怎么活，其实就是在考虑怎么死而已；所以佛教让你跃出生死看一看，这个徒然的一生，这个美丽的一生。相对任何的人生目的而言，人生都是徒然的；而相对自然万物，人生中的一切，包括人生的“目的”和“徒然”，又都是极其美丽的，尽管这个美丽是小而又小的美丽，却又是无可替代的独一无二的美丽。

1992 年 10 月 25 日　柏林住室

第七辑 1992年11月—1993年1月

柏林—波恩—巴黎—柏林

它诞生另一个世界

——与译者谈组诗《城》《鬼进城》[1]

……街上去。[2]

译者：你说“你搬到”是什么意思，你爸爸妈妈和你搬到护国寺？

不，我是在平安里住，到护国寺上班。

译者：你住在平安里的宿舍？

这个地图是这样的。这个是德胜门大街，这个平安里，这个是厂桥。我走到德内大街上班。在街上锯木头。哎。后来我们搬到护国寺一个喇嘛庙里锯木头。

译者：你们家？

不是我们家，是我们工作的单位。

译者：你那个时候没有……（难以辨听）

有时候我值班，在单位看房子，防止小偷进来。有一个值班的人被打死了，被一个偷东西的人。生活里是不断死人的，并不就是开枪的时候。

译者：被一个偷东西的人，谁？

也是我们单位的人。他进来，值班的是个老人，他一下打死他，然后拿了五百块钱就出去了，还拿走了煤气罐。当然这个人被抓获了。这个被打

---

[1] 作者受邀DAAD于德国工作一年。11月23日（即第二日）DAAD组织举办作者的朗诵会，有工作汇报性质。本篇为朗诵会的翻译、主持者前往同作者讨论其诗翻译的谈话记录。译者为德国汉学家库彬先生。所谈及各诗除特别注明外均可见《诗歌卷》下册中的组诗《城》和组诗《鬼进城》。

[2] 录音自此开始。应是正在讨论作者写于1991年5月的《德胜门》（组诗《城》之一）。作者1974至1980年的工作地和居住地均距德胜门不远。

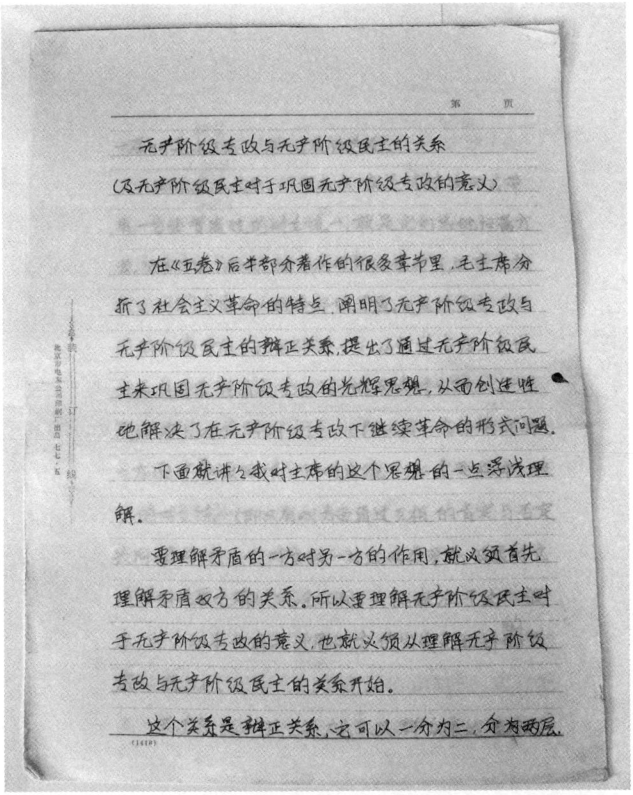

第　页

无产阶级专政与无产阶级民主的关系
(及无产阶级民主对于巩固无产阶级专政的意义)

在《五卷》后半部分著作的很多章节里，毛主席分析了社会主义革命的特点，阐明了无产阶级专政与无产阶级民主的辩正关系，提出了通过无产阶级民主来巩固无产阶级专政的光辉思想，从而创造性地解决了在无产阶级专政下继续革命的形式问题。

下面就讲讲我对主席的这个思想的一点浮浅理解。

要理解矛盾的一方对另一方的作用，就必须首先理解矛盾双方的关系。所以要理解无产阶级民主对于无产阶级专政的意义，也就必须从理解无产阶级专政与无产阶级民主的关系开始。

这个关系是辩正关系，它可以一分为二，分为两层。

(1418)

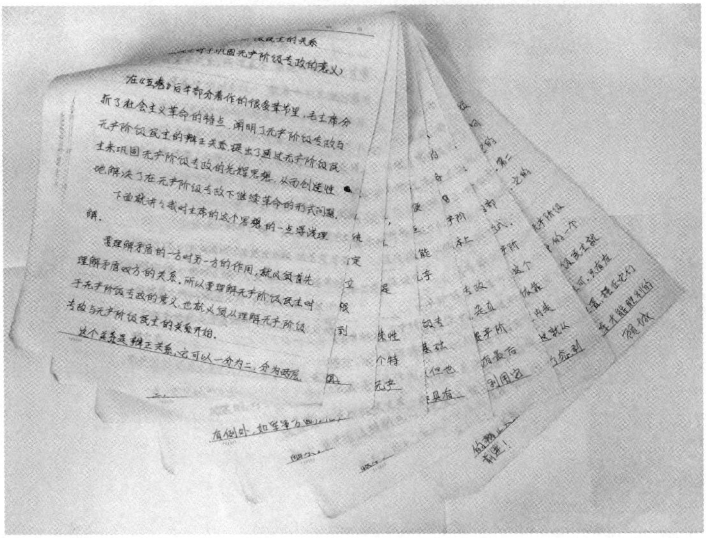

偶存的一份1977年顾城参加北京西城区工人学《五卷》讲学团期间的送审讲稿（作者当时试图提醒对民主的注意）。

死的老人我很熟，本来我们两个人晚上是一起看房子的，过春节的时候我看《红楼梦》，他告诉领导说我看毛主席著作，后来领导就让我去参加工人讲学团，专门讲学毛著，我就成了个很先进的人。

译者：你真会当毛主席的好孩子。

要不然这个老人大概不会死，那个偷东西的人大概也不会死，因为我一参加讲学团，他就成了一个人值班，大概就被那个人盯上了。这个老人就拿十二块钱。他已经退休了，退休金比他原来的工资每个月少了十二元，他值班就可以得到这十二元，就给打死了。那个人就是为了五百块钱。唉。

译者：往下说吧，那好像，人死在这儿，就是那个姑娘。

“他们更老了”[3]——对，可能是可能是，因为你看，前边儿已经出现了这种破坏性的东西，就好像放电影，咔啦咔啦咔啦跳字幕一样；它这个可以这样念：“龙本来是一个美人”“可上帝下命令把龙”“拍成一个美人，直到”“永永远远”，然后接“你怎么知道她的名字？”——这有点儿像《圣经》上的话：让我告诉你怎样你也能知道上帝。

也可以就这样顺着念，也可以就是跳过这四句去，都念完再回过头来看一眼；这最后三行可以当副歌那样，就是这样跳着念了它，再看这四句再念它；总之随着你的感觉，有很多的念法，就像“横看成岭侧成峰”一样，念法不同，意境会是不一样的，但是又是在同一座大山里。

译者：那德胜门出很多吗？有很多吗？是这个意思吗？

德胜门，本来出了德胜门就是非常荒凉的地方了，都是坟地。到这儿就是德内大街才有人家。我小时候的印象那里还是非常荒凉的。德胜门，你知道过去皇帝打仗，军队就从那儿出发；得胜，取得胜利，写是写成那个道德的“德”。中国字就是这样，它可以要那个音；写的话这个“德”就好看些，而且也稳，不那么露。

---

[3] 为《德胜门》中句。以下若干段落中引句引字均见这首诗。

译者：到清朝吧？

哎，明朝就叫德胜门了。元大都的时候好像叫健德门，元朝的最后一个皇帝大概是从那儿逃走的，明朝就叫了它德胜门。明朝在德胜门那儿打过仗，于谦，中国很有名的一个英雄，也写诗，和什么瓦剌，就是蒙古人在那儿打过，把瓦剌赶跑了。那之前，皇帝明英宗还是什么宗从这个门御驾亲征给捉走了，没得胜，那时候刚迁都到北京三十几年吧，吓得又想迁回南边去。但这里不太重要。不过有好多人死了。

译者：那这个意思就是坟太多了？

“地太多了”，这不是说坟地，就是土，地，空地，荒芜之地。

译者：你刚才说德胜门外有个坟地？

哎，这不太重要。这里是说，地太多了，有很多荒芜的地，冬天的地，在那儿挖土，有时候挖一个大坑下去，很大的坑——修地铁的时候也是[4]——挖下去，“四边儿都是土”，“陷在中间”；实际上它是讲坟地的，你在中间，在下边，只有挖这个土做屋子，因为没有地方住，只有住在土里。

译者：是坟地，这个“坟”？

对，“土”边。它这诗整个意象有点儿像个坟，但是

译者：等一会儿，“龙”它代表中国吗？

有一点儿这个意思。

译者：皇帝？

不是皇帝。

译者：不是皇帝呀？

不是皇帝，哎。这个很难说，不是那么实的。“龙”就是“龙”，“龙本来是一个美人”，“本来”是个含糊的说法。“美人”，中国不一定就是指女子，哎，玉人，也会是男子，玉人也是美人。但是这里基本上是女性的。但是这个女人不太具体，就像龙不太具体一样。

[4] 作者1987年离开中国时，那里正在修地铁。

译者：为什么“竟有百十张床”呢，有这么多床？

“挖土做屋子”，后来发现里面不仅有屋子，还是一个旅馆那么大的大屋子，摆着很多很多床，“百十张床”，我们小时候，住的幼儿园就有很多很多床。

译者：在哪里？

就是托儿所。我们每个星期只有一天回家，剩下的很多天都要住在幼儿园里，所以这就好像回到了小时候的地方，或者一个大旅店，很低级的那种，我外出做工的时候住过。这时候就是摆着很多床，也许就是死人住的地方。

译者：这是什么，那里有托儿所吗？

没有，这是完全的梦，幻觉。跟德胜门没什么特别直接的关系。就是那儿，也许因为很早有很多人被杀，那挖下去可能就遇到了很多死人住的地方，或者我们出生之前的摇篮。“去的人”呢，都“选一张”，都找了一张床，就住下来了。“返回时”——有的人还出来回到人间去——这个地方灯就亮了。就好像死亡是一个旅店，住一会儿又出来了，这时候“灯亮了”，照亮你返回活的道路；就像旅馆，你走，灯一亮。

这“灯亮了”，后边儿还有——灯亮，灯不亮：“过了三点　灯不亮”，这就死了。“他们只吃一点 / 灯开不亮　能不亮吗 /　她坐在床上　想你怎么活的”[5]——这些人已经死了，灯才不亮。那时候说“人死如灯灭”，这是中国很一般的一句话；那么人活呢，就如灯亮。这都是涵在字面下的，不一定要讲出来。——

译者：为什么“上帝下命令把龙”，

“拍成一个美人”——这是我梦里的话。

---

[5] “后边儿”指译者手中组诗《城》印件排在《德胜门》后边的诗。“过了三点　灯不亮”“他们只吃一点/ 灯开不亮　能不亮吗/　她坐在床上　想你怎么活的”见排在《德胜门》后边的《首都剧场》（写于1991年8月。组诗《城》之一）。

译者：为什么“上帝”呢？中国没有什么上帝呵。

嗯，你要是给想成西方的上帝也行。但是中国还是有上帝的感觉的，不是西方那么严谨严重的，但是还是有个同众生的区别，有玉皇大帝呵，原始天尊的。这是道教的说法。就算是玉皇大帝吧，翻译很简单，就是God，上帝，神。不过中国这个“上帝”他有点儿像皇帝，很管事儿，很有权力。

译者：那为什么一个“我”在等“你”“装束好了”衣服？

“我”，这里字面儿上没有“我”，是有些虚的。这个“你”是指那个原来的“她”，就是飞来飞去的那个“她”，有点儿像那个女孩子。

译者：骑自行车的那个“她”[6]？

哎。你看它这前后交错着说：一个是“返回”的人，在这里就是出门的人，“灯亮了”，他要出门了，得穿好衣服；还有一个是“上帝下命令把龙拍成一个美人”，就像是要上舞台了，要表演了，“拍”电影或者“拍”照片，这个时候他也要注意一下衣服问题。

然后，“说这些都是为了等你装束好了”，拖延一个时间；“细细地看，上边还有别人”，这个“上边”就是指“地太多了”，就好像你在这里边，这边儿还有更多人在看，围观。

然后它这个“带你去看后边的小街”，这个就有点儿奇怪，就是它有可能是他到人间来了，也可能还是在阴间，这他弄不太清楚，就是说看这些旅馆后边的“小街”，“说有个人死在这”，但一这样说呢，就可能是他已经到了上边了——“他们更老了”，首先就是活着的人，更老了。

这我在梦里真正回到这条街上，看见我以前那些师傅还是在那儿干活儿，头发更白了一点儿，有一句话说：死了的人也会在那儿拉锯，也会继续老下去。——“有人死在这，他们更老了”。

但是，死的下边还有一个死——你知道我的意思吧，因为这个是，死了

[6] 应指《中华门》（组诗《城》之一）“她总是靠边骑车”句中的“她”。《中华门》写于1991年4月。本文起始前的缺录部分显然述及这首诗。

的我认识的人在穿衣服，带我到后边儿看一个地方，但是呢她说，还有一个人死在这儿。死人如果说一个死呢，就可能还有一重死亡，这时死了的人就都是“活”人了，你知道这个意思吧，那里边儿就有这个隐含。

译者：就是说带你去看一个地方，那里有一个人死了。

对，这是面儿上的意思。

译者：但是呢？

但是还隐含着其他的意思我想。不过你可以不管后边的意思。

烨：你其他意思要说清楚。现在问你就是问你其他的意思。

其他意思就是一个死人说一个人死，他可能就是活的人，所以一说完这句话，就会是“他们更老了”，而常识里只有活人才会“更老”。

意思就是一个死人说这些意象这些话都可以这么连下来：“细细地看上边还有别人”，这就“带你去看后边的小街”，就是上边的人带你去看，“他们更老了，还在干活”——你看它这可以断，可以连的；“你肯定没有见到这个地方——转　坟”，“坟”是“转”的——你是死的你不看，你是活的也看不见，就这个死活不明似明的时刻，一下就也许看见了；“冯，你怎么知道她的名字？”就是他不知不觉“转”到人间来了，忽然想起他知道这事儿，脱口就出来了：你怎么知道这事儿？——他忘了自己是死了的了，一下掉进这段经历，就暴露出来了。

它这个完全可以这样讲：“只有挖土做屋子”，“竟有百十张床，去的人选一张”，“返回时　灯亮了”，“说这些都是为了等你装束好了”，“细细地看上边还有别人”，“带你去看后边的小街”，“他们更老了，还在干活儿”。——这，是可以这样连的。

但也可以不这样连，也可以断掉：“他们更老了，永永远远”“还在干活儿”——可以这样接，可以反反复复，在于你的知觉；“拍成一个美人，直到，带你去看后边的小街”，可以就这样接下来；“龙本来是一个美人，竟有百十张床”，这就冷不丁像有一个具体、很鲜明的故事，啪，出来，像那个黯淡的过程中闪出一道凶光一样。

所以这些联系，它不是单线的，就像我们的人生，一重体验一重天。……

译者："冯"，是哪个？是一个姑娘的名字？

这不明确。这个"冯"，可以是任何一个人，也可以是很有关系的人。比如我跟你说："冯"——也就是你库彬[7]——"你怎么知道她的名字？"——你就根据你的感觉，走哪条路都行。

译者："他们要学"什么？《人儿》[8]。

"要学"怎么不当一个人，当一个"人儿 (rénr)"。

译者："人儿"是什么意思呵？是不是说也包括流氓在内？

"人儿"就是不那么煞有介事的，比较自然本色的。"要学的事情"也不就是当"人儿"，"要学的事情挺多"，也可能是学怎么做"阳光"，怎么做"海洋"，要不然怎么说"到阳光里去"？"海有条尾巴"？——这都不能说死，完全灵活的，也许你就是"海"的那条"尾巴"？总之你要是不局限于当人的时候，是自由的也是愉快的，"要学的事情挺多"，什么都有可能。嗯，我喝一点儿水去。

谢烨那天朗诵[9]非常成功。

译者：是吗？

大家都很感动。

译者：都在哭吧？

主要是谢烨在哭。大家都说，呵，原来生活这么简单。但是谁都不能这样简单地生活。

译者：嗯。唉。你别忘，给我那个翻译的。

[7] 译者的中文名字。

[8] 《人儿》（组诗《城》之一），写于1991年5月。其下段落中引句引字见于这首诗。

[9] 即朗诵谢烨近作《你叫小木耳》（可参见《小说卷·英儿》附录）。顾城将安排给他的朗诵时间强烈提议交由谢烨朗诵此篇作品。之后又安排多次朗诵。

烨：哎，在这里头，我不知道全不全。

可能到波恩还要朗诵这个。

烨：我跟他们要一份。

你应该复印一份。

烨：是。我还有一个朗诵会下个礼拜。

译者：《剪贴》[10]。“花儿”？

“花儿 (huār)”，前边“人儿”，这有点儿像。它挺自在自如的。说：“这么多好时光 /　花儿 /　你的人在树上”，有些像“花儿”跟另一个“花儿”说话，有点儿像儿歌。“那么多小工厂 /　花儿 /　你的人在树上”，这个人为什么到树上去了，就没说。然后说：“铜铁钉　/ 钉帽子　/ 绿山羊”，这实际上我在干活儿的时候，就经常捣鼓这东西，“山羊”你知道是种什么东西?

译者：嗯，知道。

跳的“山羊”，跳马，“花儿，你的人”

译者：你等会儿等会儿，为什么那个“山羊”绿的？不是绿山的羊，是绿色的山羊？

你就直接译就行。也许它是一个绿色的皮子包起来的。它这有点儿超现实。但是它是由木山羊来的，木头，跳的那种山羊。不过在这里应该是个小东西，有点儿机器的味道，那种电动玩具的味道。

译者：“铜铁钉”，这是铜做的，铁做的？两种钉子？

嗯，这个词，有一点儿我的创造。这是你的纸吗?

译者：是她的。

山羊，这样一个东西，可以跳过去；它这周围钉着好多“小帽子”，这

[10] 《剪贴》（组诗《城》之一），写于1991年7月。其下若干段落中的引句引字均见于这首诗。

探讨交谈中（1992年12月柏林）

个小帽子呢，是铜的，这里边的小钉子是铁的。这是后来分析的，当初这个词就直接过来了——“铜铁钉”，这个声音好。

“铜铁钉，钉帽子，绿山羊”，有点儿像儿歌。“绿山羊”，“绿”，这一个是颜色的感觉，“花儿”，绿，这在中文的画面里是配的，花红柳绿，我不知道德文里什么感觉。再一个你看这个声音，中文里声音分平仄呵，读起来可以像音乐一样，“铜铁钉，钉帽子，绿山羊”，它这个“钉”跟这个“钉”连起来了，听起来有点儿“钉——钉——”；它这个“绿”，这上边两个音“铜”“钉”都是平声的，跟着的音“山”“羊”也是平的，所以从音上感觉，“绿”也是好的。这你要是不问，我都不知道，你这一问，就给问出来了；你别说，还真有点儿道理哈。不过到德文里，那一定不是这样的了，所以你可以随便译，只要声音好就行，一种活泼好听的声音，“绿”不“绿”无所谓。

“花儿 / 你的人在树上 / 离地十五尺 / 跳北房 / 高级老头 / 一枪一个 / 花　头朝下　脚朝上”。——这首诗比较重要的真是在一个语调儿上。

译者：为什么？

读起来好像是一个小鸟读一样。好像是一个小鸟讲故事。故事里这个小鸟一直跳来跳去，好像遇到了一个有趣的游戏。

译者："一枪一个"是什么意思？

小鸟在做它的游戏，可是这中间有一个凶杀，小鸟自然不会意识到"凶杀"，它还是跳来跳去，看看这又看看那，有个人从房上逃跑，叭，"一枪一个"，小鸟还是跳来跳去，可能觉得挺好玩儿。

这儿还有，"花儿，你的人在树上"的时候呢，下面有"工厂"，有的人在干活儿，钉一个什么好听好看的东西，房上就"一枪一个"；而这语调呢，一直是非常快活的。可是忽然呢，最后出了个问题："花，头朝下，脚朝上"——就好像这个剪纸一下贴倒了一样，这个人掉下去了。诗停住了。这是一个小鸟眼光中的世界和死亡。

译者：那这是什么花，是牵牛花吗？

无所谓。这"花儿"呢，在宁夏那儿也叫"歌儿"唱的歌儿也叫花儿。

译者：这是"北房"，四合院儿？

四合院儿，对。我们干活儿的那个庙就是这么个很破的四合院儿。

译者：那这如果是牵牛花呢？

都可以吧，如果你觉得是。

译者：我理解为什么那个人在树上？因为牵牛花会爬上去。

哎，对，你这说法真是挺对，是有点儿像牵牛花哈？因为牵牛花感觉是很随便的一种花儿，样子又是圆圆的。挺像。你的想法挺好。

译者：那它为什么说"北房"呢？为什么不是西、东、南呢？

那你说为什么不是"北"呢？这个问题可以提出来。不过一般地，它跟"高级老头"有点儿关系。北房是向阳的，叫正房，都是高级点儿的人住。北京好的四合院儿，住的都是高干，都住北房。但是这里是非常玩笑的话，"高级老头"，很玩笑的；接着，是高级老头打人家，还是高级老头挨打，跳北房的是，还是不是高级老头，都不知道，鸟儿没那么清楚。但是这个"北房”跟这个“高级老头”好像有点儿什么关系，很含混的。老头儿，跳北房，这就是有点儿滑稽罢了，跟那个“绿山羊”一样，有点儿荒诞的。

“离地十五尺”，不知道是鸟儿离地十五尺，还是“花儿”离地十五尺，还是“你的人在树上”离地十五尺，还是“跳北房”什么的离地十五尺，都可以，自由的，这里语调是最重要的，它像跳马一样，从这个树枝上跳到那个树枝上。

译者：（翻纸声）哎呀，那个竹子园呢？

《紫竹院》？

译者：《紫竹院》。

《紫竹院》，是，也是我想读的一首。在，这儿，第十三页。

译者：从《西单》？

《西单》[11]也是我比较想读的一首。西单那儿也□了很多人。

译者：嗯，西单你最喜欢的地方就是六部口？你在那里都可以白看报纸，不用花一分钱，是不是？

对，那个地方，看报纸杂志。

译者：原来我认为在那里，就是那个作协的房子，结果说不是。

有作协。北京作协在那儿。

（一些同北京作协及……有关的回忆。略）

译者：这就是那个六部口？

就是那个六部口。后来那个人打电话告诉我母亲，说她看见了……的人。在那儿。

译者：你也去过那个地方？

那儿□了好些人。那个电报大楼下边。我梦见的就是那里。这个刚一开始有点儿奇怪，说：“让我看，街将是两次，一次是反日，一次是讲卫生。”

---

[11] 《西单》（组诗《城》之一），写于1991年8月。其下若干段落中的引句引字均见于这首诗。

我想这个意思是说，要是让我看呢，这个街只使用过那么两次，或者是说这个街只出现过这么两次，一次是反对日本，

译者：五四？

不管是不是“五四”吧，一次是讲卫生，就是宣传卫生。这说得很含混，“街将是两次”，语法上也是错误的，但是意思是准确的。

这感觉就好像是小孩儿吹的那个东西，呜——，吹得很长，又缩回来——街将是两次，一次是反日，一次是讲卫生。但是呢，它接着往下说一个事情，哎，这时候是我做的梦：“她们拿灯，夜蒙蒙”，就在傍晚的时候，这是不是游行的人？反正是女孩子拿着灯在街上走，都往一个方向走。这时候呢，“你”就“可以出来”了，这个“你”是指我。然后说：“去看每周评论”，就是你说的那个地方，有个读报栏；“六部口大钟”——电报大楼，那儿有时间。哎，我八岁就站在那儿等我的父亲，等了两个小时。他去看我的母亲，我的母亲住医院。但他不带我去，好像他身上正好没有钱，只需要两毛钱车钱，正好没有。所以这个六部口大钟给我的印象也很深，可以看报，可以看时间。但是“到小店里”呢，可以“看”“熟的 / 台阶”——这个话就有点儿奇怪，因为本来那儿有一个饭店，现在也还有，本来是卖锅贴的，那这个“熟的”就好像说一种吃的东西，“台阶”不是吃的，那么就该是“熟悉的台阶”，但它就说“熟的台阶”，这和前边的“街将是两次”，语法方式上也是一贯的。“熟的 / 台阶，好几版评论文字”——从“熟的台阶”上去，还是“熟的台阶”是什么吃的东西，还是“熟的”的不光是“台阶”，还包括这后边的“好几版评论文字”呵“赞美散文”呵，这在梦里是不太计较的。其实醒的时候或者你真回想什么事的时候，你也经常有一种迷蒙的混淆的感觉，类似这个感觉。

比较直接的，像“熟的 / 台阶”是一个过渡，可是走过去连接着的就有点儿出人意外，“好几版评论文字”，再一看是“军队的评论”，军队写评论有点儿荒诞，但是中国军队有很多人在写文章；“赞美散文”，评论又成

了散文，是“评论”其实是“赞美散文”？还是“评论”和“散文”？就把对事情的注意引向一个莫名其妙的地方去了。而实际上这个事情一直在发生着：“她们都拿灯，楼之间”——这是不是游行呢？女孩子和鬼魂都往一个方向去；“好像是为了让你高兴”，好像做这事儿是为了让一个什么人高兴——“停下，扔瓶”，你知道游行，后来军队进城的时候，一直扔瓶子；大家把……（若干字略）“让她快跑”，这里出现一个细节，好像是为了掩护她——她就是那些女孩子中的一个吧——“停下，扔瓶”，或者是都扔了瓶，她一扔，你也赶紧一扔，制造一种混淆，或者是就那个女孩子扔了，总之“让她快跑”；谁“让”，这是很实际的，我梦里就是那个“你可以出来”的“你”。

“很少有人在自己厂门口扔瓶子，看合适了”——这时冒出来这句话，很像是“你”在过后或什么时候，对那个女孩子的一个提醒一个劝诫；同时也很像是一个警告一个威胁，好像有个看的人，比方就是前头的那个“让我看”的“我”，这个我是站什么立场上的，是同情的还是对立的，这个大概只有他自己清楚。——总之判断这个，可以全凭你说它时的语气。朗诵的时候定了。连下来就是为什么会有这句提醒，或是威胁：“三哥十六弟，谁都认识，大部分人都有点认识”——你在自己的厂门口扔，那很多人都认识你。

“三哥十六弟”，这个词也是梦里造出来的，就是说一个单位的，一大家子似的，你可以看出来，这里有人际秩序。“水橙”——这下边的事就都略了，就一下到了这个结果。感觉是前边说“认识”，像埋伏下了个很大的担心，但是最终“认识”什么呢？——“水橙”。后来不是检举揭发吗？这中国人那彼此会心的时候，那也很能化重为轻，化险为夷的——谁干的？认识谁？我认识茶叶，哎，我认识“水橙”，哎，在最关键的地方，它给你一转，转到一个轻松又具体的虚幻地方去了。

译者：但是为什么说“水橙”呢？

这里梦里用“水橙”，大概一个是因为它是水果，有个结果、结尾的句号效果，而且可能它比较重，压得住。

译者：那为什么不是西瓜，更重。

得合适吧，西瓜太重太大了吧，那成写笑话了。

这“水橙”之前的啰嗦都给略掉了，比方说让大家检举揭发，你想就得有多少啰嗦在里头。你知道“水橙”是很适于挤出水喝的，中国也卖这个橙汁，欧洲美国都有，装在瓶子里。那追查起来，说谁扔瓶子，那打岔就说，这得怪“水橙”，因为“水橙”就有了水橙汁，就装进了这个瓶子，就买了这瓶橙汁，就给它喝了，喝空了就把瓶子扔了，扔的地方不对，下次一定改，罪魁祸首是水橙，水橙我认识，我揭发它。这是中国人常用的方式。彼此心会。那么作为这个诗来讲，这是个句号，给这个诗顿住了。中国道或佛，它说一个萝卜或者三斤麻，就是那个“机解”，禅宗就有这个方式，说一个完全不同的事情，让你忽然对眼前的事情有一个新的感觉；或者一切本来似乎沿着这逻辑走下去天经地义，忽然一个打断，一个人为式的切断，让你忽觉面临一个新天地。

译者：新街口[12]跟杀人有什么关系呀？

“新街口”那边是“豁口”，“豁口”就是一个张开的口子，因为城墙在那儿破了一块儿，跟过来就是新街口。在我的感觉里边，这个名字就有个伤口的意思，一个新鲜的伤口。那边的豁口裂开得也许并不久，但是名字上的感觉是一个凝固了的口子。

“杀人是一朵荷花 / 杀了　就拿在手上 / 手是不能换的”——这是我梦里清清楚楚听见的。至于为什么是朵荷花，什么是朵荷花，那是在你心上的，当然也是在你手上的，永远永远十分鲜明，你的手拿着它，去不掉，就是换手也不行，不能换，硬换，你说给切掉，也还是换不掉，这时那个“新街口”就出来了，这个“新”同“荷花”同“杀”那个鲜明那个锋利都是通的；

---

[12] 诗名亦“新街口”。《新街口》（组诗《城》之一）写于1991年5月。其下段落中的引句引字见于这首诗。

“街”是街，道路，通向四方，疼痛遍布四方，“街”还有点儿“接”，就是衔接的接的感觉，一种做过了努力的暗示；“口”是伤口的口，也是街口的口，站在这个“街口”上，似乎四下都是路，却是只能站在那里了。

译者：新街口和……有没有关系？

当然有关系了。你看这个图，这儿，××从北太平庄这进来，或者从西直门大街进来，都是一定要走新街口的。我看照片上，西直门立交桥上都是××。做出来这么个梦，跟这个照片大概是有关系的。

译者：（翻纸声）

太多了，是不是？

译者：可能比较多。

那就找重要的。再去掉几首。

译者：试试看吧。（翻纸声）那个“涨河水”。

“在水里走回城”

译者：你从紫竹院[13]坐长河的船？

清朝叫长河，是条御用河。也叫玉河。我小时候沿着走一直可以走到西直门附近。但是我的梦里，好像下大雨，也不能断定，很现代艺术的一种氛围，也可能是坐着船在水里走，或者就是在水里那么踩着河底硬走，都有可能，不一定是坐船的。它这从字面讲你看，就是那么走回城的，没有船。

译者：那个“电视”为什么是个“蓝蓝的”？

那是个非常阴暗的感觉。在我梦里必是发大水了，到处都是水，然后呢，走回城的时候，屋子里的电视都是蓝蓝的，大概是因为水的关系，水漫到电视里去了。而且中国一直到七十年代末，一般用的那种九吋的小电视，就是发蓝的。

译者：是吗？我的中国来的学生说，蓝色的就说明没有什么节目。我们休息一

[13] 自这里开始进入对《紫竹院》的探讨。《紫竹院》写于1991年8月。其下若干段落中的引句引字均见于这首诗。

会儿。

那也对，是不像有什么节目，看不清的样儿。

译者：这个“你”是谁？走廊不是紫竹院的走廊？

这个，我感觉是城里的走廊。不过是哪儿的无太所谓，比较重要的是那个死了的女孩子——“今天是你的日子”，就是你死的日子，你要离开的日子。好像避讳说这个字。

译者：但是你的什么日子呢？你应该在这儿？

“今天是你的日子”，就断掉了；“在走廊里干活 / 是你弟弟的事”，好像就是你已经把这个事儿交待给你弟弟了，就像你一直做这个打扫走廊的工作，下边儿就是你弟弟做了。“在黑暗里吹笛子，是他的事”，他代替你在人间继续留一点儿影子，有一点儿声音。

然后就出现了这个现实：“你快走了 // 你快走了　水没有了 // 你说水拿不起来”——这里像是有点儿奥妙。水是没办法拿起来的，但是作为一个生活中间的水壶，说“你把水拿给我”是可以的，一杯水，“把水拿过来”是可以的。但是这里的直觉这句话就有点儿异样了，好像里边有点儿神秘，好像你已经变成死人了；接下去：“水没有了 / 快要走了”，你知道中国古代，水也代表时间，“滴漏”呵，水一滴滴流逝，生命和时间也一起流逝，所以水没有了，也意味着时间没有了，感觉也很直接，人就死了，时间就没有了，就“快要走了”……这个是个往往复复很悲伤的声音：你快走了 // 你快走了 / 水没有了 / 你说水拿不起来 // 水没有了 / 快要走了……

然后“影子碰我，影子说，你和别人在黑暗里吹笛子”。

译者：那是谁的影子呢？

影子？那不知道是谁的影子，就是一个鬼一样的东西，它提醒我，说“你和别人在黑暗里吹笛子”。

译者：是命令吗？

不是命令，它告诉我一个秘密，我觉得“你快走了”，但是实际上“你”

没快走，“你”只是在我房间的黑暗里和别人在吹笛子，那些人是我不认识的，是一些鬼——我已经不知道什么时候，悄悄地成为就是说，也是一个鬼了，他们可以碰我。（录音中断．空去部分）

烨：你应该把这个轨道说清楚。作为库彬来说，他只是了解你这个轨道何来何去，表现一个整体的什么样的意念。你这具体的。

我我，我这整个，它是个叙事诗耶。

烨：不是，你这根本就不是叙事诗，这是你的一种体验，你知道什么是叙事诗吗？你这么讲给库彬，人家不能明白。没准儿库彬原来的设想还挺对的。

当然最主要的是库彬在翻译的时候他自己的感觉了。

烨：反正最难的是库彬，因为库彬等于在做一个什么事情呢，等于在把一个你感觉到的秘密告诉给别人，而因为这是秘密，他很难说清楚。对不起，没关系。继续。

关键是我们说得觉得还可以是吧?

译者：还可以。为什么“你和别人”——

“在黑暗里吹笛子”。这个呀，是有一种妒嫉突然出现了的。前边不是说“在黑暗里吹笛子”已经不是“你”的事了吗？——这个“在黑暗里吹笛子”好像是“你”存在的一个象征，“你”工作生活的一个抽象，可是呢，忽然有人告诉你，“你”还“在黑暗里吹笛子”只是“和别人”了，就是说“你”并没有走，只是换了一个地方干同样的事，而这个地方和你没关系了。这是一个很可怕的印象，就是本来“你”是你的一个影像，“在黑暗里吹笛子”你以为是专属你的，是唯你看见的，可是忽然一个随便的影子也很平常地就说出来了，这是非常刺激的，好像你完完全全地掉在了一个欺骗里，她，就是这个“你”，其实根本没拿你当过一回事儿，你珍爱的，你痛惜的，原来并不是个什么。

译者：这个“别人”就是那个死了的鬼？

哎。这里还有一重可怕在哪呵？更深的可怕；就是你发现你不知道什么时候自己也成了鬼了，很生疏，因为你刚刚成鬼；人间不美好但是你还算熟悉是吧，到了这儿那真是两眼一抹黑；尤其是，万万没想到，人间最怕的那种东西，那种难堪，妒嫉，说假话，勾心斗角，在这里不但继续着，而且好像还更阴险和不可捉摸了。

译者：嗯，“你”是她，她是一个姑娘。

烨：完了？

译者：还有两首。“翻鱼”？

“翻鱼”[14]。哎。“翻鱼”有两个意思吧。一个字面儿上说，像我这翻书，翻纸，哎，翻鱼，把它“翻”过来看看；“翻”也是找的意思，像我翻东西，就是在找什么东西，翻箱倒柜呵，找。这字面上很清楚的。另外的意思呢，这个词出来，我感觉是因为一种鱼，叫“翻车鱼”，我小时候在青岛看见过这种鱼，是这样的[15]，很大，非常奇怪的样子，像就是一个大鱼头，基本没尾巴，这两个鳍都很长很结实，很奇怪的样子，我记得很清楚叫“翻车鱼”。这个“车”字在这个诗里没出来，但是我想对这个词是有影响的，我觉得这个大鱼一直在这儿，像螺旋桨一样转，很大的一种鱼。

要说翻译怎么翻呢？就看你语言感觉上怎么好，怎么翻都行——翻鱼，翻车鱼，翻译——字面儿上是把鱼翻过来，就像翻书一样，是想看一看，或者是在鱼里乱翻，找鱼，比方说找一条什么特别一点儿的鱼。这后边，因为“翻鱼”，就引出了“翻跟头”。

烨：太困难了。

（笑）太困难了。

译者：“他们喜欢看上边的东西”是什么意思？

这个“看上边的东西”也有两个意思：一个是“看”“酒瓶子”“上边的

---

[14] “翻鱼”见组诗《鬼进城》中的《（星期一）》。自此进入对《鬼进城》的探讨。《鬼进城》作者基本于1992年10月15日一气呵成。其下若干段落中的引句引字均见于《鬼进城》。

[15] 作者此时当是边画边讲解。

东西”，比如说商标呵；另一个就是说，看比我们位置高的东西，像看星星，我想这里看星星可能看得多一些。

译者：金黄叶？

“他们喜欢看上边的东西，一把抓住金黄的树叶”——也有两个意思。如果是看酒瓶子上边的东西，那“金黄的树叶”可能是“上边”的商标图案，“一把抓住”这个画上的“树叶”。如果是看天上的东西，那么他“抓住”“树叶”是为了停止升到天上去，或者是为了接着往天上走，都有可能。但是我的感觉，因为他们是鬼，他们不存在抓着什么往上爬的问题，他们是因为不要飞走，才抓住树叶的，就好像我们在车上抓住把手，不要摔倒一样。

译者：“站上”，不是火车站？

我感觉一定要说是什么车站，那更像是汽车站。

译者：“站”是动词？

“站”到什么“上写”，也是可以的。但是我觉得车站的成分更多——车站上写着。

译者：汽车站上写着“吃草”？

这是我梦里的字：你们都吃草，脸是绿色的。

译者：鬼的脸？

哎。这实际上是一个布告中间的话。他们刚开始就看布告，最后也看布告[16]。布告上介绍鬼是什么样子的，就好像介绍一个动物似的，说他们是吃草的，所以脸是绿的等等。喏，这少了一页，少寄了你一页，对不起，诗在这儿还有一页的。

烨：一会儿给你补上。

译者：这个“吹风”比较复杂，是鬼他们吹风吗？

对，鬼吹风，“鬼不说话　一路吹风”，他们吹着风走，也被风吹着。这

⓰ “最后也看布告”，“最后”应指组诗《鬼进城》中的最后一首《清明时节》。此次讨论限于第二天的朗诵选目，未包括这一首。

……我小时候在青岛看见过这种鱼，是这样的，很大，非常奇怪的样子，像就是一个大鱼头，基本没尾巴，这两个鳍都很长很结实，很奇怪的样子，我记得很清楚叫『翻车鱼』。这个『车』字在这个诗里没出来，但是我想对这个词是有影响的，我觉得这个大鱼一直在这儿，像螺旋桨一样转，很大的一种鱼……

——图作者1990或1991年画于岛上，意境似相近？右上物很像作者这里描述的『翻车鱼』。作者画给译者的图示当未存。

是比较口语的，口语中隐含着各种可能性。后来我发现口语其实很神秘。

译者：不容易查辞典。

烨：那是不容易。

译者：那你这风筝会“嘻嘻哈哈”吗？

中国有一种风筝，你还别说，是这样的[17]，它有个很奇怪的脑袋，它会这样很奇怪地笑。这是一种风筝。我觉得它简直像个压扁的鬼，在我的噩梦里，它眉毛变得很粗。

有时候在梦里看，那鬼就闭上眼睛，就看见我了，就好比鬼也做梦，闭上眼睛就做梦，就做到了我的梦里来，所以鬼看见过这个风筝，有点儿认识；“现在”会笑的这个风筝，“沿着阳台的栏杆”，慢慢它就“往下跌”，你知道风筝上升的时候是这样的[18]，往下跌的时候也是这样，鬼于是就“小心地上来”，因为它怕一睁眼睛就看不见这个风筝就上不来了，所以得“小心”；上来以后就不小心了，眼睛大概就睁开了，可是对于我来说，忽然就是“满走廊都是嘻嘻哈哈的风筝”，好像那些鬼一下就都成了这种吓人的风筝了。你是不是很累，××？我们可以休息一会儿。

译者：等一会儿，等一会儿。这一句：第

这句话实际上是这样的：“第”“五”“病”“室”“的”“蝶”“螈”“浸在水里”，

译者：呵！

当然你可以就这么念：“第　病　的　螈浸在水里”，“五　室　蝶”——你看这三个字它从上边掉下来了，好像沾了鬼气，就不那么老实了。这在梦里就是这样的。你知道这“蝶螈”跟鬼从来有点儿亲戚关系，“蝶螈”就是这么个东西[19]，你肯定知道，两栖类的，医学愿意拿它做实验。

---

[17] 作者此时当是边画边讲解。

[18] 作者此时当是边画边讲解。

[19] 作者此时当是边画边讲解。

开心图 城九0年九月

……

满走廊都是嘻嘻哈哈的／ 风筝／『人家一半 你也一半』／他打开一件衣服／看里边 没人 又打开一件…… （摘自《鬼进城·（星期二）》；诗见《诗歌卷》下册）

中国有一种风筝，……是这样的，它有个很奇怪的脑袋，它会这样很奇怪地笑……

——《开心图》作者1990年9月画于岛上，亦似画风筝？气象不同的风筝。作者画给译者的图示当未存。

译者：嗯嗯，嗯——（叹气）

（唱）怎么办哪，当鬼干嘛？

译者：你明天还想讲话吗？

不会说很多吧，很简单的。

译者：你还要准备吗？

到时候看具体情况吧。准备了我也不一定记得清楚。

译者：那你在朗诵之前说是吗？

哎，一般是。也许朗诵之后再说几句。这都是比较即兴的。这回我去波恩的话，我准备讲一个题目叫“云在青天鬼在瓶”。中国有一句话叫“云在青天水在瓶”，是一句佛教的话。西方有个说法，鬼是在一个小瓶里装着的。当然我可能不提这个。我打算这么说，我呢，出生以来，经历了好多事情，我想变成一个鱼，或者一个鸟，或者像阳光那样生活，但是我没有想到呢，我最后变成了一个幽灵。

译者：变什么？

一个幽灵，一个鬼。

译者：鬼？

幽灵。

烨：顾城，你要注意，幽灵和鬼外文里可不一样。

无所谓吧。

烨：不是无所谓，翻译的时候，

不要打断我，打断我，我就忘了要说的了。（笑）谢烨像个大白兔一样，你这样看我……

我发现一个幽灵的生活是很不一样的，没有什么太激动的事情。它失去了它的死亡也失去了忧愁和恐惧，同时好像也失去了他所有的希望，失去了爱情。我在梦里边，是一个幽灵，我回到了中国，看见了一个世界。这个世界只有我才能看见，所以它是我的，这对我是一个安慰。人生中没有什么

……

“第　病　的　螈浸在水里”

五　室　蝾

……

（《鬼进城.（星期二）》）

……你看这三个字它从上边掉下来了，好像沾了鬼气，就不那么老实了。……你知道这『蝾螈』跟鬼从来有点儿亲戚矣系，『蝾螈』就是这么个东西，你肯定知道，两栖类的，医学愿意拿它做实验……

——图作者画于岛上（1990或1991年），似蝾螈变异？作者画给译者的图示当未存。

属于我，包括我自己在内，而当我成为一个幽灵的时候，就有了一个属于我的事情，它就是我作为幽灵看见的那个世界。那么今天呢，我就讲一讲这个世界。

然后我就开始朗诵。

译者：好。但是他们还要介绍你，我没想到还要介绍。我怎么介绍你呀？

你可以介绍我以前做什么。

译者：不是，我应该介绍最基本的东西，所以，你告诉我，一个是你风格有很大的变化，我不知道什么时候发生的这个变化。

就算是八五年开始的吧。

译者：你们说的一个诗人，跟你的说法差不多，用那个口语，想要简单，所以开始的时候，你觉得不是诗，但是研究研究，哎呀，开始找到了。你受了他们影响吗？你们什么时候见过面，非林，非林，

烨：非林格呵？

译者：非林格。

烨：没有受非林格影响，他那时候还没见过非林格。

译者：但是他也写这些诗。还有那个阿布林。

烨：那他更不知道了。

译者：不是，你跟他上过台，你看过他的诗。

噢，耶，耶，那可能是这个世界把我们都给扔到阴间去了。那你可以这样介绍，你说他的诗使我想起谁的诗。你说有些人在这个世界上没有办法生活，他们就到一个自己的世界去了。对于我们，那是一个幽灵的世界；而我们这个世界，对他们来说，已经离神太遥远了。

烨：可以。

译者：好。八五年以前你的诗是什么诗，八五年以后，你的诗是什么诗？

八五年以前，我是作为一个人在写诗，我有人的矛盾、人的希望，我希望像小孩儿那样简单地生活，我一直要回去，回到我最初的单纯中去。

译者：那个时候？

对。我相信人，相信人的灵魂。可是后来我发现，要到那里去，唯一的道路，这个布尔特曼也说过，这种死亡不是肉体的死亡，是精神的死亡和蜕变。就是我们不能当人的时候，我们当一个幽灵，但是我们决不当一个东西，决不属于这个世界。

译者：谁说的？

这是我说的。就是情愿当一个活着的鬼，不做一个死了的人。这没有办法。

译者：那，为什么八五年你没办法当人，认为应该当幽灵呢？

因为那以前，我还是太小孩儿了，我对文化对我未知的这个人的世界抱有一个希望，我还不了解人世是怎么回事。当我知道了以后，当然就遭遇了一个特别大的绝望，那时候我真的发疯了，这写《滴的里滴》[20]就是发疯了。那个时候，《滴的里滴》就是一个大的变化。

译者：你等一会儿。《滴的里滴》那太好了，这是我最喜欢的。这我太喜欢了。八五年你就开始写《滴的里滴》吗？为什么是八五年？

八五年的时候，我的思想走向两个方向，一个是东方的哲学想法，就是像天那样静静地看待人世，接受一切，一个是西方的东西，就是非常自我的。

译者：那东方的哲学是什么？

东方是无我。人是不重要的。只要当人就是不自由的。

译者：那就是东方的哲学胜利了。

也并不。

译者：如果是这样的话，那你可以回到八五年以前的那个时代去了。

---

[20] 《滴的里滴》作者诗手稿存底记录写作时间为1986年3月。诗可见《诗歌卷》下册组诗《水银》；亦可参阅《讲演答问卷》中这首诗的作者手稿影印件。

你知道，想一个问题和经历一个问题是不一样的，就跟我们说死亡跟真死亡是不一样的一样。以前我不断思想，我脑子里都是思想，都快炸开了。后来我知道唯一该做的事情就是必须停止思想。我在岛上打石头，有一阵儿天天从早打到晚，思想就停下来了。停下来就发现了一个特别有意思的事，我才知道我是谁，我看见我被一个宿命注定着，被我的血液、被我的遗传注定着。当我学会看待自己的时候，我忽然想到的一个问题就是，人真是那么重要的吗？

译者：那你从什么时候开始写这种看起来比较简单的其实比较复杂的东西？我告诉你，你八五年以前写的东西容易翻成德文。

其实我很喜欢我那时写的东西，语言是漂亮的，精致的。

译者：语言漂亮，什么都漂亮；语法也比较清楚。

但是这些东西[21]看起来比较简单，实际上不是。那你从八五年开始这样写吗？因为你那时候受这个道教和佛教的影响？他们唐诗很多诗人都是。

我想这跟我的本性有关系。它把我推过来的。我喜欢安徒生，但是那种东西太容易受伤害，对付不了世界，就得藏起来；那么我喜欢禅的东西，禅的东西非常直接，它是无中生有的。

译者：无中生有是什么意思呵？

无中生有就是空则灵。就是我得到了什么，丢了什么都不想了，空无了，这时候你就像净水一样，像天空一样，万象万物这时就呈现出来，就清澈明晰起来，这就是灵的到来，无尽的“有”便创造出来了。

就是你完全不依赖这个世界了，那它也就伤不着你了。你有你的世界。

烨：这个无中生有就是，放弃了社会现实目的以后的自然存在。

对，“放弃”就是空了无了，然后你是什么样儿就是什么样儿。这时绝妙的是那个“灵”——我后来的好多诗就是这么出来的。

---

[21] 应是指译者手中的组诗《城》及作者相近时期的诗。

1992年11月23日DAAD朗诵会；作者和译者

烨：就是无中生有，空则灵出来的。

我喜欢的就是这个东西。原来你是世界中的，世界不如愿你就没办法了。这个“无中生有”，它诞生另一个世界，完全的你的世界。

译者：摆桌子吧，脑子应该休息。

对，我觉得太累了。

译者：今天去市场，挤死了。你应该在那里试试看看，能不能卖你的书。

（乐）没有人买这种没用的东西。

译者：如果没有用处的话，你现在根本没办法啦，还想起一个“无中生有”的。

口号。

1992年11月22日　柏林住室

筑一个小城

——栗子采访[1]

顾城你好。七十年代末，八十年代初，作为朦胧诗人，很多年轻人都知道你，读过你的诗。你和你的诗曾经给人许多幻想，那么在朦胧诗出现以前你的生活状况如何？听说前几年你到了欧洲，后来又去了新西兰，新西兰使每个人感觉都非常遥远，你怎么会选择了那儿，又是怎么进行创作和生活的呢？

我的生活整个来说比较复杂，大概可以分成两个部分。一部分是上学、工作或者说是在社会中；一部分是在荒凉的地方，也就是在自然中间。

我觉得后一部分对于我是重要的。

我大约只上了五年学，在"文化革命"的时候去农村放猪，差不多五年，后来回北京做了大约五年木匠，再后来卖文为生，像王朔那样，又是五年就出了国。在欧洲我去了一些国家，当时的感觉一切都如同做梦，没有真实感，好像和我的生活关系不大，更像看电影。

可是当我走上新西兰的一个小岛，站在一块巨大的岩石上面的时候，我忽然觉得我走到了我要寻找的地方。于是我就在那里停了下来，开始在那养鸡种地伐木，过我的日子，差不多也是五年。

现在到德国来只是一个短期的创作活动。

对我的写诗和创作比较有意义的是我在自然中的那部分生活。

我并不是在自然中间吸取灵感，尽管开始我也企图如此；现在对于我

[1] 此篇为栗子采访整理。初发表于海外杂志，题"顾城采访录"。顾城后对其有所修正。栗子，大陆旅欧学人。

来说重要的，是在自然中间忘记我作为文化人的一种身份达到宁静；在这种宁静中，我自己的本性和灵性使我做一些事情。这些事情也许是艺术的也许不是，但是，是我的。

就是说作为文化人对你的创作会起一种阻碍作用？

有时候是的。一九八三年以后可以说这种矛盾在我身上发展到了一个极点。在“文化革命”的时候只能找到很少的一点带有文化色彩的东西，像诗歌绘画什么的。我记得我曾经看到一张列宾的画叫《伏尔加河纤夫》，当时我感动了好几天。“文化革命”结束以后一下开禁，东方文化和西方文化像潮水一样涌来，我当时可以说是晕头转向。我喜欢东方宁静致远的境界，也喜欢西方富于自我的、有童心色彩的观注和体验，这一切在我身上造成了一种难以调和的矛盾，我几乎处在一个疯狂的边缘，那时候我唯一明白的一点就是我必须停止思想。如果我再想下去我就要疯了。离开中国以后我到了小岛上去，这给我提供了一个很好的条件。

我在岛上打一块石头，把它一点点打碎，用钢钎。黄昏，我非常疲倦地走下山，这时候我才开始醒来，从梦中醒来。

岛上没有春天和夏天、秋天和冬天的明显季节之分，只有雨季和旱季，只有白天和黑夜；我只是睁眼和闭眼，时间就过去了。当然这时间是非常辛苦的时间，我要做许多原始的劳动，有蚊子、跳蚤和老鼠的围攻，但是这些东西侵犯的是我的身体而不是我的思想，在我获得了这个宁静之后，我忽然看到了我自己，也看到了这个世界。所以这次我来欧洲，在柏林走来走去，就不那么烦恼了。

这样说来自然环境对你起了决定性的作用。这些年你从大陆到欧洲又到了新西兰的小岛上，不断地在改换着你的生活环境，你似乎依旧在进行你的创作。这每天都在变化的窗外的声音、表情、语言对你的创作有没有影响呢？

对于我来说创作并不是一个反映的过程，不是因为外界有什么触动了我，我就做一个简单的描摹，好像一种反射。对于我来说创作是从我自身不断涌出泉水和眼泪，是一种微笑，这微笑的来源是我，和我不知道的一个地方，一个境界。

我曾经写过一首诗说：“我所有的花都是从梦里来的”，又说：“我所有的梦都是从水里来的”，在这个水的倒影上，我看见“晴空的火焰”，看见了这个世界和我的秘密。这时候：“我低声说了声你的名字。”

我觉得有一个东西创造了我，又通过我创造了我的诗。这是一种气息，它是看不见的，就像春天创造了花朵一样，春天是看不见的，但是她的气息创造了万物。

有的时候我觉得自己就像一个空空的走廊，风吹过来，在走廊尽头，就出现了花朵。我喜欢这种神秘又富于喜悦的心境。因此，创作对我来说，重要的不是获得作品，而是那个灵性的瞬间，它使我感到这个世界并不是唯一的。

人的生命里有一种能量，它使你不安宁，说它是欲望也行，幻想也行，妄想也行，总之它不可能停下来，它需要一个表达形式。这个形式可能是个革命，也可能是个爱情，可能是搬块石头，也可能是写一首诗。只要这个形式和生命中间的这个能量吻合了，就有了一个完美的过程。

中国古代有许多故事讲的其实是行为艺术，比如庖丁解牛、嵇康打铁、阮籍的青白眼等等。在今天的世界上，现代艺术已经又一次验证了古代艺术家的方式，艺术似乎不再是某个固有形式的概念了，而扩展为对整个生命真切表达的呼唤过程。

你在自然中间生活的具体情况怎么样?

我刚到那个小岛的头两年，可以说陷入到一种生活的挣扎中间。自然并不像度假者所以为的那样惬意，如果你打算靠自己的双手，而不是社会生活的话，你就陷入到自然的争斗之中。在我的体验里自然就是一些嘴巴，不是你吃我，就是你吃他，中间几乎没有别的道路。比如老鼠一夜之间可以搬走许多我的粮食，老鼠带来的跳蚤差不多每分钟都可以叮我一口，我到果树上摘果子的时候，大团的蚊子正等在那里，这种情况下我差不多红得比果子还快。用时间观念来说，维持一个小时的炊火，要用三到五个小时准备木柴，这种情况下我几乎无暇顾及别的。……

可我也正是在这样的生活里开始了一种新鲜的对世界的感觉，这种感觉没有表现为思想而是表现为一种恍惚，我又回到了童年最初的时刻。

我知道这是重要的。这是我的。

在你选择的时候也许还有别的可能性，可以比在那里的生活舒适些，为什么你一定要做这样的选择呢？

舒适是一个很难说清的东西，鱼在水里舒适，鸟则在天上；那个岛对我合适，在那儿没多少国家和社会的感觉，也没有人说太多的话，更主要的是没有什么事可供选择，不选择多好，就踏踏实实砍柴烧火。

我们到岛上的那天晚上，在黑暗里点了一根蜡烛，外头下着雨，湿气渗进来。我心里想，从十二岁起，我准备了二十年，这回可得逞了。我的妻子没说话，她一定恨死了。

我十多岁的时候跟着全家下放到农村，就想有一片土地，用土筑一个小城，城里边种上土豆，可以背着弓箭在城上面巡视，不时地向外边放几箭。这是我童年的梦。

我没有后悔，但是我失望过。在我经历一次次失败的时候，我知道我几乎永远不可能实现我童年梦想的那种生活了。也正是在这个时候，我发现我安宁了。

一切都是注定的。没有落花流水，哪有天上人间。

你想不想家，有没有失落感。是否想过要回中国去？

中国有一句古话说是安心的地方就是家，心安是家，家是一种心境。在新西兰我有这种感觉，离开了新西兰我还有这种感觉。我可以想念我过去的地方，遥远的家。我很少做外国的梦，差不多每天一闭眼就回中国去了。我常常在梦中回北京，回到我小时候住过的地方；而醒来，则在一个破房子里。我觉得这个想念很重要。只要你有这个想念就可以安心——四海为家，又可以在家中走遍天下。

我最近在写一组诗叫“城”。“城”是我的名字也是北京。我知道，我所想念的那个地方正在慢慢消失，像所有历史的落叶一样，它们生长过又飘落了，新的叶子正在长出来。因此，即使我回到北京，也依旧是在另外一个地方做我童年的梦。当然我像所有的人一样有父母家人，我很想回去。

出国以后你写得多吗？

我一直在断断续续地写，也在断断续续地丢掉。一是我没时间清理，二是我没有地方放它们。我以为写的过程是重要的。保留，则只能是尽力而为了。小时候我在农村，一边烧猪食，一边写，写完有的就投进火里烧了。那时候不知道会发表，想不到除了火以外还会有其他的读者。在新西兰的情况有点相似，但是还是有一部分是可以找到的和留了下来的。今年工作结束回岛上的时候，也许我可以完成五本书，有理论、散文、诗和画集。

1992 年 11 月　柏林

因为气质不同

——与友人谈[1]

……

M：人家老说把中国的发展和西方的发展做一个比较，我说不是那么回事儿。你们呢，是线型发展，所以才有进步之说，不管这线是曲线还是直线。中国人呢，圈儿性质的，循环的。

Z：波浪型的。

M：连波浪都没有，一串儿。

烨：幻化。

Z：那我说这圈儿是立体的，是这么样的。

M：你那是毛泽东思想。

不是，毛泽东赶上什么说什么。见老外吧，他就说圈儿了。人说基本粒子到时候就灭了，就没了。他说不是没啦，你不知道那边儿呀；黑洞也不是到头啦，黑洞还得变化呀。他这就玩儿圈儿了。但是到中国人这儿，他就开玩儿线了：永远向前！进行到底！——就玩儿线了。

（略5行）

……你看他，像早的时候在延安的时候，特别爱跟人说话，跟人老乡聊天儿呵，到学校讲话呀什么，但是到了建国，五八年以后，他就不讲了，再也不跟什么人讲什么了，到后来整个扎一书堆里就完事儿了。

这谁也不理解，因为谁都只会照着常规来认识。现在说林彪认识深刻，因为他儿子不是有个《五七一工程纪要》吗？而其实那不过就是一个，人

[1] 友人这里为M、S、Z，均为中国居德朋友。友人言谈略约1100字。

人的认识是吧？从统治常识出发，从生存常识出发，他当然看毛泽东荒唐了。孰不知毛泽东那儿，早就超出对统治的兴趣了。

S：那时候那个逐条地传达五七一工程纪要里的话，非常震动。

你别说，那时候还就有胆量就那么传达。然后说你看林彪反对上山下乡呵，反对五七干校呵，我姐姐特傻哈，那会儿就说林彪不反对呵，林彪是巴不得哪；她说你看林彪把这些都当成是推翻毛主席的有利条件了，当宝贝他是藏着的呵，他才不反对呢，他大力支持大唱赞歌呢。领导让她写批判稿，她就说这些，结果那你想，她就吓得使劲写起检讨书来了。

（录音中断．空去部分）

……

Z：可是法家那就是法。

法家呵，整个儿它凭个威慑力量，它动不动给你大杀，他随时可能给你大杀一顿。你走到这根线你看，哎，它不动，你再过来，它一下给你杀到这儿。行了，你老实了，然后下回走这儿就不走了。它是这么一个。这外国是你走过来我杀，不走过来我不杀。外国特清楚。那是法的。中国那是一个威慑。

M：你看这个法律概念吧，中国讲不成文法，外国讲成文法。

中国人呀，没辙的时候他貌似无为哈，有辙的时候，他那个“无不为”呵，无不为你要是庄子还比较潇洒，或者艺术家哈。他给你闹成了一个无恶不作了。“文化革命”就是，我能干什么我干嘛不干呢？有一阵儿，谁爱抄谁家抄谁家，我抄了，就抄了，说打人，就打了，打死了，就打死了。实际上你说真革命我还不信呢。他就是，哎，我为什么能干坏事儿不干呢？走在道儿上没人，哎？我能收拾他为什么不呢？他就这么着，随机应变的，他那东西。你说他真有预谋这也难说，它到时候就出来了。

所以中国人是怎么着呵？它这个实用主义到了极点，它那个玄虚也到了极点。这两者必须平衡。它不是天就是泥土，它没有中间那个东西，不像西方，它有法律，有概念，有逻辑，有一大套关于人的想法，中国人没这。

所以有一次在那儿说着中国强大了怎么着，我就说了句不招待见的话，我说中国变成一个强大的国家……

M：中国人的目标不是发展，发展是往前走，线型思维，中国人很长时候以来都认为生活本身历史本身就像昼夜交替一样，是个循环过程。

分久必合，合久必分。

M：对，历史就是这样。

老子说淡若海漂无所止，就是这个意思，就这么过。你想你在海中间这么漂，没有岸的话，它漂就是不漂，不漂就是漂，因为它没有岸作为比较。

M: 所以，咱们就“文化大革命”来说吧，毛泽东说的话，叫什么七八年再来一次。

“八亿人不斗行吗？”“人间正道是沧桑”——就是一个变化。“一些阶级胜利了一些阶级消灭了。”

（录音中断．空去部分）

……

可能你们说的那个政治，概念互相不太一样。

烨：就是。

要说政治是带有竞争性的一种东西，中国的政治它可不是玩儿那明码上的竞争，它玩儿心理上的一种彼此的真真假假的控制和反控制——心术。

S：我讲的就是，心术当然是从来中国就是，西方的政治是关心国家的事，特别典型的就是议会，大家来管国家的事，然后才是我跟你斗。中国好像是我跟你，咱们单打。

烨：中国人还是比较油儿，其实争有什么可争的？皇帝在那儿，谁也争不上去。争什么呢？实际上都是争个人利益。为什么要拉一派呢？因为我这个人利益怎么实现，要利用各种心理状态的平衡。

中国呀，它那个“利益”很怪，你凡是从政的人吧，他就进了一个等级。这个等级观念对于中国来讲是一个致命的问题。

Z：那他还是要体现要表现自己呀。

他的成功感，他的一辈子，他的墓碑上刻什么，就是他官至多少多高呵，还有他的政德什么，仁政，修了什么渠呵，有多少儿子，还有什么死后，皇帝又赐他个什么王的。到了现在像悼词呵。

S：所以我觉得这做的不是真的政治。

Z：一种自我表现。

自我实现，西方它是自我实现。

M：你看中国那想当皇上的自己都不说，自己想当皇上，得请人家让自己当。

是呵，王莽、赵匡胤什么全这样儿。拿破仑就把皇冠自己拿了，戴到头上。

方式不一样，在于中国人的气质跟外国人的不一样。气质导致了它哲学和方法的整个的不同。

M：拿政治学概念来说呢，西方它是结构主义，结构决定功能。你比如说它这种议会制这种两院结构，最后决定了怎么样的一种功能。中国正好是功能主义，由功能决定结构。

就是万物皆气之所化。哎，这个化可以化成一个国家，也可以化成花鸟虫鱼，也可以化为一首诗。

M：所以要说中国文化对现代的适应性，

这个尽可放心，他都能适应。因为他只要那个实际目的，他不管什么形式。就是你说的只管功能，什么结构他无所谓。

M：不管黑猫白猫能抓到老鼠就是好猫，是什么主义、路线咱不讨论。

这很清楚，他要干这件事，通过什么方法干，那碰着什么方法就玩儿什么方法。老外是先制定规则，这个规则先说定了，用什么方法就是什么方法，然后再玩儿，抓不抓得到老鼠先不管，他得先定下猫，这就讨论个没完了，什么是好猫，标准是什么，怎么找，找的方法规则。

M：所以从卢梭的契约论来说，契约是什么？是结构的，你要怎么样我就怎么样，你那样我那样，全都分得很清楚。

卢梭是，走这根筋。中国人那是水到渠成嘛！外国他一定得先渠成了再水到。

M：先挖渠，挖好渠再放水。你就拿德国这个法吧，商店什么时候关门他就讨论了六年，最后把什么时候关门这个法给弄出来了。

中国那当然是随机应变的了。所以说中国你说不自由它也自由，西方你说它自由它也不自由。

老外呀，他形而上学嘛。它最核心的特点是他的形而上形成个“有”。上帝本是虚无的，它硬是形成个有，给你说得有鼻子有眼的。

（一些关于宗教及一般社会问题的讨论，略）

他那个“天赋人权”，哪有那么回事儿呵？天赋你什么人权啦？天底下哪有人权这回事儿呵？一个地震就都死啦，地球也不过就转那么多少圈儿，万物你吃我我吃你，你一活就占了别人的啦，美国人自在点儿，那资源它就占多啦，有钱就多占，强大就多占，弱的笨的就少占，人权在哪呵？可它愣就能说出个人权来。你看，他脑筋就走这个。你看他哲学，哲学是什么，是告诉你其实是什么，其实是什么？是超知的，是不知，是无。但他就弄出个形而上学巨大的体系来，因为因为因为，所以所以所以。

中国人不闹这事儿，明白了就认了。所以中国哲学就是一字真言：无。道可道非常道嘛，“道”它超知，你有什么辙？所以外国人他就说中国没哲学，他们认为那一大本一大本论著才叫哲学。而让中国看，那实在是够幼稚的，那明明白白摆在那儿了的，你这还求呵证呵，说是怎么怎么样的。中国人就直接和明白在一起，他走到哪儿是哪儿，活到哪儿算哪儿了，咱起码落个干净。残酷，但是他没说谎。西方一定要“有”呢，那“没有”他就不允许，他不接受了。

中国说和谐，西方也要和谐，但是他得是以“有”为核心的和谐。这人哪，你一脚踩在“有”上，一脚踩在“无”上，这没法儿待得住，“有”被“无”扯着，这立不起来，活不下去；老外就把“无”这边儿他给硬垫起来，上帝呵，法律呵，人权呵，他就站住啦。中国人是，噢，这边儿没有，没有，那那边儿“有”反正也是个没有，那就干脆撤了，全都没有，白茫茫大地好干净，咱们就像鱼一样游来游去得了。那当然都游来游去就麻烦了，所以就做一笼子都装进去。西方他也给你装笼子里，因为他人为一个“有”嘛，那本身就是笼子。不一样的是，西方他不说这是笼子，说了，破了，就到“无”那儿去了；而中国就明告诉你这是笼子，因为他不怕说“无”，你不想待里头，那你栽“无”那儿去吧，……

M：所以我觉得中国文化和西方文化碰撞在一起，产生了一种矛盾，在什么地方？中国的这个功能抓住了事物的本质，其实外国的结构也是要解决功能的问题，但是外国的结构证明它这种结构去解决这种矛盾在现在这种大生产的社会呢，它能够更有效。

烨：它和谐了。

它跟机器和谐了，他也成机器了。最好就是将人也机械化，可以纳在概念里头，然后怎么管理也就能讨论清楚了。

M：中国也搞结构，计划经济，计划什么呀？毛泽东说了：一天等于二十年！

毛泽东历来就说“干中学”嘛，“新生事物不断涌现出来”，“群众发动起来了，什么事情就都好办了”。他那个计划经济都不是管他的，他不是把那个计划几天一拔高吗？他是最不要你说的结构的了。

M：……

可外国人的虚伪在中国人眼里比中国人虚伪得多。你说他人权吧，美国进攻伊拉克你有什么道理呀？伊拉克攻科威特没道理，你拿那飞机炸平民，现在都证明死了多少平民，没有人提人权，这是他真正的虚伪。

烨：提人权的人是想自己安全，这中国人都明白。他自己对别人人权不人权？都想着自己最聪明，别人都给他人权，他要悄悄多占别人的。

从宏观来讲呵，说一句实在话，这个人权根子是个什么想法呢？就是谁也不乐意死，对吧？谁都乐意活着，进而还要活得舒服。你说出大天的道理，就这么一个要害。你要是谁都乐意死，这道理也就没有了；或者都是可生可死，这道理也没有了。说了半天，绕了这么大的弯儿，不过就是这个而已。他这都不想死，“人权”这个词就动听了，就有号召力了，这点跟说上帝、天国是一样性质的，人需要这么个安慰，没有真实的，哪怕是虚幻的它也比没有好。

人权的概念是尾随着科学兴起而来的，天国不可靠了之后，人靠什么？“人权”你要是将它就看成这么个东西的话，只是为了起这么个作用的东西的话，那是有意义的，意义就和“仁义礼智信”差不多，恐怕还要差一点儿，就是告诉你在多大的范围内你可以干什么，不可以干什么，来维持这个人的整体的生存秩序，己所不欲勿施于人是吧？这个道理说起来并不在于专门保护自己，是一个很公平的道理是吧？它的意义就在这儿，它被人们接受和推崇就在这儿。所以如果将人权的概念规范进一个更小的区域，那还是诚实的。就是说将它同法律或者什么规则一起作为一个不得已而必须遵守的东西，而不是称之为现在所高调冠之的所谓普世价值观的话，那它就还是有它的实际意义的。

但同时我也以为，还是没有必要一定用这个词，或者说这个词还有什么特殊的存在意义，要我看还不如孔子说点儿仁者爱人实在，就是说呀，别什么人权，没什么人权这回事儿，你就是每个人都自律着点儿，让着点儿，与人方便于己方便，咱们都要活不是？就都悠着点儿，就这么回事儿，完了。你要是能舍己为人，那就更好了，更是仁者爱人了。这多朴素？又清楚。

你这说人权，那麻烦反倒多了，那到了你死我活的节骨眼儿上，你说人权，那谁死？强者让弱者，那强者说怎么着？我没人权？可是那就弱者该死？那这“人权”还说它干什么？不如说“仁爱”贴切一点儿呢。别说这，人这本性，为着点儿利益就不惜别人死呢，他也可以说利益是我的人权么。还仍然是个谁活的问题。所以这个“人权”的说法呵，从根儿上说不成立，从实际作用上说，也是不说倒干脆。

Z：真是，怎么能这样说呢？

很简单呵，都要死了，就一块饼，谁吃了谁就有可能爬出去就活下去了，你说论人权谁吃？谁该让出人权？人权就是人有不让出人权的权利，可你不让出的同时就是夺人人权呢？

Z：那，人可以放弃自己的人权，不可夺人人权，也不，

所以呀，就又回到刚才说的了，给人权定义以限定，到这时候你就得放弃你的人权，让人家活。这“人权”说得不荒唐了？

反正就是那么一块饼，都不吃荒唐，都吃不可能。这人权就讲不下去了。要是中国话，你真情真性也罢，你仁义爱人也罢，就没这个问题了，它听其自然了。这就看出来了，人就是这么个尴尬东西，它活下来的准是恶者，不论他是因为自己强，抢到了那块饼，还是因为对方善，让给了自己那块饼。人类的繁殖史你这一看，就是个杀戮史。

Z：不能这样说吧？

那么，越南海面上漂着那么多人，谁怎么都不去捞呵？喊人权的国家怎么都不管哪？你说他真就没饭吃了吧，就剩一块饼了吧，那倒也罢了，他吃都吃不下呢，他旅游打高尔夫球呢，他喊着人权呢，他怎么不去捞？你要是说不能这么说，你把房间分给他一半儿住吗？要是哪个总统说，人权，都接到咱们国家来，全体人民每人分一半财产给他们，他准得给人民赶下台。赶他下台也是人权。都是人权，这人权说得通吗？

Z：人都希望按自己的愿望去生活，就是说不要受压抑。

都不要受压抑不就打起来了吗？一打不就没人权了吗？就像伊拉克去

打科威特，美国趁机就炸伊拉克，因为美国说人权，那人家就要拿人权问美国了，你这人权怎么回事儿？你那一个炸弹下去，那还有人权吗？说为了维护这些人的人权，就要取消那些人的人权，那你人权的核心的核心，要义的要义就没了，你还说它干嘛。要不怎么说得乱呢。

烨：所以美国一说中国人权怎样怎样，中国就说美国人权也不怎么样。

所以那些大道理，都是说说而已的，说给别人听的，说在一个范围内的，为了隐藏一个很可能是非人权的目的的。你就看要是他的利益给碰了，它这人权还讲不讲。

你的愿望的实现难免不损害他人达到愿望。

Z：都是为自己。

“人权”最开始说出来的时候，那是股真气，那这话里就充沛着这个真气，那就不是个虚话。现在说，还剩什么？不就剩个怕死了吗？那贪生怕死在中文里可是贬义的对吧？

这话最早迸出来，那是精神的积聚，就是急了，其实这话跟那个“王侯将相宁有种乎”也不是差得很多；关键它是从血火里来的，是生命的力量不可阻遏的结果；等到生命离去，那就只留下个空泛的概念了，说得难听点儿，就是只剩个僵尸了，那你把它无论修饰得多好，你还是不能把生命注进去。就是最初讲的人，他是拿命讲的，这词他是拿命换来的；你现在讲的人，说不好听一点儿，别是要别人命的就好。

Z：就是自己过得比较好呢，又去可怜别人，就说出这么一个公理来，但是一旦这个公理损害到自己的利益的时候，那当然他就躲开了，就不提它了。

当然“人权”这词儿它比较大众化，谁一听好像都挺顺，但中国人说它，内涵其实是不一样的。很多人说它，多半儿是看中了它是个好武器。要说什么领悟，嗯。

M：我跟你讲，人从生下来就不愿意死。这是自然法则。这点上东西方没有争议。佛教徒不怕死，死了可以轮回，他这愿死的背后呢？是我还要生。争议只在怎么活上，也就是在二级法则上，在道德法则上。

说的就是这个谁都想活，那么“人权”的概念就不成立么，而“人权”它偏又是因此才被广泛接受的。显然人本性中就青睐谎言，可是呢，又一定要说热爱真理。根子就在谁都想活上。活是第一法则，真理就只好是第二法则了，真理老得为活让路，那人可不就活在谎言里了？都在说谎，都在指责和揭露别人说谎，嗯。你别说，在这点上还就是中国人能直说我不管真理，就是要活，你像王朔他就说“我是流氓”这样的话，那他倒是离谎言远了点儿，离真理近了些。也就相比较反倒不流氓了一些。

这，你也不能不承认，人就有将真理摆在了首位的时候，远的不说，就……的时候就很清楚，很多人跑的时候，有的人就走上去了，就去撞枪口。所以在这个你说的第一法则之外，应该看到人还有一个能力，可以叫它作精神能力，就是弗洛伊德说的，人的生命中不只是包含着生的冲动，也同时包含着死的冲动。

烨：对，它那个方面没有人讲，实际上是有的。

这社会也确实实利到了这个程度，不太讲这个问题。

可是，比如说日本讲禅文化，它讲武士道，自杀，这是非常明显的。

烨：漂亮得要死。

认为生命的完美，是那一刹那达到的。

那实际上，我感觉到的也是，你如果能够看待的话，那么你跟万物是没有区别的，你不过是生下来就要繁殖，就要吃喝的那么一个东西，清明上河图众生中的一个蚂蚁，无论怎样挣扎、害怕，也只好是被动地生固然生，死也就死了，湮没在黯淡里；但是有一个灵，这个灵是超生死的，所以当它到来的时候，你就可生可死，你就到哪里都主动，熠熠生辉。

你说的佛教在一般人那里说的是个轮回，但是它的最高意义是看见根本没有生死这回事情，你不曾生何有死？这个生死是你身外的事。其实西方也有——

都不吃荒唐，都吃不可能。这人权就讲不下去了。……

这话最早迸出来，那是精神的积聚，……

活是第一法则，真理就只好是第二法则了，……

很多人跑的时候，有的人就走上去了，……

——图哄三岁多儿子时画（伏地戴帽龟状者是他自己，单脚站立者是孩子）。时间应在 1991 年六七月间

S：这不行，这是纯精神的概念。我们现在是谈精神范畴还是物质范畴？从物质范畴说，人权总是存在的，从道理说，因各个国家不同而不同，但是我觉得总有几个基本点；

（磁带中断．空去部分）

其实……的时候我说瞎扯，……然后呢，到我看了电视，我就站在……一边了，为什么，那时候人有真气，哎，这个眼睛里有真气，说话动真情，动的是真格的，这你就动心，是吧，这也是梁山泊原则。

依我的感觉呢，你真气动的时候，那就是你自性表现的时候，那这个时候你就是自由的。但是这个自由呢，你一旦开始胡扯了，比如××××出来胡扯了，那他这个自由就打折扣了，因为他这个心就被什么控制了，被名利幻觉或是什么，操纵了，就不真了。这中国人还都不傻是吧？你动真格的，你他妈要饿死了，那老百姓跟你急，是吧？你要是乘机卖弄什么民主的口号，说要实现什么，那谁都知道，那就是说说而已。

S：不是，顾城，你这老从精神上说。

有精神的时候才是活的，也才谈得上自由；平常就是行尸走肉！行尸走肉就是行尸走肉的原则，就谈不上自由。

S：对对，我想说的就是"行尸走肉"里边它有一个自由的概念，这个概念和你那个概念不一样。这个是很具象的，比如你说你今天有不睡觉的自由，那你就不睡觉吧，你就在某一点上获得了一种自由感。但是这跟那个精神上的自由概念还差得很远。

这其实也在一个概念里。他所以觉得可以不睡觉，也是获得了一个自由，是因为不睡觉有可能是不被允许的，有个比他厉害的东西管着他，可以不给他这个自由是吧；而这个比他厉害的东西干嘛不给他这个自由呢？那必是有原因的，就是从——咱们就把这个"不睡觉"改成"言论"吧，比较时髦的——就是一旦你的"言论"他觉得会妨害他，他又确有本事不许你言论，那这时候他就不许了。于是你说我有言论的自由哇！你说呀，为什么你连说都不敢说了呢？因为你自己的心里不自由，你患得患失呢，你觉得他比你厉害，你一言论，可能就永远再也言论不了了，命都没准儿就丢了。那么这时候怎么办？没办法，你冤不冤你都得兜着。可是有一天呢，一个精神到来，你“不自由毋宁死”了，那至少这一瞬间你是自由的，你也必会感到这个自由。如果这一精神足够强大，感染了一批人视死如归呢，那天地翻个个儿，你就所谓的“言论自由”了也没准儿。人类史上不自由毋宁死的人也不少见是吧？

它现在你说制度保障了什么言论自由，我们要争取那个制度。没错儿，你怎么争取？你没那个精神，没那个“不自由毋宁死”，你呀；要依我的感觉呢，这所有的呵，都在命里写着呢，它要到就到，不到你也没辙。我相信精神，它不到，我就得认咱是行尸走肉。是行尸走肉不给你言论自由，不给你睡觉自由，你怎么着？只能认。你不认，你拼命了，那就进精神啦，那一刻你就不是行尸走肉了，你就自由了。你说我不拼命，我建立制度，利用法律，都可以，你就做去，那是做的，光说不行是吧；你力量不到，精神没来，不能做，那就还是行尸走肉，这没办法。你现在看着西方他们，好像他们多么的言论自由，那因素也多着呢，简单地说还就是个力量的平衡，不论宗教、信念、血液、道义、政权、人性全都算进去，它力量平衡在那儿了。我们现在言论不自由是吧，不自由的程度呢，它也反映了那个各种力量较量的那个平衡点的变化。现在一般的想法就是怎么多搬点儿西方的力量过来加上去是吧？好让那个平衡点挪过来点儿。可是你指望西方那是个自由的力量，其实到了你这儿它更是个利益的力量。想让人家为你舍生忘死？你自己先舍吧。

要从纯自由的要求上讲呢，凡有人世间目的的时刻你都是不自由的；而没有任何这些目的了，你的确就自由了，可是呢，这个自由你也无所谓了，也没感觉了。你爱一个人，你才梦想哎呀，我要是有见她的自由多好是吧？你要是不爱她，你当然就无所谓这个自由了。自由的想法还真都是针对着现世目的来的，而只要有任何的现世目的，它还就不是自由的——悖论。

M：叔本华之所以作为悲观主义者，就悲观在这儿了，无法所欲所欲。[2]

烨：其实这接近中国哲学了。

自由是永远达不到的。当然是达不到的。只要你想达到，这说的就是嘛，你想达到言论或者什么大自由、小自由、纯自由，它就达不到，你有了这个目的了呀！可是你什么这些零零碎碎的都忘了，你忽然就往坦克前头一站，那绝对自由，对不对？完全纯粹充分地你就是自由的，就达到自由了！而作为个自由的想法，实现一个愿望，要睡觉，那是对外要求了，就跟你向人家要个东西，要言论自由，你说这就是我的还我！可人家给不给你它就是不由你呀！——这叔本华是受了东方哲学影响的。可是他那个气质过不来，它就成悲剧式的了，你说的悲观主义者了。中国人想到这儿，就豁然开朗，就没悲剧了。

西方人不行，好几个汉学家我知道，他学到后来，他比较当真这事儿，他就受不了了。这就是气质的关系了。哎，他想不开了。

我就有点儿这样儿。但是我还是能想开。其实只有一个不自由，就是精神到来不到来不由你，精神不来你就陷在目的里，就患得患失，就不自由；而精神到来，你就是精神，你就是自由，你本身就是，哪里有什么自由不自由的问题呢？可是又要问了：那是不是你呢？

M：这德国人他要自己钻到这一步，他就能自杀了。

神经了，对。

M：真的。

他接受不了这个结果。

可也，倒也真也要真理胜过要生存了（笑），真的是要自由。

M：真的不自由毋宁死。

真的不自由。（笑）

烨：真的自由！

[2] “所欲所欲”，原话如此。叔本华英文本：I can do what I like， but I can not like what I like.

S：你瞧，自由不自由的。

这就是不能不自由就自由了。

S：可他自杀的时候觉到的一定不是自由。

反正那全成别人看了。

……（几方言论，略）

想干什么干什么，想不干可以不干，还那个积极自由，消极自由呵。制度负责任，是；可制度是人建的，它再独裁呢，体现的肯定也超过一个人的意志，所以就没一个人会在任何制度下，自由，就算一个独裁者一手遮天啦，他哭他笑他骂人也还是自由不了，因为他怕丢威严怕天遮不住。从这点上可以说绝对的专制是没有的对吧？而制度再民主呢，轮到你不想吃药你还得照吃，因为你要让身体好。其实大部分不自由都是自找的，挨不着制度。

……（几方言论，略）

不过我倒觉得西方比较省心，只要你不争什么，比较省心。

M：它起码不给你组织点儿政治学习什么的。

我走的时候跟人家说，我出去了打不赢就走哇，现在是敌退我追，他追过来了。不过其实我是想真找块儿地种也不错。

M：可是你干嘛限制别人哪？你这上岛上去。

这呀，不是，这是我跟谢烨的默契。

烨：深恶痛绝！

其实呢这出国是依她的心愿，那我就说也好，找块地种去，所以我这上岛，就是平了。我跟谢烨说你看我这“顾城”，“城”带“土”边儿，我非得碰上“土”才能“成”。

烨：得啦，你这。

嗯。

烨：我感觉现在最不好的就是，人欲横流，那个“流”简直太可怕了。

肤浅了，就是。

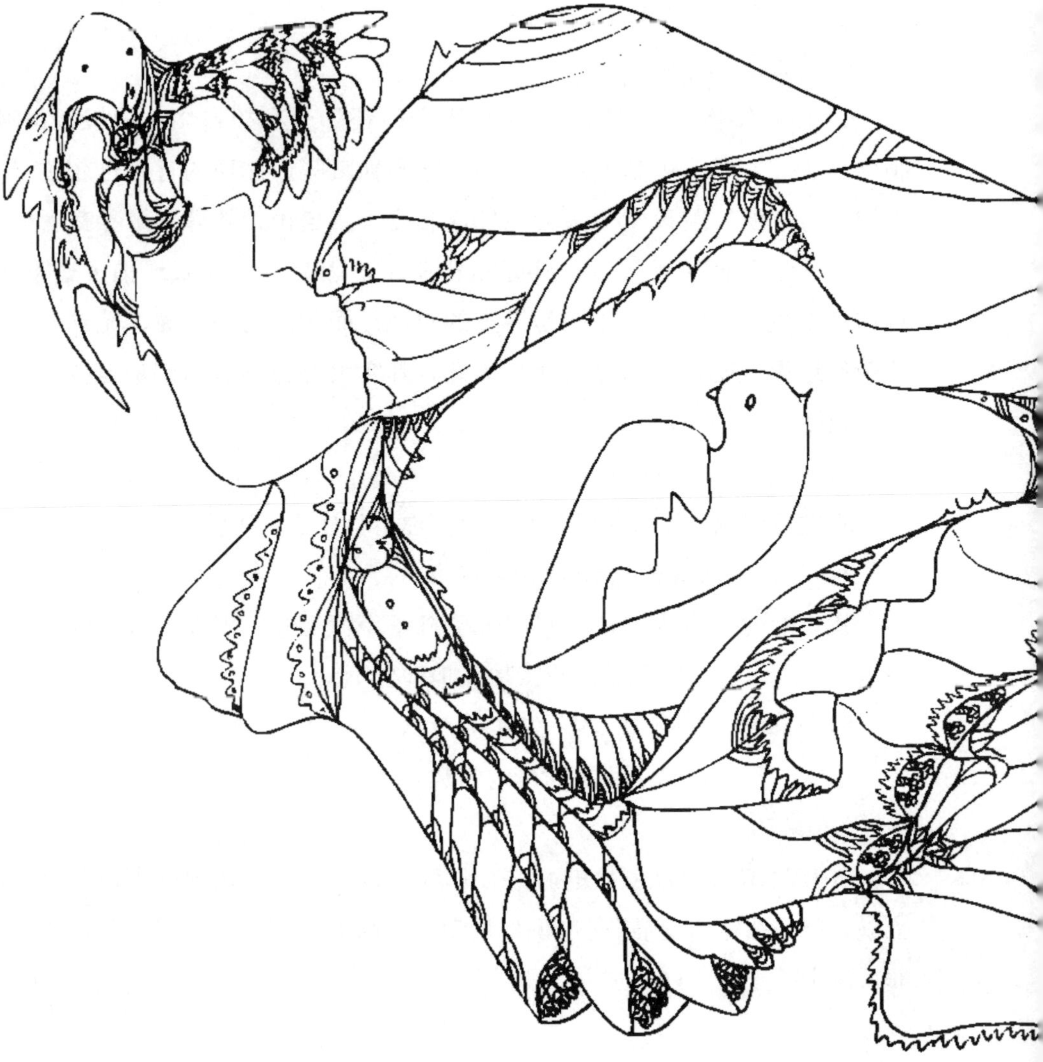

自由的想法还真都是针对着现世目的来的，而只要有任何的现世目的，它还就不是自由的——悖论。

……其实只有一个不自由，就是精神到来不到来不由你，精神不来你就陷在目的里，就患得患失，就不自由；而精神到来，你就是精神，你就是自由，你本身就是，哪里有什么自由不自由的问题呢？

——图 1990 年画于岛上

烨：肤浅得。

比如曹操那个时候吧，很残酷，但是曹操呢，他是知道的，打胜了仗，他会觉得很孤独，会“对酒当歌，人生几何”，有这么一问。他好歹还有这么一面。

烨：现在人，

S：但是我觉得这个事儿呵，你不能把它看太重。我跟你说，“欲”怕什么呢？每个人都有自己的分寸。

Z：其实在中国如果你真的到了那一步，你就根本不参与的话，也很省心，比这儿保险。

M：我跟你说我比较同意谢烨的看法，这个“人欲横流”这种感觉之所以不好，

S：这是给你的感觉不好，要注意。

M：哎，给她的感觉和给我的感觉不好，不在于这个欲望本身，而在于这种欲望给你造成一种上不去下不来的那种意象。

S：我就不存在这个问题。很多欲望我不喜欢，我看着就讨厌，但是我有一个什么东西？就是如果这些人都没有这些欲望，这世界就垮了。这个欲望，只不过每个人的感觉不同。

我觉得吧，欲望人人都有，人之为生命必然有那么样的一种能量。关键是什么呢？你这到底是不是你的欲望；还是看着别人，就是和不属于你的，不属于你生命的那些时兴时髦较劲的那么个东西。

你比如说我们岛上的那个人，他一直钉一条船，然后领着全家就漂到海上绕世界去了。这个是他的欲望，他就要这样做，没别的什么道理。我觉得这是因为他生命中的那个能量，要找到一个释放形式，一旦这个形式跟它这个能量的要求吻合了，那就达到自由了，一个作品就达到了完美。

S：对，关键是这个。

M：我们现在有这么两个概念呵，一个是自我真正的，叔本华叫做：所欲所欲。你

比如这个漂流的人，其实他未必知道他为什么要漂流，但是他找到了漂流这种形式。还有就像买名牌车，

烨：买车和买名牌车是完全不同的两个概念。

M：对。这时候你不是找到个形式，你买了以后已经不知道你的欲望是什么了，上不上下不下那么个困境。现在物欲横流，就是所有人的欲望全都物化了，等到了物化极点，人就开始找物化以外的欲望。

S：你这说的，我觉得你把精神和欲望两个概念完全混淆起来了。

M：精神和欲望本来也分不开。

S：我觉得就是有这个区别，精神就是一个纯的东西，欲望是带有一定物质性的东西。

M：不对。纯精神的东西，没有，不存在。

要我说这精神和欲望好像是两个不同范围里的事情。精神是有来有去的，不属于你的物质体的，欲望好像就是和你的物质体在一起的。

S：我赞成。

精神对于你，它是主动的，你是被动的，精神到哪你到哪呵！你也说不清你是不是奔欲望去了，你就要这么干。欲望，那好像就有点儿是你之后的东西了，你是更主动的，当然傻子只有欲望也难说。

Z：就是精神在先，欲望在后，中间是你自己？

（笑）这概念闹得。比方这么说，精神产生能量，能量要求一个盛载它的形式，这时候跟欲望的区别在哪呵，它不关功利的事，它只是要一个纯粹的表达；而欲望这个能量它好像可以和精神没关系，是生理性的。

S：那你说他想买个车，名牌车。

是哈。可是是这样，不是说生理欲望，它欲望我们就说它是可以掺进功利的那种东西。你没精神了，你才虚荣呢！

S：对，还是那个话，欲望它是掺杂了的。

M：我说的欲，是叔本华那个“欲”。

反正，分概念是个难差事。平常说话，它就得（děi）什么说什么了。今天说欲望是精神，明天就是个吃喝拉撒睡了。

Z：精神的表现它都是很强烈的；欲望的表现，那就是很平常的了。

有非常极端的精神，也有非常极端的形式是吧，也有很柔和的精神和形式。比如禅宗里的故事，一个老头儿在太阳底下弄菜，有人就说了，你干嘛站太阳下头呵？老头说我就站这儿啦。那人说太阳都出来了为什么还站这儿呵？老头说是呵，我站这儿的呵。——是吧，很柔和的一种精神，柔和得都看不见形式了。也有非常极端的例子，比如徐渭砸脑袋这样极其强烈的。关键在哪呵，不在它是柔是刚，而在它是纯精神的，自身自然的。

S：我是说谢烨刚才说怕人欲太强，可是我就觉得不用怕它。

M：我没怕它。

S：我就觉得我可以说这个不好，那个不好，但是我根本跟这个不沾边儿！

（笑）那这是更高的境界了。

S：每一个人物质欲望多少，这只和他本身有关系。我说我一点儿都不担心这事儿。

M：我不知道谢烨是不是为这事儿担心，我觉得她倒也不是担心。

烨：不是担心。

M：是吧？

要说不舒服呵，是个实际的感觉，你呢，可能感觉不那么强，你已经到了一个比较特别超然的境界了。

烨：说的都是一回事儿。

哎，都是一回事儿。

M：对，说的就是一回事儿。

S：不是，你刚才说人欲横流，你说真可怕，“可怕”这个词儿，我觉得，

M：这只不过是说说而已。

S：但是实质上呵，

M：一回事儿。

我现在大概慢慢往 ×××[3] 这儿走呢。这回来德国我就柔和多了。

M：既来之则安之。

我到美国去，有一回跟人家聊天儿，我就说科学哪有那事儿呵；结果一个搞科学的人跟我急了，说没科学你坐什么来美国的？我说：是我来了美国吗？其实我是说了句实话。他就认为我在那儿胡扯呢，瞪了我半天。

S：现在西方知识分子有社会责任感，一有这个，我们也在说搞民主呵，什么，我说可以，不过呢，我搞的时候你别给我说责任感。

过去王安石跟那个苏东坡不就有点儿这样儿吗？他们在朝上就恨不得打死了算，朝下呢，就下棋，相互改诗聊大天儿，最后王安石给他发出去了；结果王安石倒台的时候，他就回来了，然后他再写一篇悼文，哎，怀念王安石。他们就是，有点儿这个玩儿的性质了。

S：所以我觉得你只要知道了这一点，就不用怕什么人欲物欲了。

M：这个我完全同意你的观点。实际上你说的和我说的和谢烨说的这概念一样。咱们就照着北京正说着的那两句话，咱们就认认真真做戏，清清白白做人。

（笑）这好像是《舞台姐妹》里的话吧？

M: 是？

新解了就是。

M：你说这上头来个什么东西，西方人觉得这中国人得受不了了，

烨：中国人没事儿，没觉得怎么着。

M：受之坦然。你说……拿大伙没辙，他没感觉，就像你骂人，

烨：他没听懂。

（笑）他不打算懂，你骂你的，他照干他的。

M：对，这那骂人的人多难受呵。

我觉得尤其是最近，这风气有点儿出来了，犯不着和你死掐了。——

---

[3] 即S。

你知道我们有个朋友吧，特别爱买书，每隔俩礼拜呢就满北京转一圈儿，我们都托他买书哈，他每个犄角旮旯的书店都知道。有一回他愣是没买着书，就特别丧气，上汽车就撞一人，那小伙子就一通大骂，骂得他个没精打彩，跟人家说：得，你那么恨我，杀了我得了，我还真不想活了。那小伙子登时就没话说了。——这，你降到底，谁也拿你没辙了。

M：杀了你都没意思。

烨：这里边有一个知己知彼的问题。我刚才为什么说“可怕”呢？我那个理想主义特讨厌。当然所谓的人欲横流，你从理论上讲都可以理解。但是你就是心里痛苦。

S：这个我承认，确实每个人都碰上这事儿。只不过我大概就不会说这是因为“人欲横流”。

命里注定的。

S：就那么回事儿。

到此一劫。现在我比较理解，“劫”我觉得呀，人家不是叫“报应”吗？其实你要是想开了，就没有这一劫，不想开这一劫过不去。我好多事儿后来看得特别清楚，我自己碰了那个老鼠夹子，把自己扣里边儿了。

烨：我说的“欲”呀，比方说我发现你这个“欲”超过你的能力的时候，我管这叫“欲”了，没超过就是正常的。

我原来以为放弃了思想呵，就空了，特别恐怖呵一定，“我思故我在”嘛，人怎么能不依靠思想活呢？后来就不知不觉——我本来想着过一种山林生活，是想着处处有趣味哈，后来也不觉得什么趣味了，也不觉得在树林里了；这不知不觉着呢，就变得特别从容。然后我就开始画画儿，画画儿写了个对子叫：有山有水有河流；好花好月好人间。哎。

我这本来是比较安徒生那一路的，想着找一些有趣好玩儿的事儿把这个世界给忘掉得了，跟世界咱们就无关哈。但是忽然呢，看什么都是挺好。其实道理特别简单，就是你什么时候不想了，你什么时候按本性生活了，一切问题就都没了，而且一切都真真切切。

就是它那个空空之境后边儿呵，不是没有，它是个生生之境。后来我一下就明白了唐诗是怎么回事儿了，什么叫“红豆生南国”——你在岛上一走，就是红豆生南国。

讲课的时候我就说，都说是红豆它生在南国呵，殊不知那只是个“面儿”；实是什么呢？是南国由红豆，它就生出来了——红豆生南国呵。

M：所以这个讲悟性呵，悟性跟教育没太大关系。

哎，没关系。你看那个慧能根本不识字儿。

S：我觉得到了这个感觉之后，你到这个世界上干一些事儿就是干一些事儿，你心里获得一个平静之后，不用为这烂七八糟的事儿发愁了。

真性情。中国哲学它追寻到最后不是个什么概念什么学，它是个真性情，没别的。

M：是这样。

禅宗到后来就是一个真性情。

烨：真性情就是包括喜怒哀乐，包括一切。不是说就什么都没有了，不是，是什么东西都有，但是呢这个有呢，

是“有”在虚无中间。

（一些气功讨论．略）

在我感觉人得睡好觉。

在中国，那你练武术、练书法都一样，练一个心境。

那唐诗绝对有真气，那一下，真气贯通。

M：所以西方人应该羡慕中国人。西方什么都放在教育上，说教育能陶冶出性情这个我是一点儿都不信。

S：那当然不信。教育当然不是陶冶性情，教育是积累知识。

中国的教育呵，它高级的讲的就是性情修养。就是给你来个为道日损，

损之又损，以至无为呵，把那些个干扰的东西都去掉，哎，最后就干干净净个干净人，然后你干净人到世上就永远染不着了。你鱼不咬钩，他是永远也钓你不到的。哎，你就这一辈子活得特别好。就算是本来那个理想主义者、政治家，也是达到了这个境界才好。当然那是不太可能了。

S：但是这个毛病在什么地方呢？你这培养的理想人这就和现实发生了很大的矛盾。现实中需要什么呢，它不是需要精神，现实需要的是知识，你知道怎么灯泡一拧上去就亮，你生活就比不知道这个的就方便得多。

所以中国一直压制知识就在这儿了，要不然它干嘛要“为道日损”呢？它怕知识呵，反过来误导人心，就是科学、技术、买卖，这些东西，你一碰，心只要一动就乱了，中国知道这是个无底深渊；你看“淫技”呀，就这词儿，你就知道中国怎么看这个东西的了，给它一个这么可怕的叫法，这就是它对科学的态度。

就是它知道，你一玩儿这个，就跟抽鸦片似的，那可就悬喽，就离道，或者就叫真理呢，越来越远了，所以要为道日损，损之又损，以至无为——你就待着，它就在道上，就是终极。人求一圈儿真理，还不就是求这个吗？那还求什么求？不求就是，是吧？你越求越远，叫做南辕北辙嘛。

当然少数人他“北辙”也能转到，就像爱因斯坦也接近了，但是转了一大圈儿；何苦来呢？你一动不动不就完了吗？中国它就这么明白。西方呢，它是光“为学日益”了，所以它“日益”“日益”着正高兴的时候，就难免忽然眼前一片黑暗。

M：中国这“知识分子”四个字给叫坏了，其实最早源于“智、识、志、士”。

它本来是境界哈，这一“知识”它没境界了。

M：对，一“知识”，给定了性了。

尤其是它变成一种身份以后。我觉得变成身份特别坏。而且中国传统

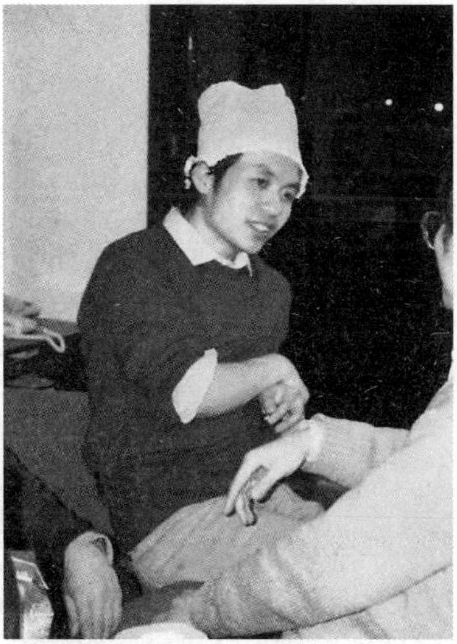

1992 年 11 月柏林，与友人交谈中。

知识分子，包括现在的，他都预备当官儿，或者就该当官儿，这特别可怕。他就是自觉是人上人，要当人上人。

M：……时刻准备着！

时刻准备着。

M：你看这海外出来的，都在那儿准备着呢，都觉得自己是知识分子。

这国外现在有个误解，他觉得中国的知识分子吧，跟东欧流亡知识分子是一样的。

M：不一样。

太不一样了。人家那是有一个宗教感的，有一个什么抽象的人权什么概念的。中国那就是预备当官儿，让我当就当了，当不上就在这儿怨。

烨：当不上就闹事儿。

S：现代社会就是，你当个知识分子，上了大学以后你就都容易了。

还就是“上智下愚”嘛。“学而优则仕”，正常。可中国同时也有一个大大高上去的看待在那儿，为道日损呵；不是知识的，是那个智识的吧。

M：还有一个，今天倒不一定能谈得多深。毛泽东提了一个“二分法”。你觉得这是中国的东西还是外国的东西？

我觉得毛泽东呵，他好用外国词儿来说中国的想法。他是讲阴阳的，而阴阳又是一个变体，

S：这不行了，我回家了，不谈了，这太晚了。

M：不一样，西方叫做命题反命题，

烨：毛泽东压根儿不管你这命题不命题的。

他呀，也就是用点儿西方的形式，他瓤子里全是中国的东西。你看毛泽东对西方多么蔑视，就知道，

Z：就是，太晚了，回去了。

1992 年 11 月 24—25 日　柏林

与光同往者永驻

——德国之声亚语部访谈（一）

刚才我们谈，你说我和你感觉通的时候是你什么都没说的时候，你说的时候我们只能信服，可是并不通？就是听话总听话外的东西，话中间的就是听听而已？

说本身有一个重大的缺点就是有强加于人的性质。

在这一点上，如果是音乐就会好得多。

所以写诗，越离理念远越离音乐近就越好。

可惜像你这样理解诗的人并不多呀！

（烨：那当然太少了。所以他也没什么出路，这一点我太明白了。）

这一行很难干呵？出路那看怎么说了。

这是一行当然就难干了，而这实在不能算是一行。

我也是好多诗都没有发表，特别是出点儿格儿的。

讲讲诗吧，和生活的关系呀，诗人、流派……

成个诗人也是个荒诞。别人说，哎，这个是诗呵，于是你就成了诗人了；要是别人说这不是诗，那你就不是诗人。诗人也是个自然事物。

人呢，该做的还是做，但是别认为这是全部，别让别人说走样了。这“诗人”或者“顾城”，不过是个给人叫叫的，那么一个方便起见的社会符

等到这个冬天下雪的时候……

（《灵魂 艺术 环境》）

——1992 年 12 月柏林

号而已。

英国有个翻译《红楼梦》的叫霍克斯，他原来是教授，后来跑到威尔士放羊去了，白茫茫大地好干净的样了。他到了我们岛上，我跟他说做梦的事儿，他说："梦里吃饭不饱。"我就乐了，我说："呵，这倒是真的，这边儿是个吃饭的地儿。"很实在。

有天我跟谢烨说：我知道什么是生活了，生活就是人不睡觉的时候的一种现象。

就是姑且有之吧，别太当真。

（略 6 行）

每个人都从自己的角度接受事物。那会儿说"超现实主义"，就是这个词呀，内容我没听，我说哎呀！这个词好——"超现实"！合了我的性子了。我有一阵儿也信马列，十七岁的时候，信在哪呢？它说"消灭国家"，我说这不错！所以后来我有一阵儿也是犯糊涂。这根本就不是谁骗了我，整个就是我自己骗了我自己。你说我爱人，我要对人说话，人家不爱听，那怨谁呢？只能怨你自己，怨别人实在是对生活缺乏理解。

都说你诗是现代派，你对现代派怎么看？王朔《顽主》那个三T公司就说我那个作品太好了，谁一看就傻了。

（烨：那就是好多搞现代派的。）

王朔挺烦现代派的。

（烨：然后你就看，他超常真超常还是什么，他后头不能得到利益的时候，这人就出来啦，他那发的什么疯你就知道了。）

这就是齿轮在那转圈儿，甭管转多好也不稀罕哈，它不显，忽然跳起舞来了，这就，要不就是有邪啦，要不就是有神啦。但是神，他不这么个显法儿，压根儿你不洁你看不见；好比神就在齿轮转的中间，你没慧眼，你白搭。

这新闻学上就是，狗咬人不是新闻，人咬狗就是新闻了。

人咬狗就是艺术了。

咱说点儿闲话，想问个问题，你对李后主有什么看法？

极棒！千古一绝。他就是贾宝玉的前身。词里，就别说词了，诗里中国人就没这么写的，中国人一般是什么？比较达观，他这个都看透了以后“空则灵”，物我不伤，物我无碍。李后主是世界吓唬他一下，他“叭！”地全部进入自我，然后跟外界就没了关系了。而他那个“自我”之漂亮，之鲜艳，都是至绝的。

西方研究一直理解不了花间派，中国人自己也理解不了，所以文学史从来一笔带过。

其实中国呀，它没有神；它有一个什么呢，我跟人家说，它有一个女儿性。女儿性并非女人也非女孩儿，它是一种特别微妙的灵动。《红楼梦》的出色并不在于它写了那么多事，而在它写出了亘古一新的那样一种自在、清净、独断的女儿性；“净”是最终的字，这一净，就跟禅宗的佛界的理想吻合了，跟中国的审美境界吻合了。

本来禅是个看不见的东西，但幻化成女儿性以后，就有了一个极美的显现。

贾宝玉……

和高利克我讲了本来这贾宝玉他老担心，着急，这女儿她到这世界上来太危险了，这么干净会被弄脏的，最后他做梦发现这是天上的事，叫做质本洁来还洁去，他一下就不着急了。

他压根儿不管人怎么着，他注意的是这种实质的东西；他爱这些女孩儿也不是作为男人在爱的。贾母一句话说他：哎哟，他本来就是个女孩儿吧？——他爱不是为了肉体，这是中国文化最精美的地方。

贾宝玉对同他发生性关系的女孩儿一个都不喜欢。

这不是重要的。

中国人一直没有一个看得见的理想，你要说什么玉皇大帝呵，那都是形同虚设，那跟人间一模一样，不是一个理想。中国有禅这种虚幻的理想；中国的诗，从曹操开始到马致远结束，差不多有一千年；这一千年有一个核心在哪呢？在唐宋；唐宋在哪呢？在禅宗。中国人到那呢，达到了一个

……它有一个女儿性。女儿性并非女人也非女孩儿，它是一种特别微妙的灵动。……『净』是最终的字，这一净，就跟禅宗的佛界的理想吻合了，……

本来禅是个看不见的东西，但幻化成女儿性以后，就有了一个极美的显现。

……世界吓唬他一下，他『叭！』地全部进入自我，……而他那个『自我』之漂亮，之鲜艳，……

——图作于 1984 年北京

大的自由的境界，大的解脱；它看万象皆新，万象中处处是那真切的美丽。竹子剥落也是神。

但是这种境界还只是一种“看”，到了《红楼梦》它具化成人了。你看明清以后这境界像是灭了，忽然到了《红楼梦》又出现了，那么清静，那么自然，一无牵挂。——真性情。

我对《水浒传》百看不厌。中国人道德观发展到了极点以后就是无所不道德，全在一个真性情上了。

盗亦有道。

西方社会做买卖有谁不心黑手辣的？但是他心黑手辣他没真性情。

特乏味哈。区别就在这儿。中国人什么都不信，还就服这个——真性情。

你看中国现在，像崔健的歌儿有这个东西：“看见了野菊花，想起了我的家”“老头子、老太太，哎呀，真漂亮”——这叫中国话。

我介绍过《西北风》。西方给这种格调起了名字叫“新原始主义”。

这个世界最逗了。它不但把一切它所谓的“艺术”而且要把一切它眼里的“反艺术”，一切这种自然自由的精神创造，都归纳到它的概念里去，归纳到它编造的艺术史里去，就像是把鸟都收到博物馆里去一样；鸟人家飞才是鸟，那不飞就不是鸟了。

现在的逻辑差不多就是鸟是为了博物馆飞翔的。

你能不能说说你的诗，怎么“朦胧”？发上一篇宏论？

“朦胧”是这样，中国呢，二三十年不许说话，后来冷不丁可以说了，就有了一个强烈反差，所有人都吃了一惊，因为不习惯。等于是闸门一开，一个落差，结果是什么呢？好多人有学术分析我就不说了；我的经历呢，我开口说了："我是这样的……"人就说"你？你这算人吗？"我说我不是一个齿轮螺丝钉，"那你还能是什么？"——问题就是这样的。

习惯了有一个统一的社会规则，统一的文化规则，不能想象完全不同的面貌。你这出来了，善意些就叫你"朦胧"。"朦胧"有"月"边和"目"边的。前者是月亮不济，后者是眼神不济。反正是看不清你。

时间过去了以后，大家也有点儿习惯了，也就不觉得"朦胧"了；而且注意力也不可能老在这儿。所以我以为"朦胧"不完全是一个文化现象，更属于一个社会现象，因素比较多。

说朦胧就说到中国文化的审美传统，自唐算也一二千年了。在你看为什么到了二十世纪八十年代中国文化不能允许朦胧？

中国有一个"自然"的传统，它自在于社会之外，很多人就待在自然那儿，不说话，不去管社会的事儿，但是他们同社会又常有些联系；像白居易、李白都有做和尚的朋友，寒山这样的干脆就住在山里。那么人和自然始终有一种通融的联系，社会好像是文化的显象，而它看不见的根是在自然中间的，营养从那里来。

到了现在的时代，发生了一个问题就是把人全部变成了社会状态，甭管你山高皇帝远，无论在哪你都在不了社会以外。这就一下斩断了中国文化的自然营养来源。那么所有的人都社会化了之后，所有的人就都纳入了一种社会标准；久而久之，中国人对那个"无"、那个自然气息，也就是产生了千年文化的那个东西，就完全陌生了。所以当你重新再从这个角度来观看和描写的时候，当你"一会儿看我，一会儿看云"[1]，处于这种自然心态说话的时候，别人就全然不知你在说什么了。

人们已经想不到还会有非功用的角度，所以导致了他们皆以社会功用

---

[1] 句见作者写于1980年6月的《远和近》。诗于《诗刊》同年10月号刊发后引起强烈争议。

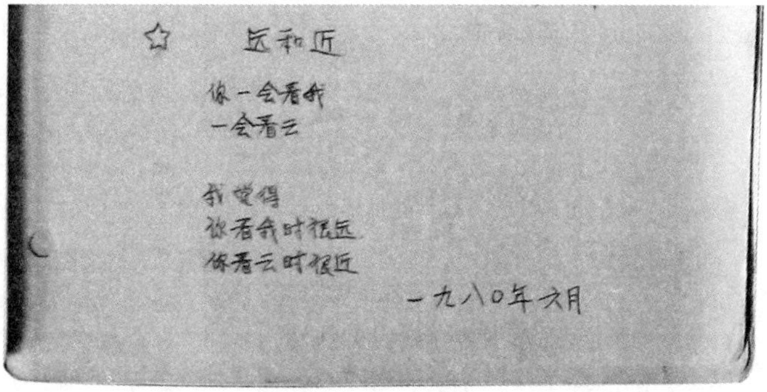

当你“一会看我，一会看云”，处于这种自然心态说话的时候，别人就全然不知你在说什么了。

——作者诗《远和近》手稿（首字“你”送发表时单为一行；此时或因担心空行不足吧）。

的立场否定它，肯定它的也站在同一个角度。因此这种批评就显得勉强。同时也就更会认为这样的句子费解。

这也是“朦胧诗”的社会影响吧。它让诗向返归自然的方向走出了一步。

有这么个说法，说“朦胧”本身是种境界，叫写没完成状态，但也还是一种状态。你是不是写即便没完成，但仍然是在写状态？

我觉得是这样，写诗呢，就像一些台阶它使你最终到达一个山顶，就像呼吸使你到达某种境界；你到达的瞬间，豁然开朗。

我写过一首诗叫《来源》，刚开始说：“泉水的台阶／铁链上轻轻走过森林之马／／我所有的花，都是从梦里来的”；然后我说：“我的火焰／大海的青颜色／晴空中最强的兵／／我所有的梦，都是从水里来的／／……”

这些好像都是台阶，最后我说：“我低声说了声你的名字”——这个“你”是谁？是朦胧的，是未知的；但是正是通过那些台阶到达的。这个时候就是：此中有真意，欲辨已忘言。

再说点别的，自鸦片战争以后，中国人不断有口号就是救救中国，普遍的民族意识就是自己的民族正在死亡，所以有个“救”的问题。但从你的诗里我体会到了一个活生生的中国传统。

是呵，除此无它。

你怎么解释这个意识呢，中国人浑身上下都在这个传统中，仍然认为自己这个传统已经死了，要额外地再去救它一把？

这中国话叫“骑驴找驴”。

有人问我对“寻根派”的看法，我说有根不用寻，无根无处寻。

其实传统也罢、艺术也罢，它活生生地就在你的血液里，在你的所有的言谈举止中间，只不过你不认它，回避它罢了。为什么呢？因为人在求一个虚妄。所有这些说法，说中国的艺术死亡了，中国落后了，等等，这些想法来源于比较；跟谁比较？跟外国比较。它这个比较本身就是一个妄念。这个妄念本身就是这个文化艺术死亡的原因。就是它不自信了，看不见自己了。

中国说外师造化，中得心源。只要你有这个感觉，你就是这个文化的一部分，你为什么要求它的大小高低呢？这又不是比武是吧；你拿一个那么富于理想的东西去跟人家做商品式的比较，或者擂台上胜负输赢的比较，那不是糟蹋东西吗？你让林黛玉去打拳人家乐意打吗？这样的比较在我是不存在的。

还有一个文化现象，有人说它是模仿，外国有马克思主义，中国就也有，外国有超现实主义诗歌，中国就也有了。这同刚才说的民族危机意识有关。还有看法，说是中国文化本身的两个因素造成的，一个是手工匠意识，它没有创造的欲望，二是求技巧，诗上讲音律，艺术上讲形式，所有这些就免不了西方味道，说中学为体，西学为用，于是模仿，就模仿成了“四不像”，有人说“四不像”也不错。你怎么看这个问题？

其实我是个喜欢新奇也好动的人，因为我属猴。但是呢，我觉得做任何事情关键就在于你的本心了。东方它不是一个固有形式，也不是一个地理概念，它是一种特别的气质和态度，像我在新西兰打石头，我觉得比我在中国离中国还近点儿。

其实中国文化中间一方面是非常讲形式的，就像诗中讲音律，那讲到唐代讲到最后你都没法写了；绘画也是这样，那品头论足，那所有的规章要都加起来，你什么也别干了；你要是把这文化学好了，你就是最好什么也别干，因为它将那形式、那方法已经磨合到了完美，超过完美了，你还能干什么，有什么可干的呢？

但是呢，中国也有完全不讲形式的传统，你嵇康可以打铁，阮籍可以跟猪一起喝酒，欲行则行，欲止则止；搁到现在都可以归它为“行为艺术”了；那会儿不这么叫，但是大家都很崇尚，称“风度”。它显示了灵性、自性。这也看得出呢，中国文化也有创造的一面，或者叫“造反”的一面。

为什么说“造反”，就是中国呀，要是你没有极为强大的精神能量支持呀，创造是无论大小都难以实现，因为它历史悠久，形式严整得都没什么你能乱喘气的空地儿了；所以一旦创造，那就几乎得是造反。“扬州八怪”什么的，它就是一种造反，最早玩儿泼墨画儿也是一个造反，它不是一笔一划地，突破点儿形式，来点儿创新呵，它“夸”一下那整个就给你“折”纸上了。但这是真性情的，那它就是对的。

真性情之下，他乐意玩儿旧的形式，那是爱好所在，创造新的形式是愿望所在，内在力量的推动，这两者“守旧”或“创新”没有区别；区别在于什么呢，在于你是不是真性情。

你不是真性情，也就是没有这个精神；这时候，你不得不靠一些外在的形式来弥补；这个时候呢，艺术无论采取什么样新的形式，它本身都是脆弱的，因为它是虚伪的。艺术关键不在前边的形式怎么个样子，而在于你作为创作者在那一刹那，那个灵性的真切——你是不是真的。艺术家要说诚实的话，就是这个诚实。

现在这个世界呢，它失了性情，它就往往比较在乎形式——外在的东西，它拿这个填补，骗骗自己，甚至自鸣得意地说形式可以产生出精神的结果来。好像我们要去制造精神，好像精神是可制造的。精神它永远只是创造者而决不会是产品。

西方人对现实社会反抗提出了一个口号叫实现自我；你觉得这同中国的魏晋风度有什么大的不同吗？

我觉得最大的不同，就在中国那个自我它是归于“无”的，无是无限，也是空无，而“有”不过是姑且有之的幻影。那么这样一来，人的生活倒变得特别的自如美丽了。就像你说你父亲一直挨斗，但是忽然有一天他跟你一起钓鱼，那这一天是特别美丽的。这就是“万古长空”和“一朝风月”。它实现自我、获得自由是在这个背景下的——因为什么都没有，所以我什么都有——我在天上是鸟，落到水里是鱼，扔到地上是蘑菇，随便你，我自由自在，飞我爱怎么飞怎么飞，游我爱怎么游怎么游——为什么？就因为我什么都没有，我什么都不要，那么“有”也就是无限的。

这是生命的自由。生命的自由在一个个灵动闪耀的瞬间——如果你此刻不是，你就不是；如果你此刻是，那就是——所以中国说“立地成佛”。

而西方呢，它就造出这么一个距离，造出一个因果论在这中间。他把“有”作为尺度，他要把他未知的东西，他失去的东西，他感觉不完满的东西全都找出来，归为“有”，把万物全归为我；那个《圣经》上就有这句话，他说“上帝把世界交给了人”——上帝什么时候把世界交给过人了？——人不过是世界万物中间的景象之一而已。

所以它这概念里边就完全不一样了。根就在于西方他一定要有“我”，一定要“存在”，他这一下就执者失之了；“失”了呢，就得永远找下去了。这倒也不失为一个美丽的游戏。他永远找，永远痛苦；我甚至怀疑他们爱的就是这痛苦，而不是那自由了；希腊悲剧就是很明显的一个例子。

中国那自我呢，就是它的自性，此刻就是全部，它不找。西方的此刻永远是残缺的，自我永远是没实现的，找就成了无休止的；呵——追赶自己的影子，逃离自己的脚印。中国它不追也不逃。

西方也有讲虚无主义的；但是呢，讲“虚无”，讲出来的却是“有”。

他这口气就是“有”，或者要“有”，或者应该“有”。

应该“有”或者应该“没有”；但是应该“没有”呢，就是一种“有”。

“应该”这个东西就是人的概念；而一到人的概念，就进入“有”了。

现在诗和哲学已经远离自己的生活了，生活已经和精神不在一起了，你能不能预言将来怎么样？

虽然世界进入了历史上空前的大不平衡，我仍然觉得这只是一个瞬间。住在我们楼下的有一个诗人叫艾基，人家问他他就说他是比较倾向传统的，他说他不同意“后现代”他们玩弄这个巨大的空白，他说有时候神灵会来，有时候神灵就消失了，他说神灵消失的时候，他没有任何办法——因为我是一个人，但是我不承认我是混同这个“物”的。——这是他的态度。

我呢，我真是很难对人类的事情说什么，我只能从我的感觉上来说。我觉得当人不要这个东西的时候，这个东西就没有了。这只是我的想法是这样的。

其实你是可以要的。现在人类已经解决了大部分的吃住问题，就是很多西方国家已经解决了。但是呢，他们浪费！他们还要更多的！这个时候呢，你把自己卖给了魔鬼，你得到了一切，也就没有这个“心”了。

实际上“寻找自我”——一方面呢，是人空虚的真实需要；另一方面呢，也是一种掩饰——因为你要是真要，就有。

各种语言有不同的特点。我用德语写作时感到束缚很大，一个两个多个、男女、时间、动词变位、正在进行还是已经完成、主宾关系等等，我必须把我不想说的说出来，回头再找想说的，已经没有了。你怎么看这个不同？

这中文和德文不同，可在这方面也相同，就是你写，只要你沿着这个语言的习惯走，那必是越走越背离你；语言的自然性和它的社会性的冲突就显示在这儿。语言要求规范是为了让大家能协调一致，它的传达必须像个尺子，到谁那儿量出的尺寸都得是一样的，这样这个社会才能列出准则来。

语言的自然性就是人的哭、笑、呼吸，它不要准则，是完全自由的。你写，你完全就是因为需要表达，你就不用管这个规范；而你表达是为了让别人有同感，你就得照顾这个规范了；而你一旦迁就了这个规范，你的表达就走了样，别人也就还是不能感到你。这是个悖论。这时候你就像那个拉磨的驴，你就绕那个圈儿，绕也绕不出来。

可是你要是忽然忘了拉磨这个事了，或者想起来我干嘛非拉这个磨不可呵？别人爱懂不懂吧，你一下就自由了，你爱往哪跑往哪跑，撞在哪了，或者拽在那儿了，就待那儿，要是还爱接着跑就随便呵，身体动不了神思它管不了你呵——要不李白怎么说，“大道如青天，我独不得出”呢？

他有一个目的他就出不去了。

那时候我写了《滴的里滴》，这“滴的里滴”根本不是规范语言；如果我还想做一个诗人的话，想让别人理解想发表的话，我不会这样写。但是那个时候我完全处在自己的状态中，我没有考虑诗人和语言的问题，我只是使用了字，留下了和我与生俱来的中国字发音。这是我的自由时刻。至于后来它走到社会上去，那就是偶然发生的另一件事了。不过你要是已经成了社会规范中的文化人了的话，你绕那个圈儿觉得是理所当然了的话，那也不失为一个安稳状态。

德语你一张嘴，一下笔，那就都定死了，是一个、多个，还是两个，名词是阴性是阳性，含糊不了，时间一定要规定空间，主谓关系一定要明确，没有回旋余地。

这样的规定差不多是从科学那来的，它一定要个清楚，也不管其实不清楚。

中国的语言我觉得相对就很直觉，更艺术化一些，它可以掐头去尾，直达最真切的一刹那；至于为什么有这一刹那，这一刹那在何时何地，意义何在，这种啰嗦它可以不管；它可以就写那美丽的瞬间，瞬间就是全部——“红豆生南国，春来发几枝”——至于红豆什么属性，阴或阳，南国到底是国是区域是虚是实是阴是阳在什么位置，那都是以外的话，它可以不管。

要用德文写朦胧诗，你可要大费脑筋了。

这就是前边说的因果观念哪，在语言里的表现。你解除了这个人为的观念之后呢，就是：枯藤老树昏鸦，小桥流水人家，古道西风瘦马——其实这世界就是这样的，它并不就是什么西风驾驭着古道，古道上有个哆嗦的瘦马，几个马，雄马雌马，有没有人，几个人，男性女性，骑着它还是赶着它；凡此都是人的观念要求出来的，是那个因果想法生造的。

西方这语言也是从根起的，根就是他那个“有”的执著呵，他一定要在包括语言在内的所有方面加上强烈的人的因果观：时空、数量、性别、关系……但是一旦放松到了无我之境呢，这些人世观念中的联接链条它就断了——野花就自然地开放了，西风、古道、瘦马就搁一块儿了，没上没下，没前没后，它这境界呢，也就出来了。

再看语言的前因，德语语法脱胎于拉丁文，拉丁文进入德语时已经为古罗马文化整个浸透了，变格、变位、性，全在里边，这就规定死了。到底是什么样的一种东西导致的呢？

西方的精神呵，它是强烈地显示着“人”的精神，它站在世界的对面、自然的对面，它说：我要这样！——罗马大道吧，它直着就下去了；宫殿、歌特式教堂，直着就起来了；它都在说：我要这样！这是极强烈地体现着人的观念、人的要求，所谓人的意志的。

东方精神是什么呢？是：就是这样。它没有“我要！”这种成分。

这个“要”是关键。西方这个因果观念呵，和这个“要”是一体的。

它没有这个“要”的时候，那就是“相看两不厌，唯有敬亭山”，两者无关，但是两者相视。

东方文化，就是你说的：就是这样。“就是这样”呢，你跟它有一个并列；是这样吗？

而且它们之间有一个无以言传的心境；这个心境幻化万物，万物充满生机。这个生机是最古老的，也是最新鲜的，所以它没有时间；在这一点上也没有空间——这是中国人所能达到的最为清澈、精妙的境界。

西方那个东西呢，它非常强烈的愿望，到希腊悲剧的时候呢，命运感

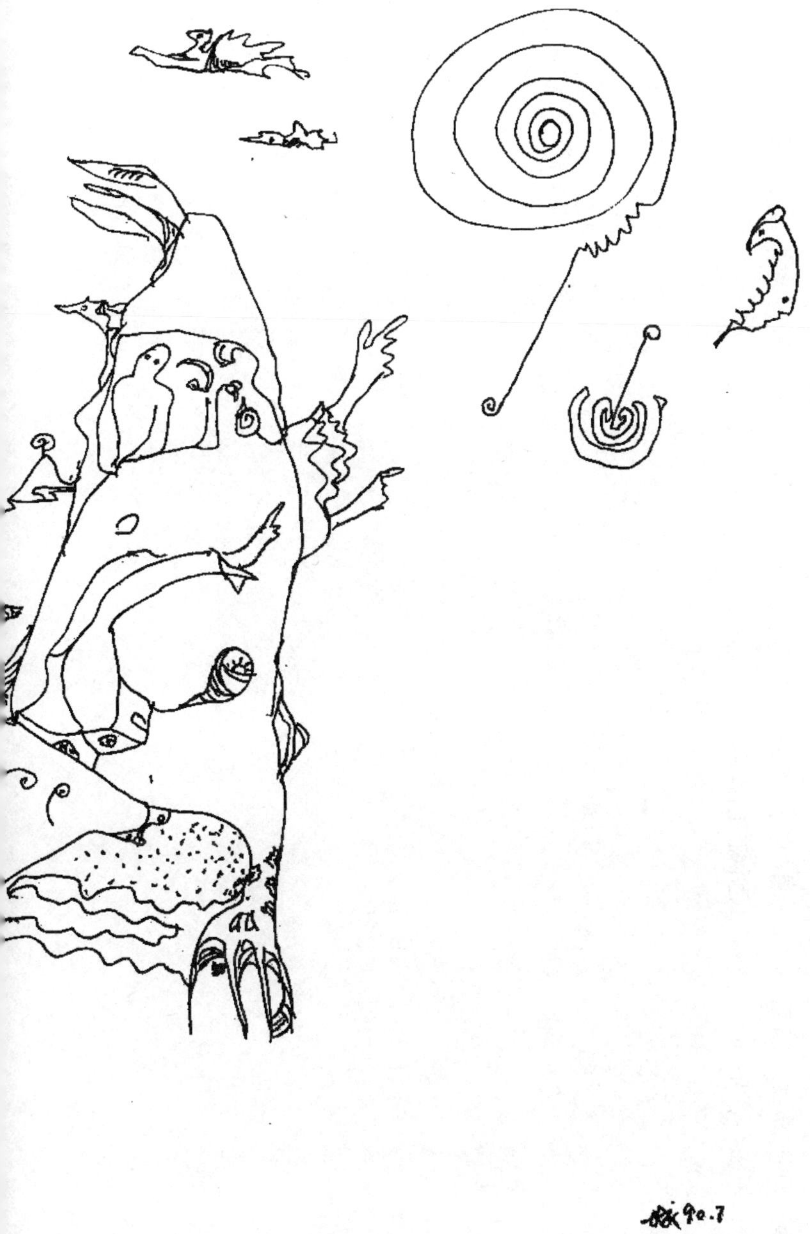

而且它们之间有一个无以言传的心境；这个心境幻化万物，万物充满生机。这个生机是最古老的，也是最新鲜的，所以它没有时间；在这一点上也没有空间——这是中国人所能达到的最为清澈、精妙的境界。

——图 1990 年 7 月珠笔芯画于岛上（试用寄自国内的一元钱一打的珠笔笔芯）

强烈到了顶点，对命运的认识也到了顶点。再往下，久而久之，这种认识重复重复直至成了令人厌倦的没有生命感受的概念，什么是命运？反倒茫然了；然后痛苦还要痛苦，愿望还要愿望，这个事情还接着做——痛苦、愿望、痛苦、愿望；最后成了什么呢？我就是痛苦，我就是愿望；到这时候呢，哎，它一下已经接近禅宗了；在接近禅宗的时候呢，又一拐弯，发现这些都没有了，就变成了什么所谓的“后现代”的什么。

西方艺术不断地在转换形式，说明每种形式都带有强烈的时空的限制？

没有了个体和无限的区别，它就不会有个体的不断寻求和形式变换；有了个体和无限的区别以后，个体形式就变得老要变换，就不断陷在寻找这种变换方式的挣扎里。

从尼采说上帝已经死了，西方人的精神就死了。你说呢？

这就跟我说的那个壁虎的尾巴掉下来的时候一样，它离开了生命，离开了上帝，这时候它就说我是上帝！我是上帝！我是生命！它就跳个不停地说；但是这不会持久的。它企图扮演神的角色，那注定只是个妄想。

很多人现在想更新中国的语言，认为中国的语言已经死亡，没有表现力了，你怎么看？

我觉得是这样：中国一直存在着两种语言方式，一种是文言，一种是口语。我相信从一开始刻甲骨文的时候起就存在这个现象了。书写代价高必须用精炼的语言，久而久之，这种语言也就变成了所谓有知识的人的，巫师的一种习惯。我相信甲骨文的时候，人一定不是照甲骨文那样说话的。当然这两种语言方式在不断地发生重合和相互的影响。在我感觉呢，口语是永远不会死的，只要这个民族的人还有自己的心性，这语言也就一定会有它的活力。

我有过这样的经验，当你看书的时候，那些字感动了你，你觉得它真真切，于是你照着它再说一遍，这时候就一点儿不真切了；就像唐诗，你照着它如此再写一遍的时候，就没有了真切感。道理在哪儿呢？在于艺术它那个奥妙就在呵——精神只在你创造的那一刹那，给这语言以生命。而你没创造力的时候，无论你照抄还是编造什么样的形式，语言都不会获得生命。

我还有过这样的经验，就是当我不再学习语言的时候，我自己的语言就出现了。像那个诗说："水没有了／快要走了"[2]，就是我自己真切的语言；它是在一个特殊的、真实的呼吸状态下产生的，是在我忘了语言规范，甚至忘了语言的时候产生的。推敲起来，它缺主语，缺逻辑因果，但是却能感觉到有一种微妙的神秘联系在里边——谁，快要走了？是不是水没有了就快要走了？为什么水没有了就快要走了？走到哪去？水是哪里的水，什么水？……使你禁不住颠三倒四地想这堆问题；但是写的当时，你不会想它。

这样的语言与呼吸同在，它是不会消失的。

你好像说过：诗人不是语言规范的遵守者，他是语言规范的创造者；我可不可以再加一句：他并不创造规范？

对！不过这已不是对诗人说的，而是对后人说的了。后人也许会将诗人的语言方式列作规范，而他自己决不会有这个想法。

这中文容得下，德文不行。开口先说冠词，名词大写；中文里没这些事。

[2] 句见作者写于1991年8月的《紫竹院》，诗见《诗歌卷》下册组诗《城》。

名词又是动词，这在中文里太常见了；像“道可道非常道”——“道”你可以都看成动词：说可以说的那不是真正的说；也可以都基本作名词看：道如果可以作为道那不是本质的道；当然我们都差不多同意一般的原意是什么样的：可以说出来的道不是根本的道是吧？同个字一会儿名词一会儿动词，加上这“非常”二字也可多解，这六字的话就特别有了扑朔迷离的魅力。这六字应说意涵既是清楚鲜明的，又是变幻莫测的；它在无限广阔、无限变幻的背景下，闪烁着独有的清楚。

我自己的例子，像“过了三点　灯不亮／他们只吃一点”[3]，这个“一点”可以是时间词，一点钟，也可以是量词；需要这个周旋空间，因为那是你真实的感觉。

我还写过“她们花哦，谢了又谢”[4]，德文译者问我这个“谢了又谢”是什么意思？我说至少两个意思吧：一个是“凋谢了又凋谢”，另个是“感谢了又感谢”。那个翻译挺聪明的，他在译文中说：感谢了又凋谢了。

还有个“数”的问题。你认为是什么原因使中文在名词的数上没有明显的表现？

中国文化的哲学认知核心是那个“无限”的“无”，它没那个执著、强求，它就是你爱懂不懂，因此它当然不会以为一个两个多个有什么本质意义上的不一样了。它是直接从本质出发的。

所以中国的哲学传达，它特别讲究意会，有说心领神会，它不说清楚，因为说不清楚，因为那是“无限”，你怎么说得清楚？你规定死了那从本质讲就错了，从表层讲也很可能南辕北辙。反正是心有灵犀一点通，知则知，不知就不知吧；而这一知呢，还就是全知，是知到了本质。

你看这中国词：知之为知之，不知为不知。从字面上一看，你完全可以感觉到另外一个意思，只要你有那个等同的境界。境界不同，这解也会

[3] 句见作者写于1991年8月的《首都剧场》，诗见《诗歌卷》下册组诗《城》。

[4] 句见作者写于1987年3月的《柳罐》，诗见《诗歌卷》下册组诗《水银》。

不同。孔子的意思应该是现世的，说个实实在在的学习态度。但是为什么能传达出另重意境呢？是中国文化的先知，还是孔子的有意？

咱们说了功用语言，这中国语言显然从一开始就不那么看重功用；你看中文原本就没什么复数形式，没有“们”这个字呵。所以但凡你要以它为功用的时候，是比较费劲的。这是中文的大气所在，它有超越人世的先天品质。

葡萄、美酒、夜光杯，它不说是葡萄加酒装在夜光杯里呢，还是葡萄酿成酒加进去。老头晒太阳，谁晒谁？

是呵，中国是把这一切交给你，你爱怎么想怎么想。

月落乌啼霜满天，江枫渔火对愁眠——它不会多此一举地去清理彼此间的关系。

西方语言的规定性使他一旦思想就要想到底，你看马克思对着一个问题，一写一大厚本。

于是就诞生一个体系，要不西方怎么那么多的体系呢。

中国就没有“想到底”这回事，因为它始终就在这个“底”上。你看自然，那是个文化现象——你看自然界说“真美呵”，这是个文化观念的现象；你看自然界富饶或贫困那是功利的一个说法。但是你要是同自然在一起，从自然那边看这个人世，看这个语言呢，那就是同树叶的凋落又新生差不多，这个文化生长起来，那个文化衰落下去，在长的那一霎那，它有一种新鲜的气息，一个奇幻的生机，这是一个奥妙，能拨动人心，能使人爱它；一个孩子，一个花朵，都有这样的时刻。

以道观之，物无贵贱——它就是从自然这边看的，就是把人也看作了自然的一种现象；这个现象同一切现象一样，有生，有死，有长，有灭，有完美，有残缺。

西方是一定要把自然拿到人这边来，所以他把自然当风景看，当人的环境看，于是就有了眼光和视点的问题，就有了越摞越高的派别、体系，但是他这就是，无论怎么论也是不能论全面的。中国从那边看，看到的就是全部。

（录音中断．空去部分）

月落乌啼霜满天，江枫渔火对愁眠——你说这船里有没有人？这就穿凿了。无我之境是完全的忘我之境——空山不见人，但闻人语响——这听者已经不能理解成一般概念中的人了，它是作为空山在听人语，或者也非空山也非人，它这里感觉到的是“空山”和“人”的一个微妙又美丽的对应和融合，有从无中来，复归无中去，中国人的境界就在这了，不仅是天人合一，而且呢，物我两忘。

行到水尽处，坐看云起时，都是这样的分而合的景象，分是一时的，由于一个情趣，合是本质。这时谁要是去追问，真有谁走到水尽处，坐在那看吗？那恐怕只会是个西方人。

咱们说了好些抽象的，说点具体的。××说，他写诗面对这张纸的时候，这张纸就逼迫他一定得往上写点儿什么，所以呢他在写中挣扎，他说这时每个词都不真实，都像是一个面具、一个谎言。他这种视角你同意不同意？

艾基说过这种话，他承认这个空白和面对这个空白的痛苦，但他不同意后现代主义玩味这个巨大的空白。

作为我就没有这个问题。首先我没有必要非写诗不可。我要是面对白纸无话可说，那我为什么要面对它？我要问，我是不是一个面具？是不是我戴着面具，所以我写出来的字才成了面具？

其实我觉得这个艺术哇，对人是非常公正的，就是说你是什么，它就是什么，它像镜子一样和你互照，你不可能照出不是你的东西。这是我写诗的一个体会。

当我要做一个诗人而且人家等着我发稿时，那么我也会有这个问题，我可能一定要从这个文字里求得一个什么东西，那么我便会陷进这样一个矛盾状态。可是我忽然不再想这件事了，我这人兴趣比较广泛，那我就干点儿别的去了。

有个问题，中国的语言、诗歌呢，给西方一些外行的评论家一评，就是少变化；你怎么看？

我觉得是这样的，比如说下围棋，这规则从来没变过，但是有人就出了境界，有人就没有；这武术、书法呢，一直在变，但是基本原理没有大变，也是有人成了高手，有人没成；问题在哪呢？在你喜欢不喜欢这个形式——你喜欢，那么哪怕人家用了一千遍，它于你依旧是新鲜的；因为你爱它，因为你有兴致，因为你有一个灵机在中间。

你为什么喜欢它，这中间必有一个奥妙；你喜欢着喜欢着，那个奥妙就出来了；这个奥妙一出来，整个境界就改变了。

咱们举个例子来说吧，第一个把姑娘比作鲜花的人是天才，照你这么说，第一千个把姑娘比作鲜花的人，只要他爱她，那还是有灵性的？

只要他看她是鲜花，那他说她是鲜花就一定会是感动人的，那这个词在那一瞬间就会是新鲜的；他要是看她不是，又要装作看她很美，那他用宇宙飞船比她也照样没有灵性。他要是真爱，那他必会有自己的表达，这个表达必就是独创的，因为每一个个体都是独一无二的，每一个爱也就都是独一无二的；只是这样的表达未必发表出来就是了。而发表出来让你听到的可就未必是些真切的表达了。

有人讲语言需要淘汰，×× 的诗里也说，这个老房子，把它比作旧语言。早在唐以前这个争论就有，有人追求新句子，像汉赋里边的，也有讲究天然去雕饰的。你怎么看?

我觉得语言是一种气息，而不在文字语法上的关系，也不在词汇。词汇可能用任何词汇，结构也可以用任何结构；甚或可以自造。我现在造字还不敢呵，但是呢，有时候会造出一个词来，我在字典上追索它的合理性，找不到就放弃了。我在梦里听见整个的这么一句话："你是一个暴行／有电的金属兰若／它迫你走纯洁之路／所以诗是纯洁的"。其中"兰若"不解，但是梦里听得清楚，我感觉它的确是有意味的。我就去查，意兰花、杜若，两种草的合称，又是佛语中的庙宇。我不求透解；知它来自梦。

我的词汇和句法，有一个来源就是我的梦。我梦中听到的声音，我有时记下来；字的选择有时不用想，有时需要想明白，再翻译成字；有的直接就是诗；如果写的话，那必是在一种心境下，在一种特殊的呼吸、特殊的气息之下。一些话都是很平常的，像："是早晨都有冰雪／一共四个／他总是靠边骑车／小孩跟着攮一大块土／路就成了"[5]，这本身好像有些超现实的意象，但是话都是最最平常的北京话，可这些平常话这时出来，就都让我感到新鲜。

我比较喜欢老子那句话：多言数穷，不如守中。就是你向外执求的时候，几乎什么都不能帮助你。我呢，心性到的时候，有时候也找一些新词，它是一种变戏法游戏式的，一会儿变出一个这样的，一会儿又变出个那样的；但是我知道，我要的东西，根本上的，不是这个词汇，而是这些字生长出来时的气息，它使我回归本源，就是"清水出芙蓉，天然去雕饰"；在这样的时刻我获得喜悦和安慰。

所以我现在也做一点儿语言上的事。基于我从小听、说，直至进入思

[5] 句见作者写于1991年4月的《中华门》，诗见《诗歌卷》下册组诗《城》。

想、感觉里的北京话，很多现在的摩登语言、外国语言，对我都成为不重要的了。对我重要的是能使我自由呼吸的、能使我表达我的哭声的那种语言。

他们看了些我最近的诗，说没法翻译；比方说这个“猫”字，它一会儿变成了叫声“喵”，后来又变成了瞄准的“瞄”；这中间有一个声音的通感，字只是换了个偏旁；这种变幻像是同一个精灵它换了换外衣；它的几度出现像有一种魔性，有一种暗示和提醒的意味。这种表达除了使用中文没有第二个办法，外文没有办法。

中国古代做一些文字游戏，像回文诗什么的，那都没法译成外文。像我写的一首诗《大清》[6]，你可以有一千个读法，那往外文译几乎是不可能的。

中文里的对偶，像“星垂平野阔，月涌大江流”，对得极为工整；但在德文里，起码到现在没人这样写。

无可奈何花落去，似曾相识燕归来——这样一个往复。

这对偶也抛弃了逻辑因果，这上下两句不是也既没有时空联系，也没有因果联系吗？

而且它其中的美妙呵，其中的意境呵——“无可奈何花落去”是一个人世的过程；“似曾相识燕归来”则好像是一个自然的心境。——一个人他永远不会失去什么，就是这句话告诉我的；这中国你看那东西一方面非常玄奥呵，但是它妙合于理。

它那个字里边也有它特别好玩儿的一个兴趣在，就是闹出带有很强的装饰性的那么一个规则式的东西。

鸿雁长飞光不度，鱼龙潜跃水成文——它妙还妙在哪呢？它这对应的

---

[6] 《大清》写于1988年3月，诗见《诗歌卷》下册组诗《水银》。

变幻可以不知不觉——鸟在天呵，鱼在水呵，一个月光将它们融为一体，鸟飞不出光呵，鱼龙波动使水生成纹路呵，你单看是两个景象它彼此没什么关联，但是那个背景就展开了，开阔的月光中它们成为一个画面；两个“联儿”中间巨大的空间因为月光而无间，又因为月光而相距万里，万里这灵动无处不在，充满生机。

你别说中国话翻译不过去，人家的也翻译不过来。英语 Computer，到日文那儿还是这个音，它不作翻译了；Telephone、Television 也是。你怎么看这点？

这呀，一个民族他失了自信或者视点的时候，他就会这样，他照搬过来，因为他不明白那是怎么回事，他就搬。但是你对这个东西有了自己看法的时候，你说，噢，这玩意儿说话、带电，好——电话！这东西有点儿聪明，用电的，好——电脑；能看，电视。其中有一个中国人自己的对这个世界的看法在里边。毛泽东举过这个例子，他跟赫鲁晓夫说，全世界都用一个英文的“Tele-”，只有中国有自己的这个“电”。日本后来有的也用“电”，那是从中国抄去的。你看中国人，北京人他叫外国人“老外！”是吧，甭管你是哪来的，反正你是“老外”。他有一个自己的看法；看法产生语言。

中国语言表达了中国人对世界的独特的感觉，一个天经地义的感觉，而且表达得如此丰富和真诚哈，如此简单，这是中文能够存在，能够活下来的最重要的因素。其实这中文非常麻烦，谁不学个十年八年的，谁也没法拿中文来使用。但是后来为什么我觉得中文对我这么可亲可爱呢，它就在这儿了，它“吧！”我那个灵动就出来了，而且相看两不厌。这个就是中文活着的原因。所以我觉得一个民族的文化在这点上你倒是不用担心，这个民族跟这个语言它对劲儿，这个语言就能活下去。

中国人还能做到一点，北京人，他不拿自己当人；你怎么看？

这自由度多大呀。拿自己当人，你得老拿着这个劲儿，老得有个角度、视点，你转转身，也只能看一圈儿，这正面儿你看见了，背面儿你还没看见呢。你不是个人了，你从那所有人的概念里出来了，你是自然万物了，你就什么都看见了。

就是没那个认真。毛主席那话怎么说的？——共产党最讲认真……

噢——世界上怕就怕“认真”二字，共产党就最讲认真。——这毛泽东呵，他也是语言大师，你看这话就挺逗，那按这话的逻辑一推，就是……是吧？这里呢，“认真”是好是坏，你也看不出来。他不说了。那时候天天都背这条语录，然后让我们“认真”，我就想这是什么意思呵，细一想就觉得挺害怕。

（略3行）

过去皇上有个批法，叫：知道。这“知道”最为奥妙了，你说是执行还是不执行？

回到你的诗上来。当你用“看”的态度看这个人生的时候，为什么这个人生中的痛苦在你的诗里没什么反应？

发表得不多吧；那样的诗写过不少的，比较难发。

有时候并不能“看”，像《滴的里滴》，那整个就是我自己，到了“看”差不多是到诗完成以后了。

能不能念念？

（诵读《滴的里滴》.略）

是什么东西启发你用声音的感受来作这首诗？

这我又要说规范了。生活是这样的一个规范，文字是这样的一个规范，人本身就是这样的一个规范；那么在这一切之中呢，隐含着一个什么，它是不属于任何规范的。我们不知道它是什么，但是在它显现的时候，这一切规范就都瓦解了；无论革命、爱情还是灵感，都会成为它显现的形式。在它到来的时候不是我们做什么，而是我们没有选择就是做，我们有可能做一切；在这个时候，生死就都无所谓了，那其他，当然就更不是阻碍了；这时就是到了最高的自由境界。

但是危险在哪呵？它到来的时候规范土崩瓦解，你精灵附体在无限的自由里；而它却是要离开的，它离开的时候，你就会回归这个现实；这个时候你怎么才能适应这个生活，你由一个无限的灵动一瞬间又成了这么一个东西，你适应不了，这个时候你会发疯。这首诗呢，整个表现的可以说就是这样一个冲突。灵离去的时候，世界入侵你的思想，之后它便通过你的思想统治你。世界从来不是拿绳子绑着你能统治你的，但是世界会以各种思想，包括关于人的思想、关于自由的思想，让你遭受它的统治。德国也有这样的话，说“自由是自由的枷锁”。

这个《滴的里滴》，“滴的里滴”这不能算语言，就是这么个声音。它是个魔鬼的精灵，它被装到一个瓶子里了，它想出来，就跟孙悟空想从镲里跑出来一样，他一会儿放大自己，一会儿缩小自己；在这个过程中呢，语言的和现实的场景都给破坏了。这个挣扎一直挣扎到疲倦：“滴——”这个声音疲倦的时候呢，希望也就放弃了；这时忽然呢，他知道了这个挣扎本身就是世界的一部分，而他呢，其实不必挣扎，因为它跟这个世界原来是没有关系的——他就没有在那个瓶子里。

我真正在梦里听到这个声音：“整个下午都是风季／你是水池中唯一跃出的水滴／一滴”——这时候这个“滴的里滴”，一下就安静下来，成为了一滴水，它找到了自己的形式，魂也就附体了。

这时候世界便远离了，原来那些不可征服的，跟你搅作一团的乱七八糟的世界中的观念都脱开了你，变成了什么呢？——盘子讲话：盘子盘子盘子——我就听见国家还在那讲话：国家国家国家；艺术讲着艺术，诗人喋喋不休着诗人，市场唠叨着市场，都是一样；而你呢，是水池中唯一跃出的水滴，你舒一口气——你并不在里边；——门开着，门在轻轻摇晃——你仍然始终面临着未知。

从你的这个《滴的里滴》看，你的这种“跟自己没关系”的想法，咱们能不能说是对世界的一种解救？或者本来世界的存在方式就是这样的？请你谈谈。

我觉得这个世界有一个混淆，这个混淆就是人的欲望、期望、幻想和现实的混淆。人企图改造世界，以使它符合自己的愿望，这实在是个荒诞的想法。我是曾经陷在过这个想法中间的。

世界是什么？世界是巨大的自然力之下，人暂时获得的一块小之又小的空间，跟蚂蚁获得的那块空间是一样的，你以为你能左右什么，那你看看蚂蚁的努力就不以为然了。世界还是挤在这一小块空间中的很多很多人的愿望，他们的能量的混合，这时候人就连蚂蚁都比不上了，蚂蚁的力量它是加法的，顶多还有些减法，人就完全不是了，不是加法的，也不是就是加减法的，它有多少人就有多少方向，你改造什么，解救什么呀！

你只有一个东西是清楚的，就是你自身，要是这个都不清楚，你就觉得外界怎么了，那，——

当人发现自己不能对抗世界的时候，他要寻求所谓思想来支持自己；那么人把自己交给了思想；可在我的感受里，这可真是前门驱狼，后门进虎，你靠山山崩，靠水水流。

你是干什么的？你是何处来的？你为什么要依靠这些东西？艾略特说了：“我们不知道我们要什么，我们不知道我们是什么；我们不知道我们是什么，我们不知道我们要什么。”但是你要什么？你是什么？——你为什么要绕这个圈子？为什么要“盘子盘子盘子”没完？

外国人想或者有的人想，我不转这个圈儿我就不是人啦！——“我思

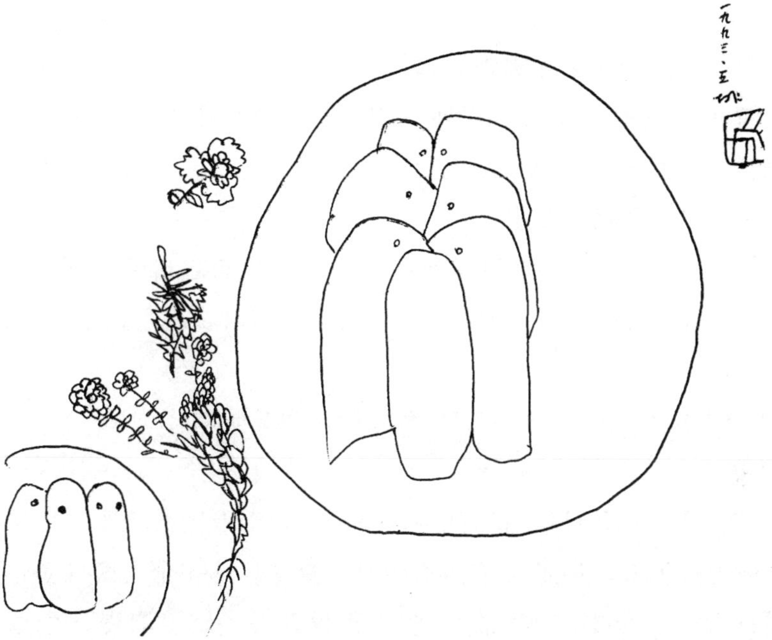

世界是什么?世界是巨大的自然力之下，人暂时获得的一块小之又小的空间，……
中国那个自我它是归于『无』的，无是无限，也是空无，……此刻就是全部，它不找。……

——图作于1993年5月德国

故我在”呀!

而恰恰是你不在你才思呢。人根本不是靠思想为生命的，人是在疑惑失掉或者正在失掉生命时才抓住思想的，一个自由的感知它无所谓思不思，他思也是不思，不思也是思，他跟生命一起，他不疑惑，没有跃出自身的目的，他本来就是如此。

人本来就是这样，世界本来就是这样，各自有各自的显现，你去纠正世界，把两者掺合在一起，那就天下大乱。所以现在就是天下大乱。

这世界本来是没有规则的，现在它有了规则，就显得很怪；是吧?

而且它这个规则是机器的规则，是用一个竿取物的规则。用竿可以将果子从树上打下来，但是用竿你不能取下梦想。这完全是两件事情。可是它还是把做一个小事的方法扩大成了普世真理，用竿取得一个苹果的时候，它就以为用竿可以取到一切了。

在中国哲学中，“道”和“术”历来是不相干的两码事。“术”是有具体目的的，是做一件具体事情的办法；“道”则是没有目的的，是无处不在的。而现在的世界规则无异于以“术”求“道”，那它没有能实现的。我刚才说艾略特他为什么要绕那个圈儿呢？目的何在？目的在人上，原因也在人上，他也是在以“术”求“道”，所以永远只有原地绕下去。人同万物一样，恰恰是没有目的的。只要你弄出了目的，人的自然性就受到损坏；人类史以来人弄出的目的多啦，人也就变成了种种非人的样子。

淡若海，漂无所止。人本来在这个世界上就是这样的。要说目的，这就是目的，是起点也是目的，哪还有什么目的？你找当个游戏就罢了，当真，那人也找了几百几千代了。“官知止，神欲行”，你什么时候丢掉了这个目的的想法了，你什么时候就自由了，就发现人生了，就获得一切了，就知道你是什么——你现在就是，和你要什么——你已经有了。

很多中外作家都以不同形式把社会作为一种人生形式来反思，像金特格拉斯、卡夫卡，也都是更多地把人性放在社会性上去认识，白桦《苦恋》人在社会环境里，然后就问道“我爱国家，国家爱不爱我”，还有“寻根”“寻找本源”，它也还是把人放在社会里，不管是多么原始的社会也还是社会；可是你刚才讲的好像是将人性脱离开社会性去感觉去考虑的？

这谬误的关键就在这儿了——人性是什么？他在寻求的其实是人的自然性、人的真性情，可是他在社会中寻求，那么这个寻求本身就出了偏差。人的自然性怎么可能不同社会冲突呢？或者说社会怎么会放任人的自然性呢？那社会不就不成其为社会，不就解体回归自然了吗？实际上这些寻求、考察人性的想法都是你住在城里的想法，都是人与人之间，为了找到一个两全的生活方式，而自欺出来的。你要真心地想找回你自己、你的自然面貌，你就不会在社会中找；你要是离不开社会，你就不必抱怨人性遭受压抑扭曲，你就别去找所谓完整的人性，因为那是徒劳的。

我离开了中国到海岛上去了；中国是什么？中国对于我来说就成为这么一片柔和的诗的声音了，就是这么一个《红楼梦》的梦想了，它不是那么一个规则了。

像西方吧，他永远把人和社会都放得很大；但是中国古代不是这样的。在中国古代，社会是我们要去的一个地方，一个作戏的地方，一个吃饭的地方，我们就是在那儿做件事，衣食住行，做完了以后，你还是你。你可别给闹错了，你别以为吃了饭了就成了饭碗了是吧，做了工了你就成机器了；不是这么回事。人，那个你，那个灵动，依旧是无边无际而且同自然吻合无隙的。所以李白为什么说，他问一个人话，那人“笑而不答心自闲”呢？就是因为这——“别有天地非人间”。

人类为什么痛苦？就因为中国人失去了这个自然，外国人他是失去了他的神灵。他就成了蜥蜴的尾巴，他就跳，这现代主义你看他跳得欢，跳到“后现代”他就没劲儿了，就变成行尸走肉，成了“你物化我也物化”，咱们不就不冲突了吗？这时候这个被切下来乱跳过的尾巴就死了。可是你看那个壁虎本身，它可以动可以不动，它是生命的全部。我觉得一个完整的人，就是一个完整的壁虎，我的尾巴可以伸在社会里边，但是我的本身却依旧是自在的。我在一首诗里说："我们努力着，好像只是为了拉紧绳索"[7]——所有解脱异化的努力本身就是异化的继续，你怎么可能用这道绳索拴住你，把你给拽离这个绳索呢？人进入了社会以后，便被社会的观念淹没，在社会观念的指使下去找人自己，结果是怎么找也不能找到。本来这件事非常简单，你就是自然本身，你就是你的自然，你根本不用找，只要你放开所有的社会观念，你就是完全的你自己了；你怎么会被异化呢？你抓着社会观念不放，这就是异化的实质。你只须松开你的手，你便从异化中出来了，这是多么简单的事情，用得着写一卷一卷的著作吗？

有一阵，我画画儿，画着画着也没有本来的那种感觉了，就比较苦闷。这时候，我忽然在早起时听见一句话："你怎么会以为你是人呢？"是啊，"人"是一个社会的观念，谁告诉你你是"人"的？你怎么就信了呢？我想起了小时候的一个怀疑：老师教导我这些是为了什么？社会说我是人，显然不是为了让我葆有新鲜的自然的生命，而是为了让我遵循社会中"人"的所有规则，成为社会的一部分，忘记自然的生命。

现在的中国人睁着迷茫而充满期待的双眼，追随着西方的脚步，凡西方试过的它都恨不得再试一遍；可它毕竟不是西方，它自己清楚它要走到哪里去吗？你作为不去评论社会的人你怎么看？

我觉得社会所以是盲目的，是因为人只相信眼睛看得见的那点儿东西，跟着走，这就难说走到哪儿去了；反正走不到神那儿去，因为神不是这么用眼睛看就能看见的，于是也就不是人信的，也就不是人能抵达的了。

---

[7] 句见作者写于1981年7月的诗《也许，我不该写信》。

我写过一个“联儿”叫“与光同往者永驻；与物同驻者俱往——互为像”——就好比你坐地铁，你上了地铁列车，和光一起走，这个时候呢，你就一直停在光里了；你从地铁列车上下来了，你就只有看着列车就那么走了，光就没有了。

实际上这光一刹那一刹那一直在人间闪耀，灵感、革命、爱情，一直闪耀；但是人呢，他要把这光变成物，他要和物在一起。我写诗也有这样的情形，灵感到来的时候，一片光明，它并没有让我拿笔在纸上写字，可是我忽然想，呵，把它写成一首诗多好；这时候我就是在把这光变成物留下来，就是在把一只飞翔的鸟收进博物馆作标本。

而人真正需要的，真正向往的并不是这些留了下来的失去了生命的物，而是鸟在天空自由飞翔的愉快，春天到达的地方永远有花朵的心境，是这样的永恒的生机。人以为可以抓住它，之后它就再不会一闪即逝，而成为一个“永远”留在地上。就像耶和华见证人说的：“你在地上的乐园里永远生活。”——在我看，这真是大大的不敬，如果说他还有对精神的忠诚的话，或者说还有一个对自然的感应的话。

这诗人和哲人凑在一块儿就比较麻烦，你怎么看？

在西方可能比较麻烦，因为一个是从感觉出发，一个是从形而上的理念出发的。但是我觉得在真正的境界里，是没有矛盾的。我觉得爱因斯坦看这个世界是属于诗的，和老子看到的那个东西非常像。他们都知道这个可视的世界是一个幻像，而穿过这个幻像呢，他们都看到了这个世界无所谓有无所谓无的那个美妙的存在，这时候他们有一种喜悦，就跟但丁升到上边，他看所有的星球被爱的手推动一样，运行是这样的无所不在，奇异而完美。

你所恐惧所愤怒的是什么呢？是这个运行中间你要灭亡。你既然诞生了为什么不能灭亡呢？你如果是这整个的变化过程的话，你就会像如来看悟空翻跟头一样，看着你的生灭微微一笑，你可以随时想起你和宇宙本是一体。这个时候你就不会恐惧了。庄子说了半天，它并不是一个宽心丸，他是感觉到了这整个的变化的。

1992 年 11 月 25 日[8]　德国

[8] 此一和下二访谈发生于前后相继两天间。所收部分皆始于录音开始，止于录音结束。

“人可生如蚁而美如神”

——德国之声亚语部访谈（二）

小学二年级我母亲去“四清”，山西大山里。我就转到城里西直门二小，和我父亲住军报宿舍。有一阵儿我每天都诌几句诗，放学拿回家。我父亲觉得不发表无所谓，你爱写什么写什么。后来一直到我和他住在济南的时候，我记得我就给一个人看过，就是后来写《高山下的花环》的李存葆。我父亲那会儿被“落实政策”，到了济南军区宣传部，我和他就住在那儿。我打完乒乓球碰上他，然后他说：“哟，听说你写诗呵？念两句给我听吧。”那会儿是一九七三年。后来我就给他背了几句，《生命幻想曲》里的几句：“我把希望溶进花香／黑夜像山谷／白昼像峰巅／睡吧，合上双眼／世界就与我无关”。他在暮色里走来走去，大概觉得挺玄，然后还鼓励了我两句。后来被那个谁，就是后来写《闪闪的红星》的，叫，李心田，他知道了，就开始说这不对了，得批判，这属于三四十年代的货色。还有一个人把我这诗呢传给郭小川去了，郭小川那会儿还给打在下边没受完苦呢。据说郭小川就批了几个大字回来，我没见着这几个字，说是叫：艺术的没落，政治的死亡。这是我首次把诗拿出去获得的一点评价，或者叫社会反响。七三、七四年那么一股劲儿的时候。

你父亲不同意你的写法，那你们得有争论吧？都争一点什么问题呢？

就说写东西吧，我父亲就认为这玩意儿有一个极限，你超过去了，这社会就不接受你，这人呢，也不理解你。我就觉得写诗跟人喘气儿似的，你不能因为人家不让你喘气就不喘，或者让你怎么喘，说嘴喘气好，我就用嘴喘不用鼻子；那我鼻子喘舒服我就得用鼻子喘。我不因为世界上有什么现代派或者没现代派，我就干或者不干，或者怎么干，我是按我比较顺劲儿的方式干。所以这个呢就得有争执。

我最早投稿的时候呢，我父亲说他得看，看了以后呢，他得改，往往就是在尾巴上加几句表态式的话，就是说让人看上去态度是积极的。我当然就不干。我就照我的投，七六年之后，七七年吧，投了一年，好像也就用了那么三两篇；他给我加上个，就是华主席呀，控诉“四人帮”或者“四化”什么的，他这么一寄就登了。

其实我在七四、七五年就发过诗了，还是在《北京文艺》《少年文艺》这些很体面的刊物上，还在《解放军报》上发过，那时候也没有小刊物。写工农兵生活，还有小学生什么的。那时候刚回北京，我改造世界观，就写了些这样的东西。我还给电影院画过电影广告，《枯木逢春》，噢，那是后来了，七七年，护国寺电影院，那时候真敢干，那么大，就是立在马路边儿的那种大广告。

反正到了七七年呢，我就开始产生幻想，就真正开始努力投稿，而且不想加那么多的政治词儿，老想优美一点儿，或者有思想一点儿。

你都往哪投啊？

我投稿是这样，我知道两个方法。一个呢，我那时已经认识了几个编辑，你跟他聊天儿，让他知道你的想法，再听他的建议。但是我这人不爱见人，朋友是朋友，但是带上了这种性质我就不舒服。所以我的方法就是，把全国所有我知道的杂志都记下来，先就每个都写好信封，一大摞，摞桌边儿上，然后写一首诗就往一个信封里面塞一首，甭管《人民文学》还是《巴山文艺》《九宫山》，还是县办文艺、《诗刊》全一样。因为我懒得操这个心，因为我觉得这就跟玩儿电子游戏机似的，你这边儿诗往信筒里一扔，扔着

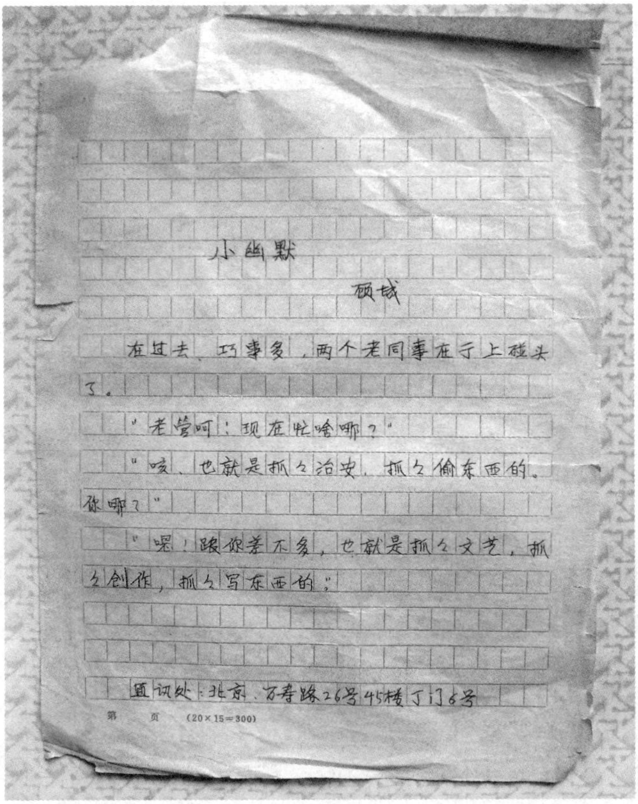
小幽默

顾城

在过去，巧事多，两个老同事在亍上碰头了。

"老管呵：现在忙啥哪？"

"咳，也就是抓々治安，抓々偷东西的。你哪？"

"嗯！跟你差不多，也就是抓々文艺，抓々创作，抓々写东西的。"

通讯处：北京．万寿路26号45楼丁门6号

第　页　(20×15=300)

反正到了七七年呢，我就开始产生幻想，就真正开始努力投稿，……

——2012年偶然发现的顾城大约写在1977或1978年间的一则小品文手稿。此稿投稿应未获刊登。稿文明显有感时政，却特意说『在过去』，令今日读来对当时某些政治及文艺环境更有所感吧。

稿题：小幽默；稿文：在过去，巧事多，两个老同事在街上碰头了。／『老管呵！现在忙啥哪？』／『咳，也就是抓抓治安，抓抓偷东西的。你哪？』／『嗯！跟你差不多，也就是抓抓文艺，抓抓创作，抓抓写东西的。』

下列通讯处。

扔着扔着，那边儿“哗啦”来一张汇款单。这是实际的。就跟那个“老虎角子”机似的。这比较省心。所以我给编辑的信一般都是复印的：编辑同志，寄上拙作，多多批评，赐还。我这方法我父亲说不行，不像话。但是我发现这方法对我比较合适。

你父亲写诗，歌颂祖国、时代、人民什么，是这样的吗？

我父亲给我讲他最早的一个写作故事是，他给我讲过两个他那时的写作故事[1]，一个是他写那个叫“发洋财”，一个剧。他那时在军部文工队，下到□□□的七师去当兵。那些兵都是从山里出来的，刚给收编的土匪，习气特别坏。他看在枣庄，新四军攻进枣庄，其实是八路军从那边攻进去的，八路军会爆破，就先攻进去了，后来新四军也进去了。进去了呢，那些兵推个自行车就在那儿卖什么的，这边仗还在打呢，那边就做上买卖了，街这边儿缴获那边儿就卖，真有商人敢买。然后我父亲就很吃惊，就觉得这事儿不对劲儿；他那会儿还比较单纯，回去就写了个《发洋财》。

内容十分简单，就是两个新四军士兵打扫战场，进一个屋，看见一个闹钟，就开始抢这个闹钟；这桌子底下呢，有个刚藏起来的伪军，王继美残部，掏出枪来就一人给他们一枪，就打那儿了。

然后他拿着这剧本就回三野文工团[2]了。领导一看，这毒草哇！那会儿还没“毒草”这词儿，反正是问题严重，说但是没事儿，这个颠倒一下就行了——这藏桌子底下的是新四军；这抢闹钟的是敌匪。我父亲开始写的是个国民党。那会儿王继美已经收编成国民党军了。当然他很快就改掉了，那会儿正在吵内战，不能那么写。

然后这戏不仅演了，还得一小奖。我父亲给我讲这故事——颠倒之艺术；我觉得这倒有点儿孙子兵法的味道。不过对我来讲，实在是没有费这

❶ 另个故事顾城未在此篇中提及。

❷ 新四军于枣庄战役之后不久改编为解放军三野。

个手脚的必要。

我有一个很早的印象，小时候去传达室拿报纸，报纸上每天有我父亲一个诗配画儿，我那诗是看不懂，那画儿还是有点儿印象的；我知道那很好看的一块跟我父亲有关系。我们传达室的兵就跟我说，啊，这这这，那那那。

你父亲是部队搞创作的？

哎，我父亲一直在军报。我父亲跟白桦、徐怀中他们是一拨的。最早在西南军区。——打过了长江，三野去上海，那我父亲从上海出来的，四年多了和家里也没个消息；可这会儿二野去西南，就跟陈毅要点儿文艺骨干，我父亲就去了西南了，没回成家。[3]从西南军区后来调到八一厂写剧本。后来调到解放军报社做记者、编辑。后来“文化革命”就砸下去养猪。

谈“文革”，谈我们上一辈的经历，大家都用两个字来谈，用“恩怨”来谈。到我们这一代当然也有恩怨。我不知道你对“恩怨”这两个字怎么看？

我觉得是这样，人呢，有两重，一重是你的生活。比如说“文化大革命”，我真正觉得恐怖，随时可能把你家门“梆”一踹，你就整个完了；你就没有一个立锥之地，没有一个地方能觉得安全。这对于我是一个大恐怖，到现在我都觉得这世界随时可能崩溃。

你说中国的？

甭管西方、东方都一样。我就不信有什么制度能保障人。因为危险就

[3] 作者这里讲述同实际稍有出入。其父是于淮海战役后打过长江之前因二野文工团战斗中损失惨重转入二野的。

后来“文化革命”……

——照片以自家135相机摄于1970年国庆节火道村家门（照片右外）前，顾城和父亲，背后为房东家。当时父亲在离村三里路外的连队炊事班负责喂猪，节假日可回家。当时到三十多里外的县城才有可能买到和冲印胶卷。

在人本身。这是一重生活。

人家说我，你怎么对毛泽东这么个说法呵？我说是这样，老虎追着你的时候，你除了跑没别的想法，除非你愿意被它吃掉。我在“文化革命”中的现实就是被老虎追着跑。

但是另外一重呢，如果老虎在动物园里，或者在一张画上，或者老虎没发现你，你在树上，这时候你可以欣赏老虎的美丽，它的斑纹、它的生气、它的气概、它的懒惰；这时候呢，就是“以道观”。“以道观之物无贵贱”，就是没有利害恩怨，而是纯粹的审美。

我对毛泽东和对“文化大革命”的态度就是这样两重的。

作为在其中生活那是极为恐怖的。可从精神上看，它是中国历史上前所未有的一次无法无天的自由意识的大规模现实显现，几乎是中国文化的灵机一喝，虽然“梆”的一棍子打碎了很多寺庙——文化的东西，但是同时也是中国文化的某种实质性显现。

在这一点上，我看很少有外国人了解。但是也很少有中国人愿意知道；为什么？就是因为有恩怨。中国人是知道的，但是他有恩怨就不知道了。作为我父亲来讲呢，他就觉得“文化革命”坏透了。这很多人都是这样看的，包括当了右派的人看当年他们反对的官僚给打倒的时候。因为当然“文革”不但没说他们正确，还更打倒他们了。这就更恩怨。可是你看那些跟体制长在一起的官僚，那就是党的化身呀，什么过程都没有，那打右派一般还有个过程和手续呢，就还多少有点儿能把握的成分，可这些圈右派的国家干部给打倒，什么都不用，你这一分钟还划个圈儿人家就降级就劳改呢，下一分钟就“揪出来了”是吧？部长在办公室里，随便进来人不由分说就给捉走了。国务院有那么几天就随便进。这打右派的跟右派一起劳改，这个事儿如果仅从现实目的上讲，那是不可思议的。（略3行）

作为我们每个人来讲，给搅在里头那恩怨都正常，可是这事儿它不光是功利的，它确实有很强的超功利因素。我觉得如果你要是还有一点儿感觉，或真正能站在一个所谓知识的角度，持一个形而上的观注的话，应该能看见这两重：一方面很残酷，充满苦难，另一方面有一个莫名精神到来；一方面我们像《金瓶梅》一样过着一种无可奈何的生活，另一方面，我们还可以看待这个生活，是吧？人还有这么一种能力，可以看。

（对方回述小时“文革”中被小流氓打劫的一些事情，略）

我受到的最有效的教育不是来自学校，也不是来自父母的，而就是来自你体验到的这种感觉。

七八个孩子“叭”地过来了，那个时候你骨头都凉了，你不知道下一步会发生什么事儿，那些人的眼神儿什么想不出来的坏事都预示到了。这时候我最强烈的感觉是什么呢，就是我无依无靠，我必须靠我自己；不管是拿出什么态度，懦弱的、老实的，或者是勇敢的、发疯的，反正我得有一个态度。那么这种感觉呢，我觉得就是一种自性的觉醒。

要是没有这个自性，我觉得要是没有那一刹那，我在外国我就撑不住。我也看了很多就是在国内有志向的人，到国外他就受不了了。我不知道他们心里是怎样的，但是我要是没有“文革”的这个教育，这一刹那的教育，我肯定不是现在这个样子。父母呢，对我来说，他们老是不在，是个特别遥远的事儿。他们经常出发[4]，一年一年地不在。我就是在脖子上挂个钥匙，七八岁，自己到食堂吃饭；然后回家摸着黑儿走那个长走廊，吓得要死，跑进家拿被子一盖，缩墙角儿就那么睡觉了。有时手上拿一根棍儿就睡着了。

这个时候小孩儿是非常的柔弱的，也是非常敏感的。但是这种柔弱和敏感呢，就使我出来了一种反的力量。这种力量到时候它就成了特别“混”的一股劲儿就出来了。那个时候你就不怕了，什么都不怕了。所以我觉得这种勇气和懦弱它是同时的；这种自性和那种无依无靠的感觉也是同时的。

---

[4] 即“公务外出”，部队的习惯称“出发”，一直沿用。

我不太“望子成龙”，沿着一个社会轨道发展下去，成为一个社会优秀的零件。但是我觉得当一个人你得有这点儿主心骨。要是没这点儿主心骨，这边儿来这边儿，那边儿来那边儿，碰上什么事都心动的话，这就有点儿没劲了。

你讲人要有主心骨，这经常被西方理解成同世界对立的一个态度。

不是对立，是没关系。

我不知道像你写诗，咱们昨天也谈了好多“真性情”，你从你的生活当中怎样体验这种真性情的？

咱们刚才说的挨劫的那个时刻就可以当个例子。在这一刻，你必须依靠自己的时候，第一个要做的是什么呢？是你感到你必须把自己藏起来。把自己藏起来这一刹那，你就成了一个秘密。但是这并不是说你就变成了一个狡猾的人了，我觉得至少我不是这样。而是说呢，你有一个真东西不能让人知道，一旦让人知道了就会是危险的，或是令人不好意思的；你得保护自己。

我很小时的记忆里呢，我发烧了，我母亲就被从她工作的地方叫来看我，把我推到医院去，她对我说话，然后我就不愿离开她；但是我不会说太多的话。最小最小的时候我话很多，我睡觉前要对着我妈妈的房间说半天，说再见了妈妈，说白雪公主的妈妈，说我真的要睡觉了，好妈妈，什么，说半天；但是再长大一点儿我就不说了，因为我发现所有人都不说这些话，这样说而且会被人笑话，自己还有一点儿羞耻心哈，就不说了。

所以这一切呢，一则因为危险，二则因为不好意思，就成了一个秘密。

我一直到十七岁，没怎么对人说过话；但是越不说的时候，它就越运着劲儿，就是此时无声胜有声哈；有时候你在大地上走的时候，你觉得哎

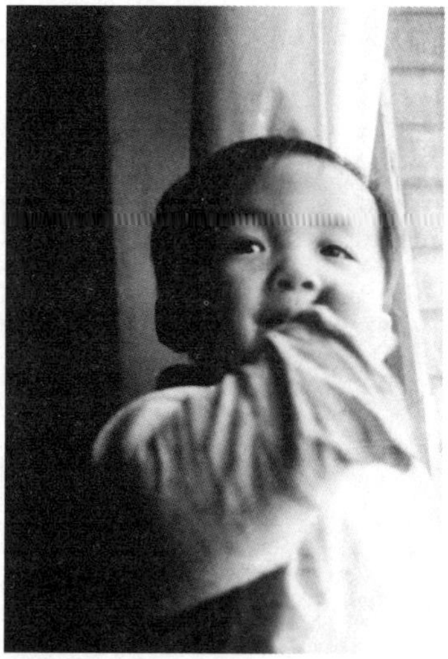

最小最小的时候我话很多……

——顾城三岁时于家里窗前

呀，所有麦穗都在轻轻地说着这件事情。

我割草，一百米的地方有个女孩子也在割草，中间就有一个无言的话。然后你晚上走回村子的时候，你看见窗纸有光的那一刹那，你有这个话。后来我理解中国说“相思”呢，就是这个味道。

到了一九七九年的时候，我看见了《今天》，我就有点儿愣了。我说怎么还有人说这话？我惊讶的是居然还有人在想这事儿。我那会儿相信在这个世界上除了我，没有人在想这个事情，所以这是我的一个特别的秘密——我的眼泪，和我的秘密。然后我忽然就觉得我可以说了，那时候一下我就达到了一个非常理想的妄想——我觉得每个人都可以说，每个人说的时候，他们就相互理解了，这个世界就变了；如果每个人都忘了国家，世上的国家就都没有了。

我就觉得有这样一种魔法，语言有这样一种魔性，以至于后来我迷信催眠术，像我写《早晨的花》的时候：所有花都在睡去／风一点点走近篱笆／／所有花都在睡去／风一点点走近篱笆／所有花都逐渐在草坡上／睡去，风一点点走近篱笆／所有花都含着蜜水／所有细碎的叶子／都含着蜜水……

我想象通过这种反反复复的暗示和诉说，使人可以从这个世界强加给他的观念中解脱出来，达到一种“真性情”，开始真切的生活。这个作为现实来讲肯定是一个妄想哈，但是作为一个我的秘密感觉却不时地忽然就醒来。我第一次知道我有小孩儿的时候，感觉不是一个做父亲的感觉，而是什么呢？我又回到了八岁，那么孤独地走在街上，那么看一切都新鲜又有意思，又危险，谁也不知道我。

你突然有了这个感觉，你可以讲这话，但是突然外界又给个感觉，你不能讲这话，这个时候，你起了一些什么变化？

因为你开始不说话，这时呢，是在一个“相思”里；然后后来说了真心话，却又闹出笑话来了，在这个世界上这肯定是笑话——堂·吉诃德吗不是？你要去救人家，谁需要你救呀！这不是笑话吗？接着呢，下边儿呢，你说话也说成习惯了，但是你又不愿意真说了，这时候就开始胡说，倒也自由了。辛弃疾到后来也是这样，他说他相信自古的书哇，“读来全无是处”，拿手推松，说：“去！”这都是属于他的。

我觉得这也是好像整个文化都有这么个脉络；外国现代主义也有这么一个脉络——有个时候它想说一句真话，但跟着就变成了一个个胡说。中国你看元杂剧呀，什么《金瓶梅》《红楼梦》呵，真亦假来，假亦真嘛。

就是到了该不说的时候，再说的话都是随便说的了。

这就谈到了对诗的理解。我对诗没什么太深的了解，我就是特别喜欢唐诗里面的无我之境。

唐诗我觉得它已达到了更高的一个境界在哪呢？在它说了等于没说，这个“没说”是没对人说。“此中有真意，欲辨已忘言”，那是陶渊明的，但是也是后来唐诗的全部之真意。

“此中有真意”——它已经不是在对人说话了，也不是人在说话；到了这个程度的话，那就没有话说不说、如何说这个问题了。说话所以危险是因为对人说；你为什么要成为秘密呢？因为你面对的是人；你为什么说话要胡说呢？你面对的是人。那么你不面对人的时候，你也不作为人在说话的时候，这些问题就都没有了。唐诗的妙境在此。

提一个问题就是，顾城写的这两句诗传得特别广，传到，拐了多少个弯，传到科隆[5]，科隆新的这个叫“哭诉墙”上挂着你的这两句诗，叫做：“黑夜给了我黑色的眼睛，我却用它寻找光明。”我最早看到这个诗是在朋友家里，一个中国女孩儿，崇拜这首诗崇拜得不得了，然后就坐在那解这两句诗。我在旁边，听着这两句诗就心里一动。你自己怎么解这两句诗？

我就觉得呵，我要寻找跟我的存在完全相反的东西，但我不知道这个东西是什么。

我觉得人生来就被注定了，就是你是一个人，一个要吃东西的东西，一个要使用语言的东西，这个是注定了的；这个整个是黑夜，是一个必然；这个无可奈何，你要跟这个较劲，就像你想把眼睛色儿变一变一样；这个是没辙的。

但是呢，人可生如蚁而美如神。这个“注定”呢，它可以使你知道另个东西，跟这完全相反的。

它光明是和黑夜相反的，光明到来黑暗消失；那它光明到来会不会毁

---

[5] 科隆：德国城市Köln。

灭黑夜包括眼睛在内呢？都有可能。可是还是要去寻找，这就在这个“却”字了。我当时写它的想法，我这首诗是梦里写的，梦里就听见这么两句诗，我给写在糊墙纸上；白天醒来看见了，但是是什么意思呢？我到现在也不能够全部说出来。

虽然你的诗也被印，但是据我听说，当头儿的老批你，都批你什么呀？

其实这个事儿呢，这两句诗倒是颇得他们赞赏的，“光明”总是好的；但是我确实受到批评，是因为他们对我很好，把我叫到诗刊去办班儿，第一届青春诗会，当时我在会上呢，就说了一点儿我的想法。我那个时候比较天真，先说我们中国人怎么老问吃饭没吃饭呀？怎么谁也不问我快乐不快乐呵？这就是一句傻话那时候；结果第二天早上我一去，人家就问我“你忧郁吗？”我就哭笑不得了。反正我说了一席话，我当时的说法呢，就是幻想就是幻想，现实就是现实，这两者一点儿关系也没有；幻想是天上的云，随风飘荡；而人就同地上的猪狗一样，你就飘荡不得；然后我说呢，如果作为云看待世界呢，国徽跟瓢虫呵，就是那个“花大姐”呀，是一样的，也许感觉花大姐更好看哈？我说了这话呢，好几个在场的前辈就走了，柯岩没走，她说顾城你留下！我就坐在那儿，她说我告诉你，你要是我儿子我现在就给你两嘴巴，你知道那国徽上有多少先烈的鲜血吗？！给我吓了一大跳；我那时才知道，那话是说不得的。

这是什么时候？

这是一九八〇年。所以这整个就是从误解到另一个新的误解的开始。从那以后呢，我就一直受批评。在一九八三年的时候呢，就批得一塌糊涂就不能发表作品了。后来我才知道，他们生我气呀，不在于我反对了他们，我没有反对；而在于我跟他们显得没有关系，这个令人难以容忍。

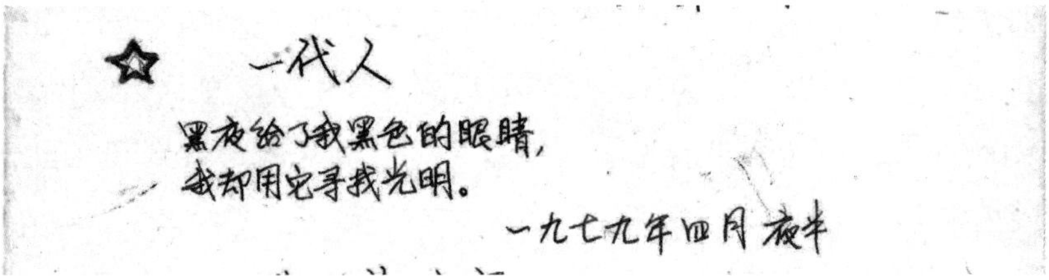

作者手稿（夜半写在糊墙纸上之后）。

因为你反对他他是存在的，甚至是重要的；而在你那儿他如同没有，这个不能接受。

最关键的，他不愿从这边儿想想世界；因为一从这一边儿想，他的引以为傲的世界观就面临危险；其实有些人是非常聪明的。但是不愿意不那么想。

昨天我们讲真性情，也讲到欲望。欲望的物质化问题，你也讲了一些。

我觉得人必然有欲望。从小孩最初起，就充满欲望，欲望同精神这时是不分的，你也无法分出什么纯属精神什么纯属欲望。但是人在社会观念中间长大起来，精神就分离出来（录音中断．空去部分）

你看着这世上的人呢，都在奔；你看的时候，你能看见他奔的因，也能看见他奔的果，也能知道其中的虚妄。人因为有一个想头儿，他就奔下去了；你看的时候呢，你就同时看见你自己也是其中的这么一个。人不可能避免想头，也就必须往下奔，他的生命里的能量必须找一个释放形式，目标其实是其次的，要不他的生命不得安宁。比较精神化的呢，大多更顺从内在力量的推动，那个释放形式也就会比较独特、有创造性；更多的人呢，他不明白这个，他也有内在力量，但是他迷信功利虚荣，就是社会性的人人都奔的东西。那么在这个奔的过程中，你同时站在看的角度看呢，也就会知道什么是精神的或者欲望的或者虚妄的了：你顺从自身，那你那个能量就最有可能找到真正属于它的表达形式，那这个奔也就最可能让你感到一种完美；如果你以一个人为的目标为首要，那你可能就会一直觉得比较别扭，因为你强加给了你自己一个不属于你的表达的事情，就是这个形式是勉强的，它不合你内在能量的要求。当然要加上责任、义务许许多多社会成分也没这么简单了。但是总之呢，只要你能看，那这时候就是它做它的事就做它的事吧，云在青天水在瓶嘛，这时人就不至陷于妄动，这也是个中国的方式。

要是你不能看，你就难免陷在妄动里，你不知你和目标的距离，你也不知道这到底是不是你的目标，那么人在这时很容易，很愿意把一个小事情当成一个大事情，把一个可能性当成必然的结果，于是你奔到死，也还是会觉得好像什么也没奔到，奔到了什么好像也不是你要的。

要是你能够看，你就能知道你生命的能量和给它的形式是否吻合，或者不吻合就不吻合，因为你要的就是那个目的。比如我写字，我有一个冲动要写字，我写了，写好了，我固然喜，写不好呢，也无所谓，因为我知道我要的就是写字。可是我忽然强加给自己一个目的，要当着众人写，要表现我写得好，那写不好就会很羞愧，而且几乎一定是写不好的，因为我本没有这种能量，这个显示形式是强加的。

这个妄想，都是带着社会性的；而本身的欲望，生命中的能量，它是一个自然性的东西。这就是区别。就是一个真人那，他并不是没了性情，而是呢，他的性情是自然的、本身的，不是社会外力影响之下的一种做作姿态。

真性情之下，就没有抱怨、后悔这回事，是不是这样的？

我觉得人之所以后悔呀，说误入歧途呀，之所以抱怨哪，这中间的要素就是这欲望中掺了杂质，什么是杂质呢，就是社会概念中的东西。如果你这欲望就是你纯正的内在能量，那你就是行则行，止则止，走到哪儿无所谓，迷了路也是正好，或者叫活该，因为你知道那都是你内在以外的事了。

“无为”要说目的就是这个目的，你自身就在目的上，就是目的，你自身要待着，或者要赴汤蹈火，都是你自身的事儿，你没有超出这个的目的。我呢，只求得到行或止过程中的心境和谐，按说这行或止如果是我自身的要求，那心境就自然会是和谐的，如果不是，恐怕就是这个形式同我的内在并不十分合吧。

咱们昨天说马克思，马克思完成的是他自己，他推理，他想，他说这是一个美好的人类社会，他是认真的真诚的。

（略7行）

——当你照着去做的时候，应该也是始于一个精神驱动，进入一个精神过程的；真这样的话，对你就没有失败，无论什么结果，你反正是完美地获得了这个过程。当然你会加入目的，但是这时你就得有那个“看”了，看那目的是不是一定要的；是一定要的，那就是另回事了；那就将改变为一切为了达到那个目的，最初精神驱你进入的过程很可能就得改变方向了。你到底要哪一个？要目的，那就不要谈本性的自然了。这时最重要的，是你要清楚，“目的”是你的选择；因为这时就有了成功或者失败，失败了怎么办？“后悔”和“抱怨”是不要指望别人与你分担的。

德国战后总结过去，说要是不把这段想明白了，就不能结束这一章。而我们大概从来也没认认真真地总结“文化大革命”是怎么回事。咱们也没有真正作为大人赶上“文化大革命”，我不知道你怎么看？

我觉得这种总结本身带有很大的虚伪性，它其实是一种掩饰，就是说，我们认识了这件事，从此以后，我们就是好的了，天下也就好了；这件事从来不是我们选择的，而是历史误入歧途，什么制度，什么人，什么因素造成的。我们不愿意接受这个事实——这是我们每一个人选择的，而且正在继续选择的。关键不是你走向哪个方向，关键是你还在走路。

1993 年 3 月书字：人可生如蚁而美如神

实际上谁也不知道历史要上哪去，只是大家都在走，于是它就必定上哪去。你这么走，他那么走，又注定到不了任何预定的地方去。可这个能量是永远存在的，人必须走路，必须呼吸，那么这中间就包含着矛盾和斗争、兴奋和沮丧、生存和毁灭；人只接受一面不接受另一面，完全是违反自然的妄想，也可以说其中包含着的是一种人类天真的不愿离开希望的心情。

我原来也是有过这种希望的，以为只要人从心里有一个真正的开始，世界的一切就会根本变化。而这其实有一种混淆，就如同你对彩虹说："啊，你给我结一个苹果吧！"哎，它们都可以是美丽的，却又是不相干的两个事物。

1992 年 11 月 26 日　柏林

你是前所未有的，又是久已存在的

——采访谈话

1.

从开始写诗起一直在变化，要说原因，应该是有外在环境的，也有生命自身的，我想后者才是本质的原因。

最早的时候，我看见树上的露水，那露水中的世界和这个世界是相反的，但是它好像是我心里的世界，它打动了我。

我写星星和月亮是怎么来的——树枝想去撕裂天空，却只戳了几个微小的窟窿，它透出天外的光亮，人们呢，就把它叫成月亮和星星了。——那时候我刚好十二岁吧。

后来我到了农村，我在荒地上放羊和猪，我慢慢地被晒黑长大，在太阳的暴晒下，在黑夜里也感到光亮，我觉得一个日子临近了。我沿着明亮的河水走的时候，我游过了这条河，我在河滩上踩下一个个脚印，每一步都有意外的回声，太阳直晒着我，水里有鱼，我开始在沙滩上写字。

我说：没有目的，在蓝天中荡漾，让阳光的瀑布，洗黑我的皮肤。我说：太阳是我的纤夫，他拉着我，用强光的绳索，一步步走完十二小时的路途。我说：车轮滚过百里香和野菊的草间，蟋蟀欢迎我，抖动着琴弦，我把希望溶进花香，黑夜像山谷，白昼像峰巅；睡吧，合上双眼，世界就与我无关。我说：时间的马累倒了，黄尾的太平鸟在我的车中做窝，我仍然要徒步走遍世界——沙漠、森林和偏僻的角落。我要唱一支人类的歌

没有目的，在蓝天中荡漾，让阳光的瀑布，洗黑我的皮肤……
太阳是我的纤夫，他拉着我，用强光的绳索……
我把希望溶进花香，黑夜像山谷，白昼像峰巅……
时间的马累倒了……
我仍然要徒步走遍世界……
我要唱一支人类的歌曲……

——1971 年夏火道村，《生命幻想曲》写于此时，作者临近 15 岁

曲，千百年后在宇宙中共鸣。

问[1]：你念这首诗时特别能打动人。大概作为孩子，都有这么一段对自然界特别敏感的时期。当你真正领悟到自己是自然界中的一部分，你的诗有些什么变化呢？

那是很长时间以后才有的领悟。但是在许多年前的这一刻，我的确以我的生命感觉到了——河水推动河岸的时候，就像我的手抚摸我的膝盖；远处树木闪闪耀耀，也是我的笑声；云升起来，我也洁白地升起……那一幸福中间，所有的人生恐惧，所有所面对的苦难和疑惑都消失了。

问：这过去讲寄寓山水，你觉得同你的感觉有什么区别和共同点？

我觉得这人类作为整体所走过的路，和一个具体的人所经历的体验，像是可以重合的——从自然中来，成为人，然后回忆自然，然后又总结这个回忆。于是就有了泛神论呵。这种理论有着深厚的背景，我们看惠特曼，看庄子，都看见了这个背景。

像我做一个人的时候，有很多生活中的事情，但是触动我的事远远超过了这个范围。我在《我是一个任性的孩子》里写：我要“画下一只永远不会流泪的眼睛，一片天空”——这是人的也是自然的一片天空——“一片属于天空的羽毛和树叶，一个淡绿的夜晚”；我说：“我想画下想象中，我的爱人，她没有见过阴云，她的眼睛是晴空的颜色”——这是有人的；同时我说：“我想画下遥远的风景，画下清晰的地平线和水波，画下许许多多快乐的小河”——也是我少年时游泳的小河，和那个时候是连贯在一起的；我说：“画下丘陵，长满淡淡的茸毛，——我让它们挨得很近，让它们相爱，让每一个默许，每一阵静静的春天的激动，都成为一朵小花的生日”——这个时候，所有离开人的自然也都使你喜悦，因为它就像是你

---

[1] “问”这里表示采访者，通篇一致。

的一个个的诞生。

问：有人说只要是好诗，都给你一种从痛苦中的解脱，哪怕是非常残酷的诗。但是读你的诗总觉得有一种非常淡的东西，仿佛这个痛苦融进去以后就不再是痛苦了。也有人说这是一种自我麻醉。那么你写诗，你的顿悟和你周围发生的这种特别的痛苦的事件，之间是一种什么关系？

我觉得人可在其中也可在其外。在诗中有时靠向这端，有时靠向那端。

当你从自然那边看待人类生活的时候，人类就像是时刻生长着也衰落着的树木，这时候你也可以看见其中你的那份悲哀；因为距离，此时也许就变得像你说的“很淡”。但同时你是其中的，你有你同样直接、真切的感觉，你站在这上面表达的时候，它就变得十分强烈了。于是我也写了像《滴的里滴》这样的痛苦故事❷。

当我看我自己的时候，我说：我在一片淡漠的烟中，继续讲绿色的故事——然后我不知不觉又回到其中，我说：我相信我的听众，我相信那些海上迸溅的水滴，它们将覆盖我的一切，覆盖我的无法寻找的，坟墓，我说我知道那时，那些小花都会围拢，在灯光暗淡的一瞬，轻轻亲吻我的悲哀。❸

写这个诗时，我还保持着那颗我少年时沉浸在自然中的心，但是已经在城里住久了，记忆就淡了，于是心就陷入了绝望。

一个人当感到只剩下他自己时，是无法活下去的。写《滴的里滴》也是这样的情形。

---

❷ 《滴的里滴》可见《诗歌卷》下册组诗《水银》，亦可参见《讲演答问卷》中作者这首诗的诗手稿。

❸ 引句见作者写于1980年10月的《简历》。

问：很多人读了你的诗之后，有很多评论，有的说唯灵的浪漫主义，还说是属于中国现代诗当中的朦胧。听你讲了这些以后，我自己觉得有如身临其境，不但能够体验，而且能够心会。你如果给自己各个不同阶段做一番总结的话，你会怎么总结？

我们这些人呵，在“文化革命”中长成的。我觉得我们可以说是从一个浑沌中来的，一个文化荒漠，一个原始自然，一个不论个体的群体，从那里忽然出来，就掉到了一大堆文化中间，一大堆城市中间，群体也散掉了。

整个变化，要是总结的话，这件事可以说能让我笑，也可以让我不再说话。

问：还有就是现代人总是从社会的、历史的、文化的，各种角度来看问题，但是在你诗里这一切都融贯了，叫做前不见古人后不见来者。我们谈到过用自己的真性情来感受生活，不需要比较，就是这样。你在纽西兰岛上生活，对于你来说有惊无险，还是有惊的，对不对？这是个什么样的过程？你怎么感受的？其实在自然中生活，未必就在自然当中。

对的，你说得不错。关于自然中的生活，我从十二岁起就开始构想了，我想有我自己的一块很小的土地，我想种我的吃的，仅仅是活下去，然后就做些我自己的事情，不依靠外界。这也可以说是一个中国最古老的梦想，《诗经》就说“十亩之间”，《桃花源记》也是如此。那么大概是我血液里也流动着这个中国传统，无意间它就把这个梦想带给了我。

最后我在新西兰的一个小岛上找到一小块树林和一座快要塌了的屋子，我跟我的妻子说，呵，这是我花了二十年找到的，我终于跨过了倒霉的伪生活，可以开始我真实的生活了。但是这种想法的确是够呆气的，因为你并没有离开现实。自然不是我们想象的风花雪月，那是人在吃饱了以后的闲情逸致，尤其当你对自然有索取之心的时候，你才知道它并不给你什么。刚开始的时候，我也乱，想象中的那种童话式的气息，观察一草一木一个甲虫爬动的心境根本没有，就没工夫让它有。我住的地方离海边走下去只有一刻钟的路，可是我前两三年里只游了四次泳。即使去那里打牡蛎，也顾不上游泳，我忙得每天几乎抬起头来看看天的工夫都没有。

问：那你在那干什么呢？

刚开始我主要的工作是垒梯田、锯木柴、修房子。光每天做饭我就得花五个小时锯木柴。垒梯田呢，要从山上打下石头来，运到山下，把土挡住。那山坡很陡，一陡肥料、腐殖质就保不住，就得给冲走。我要保护我的土地，就必须一直筑墙。而这些工作可以说都是谈不上经济效益的，但是对我又都是非做不可的。有时候手都破了，化脓，蚊子也把人咬得很厉害。最严重的问题就是吃的问题，在一片树林里既没有阳光，夏天又非常干旱，根本种不出足够多的吃的东西来，而且地里长东西是要等的。我们就去找野菜找木耳找蘑菇。后来我们就开始养鸡，从十二只到二百只，跟着又卖鸡蛋。这一回顾还真是，从采撷业、农业、畜牧业到商业，跟教科书上的社会发展史似的；最后终于改革开放，买了一个车，复又和外界发生了关系；最后又到柏林来了，弃农经商，弃商从文，经济基础到上层建筑。

问：我们都特别欣赏陶渊明的两句诗，叫“结庐在人境，而无车马喧，问君何能尔，心远地自偏”。有的人说“心远地自偏”是努力去做的。我就觉得既然是“心远地自偏”就不能去努力，一努力，心就不远了。

对。我在岛上的获得就是：自然并非一片树木，也不是到了自然里过的就是自然生活了。自然是一种天然的性情和心境。

当我在岛上努力打石头的时候，不知不觉忘记了世界告诉我的那些思想，那些观念——应该怎样生活，如何判断自己的价值——这些东西都没

你是前所未有的，又是久已存在的……
……形式上没有高下。
——1992年12月柏林

了的时候，我忽然就获得了自由——看什么东西都是美好的，包括城市和机器。所以我这次到了这里依然如同待在树林中一样，处在清新的气息中间。

这道理便也再简单不过了，除了你自己没有谁能帮助你，也没有谁能加害你。

问：十九世纪中叶以来中国人慢慢地陷入了一种感觉上的危机，好多人，包括现代的诗人都说中国的文学死了，中国的诗歌也过时了，有人这样解释说：那个时候是那个时候，那个时候的生活是老死不相往来，没有交流的条件。在西方文明大潮的冲击下，不管是持赞叹的，还是觉得遗憾的人，都以为是无可奈何，毕竟花落去了。你从采撷业到今天又走进现代城市，再来品味“结庐在人境”，这很有意思。你怎么看从十九世纪中叶中国文明发展、演变到今天？觉不觉得一种深重的危机感？

我觉得这像是一个宿命。对于历史我们都是从书上去了解的，谁也没有真正地在整个历史中生活过；甚至连我们身边发生的一个个事件，我们都只能听凭传说。我觉得如果让我感受历史，我只能从我的血液里去感觉。但是当然我也谈书上的历史，那是为了和人彼此能够谈得起来。

这也还属于那个你是什么呵，你要什么呵的问题。如果跟现代西方经济比较，那无疑，我们那个时代已经永远地过去了。用锄头生产土豆，一年也不如机器一分钟生产的多。可是这样比，是因为你要的是那个土豆。而土豆再多再丰富，它也不能战胜艺术。要是论艺术，现代中国大概没人敢说谁写诗超过了唐代人。那么如果我们谈的是精神，是精神的纯粹和完美，就是说是艺术，是文学的话，可以说，它甚至仍然走在我们的前面。换个乐观的说法就是，它还有可能成为我们的未来，它到来的可能性一直存在着。

人不断地创造着，不是为了反映世界，而是由于人性中最根本的，他的血液的，他的愿望的需要表达。那么血液、愿望、灵性，甚至社会性也包括在其中，是每个人生来俱有的，只是你要不要它、看不看它而已，你是要外在物质的优越，还是要内心的和谐与光明而已。可以说诗歌是个一无用处的东西，很多留下伟大诗歌的人他们在物质的比赛中一败涂地。西方本身就有但丁、惠特曼很多人。惠特曼到老了，还扤着他的小篮子卖自己的诗集。中国有屈原，有李煜，曹雪芹到最后也是穷愁潦倒。可是他们的作品千古传诵，被称为“伟大”，可见艺术的需要还是人所共有的，同时人们也并不以现世功利上的成功要求他们。

如果以社会物质生活的进步为标准来要求艺术的话，那么那些艺术都是非常不现实的，是过去了的；但是每一个人，如果以个体讲，愿意达到艺术的话，永远随时又都存在着可能性，也就是说被认为“过时”了的艺术从没有过时。因为艺术并不依凭形式，艺术同所谓的物质进步无关，一块纪念碑可能是真理，一块石头也可能是真理，一棵参天大树是生命，一棵小草小花也是生命——形式上没有高下。

从我来讲，只要是诚实的，就足够了，说明我活着。

问：西方哲学到了二十世纪走到了不可解的境地，从存在主义论起可以论到现代派，说人的危机是人的语言的危机，人的问题是语言的问题，西方的分析论走到这儿变成了一种语言上的方法论，然后陷入危机。

但是你的语言，有人曾经问你为什么那么平淡，经常出现重复，但是大家都公认你的语言是一种有生机的语言，不是刺激激情，却使每一个读你的诗的人都感到了一种生活的气息，这是什么道理？

谈语言有两种谈法，一种是从语言的本质就是它的产生来谈，另一种是从语言结构来谈。我觉得两种谈法都有意义。但是对于创作来讲，更有意义的事情在于语言的产生。

纯净的语言我觉得就像是呼吸一样。人从最古老的时候开始就会呼唤，不仅呼唤同伴，也呼唤苍天，不仅笑而且也哭，这时语言就产生了，这时语言就不同了。

这时的心跳，这时的呼吸，产生这时的语言；这时的语言是这时的直接表达，是最为真切的。我希望诗歌的语言是这样的语言。诗歌如果仅仅是个旧语言的结构变幻游戏那我以为太不够了。诗歌的性质要求它的语言永远是崭新的，是直接诞生于你生命的那一时刻的。我遵循我的呼吸，我不强加它什么；我说话的同时，我知道我说的是真的，还是假的，我的心是否应和着它动。

呼吸的频率有时候是重复的，反反复复的呼吸把你引向一个地方，就像重复的台阶把你送到一个高地一样，这时你眼前豁然开朗——此中有真意，欲辨，却是已忘言了。

李白有两句话，我以为很好，一句说“清水出芙蓉，天然去雕饰”，一句说“鲁叟谈五经，白发死章句”。我觉得作为研究者来说，分析这一切是必要的；但是我们不可能在无鱼的水中网到鱼。

问：王安忆引你的一段诗：咬一个字，里面是发霉的菌丝，再咬一个字，怎么了。别的现代诗人都喜欢玩儿语言，都喜欢在语言的拆合上做文章，在打破传统的语言结构上做文章，你怎么看这些做文章？你怎么做这个文章呢？

我觉得语言是一种自然的东西，要论功能我觉得基本有两种。一种像下命令呵，制定规则呵，这是社会功用性的。还有就是没有功用目的，随情随性的，古代说的“嘤其鸣矣，求其友声”就属这种性质。这是第一语言，洁净率真，在中文里是会非常漂亮的。我爱这种语言，以至不能去学外语。中文是美丽的，它自甲骨上诞生起就具有了自己的姿态、面貌和故事。它在人世世代代的文化中行进，也积累着自己的经历。

有一阵我迷上了中国古钱，因为要辨别真假，我仔细看这些字，用手摸它们，我忽然觉得这些字很漂亮。它们不是外向的，往外走的，它是往里走的，有着层出不穷的内韵，一笔一划都饱含情致。一个字就像一个人一样，不光有它的面貌，还有它的性情；还有它跟别的字之间随时可能产生的相爱的或排斥的关系，这个关系的变化超越社会地位、无关户口划分，也全不理会语法要求，是纯粹出于字自身的喜好的。

我感到一旦它们沾上了人，就也被人的毛病传染了，扮演起人让它扮演的角色，遵守起人为它制定的律法来；久而久之，就像一个人做了太多的工作，已经忘了什么是爱情，什么是自然，而只会去度度假一样，它们也面色呆板起来。

我有一阵写《水银》，水银就是汞，一粒汞掉到盘子里，会变成许多粒，而一个振动，又会让它们有可能走到一起；它们相互吸引又排斥，在这个冥冥的振动中——其实就是你的心在冥冥中的振动——它们因由这个振动，就列成了诗。我看着它们，常常觉得无法解释，但是它的确新鲜而且生动，甚至像是有故事在里边，比如“上边有天 / 一软一软一软一软”；“微微一蓝 / 天 / 蓝过来了”[4]；“一小片风景进了院子 / 陪来的 / 是字 / 头

[4] 句见作者写于1986年7月的《上边有天》，全诗可见《诗歌卷》下册组诗《水银》。

一扬一扬／没注意就爬满了铁丝”[5]。有时会出来一个词，好像从没见过，但是一个故事从里面长出来，一个意象接着一个意象；比如“只盎”[6]，你不知道它是什么，它似乎前所未有，但是它释放出变幻的故事，这时你知道它其实是久已存在的。这不是我的臆想，哪怕你就是看看北京胡同名字的变迁，也能看见字的这些自己的灵动和游戏。

问：中文是一个很古老的语言，中文中间很多美好的比喻都是经过好多人烂熟地用过的。所有有古老文化传统的语言都面临着这个问题，就是怎么让这用得烂熟的东西焕发出一种新的东西来？像中国现代诗人××说：你要拆掉这个城堡，然后建起新的东西来。你怎么看？

“烂熟”是被人们千百次的使用，并且常常是带着功利用心的使用造成的；一个很自然的语言所以会变成俗套，道理就在其中。我觉得你要是出于一个功利目的去改造语言，即使你真的改造了它，它的生气也不会产生；就像博物馆里的标本永远不会像天上的鸟那样飞那样叫一样，无论你把它如何地正过去倒过来。

我以为重要的在于没有“使用”之心。使用是因为目的，一有目的，在你同目的之间就注定了道路；语言因为被强行纳入道路而失去灵机。这时作为语言的使用者，感到的便是所谓语言陷入困境呀这样的问题。

问：你可以这样来解释你诗的产生。但是你如何解释你的这些诗，怎么会在其他人心目中间引起这么大的共鸣？

我相信每一个人不管他意识到没有，他的心里都存在着一个自然的生命过程，都有着他自然的一个渴望，一个呼吸，当我发出一个自然的声音

[5] 句见作者写于1986年1月的《届时》，全诗可见《诗歌卷》下册组诗《水银》。

[6] “只盎”见作者写于1987年10月的《机关》，诗可见《诗歌卷》下册组诗《水银》。

的时候，他们生命中的这个声音会醒来。关键不是我说了我的什么，而是他们想起了自己。

问：有人说因为现代生活现代中国变成了一片迷茫，谁也不知道怎么办好了，各种各样的方式都试过了，救国救文化全都救过了，然后在现代文明的冲击下，人们又想起回归自然。在欧洲也有回归自然这样的口号。中国古代也早就有。按你这么讲，自然是一种心态，不管在什么地方，也不管你在做什么，你都可以回归自然。

回复本性。

问：对，这个说法符合中国哲学的说法。但是它又不能够成为一种广为人们接受的信仰。有人说中国是集体主义思想大发扬的地方，举例子说，中国人没有个性，像现在听你这样说，岂不是说中国的文化传统是极有个性的文化传统了吗？

中国有一个极具个性的文化传统，同时也有一个历史久远的要求整体一律、形式统一的社会结构。我觉得正因为前者才有后者，而正因为后者，前者才更加生动。这是相抗而又相成的一个平衡，就像吊车配重大吊起的重量就大，而重量轻的时候，配重自然也就不能够那么大了一样。

中国人的实际和中国人的玄虚，中国人的功利和中国人的空无，它是一棵大树的两端；这端枝叶多么茂盛，那么另一端它根须就多么深厚。

问：我们经常谈到的“无为无不为”，说无为才能无不为，灭掉心里的功利，于是才能够随心所欲。

我们谈起过你在纽西兰那一段，我听了特别入迷。我觉得那里边有好多特难受的事情，我可以想象，在这样的情况下，忘掉自己是不易的。在你面临生活中的各种各样的矛盾的时候，你怎么样能做到无为呢？又达以无不为呢？就是说怎么进入自然之境呢？

“无为”是中国的相对“有为”的一个说法，以我的理解求的是个自由和解脱。鱼怕咬钩又想侥幸咬到食物时一定是不自由的，你会被一根线拉着走。当你排掉这个侥幸心，你便可以随意地游动。但是所以有诱饵，是因为鱼本身自然就有的饥饿感，欲望。因此在生活里我觉得最难对付的并不是世界，而是你自己。

当人不服这个自身生命中的能量以及欲望的时候，我的办法很可能就是搬石头、锯木头，将能量和欲望消耗掉，这时我便会静下来，安然地做其它事情了。

可是首先这个与自己的欲望相抗本身就像是反自然的，但是你对你本身欲望的不能容忍它也是你自身中的一个自然；我不知道别人是不是这样，这像是我的命运，我的命里注定。

对审美的苛刻，对美要求的绝对，这像是我的征服不了的本性自然。而“征服”又是个不自然。努力达到自然是个什么情形？——“淡若海漂无所止”当然就没有“努力”，而当我不“努力”时，我就会陷在我的绝对要求中间，就成非“淡若海漂无所止”的了。

如果你的本性就是不自然的，你的“自然”到底是自然还是不自然呢？可是本性难道有“不自然”的吗？本性如果不是自然，那什么是“自然”呢？——自然是个不自然的时候，不自然也就无所谓不自然，也可以称之为自然了。我觉得这是我自相矛盾的根子所在。我好像是个逃不出逻辑的人，我又是个清楚看见逻辑的狭小和荒唐的人；我是个不停思想的人，我又是个最主张停止思想的人。我好些年前就为自己画过一张自相矛盾图。

我写过几个字叫“人可生可死”。我的意思是说人可以选择自由也可以选择不自由，这个时候就真正的自由了。比如说鱼也可以不管那是不是钩，吃一口痛快，吃不着送命了也不在乎，这时就到了自由之境了。

人的本性是不甘心人其实是无为的，不甘心所有“有为”都不过是一时一刻一个蜗牛犄角上的有为而已，对终极的“无”不产生任何影响的。就是说人的本性抗拒否定的，又是人的明智清楚看见肯定的，那么人怎么

可怜弯扭图

城84.10

……我好像是个逃不出逻辑的人，我又是个清楚看见逻辑的狭小和荒唐的人；我是个不停思想的人，我又是个最主张停止思想的人。我好些年前就为自己画过一张自相矛盾图。

——这张『自相矛盾图』差不多就是这幅图？《可汗弯扭图》画于1984年10月。『可汗』这里为作者自称；『可汗』『弯扭』都是纯属他和谢烨的专用词，『扭』为一声（平声）。『弯扭』绕不过弯子，自找别扭的意思吧。

办呢？各有各的办法吧：以无为之心有为呵，为所欲为呵，以宗教、以信仰取代这个明智呵。

问：现在回过头来再说诗，好像和你砍柴搬木头没什么不一样的地方，你也不在乎别人叫你什么。可是你也有不能自己的时候，比如像……这件事，你也参加了，而且也冒了一些风险，而且非常激烈，这是你前边说的原因吗？

这我想也是自然的了。这是我的自然中间注定的。……这个事情对我的影响是很大的，它直接地触犯了我。你说我不是诗人，不是个艺术家，这对我没有什么影响，因为我觉不到。但是我从小在北京，这个很具体，那有我上过的小学，有我熟悉的店铺，走过的台阶，……我就像自己给打死了，经历了死亡。

这个事更可怕还在后来，我做噩梦，我不仅是死者，而且似乎我也是……的人，这是极其可怕的，这个罪恶像是潜行在我全部生命的噩梦之中，潜行在人类的全部生命进程的噩梦之中。

问：为什么你把自己也想象成……？

梦告诉我我回避的事情——为什么他会……？他同你本质不同吗？

问：就是说你不去反对这个侵犯的话，这种人的杀戮性就会膨胀？

人根本的痛苦或许真就是这个自相矛盾了。你看动物是有杀戮性的，人也有。经过文化的介入，人知道己所不欲勿施于人，而且当人有了审美以后，感受到生活和生命的美丽以后，当然对杀戮就有了极其厌恶和恐怖的感觉。在这一刻，这个自相矛盾就确定了。人痛恨杀戮，却又一直在杀戮，所以人发疯。

面对这个冲突，就有了智者，有了宗教和哲学，找一个观注点，找一个解释。但是不论人怎么挣扎，还是在自相矛盾中间，他的血液里流淌的是千代留下的基因。

我喜欢真实，喜欢美丽，喜欢纯洁的生命，喜欢就是喜欢，是至极的，此刻生死置之度外。在喜欢的一刻死，或许是至高的幸福了。但是难有这样的完美，它让你就在半脏不脏中间，不死不活中间，痛苦痛心中间。所以我说我喜欢革命，不喜欢政治，喜欢写诗，不喜欢当诗人。

问：另外一个现象，目前在国内的一种风气也是求人的一种本性，比如寻根文学，写农村最原始的状态下人们完全按照自己的本性来做事，还有崔健把自己的心声喊出来以后被赋予男子气、阳刚美，再就是中国现代作品中不忌讳用最粗俗的语言。

可是你的语言，有人说是唯美的。我读了你的诗也有这种感觉，就是说总是很美的，没有粗糙的地方，你又是很平静的，不那么追求效果，既不写大山大河，也不写莽莽大荒。固然可以说每个人的真性情不一样，但是我觉得，你谈过一个“女儿性”，如果将这个“女儿性”放到中国现代当中，你说。

我是比较喜欢崔健和王朔的东西的。我和他们的性情十分的不一样，这可以一目了然。但是从敢于真性情上说，我是喜欢他们的。很多人包括我，他们对现实失望的时候，就寻找思想的支持，对生活失望的时候，就寻找文化的支持，对现代失望的时候，就寻找历史的支持，对人失望的时候，就寻找自然的支持；但是像崔健、王朔，他们在这点上是勇敢的，诚实的，就是说我是这个就是这个，没有什么能代替这个，也不指望什么来支持这个，它不垮就是这个样，垮了也不须救，因为没什么救得了。

一般人没这个胆量。他们总要假设个希望，然后做出个样子来，对道德的依赖就属这一性质，然后就心安理得了。而其实这些个被依赖的东西是虚构的，所以历来对各类道德观的虚伪，各类观念的虚伪的批判就没断过，可惜批判也往往是用那个批判这个而已，就是前边说的用思想批判现实，用历史批判现代等等，还是在观念里兜圈子，结果并无不同。因为人性，说实在的，你无论从观念的调整方面还是从自然的动物性方面去看，它就是这个样子，所有的希望其实都是无望的，人性即动物性的延续；加上了观念，加上了所谓能动性，好像使人聪明了，同时也使人混乱了，好像使人高尚了，同时也使人奸诈了，等量并没有使人性比动物性更好或更坏。

但是对于我来说，我相信也是对每一个人来说，我觉得除此以外还就是别有一个天地。这个天地不是上帝，不是别人，就是你自己——你自己是前所未有的，又是久已存在的。当你知道了这一点以后，一切就变得从容了，一切自然地产生出来，自然地离去，我不恐慌我要没有了怎么办，没有这个问题，所有的事情都像呼吸一样地继续着，时时产生新的变化。

问：你的诗里也有许多这样的东西，比如说你想画什么的，想画下一切你觉得的非常美好的东西。但是生活就这么残酷，就那么不如意、荒谬，没有美的地方。中国人特别是中国城市的文化，产生出一种吼出来的东西，把自己对美好的追求叫出来，明知这不可能，还要叫，有人称之为浪漫主义。也有人说叫出来又怎样呢？

这都是很面对现实的。我也写过像《布林》这样的诗，里边有一节，《布林在保育院最高会议上的发言》，里边的话都很实际："他们从东边和西边向我要钱 / 他们从南边和北边向我要钱 / 可是我没钱 / 就是有也不给 / 就是给也不多 / 就是多也没用 / 因为是假的 / 因为我没钱"，可以说这全是生活中的大白话，说它荒诞那是生活本身的荒诞，这个我想，跟崔健、王朔还是有共同点的。

要我说这个世界和所有的男性意识本身，它就是有着这么个慌乱和愤怒的，因为他是不足的，他缺少一个重要的事物，他必须将它找回来，就是说他要，必须要，这就形成了一种侵略性；而这种侵略性又是很脆弱的，因为他"必须"，那他就被拿住了。

而作为人性的另一极，女儿性里就没有这个问题，她们是完美的，充分的；像饱含汁液的橘子一样，她们永久地处在一个安静的新鲜的时刻。

男性则更像是杯子，杯子是空的，它必须有水装进去才实在。橘子无论怎么把它翻过来倒过去，无论大风把树吹得怎样东倒西歪，它的水不会泼洒出来，而杯子一打翻，里边的水就流掉了。当然杯子也有杯子的好处，就是它可以装不同的东西，可乐、咖啡、酒精等等，这让它似乎有生气，但同时也十分的动荡，尤其是它不能空着，必须往里装点儿什么，这就使它不断地成为侵略者。

问：我们说了半天都没有离开一个主题，一种对立的概念。比如男性和女儿性你讲得很好。中国传统里有阴和阳的概念，在我的理解里，阴阳更多的是调解而不是对立。你怎么看这事？

阴阳在中国学说中是相反相成的，归结到太极的时候是没有区别的，而在任何事物的变化中它都显示为相互转化的两极。古人求的就是这个转化的和谐。我不知是受了西方的影响还是命里注定，这两极的对抗和分裂在我像是越来越厉害，阳的一极似乎失去了阴的一极的支持，不时就陷到一个大的噪响和盲动中去了。这是一个真实的痛苦。

问：在西方的命题当中，总可以看到两极的对抗性，比如西方的女权运动，把男人和女人作为对立面。在西方的这个文化大潮冲击中国大地的时候，中国的这个东西就抵抗不住了，就变成了一种盲动，一种追随。所以中国人有一种感觉好像我落后了。中国的阴阳相近、协调的文化，如果相撞的话，会产生什么情况？你跑到纽西兰去种地是不是也是这种文化相撞造成的结果呢？

我不知道。我觉得西方文化对东方文化的影响方式，一般人说是暴力型的，但是我以为同时也是诱惑性质的。人哪，他总是期盼奇迹的，而中国文化在这个根本点上十分老实，它就告诉你人世没有奇迹、没有希望，那么同时呢，它也给了你一个平静，一个和谐。

关键不是我说了我的什么，而是他们想起了自己……

中国人的实际和中国人的玄虚，中国人的功利和中国人的空无，它是一棵大树的两端……

……等量并没有使人性比动物性更好或更坏。

西方文化所以强烈地冲击了中国文化，在于它给中国人送来了一个虚假的希望……

——图 1992 年画于在德期间

西方文化所以强烈地冲击了中国文化，在于它给中国人送来了一个虚假的希望，同时把绝望也送了过来。

我想这只是一段时间的问题吧。中国你看，经过这么多的相异文化反反复复的淘洗，可它还是数次回归到自己的文化里定位了。比如最近的……“文化大革命”，就是中国无不为意识对于整个西方现代意识的一个大反叛。现在“开放”以后，中国大陆经历着一个非常混乱的文化时期，但是从崔健和王朔的作品来看，中国人的心又重新开始在中国文化中间寻找定位。所以西方文化的影响，我以为只是一个时期的现象，不会使中国发生根本性的改变。

问：我在西方待久了，感到同这里的文化没有亲和性。但我也总想，如果是道法自然，那你应该是随从人家。我不明白是我这个修炼没到这个程度呢，还是道法自然本来也有国境线？

为什么西方文化不能代替中国文化征服中国人，哪怕中国人到了西方也不能？我觉得原因在血液里这个自然的力量上。入乡随俗是容易的，因为那只是个表面上的礼貌一类的问题；骨子里要变，那就由不得你了，因为那是你的自然。

中国哲学之下，人或者作为一种“空无”的观照，或者作为泥土、行尸走肉，它将这两极都推到了底，那么就再没有了疑问，这两极合成的太极是稳定的、安宁的。而西方人，让我们中国人看的话，那说好听点儿，那可真叫是个心比天高，命比纸薄——他们永远不停地努力，要将那个远远超越于人的两极限在臆想的人的意义之内，使人成为主宰，使它同人希冀的社会意义合一。这种一厢情愿执迷不悟的企图，使他们痛苦不堪，使他们的精神陷于分裂；以至于有时候我都会怀疑，他们似乎并不是真要达到那里，而要的居然就是这个痛苦，这个不断的失败了，因为这中间一个人的高贵感塑造了起来，让他们再不愿离开。——世世代代，这也是早已无从分辨。

在西方社会里，我想我和你有一个大的不同，就是我根本不懂外文，所以他们的文化同我依旧是隔绝的，没有一个影响问题。

问：有一个女记者写过你的故事，说你是纽西兰那个岛上唯一不说英语的人。你见着谁呢，就微笑，就走过去了。在西方的概念里，马上就出现了一个沟通的问题，你觉得你怎么样跟周围的人沟通呢？或者你觉得干脆就没有沟通的必要？

在岛上，我的一大幸运就是不懂英文。那么这时我看一切，都是远远的，很美丽，我看人走过去，也是一片风景，听他们在一起说话，就像是轻风几缕掠过树林；这时候的世界是自然的。我想，这对我来说是一个很好的感觉。

但是在生活里也确实有麻烦，比如我一个人在家的时候，有一回有个人来，他问我什么时候去德国。我说三月四日。这么简单的话，我没办法让他听懂，我就画了四个太阳，三个月亮。我经常就是这样边发声边画，所以我在岛上成了画家。

问：全世界各种文化中都有各式各样的例子，但是在你身上就表现得比较极端了。你说你没学会英语。我在这看着你这是一种唯美想法。

听话听音嘛。

问：说你这是梦话吧，它又是很真实的事情；说你这是真实的事情吧，又不能大家都这样做。要是这社会都这样，大家互相你说你的，我说我的，都听话听音，这个社会就无法理解了。人说，人是社会性的动物，既然如此，就命中注定要有社会交流，既然要交流呢，就必须有共同的语言。你这么反其道而行之是什么原因呢？

人为了生存结成社会，为了战争结成国家，这目的性是非常清楚的。

如果这些目的解决掉了，他们就不一定会去使用那么多的社会性语言。这是我的感觉。

我跟岛上的一个木匠我们俩一起干活的时候，他问我古代的中国是什么样子的？我弄懂了他的意思，就告诉他："Water，水""no""end"，"水，没边，无边无际"；然后我说"水，很静"，"no""wave"。因为我们正在修浴室，在那儿试着放水，我就用水跟他比划着说。他很注意地看，就听懂了。这个话就算是说给说中文的人，也不一定听成个什么样子呢。所以差不多。人有很多办法，手和表情都会说话。

问：佛教里有个故事，无言经，不说话，心领神会。西方文化也有这样的说法：语言是一种背叛。但是人处在一种悖论中，好像不能不说，明知道你说了就是背叛。我想诗人也许最敏感地感到了这个问题。你的诗被冠之朦胧，但是知道你的人都说你在语言上挑剔得很厉害，你是在挑一个更好的背叛者？还是在挑一个最坏的背叛者？

你要说挑也可以，挑一个我中意的词，非常苛刻，跟挑爱人一样，它必须跟我合适，必须是纯粹的我的。可是我那又不是挑，而是是它就是它，非它不可，跟爱人是她就是她一样。

词要是被许多的人滥用过，我就会讨厌这个词。诗是我心里的事情，不是泛滥的事情，要是把那样一个东西放在心里，就会很别扭。字说是我挑的，可更像是它自己来的；说是它自己来的，又更像是它从来就是我的，或者说就是我，你知道我是一个我的时候，也是一个个我。

所以说要说"挑"的话，那不是依凭任何概念的，完全是顺从自然直觉的。

问：××讲语言对诗的背叛。也有好多别的诗人讲，捕捉语言最能表达我心情的这种东西，从他们的讲法和你的讲法中发现有点儿不一样。

当你企图找到一个最准确的词表达什么的时候，往往不是语言背叛了你，而是你背叛了你自己的语言。你是不是在试图使用别人的语言来说你的事，以图被理解甚至被称道呢？而当你不想这些事情的时候，孔子讲诗三百一言以蔽之：思无邪。当你思无邪时，你自然会有语言来描绘你自己的事，这时的语言是自你的生命里长出来的，它是什么样，你是什么样，就没有谁背叛谁的问题。

我们可以看北京的胡同，有果子巷、油条胡同、筷子胡同、劈柴胡同、烟袋斜街呵，等等，都是非常直接出来的名字。这些名字它就把一个民族对世界的看法真切地传达了出来。你对世界如果有看法，其实你发出的第一个声音就表达了它。之后你再去挑词呵找字呵，你就要看看，你是在表达呢？还是打算达到什么超出去了的目的。

第一个声音出来，是最真切的，可这个声音也许不能用字留下来；用了字到别人那里，传递出的含义也许就不相干了。这就是说进一步你想留下你的表达，传达出去你的表达，使这一表达产生什么你所希望的作用的时候，你的语言问题就来了。你于是在语言中转，可是转到后来，很可能你倒把促使你转的那个表达给转丢了。这时是语言背叛了你呢，还是你背叛了你自己？

一个诗人我觉得，他忠于诗的话，就没有语言问题。他是语言的创造者，他不是语言规范的遵守者，因为他不想拿诗达到什么目的，他只有诗的自由行进，语言在诗行进的同时诞生出来，无关规范，无关限定。

问：……在回归自然之前，首先有一种问题是回归人性，不要羞羞涩涩，甚至我们在观察崔健的时候，也有这样的情况，这是我自己的看法，就是我觉得这些还未必就是真性情。比如，你见了一个女人你为她的美貌所吸引，也有女人就倒过来说，如果我喜欢一个男人呢？怎么样？如此的问题推下去就无尽无休，但这样就是回归了人性吗？

这样一种想法我觉得也同样是概念化了的，异化了的。爱是自然的，把这个自然给归结成情欲，情欲的表达和完成，我觉得实在有点儿遗憾。

人的自然需要并不是那么单调划一的，真正的自然状态下，你也不是就冲着物质去，就是个所谓的食色欲。你甚至会觉得食色欲是对你的自然的一个干扰，因为在那上面你觉不到你自己，没有你的自如和美丽。

一个女孩子好的时候，我会不愿走近她。也许多少年后还在想她。一个灵感到来时，我们是捉住它还是任它来去还是跟随它去，这人的自然是不一样的，批评捉的反人性或不捉的人反人性都牵强；这是从概念出发才有的问题，要是从自然角度看就没有这个问题了。

我爱一个女孩子的时候，我只有一个遗憾，就是我不是一个女孩子。我写诗，不是说为了艺术，要让艺术怎么样，不是为什么文学史增添光辉，我写诗的时候是我想起来了——我是她——我真自己要干什么的时候，都是因为我觉到我是她。我真爱的时候，就觉得我就是她。

问：“我就是她”，这个说得太好了。反过来说，人的欲望就是一种占有欲，不管占有什么，占有知识，占有名利。人失去了占有欲就自由了。我想不是占有欲，而是你所说的那个“己所欲勿施于人”，“己所欲勿施于人”可以把它作为道德来解释，在你我想它又不是一种道德。这是什么原因呢？

这呵，不过是出于对自然的普通理解吧。鼻子呼吸，眼睛看东西是吧，鼻子就不能让眼睛也喘气，眼睛让鼻子看，这也不太像话。所以“己所欲勿施于人”。

人之所以有“己所不欲勿施于人”，他是从社会学这样的角度衡量的，从概念上就把人的需要给归成一个类了。当人的需要变成一类的，就是欲同不欲亦同的，那当然讲点儿操守，就该是“己所不欲勿施于人”了。

问：我问过你的妻子，她说在纽西兰没有想到要跟你受苦，如果受了苦而不跑，那是活该，是自己选择的。我可以想象你们当中的一些矛盾。

我们有非常大的矛盾，比如我喜欢石头、木头，那对她来说就都太沉重了，我让她和我抬一棵树的时候，她就很生气；我们两人的性情很不一样，她喜欢说话，而我可以说也可以不说，她喜欢生活，我喜欢一种心境。当然这不存在着谁对谁错的问题，都是天性使然。但是在这之间始终有一个秘密，我们都不说，像一个密码锁一样。我们是矛盾的，这种矛盾就像右手和左手的矛盾一样，是不可改变的，是互为依存的。

问：纽西兰这段生活和你在柏林的这段生活，在乡下的生活和你在城里的这段生活，你们之间有一种默契，我看见了城里的柏林的，在乡下的什么样呢？你能不能举个例子？

这个默契可以从很多反方面看见，比如说我们各自吃各自的饭。但是她会给我买东西，肉什么的，这就是默契。无论她和我，我们都不喜欢各自吃各自的，我们不习惯这样。 但是我不能强制她吃我吃的这种东西，她也不能强制我吃她的那种。己所欲勿施于人嘛。我们没道理为这个毫不相干的事情争论。

问：要是有人问你还想回北京吗？你怎么说？

我想回北京，也害怕回北京。想回是因为那儿有我的父母亲人，害怕是因为我从来害怕回到我过去生活过的地方。曾经生活过的地方是天经地义的地方，一旦发生改变便无法接受；好像一个认识的人过了一段儿又见，胖了或瘦了，都会使你吃惊一样。

2.

这个诗[7]他们能接受，也是因为他们很当然地把自己放在了“光明”里，那个时候他们的自我感觉是很好的。

烨：光明就是他们自己，这天经地义。那个时候找他谈话，就是让他到光明里去。

哎，现在是光明的时代了。就是说他们代表光明终于来了，光明找到了。就像白桦那个话剧[8]那样，终于盼到正确路线了。

问：谁找你谈话？党组织？

××。哎，批评我也挽救我。

烨：要不然顾城没准儿已经是个小文化官僚啦！

那时候有专业创作名额。那时候特别想成个专业创作的，哪个写东西的都想，这没疑问。因为那不光是吃穿不愁了，更重要的是你名份全有了。从此吃国家的饭，还不用上班。那时候说作家坐家，就是你可以坐在家里爱写不写，可是你就是终身拿工资的、身份确凿的作家了。

烨：往下混还能当官儿。

问：找你谈这些？什么时候？

话当然不是这么直白啦。而且应该说，他们真是对我很好。其实我在会上还说了犯忌的话呢。

烨：就是他说那个瓢虫比国徽好看那个话。

我说要是你是一块云彩的话，也许你会看着瓢虫更好看。就是那会儿人忽然进到了一个特别理想的状态中，就觉得话就可以这样自然地说了，人们就可以这样自然地在一起了。

问：就是青春诗会上是吧。

[7] 应指作者写于1979年4月的《一代人》，即：黑夜给了我黑色的眼睛/我却用它寻找光明。可参见附在上篇文中的作者手稿。

[8] 应指白桦的话剧《曙光》。

烨：青春诗会，一九八〇年。

找我谈话。在北戴河，那么好的地方。那时候我就特别义愤填膺，觉得正在被招安。

烨：他特别可笑，还想说服 ××。

小时候就读 ×× 的诗吗不是，挺喜欢的，对 ××× 也很敬重，就像对郭小川一样。“文革”刚完，那叫什么，百废待兴。那时候不是正……时候吗，就觉得他们糊涂了，……我就跟 ×× 说灵魂什么的。那时候觉得什么呀，就是你要是应了，就背叛民主墙了，也背叛诗了，当然人格人品什么你都背叛了。

烨：结果他就完全地把 ×× 给得罪了。后来他就不能在《诗刊》上发诗了。

中国那叫不识抬举哈，你不识好歹。

问：然后你就成了对立面了？

反正我没想对立。我还是干我的事儿。就是和他们那个距离一下又好像十万八千里了。发诗非常困难。比较具体的，就是我想和谢烨的事儿可能就完了。

烨：他给我写了封信说和我可能不行了。说他不会有前途了。我也不知道他到底怎么回事儿。

然后谢烨就回信说，那就算了吧。

问：那后来显然没算是吧。

后来那事儿也挺多的。

问：而且你不是后来一直挺出名的吗？

烨：可是他后来一直也没成专业作家呀，名额都没给他。一直挺刁难他的，一直到我们出国的时候，都特刁难他。

那个原因多了去了。不能说就因为这个。但是你不合作肯定没有好下场哈。

问：你说你怎么到了八四八五年就发生了一个精神危机？

哎，一种分崩离析，所有的一切的，幸福也罢，价值也罢，甚至就是你的感情，心跳，都不是你，就是发生了一个深深的怀疑，这个怀疑不是思想的结果，而是身体本身就进入了这么样的状态，嘴里有石灰水味儿，没办法认定手脚是我，或者头发，或者视觉，或者思想是我，都是隔膜的，令人生疑的。人好像处在一个要失去控制的状态。但我想这不仅是我个人的精神现象，人类的延续中间也会发生这样的情况。萨特写《恶心》可以说就是嘴里的这么一种味道。说最后能够出来，可你没有办法依靠一个东西出来，我知道我应该结束这个问题，但我没办法结束，我往前冲，我说“你孤身前往”[9]，问题也跟着前往，我退回来，一点儿前景也没有，窒息，这时候，我的自性就发生了爆炸，《滴的里滴》就是这时候出来的。就是说，“本来，你可以过去，拍拍手，走过草地”，忽然就乱了——“树一个劲冒叶子 / 你一个劲说话”，然后“滴——滴的里滴”的声音就来了，取代了一切……

那时候，我还写了个小说，叫《无毒蛇》[10]，挺吓人的。

问：你讲你一直到八二年还怀着一种虚幻的想法，好像诗可以让世界改变，大家都不去想国家了，国家也就消失了。你的自我的这种爆炸性的冲突一直导致了《滴的里滴》的产生，这个背景和前面的经历有没有关系？

我想是有的。我说我的童年，从童年的秘密的希望到少年的浪漫情感的扩张，再延到后来，这个过程当然是一直伴随着很重的生活因素、现实所见所闻的因素的。

问：有没有作品不能如意地发表这样的因素在里头？

---

[9] 作者1983年11月诗《静静的落马者》末二行：你热切地等着，你将孤身前往/许多空穴在风中同声响起

[10] 《无毒蛇》作者写于1985年，见《小说卷》。

……你感到每个人都有这样的一个真实的生命，一旦醒来，世界便成为了一个新鲜明亮的早晨……

——图随笔于 1990 年 7 月岛上生活期间

不发表作品那得是最次要的因素了。“文化革命”中间根本就没有发表这一回事情，写却是最写得好的。而且说实在的我对发表，那时候生出一种厌倦感来，甚至延及对艺术都心生厌倦。要究其原因的话我想就是，它给了我那么大的希望，从最早的秘密的幸福感觉，好像你有一个最美丽的生命谁也不知道那样的一个秘密的幸福感觉，到你感到每个人都有这样的一个真实的生命，一旦醒来，世界便成为了一个新鲜明亮的早晨……

问：孩子的时候你写了诗，你父亲不让你给别人看，这些诗你是写给自己的，就是给“自我”找一个家？

对。就是你觉得你知道一个诗的来源，那么不管这生活怎么样，你有一个退身之所，一个安全之地，你可以在那里做梦，在那里放心，那里总在告诉你一些事情，别人不知道的，属于你的事情。你知道你有这个宝贝之后，你就不太着急了。

问：那这个世界到八三年八五年的时候是种什么形式的破灭？你为什么这个时候就不能维持下去了呢？

这个我想原因很多。但是跟我过分地把它拿出来，把它变成对这个世界的希望，变成婚姻，变成对艺术的追求，变成一个甚至是对人类有个什么样更新的理想，我想是最有关系的。

一旦我把它拿出来，道行则违嘛；就是这个东西一要去实现，它就完蛋了；所以我把它用了，这一用就毁了。所以这是我应受的惩罚。就跟普罗米修斯盗火一样，他盗了火，他就要受罚。

八四年我写过一个诗就叫“失误”，我说：我本不该在世界上生活 / 我第一次打开小方盒 / 鸟就飞了，飞向阴暗的火焰 // 我第一次打开。

就是那本来是就给你的。可是你在这个世界上生活，你想同这个世界

……觉得你知道一个诗的来源，那么不管这生活怎么样，你有一个退身之所，一个安全之地，你可以在那里做梦，在那里放心，那里总在告诉你一些事情，别人不知道的，属于你的事情。你知道你有这个宝贝之后，你就不太着急了。

——图 1990 年 7 月作者签于岛上

共享。但是己所欲勿施于人呵。

问：在这点上你是什么样的？

烨：我没有这个问题。真正是我的我也不给，给也给不了，给人要看人家需要什么。

与人人所需，这很明智，皆大欢喜哈；我这是与人己所欲，犯忌，所以就天下大乱。

问：这个咱们也讲过这个“不选择”也挺有意思的。萨特讲存在主义，讲存在“与”虚无，这“与”就是选择。……

这个问题是挺有意思的。他这西方人他在这个自由的精神领域里他也自由不起来，他叫“精神自由”那是最叫的了是吧，可是他自由不起来，怎么的呢？你就看他这个什么都得定义吧，然后结构、逻辑、形式、方式，全得给规定下来。——要自由，自由是什么？这就足够他世世代代论述的了。他一定要这个。那你说陷在那么多的框子里，被那么多的框切来挡去，你离自由得多远哪，得隔着多少障碍呵。

你看萨特他这人不会不聪明哈，但他最后一定要强调选择，选择才是自由意志的体现，或者选择是自由的标志哈，但是只要这么一强调，就成为了一种强制，就走到自由的反面去了。选择才是自由，不选择就不是自由？——什么是自由，自由是无限的，包括选择也包括不选择；而真正的不选择并不是“选择”不选择，他就是不选择。选择才体现自由，那你还能把“不选择”放到自由以外去吗？自由，很简单，就跟宇宙一样，它包含一切，甚至也不该被宇宙挡住，任何限制自由的概念当然就是反自由的概念。——这形式逻辑不就是他们说的吗？所以既然说自由，就用不着说选择了。这概念多了反而裹乱。

与人人所需，这很明智，……我这是与人己所欲，犯忌，……

——1985 年 5 月北京，与谢烨于住室外

说“要自由”，这也是西方的话，你这一说“要”，就跟那个“选择”一样，他就不是自由的。自由是什么？自由就是不受限制是吧；受什么限制？受功利限制，受概念限制而已。你选择也无非就是从这两点出发；如果不是，那就是随情随性，无所谓选择了对吧。

你这说要自由，要的其实不是自由，而是功利，因为自由不用要，你就是自由的，你想说什么你说就是了，想做什么就做，到你一说或者干个什么事儿给抓起来了，丢了命了——你要的就是这个不被抓，不丢命对吧？而这就是属于功利的了。而一在乎功利那当然就自由不了了。

要是你越过功利去，他抓了你了，你想说还说，他杀了你了，你想说还说，他割了你气管了，你想说还说，说不出声音来是另回事，必须让人听见那就又进入功利范畴了。这你到死都是自由的。而你只要有功利心，它就自由不了。

当然这样完全意义上的自由人是不可期的。完全超越了生死利害的纯思想是没办法讨论的，一讨论就进入了功利。那么这样的思想即使有，对于我们的讨论来说也等于没有，也就是说等于是没有，那这时候就可以比

做草木了——是完全自由的，也是完全无所谓自由的了。这样的自由没人谈，因为觉得对人没有意义；意义是什么，意义也就在个功利上么。

人说的自由它就是相对着功利得失而体现出来的自由。就是鱼和熊掌全要，功利也要，自由也要，那谁都全要，冲突当然就出来了，不自由当然也就出来了。人就在这个圈儿里绕，不绕也不行，绕也白绕。人的悖论，人的命运。

这自由呵，通常最美丽的说法，就是相对着那个“愿望”说的。愿望这个词很美，好像是它让人相对万物美丽起来的。

因为愿望无论是某个个人的或是人类全体的，它永远是超越实现的，“自由”和“不自由”就在这里成为了诗歌和所有的艺术。而愿望当然无论高尚、卑下，嗯，左不过还是个功利喽，是吧？要是愿望是超越了全部功利的完全自由的话，那愿望本身也就不存在了，就没愿望了是吧？

一个没有愿望的人哪，一个完全自由的人哪，想不明白，想苦了，要不然我怎么打石头呢，要不思想停不下来，人就疯了。人被愿望折磨终身，也被愿望（录音中断．空去部分）

问：顾城这个我已经明白了，他是典型的那种，

（笑）是可忍，孰不可忍。

问：那我来问问你是怎么回事？

烨：这可能是一种天性。比如说会计这件事。这个事我就没想过什么时候它不做了。我就知道现在我得做。然后到一定的时候我知道我应该走了，我就走了，就离开了。我离开当然有很多外在的原因。我也干不下去了。我的单位给我制造了好多麻烦，就因为我结婚是自己这样做的一件事情。在中国那个现实中间是很冲突的。我跟他结婚，你不知道荒诞到什么程度。

问：你说说这段儿，咱们听听。

烨：那个嗨，太复杂了。中国的那种，你一旦为一个单位工作，实际上你的一切

都依附在它之上，它可以对你发号施令，不拘大小，各种各样的令他可以发。

就是我跟谢烨出去玩儿了趟，然后他们单位就调查她，你每天每个小时都在哪儿。我们在上海，谢烨说去太仓，我们就去她姥姥家了。他要她姥姥说她每天晚上睡在哪个床上。她姥姥认为这个事儿很荒唐哈。他们一直调查到她姥姥家去了。我们就离开上海了三天，出去玩儿，然后他们单位对她居然说这样的话，就是你离开上海是要向组织上报告的。

烨：对，离开上海三天！

而且这居然已经是一九八三年了。你要是一九六六年那我是相信的，你没话说，那就是真理哈；但是一九八三年的时候我就不能够认为这是真理了。

烨：它就这样说，而且仅仅因为什么，根本就什么都不是，它就是因为，我们领导，我根本不认识那人，新调来的一个领导哇，就是看上一个人，然后呢给我介绍个对象，就是把我介绍给他认识的那个人。然后我就说我快结婚了。我就是非常婉转地跟来的人说了一下。就因为这个事情，中国人讲究，你这个就是驳了我面子哈，然后他自己去调查。一调查，我的快要结婚的人没职业，而且呢，不符合上海那种找对象的规范。

问：有没有政治因素？

烨：有一些政治因素，最后调查出来是他呀，上海《文汇报》不是也登出来过吗？他是不被中国文艺界或者文艺政策所允许或者所通过的那么一个诗人。

（笑）异端。

烨：哎，异端。

我那时候要是有个什么像点儿样的职业的话，或者是一个被报刊推崇的有个什么正经名份的诗人的话，

烨：也就没那么多事儿了。

我那时候要是有个什么像点儿样的职业的话，……

——1983年10月上海中山公园（与谢烨1983年8月结婚）

那问题就少得多了。

烨：我们单位把我整得惨啦，这事儿。所以最后我实际上也是走投无路了，就是说实际上我是在等待这个走投无路，最后我就等到了这一天，那么我就跟他们说，我走了。

这点谢烨跟我不一样，我看这水池里的水越来越少了，我就该蹦了，这个鱼哈，有个危机感。但是谢烨不是，她一定等水没有了，她才蹦。

问：（有关哲学）

这呀，无为的前提是无待，什么也不期待，没有目的，人一放松，其实都一样，就这样了。

问：这什么纠葛，闹到最后都是个无可奈何。

其实你看《呼啸山庄》《红楼梦》都是这样，到最后无可奈何。

烨：都这劲儿，你说他（她）看上她（他）什么了？这都是胡扯，看上她（他）好看了？看上他（她）做事利落了？都是胡扯，就是当你看上他（她）的时候，他（她）

的一个小事儿你都会觉得是重要的。当然你没看上他（她）那这人多好都没用。

有一个女孩儿问过我，还是个外国女孩儿。她说你怎么看待爱情这个事儿？她也是可能正在一个苦恼中间，她说你怎么看这事儿。我说，你要道理当然我也可以说我的道理了，但是这是神灵的事儿，不该是我们想的事儿。那人有点儿信仰，所以我就跟她这么说。实际上就是说你说神也罢，命也罢，你自己的本性也罢，都不是我们能操纵的。

烨：合也是，离也是。

这个就是个密码。就是我跟谢烨我们，要有人吵架了，我们最后就跟他说这事儿，说你们尽管吵呵，没事儿，那儿有个密码，你们这吵来吵去，这开箱子关箱子，那个密码没动呵，你们这散不了，那个密码一动，俩人一点儿关系也没有。所以过去那书上说你们有多少多少年情缘，什么什么什么，有多少年缘，

烨：挺有道理的。

就是这么回事儿，那缘在那儿，那密码在那儿，（录音中断．空去部分）

问：说只争朝夕，都算出来人一生活多少天多少小时多少分钟了，所以要科学地安排时间。

咱中国人也跟着算这个狗账，一辈子你只能读两千本书，那你要算计好了，这世界上有好几万万本书呢。

问：这是信息论。信息爆炸。这五年书数量就翻了一番。

你还得留个空儿，不断新出的书也得算进去。

问：（关于东西方哲学）

这哲学呀，真是体现了一个民族文化民族性格的本质的东西了。你别说这玩意儿玄。你看那冯友兰说，说他最早学希腊哲学的时候哈，一开始挺高兴，说跟中国哲学一样，都讲了有和无，有限和无限。但是接着忽然

他惊讶地发现了一个事儿，就是说西方人居然把“有”和“有限”，他给弄得高于了“无”和“无限”。这跟中国你说那区别大到哪去了？这无和无限是没有经过加工的，是天然的；有和有限是经过加工的，你划出几个道儿来，它才是有和有限。

问：西方的这逻辑实证到最后是什么呢？是世界是语言的规定。

就这话，可真是本末倒置到顶点了。所以西方语法它规定特别多。

1992 年 11 月 26 日　柏林

来自命运感中的认识

——与汉学友人谈[1]

“问君何能尔，心远地自偏”也是这样的，说的是自己，同时也在看自己，那么此时，这个“我”也是“他”。李白诗里的句子，“李白乘舟将欲行”——这种将自己看作身外之物的情形，在西方就极少见。能有这样的眼光，那是达到了一个超我的高度的。

西方是从个人和宇宙万物的冲突出发的，所以就很悲剧性，他的“我们”就带有了宗教感，而说“我”的时候，那种对立、孤独的感觉都是很尖锐的。

中国人的宗教是什么？中国是你到达了大海，你就是大海了；你知道了上帝，上帝就消散了；你知道了佛，知道了禅，你就是佛，就是禅了。这时“我”“无我”就没有了区别，中国叫做没有分别心嘛。呵，算了。

（录音中断．空去部分）

……我中了西方的毒了。

K：“我们”是□□□的“我们”，这个“我们”我不承认。

也有“花们”“草们”“树们”呵。

那时候，反对□□□，或者共产党反对国民党，那是有“我们”的。

烨：什么时候说“我们”？比方现在，我说“我们吃完饭了”，这是正常的。如果进来一个人，你还这样说，这个人一定不同意，因为他没有跟你吃这个饭。你硬这么说，就是语言暴力。那么□□□哪错了呢？……

当他自己都不相信这个奋斗的时候，

烨：对，当他自己都不相信的时候，他还用“我们”干嘛？他是要骗人家了，这很

[1] 此处汉学友人以K、Z表示，为德国汉学夫妇。Z母语中文。

清楚。就是说“我们”的时候，其实他是说“听我的”。他不要奋斗了，但是要你听从他。

他自己吃吃喝喝。说理想，说奋斗，是要献身的，无论艺术理想，还是政治理想。他不献身。他说“我们”的时候，是要你献身给他。

烨：对，不是说这个理想错了，不是说他做错了事，是他玩儿语言游戏，故意骗人。那么现在如果有人对我说，我们应该做什么的时候，我肯定会想你为什么要跟我说，你相信不相信你的话呢？现在说什么为民主为自由，他们说的人信不信？其实他这话的意思就是告诉我自由和民主是对的，他们是对的，我应该听他们的。这是个三部曲。他不说后边儿的，不说他是对的，你们应该供着他。这就是语言的游戏。

我跟你说为什么中国人现在回忆毛泽东，你不能不服……

因为人类不可能那样去生活。

烨：就是看他自己信不信，他如果信，他为他说的可以死，那你跟着他没错儿，死也没关系，死而无憾。他要不信，比如说商人推销，说这个东西多好多好，你说你要不要？如果他要没有任何问题，你把钱拍给他。他自己不买，让你买，很明显，就不是为了把这个好产品给你，而是让你掏钱给他。

我觉得呵，干革命也罢，干艺术也罢，你选这条道儿就得认，你就死在这条道儿上了，这就简单了。你为什么选它，你爱干这事儿对吧？你要是不爱干，只为达到什么目的，那你达不到也全是你活该。你选，你就得认下，成固然好，不成，那是自作自受。总之没有怨言。

烨：对。所以我对共产党不做评价你知道吗？就是因为那个时候人家真的是抛头颅洒热血，你没话。

他们都是富有家庭的孩子，然后推翻自己的阶级，那是有理想的。

Z：……

最后也破灭了，但是破灭以后他们也没接受这个世界。

K：那这说明什么呢？

烨：说明就是，在现实中间呢？是有人在骗人。

K：骗子是从什么时候开始的呢？

烨：什么时候都有。

Z：……

这是有关人性的两个逻辑。一个我们讲的是个人的真实，他的性情和他对真理的愿望。另一个呢，就是一般人性，普遍人性，它同个人愿望总是冲突的。那么这时不论什么理想主义，什么精神，

烨：好的思想，

只要超出了这个人性水平，对人类社会造成的都是危害。一旦这个世界过高地要求人性呢，它就不但达不到那个高，还要跌到更低的地方去，跟那个物理道理差不多，你使劲向上提，加大的是那个下坠的力量。所有社会主义、共产主义的灾难就是这么来的，对人性估计过高，没有那么高，就硬拔高，结果栽得更低了。

Z：……你说还有别的主义吗？也是这样过高地估计了人性的？

中国古代不过高地估计人性。

Z：我说世界。

烨：世界从来不在人性中间。

我觉得这个世界呀，它灭绝人性。人性本来是什么？就是人的真性，对吧，结果被这个世界异化来异化去，就给灭啦；现在又来讲人权，讲人权的同时就是在继续灭绝人性。所有概念都对人的真性是个杀害。

烨：就像中国人现在也说民主自由，什么是民主自由？实际上就成了引进资本主义的社会生产力，你现在把资本主义发展经济的那一套办法移到中国去，中国全接受。自由就是个发财的自由，民主就是我也能发财，我也能当官，我也能捞上一把。但是说起来他要这个好听的词儿。二○○○年，小康之家，一听这思想境界你就知道在哪了，他没精神。但是他这句话没说假的，是老实话。

（略3行）

这个他倒是合人性水平。但事情就是这样，你合了一般的人性，那对

于精神理想就是个巨大的抑制，而那个精神理想对社会秩序造成的往往是动荡。那么还有一种中国特有的精神呢，它是一种和平的精神，这种和平的精神不是来自于妥协，什么民主、人权这种半斤八两似是而非妥协出来的东西，而来自什么呢，来自一种命运感中对自身的认识。这在中国古代是有这个精神的。

你这闹呵，你们闹，但是“茂陵刘郎秋风客”，不过是一场戏罢了，别把他乡做故乡；人间这个政治呵，你方唱罢我登场，就是这么一场戏。

烨：这是中国哲学。

另一重呢，它这有好几重呢，还有“红豆生南国，春来发几枝”呢，这境界广大开阔，所以人间这场戏呢，你是可以争也可以不争，但这不是生活的全部，更不是人的全部。

烨：如果你想去争你就去争。

是。富贵于我如浮云。那有人乐意随浮云去，那就去好了。沧海桑田，你得看见这两面。

烨：最终是人间正道是沧桑。两面，一面是你自身，一面是离开你自身的外界，那个一直观注你的冥冥。你气了，你大骂，你高兴了哈哈大笑，无论你悲哀还是愤怒，冥冥一直都在看着你。当你意识到这一点的时候，你就会心平气和，荣辱不惊，在这个世界上得到哪怕皇帝的地位也不会那么得意。

不会就去压制、统治别人。

烨：对，不会，因为我终究会过去，就是这样。

就跟这桔子掉到地上，拿到桌子上一样，这就是你当一个老百姓或者一个皇帝的全部区别。

烨：对，我不会悲哀，为什么？因为都一样。

这是中国跟西方大不一样的地方，中国承认人在精神、性情以外是行尸走肉，是灰尘；而这一承认，又说明他“看”到了这一点是吧。最为美妙就在这儿了，这一“看”，使他行尸走肉的同时，又完全脱开，完全高于了行尸走肉。实际上就是把上帝的交给上帝，把凯撒的交给凯撒了。你知道这个意思吧，就是说，说起来我是个动物的人，生活的人，社会的人，我有欲望，在人世盲动，我需要保护，需要制度和秩序，我不否认这些；但同时，我看到了这全部的荒唐，看到了人的无可奈何，成王败寇，聚成国，散成战，此长彼消，分分合合，也看到了贯穿在这所有荒唐过程中的每一个愿望、每一个灵动构成的美丽，这一美丽使宇宙万物看不到意义的运行熠熠生辉。这时你就会心生热爱，就会不陷在狭小的人世中争吵不休了。

Z：在西方他们讨论中国诗，老要讨论这是说"我"呢，还是说不是"我"呢，还是"我们"呢？

为什么老要想一个肯定的答案出来呢？这就偏了。

Z：实际上对中国诗来说这是不重要的。中国诗不光是在人或社会之中，而且在整个宇宙万物之中，而不光是你呀我呀这个问题，你知道吗？

K：所以这个"我""我们"根本不重要，从什么时候开始重要了呢？是从美国汉学家，认为中国古代有过西方的"自我"。

烨：那美国人太没知识了。

K：从那个时候才开始这个可笑的讨论。现在我反对的不是中国有没有，我就是反对那个破汉学家，因为他们根本没有知识，什么都不了解。

是，他们总热衷把西方的现代观念扣到中国古诗上，这简直是荒唐，就跟以为一棵大树会去巴结一个小虫子，要不然都不知道该怎么摇了一样。

烨：你知道中国有个成语叫蚍蜉撼树吧？他用的就是这个成语。我跟你说，我现在跟外国人在一起，感觉他们对世界的想法呵，很少能超越他们自身。中国古书上常有这种超越自我的观照，现在少了。

K：西方二十世纪根本没有。中古代比较多，基本上受宗教影响。

中世纪的哲学呵。

烨：对，宗教，它一般都说神。

K：从十八世纪开始，这种倾向越来越少。

西方也可以从神的角度看人世。惠特曼就是个范例。

《圣经》也有这样的语气。你看它开篇就说：神说有了光，于是就有了光。但是它这个“神”用得太实了。西方喜欢肯定，不然就不塌实。

烨：它好像一定得有个主语。中国古代这个时候就不表述了，可西方不行，它一定要有个主语，于是就说“神”。

他这或者本意就是要说神，有了这个目的在先，那当然一有机会就说神；或者他就是进入未知了，于是就说神。彼此呼应的吧。中国在这儿真就是比较老实，他也不向你推销神，他也不说他不知道的。像中国就会说“有了光，就有了光”——淡若海漂无所止嘛。什么“淡”什么“漂”，怎么有了光，你会到哪是哪，悟到哪是哪了。

看中国是省略主语，其实呵，是不妄加主语；看似一个方式哈，其实反映的是一个朴素的态度。它不是有意超越，而是就是这样。

就在那个被现在叫做“超越”的那个观看上——像太阳一样地看宇宙人世，和像空气一样地看宇宙人世，视点是不同的，虽然都是超人的。

Z：你是说西方的超越，最多就是像太阳一样地看待人世？

境界是不同的。老子的话之所以好多都没头没尾，他在那个境界里。天说话，是不必遵循人的习惯的。

Z：这个天意味着什么？

烨：意味着自然。

它自然就说出来了。你依人间的观念看就怪了，守着观念之下的逻辑推想，就如同用做菜的方式去想象上帝一样，那差不多只能是个荒诞。中国人早就解了这个题了，他不用自己狭隘的人世逻辑去表述神的境界，语言达不到时，就不说了，让你的感悟走下边的路。

Z：感悟怎么讲？

感悟就是不讲，因为讲达不到，才说悟么，悟那就是完全自然的了。

（录音中断．空去部分）

……有情无累。你真正过了这一关以后，你依旧有情，但是没有牵扯了。我本以为过了这一关就没情了，变得很冷淡，不是人了，也没有快乐没有幻想了。而真过去了之后，你发现你才真正看见了万物，你本来被各种杂乱的假象扰乱，被各种观念钳制，你对事物的本象居然是视而不见的——万事万物从来就简单清新，生机盎然，美丽无尽，没有改变。这时你发现你情依旧，却是没有牵累了，也就是没有恐惧了。就是你空了，干净了，这时一切生长起来。

Z：你说的这个累就是很累的累是吧？

对，牵累的累。所以空空之境后边有个生生之境，这叫脱胎换骨。我在找依靠的时候什么也依靠不了，自然界依靠不了，文化观念依靠不了，我的本性也令我失望，依靠不了，但是当你全都放弃不求任何依靠的时候，忽然就豁然开朗。

烨：该哭哭，该笑笑。

禅宗也讲这个事情。但这一关真难过。太困难。而且过了会回来。有时候忽然明白了，有时候又回去了。

（录音中断．空去部分）

“自然”是我同意我是这样的，那他和外界就没有了非怎么样不可的关系。“自我”闹得那么麻烦问题出在哪呢？它是“不同意”你这样。像那会儿我就是，觉得一同意我就完了，就和世界同流合污了，就成我最看不起的人了。但是令人惊奇的是它不是这样的。但之前有个恐惧是这样的。

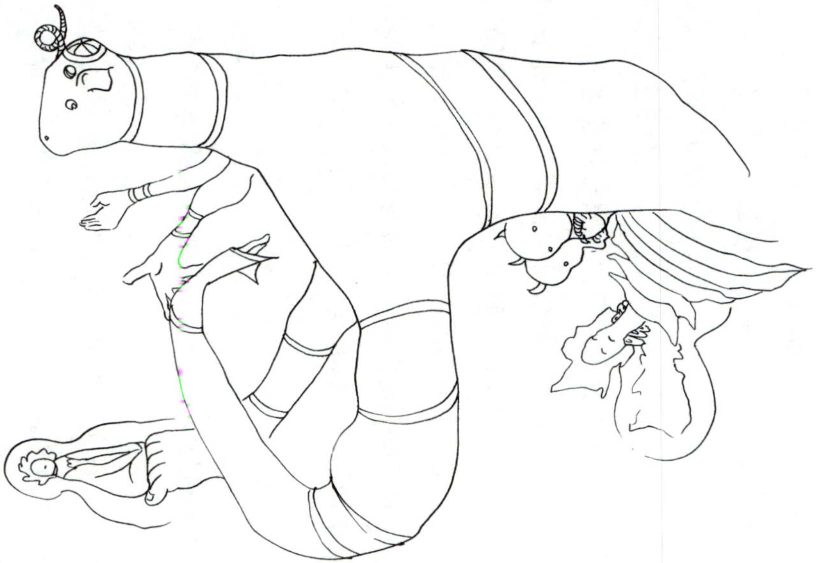

我觉得呵，干革命也罢，干艺术也罢，你选这条道儿就得认，你就死在这条道儿上了，这就简单了。……

……你使劲向上提，加大的是那个下坠的力量。……中国古代不过高地估计人性。

……这时你就会心生热爱，就会不陷在狭小的人世中争吵不休了。

……中国在这儿真就是比较老实，他也不向你推销神，他也不说他不知道的。……淡若海漂无所止嘛。什么『淡』什么『漂』，怎么有了光，你会到哪是哪，悟到哪是哪了。看中国是省略主语，其实呵，是不妄加主语。

……中国人早就解了这个题了，他不用自己狭隘的人世逻辑去表述神的境界，语言达不到时，就不说了，……

……所以空空之境后边有个生生之境，这叫脱胎换骨。

——图 1992 年画于德国

烨：还有就是想自身多一点儿，实际上自身就是世界，就是一切；不要想外界太多，你就想你自己，该干什么干什么，这样比较好；你就无所谓平和不平和，该生气就生气。千万别抱力所不及的希望。

最可怕的就是不可抱希望，一个人怎么能不抱希望呢？没有希望居然还能活下去哈，还能越活越好，这个真是奇怪。

（录音中断．空去部分）

（读）“园中莫种树，种树四时愁；独睡南窗月，今秋似去秋。”

这诗的声音很安定，静，不慌乱。感觉得到，他已经知道了。知道了，人才能这样说话，才有这样的声音。这基本是个道理诗哈，但是它是通过意象表现出来的。

“园中莫种树”，像是个劝诫哈，谁劝谁不管，两边都没人，空谷之音。

“种树四时愁”，这说了句道理，是承接上句话的。

“独睡南窗月”，到这转啦，他出来啦，这时你才发现他是自己对自己说话呢。妙在哪呀，哎，只有一个单独的睡，几乎是一个虚幻，一个精神游荡在那里。这个声音也很漂亮，和这个意象呵，好像是整个睡到南窗的月亮里边去了，既是人间又是天上，又很平常。

“今秋似去秋”，他看这个世界就是这样，没有时间；你知道“年年岁岁花相似”吧，就是这个意思。

他这个“树”不“树”的，有个凋谢的意思，要不为什么后来接个“秋”呢？你一旦种树，就有花开叶落，就有生长衰亡，就有了“四时”，你就要愁，是不是？原来我也愁，我守着花，花就谢了。你跟春天在一起就一直生长，你跟秋天在一起就一直凋谢。你如果跟宇宙万物四季在一起，就一直是有谢也有长，生生不尽。

这“秋”跟“月”也有关系，因为中国的诗境是，月亮在秋天是最明的。

这末句就“合”了。四句，起承转合，这诗还是挺典型的中国诗，无论取形还是取意。

K：但是为什么四时愁？

烨：四季呀。

春天愁生长呵，夏天愁茂盛不茂盛呵，秋天凋零了，冬天枯萎了，四季是不是都挺犯愁的？就是说呵，如果你是一个人，或者你抱一个希望，你就一定会有快乐和悲哀，有诞生和死亡，这都是命里注定的。“莫种树”，就是说你别当一个人。（录音中断．空去部分）

……世界上没有人，只有一个“你”。我梦里清清楚楚听见一句话就是：你怎么会以为你是人呢？——谁告诉我我是人了？世界告诉我的，社会告诉我的。都是人家说的。所以这整个是一个错乱。你一当人，就得遵守人的规则，你就浑身别扭，就跟穿个不舒服的衣服一样，你说那我穿个袍子吧，再系个腰带吧，还是不舒服，哎，脱光了才舒服，可脱光了还是人吗？所以不要这“树”——“菩提本无树”嘛，“明镜亦非台”，就是呵“本来无一物”，月光一般，你说，“何处染尘埃”？你就像月光一样看着大地，安宁得永远在一个梦想里了。你是月光就没有穿衣服的问题了，那是人的问题。

四时嘛，你只要是棵树，你就跟着地球转起来了，你跟着地球一转，这世界就把你带走了；你要不是树是月光呢，那就地球你转你的是吧，月光可以照耀河，照耀山，照耀不到，也完全无碍，因为月亮在天上。所以“今秋似去秋”呢，它不跟着转了。它是主动的。

Z：你说的“它”是谁？

它是精神哪，一切因它而生呵。

Z：就是说他的精神不是跟着四季或客观运动的，而是这个客观的东西随着他的精神。

烨：对。

对。比如说我要当一个诗人，我就惨了，为什么惨了？人家一会儿说我是诗人，一会儿说不是，一会儿说我写的是诗，一会儿说不是，一会儿说诗人应该干嘛；这我就是“种树”了，一下我就跟着它转了。但是我无所谓的时候呢，我就像月亮洒下月光一样，我爱写就写，不写就不写，我照耀的是江河就是江河，是山坳就是山坳，

烨：灵感来了就写，我就是。

照在水里就有倒影，照在地上就没有，水里的倒影风吹雨打时会碎，这都没关系，因为月亮在天上。

这个世上的我不过是我在人间的一个倒影，我要在这里有一段旅程罢了，你把我杀了，或者说我不是诗人，这都没有关系，

烨：但是我还会写出诗来。

我豁出去了，我知道我还有另外一个世界。

Z：这另外一个世界？

烨：就是属于他自己的，你不知道；谁也不知道，只有他自己知道。

就是月亮呵。这是一个秘密。

烨：说起来这个问题很简单，他早年写诗的时候，他自己不知道我是诗人，我必须写诗，不是，他就是他要写就写了，写下来以后，有的扔进火里烧了，有的留下来，有的他姐姐读了以后藏起来了。那么到了后来社会说他是诗人。问题在，你在说我是诗人以前我早已是个诗人了。那也就是说，我是不是诗人，跟你们说不说没有关系。因为我本来就在写诗。

月亮在天上，它没能倒映在水里，水没有承认它是月亮，云给挡住了。云散开，它落在水里，人家说这是月亮，很漂亮，那么它就是月亮了。后来又被云挡住了，天上的月亮并不着急，而水里的月亮没有了。这是一个命运，应该承认这是一个命运。

江畔何年初见月，江月何年初照人，这人比月亮来得晚多了。

烨：还有就是说，实际上社会对每一个诗人行使了暴力，他先把你归入诗人范畴，然后说你应该写出什么样的诗，应该对社会表态。可我早就写诗了，跟社会承认我没有关系。

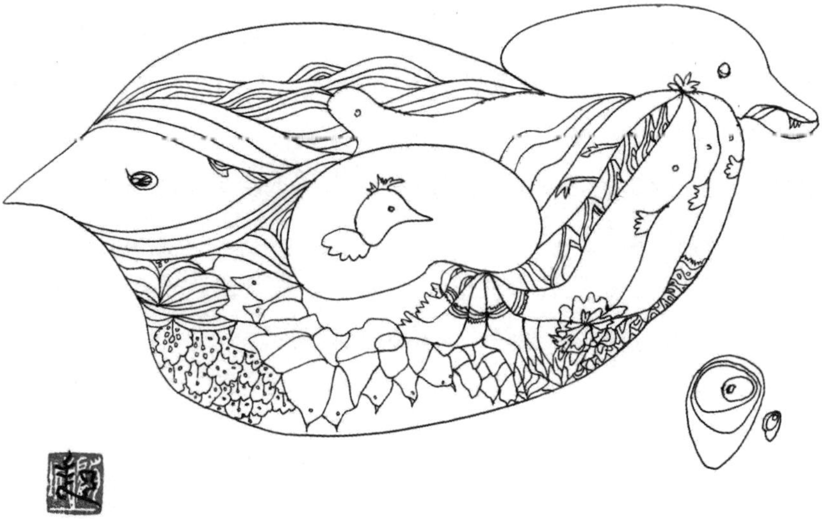

……这一美丽使宇宙万物看不到意义的运行熠熠生辉

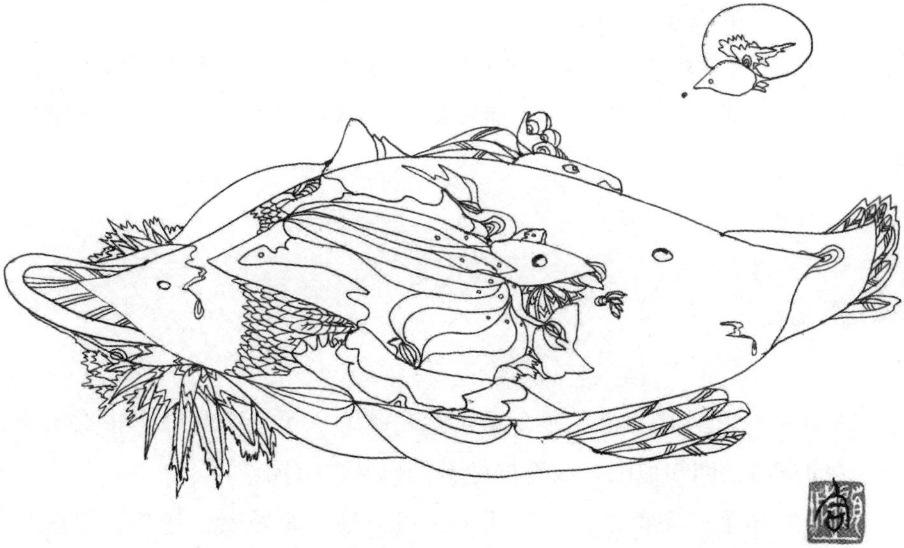

——《起》《承》《转》《合》四图 1992 年画于德国

你说我是我就是，你说我不是就不是；

烨：其实也未尝不可。

但是有一样，你别想动我的心。这不是“独睡南窗月”吗？这是我的世界，你别想动。

Z：是你的世界，就是说这个世界是你的？

“今秋似去秋”，这是个独立的世界。精神之所以美丽高贵，就在这点上了，这个世界拿它无可奈何。

而它看这个世界清清楚楚。包括看自己的欲望，看自己的荒唐处境。

烨：自己在社会中间的处境、地位看得清清楚楚，你干嘛说我是诗人，我也知道，你干嘛说不是我也知道，人一到这个境界，你真的是什么都知道。你看××[2]还找出这么首诗来。××看了好多好书。

教授么。

烨：教授是行。（录音中断．空去部分）

……日月精华凝聚而成。

Z：日月精华凝聚而成？你是说中国有个传统就是把美女看成精灵，不是鬼吗？

天地间的露水，天降下的干净的露水，露水化作美女，这是一瞬间的事，也可为狐，为鬼，甚美。

Z：为什么？

因为不是人。

烨：超脱了。

因为人不会是最美的，那么至美就超越了人了。中国很少将女子看作人一样的东西，你知道吧，或者把她看作自然之空灵。

或者看作是一道菜，比如请朋友也可以请一个妓女，是吧，那这个就成了人间现实的事情。

---

❷ 即K（汉学教授）的中文名字。

但其中一直有一个梦想，这个梦想后来就凝聚成了《红楼梦》。我跟你说过“女儿性”是吧，这个东西它在幻觉中也罢，在真实中也罢，她是与万物相通互为显现的，所以她显为狐显为鬼显为人都不奇怪。你可以跟她相好，这不是重要的事情，重要的是这个相好中间有一个核心意义，就是这中间有一个缘，她跟人有一个缘，这个缘是天安排的，你对它的感觉是时有时无，若有若无，跟人的灵感一样，就是它来了又去，是超人类的自然的感觉。

它实际上是非常精神化了的。

Z：把女人吗？

呵，对，将女子非常精神化了的。中国人就这么一个神，没有别的神其实，再剩下来就是空了。

烨：而且《聊斋志异》也谈到这个问题。它的审美就是中国人的审美，那种境界的审美。

它说女子的美丽不在眉宇肩胛之间，这是什么意思呢，就是说，不在于肌肤外在的美丽，而在那个气质，那个精神。

Z：一种气质的美，内在的美。

烨：内在。

气如兰，气质如兰花。

Z：不是眼睛眉毛脸长得好看，《聊斋》说美不是在眉？

“眉宇肩胛之间”。

它后边跟了一句话，这句话看怎么解，它说“在肌肤之中”；“肌肤”——“肌理说”它是讲诗的，

烨：内韵。

讲诗的质地。这个“肌肤之中”呢，实际上讲的是美丽女子的质地。中国人的审美不在你的样子，像外国这样，说一二三四，达到了就美了，不是，样子没关系，在于质地。玉是美的，在于它的质地；它比石头美是因为这个质地，甭管什么样的玉。

一个女孩儿的漂亮在于她的天性，天性美丽。至于她眉毛什么样，眼睛什么样，思想什么样，这都没关系，而这个东西是，哎呀，这是东方美的至高点，光而不耀，言语说不出的。

所以她可能是空的，也可能是有的，以人世量不出来。人世看她是不断变化，姿态万千，来去如风，又一如以往的。

烨：境界的。你没办法。

我们等车的时候看见一个人，后来谢烨说你看她是不是好看，我说她像阴谋和葡萄一样漂亮。

Z：阴谋？

她不像是一个人。

烨：就是说不出来她是什么人，土耳其人，白人黑人，这些概念都不合适；她看你一眼，这个时候让你感到了很多东西。

K：她是狐狸精？

烨：哎，对。

你看屈原写"帝子降兮北渚"，女子从天上降下，降到河中的沙洲上，"目眇眇兮愁予"，哎，就这样微微地看着，"袅袅兮秋风"，哎，"洞庭波兮木叶下"——你看她是西方概念中的人吗？那是一阵秋风，一片水波和倏忽飘零的木叶。（录音中断．空去部分）

不过妓女有时候也是很高级的。在中国是一个艺术。

Z：你真会说！

中国古代伎女就是娼女，就是唱女，就是歌女，……呀人家，人家是艺术家，人家弹琴唱诗。

Z：不是出卖肉体的。

那人家高级极了，王孙不见呢！比现代明星厉害多啦，……

Z：哎哟（笑）！

好多时候都是，你隔着帘子听一曲就走人。

Z：继续说下去，南苑十三首。

这个考古我是不行。我想它是借一个花儿在讲一个妓女的故事，有点儿这个味道。我现在诗里老有“她们”，大概就是我理想中的狐狸精，或者就叫女孩子。

Z：“她们”，是女她？

烨：女她。

她们的花哦，谢了又谢。

Z：你理想中的狐狸精是什么样的？

不可言传。有时候就遇见了。有时候就不见了。谢烨就是白狐狸变的。

Z：为什么说谢烨是白狐狸变的？

我一看她就发现了这一点。你知道，道士是能认出狐狸精来的。

Z：你是道士吗？

烨：哎。

我认出了一两个两三个狐狸精了。

Z：你为什么说谢烨是白狐狸精？

烨：你别问了，再问，

Z：为什么不是黄狐狸精，

烨：或者黑狐狸精，或者花狐狸精，狐狸猫那样的？

我碰上她以前就梦见了白狐狸。后来一梦见她白狐狸就出来了，就不分了。后来我碰上另外一个女孩儿，她说谢烨是大白狐狸变的，我一下就知道了。

Z：她说是大白狐狸？

我跟你说呵，这个“精”呵，和人生的人她不一样。

Z：怎么不一样？

就跟一首诗和一个论文不一样一样，它来源不一样，它质地也不一样。

烨：我让他一说说得，今晚一睡着就得，

一九九〇年十月

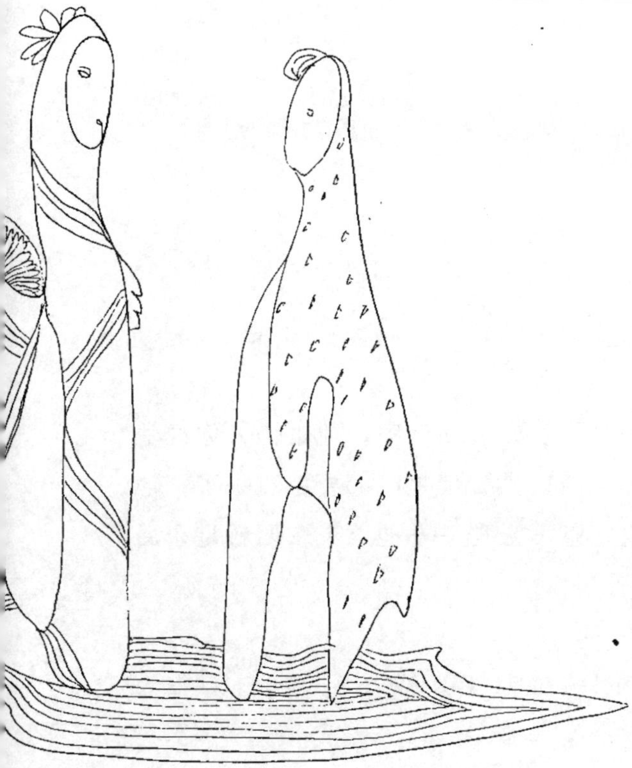

屈原写『帝子降兮北渚』，女子从天上降下，降到河中的沙洲上，『目眇眇兮愁予』，哎，就这样微微地看着，『袅袅兮秋风』，哎，『洞庭波兮木叶下』……

——《帝子图》1990年9月画于岛上

Z：不过真是，我觉得有的东西很难说，就是天生的。

《红楼梦》讲了半天就讲的是这个，姑娘家的美丽是天生的，不是人生的。

烨：有一个感觉就是，只要这个人心术正，她就好看；可是这人五官端正，眉清目秀，心邪，一眼就看出来了。

Z：你内心不正的话，就有它的外表，可以看出来。

女孩儿天生比较自然，特别是还没有长大的时候，她没有那么多的欲望；男孩儿长到一定的程度，就开始打架斗殴，欲望比较强。所以那种显示自然的美丽它就更多地由女孩子体现出来了。

Z：你这种中国的女子观和西方的区别，听他这么讲的话，中国比较崇尚自然。

K：同志们，我们现在开始谈民生。

饺子好嘞。

（录音中断．空去部分）

Z：刚才说的是儒家的生死哈？

其实一般老百姓呢，中国人是这样，你说他信呢，他也信，你说他不信呢他也不信。亲人死了变鬼，理所当然，但是呢，要鬼真来了，他为什么要逃跑呢？他害怕，他避鬼，鬼不吉利——他这个东西就是矛盾心理。

Z：西方人说因为我们有上帝，所以我们不信鬼，因为你们不信上帝，所以中国人都信鬼，你说这样说有没有道理？

有道理。人的精神支撑呵是这样的，他两个脚，一个站在虚无中，一个站在生活中。如果没有虚无那边儿那只脚哇，生活这只脚是站不住的。

所以人不解决这个问题，哪怕用一种最粗糙的办法解决——或者哲学上的，或者宗教上的，或者心理上的——他就不能生活下去。

因为你活到最后到底怎么回事儿？是吧，你总需要一个解释。你知道你必死，别的动物可能没有这么明确的认识；人，他推理，看见所有人包括自己都生长、衰老，别人都死了，那么自己当然最后也是死；可是这个推理当然十分地不令人满意，于是要一个不那么泄气的解释，含一些希望的设想，以至产生层出不穷的幻想，这在所有的时间里，所有的民族中间都是一样的。这是生的一个本能。

Z：你说信鬼也是一种本能吗？

那当然啦！因为一旦有鬼这个世界就稳定下来了。那个脚就站住了。不能那一边儿是未知呵。人面临的是绝对的未知他这生活就崩溃了。他只能已知，哪怕是个含含糊糊的令人怀疑的已知，也是没有不行的。

烨：其实这个意义上说，上帝和鬼是一样的，起的作用是一样的。

对，就是得让虚无那边儿是有东西的。

烨：因为你的肉体自然中来自然中去，是很清楚的；那你的思想，精神世界呢？到哪去了？

你的形体都看得明白，中国叫来于土归于土，《圣经》上也说你们来于尘土还将归于尘土，但是精神的来去呢？它来自哪里又去到哪里？这人就不甘心了，就有了用想象填补的空间了。《圣经》上说上帝把一口气吹到土里人就活了。

烨：于是就想出了鬼和上帝。肉体它是黄土来的，还要归为黄土，这已没什么可说的了。

Z：那东方西方都说人肉身来自于土，那不管语言差异多大，很多根本的看法还是一致的。

起始的点是一样的，那个终极问题，或者说是唯一的问题是一样的。它这个土哇，是物质的象征，是大地的象征，是我们的生命的承载体，你可以想象得出一代代埋到土里去，那么也一代代地长出来，像草木一样。可是你的精神呢？

烨：这就是我刚才说的。

我和谢烨讨论过这个问题，就是到底什么是“你”，是这个“土”呢？还是那个“神”呢？你有形体，谁都可见，来去藏也藏不了，可是你有一个谁也看不见的你，小孩子时就有了这个感觉——这是你，为你独有，是你的秘密，是只属于你的秘密。那么这个东西到底是个什么东西？它哪里来的又哪里去？所有宗教、哲学，无论东西方，包括科学，要解决的就是这个问题，因为所有的人都会觉得这个东西才是真正的自己，要不然怎么人们情愿换胳膊换腿换心脏换血液也要保住这个东西呢？至于叫做灵魂、精神、意识那就是个“名”的退下一位的问题了。名可名非常名，有名天地始，分歧也就自“名”开始了。

1992 年 12 月 18 日晚　波恩

与穗子谈[1]

你曾经说过，就是讲《城》诗的时候，说你小时候坐公共汽车，听到报站说“故宫”到了，你就一阵心跳。因为你爸爸的名字同“故宫”谐音，像听到叫了你爸爸。为什么会这样？是不是因为有种矛盾，一种“代沟”？要不然干嘛要心跳？是因为“代沟”吗？

嗨，这种说法太简单了，什么叫“代沟”哇？两代人间都有“代沟”，哪是这么个关系呀？

人有一种生命间的依恋，也有一种生命间的冲突，有一种血缘的依恋，也有一种血缘的冲突，这不是什么“代沟”，和这种机械的想法没关系，也不宜用任何这类思想式的、社会归类式的、理论结论式的想法来解释。

那我想知道为什么你听到“故宫”会心跳？

这是本能呵！如果有人叫你妈妈或者你爸爸的名字，忽然叫起来，你就会一愣呵！

就是这不是由于一种……

不是不是，没有什么深意，用不着引申，这就是一个本能的最简单的反应而已；如果走在街上有人叫“顾城”，我也会吓一跳。有一回在瑞典，我走在地铁那儿，忽然听见有人清清亮亮地叫了一声：“顾城！”我就愣了一下才回头；那人说：“噢，我在报纸上看见了你，知道你来了。”一种本能。这个没有什么太特别的。

[1] 穗子：张穗子。汉语学者。亦下文《无目的的“我”》采访者。

顾城约 10 个月时（1957 年 7 月）和父亲顾工

在那儿朗诵嘛，也就是有个由头开始说话吧；一下想到了小时的这个心情，好久没见父母了嘛；不是朗诵《城》吗？我《城》里也写了首《故宫》，这就一下想到一块儿了。

那么我想知道在诗歌创作上你跟你爸爸有什么区别？

区别？最大的区别就是他是一个乐观主义者；我是一个，照他的看法，是一个悲观主义者。我净说些不吉利的话；他一般地愿意说比较吉祥的话。他不愿意想不高兴的事儿。

乐观主义者，具体是什么？就是说他相信这个制度，还是相信……

他永远相信一切会越来越好，他而且只看见好的，他把坏事都尽量忘记，他自动就把不愉快的事忘记了。

社会性的？

不是社会性的；这是他的本性，他个性的；跟“社会性”没关系。他喜欢记住好事，忘记坏事，这是他的本性；而我恰恰相反。

你喜欢忘记好事，记住坏事？

一般情形如此。我总是记住不吉祥的事。好事如过眼烟云，特别是荣誉。而所谓的坏事，总是带着惨痛，它同我有一种生命上的关系，它持续影响着我，我自然会记住。

那么在创作风格上，具体到诗歌上，你和你爸爸的最大区别是什么？

我父亲呢，早年也是一个很热烈地喜欢诗的人，我想。但是因为他在那个时代之下，所以写的就都是比较跟那个时代有关系的诗。那么我同他最大的区别呢，就是他写诗是比较面对社会、面对人的；而我呢，写东西我觉得是我自己的事儿。

自己的事儿？

哎。这就是最大的区别了吧。就是说他具有社会性意识吧，写东西时会从读者方面想得比较多；而我觉得呢，现在说“灵魂”也说得太滥得可怕了，写不说“灵魂”，就说是自己心里的事儿。

你觉得写诗是和社会无关的，是你自己纯个人的事情？

是这样的。但是这个“我”并不是通常观念上的“人”，“我”可能是宇宙，可能是花鸟虫鱼，也可能是中国，也可能是人类，这个不能确定；诗中的“我”是一个精神状态的我，是个精灵的我，它没有名字，它可能变化成各种事物。

这是你和你爸爸最大的区别吗？

我想是的吧。还有就是他觉得写诗，做诗人是一个荣誉，我不这样看待诗。

你认为做诗人呢？

我觉得被人称为诗人是个偶然现象。社会这么看你就这么看你，如此而已。你可能被称作各种东西，“名可名，非常名”嘛，不过是姑且有之，它并不是事物的本质。

那你们的共同点呢？

共同点我想也是有的。他也喜欢好诗，他也读唐诗，这都是共同点。他有时候看我的诗也很惊讶，比如小时候我写诗，他说：“啊，唯美主义的呵！”当时我也不知道什么是唯美主义，但是有一点儿“臭美”，小孩儿总有点儿虚荣心嘛，听见这么一句带“美”的莫名其妙的话，总觉得有点儿得意。而且他给了我这样一个“唯美主义”的概念。

我想他要是不写诗的话，我不会把写诗当成一回事情。因为他写诗，所以我就也把写诗当成一回事情了。有些诗呢，我就抄下来，保存下来；要不然可能就全都丢掉了。

是你的诗呵?

我的诗。他的诗倒好多“文化革命”中间就丢掉了。我们写了诗,他就都扔到灶里了,我的也烧掉了不少。他的烧掉的诗我现在还记得零星一些呢,就是说,

背下来了?

哎,对;我清楚记得的,比如一个春天,在外边……

他不记得了哈?

他忘记了,后来我背给他,他全都忘光了。有的我背一句他还能模模糊糊有点儿印象冒出来。像有一回春天里,外边是好多耕地,我们在那儿烧猪食,用稻草烧猪食,他就拿起纸笔写了一首诗,大概是:大地是一个棋盘,生命是一粒粒棋子,没有输赢胜负,麦穗和花朵是我们的旗帜。——他那时候倒经常写一些这样的句子。还有一首《沼泽里的鱼》我记得很清楚,我和了一首《中枪弹的雁》,我父亲说应该叫“枪弹下的雁”或是什么,对仗嘛。我们因此经常对对子,我想我“对仗”的概念就是在那时特别清楚起来的。

那么好像你对东方文化道、佛,好像比对西方文化的兴趣更浓一些,这是承接了你爸爸的遗风还是……

我爸爸一点儿这个风格都没有。我父亲有时候生起气来就让我剃了头当和尚了事,但是并不是因为对佛、道有什么兴趣。他相信气功的“气”,有时候把“气”想成宇宙中交流的秘密,跟现在流行的说法很像,但是我

上图：1971 年初。顾乡用家中相机摄。
和父亲于猪圈中。背后是他们取名为“老祖宗”的大种猪（当时他们给十多头猪都一一取了名字）。

下图：同日。身后是顾城和父亲煮拌猪饲料的砖瓦屋。那时感叹高档，包括猪圈，比家居的漏雨透风泥墙草顶屋高级很多。

想这跟“道”的思想、“佛”的思想全都没有关系。

你相信气功吗？

我能感到“气”。一个人在放松的时候，他会感到“气”的推动，这不稀奇；对于我来说比起写诗的奇迹感，这可要差远了，比起做梦、写诗感受的神奇差远了。

你欣赏你爸爸的诗吗？

嗯，我应该说差不多全都读过。他早年的诗是有激情的。我们一起煮猪食时他写的那些诗，我也觉得是很有意思的，有很多词我原来都还没想到，像他说“时间的车水马龙”什么的，他说“让我们像燕子一样回来，重新衔起一丝泥土的芬芳”，这样的词，在当时一个荒凉的地方，读来还是很明亮温暖的。

他欣赏你的诗吗？

他感到很矛盾我想。忽然有时候他会觉到惊奇，但他会立即告诉我，到此为止！不要再往“奇怪”里写了，因为没有人再能懂你了。现在我想他会彻底地认为我那诗已经不知所云了。

1992年12月19日上午　波恩

无目的的“我”[1]

什么原因使你开始写诗？

我在自然中间听到一种秘密的声音，这个声音在我的生命里变成了诗。

你听到的是哪一种秘密的声音？

那是天地间万物变化、生长的声音，也是我生命变化、生长的声音。因为它们是同一种声音，所以我能听到。

你最初受到哪些书的影响？

法国昆虫学家法布尔给了我最早的，也是最大的影响。我10岁读了他写的《昆虫的故事》[2]。这使我受益终身。

法布尔给了你什么影响？

在法布尔描绘的昆虫世界里显示了人的命运。这使我理解到每个细小的生命都有它们的生活，从而也使我想到了自己。

你是中国作家中谈“我”谈得较多的一个。最初是什么原因促使你不断谈“我”？

❶ 此篇初题“无目的的‘我’——顾城访谈录”，文由张穗子访谈整理，随即刊于德文杂志Minima Simica（袖珍汉学）I/1993，题：Das ziellose Ich: Dasziellse Ich: Gesprach mit Gu Cheng

❷ 原文如此。

一种青春的冲动、一种内心的矛盾和一种要求统一这种矛盾的本能促使我寻找“我”。

你寻找到什么样的“我”？你的“我”对你的诗歌创作产生了什么影响？

我找到了不断变化中的“我”：

最初是“自然的我”。这个“我”与包括天地、生命、风、雨、雪、花、草、树、鱼、鸟、兽等在内的“我们”合为一体。这个“我”本身有一种孩子气，也有梦，希望和恐惧。《生命幻想曲》是这个时期（1969—1974）的代表作。这个时期我写的诗比较自然、抒情。我在对鸟、对世界、对自己说话。

接着是“文化的我”。这个“我”与当时能和我在精神上相通的“我们”合为一个整体。在这个整体中，我同时汲取中国传统文化和西方文化的营养。当时中国大地上流行着强烈的寻找“自我”的呼声。《我是一个任性的孩子》是这个时期（1977—1982）的代表作。这个时期我写的诗有很强的人的、心理的，甚至社会的色彩。我开始从人的角度评价这个世界。我注重对人说话。

然后是“反文化的我”。这个“我”就像小说《红楼梦》中的贾宝玉走出了贾府的“我们”，又与癞头和尚和疯跛道士即一个数量变小的“我们”合为一体。这个“我”用反文化的方式来对抗文化对我的统治，对抗世界。《布林的档案》是这个时期（1982—1986）的代表作。这个时期我有一种破坏的心理，并使用荒诞的语言。

此后我发现寻找“我”、对抗世界都是在一个怪圈里旋转。我对文化及反文化都失去了兴趣，放弃了对“我”的寻求，进入了“无我”状态。我开始做一种自然的诗歌，不再使用文字技巧，也不再表达自己。我不再有梦，不再有希望，不再有恐惧。《颂歌世界》和《水银》是这个时期（从1986年至今）的代表作。前者有一种宗教感，后者完全进入一种自然的个人化生活。[3]

对于你来说，什么是“无我”？

自然从来没有创造两个完全相同的东西。我就是我。我寻找“我”，全部的错误就在于寻找。当我思考“我”的时候，我已不存在。目的使我陷入到一个矛盾中间。对于我来说，“无我”就是我不再寻找“我”，我做我要做的一切，但是我不抱有目的。一切目的和结果让命运去安排，让各种机缘去安排。当我从目的中解脱出来之后，大地就是我的道路。

对于你来说，什么可以称为“无目的”，什么可以称为“有目的”？

例如中国魏晋时代有一个诗人叫刘伶，有一次他喝醉了光着身子在屋里跑来跑去，一位客人惊讶地问：“你怎么不穿衣服？这是违反做人的礼节的。”刘伶说：“天是我的房子，房子是我的衣服。对不起，你怎么走到我的裤子里来了？”刘伶的所做所为是不含目的的。他不穿衣服完全出于他的自然，是他自性的表现。他的回答也是他临时胡想胡说出来的。但这表现出一种生命的自在和想象力。

又如，在西方安徒生的童话《皇帝的新衣》里，当别人问：“皇帝为什么没穿衣服？”皇帝就无话可答。因为他有一个目的，这个目的就是要证明自己是一个聪明的人、一个有教养的人。这个目的使他欺骗别人，也欺骗自己。

---

[3] 或者由于采访者或者由于被访者，这里的时间划分不可较真。组诗《颂歌世界》写于1983年至1985年，组诗《水银》写于1985年至1987年。《布林的档案》起写于1981年，与《我是一个任性的孩子》写于同一年。作者多次说过他在同一时期的诗风格常常是迥然相异的。但随着时间变化的诗变化也是明显的，作者亦多次讲及。

为什么你的“我”总是与“我们”联系在一起？

这么多年我可以感觉到：我就像一滴水从云里落下来，我是一个孤独的个体，我在离开云的一刹那，完全忘记了我的来源和我要到哪去；这个世界上有很多水滴，每滴水都是一个个体，当我和他们相互映照，相互吸引时，记忆忽然在生命中醒来；我和他们之间有一种似曾相识、一种熟悉的感觉，也就是说，他们就是我；我能想起，我们有一个共同的来源，我们都来自云，而云来自海洋，海洋来自河流，河流来自雨滴，我们已经千百次在这个世界上生活变化过了，我和宇宙本为一体。——我觉得这是一个爱情的原理，也是一个诗歌的原理。

你的这种看法是否受到佛教的影响？

佛教是告诉给那些不知道的人的。如果你已经知道了，对于你来说就没有佛教了，一切都是你自己。

那么你的“无我”是否与“我们”不再有关系了？

说有就有，说没有就没有。这一切都是我，又都不是我。

1987年你来明斯特参加国际诗歌节。当时，你只在个人的卧室里戴这顶自己做的独特的帽子，在公开场合中，你从不戴它。为什么你现在无论在什么地方，无论在什么时候，都永远戴着这样的帽子？

在中国的时候，我确实不敢公开戴这样的帽子。只有一次，我戴着这样的帽子上街，引得满街的女孩子都对我笑，使我很得意。当我完全不在意这个世界对我的看法时，我就戴着这顶帽子，也就是说，我做我想做的事情。不过这顶帽子确实是我和外界的一个边界，戴着它给我一种安全感。它像我的家。戴着帽子，我好像就可以在家里走遍天下。

对于你来说，什么是神，什么是鬼，什么是人，什么是昆虫？为什么你说，你既是神，又是鬼，既是人，又是昆虫？这是一种信仰，还是一种体验？

这是一种体验。

神对于我来说是一种光，是一种洁净的感觉，是一种洁净的心境。

鬼对于我来说是我在现实生活中的一个化身、一个旅行。

人对于我来说是一种名称，也是一种概念。

昆虫对于我来说是一种没有妄想的生命。它不会变得很大。

世界说我是人就是说我具备了人的形体。但这个形体并不是全部的我。我还能感觉到其他的生活。如果只遵循一种方式生活是非常单调的。光做人也非常单调，不合我的心性。

你是作为人，还是作为鬼来写《鬼进城》这组诗的？

人可以在与鬼不保持距离的状态下写鬼诗。这就是说，完全进入鬼的状态，排除了人的生气，作为鬼来写。这种写诗的状态使人接近死亡。人也可以在与鬼保持距离的状态下来写鬼诗。这就是说，像是看电视一样，看一个鬼的故事。作为人来写诗，人不会受到任何伤害。我作为鬼，创作了《后海》《紫竹院》等诗。我作为人创作了《鬼进城》这组诗。

这么说，写诗有时也会使你接近死亡？

是这样的。死亡有时也许会使我接近最后的诗歌。有好几次，我快死了，但我有一个很大的幸运，我的妻子每次总使我起死回生。她经常把做人的感觉加于我。例如有一次我说："我要自杀。"她说："我巴不得你去死。"还有一次我说："我们一起自杀吧。"她说："我们可以一起死。但是你应该先杀死我，我绝不自杀。"有一次我说："我要出走，我要去当野人。"她就拿起一只黑蜗牛说："你先把它吃下去吧。"她用一种荒诞的手法破坏了我的意境，使我慢慢地也会用一种荒诞的态度来看待自己。

一般来说，人们总是默默地去实现出走或自杀的决定。为什么你总是要把自己出走或自杀的决定告诉自己的妻子？为什么"意境"对于你实现出走或自杀的设想起决定性的作用？对于你来说，有关出走或自杀的妄想是属于你"儿童游戏"的一部分呢，还是属于你"虚构我"的一部分？

当我要出走或自杀的时候，我总是告诉自己。我对妻子说话就是对自己说话。人死一回不容易，我总想死得好一点儿。死是一种特殊的意境。这与"儿童游戏"以及"虚构我"无关。[4]

你曾认为你有一种堂·吉诃德式的意念。对于你来说堂·吉诃德式的意念是什么？

我曾经有过堂·吉诃德式的意念。堂·吉诃德式的意念就是想入非非，生活在自己预想的故事里面。现在我依旧想入非非，但是我的故事已没有任何目录可寻。

你说，你曾经对自身、对死亡、对两性、对社会、对做人、对虚无产生过恐惧，而现在再没有这些恐惧了。为什么？

---

[4] 以上两节对话（即自"这么说，写诗有时也会使你接近死亡？"起的两节对话）《顾城文选》编选时因所见版本中没有而缺编，现依原文补入。"儿童游戏"及"虚构我"，于文中显得突兀，于顾城其他言谈记录中似也不能找到严格的这两个词。

每个人在这个世界上生活都有大的恐惧，因为有一个观念上的"我"在。当我进入"无我"之境的时候，这些恐惧就消失了。不过我还有一点儿对美的恐惧。

为什么你还有一点儿对美的恐惧？对于你来说，什么是美？

对于我来说，美是一种状态，它足以使我感到这个世界的虚幻；因为美出现的时候，它太真实了。

当一种美还没有被人发现，只被我独自看见时，我会有一种喜悦，有一种秘密感，也会有一种恐惧。我的恐惧是，面对美我有些自惭形秽，我怕走近美而破坏了美。我还有另外一种恐惧，我怕当我看见了一种美的时候，别人也看见，从而毁灭了这种美。对于女子那种属于诗的美和上天的美，我都有这种感觉。我想："真好！但是我不说出来。"说到底，我有点儿喜爱这种对美的恐惧。就像人们怀念最初的爱情一样。

你现在的艺术风格有别于你过去的艺术风格。例如，你现在写的诗在语言上比你过去写的诗简单、直接。为什么？

现在我放弃了追求任何艺术风格。我不再设想一种高于自身人格的完美的语言境界。我甚至不再想这是否是艺术。有一次我在给朋友的信中写：我好像知道了一点儿，真的话都是非常简单的，像用海水做成的篮子。

你受德国学术交流中心的邀请在柏林进行一年的诗歌创作，你在柏林最大的收获是什么？

我在柏林最大的收获是写了组诗《鬼进城》。我来到柏林，大雪纷飞。我在雪地上走，好像没有痕迹。这使我想起鬼的生活。黄昏来临时，柏林的夜色越变越浓，这时我好像看见那只巨大的手轻轻地按在所有的灯光上。不仅是柏林的夜晚，也是它冷漠的白天，以及它一次次疯狂的可能，使我想起北京。鬼平静如水，但是在它受到打扰的时候，也会摧毁一切。我不想说“历史”“文化”这些词，但是我知道，死了的人并没有消失。鬼溶解在空气、黄昏、灯光和所有人中间。一切并非到此为止。我在柏林获得了我的北京。

在生活中，什么事情对于你来说是最重要的？

一座安静的房子，一个不受打扰能够做梦的地方，对于我来说是最重要的。

你刚才说，当你进入“无我”之境时，就不再有梦了。现在你又说，你生活中最重要的事物是一个能够做梦的环境！你的前后说法没有矛盾吗？

我不再做梦，是指我放弃了改变世界或改变我的妄想。这种梦是一种执著的追求。我继续做着梦，是指终有一些我未知的事物来到我的生命中，它来了，又离去，留下一些启示和暗示。这种梦是一种自然现象。这两者并不矛盾。

1992 年 12 月 19 日下午　波恩

“排着队，突然我就走出去了”

——与友人谈[1]

……

但是这个东西它本身就构成了一个和谐。

友人一：正因为老子，不知道是谁呀，他才是真正的老子。……

对，及至无身，何患之有嘛，他本来就“无身”，你还非得给他找出一个“身”来？他的哲学已经很清楚了。

友人一：他的生卒年代可以差到好几百年。

友人二：因此道家和道教后来就分开了。

道教就走到“术”上去了。

友人二：道家是思想。

有一点我还是不很清楚，道家的哲学跟佛教的思想它有一个重合，至少在“无为”的方面有一个重合。但是佛教究竟给中国增添了什么？

友人一：你的问题是？

有一个空空之境，有一个生生之境。就我的理解，道的东西到了东汉魏晋的时候，它们也很盛，但是同时好像进入了一种很绝望的感觉，就是庄子那样的生气看不见了，它自身剩下的好像只是一种绝望。佛教的思想来了以后，好像中国忽然安静下来了，产生了像唐代这样的有一个寂静核心的，本身很强大很有生命力的，有很多方面的繁盛的一种文化。那么

---

[1] 友人分别以“友人一”“友人二”表示，友人一为居法中国学者。友人言谈记略。

我不知道这个佛的东西，到底给中国增添的是什么，后人说呢，就汇成了禅这样一个东西了。这是给中国增加了一个境界吗？是不是一个生生之境呢？

友人一：在我的书里边，

我读了，您说的日本的字，

友人一：不止那个问题。……从书法上讲，形式规范又创新，至写出性格。什么叫好？——都写得很怪，为什么这个就好，那个就不好？还是有个内在的原则的；那个也怪，可它不是没有道理的。

它必是来自一个境界的。

友人一：有一个境界，不止是

烨：形式。

不止是形式的问题。

友人一：书法就是它的存在，这就是道家的。艺术最后就是个天然，这在中国的系统里面，达到最高的境界了，就是，

道法自然。

友人一：道法自然，对。就是艺术就是存在，你不用去追求。佛家来了以后呢？就是说这个世界本身我们是怀疑的。道家所怀疑的，是书法艺术存在不存在，它认为书法艺术不存在，书法就是生活，你就生活就行了。可是佛家呢，就是说生活本身也要怀疑，生活本身是空的，所以你写了半天也没写什么。你带着没写什么的心情去写，带着并不存在的心情去存在。

说佛给中国带来了什么，从宗教层次说，带来了一些中国并不太愿意有的形式，比如说大的寺庙。假如说没有佛教，就没有那些寺庙。它在那个层次上给具体化了。中国本是个没有宗教倾向的民族。

友人二：佛教为什么最后超过了道教成为中国的大教，是不是因为它解决了一个大家最关心的问题？

友人一：他们所最关心的问题就是生死问题。好，我们现在说生死问题。生死问

……这是给中国增加了一个境界吗？是不是一个生生之境呢？

——1993年1月柏林（自法返回）

题，中国人不说得很绝对，就一直还是孔子说的那个，

不知生焉知死。

友人一：不知生焉知死，就是那些东西我们无法讨论。但是西方人或是印度人它一定要讨论，说得很具体，很落实。

他这只虚无的脚，他得给垫起来：天堂，地狱；上帝。

烨：平衡。

友人一：对，地狱，还十八层地狱，说得很具体。中国人不这样。没有印度，中国人不会这样说的。

我知道这是佛教它的问题，我觉得这比较是对一般人的。如果从比较纯粹的哲学意义上说，我读了冯友兰他在美国出的一个《中国哲学简史》，现在翻译到中国去了；他说佛教给中国添了一个叫“宇宙的心”的东西。这梵文不知道是什么——宇宙的心。

我就想因为中国那个东西是比较自然的，到那一步它就不说了；可是你说它不说呢，庄子也说了好多，几乎是从空空之境到生生之境他都说到了——你完全放松了你就自由了，在宇宙中间是吧，达到一个逍遥的境界；

无为而无不为。但是“宇宙的心”？因为佛教，它这禅讲了半天，一个是非心非佛，一个是即心即佛，这两者好像矛盾，而到后来就真是一回事儿了；你在那个阶段上遇上，才会有这句话。

我想过这个事儿，我觉得佛教吧，它好像有一种更安详的东西；当然“及我无身”也够安详了，但是“心”那个东西呢，中国人讲性情，讲感情比较多，但是那个“心”不像是性情、感情的，好像是更近乎于“观照”的那么一种东西；它很稳定，几乎是超稳定的，不像中国的“性情”那么随便。

我不知道我体会得对不对；说起来庄子那个东西也挺彻底的，又是非常活泼的。

友人一：你用活泼这个词，这都是中国的，印度它并不活泼，涅槃它并不活泼。

我说庄子。

友人一：是呵是呵，我是说你是对的。而你觉得的这个稳定，佛教的稳定，它是一个涅槃，那个涅槃已经和生命不同了。

超乎生命了。

烨：一种观注嘛。

一种观照。因为我这个人性情呵，可以说特别不稳定，究根儿呢，也不知道怎么回事儿，只能说是命里注定的，什么事儿都受不了——什么事儿好，要是毁了，就特别受不了。所以什么好事儿来了，反倒让我特别紧张，而且沮丧；好像早就知道它早晚是要毁掉的。那些小孩儿，在那个天牛须须前头系上药棉，然后点上火，我就猛不丁看见了一下，我就恨不得疯了就不行了。那会儿也就五岁吧。所以就演变成了不要好东西，不敢高兴；当然也不可能哈，所以我想我就特别不稳定，就是一下突然就受不了了；像那还在小学里，都排着队，突然我就走出去了，谁还都不敢管，我们班的老师追着我，很小心哈，我也就不好意思了。而且我还命令我心硬。就是这样。好像明事理也没用。

哎，怪就在我喜欢孙悟空，后来喜欢庄子应该也是一个道理。其实我这人特别不潇洒，我要砸什么从来不是嘻嘻哈哈的，那就是真爆炸了我就真的没办法了；而平常要是不留点儿神儿，那我就对什么都珍惜得不行，所以砸过任何东西以后我就特别特别难受，而且当然只有自己扛着。孙悟空那样就痛快哈，没有我这些啰嗦。

但是到了佛这个稳定这儿呢，我知道我缺这个修炼；但是有时候，我写诗：你给我苹果，在花开的时候，远远地看，只有这一片是红的；十五只鸟在路上飞，飞过，飞不走了。——就是有时候呵，忽然觉得那阳光在山谷里，那阳光在山顶上，那阳光无所不在，万物随缘而生哈，那样明亮的祥和之气，和平之气，直到日落了都那么好看和安宁，于是就什么问题都没有了一样，好像是天下大同了。

但是好景不长，动不动又急了；你说我这也不功名了，也不想天下兴亡的事儿了，急从何来？我就觉得有种盲目的力量，那我就得把这个力量给它打掉，比方说我就去打石头，还真就好了。不过我想这跟我小时候就觉到的那个东西，那个"受不了"有关系。不知道是生命中的这个自然力量，还是血液里的这个只能说是遗传下来的"受不了"，哪个是真正和我作对的力量。而佛教就有种东西好像超乎这个之上了。道之下还是很欣赏个性的，佛好像是连这个也超越了。但是你说老子说淡若海漂无所止，也是极静极平和的；不过佛那个祥和之气好像更明亮。

友人一：这个你说的可能和叔本华的有点儿关系。叔本华所讲的那个原始意志，它这个意志是存在的意志，那么要把这个东西去掉，就是要把这个原始意志去掉，这就是佛。

呵，那我知道了。

友人一：所以后来叔本华也提到了这个佛教是个解脱。

可是佛教它这个解脱也有个危险呵。道吧，说起来它是从一切现世观念中出来了的，它可以只剩下个真性情自由自在，没有要完成什么做成什么的目的。而佛照这么说它是要去掉性情这个东西的，就叫灭绝掉人性是吧，而它好像并不否定观念，比方说它有善恶观；但是什么是善或恶，因为它超越了人性，这个事儿就麻烦了。比方说杀人未必是恶，因为它要实现大善，比方说共产主义，或者什么大同世界，或者什么大东亚共荣圈是吧，这个中国、日本、柬埔寨都是例子，尤其日本、柬埔寨都是多佛的国家。因为它是没有人的，杀生或放生，但是没有人。达到大善世界了，那就都是放生了大概，但是这中间没有个人。

密宗里面佛分善恶，好像禅宗里就不大讲恶佛这一面。你看金刚它就是以恶伐恶，也不是一味地善。那这就麻烦了。道呢，因为它承认个性，就比较好，就可以是你我两不相干，咱也不说谁善谁恶，我喜欢这样，你喜欢那样而已，两不相干。

友人一：我们现在讲的？

我们现在要排除“教”，就是讨论纯哲学。因为教它是对着人世的。而一针对人世，

烨：它就片面了。

哎，就是，它一下就出现善恶对立这个问题了。好像到了这儿，倒是“道”更超然些。当然佛它那个大善也是超善恶的，只是它反倒是更向人世走一些。道是出去，佛是进来，好像。

烨：挺邪的。

所以我有时候也想毛泽东这个问题。毛泽东他中年以后他是相当地往禅那边靠的。禅，它这个佛过来和道结合起来，这个不说善恶，但是有个美丑，就是高级和低级。佛的那个明亮、通达、观照，和道的那个真情真性合在一起，那就是禅的高级。毛泽东他读禅的书，……你看他的语言，就从方式上看，就有很明显的一个变化，当然那根本上并不是一个方式问

什么事儿好，要是毁了，就特别受不了。
所以什么好事儿来了，反倒让我特别紧张，
而且沮丧……
你说我这也不功名了，也不想天下兴亡的
事儿了，急从何来？

——图画于岛上生活期间（1988.7—1992.3）

题，而是他真情真性的一个体现。你看最早他说“我们”，像“我们共产党和共产党所领导的八路军、新四军……”“领导我们事业的核心力量……，指导我们思想的理论基础……”，后来慢慢就听不见他说“我们”了，时不时有个“你们”：“你们要关心国家大事，要把无产阶级‘文化大革命’进行到底。”后来就成了“我”，分出了“你们”和“我”，就把自己慢慢从阵营中给分出来了，然后就对立起来了，像“我赞成这样的口号，叫做‘一不怕苦，二不怕死’；我不赞成这样的口号，叫做没有功劳也有苦劳”[2]，“你们信不信，你们不信反正我信”[3]，再后来他这个兴趣也没有了，……连“我”也不说了，他的指示没有了人称，或者有也不明确：“要斗私批修”，“要光明正大，不要搞阴谋诡计”，“他不懂马列，代表资产阶级”[4]，“翻案不得人心”——这都是说谁呢？……

（略 12 行）

友人一：他是个职业革命家。

他是个职业闹的，“造反有理”嘛。他非常清楚这样干是不行的，但他不能容忍那种就是“只能是这样”的人世秩序，别人看着正常，他看着腐朽，他说“死气沉沉”，不去给折腾了不行，他说难道穿游泳裤就是游泳了吗？……他看不上那些所谓的好日子，什么“土豆烧熟了，再加牛肉”，他说“不须放屁，试看天地翻覆”，“惟有牺牲多壮志，敢教日月换新天”，他就是恨不得把它一千年在眼前就给它天地翻覆过去，换它多少朝代那才算

❷ 1969年5月全民传达毛泽东《在中共九届一中全会上的讲话》中的这段话被广泛应用，尤其是前一句，即：“我赞成这样的口号，叫做‘一不怕苦，二不怕死’。”

❸ 辑录者查得原话见1971年8月~9月毛泽东《在外地巡视期间同沿途各地负责人谈话纪要》：“希望你们要搞马克思主义，不要搞修正主义；要团结，不要分裂；要光明正大，不要搞阴谋诡计。”“学马克思主义就讲团结，没有讲分裂嘛！我们唱了五十年国际歌了，我们党有人搞了十次分裂。我看还可能搞十次、二十次、三十次，你们信不信？你们不信，反正我信。到了共产主义就没有斗争了？我就不信。”见报及日常政治学习中有所简化。

❹ 辑录者查得原话见毛远新整理的毛泽东1975年10月至1976年1月间的指示：“[邓小平] 说教育有危机，学生不读书，他自己就不读书，他不懂马列，代表资产阶级。说是‘永不翻案’，靠不住啊。”

得上漂亮，有活力；（略3行）

你说他这要是纯佛的，照你说的，他就该把他这性情，极其强烈的个性给它革掉；他这要是纯道的呢，那他该是整个不干世事，不入这个世，尽管自得其乐去对吧？他这就是佛道合一的。……

友人一：他要一个新的秩序。

（略10行）

他这就是“道”，但是入了世了。要说禅，佛道合一，他这个早年也算是出神入化，也为他带来了现世的巨大成功，而到了后来，好像他这站出来是佛，入世倒以更多道的风格了，就是整个地反了。

（略30行）

友人二：这和中国社会的意识有关吧？

这就是人性，西方也一样。

友人一：那法国大革命的时候，那个残酷。

所以人本性中间就有这个东西，包括所有的善，就看你这能量归到哪个渠道里了；最奇妙或不妙的是，它不老走一个渠道，走到一定的时候，忽然就反叛了。

（略34行）

友人一：他跟杨振宁谈什么东西呀？

跟杨振宁谈的就是这个，他找李政道、杨振宁都是谈这些；玄学，一到他那里。

友人一：其实不相干的，他们所了解的是物理学的。

你要看他的言行呵，他自身有个天然的矛盾在哪呢？你一到“周而复始”，比如说中国历史周而复始，那他就要“永远向前”，就要打破，就要“进行到底”；但一到西方说一直向前，一直发展，或者说这个东西到那里就灭了，有去无回，他就又不行了，他说一切都是周而复始的，就返回老子那儿去了。好像是他这思想上，认识到一切都是周而复始的，但是他的性格是要求一往无前的。

中国哲学从来是随机应变的，禅宗也是高级的是一种美，低级的就很可怕了。（安宁的核心）

……就像中国现在有气功而无禅宗一样……（神灵贯穿其间）

中国可以将佛教，从中发展出素食馆来，真也是非常的一绝。（麦地在阳光下一片平坦）

……佛的那个明亮、通达、观照，和道的那个真情真性合在一起，那就是禅的高级。

——图《馋宗》取于网络。1992年12月28日自柏林抵巴黎当晚会友人于中餐馆，据友人文应餐馆老板邀留言，遂签画此图

（录音中断．空去部分）

（略47行）

云在青天水在瓶嘛，两者各归其所。就是凯撒的归凯撒，上帝的归上帝，这就简单了，你把两个搅在一起，凯撒的给上帝，上帝的给凯撒，这世界就只会更可怕。

（略3行）

友人一：我觉得理想只是一个参照系数，我们这儿做没做好，我们看一看，而不能把那个东西硬搬到我们这儿来。

所以中国现在非常可怕就在这儿了，它完全没有理想了。

友人一：没有参考了。因为认为那都是假的，不参考什么，我们现在就做，摸着石头过河。

烨：没有理想了。

友人一：没有参考系数了。

没有中国了。

烨：没有理想是可怕的，硬实现理想也是可怕的。

友人一：现在应该怎么办呢？

友人二：现在应该创造理想。

友人一：噢，创造理想，这个理想是可以，

友人二：实现的。

友人一：不是可以实现的，而是可以为大家承认的。就是我们现在需要哲学。

对。但是哲学不是人为的，这还真没辙，它是自然精神的，有就有了，没有，你说我人为创造或者推广一个哲学，写一本哲学大作，不会像你说的为众人感受的。它是那个内气的自然运行，那就是精神。你看唐代之所以那么有生气，是因为有一个自然的禅宗精神成为了它的核心的，于是万物生焉，这是哲学的，却不是人为能达到的。

1992年12月29日　巴黎

如同拾一片落叶

——与车先生谈[1]

中国古文里少言“我们”，这大概同东方哲学观注的居高临下有关系，它要么看万物是整体之下显现出的一个个个体，要么就看成个浑一体，人于其中的团结合作只不过是一种无可奈何的、即合即散的现象，“我们”不起来。不像西方宗教，有着作为羔羊的一群；从一开始就有清一色的稳定的“我们”。

一个新兴的政治力量，早期时代表着一大批人推翻现行统治的愿望，这时它用“我们”是贴切的、诚实的。而建立了国家之后，它代表了统治，不再同广大人民一体了，这时它再使用以人民为主体内涵的“我们”时就是虚伪的了。在它以“我们”的措词，要求人们为它描绘的事业献身时，它就是欺骗的和暴力的了。

它把“我”的意志表述成“我们”的，然后说谁反对这个意志就是反对“我们”，而“我们”又当然地等同于国家、民族、主义，于是你明明是同“我”的意志不合，却就成了反国家、反民族、反主义了。

……也是这样，当时确实有一个“我们”，但是现在那个“我们”已经远去。那个时候提出的口号、理想、愿望相当多，也相当的不同，比如……那么现在将其中之一的口号拿来，说“我们”必须为之奋斗，否则便是背叛的话，便是一种暴力。

文学的创作、欣赏也有这种情况，在国家的教育下文学有正确的和不正确的，“我们”要创作和欣赏正确的文学。

[1] 车先生，汉学讲师。此篇始于录音开始，结于录音结束。

这个“我们”到底是什么？在别人还没加入的时候，说“我们要如何”是不成立的。我想创作是最为个性的，是最不宜谈“我们”的。对于用中文写作的人来说，只有一个“我们”可言，那就是“我们都喜欢中国字”。说“我们喜欢英法文学”那就麻烦了，再加上“必须”“只能”就更麻烦了，诸如此类。像会上❷说“我们生活在现代社会之中，我们只能正视这个社会；我们生活在这个世界上，我们必须加入世界文化”；这个“只能”和“必须”于我就不存在，这个“我们”中就不该包括我。

你可以从你的角度去接受，去感知，但是你不能用“我们”来表述；特别是文艺创作，纯粹是个体灵性的活动现象。

我这样说了以后，大家发言就出现了些麻烦；人怎么使用语言也说明了一定的心理状态，看来遇着我这种个性，对于常用“我们”的人来说是有点儿别扭的。

还讲了一个“自我”和“自然”的问题。这“自我”，除了“自”以外又强调出一个“我”来；研究这个“我”也挺有意思，“我”来自于“自”，这是两个基本上相同的概念，它的分裂导致了一个悖论的产生——“自”非“我”，“我”亦不是“自”。

而中国古文里的“然”字可以作同意、首肯、顺从解，于是“自”“然”一体，顺理成章，不牵强，万物“自然”，各归其所。

这个“然”，并不像“赞成”那么强烈，它轻微、平和却又很清楚——“然否？”“然。”同意这样，顺而这样。

车：汉学教授里能有几个人听得懂你这个？洋人又该不懂了。

西方人他同中国的古典和现代，距离是相等的，并不像我们似的，和现代汉语近，离古代汉语远；这个远，导致了对中国哲学的荒疏，好多现

❷ 应指作者12月中旬于海德堡参加的文学研讨会。可参读其间篇目《自然在心里，心在自然中》《语言是自己的就好》；见《讲演答问卷》。

代的中国人对中国古代哲学一点儿知识都没有。

主持会议的外国教授说，他讨论东方哲学，佛学呵、禅宗呵的时候问了几个中国学生“公案”这个词，他们就都是包公案、施公案呵，连侦探小说都想起来了。不过西方学者他就是翻字典背下了所有的中国词，他也可能还是没有那个感悟；而一个中国的文盲，他可能生来就有，当然绝不是说逐字逐句地去解古书啦。

从大陆来看，我们这些年龄上下的人所感觉的中国文化包括中国哲学都是说教式的：封建呵，保守呵。实际上哲学它不存在这个问题，要是从社会学的角度去看哲学那就麻烦了。

像自然的心境中间不存在时间问题一样，中国哲学是中国人的本性的一个升华，它是一种观照，没有什么善恶，好坏，就是一个纯净的自然态度。

车：西方人要一种不停的冲突矛盾才产生出一种新的东西，而中国人则是在静之中看冲突，这个冲突不一定要解决问题，你可以消化它，西方人一定要解决问题。

我感觉西方由于解决了经济、技术上的一些问题，于是便以为可以照此解决人的问题了，比如人的精神呵，人从哪来到哪去呵；这真是，尽管他们不敢承认，却也着实有点儿篡位上帝的嫌疑。

烨：我觉得佛教和算命和西方用数学、科学技术研究人身的方法有许多共同的地方，但是哲学是不管技术方面的问题的，它只管一个总趋势，一个无法用技术所改变的趋势，于是你在这个趋势面前更加清楚地看到你自身，也就是你自己的性情、个性，这时候你就首先认识自己了。“自然”在我认可自己的时候，就已有了这个认识自己的前提；否则无“然”可言。

人为什么做许多事呢？我想人很早就知道人生而面临死亡了；可是人还是一直做事，总是不能自已；社会也要求每个人做事，为了这个要求，你也不能自已。人做的事之一，就是怎么解决面对生死这个问题，有好多

CHINATHEMEN
Herausgegeben von Prof. Dr. Helmut Martin,
Ruhr-Universität Bochum,
und
Prof. Dr. Lutz Bieg, Universität Köln

要是从社会学的角度去看哲学那就
麻烦了……

——图作者画于其德译诗集《水银》扉页
（1992年柏林）

方法，哲学的、宗教的，科学也加入进来。

车：我就有一种感觉就是时间不够。

烨：这是个典型的问题。你就是你，你不能够做你以外的事情，所以对于你来说，不存在时间不够的问题，只有对于社会的需要来说或者对于一个你以外的对象来说，才会出现你付出的时间不够的问题，问题的关键就在这了。

西方有个原创力或者叫生命的冲动的说法。这种力或冲动是一种能量，必须有一个合适的形式平衡住它，如果太抑制了，会生病，太放纵了，也会生病。人的许多社会活动就成为了承载这一能量的形式。这个形式常常不是合适的，不是压制了它，就是强化了它，都成问题。

我是比较极端和固执的，十七岁时去当木匠和出国以后打石头，都可以算作是为我生命的能量建立形式。

有一阵儿想得太多，到了不愿意想也得想的时候，就要失去控制了。所以一般来说，你有问题得拿得起放得下才行。

车：中国传统的知识分子一般认为，自然是不好的。孔夫子的思想就接近西方。

烨：他是要维持社会生存的。

车：所以如果你谈自然的话，他就说那会放纵自己，不好。玉不

玉不琢不成器。

车：所以你把自然和自我放在一起走下去……

自然，可不是放纵。所谓从心所欲不逾矩，它这个“心”和“矩”其实都在“自”里；“然”是同意，同时一直涵着一个审视，审视和同意的其实就是这个“矩”。“矩”即“内心律法”。

自然中的“内心律法”不是别的，就是不超出“自”去。“自”就是完全没有外在影响下的干干净净的你自己。中国哲学里的“无为”“无不为”

呵，即源自这个自然，是完全人世目的以外的状态。“无不为”可不是“有为”，而是“无为”之一象，同时“无为”也是“无不为”之一象。你去抢银行杀人越货，谋财害命，那不是无不为，而是有为、太有为了，不是自然，而是太不自然了。

“然”与“自”一体，是对“自”的认可、明了，甚至会是欣赏；它使“自”明起来，脱开尘世侵扰，使影子消失。

“自我”则是不“然”于“自”，还要加个“我”制造出来的概念。为什么不“然”呢，因为外界的诱惑使人不安于“自”了，“我”就超出“自”给要求了出来，那么这个超出“自”的“我”同“自”之间就永远是有距离的，“自”“我”于是一个对一个，那可真是，就像永远追不上自己的影子也甩不掉一样。

“自我”的“我”，产生于社会、文化观念的影响，那它当然不排除对社会、文化观念中诸多事物的需求，包括虚荣呵等等。也难免以种种社会中的功利，为行为目的。

一个人落水了，自然之下，你跳下去救了他，自然之下，你又走了，如同你拾一片落叶，看见了一些美丽或者凄凉一样；而自我之下，你有可能会想到价值，想到表现，想到尊严，想到你的优越、你的回报等等，就比较复杂了。

自然和自我的简单区别在于是否在社会文化观念之中。

我最早有一个自然的“自我”。“自我”你如果以自然看它，它有着两重性，一重是自我意识的自然觉醒，一重则带有很强的文化观念的痕迹。“文革”中，我没接触什么文化，我是在天地中间感觉自我的。天地中没人，只有一个你，鸟飞来，而大地中只有你在走，前不见古人后不见来者，这个时候你对自身的感觉特别强烈。到社会中就增加了问题，你有明显的感觉：你是一个特别的“我”，有别于芸芸众生。

西方的东西也是很美的，有精神的冲突，有心灵的幻想，我那时就进入了一个强烈的文化“自我”的状态，到后来我太激烈了就几乎疯了。后来还是东方的精神安慰了我许多。在我没有明白“然”的时候，我感觉很沉闷，老觉得必须脱离社会。后来我发现人性就是魂魄一样的东西，在那儿盲动，跟变形虫一样，跟小孩儿的活泼一样，你即使没有功名心，它还是动的，既不是道德的，也不总是美好的，跟在不在社会里关系不大。

对于社会来说，社会须要把这种盲动控制起来，自然、自我都须有限度，可是控制得不好也会集合成个危险的核反应堆。

那么在自然中间对付这个盲动就归你自己管了。在社会中你戴着的是不自由的枷锁，到了自然中间，你发现你还是戴着枷锁，只不过不能说是不自由的，而只好说是自由的了。我对付盲动这一能量的方式，就是将它消耗掉，像画画儿、翻地、锯树、做陶、搬石头。对于我，还是在自然中间更合适。虽然天阴时心情就坏，但有时候刮大风心情也很好。人性中间有着全部的美好，也有着全部的罪恶，否则社会中就用不着法律了；就像小公鸡到了某个年龄就一定要斗一样，这是一个宿命。

我理解到这个的时候，感到非常恐怖，因为我原来一直认为我的自性是很好的。我觉到我有什么不好的时候，就认为是得了尘埃，于是就要把这个尘埃扫除掉。可到自然中一看，我这整个是个尘埃，就感到很可怕，就成天干活儿。有一天收工从山上下来，看见黑色的鸟和清澈的月亮，我听一个声音说“你怎么会以为你是一个人呢？”一下我就豁然开朗，明白了老子说的“及我无身，何患之有”。

你把自己放在万物中去看，便如花开草长。当你排除了妄念之后再看世界，那真是美好得不得了。我那时写“有山有水有河流，好花好月好人间”。到柏林来也是静的。我发现消除别的都容易，消除对自己的期待特别不易。其实是本来无一物。

1993年1月9日　柏林

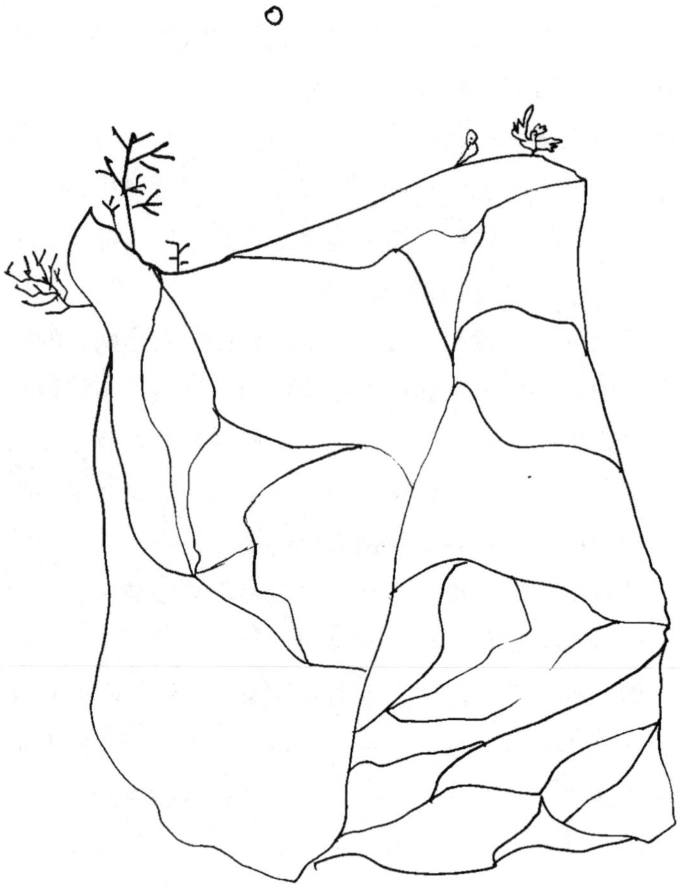

你把自己放在万物中去看，便如花开草长……

——图作者画于 1992 年柏林

编后小记

本卷为顾城海外时期的访谈对话录。其中有访谈者整理的，如与西蒙谈《唯一能给我启示的是我的梦》、栗子采访的《筑一个小城》、张穗子采访的《无目的的“我”》等，也有顾城与谢烨自己整理的；绝大部分据现存录音带整理而成，初次汇集出版。参与整理者有新西兰的陈维明、陈二幼，有大陆的姜晓敏等朋友；为保证文字的准确性，除顾城手订稿，所有文稿经多人按录音带反复核听。因此，收入本卷的文字，与发表稿、或别处存稿有所不同。

全卷收录56题约70篇文稿，依时间和地点分为七辑，除有题注说明者，篇题皆由编注者拟定。这里仅收存了顾城1987年下半年、1992年访谈对话部分。据了解，1987年下半年欧洲之行，顾城频繁接受采访，和中外学者交流甚多，这里仅留存6篇整理稿；1988年底奥克兰大学放假，他曾应邀赴美参加为期一月的诗歌交流；1993年9月下旬返岛前，顾城夫妇曾赴德、法、西班牙和美国参加文艺活动；这些活动中，他们免不了接受采访、对话交流，但因记录稿和录音件缺失，暂付阙如。海外访谈整理稿，本卷并未收全、也未全收；已收录各篇，按现有出版要求，有所节略。——顺带说明一下，本卷节略文字的标示，和其他各卷稍有不同：篇中段前或段中节略的文字（不论字数多少），与段末、全段节略不多于两行的文字，一般用省略号标示；两行以上整段落删节者，一般标注节略行数。当年发表在欧美、澳洲媒体，或收存于私人手中、相关机构的顾城访谈、对话，有待于研究者进一步搜集整理。

顾城的访谈和对话很有特点、也很有价值。和其他各卷文字的完成方式不同，访谈对话是交流成果，其场合有庄严、有随便——用餐时边吃边聊也无妨；话题有准备、有随兴——多如“兵来将挡水来土掩”，问话刁钻也罢、率性也罢，他总能从容、自如、敏锐、风趣地表达，由此激发提问者更大的兴致、更有意思的问题。这些特点，读者在《生生之境》（“哲学卷”）、《看见睡莲之后》（“讲演答问卷”）可以感受到，本卷能体会得更集中、更强烈。这一卷文字，璀璨如满天星斗，呈现了顾城独有的单纯气质、清澈智慧和颖悟灵光。

因为随兴之所至而谈，本卷话题很丰富，有不少其他各卷未涉及的细节和意见，比如谈他诗作里的鬼气和“幽灵”，他对《滴的里滴》等难解难译作品的阐释，比如他谈及和《今天》诗人群的交往，比如他对“个人阅读史”的回顾，他对那顶直筒帽引起的各样舆论的态度及回应，等等，大者通融，小而明透，多助于读者认识顾城其人其诗，参照其他各卷，多可钩沉集锦，做一个个研究专题。不妨一提的是，本卷收录了顾城和谢烨夫妻之间的5次对谈，和被一些学者视为解开顾城生死症结的“与高利克先生的对话”（1992年4月26日）、“张穗子采访”（1992年12月19日下午），全文俱在，读者可在原话和引证之间寻绎其缘由。

本卷的《与起点合一的终点》中，谢烨蹦出来一句“他的诗往往写出来十年以后，被世界接受”，一语惊人。顾城的写作及思考是超前的，但不是十年，而随汉语永延。阅读顾城的诗文，未必需理会这“十年保质期”或“保鲜期”，许多读者一触及他单纯、明晰、灵动的诗句，便被牵动，感受无尽。比如顾城《一代人》那两行诗，有读者说：这两行诗就是写一万字、几万字，一本书也讲不尽它的意蕴和妙处。1992年11月26日，顾城接受“德国之声”亚语部的采访，访谈者提到，这两句诗拐了多少个弯，传到科隆，挂上了当地新“哭诉墙”，他自己撞上此诗的情景特别难忘：“一个中国女孩儿，崇拜这首诗崇拜得不得了，然后就坐在那解这两句诗。我在旁边，听着这两句诗就心里一动。”他问顾城：“你自己怎么解这两句诗？”

顾城回答说，“我这首诗是梦里写的，梦里就听见这么两句诗，我给写在糊墙纸上；白天醒来看见了，但是是什么意思呢？我到现在也不能够全部说出来。”但不能让读者失望啊，他还是要尽力说出他的理解，人生来就被注定了，这“整个是黑夜，是一个必然”，但“人可生如蚁而美如神”，“注定”身在黑暗、“注定”渺小脆弱，“却”——“还是要去寻找！”1987 年 12 月和伊凡、高尔登对话时，他也讲过这首诗，“有时候强求是必然的。而别人看是强求，对于你自身来说却是命里注定，就像‘寻找’是你的命里注定一样。”他说，生命的愿望和生活的绝望是无关的，“无论生活多么绝望，也无损生命的愿望；愿望永在，超越一切苦难之上。”

虽然他此刻也说：“我到现在也不能够全部说出来。”可每一个读者、在不同时候、不同空间，从这两行诗似乎总能说出、找到一点什么。

本人参与辑录整理顾城的作品，已近十五年。十五年来，自觉在“独对真文章，划些细道道；静静看且看，澄怀莫捕捞。”到现在也不能够说出什么来。纵目四望，侧耳一听，已有许多，甚至太多、太急迫关于顾城的意见和评判，将其对照顾城的文字，不得不感慨：求真不易，大不易；去伪太难，实太难。谨以一首即景打油诗，结束这续貂的狗尾——

枕边一哇老鸦惊，窗外哗然阳光觉。

杨梢又挂毛毛虫，清晨复闻唧唧雀。

才在梦里做讲演，已坐桌前念晴雪。

南半球正秋色好，遥想海空拾落叶。

挺进 撰

2019 年 3 月 9 日

一个彻底诚实的人是从不面对选择的，

那条路永远会清楚无二地呈现在你面前

顾城海外遗集

如同拾一片落叶

访谈对话卷（上）

荣挺进 辑录
顾　乡 校注

金城出版社
GOLD WALL PRESS

图书在版编目（CIP）数据

如同拾一片落叶：访谈对话卷 / 顾城著；荣挺进辑录；顾乡校注. —北京：金城出版社，2019.6
（顾城海外遗集）

ISBN978-7-5155-0180-2

Ⅰ.①如… Ⅱ.①顾… ②荣… ③顾… Ⅲ.①文艺评论—文集 Ⅳ.①I06-53

中国版本图书馆CIP数据核字(2011)第191783号

如同拾一片落叶：访谈对话卷

作　　者 顾　城
辑　　录 荣挺进
校　　注 顾　乡
责任编辑 杨　超
开　　本 710毫米×1000毫米　1/16
印　　张 50.25
字　　数 460千字
版　　次 2019年6月第1版
印　　次 2019年6月第1次印刷
印　　刷 三河市百盛印装有限公司
书　　号 ISBN 978-7-5155-0180-2
定　　价 168.00元

出版发行 金城出版社 北京市朝阳区利泽东二路3号
邮政编码　100102
发 行 部 (010) 84254364
编 辑 部 (010) 64214534
总 编 室 (010) 64228516
网　　址 http://www.jccb.com.cn
电子邮箱 jinchengchuban@163.com
法律顾问 北京市安理律师事务所　18911105819

目录

第一辑 1987 年 6—12 月
经欧洲到香港

第二辑 1992 年 4—5 月
柏林

第三辑 1992 年 5 月

纽约－旧金山－柏林

第四辑 1992年6月（一）
伦敦

第一辑 1987年6—12月

经欧洲到香港

个人的奇异性弥漫人间

——答丹麦记者问

请你谈谈关于西方人和东方人、西方文化和东方文化的区别?

这像个很大的题目，大学也设有专门学科。以我不专业的感受，它们的区别在于，东方讲天，西方讲人。中国哲学是一元的万物浑然一体的哲学，三千年不变；而西方哲学则强调灵魂与肉体、精神与现实的冲突，是二元的演进的哲学。

中国是个过于明白的民族，从老子说“天地不仁，以万物为刍狗”起，他们就意识到了宇宙和他们没有情意上的联系，人不过是宇宙中的偶然现象，无限渺小，知与不知并无异样，结论早就有了，剩下的事只是处理人间的这一小段生活而已，是相互厮杀还是保持平定，有人操心将小人间安稳地保持延续下去，有人则独善其身或依从个性，当然也有人胡作非为，强中更有强中手。他们从不期待这个世界以外的事情。

西方有宗教，将人安排在一个故事中间，有大胡子的宙斯、上帝，有比所有妈妈都慈爱的圣母，大家都像好孩子、坏孩子一样地吵架、打杀、相爱，但始终被上天关注着，最后还有末日审判。尽管也有希腊人、现代人立足在这个故事外边，惊奇或者庄重地触摸万物，他们也许也看到了宇宙，但他们那种认真的期望和绝望，却是西方特有的。

我们欧洲有现代派文学，那么有人说中国现在也在产生现代派文学。在欧洲现代派文学的出现可以说是突然没有什么上帝了，大家都很痛苦，企图在艺术上找到新的出路。中国有没有像西方这样? ……

1986年出国前最后一个夏天和来访汉语留学生

无论是“上帝死了”这样一个基督教文化的崩溃，还是中国伦理学本身腐朽窒息导致的厌倦，都反映在了与传统文化的冲突上。不同是，外国现代派不管他怎么反对或者嘲笑神学，但他还是有一个神学在，不管说“上帝死了”还是“上帝从不存在”，他始终在说这个事，那种没有上帝之后的难受感摆脱不去；有的人转向东方，想在那一宁静、客观的带有宇宙意识的精神下求得帮助。但是他们的这个缺憾是他们对彼岸的期盼造成的，他们像孩子需要父母一样，需要一个对他们的行为既高高在上又有情有意的真切关注，需要一个对结果的保证，而中国却是此岸即彼岸，那么对于他们的期盼是不是打击更多就难说了。

当然中国新近接受了很多西方学说，产生了对传统意识的冲击，甚至产生出了希望。可是这种希望的产生，不是基于一个像是孩子失去了父母这样的深刻的缺憾感，这样一个痛苦，而是基于一种对两千多年来的封建气息伦理规范的厌倦；它是出于这个厌倦，好像并不是在寻找什么，而仅仅是一个情不自禁，它要对巨大的沉闷发出呼喊。

这是我的感觉。它们不太一样。

你现在怎样描述当代中国或者当代中国文学的特点？

没有比回答对当代的看法更困难的问题了，我想。中国有句话说：不识庐山真面目，只缘身在此山中。我不敢说我不是此山中人，那么我对此山能看见多少？不过发生了变化是显然的，这种变化有人认为是一种混乱，有人认为是一个希望。作为我个人来讲，有些东西实在不是我喜欢和能理解的。

我喜欢一种宁静的，属于人本身、自然本身的东西，而不是那种喧嚣的，带有人世扩张的、征服性的东西。

我觉得一个胜利者，一个成功的统治者，在某种意义上是个失败者，因为他服从了统治和获取成功的规律。

你说诗现在在中国有作用吗？有或者没有？

我本来想象诗有一种促进社会心理变革的作用。我觉得一个社会只有政治经济变革，是不会进步的，它会动荡在原点上。不过这基本上是我八三年以前的想法，后来我算是放弃了。

但是诗可以唤起人们永恒的生命感，想起生命的愿望，生命间微妙而亲爱的联系以及它们共同的来源，想起生命作为花、作为树、作为鸟的过程。如果人们都能想起，许多的人间纷扰和争夺就会消失。

但是我也知道，知之者知之，不知者不知，只有愿意知道的人才知道，只有心有灵犀、心有痛苦的人，才会想起，这也是诗歌的现实作用何以极其微小的原因吧。

人们被现代生活的窗帘挡住了眼睛，已经乐于让窗帘代替窗外的景象了。此时就算是希望来到面前，也会给当成个废物丢掉的。

你们开始发诗，一九七九年，被称为朦胧诗，这些朦胧诗是不是有一个正名作用？以前的语言那么政治化、抽象化，应该由诗来打破它？

朦胧诗也许确实做了这个事情，就是使语言恢复自然生机，成为心灵的表达。政治化的年代里，语言脱离心灵，从属观念，所有人用这种语言思维、交流，就产生了残忍的事情。

当人们彼此间丧失了自然人的关系，而全都异化成了观念和观念的关系时，那就如同一件东西跟一件东西一样了。一旦观念判你反动腐朽，那怎么处置你就都不会为过——“扫进历史的垃圾堆”，就是那时三岁小孩儿都会嚷的语言呵；那就是怎么处理垃圾就可以怎么处理你呵。这时什么心灵呵、愿望呵、感觉呵，还不待出现，就已经给当成应该被扫除掉的坏东西了。

你知道一般在中国有多少人看诗歌？

我知道在八二八三年吧，每个大学都有诗社，甚至中学也有，工厂里或者城市没有工作的青年，他们也组织诗社。我个人收到的他们打印的诗集就有几百本。记得有个统计说，全国有这样的诗社一千多个，那么读者我想是数以万计的。他们应该是被朦胧诗的争论、西方诗的翻译介绍、对古典诗歌的唤醒意识激励起来的，推动出了一个热情洋溢的诗歌潮流。他们不仅自印诗集，而且出现了许多他们自称的流派。“星星”诗歌节的时候，选出了十个最受欢迎的诗人，舒婷、北岛、江河、杨炼都当选了，也有我。据说参加投票的人有六千之多。我和舒婷的诗集卖了六万册，我的诗集去年印出来以后也印了第二次，卖了一万八千册吧。

在丹麦出诗集很难。最好最有名的诗集也就印三百本。

不过丹麦只有五百万人而中国有十亿人。

中国很多人是农民，而丹麦一般人都至少上过中学。

中国是个古老的诗国家，有两三千年的诗歌历史。近几十年语言越来越概念化，突然新诗出现，为人们带来了新语言，以至新鲜的生命感，产生的冲击是很大的。瀑布落差大就反响大。

你写诗的时候，专门为了自己写，还是为了读者？

我一开始写诗的时候没有读者，也没有想到我会有读者。

我在荒地上走的时候，曾经有一群鸟落在我周围对我叫，它们飞走以后，我的生命中间像是留下了它们的叫声，好像有一种语言诞生了，这时候无论大地还是河流，小花还是树丛，都在对我说话，我就一首首地写起诗来，像是在回答它们。

后来进入社会，一个发表的时代到来的时候，我将这些诗拿了出来，那这时候肯定是期望读者的。

我也一心一意对着人说过话，对亲爱的人说话。

我热爱读我诗的人，因为我表达的时候，他们关心了我，很可能还是知音。

所以为自己写呢？还是为读者呢？我想也不必硬分吧，只要写的时候是诚实的就足够了。

你现在是比较有名的人，这是不是使你内心有所改变？在中国有那么多人突然知道你的名字，也有让你做顾问这样的事，会不会影响你？

我觉得名声对人没什么好处。就算你的内心无动于衷，它也妨碍你认识人。比如说我们在“星星”诗歌节上，很多人要我们签名，挤过来把门窗都挤掉了；一个人的诗歌被社会化以后他在别人眼里也成了种社会人：成功的、高高在上的、有权力的、不可交往的；我很想有好朋友，随随便便可以说话的朋友，而不是这样拿着笔让你签名的慕名者。

我觉得我最初跑到诗里去，原因也可以说是反感名利崇拜的世界。在真实的世界里，一个太阳和一片叶子各有特点，没有高下，它们都是宇宙变幻中的一个现象一个瞬间，都是丰富美丽独一无二的。

我希望我没有大名声，但有好朋友。

我们有过垮掉的一代。中国也有红卫兵和更老的一代，你说有没有代与代之间的不理解和反对?

我觉得一个本质的人，他不一定属于哪一代。我们现在读李白或者莎士比亚的诗句，依旧感动。真正的诗是超越年龄、时代的，因为它来自真切的生命，而生命是相通的。如果你的诗只是图释观念，脱离生命的表达，现在写“让少数人先富起来”，而你的上代人写“把一切交给党”，那么代和代之间就难免老有反对了。

不知道你愿不愿意谈毛主席?

我想这是个大题目，让我现在谈是困难的。我觉得他是一个极富想象力和个性光彩的人，当然又是巨大地影响了历史的人。

中国年轻人他们是怎样看的?

这会是人人不同的吧。他是这样一个不凡俗的人，一般人以自己的视点看他，就有些盲人摸象。我有个朋友专门收集毛的画像，每天晚上都看毛。有的人很喜欢他的伟大，有的人欣赏他的个性，更多的人则从给社会造成的得失来评判他的功过。

不能说全好全不好是不是?

我觉得作为绝对的个人来讲，他确实是伟大奇异的。

要是从社会学角度评判，我觉得跟写诗的关系不大。虽然我曾经生活在那个年代。

你好像喜欢“奇异”这个词，你觉得诗、诗人是奇异的不是有用的?

一棵树它只有自身的生长，它想不断地接近太阳，不断不断地把手伸向天空去抚摸温暖的风。问它的用处，那大概应由守林人或者木匠来回答，由画家或者生物分类学家来回答，由森林保护组织来回答。他们各有各的回答，树也就有了各式各样的用处。

诗的用处也是这样，有人念着它冲锋，有人念着它投降，而诗本身只有一个自身的完美。

关于艺术的奇异性，一个人来到世界上他是唯一的，这使他欣喜也使他恐惧；而死亡由来已久，文化由来已久，爱情由来已久，他又不是唯一的，这使他沮丧又使他并非举目无亲。他在宿命和个人选择之间迟疑不决，终于有一刻他自己成为全部，脱颖而出，个人的奇异性弥漫于人间——他开始了创造，想起了以前所有的生命；这些生命在被想起的刹那成为你的新生。

正是这种个人的奇异性和创造性使艺术焕发青春。

同时艺术生命永远也不可能脱离这一刹那间的奇异抉择。

很多人现在对中国感兴趣，你怎么看?

一个人来到世界上他是唯一的，这使他欣喜也使他恐惧；而死亡由来已久，文化由来已久，爱情由来已久，他又不是唯一的，这使他沮丧又使他并非举目无亲。他在宿命和个人选择之间迟疑不决，终于有一刻他自己成为全部，脱颖而出，个人的奇异性弥漫于人间——他开始了创造，想起了以前所有的生命……

——图随笔于岛上生活期间（1988.7—1992.3）

这也是我感兴趣的问题。我想除了对政治、经济结构等方面的好奇之外，很大程度上由于他们的宗教感吧。工业科学的变化使他们失去了人生归宿，上帝没有了怎么办？这就成了他们当代的问题。这时他们略读一点儿中国古典哲学，就会发现中国从来没有上帝，那么中国的个人和社会是以什么方式什么理由存在了数千年之久？恐怕这也就很自然地成为了让他们感兴趣的问题了吧。

你是否认为西方的制度更能解放人才，使艺术发展得更好？

我猜想西方的制度也埋没了一种人才，就是独裁者。这对于社会生存当然是好事，而从艺术的角度看却也是一个损失吧。

1987 年 6 月 16 日[1]　丹麦

---

[1] 顾城1987年5月29日飞离中国。1988年1月飞抵新西兰之前，于欧洲若干国家和香港频繁演讲和受访，惜大部资料没有留下或遗失。

“最初只有爱情”

——《文化新闻》等采访

你为什么写诗?

我们做事往往并无理由，过后，我们用理由来解释它。

最早我在山东的大地上走。一行春天的鸟向我飞来，降落在我周围，对我叫，我听不懂，但感到了任何语言都不能使我感到的一种亲近。

我开始写诗，我要对我爱的这片土地和花朵说话。

我渐渐忆起诞生时就忘掉了的一件事情，人间的道理不能让我想起它，但鸟的叫声、花的气息让我感到了有一种光明在所有生命中间穿行——我曾经是鸟，曾经是花，也会再次是它们。

当我和这一光明重合，诗便出现了——我不知道这是否可以叫做理由，但我知道理由粉饰的世界于此时消失。

你喜欢安徒生，他对你有什么影响?

这个世界的汪洋大海，没能溶化这块冰雪。

它不仅显示了纯洁的美丽，而且显示了纯洁的不朽。

你诗的语言和形式有很大的变化吗?

最早完全处于自然状态。那时十三岁，一个人在草滩上走，鸟对你叫，花向你微笑，你不由自主地哭了和笑了，心里开始对它们说话。

这时的词很少，却是新鲜的。我会想怎么把它们联接起来。

后来回想这件事很有意思，自然的生命变成一句话，一个词，由你记下来，开始它的一段微妙崭新的旅行。那时我已经知道了昆虫有四十多万种，它们各自都有人给予的名字，各种语言的名字。

这就是我写《生命幻想曲》《无名的小花》许多诗包括许多古体诗的时期吧。

然后进入有意识把握的阶段。我特别注意语言和诗形式自身的美感，以及可能达到的变化，当然首先是同心境的吻合。这应该是写了您这里这个《远和近》《我是一个任性的孩子》的阶段。

进而语言又明显地成为了一种自然呈现，不太一样的是，它常常是被一个声音带来的。这时我特别感到了语言的质地，并且发现，每个字竟然都有自己的感觉，你不管束它们时，它们会有独自各异的行动和相亲相爱抑或相斥的组合，而它们奇特的表现总是在鲜明地显示着你。我的《水银》系列差不多就是这样的一个生长物。

你这是不是自动写作？

我不用“自动写作”这个词描述。我不希望造成一个混淆，好像脑袋里有什么写下来就是。你脑袋里有的并不都是你的，甚至有可能都不是你的。我说的“自然呈现”，它永远是一个生命的全新呈现，这一呈现一定是极其打动我的。而只有打动我的，才可能是打动人的。它们不断地显示着生命的流变，以及生命一再穿越死亡的微妙瞬间。我相信它对我如此真实的时候，对所有人都是真实的。

这样不会忽然没有诗吗？

我不会拒绝一只鸟在我手上落下来，不会拒绝它在我的心里发出叫声，

诗很美，两个字接近的时候有一种激动；……

……它们不断地显示着生命的流变，以及生命一再穿越死亡的微妙瞬间。……

我不会拒绝一只鸟在我手上落下来，……但是它不落下来我也没有办法。

……文化是自然中一片奇异而美丽的树林，哪怕是最小的一片树叶春天也不会忘记它，……

——图画于作者 1981 年初写散文《小天使》同时：『小天使』是个木制玩具，四周点燃蜡烛后，气流变化推动上方的螺旋桨，于是『小天使』转起来，并敲响两边的小钟：

……她在星星和雪花中间，握着小小的钟锤；雪花是画在木头上的，星星也是画在木头上的，木头是蓝颜色的，好像北方升起的蓝色大气……（节自《小天使》）

但是它不落下来我也没有办法。

因为春天，诗从我的生命中生长出来。我不会为文化史写诗。文化是自然中一片奇异而美丽的树林，哪怕是最小的一片树叶春天也不会忘记它，但是春天并不知道文化史。

诗很美，两个字接近的时候有一种激动；这是因为整个的文化，每一个字，都是从自然中来的。

你怎么看读者?

他们读我的诗的时候，便看见了我，同时我也看见了他们，我们的生命融合一体。

你常在什么刊物上发表作品?

四处飞散。碰到猎人很多的地方，就飞过去；常常在人烟稀少的地方居住下来。

你是朦胧诗人？新诗潮诗人？你们这派诗人的特点是这些吗?

这些诗人被视为一派，我看倒不是因为他们彼此间有多少相同之处，而是因为他们和一贯相互雷同的事物有所不同。各有各的不同。

国家对诗的态度对你有影响吗?

诗的本质是爱情，国家的本质是非爱情，所以诗和国家没有什么关系。诗自己生长着，不会关心任何国家的或者非国家的态度。

1987年7月瑞典　同采访者（左一）一起

你对当代西方诗歌的看法？

我以为诗是最为以语言体现的。越是纯诗其语言的一次性便越是绝对，字字不可替不可动。所以经过翻译的诗恐怕就不能算作那首诗了。我不相信我能够借助翻译文字来贴切、自如地感觉原诗。所以我不敢谈看法。尽管我还是常看翻译诗歌的。我尊敬翻译家的工作，有的时候他们也是诗人。

可以请你谈谈瑞典么？

瑞典人很谦虚，他们说：他们去找岛但是只找到一个半岛。

我想找到岛的人是有翅膀的。这样说并不是说瑞典人没有翅膀，他们飞到斯堪的那维亚时，一定感到了超出任何想象中岛屿的美丽。

在艺术中我觉得生活并不重要，在新鲜的生活中我又会感到诗并不重要。

两千年前中国人去寻找岛屿，没有回来，剩下的人不再去了。我是剩下来的人的子孙。

在瑞典的这些日子，什么事最让你愉快？

昨天钓鱼，我钓了八九条，那么多。

什么对于诗最重要？

真。诚实。刚才我说对一个人是真实的，对所有人也就会是真实的。而你作假，到哪里也变不成真的。写诗有这一条就够了。

你认为东西方交流是否重要？

我刚开始写诗的时候，不知道东西方，没有人交流，我和猪交流，和鸟说话。当然和人交流从来是我极为希望和内心必需的，就像现在我倾听大家，同时也诉说我自己一样。从这点出发，我想东西方交流是重要的。

1987 年 7 月　瑞典

生命是一树鲜花

——与何致瀚问答

我很高兴您回答我的问题，我正在写一篇关于您诗作的博士论文，这些问题对于我来说该是重要的，需要请您原谅的是，我中文讲得不太好。

我完全不懂德语，今天有讲中文的机会，我很高兴。

我首先要请您回答的是关于所谓“朦胧诗”的历史、文学历史和社会现象问题。

我不太习惯从文化史或社会学的角度来看待诗，但我愿意尽力而为。

从你的观点来看，“朦胧诗”产生有什么历史的、社会的条件和背景?

现在有一种通行的说法叫文化撞击，又有一种说法叫横向比较，很多人用这种道理来解释新诗的产生。顺从此理，我们稍稍移换一下角度，似也能从纵的方向发觉一点“朦胧诗”的起因。

中国人似有一种天生的明智，在混沌初开之时就看到了宇宙的浩大无穷。老子说:“天地不仁，以万物为刍狗”。万物都是牺牲品，不要说小小的脆弱的人间，沧海一粟的人，根本不可能和宇宙——天，有什么价值和情感的联系。这种毫无希望的认识，产生了平静的道和儒的哲学。一种是从大道、从天的位置来看待人间天地，“以道观之，物无贵贱”，完全超乎一切人间观念之上。一种是把道理仅限于人世范围，强调文化形式，力图建立一种永久和谐的人间秩序，活下去。

这里我不想过多涉及由专家研究的大宗传统。我只想提示一点，在道家哲学里，人们往往注意寂静“无为”的一极，而忽视“无不为”的另一极，其实这一极并没有因为被忽略而消失，它作为一个由庄子发始的个人传统一直存在着，一直在形式严密的东方文化之上隐现，一次次接近着文化表现和社会行为。从泼墨画到大闹天宫，从逍遥游到“文化大革命”，可以看到一个由齐物到齐天，由无法到无天的“无不为”的意识的演变，演化的结果当然是文化秩序的毁灭。

“朦胧诗”诞生于“文化大革命”，诞生于毁灭的空白。它好像是又一次混沌初开，瞬间经历了人类的天真时期。“朦胧诗”的作者几乎都从孩子的角度讲述过他们的期待和痛苦。这真是一种稀有的期待，在明慧高远，淡若烟海的东方传统面前，显得那么幼稚简单，但也正由于此，无意间竟然给可敬的传统增添了可爱的一笔。

在你《请听听我们的声音》这篇文章中，你总用“现代新诗”来代替“朦胧诗”这个概念。因此我想请问：“五四”时代的新诗和现代的“朦胧诗”有什么相似之处吗?

“朦胧”中文有几种写法，有“目”字偏旁的“矇眬”，也有“月”字或“日”字偏旁的“朦胧”“曚昽”。前者像是指观看者眼睛近视；后者似乎是太阳、月亮出了毛病。由于我写那篇短文时，争论家们正为“懂”和“不懂”的原理争论不已，我不愿糊里糊涂，把弄不清的原因全归于月亮，就采用了“现代新诗”这个词。

“五四”新诗与现代“朦胧诗”同为新诗，自然有些相似之处。它们与周围的审美习惯截然不同，又都是突然出现；这一景观在文学史上也算是无独有偶吧。

中国有人批评你的诗歌，说它们显露了个人主义的倾向，同时把你的作品和“新月派”诗人的作品联系起来，你看这种联系存在吗？更准确地问，闻一多、徐志摩和你的创作与理论的看法中间有关系没有？你们在什么程度上继承了“五四”新诗的传统？

写诗不能用别人的眼睛看事物；小时，我写过这样一首诗：树枝想去撕裂天空，/ 却只戳了几个微小的窟窿；/ 它透出天外的光亮，/ 人们把它叫做月亮和星星。

诗人就是这样独立地、独一无二地存在着，或大或小，为人带来启示和光明。

闻一多认为只有方形的小洞能透光，他有点笨。

从根本上说他们是上天的儿女，显示着同一的光明；他们是同在，同生的，从来没有人间那种复杂、承接的血缘关系。

在《朦胧诗问答》[1]中你写道：诗的幻想天性决定了它永远要开拓新的领域，建筑新的精神世界。一成不变的诗观念，终会成为历史。我想请你解释一下这段话的内涵。

诗是很有意思的，它到来了，还会离去，不会停留，对于与时同往的人来说永远是瞬间。

诗在事物转换的最新鲜的刹那显示出来，像刚刚凝结的金属，也像忽然而至的春天。它有一种光芒触动你的生命，使生命展开如万象起伏的树林。人总怀有私心，想捕捉这美好的一瞬，想把彩虹做成标本，用一根针来固定它；他们总没有成功。

---

[1] 此篇初刊于1982年第2期《喀什噶尔》。其编者按写道：“去岁末，编者走访了青年诗人顾城，请他回答了一些有关朦胧诗的问题。现刊载如下，以飨读者。”后此篇被多次转载。全文可见《顾城文选·卷一》（北方文艺出版社）。

诗已在瞬间做完了它的游戏，它已远去，只剩下没有生气的历史在黑暗中，像泥石流一样迟钝。

你是否同意英国诗人Keats（济慈）的话“美是真的，真的是美的”？

美，是真的。

你的诗大部分属于欧洲所谓的大自然（抒情）诗。人、社会等跟大自然的和谐是这种诗的标志。面对世界的环境污染、面对原子战争、面对人类集体自杀的危险，你这样的信念有什么（哲学、宗教）现实或理论的基础？

诗人的信念如果仅仅来自这个小小的发疯的现实，怕早就无以存身了；所幸的是世界大千，它另有来源。

老子说：……无名天地之始，有名万物之母。诗人就是偶然在这个世界上显示来源，并予之以名的人。他的信念来自他自身。

……

你说过诗人就是发现新的大陆和天空。写诗是反映现在的、目前的，也许是需要改造的现实，同时也是起草新的、和人心灵更相当的现实蓝图，你觉得我这样解释你的思想对不对？

写诗不仅仅是反映什么，它显示事物的来源，显示心灵和上天的光辉——光明出现，黑暗消隐；早晨到来，噩梦飘散。

第二次世界大战后有一位著名的德国诗人君德，他也用过你现在比较常用的比喻，比方说：沙滩、沙洲、林、江、鸟、候鸟等。君德说过：“写诗就是把世界看成语言的决定。”你是否同意他的说法。

语言可以决定和改变文化人的世界，改变他们对自然和自身的看法，但并不能改变自然。一朵花和各个国家给它的名字毫无关系。人不可能把自己由于无可奈何而捏造出来的语言加到一切事物上，并糊涂地认为那就是事物本身。语言不过是人类捕捉自己的一张小网。

当然语言在初生状态的时刻，有一种新鲜的知觉，像刚刚绽出来的叶子和鸟的叫声，它仍然还是自然的一部分，它停在一个危险的地方，为人类的重新存在和选择提供了可能。

在这个意义上说，语言的确有可能决定和更新文化世界这片落叶重重的丛林。

你曾经说过：新的自我用新的表现方式打碎迫使它异化的模壳，将重新感知世界。我对这个问题特别感兴趣。我觉得二十世纪人的异化是历史和哲学问题的、工作和生活条件的结果。

“朦胧诗”怎么能帮助人克服二十世纪的异化现象？

问题提到这样的程度，让人觉得严重。我不知道二十世纪是什么，是个大楼？还是个小房子？还是个卖票的地方？不久前有四个法国学生走遍世界，到处问人对二十世纪的看法，也问到了我。我告诉他们：我没有住过那么大的地方——二十世纪，也没有住过那么小的地方——二十世纪。

人最早住在洞穴里，外边是忽明忽暗的空气，没有时间，也没有世纪。他们像昆虫一样爬、跑或跳，手上沾了红土或黄土。不知怎么他们开始在洞壁上画画，这真是个非常时刻，就像亚当、夏娃吃那个苹果一样，忽然就跌进了人间，失去了天国。他们画的第一个线条绕在他们手上，纠缠不清，于是文字、价格、国家、汽车、定律滚滚而来，使他们兴奋挣扎，不知所措，一直延续到我们说话的这间教室。

我们都看到树被巨藤缠死的情形，我们在解这个结之前，就该想想，

出国前最后一个秋天（1986年）与外国友人交谈

我们是树还是藤，还是另外的什么，树是不是依靠藤活着，我们克服异化的努力是不是另一种异化的开始——我努力着 / 好像只是为了拉紧绳索……

在这反复的梦魇之中，诗悄悄走过，使世界变白，像病房，使人想起在洞壁上画画的最初一刻，想起那一刻之前，没有语言，没有思想，也没有死亡的恐惧，昆虫在露水中爬，自然生生灭灭，成为花束。

愿文字有这样的气息，使文字消失，人消失，生命醒来时发现自己是一树鲜花，在微风中摇着。

1987年7月　德国

香港电台问答

——张先生“天乐卷”节目访谈

《天卷乐》节目很高兴能请到中国新一代的青年诗人顾城，他此次经过香港，请他到这个节目接受采访，讲讲他的诗集《黑眼睛》。首先多谢顾城。我想请问一下，你是如何走上写诗道路的？

这里边有一个比较奇怪的经历。我在一天早上醒来的时候，看到了白色的墙；那时我很小，大概只有五岁，我忽然感到有一种恐惧；我觉得，这白色的墙是死人的灰烬，我觉得死亡离我很近。

从那个时候起，我就开始害怕城市、害怕这些墙。我跑到墙外边去的时候，就听到了昆虫的声音，很小的昆虫的声音；这声音，使我感觉到我的生命里有一种希望，一种快乐。

后来，我走到离城市更远的地方，我在那里放猪。有一群鸟向我飞来，落在我周围，像暴雨一样落在我周围，向我快乐地叫，这时候我真想也对它们叫。我开始写诗，我觉得，不仅鸟对我说话，而且春天的小花，那荒凉的土地、天空，都在对我说话；我一步步地写诗，我觉得在宇宙中间，在花香中间，在星星中间，有一个秘密，等待我用诗这个小网，去把它捞起来。

顾城，据你这么说，你写诗是对大自然的一种回应？

我最早写诗，是为了回答大自然对我说的话；我觉得阳光爱我，春天爱我，我要回答它们。

所以你用诗的语言，作为对大自然的一种表示，这是你很特别的经历。……顾城，大家都把你归属于朦胧诗人，其实，这些人是不是不了解你们这一辈人的写作？

了解是困难的，因为真正发表出来的诗，并不多；而被人们看到时，他们又有各自不同的角度。语言有时候是达到了解的途径，有时候，又是导致误解的歧路。

顾城，你曾说过，你所写的诗之所以是新的，是因为表现了自我，其实，艺术家所要表现的，最主要的就是自我的感受，如果你提出这个口号，那么同三十年代的诗人，在根本上有何分别？

有共同之处，首先诗歌都是从“我”的生命最深处涌现出来的，从内心涌现出来的；要说不同也有不同，这个“我”同三十年代的，或两三千年前的那些“我”相比，含有一种特别的天真。

“文化大革命”，造成了对文化的破坏，切断了东方的文化传统，也切断了西方的文化进入，那么，在这个空白中长大的孩子，他们就有了一种长久的幼稚与天真；这种天真，就构成了他们的诗的特点。在中国漫长的、可敬的、静若烟水的文化传统中，童话一直是个稀有因素，而他们由内心涌现出来的眼泪和声音中的童真，的确为可敬的中国文化增添了一点可爱之处。

那就是说，顾城曾经讲到，其实他写诗的最大特色，就是比较从天真出发，但实际的可爱，是重回到可爱的精神，我同意顾城所说的，诗的创作和其他创作一样，都是从自我出发，但是作为一个作家作品的技巧，或者对人生的体验这些的处理，都很重要，那您是如何面对这些问题的呢？

我曾经说过，灵魂前进本身，就创造了他的道路。我觉得，任何技巧和形式最初都是由一个内心的舞蹈所创造的。当然，要将创造留下来，也需要具体的研究。西方已经总结出像“通感”“意识流”这样的艺术技巧；还有很多方式，比如说，通过反复的暗示，使人意识到一个遗忘的事物，甚至是诞生以来就遗忘已久的事物；又比如说通过对一个具体瞬间的描写，由展示瞬间中包含的永恒，而展现永恒；还有通过各种节奏，各种声音，调动人们生命中潜在的诸种因素等等；这些都可以作为艺术技巧给予研究。

（播放顾城诗《安慰》为歌词的歌曲）

顾城，你曾说过，你很喜欢外国的诗，也多受到外国诗人的影响，到底是受到他们的写作技巧，还是题材的启发来写诗呢？你是否觉得中国的诗与外国的诗有共通的地方？

这个事情非常有意思，一个事物，从东方看和从西方看，就成了不同的事物。我这回有幸到欧洲去，做了一个长达半年的旅行。我发现他们看待的东方，和东方人自己看待的东方是不同的。而我们眼中的西方，和他们自己感觉的西方也是不同的。于是这个事情，不仅构成了它们的不同性，也构成了它们的共同性。

顾城，你会不会觉得，西方的文化，特别是西方的诗，与我们的诗是隔了一层的，我们对这隔了一层的文化的体会，并不体现在文化本身？

我们从来生活在我们认为的世界里，那么，如果这个世界多了很多角度，多了很多位置，实际上也就如同多了很多世界。所以，西方与东方的这种对峙，他们彼此间的误识和误解，有时候不仅不是一件坏事，还是一件好事——使单一的人类和单调的文化变得花朵层叠，倍加美丽。

所以，我相信顾城这次去欧洲的体验是很深刻的。不过，我回忆起你说过，你比较喜欢西方的诗，以西班牙的诗人的作品为主，你甚至说过：其中的声音有种好像白金和乌木的气概，一种混血的热情，一种绝对的精神，[1]我看这比较抽象一点，到底是何意思?

我确实非常喜欢西班牙的诗歌，他们有一种特殊的声音，有一种固执;这种固执，表现在坚持本性上。

洛尔迦热爱他的家乡，热爱在露水中寻找自己声音的孩子，热爱那些小蟋蟀。正是在这一点上，他的热爱，超越了人类等级和世俗观念，使人从遥远的地方达到了一个理解。

我也是一个固执的人，我要在这个世界上，坚持热爱我热爱的事物，哪怕它们一钱不值。

听顾城所讲，他是一个很执著的人。我记得你讲过西班牙人的诗歌是可以唱出来的，是吟唱的歌。其实，顾城你本身是否可算是一个，因为你很热爱乡土，我想不出确切的名词，你是否算是乡村的唱吟的诗人?

我确实是一个渺小的人，我从小立志学习蟋蟀，像它那样，在一个小小的草间歌唱，认真地唱，然后就化为尘土。我觉得这是一个美丽的事情，人在世界上，也许没什么事情值得做，但是，在他歌唱的时候，在他表达自己对世界热爱的时候，他会觉得心灵颤动，有一种幸福，他会觉得世界都跟随他颤动。

我到城市里来，我觉得，真是误入。

顾城，据你这么说，其实，你在唱吟你的作品或写你的诗时，可以得到最大的满足是不是?

[1] 顾城在1984年受访时曾说：真正使我震惊的是西班牙和它的那个语系的文学，……他们的声音里有一种白金和乌木的气概，一种混血的热情，一种绝对精神……（可参见《顾城文选·卷一》中的《河岸的幻影》）

1987年12月香港（和谢烨）

真正的幸福，是在表达的那一霎那达到的。一首诗刚完成的时候，我觉得快乐；到发表时，它便离我很远了。

（关于顾城诗歌《我是一个任性的孩子》及《净土》的介绍和朗诵。略）

刚才听了顾城用他的声音说出了他对“净土”的看法。我想问问顾城，你看风景，很多时候，会不会是用诗人很敏感的角度，好抽象，与我们普通人看风景的角度不同？

看风景，可以是为了享受，或者是为了休息；但是对于诗人，最美好的时刻是在万物中间、在春天中间发现生命的秘密，这秘密构成一条光明的道路，使他不断地往前走，接近他的国家，接近他生命的来源。

很高兴，多谢顾城接受我们的访问，讲出他对诗的看法。相信大家都很喜欢刚才顾城朗诵的，他的两首作品，都很同意他的看法，他的作品很精彩，多谢顾城！

我很高兴。

1987年12月　香港

金色的鸟落在我面前

——同伊凡、高尔登、闵福德问答（一）[1]

伊凡：对于英文读者来说，你希望介绍哪些诗，有什么想法？

我的想法很简单，就是介绍属于我的诗。属于我的诗就是从我自身生长出来的诗。有的时候我思想比较混乱，诗也写得比较杂，我想翻译不一定选社会上轰动的。艺术在中国，长久以来遭遇着一种不幸，它总成为政治或是国家事务变化的一部分，缺乏独立意识，这种不幸应该告一段落，我希望进入一个分离的过程。

作为译者，当然应该有他自己的选择，翻译使他感兴趣的作品，这好像是一种婚姻，要有爱情。

伊凡：是不是带来了你的主要作品，你的主要作品是代表你不同的创作时期的吗？

这次只带了一部分，我选的是我不同创作时期的。一九八四年以前写的主要是抒情诗，以我的情感同世界联系，核心是我。一九八四年以后我写了《颂歌世界》和《水银》。“他”和“你”更多地出现，这个“他”和“你”仍旧是我，但只是暂时的部分的我。我经常作为几个事物同时在诗里出现，在鸟和树林中旅行——无所驻处是真心。单一的核心的“我”消失了，

[1] 采访当时，伊凡为香港中文大学中国文化研究所翻译研究中心主任，高尔登为西班牙巴塞罗纳大学中文系讲师，闵福德为新西兰奥克兰大学亚语系主任。

诗变得平静。这跟我暂时上了点儿年纪大概有关系。

高尔登：你七十年代的诗，我们已经选了一些。你看自己诗的过程，是按生活中的时间呢，还是按照诗本身一组一组的发展和变化？

我觉得诗和生命是一体的，又有着各自独立的命运过程。就我的诗来说，刚开始显然和我的生活经历有关，到后来才发生分离，诗一步步脱离生活趋向生命。生活是杂乱无章的、不负责任的，为我们带来一切，把生命的碎片丢撒在河床上——那些细小的光，黄金般闪耀，预示着一种可能——诗人的工作就是要把破碎在生活中的生命收集起来，恢复它天然的完整。

“我们创造已经成功的东西”——不仅每个词是这样，每首诗是这样，恐怕编诗集也是这样；从这层认识上讲，以时间顺序体现的意义越来越小，我可能更倾向于依循诗自身的生长过程。

闵福德：你能不能谈谈你的创作，比如说最初的作品，每个创作时期的想法、变化？

我一开始写诗完全处在自然状态，遇到露水或是昆虫的叫声，生命也会发亮，也会发出声音，这声音在我十二岁去农村时响成一片。我去的是个叫火道的小村子，只有土和干草，但在春天到来的时候，一切就不同了。天上有种细微的骚动，一群鸟飞来，我忘不了那些快乐的鸟，像暴雨一样落在我的周围，几里、几十里都是它们快乐的叫声。

我最初的创作可以说是从那儿开始的。我在那儿住了好几年。我觉得生命中有一种本质的热爱，不管世上的人对你怎样，春天总会到来，天上的鸟和地上千百种开放的花总在对你说话，这时你想回答他们。最美丽的时候，甚至能听到万物间轻柔的对话，有一种秘密使你快乐——你是唯一听到的人。

我用树枝在河滩上写诗，写《生命幻想曲》，写《我赞美世界》——

我赞美世界，／用蜜蜂的歌，／蝴蝶的舞，／和花朵的诗。／……

我把希望融进花香／……

我穿过春天轻轻的香气，看稀有的人影在地上消失。

当我十四岁又一次走进夏天的时候，我感到一个事物来临，太阳落下去的时候，我的生命依然亮着，整个夜晚都充满光明，公鸡在草垛上走来走去，一瞬间，太阳升起来，河水热了。

我在河边沙地上放猪，走着，觉得一切都在改变，好像是在钢琴上走，每一步都有意外的声音。我停下来，风吹着沙子把我埋住，一只鸟在天上睡觉，慢慢飘落，在接近河面的地方突然惊醒；我轻轻一震，好像也醒了，生命像云一样展开——我觉得河水推动远处河岸的时候，也在推动我，就像我的手抚摸我受伤的膝盖；这一切都是我——鸟用清脆的翅膀摸天空……我写：

没有目的／在蓝天中荡漾／让阳光的瀑布洗黑我的皮肤……

黑夜像深谷／白昼像峰巅……

太阳烘着地球／像烤一块面包……

我把我的足迹／像图章印遍大地／世界也就融进了我的生命……

就是这样，最早我写诗，是因为和自然有一个共鸣，自然的声音在我的心里变成语言。这是幸福的事。那时写东西完全没有发表的可能。

十七岁我回到城里，看见好多人，我很尴尬，我不会说话。人都在说一样的话，你说得不一样，他们就不懂。这里边好像有一个魔鬼，不是他们这些人在说，而是另一个东西。城市像一架机器、一个钟，每分每秒都让你服从它。我不能适应，就爬到楼顶上去看书。那时候已经有了一点儿书。我在书里听到另一些声音，这声音给我安慰，洛尔迦说：“哑孩子在寻找他的声音，偷他声音的是蟋蟀王。”我开始找我被偷走的声音。我遇到了朋友，也遇到了墙和坟墓。我想抓住一个人间的事物，来避免生命的错乱，就像许多人一样，退到书里，企望用知识用历史来抵抗现实。我开始咬文咂字地说话，用一本本书来反对一面面墙。

书里有不同的人、灵魂，给我信心；在短短的二三年里，这信心竟意外地膨胀起来，变成一种混杂不清的社会热情。我相信每一个人都在噩梦里，只要一句话就可以让他们醒来，世界会从此完全不同。这是一个奇异的、不断以梦为醒的噩寐，我发出声音，也寻找声音，我拼力工作，燃烧着献身的热望，这种决绝的热情一直持续到一九七九年。一九七九年我在四川看见了大片红卫兵的墓地，在荒草和杂木中间，我在那里坐了很久，我知道了历史上已经有过太多的这样天真的冲动，最初的呼喊和血是美丽的，但随后浮现出来的依旧是无情的天宇——天道无情，尘世的运行，轻轻一碾，便压碎了它们，无论那一瞬曾经多么的壮丽，充满希望。我在《永别了，墓地》里说："我是去寻找爱，寻找相近的灵魂，因为我的年龄。"

有五年，我沉浮在梦想和爱情之中。我在长江上航行，看乌黑的瓦片和月亮，听雨在门上的敲打。我感到我生命分离合一——"一次还没有结束，另一次刚刚开始"；这应当是一种全新的生命——"她没有见过阴云，她的眼睛是晴空的颜色"。这个时期，我还是想把梦想带入现实，我不停地写，有时一天能写二三十首诗。我自己构想了一种与现实充满暗示的争斗。

我失败了，也胜利了。我的努力变成了一本诗，和一次婚姻。我和妻子住在很小的房子里，依旧只能看见一线天空——东方无情的青空，我不能不看它。

中国人有一种天生的明智，在混沌初开时，就看到了宇宙的苍凉，人如沧海一粟，没有任何希望和可能。老子说"天地不仁，以万物为刍狗"就是这个意思。承认了人在宇宙面前的失败之后，要活下去，大体有两种方式：一种是建立人世自足的生存秩序，维护形式，像孔子说的那样"不逾矩"，敬天，又知天道弥远；另一种就是像庄子、寒山那样，立足人世之外，与自然同一。

有一段时间，我读《齐物论》。觉得庄子看待世界的位置非常有意思，从自然那边看待人世文化——“以道观之，物无贵贱”，所有高低上下的标准于是都变得怪异起来。庄子好像是在继续老子的无为思想：“绝圣弃知”“绝竽瑟”“灭文章”“弃规矩”“肖行”“钳口”，实际上却是在发挥道家意识的另一极，通过“无为”灭度，达到“无不为”。他“齐物”并不是真打算同物质混为一谈，而是为了在日月天地间取得大自由，做个大游戏——“乘云气、骑日月、游乎四海之外”。

这个“无不为”作为“无为”传统的一支，独来独往，“立乎不测”，在一个高远的地方影响着文化潮汐——从魏晋之风到泼墨画到孙悟空大闹天宫，都可见这一游戏的痕迹。到……“文化大革命”，这一“无不为”传统忽然以全社会形式凸现出来，不仅是人和自然的关系，也不仅是人和历史文化的关系，而且是作为绝对个人和宇宙天地的关系凸现出来；“至人无法，无法有法”，这一极至限律忽然没了。

它像一个爆炸，产生空白，而我恰恰诞生在这个人造的空白中间，像一个原始人那样，我一步步重新走向文化，没想到我知道得越多的时候就越痛苦。庄子在《应帝王》中说过一个寓言：南海帝儵和北海帝忽，给居中的浑沌开窍，凿鼻子眼睛，“日凿一窍，七日浑沌死”。一个文化人的诞生，就是一个自然人的死亡。西方也有亚当、夏娃开始思想，就失去了天国的故事。

中国文化是建立在对一切充分认同的基础上的，没有期待，没有彼岸，没有儿童的任性。文人画静若烟水，韵律严格得让你无隙可乘。一切早已完成。这使我处在一个非常尴尬的境地。

我是中国人，我有自己明智的一线天空，我写《剥开石榴》：那些光还要生活多久／柔软的手在不断祈求／彼岸的歌／是同一支歌曲／轻轻啄食过我们的宇宙。

另一方面，我又是被扭断传统的小孩，在荒地上长大，我不能放弃快乐和任性。我写：我想在大地上画满窗子／让所有习惯黑暗的眼睛／都习惯光明。

我写《布林进行曲》，也写《布林不进行曲》：“拿餐刀上前线去／背着水瓶找你”；“一百个小娃哩／站着过生日／可以拿着饼／一起走出去”。这是一种天然对立的心态，你既不能存在，又不能不存在。

我潜入自我意识，想判明自身；但每次忽然升起的光明，都把我带入更深的黑暗。

这种悖论严酷地体现在文字上。诗人的对象是文字，敌人也是文字。中国文字历史久远，如玉如天，它要你服从它，而不是它服从你。我感到没有办法，感到一些事儿不对——“我努力着／好像只是为了拉紧绳索”；各种文化事物有声有色地在我身上重演，我变成了灯光舞台。

很累的时候，我就生起病来。我在一棵被伐倒的树上坐着，看别人上学。他们头发黑黑地往前走，大地的血一点点涌进玫瑰，我忽然恢复了小时候的那种热爱，感到春天。我听不见他们背公式，我摸白色的树桩，一种清凉的光明在我心中醒来，这真是个不可言传的经验。

我看到我进城以后的生活，像一个被针扎住的标本，手脚舞动。我知道我最大的错误，就是要当一个诗人，抓住一堆观念而忘记了自身。我挣扎，手越抓越紧。现在那只手松了。我看着男孩子和女孩子背着身走路，玫瑰摇动；在他们和玫瑰之间有一种光明不断流变；你永远无法抓住这变化，芳香却能触动你的心。

在临近的一刹那，在你热爱的一刹那，生命醒来，白色的光明在你心中醒来；你可以读自己，千百次不同地读；你可以选择你的过去，一步步走进童年白色的烟雾，不知不觉穿过出生的日子，看见那片开满百合花的池塘……

两滴水降落在大地上，微微接近，接近的时候变长，在它们临近汇合最微妙的刹那，你可以恢复这个记忆。

可以说所有的雨水来自云朵，而云朵来自海洋，这就是你们的共同来源。

我觉得每个人来到这个世界上成为男人和女人之前，都作为河水、飞鸟，都作为千千万万种光芒生活过。当你有了眼睛看到世界，有了嗅觉触到春天的气息，这记忆就会在你的生命中醒来，使你穿越语言，穿越出生和死亡的墙壁，再现自身。

我对朋友说，我感到光像一只金色的鸟那样落在我面前。

这样的事一生也许只有一次。我不想把它捉住，带到动物园或博物馆去，我跟随它，或是它跟随我。

一个诗人寻求文学史上的价值，也许有一定的道理，但对我来说没有必要。

伊凡：诗要不要写出来，写出来会不会失去诗的意义呢？为什么选择写出来？

诗可写可不写；它到人间来，不由诗人决定，由它自己决定。

诗人不过是个守株待兔的人；经过长久的等待，他才发现，自己就是那只兔子。

他看见许多昆虫、人和语言，在同万物分离的一刻跳来跳去。

他写《颂歌世界》：“草地上跳着兔子／灰暗的兔子眼神如火”——高兴跳它就跳了，没有任何原因。

谁也不能阻挡它到来，就像谁也不能阻挡它离去一样，人间的规定毫无作用。

这好像是另一个“无不为”的游戏，但这个游戏中间多了一点爱情和好奇心。

1987 年 12 月　香港

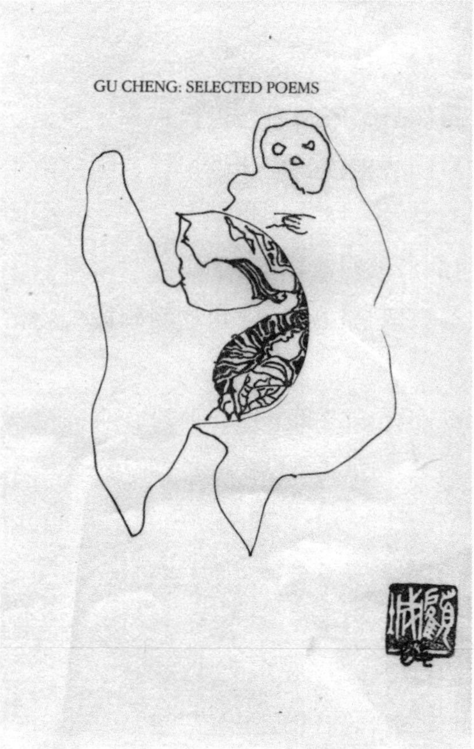

……金克木，必克；……但是木呢，它有另一个行法，就是可以克土，然后土克水，水克火，火克金，最终这『木』就把『金』给克了。……都有克 都有死 那么死也该有克有死……

——图 1992年画于其英译诗集扉页

山水——1993年2月书于柏林

那么“死”也该有克有死

——同伊凡、高尔登、闵福德问答（二）

高尔登：我读你这个诗“黑夜给了我黑色的眼睛，我却用它寻找光明”，很震动，想请你谈谈。

其实我也很被震动。那个时候我正处在忧虑中间，想中国问题、人类的命运问题，想人生的意义。

这两行话我最先是写在墙纸上的。后来我想到普罗米修斯，那个盗火的伟大寓言。为人类带来光明，但是受到惩罚，因为他犯了天条。中国古人说，文章本天成，妙手偶得之。那么如果光明不愿到人间来，便不应强求。强求来的光明未必不仍然是黑暗。

但是有时候强求是必然的。而别人看是强求，对于你自身来说却是命里注定，就像“寻找”是你的命里注定一样。这是没有结果的问题，结果就是下地狱，寻找也不会改变。

伊凡：那么你认为你的寻找注定是悲剧性的？

对于人的愿望来说是悲剧性的。而人必有愿望又是命里注定的。

可是这里有个环节，你可以发现生命和生活是分开的。

死亡不过是人们对死亡的看法。是文化创造了死亡，然后创造了死亡面前人们黑暗的生活。很多种文化：埃及的，基督教的，现代唯物主义的，科学医学的，实际上都是人们的想象。就像我叫这是椅子、这是沙发一样，人们认为这是真实的存在，因此也就为它发出吼叫；当死亡如此真切的时候，人们不能不绝望。而同时愿望依旧新鲜如初。

那么这就是生命的愿望和生活的绝望。它们是无关的，无论生活多么绝望，也无损生命的愿望；愿望永在，超越一切苦难之上。所以我觉得，艺术重要的不在于述说生活的黑暗，而在于述说生命的美丽。

我想我应该去做一个放羊的人，应该重新开始砍柴烧水、锯木盖房，使生活接近生命，而不是停留在文字和观念中间。

伊凡：离开文化吗？

不去管离开或者接近吧。我只要说话就是文化了，哪怕不说话只要还听还思想。

我觉得文化像棵树，好像有这样一个生长过程：开始时是简单的，但是很粗壮；然后就离根基远了，枝是越长越复杂，却越来越细弱，一阵风就给吹得吱吱作响，岌岌可危。

闵福德：你写古诗吗？

这回一路上❶我写了不少。小时候也写过，一半儿写的都是古体的。

伊凡：你父亲教的吗？

他倒也不教。早的时候倒是读了一些。一九六八年书全都收走以前。

中国语言天生一种五言、七言的节奏。

闵福德：自己学？

李白、李贺、李商隐，唐代是个有意思的时期，好像天上忽然多了许多星星。就像水本来平静透澈什么都没有，风一吹过就出现了——就是这样的神品。

❶ “这回一路上”应指自5月底自北京抵德起辗转于欧洲的一路。

1987年12月香港

中国很讲究人和自然的气韵关系，另方面也很讲究形式；将形式同天然融为一体，这是他们诗的最美所在。天然自成，无拘无束，同时又诞生一个精致的形式，从第一点到最后，你找不到任何超过这个范围的枝蔓。那就是至境，完美而出神。

而诗人又性情各异。

闵福德：好像是毛泽东很喜欢李白？

李白特别有一点，毛泽东很赏识，像他“欲上青天揽明月”这风格，就是说一方面他在人世，一方面又跟上天同游。这到毛泽东就发展成了像“可上九天揽月”呵，李贺也写“石破天惊逗秋雨”，毛泽东的喜欢跟这很有关系，像他说“横空出世”，说“欲与天公试比高”，说“人定胜天”……

这些唐代诗人无论多有才华还是从顺一个天命的，最了不得也就是作为天来看待看待人间，像李贺说“遥望齐州九点烟，一泓海水杯中泻”，人世过程不过像小盘子那样转转，很短暂渺小。这样的看待可谓很大很高了，可是它没有超出天去。

毛泽东是第一个宣言“人定胜天”的人。一方面他知道唯一的事物是轮转，李贺说“天若有情天亦老”，他加一句“人间正道是沧桑”，说明他是深知这个东西的。但是他的生命中有个力量非常强大，迫他冲击这个轮回。

中国自“道”起就感到了一个秘密，就是说天地也有一个来源。老子说：天地有始。有物混成，先天地生，独立不改，周行不殆，可以为天地母。就是说有一个事物高于这个轮回，是这个轮回的创造者，是天地万物包括人的来源。那么老子又说“知子守母，没身不殆”，就是说如果你知道了天地的过程而又同来源在一起，那么就精神不死。我不知道这对于“文化革命”是不是有影响，可我的确觉得，国家在这个时候，对于一个最高领袖来说，好像已经变成很遥远的事情了，就像“遥看齐州九点烟”❷一般。而另外一个事情是不是在进行？

比如毛泽东晚年时一直读古书，找一些高能物理学家来探讨黑洞呵，太阳的末日、基本粒子，什么虚子从无中来归无中去这些事情；他一定强调物质的变化，这跟《易经》很像，属于中国古老的哲学思想。我想这中间他必是期盼一个秘密。

（略21行）

八三年我开始想这个事的时候，很吃惊，很难过，因为人遭受苦难是这样的莫名和必然。中国老子说知者不言，言者不知——知道了不应该说。所以我想我还是自己写诗比较好。中国历来讲天道无情，也真不是我受得了的。

高尔登：你感兴趣读沈从文的书？

❷ 此处“遥看”应为顺口，李贺原字“遥望”，如顾城前边引用。

看了些沈从文的书。一个人搞艺术，首先他不是为了压倒别人，不是为了寻求在人世间的价值。沈从文做得非常好，他是出于一种热爱，中国文化在他身上显示为一种异常完美的气质，寂静而明亮。

中国小说中间会有一种清凉如玉的气质，《聊斋志异》，文人画儿那样的，沈从文好像是这一系下来的。还有像话本，《三言二拍》那样的，老舍更多地承继了这一系。经常是好像篆刻一样，非常细致的小人儿。要说模仿西方方式，我想跟他们的生命感受本身发生绝对关系之前，是没什么意思的。

高尔登：你刚才说过的这个诗，“没有目的，在蓝天中荡漾，让阳光的瀑布，洗黑我的皮肤”，这个真是很好。这个“没有目的”很特别。

其实“没有目的”在东方是很自然的。而在西方往往就成了，先通过理性认识到“没有目的”，再来设计“没有目的”的状态，然后再照那个样子做，成这么个硬性东西；这时他们心里还会老觉着缺少一个事物，就像“等待戈多”那样。

他们也知道无论是一个艺术还是一个生命，没有目的；但是老得做多一个样子。他们好像没有上帝就有点儿难受。

东方很自然，老子说“淡若海漂无所止”——淡得像海那样漂无所止——中国人很早就接受了。也许因为没有上帝，所以对这个状态接受得很自然。剩下的就是生命本身的能量和愿望推动你做事情：喜欢目的的人在这个范围内设立目的，喜欢闹的人闹，希望有序的人建立秩序。而这又都只是“漂无所止”中间的一段“漂”而已。

闵福德：《颂歌世界》是你的最新诗作？

《颂歌世界》是我对我的一个回忆。我现在倒着慢慢想我过去的生活，

是树木游泳的力量
使鸟保持它的航程
使它想起潮水的声音
鸟在空中说话
　　它说：中午
　　它说：树冠的年龄

芳香覆盖我们全身
长长清凉的手臂越过内心
我们在风中游泳
寂静成型
我们看不见最初的日子
最初，只有爱情

——顾城 1985 年诗《是树木游泳的力量》；
图画于 1991 年岛上

这样一点点就走到我的童年去了。当我走过去时，我看见我是一个样子；走回来时是另一个样子。

我觉得我经历的事情，结婚、上学、“文化革命”，这些重大的事情都不存在，存在的是一些细微的跟我的生命感知有关的事物——我和另一个男孩儿把树枝往水里插，不断要把它插下去，插到水底下，然后树枝忽然漂走了，我们看见了第一个死人；我往王府井走，一个胡同口写着“革命胡同”；一个两个孩子说有人藏在我们屋子后边的芦苇丛里，拿一把刀……这个时候，事物整个变得奇异起来，发出一种光芒，好像地震时发出的光芒。

然后经过好多阴暗的绵绵下雨的日子，我感觉这个光芒并没有消失，它变成一些粉末，粘在很多微小的事物上，我也是这些事物之一；就好像忽然拉开抽屉，看见童年的铅笔、子弹壳、小图章，而所谓的信仰、爱情，也不过是这很多粘着淡淡光芒的事物中的一个。这时我才知道，一个事物没有消失，是因为它是跟我的生命在一起的。

我每次读自己的时候，都像读一本新书。这时我觉得我并不是从过去来的，我像光芒一样，过去也是将来，像光芒的道路一样，将来和过去是无数的。也就在这时我忽然穿过了童年的这段白蒙蒙的烟雾，到达了另外一个事物——我写了《颂歌世界》后来我给排在头一首的这个《是树木游泳的力量》，在云南写的：是树木游泳的力量 / 使鸟保持它的航程 / 使它想起潮水的声音 / 鸟在空中说话 / 它说：中午 / 它说：树冠的年龄 // 芳香覆盖我们全身 / 长长清凉的手臂越过内心 / 我们在风中游泳 / 寂静成型 / 我们看不见最初的日子 / 最初，只有爱情

——我们不知不觉就获得了我们的思想和形体，就像鸟在空中忽然获得了它的形体一样：“在风中游泳”，“寂静成型”，“我们看不见最初的日子”——不管我们怎样向前飞，我们都飞不到最初的日子；而后我们说：最初只有爱情。

确实最初只有爱情——只有人和万物的美丽的联系。只是后来人们给忘了，就变得孤苦无告。所以我觉得整个的《颂歌世界》已经不是像我以

前那样述说愁苦了；没有愁苦，只有这个秘密的爱情，这个光芒的粉末显示出的这个过程。

我觉得诗在某种意义上是一个回忆，那些细微的光芒附着在不同的小小事物上，就构成了不同的回忆；我们因此想起遗忘了的事情，被死亡和诞生切断了的事情。诗中好多超现实的意象，被认为是不存在的，但为什么让你感到真实呢？秘密就在这儿——这个真实的记忆，一直在你的生命里，一个词一个字，都可以帮你想起它来；就像一把偶然的钥匙帮你打开了一片天空一样，你一下看到了那个熟识已久而全然忘却了的全新的光明。

1987 年 12 月　香港

第二辑 1992年4—5月

柏林

安宁的核心

——同苏联中西方比较文学学者 M[1] 的对话

新生代诗，有人谈到过一些特征，比如精神焦虑，就是明显特征。他们也不否认，有人说他们创立了焦虑诗。写的人很多，据说有很多理论，对这方面的理论你怎么看？有一个理论叫非非主义。

这我不了解。就说非非主义吧，我不知道你说的这个主义内涵是什么。中国以前哲学里有个非想非非想这样的说法，不知道是否同你说的有关。可那是一个佛教境界——不去思想，不去思想不思想——这是个四大皆空的干净境界。新生代如果有这个的话，那“焦虑”就不存在了。

你说的这个“焦虑”也不知是说时代的一般状态、偶然状态呢，还是特指诗人的，或者写诗过程中的焦虑，抑或是所谓诗主题方面的？

应该是与诗有关的吧。

写诗在于抒情、表达。像你焦虑，你写诗表达，那你的诗里也许就充满了你的焦虑；可是就有了一种焦虑诗吗？倡导写焦虑诗？那么还可以有忧郁诗、开心诗、愤怒诗？你要是不焦虑怎么办呢？是不是就低级了？这焦虑没有意义，意义在于他焦虑的是什么，是人类的前途？是父母生病了？还是你获得的掌声不够？

---

[1] M曾长期生活于中国。

大概是最后一条吧？他们好像认为他们的理论非常新，写得也非常好，可是没有被重视。

那要是这样的话，这东西同诗有什么关系呢？你为什么写诗，为了被重视？那要是被重视了，诗是不是就不焦虑了？那不成了这个“非非主义”什么的，是因为不被重视而诞生，一旦被重视就该死亡的了，这还称得上“主义”吗？

唉，反正现在这理论为理论而理论，为标新立异而理论的多，注重内心感觉的少。或者干脆什么理论、什么诗，都成个幌子，不过是个取功利的法子罢了。

现在在中国有没有人读诗？比如在苏联，诗集一出来就卖完了。

你问古诗还是现代的？

现代的。

也有能卖上几万的。但是我觉得现在是个非精神、非诗的时代。

你说的是中国还是世界？

哦，如果说诗在全世界怎么着了，那我是一点儿也不了解，说中国就已经够大了。我只能就我感觉到的说吧。要是说非精神，这个我看，不管在哪，都有点儿。中国不知现在怎么样了，原来一讲诗，总会有几百人来听。

中国古诗那当然地位是牢固的，但要说通达古诗的境界，那障碍现在是极其大的了。

不知道为什么总感觉小说要比诗歌更能够发展得好。

诗歌如果失去了直达灵魂的体验、失去了自然的力量，那就像树断了根，失了命脉，就完了。小说倒不那么苛求，可以比较容易地站到一个旁观的、审视的位置上，灵魂不灵魂、自然不自然的，反正你拿个什么尺度都可以量。这两个文学形式的发源并不一样。

中国没有上帝，没有心灵直接面对上天的传统。它千年的传统是将自己处在一个优雅的位置，看万物，包括他自身的生生灭灭。即所谓的如是观。

这是东方特有的齐物的、直觉的观照，并无内外之别——心象即物象；同时物象即心象。

要是没有这个根底，那就乱了，外国的没学到，中国的也丢了。“对酒当歌，人生几何”，那是对整个人生的一个直感；中国人应该看到自己的长处——采菊东篱下，悠然见南山。这和毛泽东的裂变，和中国精神的明亮与衰微，都是一气贯通的。

是不是应在古典诗中寻找点什么来弥补，而不是从西方找呢？

我以为古诗并不是一个文字形式，而是一个精神境界。

关于那种精神，中国现代生活里没有。我们可以不可以从古诗里找出一些来，包括这个雅致，还有信仰，来继承？

精神这个东西，没有了你去找是找不出来的。精神和信仰也是一体的，真正有信仰感的时候，它就有精神，同时真正被精神照耀的时候，那是一点儿也不茫然。所以精神和信仰几乎是同时的。

现在是没有了信仰，也没了精神，没了就没了；这老说要建立信仰，它信仰就不是这么来的，精神你要说从古诗继承，那也不是那么回事儿。

包括那诗的韵味呵，它那个雅，那个气韵，那都是同那整个精神、整个的时代气象在一起的，不可能割裂出来，然后让你来“继承”。

我是说在文字上做些什么。

就文字说，我觉得中国文学应该说中国话。现在中国诗受翻译体的影响太大，之所以会这样，不是由于诗人们有了西方精神，而是由于呢，不自信了，总觉得外国艺术比中国的要好，要高，于是就以接近它们为方向，要加入“世界文坛”呵什么的。

你到纽西兰[2]去讲诗是吗?

我讲过一段唐诗。中国人相当彻底，彻底的可怕在于，它很容易进入空空之境，而忘记了生生之境。而唐诗的可贵就在这个充满生机的空空之境——生生之境上。

《长干行》说：“五月不可触，猿声天上哀”；“五月”并不是礁石，可是它不可触，直感就是五月这个时间它不能碰触，一碰猿声就都成了哀鸣；我相信李白是无意却有意地将礁石隐到了字后面的，或者说是他顺应了天意。

我在岛上走，唐诗就一句句地浮现出来，从来没有过的清晰明亮，我才知道，什么是“清水出芙蓉，天然去雕饰”；那一句句诗都是自然的心象，与其说是写出来的，不如说是“妙手偶得之”而落到了纸墨上。

你不能让虚妄赶着，心境自然，生活也就自然，生命也就自然了；这时你便清澈干净，万物万象，通过你就表达出来了——有了一个融合着你

---

[2] 即：新西兰。有些地区发音直接音译New Zealand，而写为：纽西兰。本书依据访谈者发音用字。

性情的全新呈现。说唐诗空灵，空就是这个自然，灵就是生自自然的灵动。

人总有各种念头，想使用一个东西达到一个目的；如果将这个去掉，人就会变得干净，自然的气息就会通过你幻化为语言，变成为艺术。

西方的观念里，做人，做什么样的人一直是最重要的；而中国自庄子开始，这个观念就打破了，“人”不能限定我们，人也并不重要，我们的自由决不止于做一个什么人，而可以是做万物中的任意什么，做鱼做鸟，做石头做风。

西方为了守住“人”，说“上帝把一切交给了人”。中国没有这个想法，中国比较实在，它承认人就是个蚂蚁，那么到这个地步，人的观念其实就解除了，一片干净；意外的是，一片干净的时候，一个灵性会到来，使生如蚁的人感到天空、季节的光耀，像神一样地美丽起来。

这时便不只是空空之境而达到生生之境了。

所以佛教它要说去除妄念。

这是佛教的还是佛教以前就有的?

中国呵，它是早就把一切看透了：生死无常，空空之境。那么佛教呢，它带给了中国这个“生生之境”，这个生生之境它给中国人又开了一重天地，就是说呵，在放弃了一切之后，它并不是个虚无，而是什么呢，是生机盎然，是生命万物永远处在新鲜时刻的那种无所不在的美丽。

万物——神明，他们之间有一个神秘的联系。我以为唐诗之所以安宁，就是因为有这个核心。它不是有了一个方向性的信仰，不是上帝呵，神呵，不是这样；它的信仰是自身中的，是一个源于自然融于自然，自然而然的心境。这个心境为神明照耀，显映自然的景象，于是就有“八月蝴蝶黄，双飞西园草”，看不见一丝人工的痕迹。

天然自成——这境界不得了。

中国哲学达到的高度，不是西方人容易了解的。

中国的哲学表达，往往是点到即止。有感悟的人，一点即知；你要是没有的话，它也不跟你啰嗦。因为中国哲学是纯粹的，它只是一个对现实、对宇宙万物的领悟；完全没有去说服什么、争取什么的目的。所以没有目的，是因为它领悟到事物本身就没有目的。既然没有目的，那它也就自生自灭，不会为了让你“懂”而说什么了。

西方的哲学尤其是宗教，一般是有目的的，这个目的毋庸我说。那么上天堂或是在人间建立个什么，它都是召集越多人越好的，就不要说那些干脆就是以争取多的募捐和信徒为目标的了。于是他们就要阐述，要辩论，要传教，要出一大本一大本的书。而且注定了的，它就有可能是不诚实的，甚至同政治界限不清。

中国哲学从不含这个虚妄，它如果使政治受到影响，那完全是无意的，不是自身努力的结果。因为它没有自身的努力。它和政治的性质完全不同。政治的特性就是目的性。

当然政治是人的活动，如果中国哲学影响了政治中的人，尤其是举足轻重的人，那么政治的味道就会有所改变，使他的政治不那么政治，而好像有些艺术起来，也就是说从目的性出发，对它就不那么好解释起来。

因为没有目的，中国哲学就有了“无为”而“无不为”的这样一个超越人世功利的生活态度。持这样态度的人，一般地说少有深入政治的，就更不要说成为最高统治者，尤其是成为开国皇帝的了，所以历史，我们还一直能够用功利的常识来解释。

（略8行）

中国人到了这个程度，西方人的想象力就够不到了。首先它越出了天经地义的人类生存法则——民不畏死，奈何以死惧之？及至无身，何患之有？死了一半还有一半，都死了也没关系；同时它也越出了西方人赖以建立自我的精神法则——对人、对人世持一个根本上的虚无态度。

这点在我多年前忽然觉到的时候，是很难承受的，心里很难过也觉得很恐怖。而它是现实，是诚实的，也是中国文化的，我无话可说，无处可躲。“文化革命”也证明了秩序的重要，一旦它被破坏，其间的自由对于中国人来说那也不是承受得起的。

毛泽东引过李贺一句诗，说是：天若有情天亦老，然后：人间正道是沧桑。那时候你们苏联斯大林不让他打过长江去[3]，他就是打过去，把蒋介石的总统府就占了。这时候他写诗，并不痛斥蒋介石，而是说，哎呀，天道无情呵，这轮着你败也奈何不得呵。他看自己这么大的成功也就是那么回事，分久必合，合久必分，一个阶级胜利了，一个阶级消灭了，这就是历史。他这里你看不出什么政治，也没什么正义非正义的道理，更没有人道主义；他有的只是一个哲学的观看和一个畅达的心情。既坦然也让人害怕。毛泽东是非常地清楚这不过是一个盛衰瞬间的。

……五十年代让大家大生孩子，那要是原子弹打过来，他的人死了一半还有一半，这一半也是够多的。

他有过这样的想法。他跟赫鲁晓夫说：你们是两亿人，我们是六亿人，多次外国人打到中国来，都被中国人同化了。他说：“世间一切事物中，人是第一个可宝贵的。”他这个“宝贵”可别往“人权”那儿想，他这“人”是“世间一切事物中”的“事物”之一的“人”，所以他这还是个“齐物”。这你看随便一张口，他就是个中国人，他就不会说“作为万物之灵的人是最可宝贵的”这样的话。中国早就觉到那是自欺了，觉到人没那么有福。他这个“宝贵”不是说“天”“宝贵”你，而是一种人在无情天道之下的自我宝贵。他这个“宝贵”你可以看得很清楚，他是将人作为整体看的，没有西方“人权”中的独立个体的想法，比较像“民为贵，社稷次之，君为轻”这种中国传统中的东西。

但是毛泽东同顺天知命的中国传统大不同的是，他知天命而抗天命，这可真是一绝。尤其作为统治者实在是一绝。他老强调人，他说“只要有了

[3] 斯大林不希望毛泽东打过长江去，一些“内部”读物曾有肯定的描述。

人”——这很有点儿“精神万能论”的味道——于是这什么世间奇迹就都能创造出来。这跟西方的按规律办事当然也是大相径庭的。他喜欢人，他喜欢人加在一起时，可能焕发出的精神能量，对他来说这是个同天命相反相抗的力量——“人多热气高，干劲大”，他要的就是这个。

他不喜欢天命，所以他不喜欢科学；规律什么的，很像是天命的东西。你原子弹，他说“精神原子弹”；他不喜欢原子弹。后来他有了原子弹也从来不提，过了十年，他见基辛格时还要说，你们有原子弹而我们没有[4]。弄得人家弄不明白他的意思。

不过他呵，说话也常常就是个兴之所至，你不可太当真，这么说了，一会儿也可能那么说；像他发表声明说：打倒美帝国主义及其一切走狗！——后来基辛格问起他这个事，说你这话一出来，我们美国就成立了一个专门的情报研究小组。毛泽东就笑了，说：那是我放的一个空炮！他喜欢这么说话。结果美国就以为毛泽东要发动一个什么样的世界行动呢。尼克松的女婿去看他，说，我正在看你的脸；毛泽东那个时候病得已经很重了，但是他话说的那个风格呵，还一如既往，他说我这个脸是大中华的脸，可以演你们美国戏，可是你们演不了中国戏，你们的鼻子太高。他这看似乱说呵，却也透着真意；可你却又不可较真。

（略39行）

那会儿苏联翻译了毛泽东那首诗《念奴娇·鸟儿问答》，其实好像也是对苏联说的，在他死[5]前发表的。

是对苏联说的，也是对世间那些想过好日子，和拿过好日子蒙人的想法、做法说的。——“还有吃的，土豆烧熟了，再加牛肉，不须放屁”，然后他说“试看天地翻覆”；就是你知道，他用很蔑视的口气说你们的那个“土豆烧牛肉”，连“不须放屁”都进了古诗词了；他说你的志向不就是这个吗？

[4] 此语见《布什自传》。1974年毛泽东接见基辛格时，布什在座。

[5] 对话人原用字如此。

那，来，让你看看，我这让天地翻个个儿。后来不就"文化大革命"了吗？他这诗是一九六五年写的。

他有个"真老虎""纸老虎"的理论。真老虎是活的，新生的时候那是真老虎，然后慢慢落入窠臼，失了生气，就成纸老虎了，就是只剩一个壳了。就跟当年庄子人家让他当官似的，他说他情愿当泥里的活乌龟，也不去当给供在庙里的乌龟壳。

（略10行）

江山我们打的，你们别动。

这个，中国人谁都一样。异议人士上台就能让人动江山吗？你看现在拉个组织还不让人动呢。说起来民主理念、共和思想都通得很，而且不正身在西方民主社会中间吗？可见不是知识问题，而就是本性里的事儿。

现在搞民主的学生看起来也没什么前途，因为跟孙中山的情况两样。孙中山有海外华侨的拥护。

重要的是孙中山是有信仰的。孙中山在回国当总统的前几天还在洗盘子呢。不幸的是他的这种信仰，基督教的信仰，中国人不认，所以中国就让袁世凯上台了。这样的例子挺多，像陈独秀是受了西方影响的，他便不能成功，王明苏联教导出来的，也不能成功。只有最不沾外国的毛泽东能成功。

毛泽东是纯粹中国土地上长起来的中国人，而且不管怎么样，他到死也一直穿着中国布鞋；中国人可是认这个的。中国人对道理持怀疑态度——道理谁不会说？

在中国你要是没有一点儿人格的力量，你不要想人服你。刘备为什么能控制关公、张飞？那是由于他的人格魅力。尼克松说过毛泽东所以控制和发展了这么大的一个国家，不仅仅是因为他的组织能力、洞察力，以及什么决策力，而主要在于他的人格魅力……就是这样，青梅煮酒论英雄嘛。

现在有很强的人权、人道的想法，但是在中国这个东西是很难认真的。

我本人不喜欢伟大的东西，我喜欢小国寡民，逍遥自在，养鸡种地。

目前对中国的解释，往往用的是西方的眼光，依据的是西方的标准，这个做博士论文可以，你自顾自地论个头头是道，就是博士；但是去和实际碰，就吻合不了。

实际上现在中国又开始回归，在吃喝玩乐之中逐步地放弃妄想；像王朔的小说、崔健的歌，它本身就是极其排外的。

毛泽东有句话是，洋为中用；他那个“洋为中用”是什么意思呵?

他乘兴的话。那个意思跟李鸿章什么的可能差不多，所谓“中学为体，西学为用”。

我以为日本是个例子。日本战败了，但是他的民族文化和民族精神并没有中断，所以它能够用这个东西平衡住，或者叫控制住进入的西方文化。中国目前这两个东西都没有了，传统几乎是失败了，可传统留下的坏习惯并没有消失。《红楼梦》里袭人说贾宝玉：你这个人丢了玉以后灵气就没有了，但是你的坏脾气可没有丢掉。

中国现在学会了“个人主义”，然后个人主义好像就是个人享乐，以为这就是学到了西方；而对西方人的自我负责态度却没有兴趣。北京话说“有便宜不占王八蛋”，就是“人不为己，天诛地灭”，是十分实利的机会主义的。

中国哲学从来是随机应变的，禅宗也是高级的是一种美，低级的就很可怕了。

一个人负责有时候也很可怕，就较劲到底了，希特勒就很典型。不负责当然可怕，有目的的，没目的的都可怕。它有目的的，其实就是欺骗了，就是他那个“不负责”是有意的，他如果负了这个责任就影响他的那个目的了，这倒跟这个“负责”有点儿一致了，如果那个“负责”也是有目的的话。像希特勒，希特勒负责他的目的，于是对影响他达到目的的事都可以“不负责”或者假负责。孙子兵法里说：兵不厌诈。就是说在政治上、军事上使用欺骗是最正常的手段了。

还有没有目的的不负责，看起来那大概就是一种漫不经心，它其实是什么呵，是心无所驻，想着另一件非人间的事情呢。……可以当个例子，人们都认为他有目的，其实那些个“目的”，对他都是姑且有之的，真心并不在那里。当然这时对所有的拿他的“目的”当真的人们来说，他就是令人不解的、非常可怕的了。

还有，这“负责”也有没目的的“负责”，这其实也不少有，他看穿了世上的一切是是非非之后呵，他无所图求，但是呢，他仍然做事一丝不苟、认真负责，他其实就是个负责精神或者性格什么的，审美上的，或是骨子里的……

那回有个小孩儿摔破了，边上有个人赶快过来，给小孩儿弄了半天，我们还以为是小孩儿的父亲呢，一会儿小孩儿没事儿了，他也没事儿了，我们还聊了几句。这事估计他也就忘了，因为他没有目的。但是呢，他是一个负责的人。

这好像所有有目的的都是可怕的，不管它负不负责；而没目的的，倒有可能很美好。

不过对一般有目的人讲，你也有目的，他以己度人能理解，也容易知道怎么对付，所以会不太害怕；而碰上没目的的，他就不解了，他不能想象没目的是怎么回事儿，他就老猜你的目的，结果猜了半天，还是不觉得抓住你了，他就害怕了。

这中国共产党以后倒真是不打了，真还是一统了天下，这以前群雄割据，一直内乱。

是。曹操说如果他不当皇帝，那就太多的人要争当皇帝了。这是中国人的一个心态：如果我没机会当皇帝，我一定努力当上等人；有机会当皇帝，那一定当。所以在中国你看，要是没有一个大的独裁政权，就会有许多小的独裁政权。你就看在海外起来的民主组织，他一个个地只要能独裁他就独裁。

民国初年，中国也开始过议会制，可是据说每个议员都被收买了。鲁迅当时还说，人民骂议员是没道理的，因为人民自己和他们一样是可以被收买的。这不是制度问题，制度规定不可以被收买，没用，所以是人的问题，就是鲁迅说的国民性的问题。鲁迅想过了，但是也没办法，中国人太彻底了。

西方人讲的是人的精神和社会现实的冲突；中国人讲的就是：人就是泥土，要不然就是天空；不是如天观世，就是随波逐流。西方哲学中的进化论这一支中国人好领会，就是弱肉强食，成王败寇，人间正道是沧桑。奈何不得。

1992 年 4 月　柏林[6]

[6] 作者1992年3月初离开生活了四年多的新西兰，逗留香港两周后，再度抵达德国，开始了应邀于DAAD的预计为时一年在德的工作生活。

人性与未知

——与友人谈[1]

……

此一时彼一时。上一次来我碰到瓦格那教授就跟他谈过这个问题，宋代人对唐代人的看法是一种看法，而明代对唐代是另一种看法，清代的又不同；实际上因时因地因人，同一个事物就会不一样；那么究竟是什么？这个“究竟”却是惟一不发言的。

烨：我们现在只能说过去已经发生了什么，很难说将来怎么样就会更好。一千个人有一千个主意，那你听谁的呢？听少数人的？多数放弃自己的想法？肯定不行；听多数的吗？有的时候，恰恰少数人说的话是符合冥冥之安排的，多数人反而没用；那么讨论未来还有什么意义呢？

这是一个悖论。

烨：我的结论是对于未来的选择不是一个分析和理论所能达到的，而是在行进过程中的直觉。在你排除了你不能做的选择之后你必然会有一个决定，决定动或者不动，犹豫都是一个选择。对于个人有个人的选择，对于国家和民族也有国家和民族的整个选择。比如都说中国现在要民主，是不是真的要，要看它怎么地动，只有行动显示它的初衷。

[1] 友人篇中以H、L表示。H：中国居德友人；L：西方汉学友人。友人言谈大多略，以省略号表示。烨：谢烨（全书同）。

……

民主首先不是逻辑推理推出来的，也不是一个制度规定出来的，它首先在于你每一个倡导的人，你自己是不是真心地相信和向往，是不是喜欢做一个普通的独立的人，不仰仗人，也不欺压人，自我负责，永远不想凌驾于人上；如果不是这样，一旦有了权利，就抓着不放，就要对人炫耀；那么以最精美的理论设计出最完善的民主制度也还是没用。这个，海外民运就是一个很好的测试场，理论也有了，制度也有了，可是为什么倡导民主的人在一起都还是不能民主呢？于是分裂，于是另立，不是因为主义不同，主义说起来都一样。结果另立的也不能民主。

西方有这个精神，他们建立一个国家，然后自己离开；甘地也是这样。

人生价值就在于做人上人——中国历史就是这么过来的。要想民主就得首先改变了这个。甘地，他光着脚，吃着粗粮，在人下人的贫贱村庄之间走；他什么也不要，坐牢不沮丧，成功不得意，直到挨了一枪。朱光潜说的那句“以无为之心”的话很好，就是以什么都不图的心做事，才能做得公正，才能得人信服，也才能靠向民主。

H：但甘地在中国是不可能的。

不可能，但甘地的精神应该是可以映照我们的。

烨：谈起甘地，我又联想到一个词叫伟人。伟人就是他们的精神强大到超越了世间的一切利害。比如说夏明翰，他说砍头不要紧，只要主义真，杀了我一个，自有后来人。对于他来说现实暂时胜利了，但是他的精神超越于现实之上。有这么一批人，革命便成为必然，也成为他们精神的体现。你没有办法确定什么人是伟大的，人的本质只有在选择的一刹那显示出来，那些人一大批一大批地死了，他们并不需要后人记住，最后他们到达了这个国家。我们不能让这些早就完成了自己的人来为现在的中国负责，之后的事情是后来人盲目的行为的结果。

这一系列行为之所以是盲目的，是因为精神受冥冥控制，每个人对未来的憧憬是每个人对自己的鼓舞，从一开始就决定了结果的必然。由于冥冥的观注，我们无法知道结果到底是什么，我们所能知道的仅仅是我们不能忍受什么，于是我们向一个假设的可以忍受的方向行动。而未来其实是不可知的。

（略22行）

但是有一点可以肯定，如果中国没有一个新的精神，其强度近似于中国共产党上台时的精神强度的话，中国不会成为一个统一的国家。中国人他们享受过毛泽东，现在他们因此发现缺少了些什么东西，这个感觉非常强烈，所以发生……，与其说是……，倒不如说是人民在希望一个热烈的场面，可以激动人心，有人在……，这时人们冲上去，不顾一切地把自己的钱、利益及至生命抛在那儿。

（略5行）

毛泽东就是这样，他一挥手，人们的一切问题就都解决了，所有人生问题，生死、名利、荣辱、工资、住房、恋爱、两地分居，所有这些问题都不算什么了，大家就跟着他走。

（略5行）

我以为知识分子和普通人的区别不大。

L：像香港、美国有好多的高级知识分子。

比如说慧能算不算知识分子？他不识字。莎士比亚算不算知识分子？他在剧院门口拉车。

L：这不太一样，他们比知识分子更聪明。

所以这样的区分就没什么意思。是有掌握什么知识，掌握多少的不同，但它并不能用是否知识分子来体现，也同人的品性甚至智慧没多少关系，从来就不是一个教授必定比一个农夫品行高尚或德性完美或更加地参透人生。

L：像那个永远性的问题谁也不知道是什么，天才的问题也一样。你说的是对的，一切是那么样的丰富。

是呵，我们怎么可能下一个结论呢？一切的来去全都那么样的未知。

H：……

你看呵，这知识分子要说不一样的话，就是更虚伪一点儿，如果他们不是被一个流行的思想罩着的话，面前一朵花一把刀，依着本性、直感，他们各自的表现会是很不一样的，绝不都是扔了刀，再给花浇点水，然后闻一闻。成了知识分子，就都说同一个价值观，就像拿同样的尺度量鞋一样，反正穿这个尺寸的鞋就对，要不就错，至于每个脚的大小倒不重要了。

这点上越是普通的人就越是好些，我是什么脚就穿什么鞋，至于高低对错，那是无关的，是臆造出来的；我这合脚就对了。拿刀犯法，那我也不非得去闻花是吧。

烨：就是虚伪。

说虚伪，还不在伪造个价值观上，更在他自己也不信上，拿那个尺子是量人家的，量给大家看的。像现在知识分子都愿意说：啊，我们是要民主的。而其实这真是他血液里的思想吗？他身体力行吗？还是因为这是一个放之四海而皆对的价值观呢？只要这样一说就验明正身了，就是个知识分子了呢？

H：那是提倡，知识分子提倡民主、和平。

说这样的话呀，对改变现实不起作用，是空的；而你做什么事情才是有实质意义的。说尽管说，当众浇水闻花，提倡当然不坏，可就是个提倡而已，转头是花是刀？

H：……

一个人要做点什么的感觉是他自己的；至于他最终做的是什么，并不一定反映了这个感觉。所以有时候一个人说了就做也挺可怜的；但是说了不做那是骗人了。最好就是你是什么感觉你就说什么，你就做什么。这本是个最普通的最没奥妙的老实态度。但是一成了知识分子可就“简单的并不容易”了——我在岛上画的画儿里就有这么一幅，《简单的并不容易》；怎么不容易？就是你要是依照你真实的感觉说，不合主流观念怎么办呢？不配“知识分子”了怎么办呢？于是你就按无愧为知识分子的话说了，说了照做还是不照做？这就回到刚才的问题了。总之是你要这个知识分子的名份的话，你就难免你的本性和观念的冲突。

烨：好比他吧，他的观念上，爱儿子是不对的；真的，他就是这样的观念；而他的本性其实是爱的；就这么个状况。他是比较典型的自己跟自己过不去的一个。

嗯？

L：那是比较复杂，应该听本性的？

烨：我跟你说吧，他这个人特别的形而上。人的共性是，包括其他生物在内，它本能就是要避害趋利，他就相反，所以不能说他了。

人从一开始其实就是，向着认为对自己有害的相反方向而去，像小孩开始走路，他首先是要走，不是考虑是否摔跟头，他要走，因为不走对他没好处，他要排除不会走的害。而这又是盲目的，他不知道后边的结果是什么，也不去管。

H：我以为是由于他们的父母鼓励、要求他们走。

烨：不是的，你不教他他也会走的，他自己的驱动是主要的。一个国家也是这样，首先动是由于这个驱动，然后才有借鉴，怎么就一定失败是可以确定的，而要想成功永远是不可能再重复别人一次而达到的。这是属于冥冥的。我们无法把握冥冥，我们只能知道冥冥留下的轨迹，而无法看见它于未来的显现。这是冥冥留给人类的课题。

人老爱提这样的问题，如果这件事不发生历史会怎样？如果康有为他们成功了会怎样？如果……没生下来会怎样？但是历史只有一次，就像上帝只有一个一样。

有时在这样的时刻，我真正觉得我们都是绝望的，陷在这个未知的手里边。也许西方世界和平了这么多年，他们掌握了一些自认为的经济规律和历史发展规律；但是这是暂时的；谁知道到底世界上豹猫少了或多了，龙虾挨饿或吃饱了，对人到底是什么预示呢？是地震毁灭人类还是人类自己呢？这个未知的手陷我们于其中，却是不教我们看见它的。

人很可怜的，很渺小，现在因为知道上帝不会直接惩罚我们，我们才觉得我们有这么大的本事，而实际上人没有办法做这件事。

L：那么上帝做了人就是最大的错误。

上帝做了人再毁灭它。我们现在知道的也就是这点。而且是通过人类自己来毁灭自己；上帝从来不插手做这件事；他让你们自己做。

……

烨：我们知道的只是已经发生的事。

连这都难说。记述一件事，它怎么着也是同被记述的事脱开的。印照片那也只是在照片之间。就像……的事情，所有人的回忆都不一样，这是这么近的历史，那么再远的历史我们怎么能相信呢？所以所谓的历史不过是个含含糊糊的给我们个安慰的东西，好像我们就有了往前努力的可能了。但这不是可靠的，没有办法。我呢，很不相信西方式的民主、科学可以在中国成功，那……的时候我如果在我一样要去。

……

一九八三年我的思想走到过一个极端。我曾经是一个民族主义者，因为我喜欢中国；我甚至喜欢伟大的东西。后来我读了鲁迅的书，那个时候他说谁都说自己是胜利者的后裔，皇亲国戚的子孙，谁也不愿说自己是失败者的后代。那么我们看历史，非常简单，胜利者就是杀人者；于是我相

簡單的并不容易

戡

一九九〇年九月

……如果将这个去掉，人就会变得干净，自然的气息就会通过你幻化为语言，……

……它的信仰是自身中的，是一个源于自然融于自然，自然而然的心境。

……生命中有一种愿望，它总是要脱离黑暗，脱离混浊，脱离重力，……

……从来就不是一个教授必定比一个农夫品行高尚或德性完美或更加地参透人生。

……但是一成了知识分子可就『简单的并不容易』了。

……越没高贵感的人才会越想高人一等。

——图《简单的并不容易》1990 年画于岛上

信如果我的祖先不是杀人的人的话，不会有我。数千年的厮杀，杀赢了的得以繁衍。

不管是上帝还是自然创造了这么多的人，包括动物，包括植物，却并不是让他们都活下去。那么如果你要认真想一下的话，你只要活，就是在让别人死，你每多活一分钟，就是继续让别人不能活。这从你出生的那一刻就开始了，甚至从你迈入人的生命过程的最初一刻就开始了；因为你的生，便剥夺了别人的生，你把死推给了他们。

那时候我非常极端，我不能以我的祖先为荣，不能以我为荣，不能感谢造物主，对它充满了质疑。

（录音中断）

像“人比黄花瘦”，除了美丽之外，还非常苍凉。实际上就像有一种平衡，如果有上帝的话，他给你最好的，必给你最坏的，就是你一定要受这个惩罚。

H：生活里也是这样。

面临永生和死亡，几乎都是同时的。如果真有爱情的话，最美的跟最折磨你的都是同时的。

人只看想看的一面，将相反的一面扔在想所未想的地方。而这一面有多少，那一面就有多少；只是如何显现不是可以预料的。

人类历史它肯定有一个完整的过程。我们从来在一个既定的轨道上推理，因和果，但最终爆发作用的因果总在我们的料想之外；我们以为历史会重复，而实际上永远不会重复，它只有一次，如同世界上只有一次你一样。

……

其实无论我们如何讨论，都不过是在堆砌概念而已。概念的意义范围是很有限的。像你每天上班，时间这个概念对你就很重要；而你要是完全到了自然中间，没了上班这回事，时间的概念也就用不着了，就是睁眼闭眼饿了弄着吃，时间就没有了。

你要达到什么目的时才需要概念，概念联接成逻辑，你沿着逻辑去达到目的。

目的不同你依循的逻辑就不同。所以碰到争论谁对谁错时，首先应该弄清，这作为争论前提的各自的目的是不是同一个。你想去东边他想去西边，你们彼此不清楚对方的目的，就吵哪条路对，当然吵不清。

现代科学给人一个错觉，因为走一条路就可以走到一个地方，按照一个图纸就能拼装出一个机器，那么便以为遵循一个构想就能建造一个社会了，要我说……的最伟大的缺点就在这了；人是活的，是会变的，在机械方面设计是必定的，而在人的领域里就不可靠了；很简单，因为人永远只是在此刻。你这根据过去的经验，现在的感受，为将来设计，将来的人又不是现在的或过去的人。

其实我们只能看见精神走过时留下的脚印，我们是不可能沿着这个脚印找到创造了过去的精神的。精神是无处可寻的。它在突然间到来，以意想不到的形式显现；没有目的，又回归冥冥，给我们留下了被误以为能抓住它身影的形式。

1992 年 4 月 25 日晚　柏林

那是光明升起来的时刻

——同友人的两段谈话[1]

一

L：说的是一种还没有表达的爱情。

中国有个词叫“相思”，一种很淡的模糊又清晰的感情——女孩儿的，或许也会是男孩儿的；但是性质是女孩儿的——柔和，明澈，懵懵懂懂。

L：你说爱情？

不是爱情，我在说“相思”，她不很清楚，但又是清楚的，所有的花，整个的春天，在这个时候都微微地颤动起来，这是生命之间一种相通的抚慰和传动着的怜惜。

L：我们了解相思是有的，问题是有没有进一步的女人性，永远“引人向上”的问题。

中国可以在“相思”中间停住。

---

[1] 友人于篇中以H、L表示。H：中国居德友人；L：西方汉学友人。

烨：《红楼梦》实际写的就是感情的相思阶段。

它是一个非常成熟的完美的阶段，可以成为一个境界。

它不是“我想念你”这种东西，它是爱情之前的一种理想，充分的憧憬；这时万物新鲜而含笑含泪，美丽充满了自身。

烨：这个时候你说什么都是美丽的，你要运用语言。

L：我们讨论的是有没有永远的女性，我认为在《红楼梦》中是有的。另外我想也有永远的男性，但是不知道在什么地方。

H：你们谈的是文学的，还是现实的？

烨：对了，这是个关键问题，就是我们现在讨论的永恒女性之光辉，首先得把它区别于现实中间的男性和女性，如果你单单讲我崇拜女性，让人听上去觉得你这个人是不是喜欢女人；但是不是这个问题，我们说的是脱离开这个世界的，它是代表着人类的一个理想，代表着生命最美丽的理想。

那是光明升起来的时刻，生命中有一种愿望，它总是要脱离黑暗，脱离混浊，脱离重力，使自身和万物都处在清澈干净中间；“相思”就近似这样的状态，永恒的女性就是这样的一片光辉。

烨：我又想到了恋爱前期的中国女孩儿和外国女孩儿的最大的区别，中国女孩儿的感觉状态是很长期的，好像《红楼梦》里写得非常详细，它是极为微妙的。她从来不表示说：我爱你。像林黛玉，她一直站在自己的相思上，一直站在实际上比世人更高的对理想的追求之中。

她只要说了，就破了；像浮士德就说了——真美呵，你留下来吧！——就全都破了。西方人也有这种感觉。

烨：是，林黛玉要是说“我爱你”，那就全部玩完，她的理想就破坏了。这个恋爱和外国的女孩儿完全不一样，外国女孩儿现代的一般来说，如果她爱上什么人，她一定会对他说我爱你；而中国人她第一次升起爱情理想的时候，总是含蓄的，似乎总怀着怕理想被破坏的恐惧。

L：你一直没有说你爱他？

烨：没有。

哎，为什么说中国的审美和它的精神在《红楼梦》中达到了最高点，也表现在这里了——不仅光引她上来，而且她可以在光中间停住，她成为光，此刻成为永恒。这是它最成熟的地方。

L：那就是说在真正的女性方面，曹雪芹比歌德更好。

他写的是人间，但是写出了人间天国。

烨：中国人的传统是欲言又止。

诗里叫：此时相望不相闻，愿逐月华流照君。

L：谁写的？

《春江花月夜》里的。“鸿雁长飞光不度”——它停住了。《红楼梦》就是这样，停住了——停在光里，在光里永远飞翔着。

L：你的了解是一个诗人的了解，浮士德的了解不一样，他的了解是符合很有能力的、能干的人的。

这是可能的。歌德、但丁，我想他们都看见这个光了，他们跟着这个光走，光最后就消失了，他们不是光。

二

L：应该说中国比过去更有一点希望，因为……，阎罗王为他准备了更好的地方在地里头。他不会做上帝。

这点是的。但是我也不太相信，中国会因此变得更好。中国还会照现在的方向往下走。跟毛泽东那时候不一样。因为人们就算是全都心怀不满，各有各的不满，也还是都乐意邓小平这个方向的；毛泽东那个方向没了毛泽东，就没人能让中国往那儿走了。中国人是最喜欢自顾自的，这，朝鲜人、日本人……全都不及。要说没了……，民主就能怎么样了，这个我不信。

L：可是会变一定是的。

这是肯定的。其实……在他建国的时候，我们不能不承认是中国人选择了毛泽东。因为毛泽东本来在山里边，如果中国人不拥护他，他不可能成为一个统治者。邓小平被毛泽东打倒了，但是后来人们也拥护他，他又起来了。我们也不能不说，是人民拥护他起来的。

L：……但他有力量。他就像个很有力量的猫，所有老鼠都害怕他。

是这样——中国这个形式是，就是要让大多数人不能起作用，不能形成一股脱离开他的控制的力量。你看这种力量一旦形成，就把邓小平捧上去了，毛泽东那更是了。可是要是说他上去了就有力量了，就拿他不下来了，那，华国锋或者蒋介石，他们也不是因为实行民主制度给选下来，被邓小平或者毛泽东代替的；你专制要是没有足够的人支持你还是会下来。……而且为什么是这个制度？也是每个人的问题。本来都推翻了，给你机会新建，他一个人要建成什么样就什么样吗？都不支持，都不帮他能建吗？

（略3行）

L：所以中国人应该转变观念。中国的知识分子应该做这个工作。

我想中国的知识分子如果要做一点事的话，不光应该是在对西方的知识的注意上，还应该有一个朴素的生活态度，就是做一个平常的人。

L：不过我认为，我们已经有了所谓社会主义国家的经验，假如在中国有一个不是革命是革新（心）这样的东西。麻烦的问题是怎么样可以去做，会有很多人死。我以为，中国的知识分子，想找一些策略，或者办法反对这个。因为，中国人本来一直到现在没有改变，就是不光政府的“大道”。可是以后总有斗争。许多人会死。

中国人运气还是很好的，这几十年没有发生内战。内战的话，真正死的人非常多。

L：还是有这样的危险，会发生的。

很可能。

L：中国的军队是很有力的，共产党也是（人）多。他们的力量很大。他们是特殊的人物，不是和一般的人物一样。

您知道，那个时候的日本军队，如果是政府想控制军队，军队就把他们打死。那时日本是这样。中国共产党现在，邓小平的领导，首先是军队的领导，他才能控制这个政府，军队的力量是第一的。如果没有人能强有力地控制军队的话，军队分成很多部分，不听调遣是可能的。他们跟国家经济没有直接的关系。

L：有可能中华人民共和国也就是大陆，也会变成比较多的国家？

中国有这样的历史，如果中央政权弱了，中国就会变成许多国家。

L：三国演义，我知道。

《三国演义》第一句话就是：分久必合，合久必分。但是要死很多人。在分合的过程中要死很多人。

L：后边也有南北六朝，是不是？

是的。

（略18行）

其实最根本的症结，在于中国人喜欢统治别人，做人上人。如果可能的话，他的儿子也要比别人高。这是他的人生价值所在。就是这一点导致了中国必然的内部矛盾。

如果像西方或者像佛教社会那样，大家觉得无所谓高低，就平和了，民主也就有实现的环境了。

要统治别人，要比别人高，一定要这个荣耀，有钱没钱都可以是次要的；中国人的这种心思太重了。这种荣耀没有上帝，也没有神，甚至没有好和不好；只是因为只有这个东西能够肯定他的生活。我在你上边，我可以葬送你，左右你的命运，你必须服从我；这是许多人活在世上的最终满足。这种心，使中国合久必分，又分久必合，使中国没有消亡。

……在秦代以前，中国本来就是很多的国家，不一定非得变成一个国家。可是所有，大部分知识分子，您可以去了解一下，他们都希望中国是一个大国。

L：可是那个时候，也有很多斗争。

对。如果分成很多国家，比如他占湖南，他希望得比湖北大，上海要比北京大，北京要比上海大，他的价值感就在比较上，只有在比较中间才能肯定自己。这样就一定要相互过不去。现在又技术发达而环境资源匮乏，他占着上游就不给下游水，占着海岸又怎么着，这不仅仅是由于经济利益的关系，更因为他们的心，他要凌人之上，才会舒心。

L：中国需要革心，像六祖坛经的那个心。

是。如果不在心上把这个念头去掉的话，就不会搞得好。其实中国要搞民主形式、搞经济建设，是比较简单的事情，中国人并不笨。但是这个东西在心里太重了。如果这个东西去不掉，没有什么希望。民主也没希望，分成好多国家也没希望，最后都要杀起来、打起来。所以如果不能像甘地这样有一个精神的照耀，事情是没有希望的。

L：你应该回国做一个甘地。可这在中国是不可能的……

烨：抱有希望的人才那样做。

就是民主派也会……因为你否定了他们自诩的价值。民主派会很恨我的。我说过一句实话，我说我不太愿意做一个诗人，这还没得罪什么人，我说我愿意做一个简单的人，这样别的诗人听了都不高兴。这还是写诗的人。如果是民主派，嗯。西方有这样的先例，他们建立一个国家，然后又离开了。

L：中国人不像印度人，他们有他们的脾气。

印度人有他的宗教，日本人也有他的宗教，西方人也有他的宗教，他们都有宗教。我不是说他们一定要加入教会，我是说他们心里有另外一个事情，神的世界。

L：神的世界在这也有一些困难，比如说吧，印度有伊斯兰文化，还有印度的，他们打起来了。

烨：还是有神，要不坚持不了，那么一直打下去。要中国就连这也不行。

（录音中断）

中国人失去了这种权力，这种荣耀，他什么也没有了。所以中国古代一直在考状元。这是他人生价值的肯定方式。

L：状元是五六百只有一个？

对。这跟我们现在想拿诺贝尔奖很像，把中国的想法带到了西方。

做一个假的人，不如做一条真的鱼或者做一只鸟，写诗给予我的快乐在于能够变化，在变化中得到一个真实，生命的感觉吧。

中国少有傻子。你这样生活这样思想，人们看你就是傻子，要不然就是疯子。我去那个最低级的单位工作的时候，他们就说我：哦，你是第六个傻子❷。因为在选择工作这样的事上，人们总是选好的地方去，高级的就是好的；所谓“人往高处走”呵；中国话说：人往高处走，水往低处流。

---

❷ 顾城1974年回到北京后，放弃进入国营单位，而坚持去一个“不入流”的最低级所有制的街道服务所当木工。分配去那里的都是哪里都不录用的病残者、家境困窘者或者经过劳动教养一类处罚的人。那个三四十人的服务所当时有五个弱智人，被叫作傻子。大家因为看顾城的身体、家境、身份不仅毫无缺陷，还居然可算上乘，便不明白他为什么要去那里，于是称他是“第六个傻子”。可参读《讲演答问卷》中《“别有天地非人间”》一文第一大部分。

L：可你不是傻子。你有点儿狂人。

在一般人眼里是一样的，就是疯了。我曾经以为过，我想人是能明白的。后来我知道了，人并不要这个，他们不要这个东西；他们喜欢西方也只是喜欢西方的电视，而这个东西他们是不要的。高贵感是人人不同的。最高贵的人可以不在乎当奴隶，因为他不需要以别人的眼光肯定自己。越没高贵感的人才会越想高人一等。

L：我们除了吃饭、吃面包以外，我们也应该有一些精神的东西吃。

要不然这个世界就一定混乱。现在的中国人真是忙极了，抓住这个，扔了那个……

L：1958年我在中国，他们缺的东西太多了。我每个星期三进城去买书，人家都认识我了。他们总是问我：为什么不去吃午饭？我说我没定饭。他们就奇怪。吃饭最重要了。

中国人看外国人觉得他们都有点儿傻。所以叫他们“老外”。

L：王府井大街。东安市场。

人们有一套对生活的看法，你如果不那样看，人家就觉得你奇怪。

L：全世界只有中国有这样的习惯，早上见你问：你吃过了没有？别的国家没有。

而且全中国都一样。我第一次在诗刊开会时就说：“中国人老问你吃饭了没有？从来没有人说：你是不是很悲哀？或者是不是你很高兴？好像没有灵魂。”第二天，我又去那儿，人家见了我都问：你悲哀吗？他们拿我开玩笑。

（录音中断）

L：有一些美国的政治家，政治学的教授，他们也是汉学家，他们以为中国的民主有出路，有办法，可能他们不懂中国的情况。

采访______，采访学者，采访一些学生。问题是这些学者他们大半不知道中国，他沉浸在概念里，沉浸在一个一厢情愿里，他就不知道。……的时候，中国八亿农民根本不关心，他们不需要这个东西。普通市民后来帮助他们，那是一个义气。

L：可能中国需要一个特殊的民主？

你看甘地他在印度搞的不是民主，而显示为一种跟印度的宗教感情长在一起的，那么一种朴素的、拯救大众的精神，它是从根基上生长出来的；像他说没有英国布我们自己织，然后他就纺线，他不要侍从，自己光着脚，光着头，腰上缠块布，裸着身，一步步从这个村子走到那个村子。

毛泽东最早的时候也是这样。那么如果真的有理想，或者真的信仰一个新的民主精神，想要拯救中国的话，想让中国的农民跟着走的话，那我觉得就是这样的东西：光着脚的，吃粗饭的，献身的，像朱光潜说的那样，以出世精神做入世事业的，不计成功、失败都将路走完的，全作命里注定生死皆无抱怨的，有这样的精神，大概才能说有了一点儿希望。

L：可是我以为……假如没有一个很好的策略，……

问题是这样的，就像我们写诗一样，我们心里有一个感情，我们才能写出这一句句诗来；要是我们光讨论这诗是由什么样的语言构成的，语言在诗中的意义，结构对诗的意义，那对诗的出现是毫无用处的。

李白有一句诗叫“鲁叟谈五经，白发死章句”，还有一句诗叫“清水出芙蓉，天然去雕饰”——一个国家形式，民主形式也罢，共和形式也罢，是由一个精神推动产生的，它并不是由这个预先的设计产生的。现在整个弄错了，很多人认为仅仅做一个形式，像你说的再设计一个策略，成果就可以到来了；我觉得这有点儿本末倒置。

形式是重要的，如果没有这个形式，像______呵，性命说丢就丢了；方式、策略都是重要的。但是如果没有一个崭新的精神，永远不会有改变的可能。很简单可以看到，……在海外的自由环境中正在做什么，孙中山当年在美国还洗盘子，把钱积攒起来投入他的理想，现在你住洋房、坐汽车，民主的内容成了彩色电视、花红酒绿，甚至倚强凌弱，骨子里还是做人上人、做统治者的心思，喜欢让人家向你欢呼；甘地不需要人家的欢呼，他热爱自己遭遇的一切，包括坐牢，他说监狱是关盗贼的，对他来说是圣殿呵，他愿意成功也无所谓失败，愿意为无论成功还是失败付出他的全部所有作代价，他成功了也不要欢呼呵，也不当国家元首，什么职位也不要，还干他的最不讨好的事，直到挨了一枪，还满心幸福。那这个就是个很大的差别了。如果没有这种无畏的精神，没有这种精神推动我们创造，推动我们临近生命的真谛，达到一个真诚的和平的世界，那么我们所做的事情算是什么呢？跟我们反对的又有什么区别呢？邓小平也留过学，在法国留过学。

L：你是对的，那个民主的问题也是精神的问题。

当然，大家现在对精神有点儿怀疑，因为中国曾经有了太多的“精神”。但是没有精神绝不会有崭新的形式，你再设计得“完美”也不成立。精神可能导我们进入非预想非期待的形式，就像中国革命进入的形式，这是有可能的，因为历史并不是我们的母亲，她并不宠爱也并不照看我们。

但是历史并不是一个阴错阳差的产物，历史是一个必然。

在失去精神的时候，历史沿着巨大的惯性滑行——我以此描述中国的现状。

L：向日本学习呢？日本和中国很不一样是吗？

向日本？你看日本，它之所以成功，不仅仅在于它接受了西方的形式，而在于它用日本精神拿住了这个形式。它的日本精神比这个形式要强大，而使他们掌握了这个形式。这就跟禅宗里的说法一样，你要是佛的话，经就围着你转，要不是你就围着经转。我们现在就是围绕着西方的形式转，它掌握不了这个形式。那么日本人和中国人有一点不一样就在于日本人十分认真，他有德国式的完美主义。这种完美主义和团队精神如果调到现代生产方面，它可能就会转化成强大的生产力量。

L：我知道，他们也有很好的作家、艺术家，但是大部分人不过是制度的奴隶，他们总是工作工作，他们并不幸福，因为他们不自由。

我并不喜欢日本的制度，但是我知道日本有一种精神；比如有些人他们坐在庙里搞禅宗，他们坐在庙里不动，而另外有一些很辛苦的人，他们工作完以后也到庙里来坐一坐，在他们面前坐一坐，或者转一转茶杯，这是一个依靠。精神可以创造现实，却依靠不得现实，因为人世无常，任何现实的东西都不能满足人的本质需要。日本正是有这样的精神寄托，才使他们的现世生活得以制约和平衡，才维持了下去。

烨：还有就是这精神并不全是完美的，精神有的时候是让人痛苦的，像日本就是非人道的。

——崇尚生，亦崇尚死；如果从外观看，他们的整个生活和人的需要是脱节的，人本不能永远像机器一样这么工作下去；大概只能说是他们民族的精神和这样一种形式和谐了，人在这样的一种受苦中享受精神。如果没有这样的精神，他们松松垮垮地生活，大概就变得茫茫然，也不幸福。这种精神可以让他们把一件事情做得非常盛大，无论经济还是战争，可每个人还是紧扣在每个环节上。总之幸福不幸福大体是一样的。

那么多人在转动这个失去了密码的锁，并且设想门打开以后的美丽景象，为这个景象的每个细节人们争论不休，并且满心欢喜。殊不知门里有什么样的奇迹绝不会理会人们在门外的热情设想，它只将你的本性图象送给你看，而门是由这个民族的精神打开的。

1992 年 4 月 26 日　柏林

1992 年 4 月 26 日柏林，谈话中

它的注视之下

——与友人[1]谈

你说这写诗，它的前面，有弥尔顿，也有莎士比亚，有无数诗人，那我为什么还要写呢？在这个世界上有那么多事做，我为什么要干这个？我呢，爱这语言。

他们好像是出于一种宗教的感觉。一种人性的博爱精神在他们的文字中间，不是为了得到什么，而是献出去，在一种献身的光芒中。当然中国的诗歌和历史是另外一回事。

我觉得，你的字必发自本心。那么你到底是要做一个诗人，做一个高于别人的人，你还是就是一个爱别人的人，或者是欣赏世界之美丽的人，我觉得你的文字必显示出来，你没办法作伪。所以首先要认识裁判自己，然后抉择，这对我是重要的。

诗人不是一个职位。释迦牟尼，他是王子，他去做了个乞丐，为什么？这是他的精神让他做的选择。那么写也是这样，他们被未知的力量推动，这力量是不从功利出发的；无论是对永恒的向往或对爱的向往，还是对美的感受和向往，都会成为这个力量的成分，使你不得不做这件事，形式是后来自然产生的。

S：这个商业化以后，诗在一定程度上也被商业化，诗人也被商业化了。问题就在这儿了。那天他们问北岛，你们成立《今天》，你们想办成什么样的刊物？或者你们想只给诗人看？你们自己看？要是认为别人、低下人看不看无关

---

[1] “友人”此处为：S、Y，为居德中国朋友。

紧要的话，你今儿就根本不用跟我们座谈；如果是座谈的话，还不是想要我们多买几本书吗？如果你想让别人买，你就得照顾读者的口味，对不对？主要谈到《今天》里的一篇小说，谁也看不懂，那么这个小说是在什么水平上写的？写给谁看？有没有让人看的意思？北岛那天让人一逼就急了，说：你们一般人水平太低，你们学理工的人不读文学作品，读得太少，不够。

可是这回他看了我的诗说：你应该多考虑考虑读者。正好把别人给他的问题，全都给了我了。

我呢，如果我是读者，我要看的是我觉得好的、有意思的；我要是作者，那我当然只能写我愿意写的。

Y：那发表呢？

发表就其次了，不发表就不发表吧。作品首先是写给自己的，和自己要写的。写诗的过程可以非常美丽，有这个享受就足够了；有时这个过程又充满魅惑，让你的享受也是奇异不堪，淋漓尽致，过后还浑浑噩噩，处在无处不在的暗示中间；这写的获得已经十分充分了，那发表是额外的了。

我要是为流行而写，为赶时髦而写，兴现代主义，就写现代主义，兴古诗呢，就写古诗，那我不是整个成了为功利打工了，那我还不如干点儿别的去呢，世上为功利而干的事可太多了。

这就是你要弄清你做这事的目的，办刊物全一样，是首要挣钱？是首要挣名？是不为名利就是要个自己心目中的好？想清了，就不着急了。你要是都要，呵，那样的好事不多。

S：你这个态度是比较豁达的，但是别说远了。你说杨炼、高行健他们，我觉得走的是另外的方向，很多作家是有这个倾向的；我不知道你有没有想过一种可能性，比如发表和得一个大奖状之类。

不说现在吧，就说传统知识分子吧，有一个大毛病，就是考状元呵什么的。于是所有的知识学习和艺术创作都给纳入了等级，以此标示一种人生的价值。我觉得这是一个错误。其实诗表现的只是人格，而人格一给纳入等级里，就没人格了。人格跟价值毫无关系，人格是完完全全地超价值的；给人格标价，说通俗了就叫侮辱人格。

等级像它设在各种不同的职业中一样，不能表现生命和精神，而诗是纯粹生命和精神的显示。如果混到现实的等级评比里去的话，那我可觉得诗就太没意思了。

陶渊明他自己种地，种地喝酒之余写一点儿诗，诗只面对他自己；他一点儿不想拿它去建功立业、留名青史。他的诗因此才有可能好。他的诗里清楚无二地表现了他的人品。

如果你去考状元，目的是上榜，诗必就老实不客气地表现出你的用心；这时你最好就写明白，我写诗为了上榜；当然你这样写就上不了榜了，真为上榜必就不这么写；所以以这样的目的为企图的，他的诗只好是说假话的，为了上榜还要说成是为了什么别的；这“别的”就在怎么符合上榜标准里找了。可你无论怎么掩饰，你的用心必是仍然彰显无遗。这样的诗即使完全符合上榜标准，格式呵、音律呵，甚至学识、“气势”“新颖”呵什么的，都给打上满分，但我还是不会觉得那是好诗。

文学是精神世界的表现，而上榜这类实利企图它绝在精神世界之外，你掺上了这个，你的文字就纯正不了。所以为上榜而做的作品就没有出神入化的。当然如果你出于本心而恰又合了标准，那也是可能的。但你首先必须是诚实的；而上榜是偶然的，是不应在你写时的预期里的。

S：写作风格也有关系吧？

现在有一个问题在哪呢？我想了但是我不太想说：中国文学究竟是中国文学还是仿制的外国文学？中国文学受翻译文学影响——从语言到整个的表达方式——如此之大，差不多跟中国的口语，跟中国的传统表达方式脱离了关系。当然这也许是一个时期的事。

我喜欢中国式的语言。我读《红楼梦》，可以来来回回读两年。那它就是漂亮。王维写："红豆生南国，春来发几枝。"你慢慢走的时候，读它，你真觉得那气象，那么柔和，那么开阔，你一下就知道了写诗的心境是什么样的，看这棵树从最初的萌发到长起来，你心如水一样清、静，看见这个过程，你写的时候，"这几枝"，它就自然地长到你的诗里来了，而不是从所谓的现代生活和西方作品中间。

我们下了地铁，看一眼树，办公之余，看一眼树；这个片断，它是什么呢？生活的混乱变成一种所说的"艺术真实"，而实际上是一种艺术的混乱，或者非艺术的混乱。这是我的看法。

但是"春来发几枝"，不定哪儿出来几枝，而它让你一再地身置一片充满它的意味的时空里，树木生长的过程和你写诗的过程，同样的柔和美丽。《红楼梦》那样的文字波澜开阔、柔和镇定，它讲说的过程就美丽无比，就先不说里边的人物了。

而外国现代主义呢，当然它有它的源，好的也非常好；但是我觉得经过翻译以后，往往给中文读者一个错觉，就是说：诗是这样的，文学是这样的。它翻译的文字，它跟原文肯定是不一样的，它再这么一段拿过来以后，你以为文学就是这一段这样的。实际上不是。在这点上，我是比较古典的，我以为无论你到多么现代的程度，它这每一部分一定是从整体中间来的，然后人才可能通过体味这一部分而得到其精神的完整感受。而翻译就是这么硬切一段来，而对那个整体你就无从感受了。

我不认为诗是好读的。比如唐诗，很多都是我读了多少次之后，才一点点觉出味儿来的。什么"鸿雁长飞光不度，鱼龙潜跃水成文"，都是读到了一定的程度，那个感悟才出来。它有很多的层次，它是生命之树，你从花儿，从枝条树干，到树根，你会一步步地看见。这时如果你只截一个表面，把它搬走，那搬到那儿就不可能看见树了，这花也就是莫名其妙、毫无生机了。

（录音中断）

那个弘忍和尚就是五祖问慧能说：你来干什么？慧能说：我来做佛。五祖说：你是岭南人，怎么做得了佛？慧能说：人有南北，佛性并无南北。五祖便让慧能舂米去了。从五祖到慧能，他们心里有个感应，可以去舂米，也可以去说法，而佛无处不在，没有什么可以改变精神，除了冥冥。但一般人读来，这两句话就是不可解的了。

（略 12 行）

萨特讲的就是这一点，在你面临选择的时候，你的本质显出来了。一般人选择大家选择的；可是有的人，他们的选择则完全另样。比如说前方战败了，这时都喊：人民万岁！祖国万岁！可是有一个人说：我怕死！萨特说呼出这个话的人比喊勇敢口号的人勇敢一万倍。这就是现代哲学。实际上孔子不要求你做这样的事。

禅宗是肯定自性的。作为社会，它需要规范；但是从创造方面来讲，自性才是重要的。

我们不能回避冥冥。实际上像尼采自性这么强的人，到最后都知道有一个冥冥这样的东西在，是不可知的，而全部物质世界、整个的宇宙，包括他自己那么强的个性，都是这一不可知存在运行的现象之一。这时候他感到那么恐怖。他不说了。像康德这么理智的人，他说有一些东西，我们要留给神去做。他说在这个时代我们不再说鬼神了，我们无法把握它；要是说，则似我们可以把握，所以不说了。（略 2 行）

S：科学说宇宙的无限性，什么叫无限性，就是科学没法给它解释了。我觉得一个人在中国或者不同的地方，有一个机缘，由于这个机缘的不同，其结果就一定不同。我觉得这个机缘是重要的，轮回什么的，人也许是在其中的。

你要真感觉到那个机缘，你就体会到冥冥了。

烨：我正好跟他说的相反，我说机缘不过是体现你精神的一个形式，是你的精神选择了机缘。同时那个精神又被冥冥关注着，是被动的。你的精神控制了你的一切，冥冥控制着全部。

你的精神只是冥冥的一个作品；但是一切创造又都是这个精神的推动产生的。

S：这个是彻底地反所有宗教的。

但从佛教上来讲，这又是佛理。

烨：我所说的结论是精神总在一个关键点上表现它肯定和否定的事物，而决不会反过来被控制。

S：如果当我死了以后，我成为一个灵是这样；但是我活着的时候，现实会影响你的。

精神猖狂的时候，现实就不在话下了。等入了纯精神的状态一切矛盾就取消了，包括生死也取消了，处处光明。要是你还残剩一点人间的概念的话，那也是就剩你自己自相矛盾了。

但是当你感到这精神后边那个冥冥的时候，你就发现全变了——你竟然一直在上帝的注视之下。上帝，也就是冥冥。

这个注视意味着什么呢？——是上帝通过你，通过你所有的选择，来体现它的必然，包括你精神的到来和离去。过去说什么普遍性寓于偶然性之中，就是这个意思——那个冥冥，它是通过你来做这件事的。

它微妙就在这儿，这个形式它通过你来呈现，可它不说任何话，不说你要有为或无为，不是像一个统治者那样，指令你动这动那；它全然不是，它根本就不管你，而你永远在它的注视之下——万物自生，而自灭；你呢，还要负你全部的责任。

1992 年 4 月 26 日　柏林

《浮士德》·《红楼梦》·女儿性

——与高利克[1]先生的对话

我想谈谈王国维和王国维对于《红楼梦》和《浮士德》的意见，谈谈我的意见，王国维是研究叔本华悲观哲学的，是通过叔本华的戏剧理论或者悲剧理论研究他的，我认为由于受了叔本华的影响，王国维犯了一个小小的错误，他以为浮士德、贾宝玉的最后归宿就是：一个向天堂去了，一个变成和尚了。这个最后归宿是重要的，而我认为：这两个作品，特别是《红楼梦》中的女儿性是最重要、最漂亮、最有价值的，因为在世界文学中可能以前还没有对女子的关系写这样的小说，它是理想的，也是现实的。《浮士德》在最后那几句话里说："Alles Vergaengliche ／ Ist nur ein Gleichnes ／ Das Unzulaengliche ／ Hier wird's Ereigns ／ Das Unbeschreibliche ／ Hier ist's getan ……" 它的意思是说：所有虚幻的，很难描述的东西，在这边是一个事实，这最后一句话不知你们中文是怎么理解的，那个关于永恒的女人性。

您是说《浮士德》？它那个句子翻译出来是这样的，有点像佛教的说法："一切皆幻，如露如电。"——"一切无常者，只是一虚影；不可企及者，在此事已成；不可名状者，在此已实有。"最后的结尾照郭沫若的译法是："永恒之女性，引导我们走。"

"引导"，就是这个问题；"引导我们"是《浮士德》最后的，最重要的一句话；

[1] 高利克，斯洛伐克社会学院教授，汉学家。此篇初为谢烨笔录整理。编者据顾城于整理印件上的改字及部分原始录音再校。

《浮士德》是歌德最好的一个作品，他的这个作品是在一八三二年完成的，那就是说五十年以前的曹雪芹一点也不知道，可能完全没有听说过《浮士德》里的这句话。

我想曹雪芹不知道歌德的这句话，这点几乎是毫无疑问的。在他的《红楼梦》里，只有一个西方女孩儿是真真国的，写的还是中国古诗。

可是那里边的女性意味很像；我知道那个“引导”不是一般的“引导”，“引导”就是使我们的精神向上，向着理想的东西。可能歌德自己也不知道这到底是什么意思，因为有时候，诗歌最深切、最漂亮的东西，就是诗人自己也不能十分清楚、了解的，但是他的天才会清楚地显示这一点。这就留下了一个问题，直到现在也没有人解释的问题。我认为理解这句话是可能的。

我要向你问的第二个问题是有没有永恒的男性?

没有。

没有?

没有。

为什么没有?

我想就《红楼梦》而言，《红楼梦》里有句名言是这样的：“凡山川日月之精秀，只钟于女儿，须眉男子不过是些渣滓浊沫而已。”《红楼梦》里我想，说得已经很清楚了：男子不过是些浊物，是些脱离了精华本身的渣孽。他们喜欢外向的、强力的东西，概念的东西。机械、名誉、科学、战争，这些东西是和他们相应的。

那就是说你认为永恒的男人性是不可能的。

我认为是不可能的。男性有无休止的需求和冲动，他们需要而不能自给，希求完美而不能自足，说明其本性是空虚的，因此也便是短暂的，不能永恒。但这个缺点有时也会成为优点，他们的空虚正好容纳那些游荡的精神。

可是你相信那个永恒的女性。

是的。这个相信有一个过程，一九八〇年还是一九八一年，差不多十年前，我忽然明白了一点道理，就对一个朋友说：我感到了永恒女性的光辉。那时我找不到更好的词来表达我的感觉。

我感到有一种光辉，它使我们的生活和语言有了意义，有了生命，就像春天使万物有了生机一样。对于我，那是一种前所未有的光辉。

你的朋友是怎么看的呢？

遗憾的是他想到另个领域，一个具体的问题上去了，当时他回答我："女人的每个毛孔里都是阴谋。"他的看法好像和我的正相反。

你能把这句话写给我看么？

可以，是这样写的：永恒女性之光辉。

从那个时候起，我就和许多人的认识拉开了距离，倒是越来越觉得清楚了：那些沸沸扬扬的男性意识、那些强力哲学的拥护者，是倾向现世成功和历史成功的，没有这个支柱他们的世界就空空荡荡，变得麻烦起来；但是对于女性的光辉来说，没有时间也没有历史，她不以自身以外的目的为目的，不需要在历史中确定自己，也不需要在现世中确定自己。

她无所不在，于我们是陌生而熟悉的；她像春天一样，不时到来，又必定离去，无可挽留。但她一定会到来，在她到来的时候，生命里都是美丽的感觉。

你应该看看里尔克的作品，我认为在中国一定会有他的翻译，里尔克关于男性和女性有一些很有意思的想法，和你这样的想法有关系。

更早的时候，我比较倾向于西方对于女性的想法，倾向于古典油画，雷诺阿和他笔下肌体美丽的光辉，后来才慢慢转向东方。最早我喜欢安徒生，无论是他写的《卖火柴的小女孩》还是《海的女儿》都很动人，特别是后者。我觉得他的心就像冰雪一样，映衬出女性在西方罕有的美丽。

可这是和小姑娘差不多，并不是成人。

对，女孩性和女人性是不一样的。“海的女儿”不是安娜·卡列尼娜。

我特别喜欢安徒生的感觉。不知是不是因为我老有一个错觉，我觉得所有的诞生中有个错误：以人而言，一旦诞生便变成男人或者女人，而你的心还是原来的，并没有这个变化；于是在同现世的碰撞中，你就会感到这样那样的偏差——就像你本来应该做这样的工作，结果一生却在做那样的工作，令你不时地感到疑惑。

我从西方慢慢地返回东方之后，知道了这样女性的感觉，既不是女孩性的也不是女人性的，她是一个非常微妙而难以言传的事物——洁净无求——它未必是一个性别的生活方式；它是一种真实的心境。

《春江花月夜》中说：“滟滟随波千万里，何处春江无月明”。《春江花月夜》从月升写到月落，整个过程，真切如梦；最后唐诗美丽的境界变成了林黛玉和贾宝玉这样的真人的心性。在这样的从月到人的变幻之中，中国宁静的佛性和清洁的女儿性，发生了一个微妙的重合，女儿性天然的自如、洁净、独断，和佛性的禅意叠映——语言直捷，心性自现——使我不时地想起儿时醒来远处闪烁的声音，隐现在树声之中，却是那么的清晰……这个声音让我此时一再地想起《红楼梦》这样的故事——女儿的性情是天上来的，女儿的美丽是天上来的。

在我们欧洲有时也是这样，小姑娘或者女儿还没有结婚的，差不多都是这样，但很少有人像《红楼梦》那样专门写女儿的性情，也没有受到佛教的影响，没有那么一种特殊的听力，能感到女儿性的美丽。

女儿性最重要的一个特点，就是净——干净；我想这是《红楼梦》作者之所以推崇女儿性的第一原因。

洁净如水，心静如水——佛教也是讲净（静）的。它没有天国，只有此刻单纯的微笑；它唯一的神就是心与身的和谐，所谓天人合一，人和外界静于融洽状态，清净而无别。

这点在《红楼梦》的女儿性中，亦可以看得很清楚。

在《红楼梦》里，人无论好坏，只论清浊——其中的女儿性恰恰体现了中国人对于人性和佛性这种和谐的最高梦想。

男性化的醒悟往往在于领悟自身的虚幻，将人归于天；而女儿无须这种领悟，她们是天化的人，自身就是上天无尘的花朵，在显示冥冥之时，上天也不能不欣赏自己的创作。

我以为你能那么好地理解《红楼梦》，就是因为你读过慧能的《六祖坛经》。我告诉你，在斯洛伐克，我的老师 Oldrich Kral 先生把《红楼梦》译成了捷克文，第一版一万多几天就卖完了；出了第二版就产生了困难，因为很多读者可能没有明白《红楼梦》。这是因为我们的读者还没有准备好，还没有一个接受的心理方向。可是在《六祖坛经》出来以后，马上第三版也没有了，卖完了；就是说捷克的读者，他们开始明白曹雪芹的思想和美。所以《红楼梦》在捷克已经好久买不到了。可是在中间出现了问题，我们知道了读者也需要了解那个禅。

《红楼梦》里的贾宝玉读的也是禅的书，像那些语录，《五灯会元》等等，后来不读了，他说道理并不在书里。他是从一个梦里知道的，“佛性常清净，何处染尘埃”，从此就不再为女儿的身世担心了——“明镜亦非台”，女儿性并不等于女儿，而女儿性是无可污染的。这是他思想的一个大变化。

这种透过女孩显示出来的女儿性，也就是林黛玉的“质本洁来还洁去”，自一开始便吸引着贾宝玉。贾宝玉是个喜欢女孩儿的人，但他并不像一般人那样，要把女儿抓到手里，他只是爱她们，为她们服务，怕她们受到污染。人们开始以为他是很好色的人，但发现他并不像一般人那样，要求实现肉体的愿望，他是想像女儿那样和女儿在一起。贾母说：别是弄错了，他原本就是女儿罢？这是一句关键的话，贾宝玉对女孩儿的珍惜，和林黛玉对自身的怜惜是一样性质的，都是出于对生命、对自身和本性的信仰。正是这种洁净的信仰与热爱，使他们洁身自好，同时不时惶惑这样的美丽来自哪里。整个《红楼梦》写出的就是这样一个过程。

《红楼梦》里有这样一个情节：司棋被女人们带走，贾宝玉拦不住就发狠道：真不知这些女人是怎么回事，长大了沾了男人的混账气，就比男人还要混账。贾宝玉边上的老婆子就笑他说：这么说女人都不好，女儿都好？贾宝玉说：就是，就是；又说：对，对。那老婆子说：那我倒有一句话要问你——；这句话还没问出来，贾宝玉就被人叫走了，王夫人在抄他的家。谁也不知道老婆子到底要问他什么话。我以为这句没来得及问出口的话就是：那么女儿是哪里来的？不是女人生的吗？贾宝玉的迷惑其实也在于此。直到最后贾宝玉才知道了：这些美丽是从天上来的！

答案就在这里：这一切都是太虚幻境的一个影像。实际上应了歌德那句话：“不可名状者，在此已实有。”——这一切人间若有的生活，只是为了唤醒他生命的记忆，使他脱离人世伦理，重新回到美丽之中。

歌德说：“不可名状者”，可是也说这是一个事实，就是说：虚幻和现实、真和假是不可分割的。

《红楼梦》里说的真与假，和佛教中的色与空，实际是一贯的，在这本书里就达到了同一。

中国人所要求的理想就是这样的。如果把它说成仅仅是天上的，或者只是说，人世是虚幻的，那就不但不完全，也不关实质。

重要的是感觉到女儿性的美丽——贾宝玉知道了，我们也知道了这种美丽。

他为什么坚持不做男人，不走一条男人正规的道路，去考状元，去建功立业？为什么说他是一块顽石，是一块玉？在他的本性中，他能够感觉到那些东西与他无关，他另有来源。

看来贾宝玉必然要变成一个和尚。

书里是这么写的。有人说这是书高明的地方，也有人说这么写并不太好。我以为重要的不在他当不当和尚，那只是一个形式问题，重要的是这个结终表现了人世与其来源的分离与归一。

中国人大概从来没有过真正的、能够看得见的理想；而《红楼梦》中完美的人性使它成为一个理想，而且历历在目。《红楼梦》第一次把人们梦想中的虚幻影像，变成了真实的、清洁的女儿的语言和生活，这是一件太了不起的事情。

我以为在《浮生六记》中也有关于女儿性的表现。

《浮生六记》也是我喜欢的书。芸娘真切而有情味，也是一个非常生活化的女儿。可惜她只是一个，难以显示出如此丰富的女儿性的美丽，以及这一美丽与世无关的过程。它看见了这个美丽，却不能知道美丽的来源，在这一点上《聊斋志异》就清楚得多。

有这样一个故事：有一个小孩子丢了，人家问他：你妈妈是什么样子？他说：我妈妈是最好看的那个妈妈。

这倒是一个真正重要的特征。我也是根据这个特征寻找我的真理的。有一首苏联民歌，是一个小孩子作的，是他唱出来的：愿天上永远蓝瓦瓦／愿太阳永远笑哈哈／愿世界上永远有我／愿世界上永远有妈妈。——“最”，“永远”，是孩子对世界不变的要求。

可是妈妈是不能永远的。

谁也不能永远。这是愿望和存在的最根本的矛盾。

生活不能永远，但生命是永远的。

对，生命是永远的，美是永远的，我们所说的那个女儿性是永远的。

就像在《红楼梦》里人们婚丧嫁娶，一幕幕都过去了，真正使我们记住的是什么呢？是那些女儿的心性，她们的一静一动、一言一行——生命的过程远远超过了我们狭隘的生活。

最后我还想知道男性对女性有什么作用？

我们在这里所说的女儿性，并不是女人在这个世界上的属性，或者说是与男人不同的那部分属性。我们这里所说的女儿性，是通过女儿显示出来的，或者说是女儿固有的那样一种微妙的天性。此性既色既空，无树无台，亦无尘埃，像一朵花映出微笑——与之相映的，是生命自身的甘美和谐；与之相对的，是人间功过，是要求，是芸芸众生。所以女儿性和人世间的男性，并不相对，亦不相干，完全属于不同的两个范畴。

如果一定要说“作用”，那也只有从男性方面说，那就是用他们自己的混乱和黯淡来反衬女儿性的光辉。他们可以追随这个光但却难以接近，他们像黑暗中的底片那样，当女儿性出现的时候，那光的影像便映在他们心里。因为他们在黑暗中，所以他们可以使同样处在黑暗中的历史，存有一线光明的记忆。他们的作用仅限于此。

女儿性对于人世来说是一个个瞬间，一朵朵凋谢的玫瑰；女儿性对她自身来说，却是无始无终的春天，永远在大地上旅行。

贾宝玉脱离了人世的瞬间，他与光同往；但丁也升到宇宙的高度，注视着星球被爱均匀地推动；而与物同驻的世界，则不由自主地沦入一个个黑暗，依稀地回忆着那遥远的梦境。

这就是《浮士德》最后所唱的故事：

“一切无常者，只是一虚影；

不可名状者，在此已实有。”

1992 年 4 月 26 日　柏林

此时此刻的诚实和从容

——与烨谈理想、妄想及其他[1]

他没事儿，他有很多脚。

你说龙虾长那么多脚，它都知道怎么用吗？

哎哟真是的耶，他一动起来就是一大队人，真跟个大龙虾似的。他这是怕孤独，不自信了，我跟你说。

可是可能就更孤独了。

哎是，那些人差了，他嫌丢脸，要是真有超群的，他也，他这就是虚妄。你看那天他带人来，说“是博士是博士”，还怕我听不懂，我说“博士？知道知道，不就是个学级吗？”他就觉得好像我这有眼不识泰山似的。

他说：“知道‘精英’吗？”

哎，我说：“精英？”我还真没反应过来。

知识分子现在叫知识分子都嫌不够了，要叫“精英”。

×× 呵，是有理想的，但是呢，他把这个理想和现实混了，他觉得那理想不现实，就是不能实现，就灰心了，然后对这理想就也不信了，就放弃了，就都到现实里去了。

哎，今天就聊聊理想和妄想。

理想和妄想，聊概念呵，那多不好玩儿呵。

我这么想，一般的人从理想导入妄想，很快地就顺流而下，永劫不复，就像是那个卖鸡蛋的。××、×× 就属于这样的。不过理想、妄想的概念不太容易说清楚。妄想好像都是从理想来的。

---

[1] 本篇始于录音开始，止于录音结束。

概念呵……

你看张枣和李素华[2]都住在特利尔是吧？五年前咱们都认识。那天电话里一问，他和李素华一直是常见面的，这哪还有错呵？然后张枣就特热心，专门跑去说“顾城问你好”，那人说“我没见过顾城”，张枣说“耶，怎么可能呢，顾城还说你古诗写得好的呀”，那人说“我不写古诗”，张枣懵了：“那你是李素华吗？”那人说：“我不是李素华。”——张枣成了不认识李素华了！这是不是概念上哪儿出了问题呀？

真是笑死；那天你说得，差点儿没把我笑死。

你说这李素华呵，它是理想；这去找呵，指不定就是妄想了。

哎，对——

就是理想呵，它是和“实现”无关的，不需要现实基础的；一旦你想着去实现，那就悬啦，因为那你就必须拿它和现实连起来，找所谓的可行性，这时候推论出“不可行”是不被接受的，是没有意义的，它非得让它“可行”不可，那不就成了妄想了？

啊，是，很精辟呵。

我这理想的定义可能比较苛刻呵，所以就没有了“实现理想”这个词了。通常人们是把理想和妄想搅在了一起的，于是想什么都说是理想，还都要奔那儿去；殊不知这要真是理想的话，你这一奔，它就变啦。

---

[2] 李素华，作者于1987年初至德国时认识的一位越南女子，其苦难经历和高洁品行给作者留下了深刻印象。再赴德国，作者几乎自第一时间起便询问她的下落，终是无人知悉。可参看《散文卷》中的《“半”字歌》《半梦》及《诗歌卷》中《激流岛话画本》末篇《天之净土》。

顾城、谢烨。1992 年 4 月初柏林街头。

……是理想，那就是个理想；你去实现，你怎么实现，你就必须建立党，必须有纪律，必须有手段，这从一开始就越奔越远，不知奔哪去了。这就像那个海市蜃楼，像那个彩虹，你一往那奔，它就没了；还接着奔，那就是盲目的了——你说我们先到这儿，就离彩虹近了，再到那儿，就近了，其实是越奔就越看不见——理想就不是为了实现的。

对，不是用来实现的。

理想是什么，是一个方向，不是，是一个状态；就像星星是理想，那就是我们的方向，但是我们可不要指望走到那里去；我们有它的照耀就不会迷失，我们就处在这样的一个理想照耀之下的状态里；就是说理想是有了就同时“达到”的一个明亮清晰的状态。理想主义者也在干事儿，也有方向，你像甘地，那就是理想主义者。

纯粹的理想主义者的与众不同在于他不强求结果，他很明白理想就是理想，云在青天。而妄想，它是要在现实逻辑中找依据的，因为它是以“实现”为目标的；就是说它是世俗的。说它“妄”，是说它一方面是坚决要求实现的，一方面又是与实际脱节是不可能实现的。

就是说区别理想还是妄想，就是看它是不是以“实现”为目标的。

为前提的。你不能说理想是拒绝目标的，或者说拒绝“实现”的，那没有“实现理想”，说不定还有“理想实现”呢。

怎么不一样？

对不起，我这臭咬文嚼字不高明呵。就说吧，就算是不上学是我小时候的理想，那我就是不去上学了，一定要实现理想，下边呢那没准儿就抓我进少教所了是吧，或者住校了，或者就算真待在家里，那人人都上学，人人都死盯着你，那你肯定是比上学还上学呢是吧？所以你看“实现理想”就是这样的。可是呢，忽然它“文化革命”了，就不上学啦！就是“理想实现”啦！但是同你所有的“实现理想”的努力可没什么关系。

哎，指不定哪天，世界就成了你理想的太虚幻境了。

可期不可求。就是说理想是不以实现为前提的，实现不实现，对你的理想是没有影响的。你像甘地，他就那么做，成不成他都这么做；他不会为了“成”而采用不合他的理想的做法。而且最后你说甘地实现理想了吗？那实现了的其实同他的理想是并不相同的东西，别人都说他实现了理想，他可并不觉得那个实现了的够得上他的理想，你看让他当元首他就是不当，因为那也不是他的理想，而他还继续干那些他一直干的事儿，别人就不懂了。他这才是个真正的理想主义者，保持在自己的理想里，始终没有被现实改变。

妄想的不同就在于它上来就是以实现为前提的，所以非要求实现不可；青蛙撑起肚子，一定要比牛大，英勇是够英勇的，可是眼光也就落在个牛上而已。你记得我跟你说过，有个贵州来的那个人叫什么，欧林匹吗？

哎，不是，还有个名字更邪，你说过的，叫那个那个，

乌摄雨！

哎对，欧林匹好像是他的笔名。

是吗？那个人写东西写得哟，脱了衣服就要给我看他的疮，说是坐板凳坐出来的。

哎哟。

那就是妄，然后拿着他写的纸就跑北京来打通关系。

说他就是立志拿诺贝尔奖哈？

他说他那个诗还是小说只要一发表出来，诺贝尔奖就是他的。他那会儿每天来敲门儿，晚上他待哪呵，有回身上都湿了，拿个大雨伞，他比那个雨伞也高不了多少，说是在玉渊潭还是什么公园的椅子上过的夜。我那会儿每天领他去食堂吃顿饭。跟他说什么也不信，好像我就可以给他诺贝尔奖就是不给似的。他谁都找，先是老找北岛。

北岛推荐给你了。

北岛被他闹晕了；那人坐那儿就不走的。我就跟他说，那些个奖呵，也是人发的，你这自己就是个能吃能跑也能给人发奖的人，干嘛那么辛苦让别人牵着鼻子转，人生也没多少能跑能跳的好时光哈，一旦无常万事休，享受上帝给你的，要给你就给了，那不给你的你要也要不着。

后来你帮他发了一首诗吧?

不是不是，我怎么帮？我就是，好像是小点儿[3]，他们搞个小报，我就给他们了。反正给他登了一首，也塌实了不少。后来回家去了。

妄想实现了就不叫妄想了是吧?

那是呵。而且那别人看是妄想你看不是呵，你看要是那不就不想了吗?

我跟你说，×× 这人就是个没有理想的实体，他就整个一个妄想，然后妄动。

他不需要理想呵，他自身大概就是他的理想了，然后那不是挺好了吗?完美状态；但是你知道他有能量，需要释放，他的生命力忒强了；那这时候他就瞎找方向，反正都是一个毛病，都是眼睛盯住现实了，结果给自己无端地找了一堆麻烦。其实那些都不是他需要的，只是别人都要，他就觉得那他比这些人更有资格更有本领要。

你拿毛泽东当例子说说。

毛泽东呵，他那是绝对理想的，他那理想之高呵，那他心性多高，理想就多高；不过到底那理想是什么，没人说得清楚——可上九天揽月呵，

[3] 小点儿，一位朋友的昵称。

可下五洋捉鳖，鲲鹏展翅九万里什么。他早年就是看这世界肯定是完全看不上；像咱们呢，要是看不上就躲开不理它了，咱心气儿不够是吧；他不是，他心气之高之大呵，他得给这世界变喽，改天换地，敢教日月换新天。说他理想主义在哪儿呵，他这改天换地不是像人家改朝换代似的，天地到了自己手里就算改成了，他不是，他是真从根儿上要给天地变个样，全新，历史也得颠倒过来，高山低头，河水让路，日月也换它一换是吧，但是呢，这也还不是他的理想，他真的就是对天命有个大大的不喜欢、不甘心。他太明白他不可能了，要不怎么说他这是理想呢，就是他并不是打算去实现的，但他不能顺从，就是坚持……，他叫“反潮流”哈；那别人看他干的事儿就是岂有此理了，就像是一个个妄想似的。而妄想是目的明确下的行为，他那些其实都是巨大理想照耀下的不可用现实功利解释的行为；他就是在那儿不断制造一个个全新的形式，这跟甘地光脚走路、养羊纺线、静默打坐是一样的理想主义的状态。你想那一般人要是从一个山沟里的农民，到最后打下全中国，那还不是到了“理想”顶端了？可是你看他一点儿也没停下来，要继续革命，接着改天换地。

你说周恩来是不是没有理想，也没有妄想？

他那是超越了理想了，或者说是，和理想等高了，当然更超越了妄想。他就是停在了一个十分符合自己审美的形式中间了，对外界他看明白之后，没有改变的要求了。

停在理想中间。

停在理想的向往中间，但那个向往是完全无言的，静止的，就是说他和向往成为一体了，在一个完全的对世俗包括对世俗中的愿望的，超越里了。

你说比方说你想住岛上去，就真的住了，这是理想还是妄想？

这不行，一说到我就全乱。

你一个人想盖两间房，就盖起来了，这个就是那种从实际出发，完成了一个愿望。你知道还有设想呵，推想呵。

设想当然是有目标的，或者说设想本身就是目标；推想就不能有预设的目标，就是沿着逻辑推，推到哪是哪。

最有意思的是梦想，它既是理想的，也是妄想的，也是设想的，像我梦想盖个城堡呵；还有幻想呵，那就是做白日梦，什么也不干，纯粹的想；还有玄想，带着逻辑的，又和现实无关的，梦想和推想的综合体；还有冥想，有点妄想的意思，但是专注在想上，而且超越逻辑；这中国词儿还真是不少呢。

还有瞎想，猜想，胡思乱想。

空想，这个词最好，说得最明白，咱和这现实星点儿不沾；哎，我是空想主义者。

我是瞎想主义者。

这么分来分去呵，都是因为你今天立这个题目哈。咱们唉，也就是个说说而已。划分概念就是个一时一地的游戏，而实际可不要以为是能用概念套的，那要是实际能给套进概念里，那人可就成上帝了。

就没有冥冥了。

实际，它道可道非常道，名可名非常名嘛，这闹概念就是在“名”那个“可名”而“非常名”，“道”“可道”而“非常道”的那一层事物。

总之体会原本，而不可依赖概念。

概念也随意得很，不可较真；我这么分，人家还不这么分呢，这会儿这么分，另个时候就又变了。

事物它本就不是一个概念一个概念的，那是人给它硬切出来的。

我就是理想妄想什么想都有，我有必要分清它吗？这东西都在个心领神会。轮到我说话的时候，那词儿也是碰哪个对劲儿用哪个。

我来说点儿精神和形式吧。这几天我有一种欲望表达哲学，这也是不可遏止的，没有目的的。

哎，没有目的的时候，才是目的清楚的时候；这时候你要是想说哲学，那就是真想。

你看我用的这两个“目的”，概念就不是一个。

这就是我要说的，在精神到来的时候，一切不同的词文都是一致的；在精神消失的时候，这些词文本来的涵义便把他们的初衷带向歧途。激动之后，冷静了就要明白，自己到底是怎么了，好像不来表示一下是不行的；这就清楚了；因为清楚，我们的行为就会和生命的趋向一致。

这个首先要清楚自己的生命感觉。比如现在你觉得太穷了，想挣一点儿钱，这个挣钱的感觉是真实的，这时就不要说是来宣扬艺术的；别人说是可以的，但是你自己要清楚。如果你清楚地说“我是诗人，我这次是来挣钱的”，不明白的人也许会有误解，但是是无法攻击你的。

你是在说精神和形式吗？

精神和形式我这么感觉，它们之间有着根本上的不可调和性，精神呢，是点状的，而形式是虚线状的；点状最有能量而且最不稳定，形式的那些虚线呢，是为了限制住点状的精神的。

就是我说的，你在现实中不安宁，和你对精神的期待，从逻辑上推你要是有人格的话，就该死了，不能活着了。

但是我又不想死，精神需要一个形式，需要一个适合它的形式，而到现在，死的形式并不适合这个精神。

点状和虚线状注定了它们之间具有不可调和性，同时也使它们具有调和的可能；只是调和往往只是瞬间的，因为精神的性质在那儿，精神就不是驻守在任何一个形式中可以不动的东西。当精神点的力量渗离出这个形式虚线的框架之后，人们因为热爱或者习惯了这个精神形式，就会守着这个形式；尽管其精神已经走离了，守着这个形式似乎也是一个依靠；而且心里总是期待，既然精神在这里驻留过，就还会回来。可贵的是这个固守本身，就会是由于一个精神，固守便成为这一精神的形式。

理想一定是精神的，期待理想也有可能成为是一种精神的。人格是从另个角度看。没有精神、理想的时候，没有人格。

你这一下把理想主义和嬉皮运动就给解释通了。

概念这个东西纠缠起来有时候真是非常乏味，有时候正碰上兴致了还比较好玩儿。

人或者享受过去的光辉，或者憧憬虚构的前景，但是都是因为你此时此刻心里有一个照耀。如果你没有此时此刻的诚实和从容，做好一件件事的心境，那你是看过去和未来都是乱象的，是看不见的。

一个彻底诚实的人是从不面对选择的，那条路永远会清楚无二地呈现在你面前，这和你的憧憬无关，就像你是一棵苹果树，你憧憬结橘子，但是你还是诚实地结出苹果一样。

只有想达到什么目的的人，才患得患失。

是呵，人几乎不可能那么单纯，都是爹妈养的，想着爹妈也难免选择；只是是否于是就能到达，那可是不听由你选择时的预期的。

说到选择，你看咱们和库彬、马丁什么的也都聊了，现在根本就不是一个诗的年代。

所以我现在开始写散文啦；也选择啊，什么物竞天择，适者生存的。

我是说整个儿这个年代过去了，你写什么也没用，整个时代它已经过去了。

这个当然，都会过去。现在是摇滚时代，咱们也不知道外国歌星是怎么回事儿，他们反正是把大歌星和爱因斯坦放在一块儿鼓噪，这没办法。文学，诗吧，不管中国古诗，还是外国诗，那内在的气质、韵味是拿不过来的，是免继承的；能继承的只是个形式。现在是连这形式也不要了，那当然，时代过去了。

4 月 29 日　柏林

生命充满启示

——与友人[1]谈

你们去过荷兰吗?

还没有，六月去。

诗歌节是吗?

卖艺去；卖艺为生。

荷兰不错的。

荷兰可能是不错，我喜欢荷兰的画儿。

那儿挺有意思的，据说他们一看外国的汽车，只要不是荷兰的车，他们就砸玻璃偷东西，特别是看见德国车。

特殊待遇，可能是要把二战的损失捞回来。

……

……警察扔催泪弹，他们就扔鞭炮，……我在那没办法，一碰上催泪弹就完了。

那挺厉害的，催泪弹一闹。

……我看见别人把鼻子、眼睛都围上了，我就赶紧跟着他们跑。

这倒挺好玩儿，这么热闹倒该去看看。

他们白天闹完之后，晚上就更厉害了，他们就等着晚上大打出手呢。警察非常多，外边还有后备的呢。等在外边休息。

也是轮番战术?

警察也得轮，里边警察都已经跑不动了，他们就在警察近处一吹哨，开始

[1] “友人”此处为一居德的中国朋友。开篇友人谈见闻，多略，以省略号表示。

扔砖头。那边地上的那种小方砖，全给挖出来了。警察都穿了铠甲，……装甲车和好多警车在那边，……警察穿得很重，……他们都是轻装，总是在警察不注意的时候出现，而且从好多方向。……就这么拖警察，把他们弄得很累，然后晚上再打。

警察也够惨的。

柏林这儿，他们每年都这样闹一次，在 5 月 1 日。……那边好像有传统的，那边住的就有很多旁克什么的，全都差不多是社会最底层。那地方好像几十年来就没有被真的控制过，老是到时候就闹。今天后来听广播里还说：东德那边右派，好像是极右派新纳粹的游行，新纳粹的会还没开，左派就要去打那边；警察好像是得去保护新纳粹那帮人；左派就跟警察干起来了，相互打。

左派是些什么人?

他们没有共产党，左派是绿党什么的，还有就是属于那种极左派。都是旁克那些人。

那和我们岛上的人可能有点儿像。

但是这些人都是一些比较年轻的人，也就是通常说的无政府主义者，那帮人。他们左派要出来时，警察出来干预了。而新纳粹游行他们却保护。所以就冲突了。

警察还是有倾向的?

这个反正就说不清了。这个国家整个是偏右的。一般新纳粹要出来游行，左派就出来反对。

好像新纳粹不管怎么样是民族主义者，而左派是无政府主义者。

他们左派就骂，骂德国，什么都骂，骂得一塌糊涂。他们就守在路上发传单什么的。

中国倒清楚，就是……

他们这儿很乱的，各种各样的。

呵，矛盾。矛盾是一种生动活泼的东西。

他们不太了解毛的情况，但是对他们来讲是比较理想主义的。他们挂了许多标语、招牌，写着一些语录，还有毛泽东的大幅画像，很热闹。南美那边有很多毛派，那是真正的游击队什么的，在那儿打游击。

那是比较真狠的，当官儿的遇上这路毛派可顶不住了。

……我挺喜欢西柏林东边那块地方，……我在那边街上跑的时候，发现他们那里的门全是开着的，可以通过那些门进入里面的院子或者一个小巷什么的。

让人躲藏会被看作窝藏吧，会被连累么？

不知道，反正那儿的门都是开着的。……警察好像一直在那儿跑，很累，被人耍着，……他们用毛泽东的战术，还举了好些牌子和像。其实他们也不知道毛泽东到底是怎么回事儿。反正每年都闹，好像一种传统。……从东方到西方都知道毛泽东就是了，“文化革命”那会儿欧洲有好多毛泽东分子。

毛泽东究竟是什么样的人？

这我就不知道了。现在据说出了好多关于他的书……

……“文化革命”的时候，看的一些小报儿，好些讲话本来都是所谓内部的，红卫兵给登出来了；现在出的书好像有些材料是真的。你听他说：……能不灭亡吗？……只有物质不灭。……那会儿我父亲给我念过，我觉得很惊讶。我父亲还说：……别人说早抓起来了。所以当时给过我一个印象，这个有点儿奇怪。我就开始想这些事。

到后来毛泽东晚年请了杨振宁，来谈所谓的“基本粒子”这些事儿，谈这个物理学问题。毛泽东对一个事实接受不了，就是说基本粒子，有一个虚子从无中来，又到无中去就灭了，在物理学上就是说这个东西就没有了；这个毛泽东不能接受。毛泽东的意思呢，跟老子说的有些一样，就是有物混成，先天地生，独立不改，周行不殆，可以为天地母；就是有一个东西比天地还要早，先天地而生，独立不改，周行不殆，一直在不断地往复；这个东西呢，是谁也不知道的，但是是创造天地和万物的根本。如果说“无”这就是“无”，“无”是一切“有”的诞生者，是一切物象的发源。那么实际上毛泽东的意思是说：你说这虚子从无中来，到无中去，那个

"无"不是无，那一半儿过程只是你不知道而已。

就是消失的那个过程？

哎。但是永远没有灭。毛泽东说的不灭的物，实际上是中国的"道"。

人们所认为的灭的过程，自有它自己的方式而已。

对，你不知道那个灭的过程，就像我们不知道死亡的过程一样。那么毛泽东的这个思路是中国比较传统的一个思路。

那实际上照现代的观点看，还是非常现代的哩。

那当然了，毛泽东也可以说是中国的一个彻底的现代派，这点毫无疑问。关键是他为什么谈这个问题。像杨振宁、李政道什么，光想趁机跟毛泽东说说话，一则脸上贴金，二则他们想给中国的教育说几句话，说中国还是应该搞点儿理科什么什么。而毛泽东呢，看得出来，就专注在这个问题上。

他们那些人是科学家，不是搞哲学的。

对。但是有意思的是为什么毛泽东……对于现代物理学却有这样的兴趣呢？实际上毛泽东还专门找了一些通俗小册子来读；而且，为什么他把一本像《坛经》这样的书，就是禅宗的书放在身边呢？而且为什么他看《红楼梦》这样的书，又喜欢李贺呢？后来慢慢地就开始发现他内心中的幽暗的那一方面。你呢，只能通过他的这些喜好，他的真实言谈来看，那么他实际上一直在，那个时候，我想他对死亡有一个怀疑，他对死亡有一个怀疑：到底死亡是什么？因为他也确实老了。

他自己面临这个问题。

这是我当时想的。但是后来发现，他意识到的死亡跟我们意识到的完全不同。（略18行）

冥冥并不控制这个精神。但这些精神不能不在冥冥的注视下诞生和消失。无论什么样的精神，在人间都是一个暂时的过程。那么他这时候，所致力做的事情就是，通过一种对精神本身变化的把握——他实际上想要掌握这种精神的变化——然后达到一个超越精神的过程。他说战天斗地，他让八亿人民去战天斗地；那在实际上不过是给别人找了件事儿干——因为他知道，如果没事儿干就会有麻烦；人一开始思想就要有太多的麻烦——而他的战天斗地对他自己呢，却是另外一回事，他是要“人定胜天”，他说是“与天奋斗，其乐无穷”。中国哲学居然发展到了这一步，就是说：要跟冥冥作对。……

这达到了一个不可思议的人类精神状态。他反抗的对象最后就是这个。这是他的精神和冥冥的一个战争以及一个玩笑。但是这个战争他是必定要失败的。他也知道是要失败的，正如老子所说：既知其子，复守其母，没身不殆。他是知道的。但是他无法克制精神自身的力量，他的精神让他不能乖乖地服从天命，他一定要对着干一干。所以他对于国事，……真是治大国如烹小鲜。

他比较喜欢基辛格这个人，因为基辛格比较有一种聪明；尼克松也说过几句这样的话，他说：毛泽东之所以取得了这样的地位，使一个国家成了这个样子，最重要的并不在于他的机缘和他强大的组织能力及对未来的洞察力，不是在这方面，而在于他本身的魅力。尼克松说这样的话不傻哩，周恩来之所以帮着毛泽东，恐怕也是这个因素在起作用。

（略10行）

现在出版的回忆录中有个叫李银桥的，他从延安开始就一直做毛泽东的警卫，后来做了警卫长。他这个人说：毛泽东呢跟周恩来除了工作上的关系不多说任何话。而毛泽东跟任何党派，跟陈毅什么的，他们聊点儿诗词呵，什么的。但是周恩来却把一切事情安排好，……可以说无微不至。有这么一段话，语气也很有意思：一天早晨，周恩来打了个电话来，问：主席睡了没有？李银桥说“刚睡”。你知道毛泽东经常晚上忙活，……早晨才睡，八点钟左右开始睡觉。周恩来于是迟疑一下说：你要把主席叫起来，胡志明来了，有事。李银桥就把毛泽东叫起来，跟着他去颐年堂等，没两分钟周恩来陪着胡志明就过来了。……

他们的关系，后来到了就是这种特别默契的程度。他们的这种默契是建立在一种共同的中国哲学感应下的，……他们的行为明显是相反的，而他们的哲学基础其实却是同一的。他们的哲学感受是近似的，但是性情让他们相反而又相成。

（略12行）

……还有一些事可以从中看看他。比如他从一个民主党派那儿借来了王羲之的真迹。说好借一个月。但那个人三天就沉不住气了，就打电话问：怎么样了？他在不在看呵？秘书说：在看。过两天又打电话，后来直接打到毛泽东办公室去了。毛泽东淡淡的眉毛据说就聚起来了。毛说：不要沉不住气嘛！到时我不还是我失信，没到时就催讨，是你失信。后来到了一个月，他让秘书不早不晚零点送去。毛泽东反正经常跟民主党派做这样的游戏，也是寂寞。比如忽然他想起章士钊来了，跟他的女儿说：你知不知道你的父亲是什么人？她说知道，鲁迅说那个章士钊是一个坏蛋，反动学术权威。毛泽东说：你爹还是做过许多好事的，这个你不知道，我当年借了你爹两万块银元，说是去留学实际上很大一部分我成立共产党去了。现在我每年还你爹两千块钱。那个时候有一些学生蔡和森他们要到法国去。毛泽东就去找了章士钊，章士钊就发了个号召，募了两万块钱，章士钊这个人也挺耿，自己一分钱没有，住在北京一个破四合院里。后来不是还到了十年吗？秘书就停止了给这个钱。毛泽东说：继续给，那银元也不能用人民币来一对一还呀！他的意思就是，因为章士钊一辈子没敛钱，这是对他的一个表示。他让这钱一直送到章士钊死。毛泽东的警卫员还说他一个人看雪，手舞足蹈，但他自己院儿里的雪他不踩，也不许人家来踩。他跑到外边的地上去踩人家的雪，手舞足蹈，那么一个人。（略4行）

最近几年，据说出了一些有关毛日常生活的书。

好多材料慢慢出来。我在国内的时候，碰到过几个见到过毛泽东的人，都说得挺有意思。一个在五台山的老和尚，他说那个时候，他们准备进北京了，已经快得天下了，在五台山台怀镇住着，毛泽东住他那儿老跟他聊佛经，……毛泽东这个人有个特别的特点，他特别爱说话，但平时他找不着说话对手。他和这个方丈乱侃的时候，贫农团就进来土改了，因为寺院嘛都是大地主啦，就把寺院的地契带佛经都拿出来烧，好多都是宋版的。毛泽东不管，站在院儿里看烧经，还要问人家，跟方丈说话，问他：你看这些佛经该不该烧呵？老和尚说：这东西有成就有灭，有聚就有散，有生就有死，生之日就注定了死之时——给毛泽东来哲学。毛泽东马上更具体了，他问：那你说蒋介石该不该死呵？来别 (biè) 他。就是说这经书烧了你这么说，那蒋介石也这么处置呢？毛泽东就别 (biè) 他。那方丈说：这是我们佛门以外的事。

哈哈，他倒是脑袋清楚，也可以说也可以不说的时候，他就不说了。

这是典型的毛泽东的风格，就你一听压根儿就是他……

还有一个人叫李小霞，在贵州山里乱跑，一直到我们去那会儿才刚刚从山里跑出来。老太太特别老了，一个老红军。那人原来在遵义成立了一个自由协会，她十六岁的时候，读了马克思的书，自己在中学成立了一个自由协会。那会儿红军还没来。后来红军猛不丁来了，她就当了苏维埃的头儿，跟着红军走。她说当时都跟邓颖超什么一起的，红军政治部的。后来第二次占领遵义的时候，毛泽东就让她留下来，给她一百个人，说让她成立游击队。……

（略 19 行）

……"文化革命"后期她还躲在山里呢。后来给她找出来，想起她是个老红军，给了她三间房，六十块钱。她说她看见……的媳妇，握着手就哭，没话。她那一辈子过的。

顾城、谢烨 1985 年在贵州遵义山区

她和我们一块儿走，在山路上，健步如飞，走得特快；我们说她身体好，她说："是说我走得快吧？"她说："我要不跑这么快，早没命了。"……

那会儿红军走了，她带着一百个人在山里打游击，实际上是掩护红军撤退，国民党都知道，在全县通缉她，还画了像。她这儿有个痣，很明显，在下巴上。有一次她被逮捕了，她就用指甲把痣给抠了。她说那会儿真没辙了。抠了那个痣，当下一脸血，半边脸都肿起来了，而且也感染了。后来居然他们还找了个认识她的人，曾经是她的同学，后来嫁给了一个官儿。那人其实认出她了，她看看李小霞，就朝她唾了一口说：李小霞哪是你这个丑样子呵！她暗里救了她，还帮她找了个干爹，当地民团的团长，后来又把她放了。实际上她是当地绅士阶层的，她爹是一个中学的校长。

让一些人当炮灰这打起仗来也是不得已，就是一般不会那么说。

这你气势不够你也说不出来，你没那个胆儿。首先你自己也是押上了性命才行呢。真气不够这时候你说不了真话。

（略14行）

冥冥这个词只是中国的概念，还是在西欧这里也有的？

这是我想的一个词。其实任何一个人都意识到了，无论是尼采还是康德，还是老子，都意识到了，意识到他们思想的光芒和万事万物，皆源于此。老子说：吾不知其名么，强字之曰“道”；说的就是这个东西。

“道”的能量产生万物。佛理也讲触目生色，触耳得声。这便有一个个缘，正因为这个缘，所以我们在这个世界上有这样一个过程，成为“道”显示的一个现象。

按说我们是全不知的，但是恰恰人获得了一种智慧，能够感应到，在与本源分离的时候，留下了记忆，使他能够看到物象的虚幻和美丽，能够品味作为冥冥的无数独一无二的作品之一的涵义。

像释迦牟尼，他最早不能接受生老病死，对这个过程，他整个不能接受，一下他就疯了，出家了，从皇宫跑到树林里去了。然后他细想这个事，想到三十岁明白了——他领悟了全过程，才发现过程是没有的。他从树林里出来，告诉人说，这件事其实毫无意义。孔子也知道这个事情，他不说；他说四十而不惑，他到六十而知天命，五十就知天命了，到了七十能从心所欲不逾矩。

（略34行）

……尼克松的女婿去看他的时候——实际上他是艾森豪威尔的孙子还是儿子？尼克松的女婿。毛泽东那个时候邀请他去是因为对尼克松有好感——尼克松女婿的回忆录是这样写的，说他们开车进去的时候，天很冷，但发现军队整整齐齐地坐在广场上，八三四一部队，正在听《鸟儿问答》

那首诗，《元旦社论》；他这个时候觉得特别不快，觉得进入了一个统治者的领域，而且他觉到邀请他，不是因为他是一个美国人，而是因为他是尼克松的女婿，自尊心受损，所以他决心见了毛泽东不笑。然后就进去了，果然发现有几个摄影机在后边跟着，毛泽东躺在椅子上，……他决计不笑，不能让人照相。毛泽东看见他第一句话问的是：你在看什么？他说我在看你的脸，你的脸上半部很好。他就这么直接地说。其实毛泽东喜欢人家用这种方式说话，毛泽东就微微地好像快笑了说：这是一张大中华的脸。这个脸什么戏都可以演，美国戏，德国戏，法国戏，都可以演。但是你们演不了中国戏，你们鼻子太高，这个没法儿切了；我们呢，可以粘一个鼻子出来。毛泽东就这么跟他开始说话。然后他又问他：尼克松怎么样？他说尼克松因为"水门事件"快下台了。毛就说："那是放屁！"这时候小艾森豪威尔就觉得特别不高兴，因为这样好像是对美国宪法不恭，对整个美国都不尊重。毛泽东说：那是放屁！反正他跟外国人的交往到后来，越来越趋向直接。当然他早期有点风度，尽开玩笑呵，接见日本人，日本人跟他说：美国人不喜欢我们。毛泽东就说：啊，他们喜欢有色金属，不太喜欢有色人种。说这样的笑话。但是到了晚期，就完全是一句一句这样直接的对话了。……

（略21行）

其实这在……的时候就已经体现出来一点儿了。虽然主要是针对贪污腐化那些。

这显示了一个潜在意识。实际上，毛泽东的魅力和周恩来的魅力，影响是长久的。我们所谓，说的魅力，就是精神。这精神体现在他们的人格上和他们的所有作品中间，包括万众协同的秩序和光辉恐怖的无政府状态。那是他们个人的精神也是民族整体的精神。人们最终会发现，在这一切折磨过去之后，那种一如芙蓉出水般的真切的性情。

就像洛尔迦说的，时间很久才造就了这样一个人。

对。

为了显示给我们，上帝不仅造了一个，而且造了一双。这个上帝就是中国的精神。所以我想想，我还是挺满意的，因为能够看到。

活在这个时候？

现在想起毛主席语录来，有很多觉得挺有意思。“你打你的，我打我的，打得赢就打，打不赢就走”；“反对自由主义”什么：“事不关己，高高挂起，明知不对，少说为佳，明哲保身，但求无过，……这是第几种？”“他写了几封信，因为工作忙，只回过他一封，还不知他收到没有。”“村上的人死了，开个追悼会，用这样的方法，寄托我们的哀思。”“我死了还有儿子，儿子死了还有孙子，子子孙孙是没有穷尽的”；“有在自力更生的基础上光复旧物的决心，有自立于世界民族之林的能力。”

也不跟你讲道理，什么民主呵，什么就是：“别了，司徒雷登”！他说：“封锁吧，封锁个十年八年，中国就什么问题都解决了。”他没说中国人是不是死光了，“人总是要死的。”他说。

他也不想。

就像他一升旗，他自己说：升得好！

（略18行）

……周恩来实际上也能这样，虽然他做着一切琐事，但是掌握控制人心的能力呵——它跟冥冥控制人精神的方法是一样的。

他许多事儿并不是直接去做的，让它自己达到。

所谓超外的能力。

形成对你心理上的强大威慑；不战而取者上嘛，孙子兵法。毛泽东是深谙此道的，压根儿不跟你搅和具体事儿。

人类一直在为自己设计生存的道路，而上天早已从中把毁灭安排好了。

这是不能学的。你不可能再用一个方法重新创造这个东西了。

不能学，学不来的。

越是强大的精神，也越是会产生奇妙多变的形式；也越是不可重复，因为那个精神不会再有了。一般人对于理想主义的想法，比如视毛泽东为理想主义的话，就探讨毛泽东的方法论呵，他的主义、思想，颁布的政策呵，其实抓的都是形式上的东西；而所有这些形式呢，都不过是他那个精神随时蜕下的壳，凭它是抓不到那个精神的。这些个形式上的东西呢，往往是用来对付某个现实的，或者给人看的。他好多话你仔细听，他没说假话，但他也没说真话。比如他说：人民，只有人民，才是创造世界历史的动力。他让你是动力，不是方向盘，更不是司机，这像是一个开发能源的说法。他说：一切反动派都是纸老虎。也真是他的一个想法，当然同时也是他______的一个手段。他喜欢这样，把世界分成真老虎和假老虎两类，真人和假人两种。中国传统说的真人和伪人。

这个时代之后，恐怕就是个平庸的时代。

是呵，因为消耗太大，大家顶 (dǐng) 不住。这就是……成立的原因。也难说，……一个闪回，又光芒四射了一下。不知道以后上天会把这种冥想和疯狂降在谁那儿，有时候会强大到人类整个都成了只是一个形式。历史就是这么一个生动而无可奈何的变化过程。对于理性的世界，这种精神是危险的，因为在这时我们只能记住反抗的野火，生命随时在付之一炬中间。可是毛泽东说了不是东风压倒西风，就是西风压倒东风，不是这种精神压倒了形式，使形式不断成为它的形式，就是形式压倒精神，控制住了精神，使精神屈从于固有形式的范畴。

（录音中断）

太阳系和其他系构成了一个十字架，一种吸引场地形成了一种灾难。

不过人对冥冥采取，大半人采取实利的态度，一种本能的恐惧——人

之外居然有另外一种不仅观照人世，而且（录音中断）

实际上毛泽东意识到的东西跟高能物理学、现代物理学的发现是很像的。那个东西就跟那个“熵”啊什么的，是很像的。他说“反正物质不灭”；他说的那个“物质不灭”是中国传统的“物质不灭”，是那个“独立不改，周行不殆”的东西，无首无尾，绵绵若存的那种东西。所以毛泽东到最后所能选择的语汇，一个是“矛盾”，一个是“变化”。

（略4行）

他自身不能够涵住这个精神，而必须将它辐射出去，成为一个形式，成为一个妄想，他才能够充分地作为他自己存在一个刹那，在不断的辐射和形式变化中，他的精神才能得以一个个瞬间的安定。这点和西方哲学的感受有点像。

而中国女性呢，很清楚，就像女孩儿的感觉，忽然春天开始了，感觉到所有的事情，这时候，她相思，不是有一个对象的，而是一个冥想，轻轻地聚拢和散开，非常的安静，跟佛教的那个心境十分吻合，寂寞，自在；还有就是她的精神能够升起来，成为一种满含生命的照耀，使生命自身获得欣赏，获得美感；有时候，女孩儿有一种无缘无故的忧郁和快乐，她能够体会到自身中的甜美；这种东西是往里走的。而男性的是要往外走。

一切都要过去。说“过去”，是因为我们在一个固定的形式之中看问题，而精神是不会固定在任何形式中的——无所驻处是真心。八三年我读惠特曼和庄子的书，感到了这种精神的存在。

惠特曼，那个《大路之歌》，楚图南译的《草叶集》。《草叶集》其实讲的是从上帝到草叶，从步枪到子弹，从生到死，都是同一的，都能感觉到生命的鼓舞。那么这个《大路之歌》给我的印象很深。他说：他早上起来，走在大路上，黄土的路上，忽然感觉到又自在，又轻松，家里的一切埋怨一切事情都跟他没有了关系。他说：从此我再不仰望星辰，我知道它们的位置十分合适；从此我再不寻求幸福，我知道我就是幸福……

他一下就获得了这个感觉。然后他继续往前走，走到树荫下，他觉得所有树、果实和叶子都有思想，静静地落下来，他说：恰好，我就接住了。接着他说：我的号召，是战争的号召，我召唤着反叛的行为。他又说：在人家迎接我的地方，安排好了床、住所和食物；他说：我只匆匆和他们拥抱一下就又离开了，我不能在这些安排好的地方停留。他这个时候已经成为这个精神本身了。最后那段话是：让工具放在工厂里，不要使用；让教师们讲课，教室的门开着；让律师辩论，法官们判决——在这一切到来之前，我就把我给了你，给了你黄金一样宝贵的爱；你也把你的手给我吗？你和我终身相依而不分离吗？

这是《大路之歌》。整个这个诗非常长，它实际就是说在这一切文化形式产生之前，我们的生命是在一起的，跟整个的这个世界原本是没有关系的。惠特曼写的这个东西里既有战争又有悲哀，什么都有，但是他是从一个特别不可思议的角度来看这一切的。他写一个老人，他长着很漂亮的胡子，划着船，他有五个儿子，也长得非常好，也划着船……或者他写一个奎克教徒，一个老太太，说她坐在宽大的廊子下，戴着奎克式的帽子，脸像天空一样晴朗。她的孙女在纺线，她的孙子在种麻……他写道：这是大地柔美的性格，这是哲学不愿超过也不能超过的境界。就是这种美丽和沉静。他说：这是人类的真正的母亲。

惠特曼刚开始写时也不是这样的，忽然到了三十多岁就变了，整个都变了，一直到死，保持着这种信心。其实他在生活中间糟糕透了，简直是一塌糊涂，也没工作，也没钱，也没有人嫁给他。可他一直保持了这种信念。最后在他七十多岁的时候，他和他的几个朋友一起喝酒，他说：不论你们怎么想，我对将来充满了信心。他说的不是“将来”这个词，是一个很奇怪的词——“即将”，对，——“不管你们怎么想，我对‘即将’充满了信心。”这句话他是对他自己说的。这是一种真实，跟别人没有关系。

《大路之歌》里还说：人人都说这个地方是没有的，但是我用我的脚试过，这个地方是最可靠的。他让人跟他走，但没有人跟他走，于是他自己去了。

老子也说过这样的话：我的道，甚易知，甚易行，但世人皆不知皆不行。因为走这条路确实是豁出去了，没有强大足够的精神不行。在别人没有这个精神的时候，他们不知道你在做什么，这些人是怎么回事，只能解释为这些人是理想主义者，或者他们发疯了。

对于这些人来讲，生命不过是一个他们行进于理想中的过程。整个生命曲折苦难，充满启示，它全部的意义就在这一个个启示的光芒中间，在于生命光芒的映照中间。而人类的目的是繁衍下去，所以老给搅和了。

人类要是不被精神搅和的话，也会死伤大半，也要被人类本身的吞噬性和杀戮性吞掉大半。不过这种物欲性和精神性在人类历史中间又往往给混在了一起，你弄不清蒙古帝国到底是怎么回事，伊斯兰帝国到底是怎么回事。

但实际上阿拉伯帝国也罢，罗马帝国也罢，唐代也罢，它都必是有一个核心是属于这种精神的——忽然有这么多人聚在一起，协同一致，而且如此地不畏生死，气概轩昂，它必是有一个精神核心的；就像百万雄师过大江，那时候打炮根本没用！毛泽东最喜欢这个东西。（略3行）

所以毛泽东一直说：只要有了人，一切人间奇迹都能造出来。他说我们也要搞原子弹。有了原子弹，他又一再说：人是要有一点精神的。他说：得道多助，失道寡助。他一直在强调这些，他用不同的词，从各个方向来强调。（略4行）

——就好像我们现在在讨论吃饭的问题吧，怎么吃，或者经济逻辑，或者要去升上一级，什么的，很具体，很复杂，很难；但这个时候有人拿着枪进来了，这些问题就都没有了；只剩下一个问题：他到底开不开枪？所以对于毛泽东，他面临的就是这样一个空洞。“他开不开枪？”——而上天让他把枪握在自己手里。

对于那个来临，我不得不承认，我们的诗无价。

1992年5月1日夜　柏林

整个生命曲折苦难，充满启示，……

——图 1990 年画于岛上

艺术之初

——与友人[1]谈

咱们先给今天的访谈定个题吧，今天初次谈，也就泛泛谈些基本的东西吧。

那就叫“艺术之初”吧。反正“初”总是对的吧。

你怎么开始写诗的？

这呀，“文革”抄家的时候有本书没被抄走，里面讲的尽是些小虫子的故事，讲小虫子经历着的奇特命运，我读着就觉到了和这些个命运的一种相通。

其中一个写蜣螂的故事是这样开头的，说在七八千年前，古埃及的农民在灌溉洋葱的时候就注意到了这种甲虫，他们觉得这小小的甲虫在解释天体的运行，于是叫它们神圣的甲虫。埃及语里的蜣螂直译就是神圣的甲虫。好多埃及的图案上都画着这种甲虫，推着一个暗乎乎的球。那本书我读了最少也得十几遍。

那本书让我进入了一个大的梦想，十二岁我到山东去的时候欢欣鼓舞，以为要过法布尔的生活了。

你什么时候回北京的呢？

[1] “友人”此处为一位居德中国朋友。这里是一场访谈。友人言谈简略。

差不多十七岁的时候。一回来就傻了，我忘了怎么跟人说话了，一碰上人，浑身出汗就是说不出话来，着急。后来使劲想，最后见人时我说："你好。"把人家吓着了。让人笑话了半天。我可以得 (děi) 着个题目，和人做专业式的长篇大论，这个可以；可是不会说平常话，开不了口。见面问声："回来啦？"这个更不会了。

这时候你已经写诗了？

去农村以前就开始写了，去农村就写多了。《生命幻想曲》就是那时候写的："没有目的，在蓝天中荡漾；让阳光的瀑布，洗黑我的皮肤"……六九、七〇、七一年那个时候。可回城以后就麻烦了，思想变化极大，信了一阵马列，干了一阵活儿，后来有了"四·五"，又有了民主墙，有个《蒲公英》小报，我就又开始肯定我农村那一段写的诗。

你这个经历跟他们的还不太一样，因为中国诗人大部分还是受到外国文学影响写诗的，你这个好像是自然的一种产物。

但是有一个什么问题呢？我特别注意那个叫柏桦的一个诗人，他写的那个中国的节庆，你可以感觉，还是由语言结构出来的。你认识他吗？

柏桦么？我见过他的诗。我觉得可能是每个人面对的事物不同。

我觉得形式什么的都无所谓，关键是你心里有没有一个特别的感觉需要表达，这个才是实质的。

感觉和语言吧？

感觉它会创造语言。

你的感觉如果足够强的话，则必产生一个专属它的形式。而通常情况下最好不写。这是我的想法。如果感觉真强大到了一个程度，它必会创造一个语言出来，这个语言是完完全全它的语言，因此是最为纯粹真切的语言。如果你说要设一个先验的语言模式的话，反正我不太习惯。

生命是新鲜的，形式也就应该是新鲜的；哪能是鸟是鱼都硬套一个行头呵。

我这《布林》是一个变化，但后来我就不做了。我在岛上有一个《话画本》，当然这未必算诗，但也是个变化。

而这个《九月》显然又跟别的诗不太一样。我说：我把路修到山上／采果子给你／我摘果子　从那些死了的树上／一百年前　鲜艳的果子／我把它给你　我的孩子／你的头发／一直垂到地上　一直垂着／抬起头来／对我慢慢微笑[2]——这是比较口语的，但也是超验的。

小小的风　包裹着她／你不放心／／雨淋洗着她　你吐丝／／花落下去／她有一个桃子／你叫什么我不知道／／你喜欢 比花高 一根一根／比房子低一点[3]——现在我还是比较倾向口语；这是写完以后的分析。

艾青这句话是对的，他说：语言活在人嘴上，字可以摆。而且每个字也可以有自己的行为。我写《水银》以后，有一个感觉就是这字会自己行动，好像一粒水银溅开来成为一百个珠子，这时你这么一震动，其实就是你心里感觉的一个震动，这些字便会重新聚散组合。

我写过一首诗叫《大清》[4]，“清”是“清晨”的清。这个“大清”就是这样的直觉带给我的。毫无疑问我断定就是这两个字。之后我才试着分析：大清——大清帝国？大清早？大大的清楚、清醒、明白、清澈？很清楚？非常清楚？这都不重要，重要的是那个最初的震动，它使这两个字得以呈现，那么这时充满这两个字的涵义，也就是直接来自于你内心的了。

确有一种直觉的语言，像你直接看一个杯子一样。

中文又是有形态的，你还可以看它好看不好看。对于我，这种好看也是同心的震动相应的。一个字呈现出来它好看，也在它的位置上——它同周围字的配合。一个字不是老好看的。

每个字又各有性情——表现在样子上，表现在内涵上，表现在声音

---

[2] 《九月》写于1992年2月；诗可见《散文卷》上册《养鸡岁月》第六十七章。

[3] 引自《坐椅》。诗写于1992年2月；可见《诗歌卷》下册。

[4] 《大清》写于1988年3月。诗可见《诗歌卷》下册第三辑中组诗《水银》。

上。像“烟”这个字，通过了一个“烟儿”的过程——被车拉着西直门拉着奔西直门去——无可奈何、浑浑噩噩的一个消散过程，样子和声音突然有了变异，变成了另外一个字“丫”。“丫，丫，丫”，有“呀”——轻微的惊叹的感觉[5]。

一个字的变化有的时候沿着声音走，有的时候也沿着偏旁走，比如“后海”也可以有“后悔”的变化，在某种情境下，甚至也有了“后悔”的涵义。但是在所有这些“自动”变化中间，它是有个核心的，跟那个摇彩票有点儿像，有了这个核心它才能成立；这个核心就是你心的震动。

震动之后，一个故事或者一个意象呈现出来，这个有点像“达达”，最后它妙在哪呢？这个故事或意象，它居然就是十分新鲜和完整的。

达达是一种不控制的，从你个人好像是一种直觉的控制。

有一种内心的引力控制着它。

需要一种吸收，一种情感的吸收，达达实际上是反吸收的，一种扩张。

一种辐射。

他不用去寻找自己，跟自己实际上已经没有关系了。这是西方艺术家它比较典型的一种客观式的和外界的关系。

它受现代生活的影响。

像我们看这棵树，今天看一眼，明天看一眼，最后它开花了，那么我们可能受到这种节奏的影响；这属于生活的节奏。我觉得生命与生活的这种节奏无关。

我这些年写出来的大多都是我梦里的。梦，有它自己的意象，它自己的语言方式，可是它来自你生命的深处，显示给你的是你生命的真实；我会直接将它们移到纸上，一般改都不改。当然我还是以我醒时的判断为准的，改或不改还是需要判断一下的。

---

[5] 此节引句引自《名》，诗写于1985年11月；可见《诗歌卷》下册第三辑中组诗《水银》。

《城》这组诗[6]就是这样出来的。通常看，那是够极端的了。在这之前，我写过一首诗叫《滴的里滴》[7]，整个是个声音的游动。到了《城》以后，那变得是十分平白的了；但人家看简直就觉得不讲理到了顶点，可以说，根本就不管原来的诗规律甚至文词原本的词性了。

北岛看了说什么？

北岛说你这太个人化了，应该考虑下读者。

那天人家跟北岛说的就是这个。

后来北岛又说，不过也是一种试验。但是对于我来说这可不是试验或者不试验，它是一个必然，每落一个字它都是必然的，落或不落，都是生命的必然。至于写之后扔了或是寄出发表了，那是偶然的。

《城》好像就是一个死人，忽然忧伤地“想回去”那种感觉。它说：“沿着水／你要回去／票一毛一张”；“站起来”——他们要占你的座位——“你一个人在想车站的风景……”

我现在的确觉得，写东西真是个人化的。这点北岛说得是对的。就像我在岛上跟鸟说话一样。

诗人基本上还是从情感、情绪出发的。

也有人认为不是从情绪出发的。但我觉得即使不是由于表面的激情，也是源自内在的。

诗如果是可以离开感觉非常远的话，那就成了一个纯语言的游戏了。

我写诗一般不是处在无政府状态下的高度快乐中间，就是在一种忧伤中间；但完全进入写时总是比较平静的，那个底韵大概是这么出来的。

[6] 组诗《城》见《诗歌卷》下册第三辑。

[7] 《滴的里滴》写于1986年3月。诗可见《诗歌卷》下册第三辑中组诗《水银》。

像你的诗的走向有点接近于我的观点，有点非艺术的成分。

站在传统观念上看是挺非艺术的。但是这个“非艺术”并不是刻求出来的，更不会是目的性的。

你是通过自省的方式去凝炼自己的感觉的。不过中国艺术家，包括你看的这本法布尔的书也好，咱们几代人都是在西方文化的影响和冲击下进入文化的，所以如果没有一种极强的反省感的话是不行的。

这东、西方呵，有一阵撞在我身上造成了很大的矛盾。比如我喜欢安徒生，可这当然要被中国的顺天知命笑话。到八三、八四年那阵儿，就快疯了，后来我最简单的解决办法就是放弃；我呢去干什么都行，这诗就随它去吧。

你不去想它的时候，它有时候会自己十分新鲜地冒出来。像这诗，它冷不丁地就不知从哪出来了，让人觉得天地一新，甚是喜悦。

那时我才知道，这自然中间不是空空如也，是充满生命的呵。

就是你给它淡化了。

其实我这个人呢，我想我的本质是个理想主义者，现实好像永远在伤害我的那一片世界。那一片世界不是说什么这个那个制度的，不具体讨论这些。那一片世界一定是干净的，干净就是纯净，纯粹；哪怕里边有无赖，只要你无赖到了纯粹，也是一种干净。

我喜欢这样的东西，喜欢清洁、面目一新，既是永恒的，又是不可思议的。读《春江花月夜》《红楼梦》，那是我与之和谐的；安徒生，是我喜欢的。

东方文化里浸透了那种永恒的东西，当然这种东西你还不能把它太强化。

若有。

我现在在做一种结构性的东西。当然这个对你一点儿不重要了。

这个很难说。我这个人，说老实话，有点儿偏执，时常就跑到毁灭的边缘去了；我的感情这么极端，我拿起笔来画画儿就是一种疏解方式，但是我又得小心不能画进去，画进去了就要一直画，那纸钱笔钱就受不了了。

东方的天道无情，我本性是挺吃不消的；可是我也崇敬它的无私和彻底。

梵高要是没有遇到印象派会怎样呢？

我遇到法布尔的书，或者我碰到了别的启发，它有一个冥间的安排。

我回城以后那会儿画画儿，当时没看见现代艺术这么丰富的表现方式，我就是依着苏联的教学法画素描，直画到丧失了所有的绘画感觉。如果当时有印象派的东西出来，我也许就画下去了。素描表达不出我，我就跑到别的形式里去了，我读马列，干活儿，玩儿命干。那会儿十七岁，有一个东西要表达，强得不得了，画画儿的形式装不进去，就入了别的形式。你说得有道理，当时没见着印象派，我就没画成画儿，去干别的事了。

每个人各有对行为的解释；艺术家所做的事是使人感悟。

有一个价值观在。我一则比较自我，二则比较怎么说呢？弄不清那个价值是怎么回事。从东方到西方，价值观那就是个满拧（nǐng）[8]——东方的那个知天命后达到的那个和谐，以及由于对自性的领悟而达到的那种光辉境地，和西方的这种以人自身为中心，直到对自我对人权的强调——这之间是满拧。

在这二者之间，我缺乏足够的智慧，也可以说是由于兴趣吧，最主要的还是兴趣的缘故，我没法在这中间做一个选择。你在两个你都珍爱可又相互冲突、非此即彼的事物中怎么选择？有一阵我是想弄明白这个问题的，

[8] “满拧”：北京方言。意为：整个拧着的，完全相抗相反的。

11月13日
77年

11月13日
特钢

……素描表达不出我，我就跑到别的形式里去了，我读马列，干活儿，玩儿命干……

——顾城停画素描后，玩儿命干活中间保持了插空画实景速写的习惯，当然轮到活多活重时是没空画的；此四幅是他1977年1月去特钢厂临时做漆工时的钢笔速写，无意间留存至今。当时仍未接触到『印象派』。

想得很痛苦。后来我说拉倒吧，我爱干嘛干嘛，思想这种东西，大概不适合我。

为求结果而思想，这种行为本就是西方式的；而我好像又顺从了东方的天命观。我只要能逃开烦心事就好，只是向着那个不烦的方向，也不管什么价值观了。

西方人交流感受他要写，还要写透彻了；东方人是只做简单的表达，可以使彼此不冲突就行了。

在东方的哲学中，你感到了“自身”之后呢，便没有个人了，也没有你，也没有他了；那么西方的个人感觉就很强，越感到“自身”个人感觉就越强，由此产生强烈的热爱的感情，热爱强烈了当然就有痛恨了，也就有冲突了。

而你要真到了东方的那个感觉里呢，一切都是若有若无，包括你的自身和外界，皆如光如影。那么它不光同外部不冲突，自身内部也没有冲突，就好像红光和黄光碰在一起不冲突一样。它们可以交错而过，也可以重合并行而扩展成中间色，同时各自的本色还在，稍一分便又显示出来。

那么西方的方式之下当然就完全地不一样了，它就得要求法则，像车辆到了十字路口，谁走谁停得有法则；而如果过往的只是闪烁的光的话，那就不需要法则了。

（介绍西方的一些学术现状）

是呵，不总是分有学院派和在野派吗?

我是觉得，一个未知的东西一直在的，我叫它作冥冥，它是产生这个世界的本源，同时它产生了精神。我们说的精神，可以体会为是一种由人显示出的能量。我以为它作为能量，脱离人时也是在的，只是我们信赖听视触五感中的世界，而它并不在这中间。

精神与生命万物同在，在没有社会文化观念、功利得失杂念侵扰的情形下，生命与精神是同一的，每一生命力的强弱便是精神强弱的体现。独独于人，精神是会分离出来的，而且有来有去，但也就在这时，精神显示出了独立性，它并不招之可来，挥之可去，它的来去非人力可及，无论是毛泽东，还是蒙古帝国，还是孔子，那一出现都是不能预测的。

精神会注入每个个体，强大的话还会由这一个体传导出去，这就是某一刻一个人的振臂一呼，一批人会不畏生死，而另个人一呼，却无声无息的道理。这样的经验大概谁都有过。像我们小时候，一个打架王一上课就在门口一站，把老师插在门外头，这个老师还是个老太太，到了门外一声令下，所有同学就冲了上去，门就打开了；另个老师还是个年轻的，任怎么在外头喊，同学你看我我看你，就是上不去；那个打架王后来还就变得特别效忠那个老太太。这除了因为精神，没有别的可以解释。

如果许多人都获得了这样一个精神的话，就会出现一个集团精神，一个民族精神，这样的精神闪耀会创造历史。比如，它令人心如此激动，什么工资呵，什么当不当艺术家呵，顿时都成了不存在的问题，那么多的人就不可思议地不约而同地置生死于不顾了；艺术和爱情的真谛，也就显现在这样的时刻，那一美丽让你忘乎所以。可惜的是，这个闪耀它不会永久，它来也会去，它在一个个时刻出现，创造一个个崭新的形式，又留下它们离去。

人们在这个闪耀离去之后，继续做的事就是抓住精神闪耀时创造的形式，通过思辨也罢，直觉也罢，训练也罢，来试图把握它。但是这是精神的形式，没有精神的时候，怎么驾驭得了呢？而且无论人以怎样的虔诚来保留这个形式，希望借此重新达到那个精神，也都是不可能的了。精神，如果再度到来，一定不是应和人的预期的，一定不是进入人所虔诚守护着的任何旧有形式的；精神，正应了佛教那句话，无所驻处是真心[9]。惠特曼也不由自主地说过，在所有安排好的地方我都不能停留。这也是艺术即创

[9] 此句中“驻”或“住”均见于顾城手稿，以“驻”为多。编者依照领会试选字。

造的道理所在。

只有前所未有的，才是久已存在的。这个“久已存在”可以是这个来自冥冥的精神，它永远以“前所未有”的形式显现。那么当我们想了解艺术、学习艺术的时候，我们是以文化史或者别人的作品为依凭呢，还是以我们的前所未有的却是久已存在的内心为依凭。中国那句老话还是很高明的，叫“外师造化，中得心源”。

你这样说是非常情绪化的，实际上，在现代艺术中间你这样说是完全颠倒的。现代艺术完全不靠精神的反映，它用形式的结构构成了这样的空间。这在视觉艺术里边看得非常清楚，精神的感应已经被变做了一种非常消极的因素，或者放在一边的因素。当然你可以从你的角度来排斥西方艺术家的创作。但是现代艺术就是这样的。

对于我，艺术和精神同义。精神的形式即艺术，艺术即精神的形式。也就是说，是不是艺术的，就在它是不是精神的。

当然他们可以空洞地玩儿结构，摆弄形式，这跟闲来搓个麻将，吐几个烟圈大概没什么两样。如果你想叫这个是创造的话，那么很快电脑就会比你做得快得多，花样多得多。

我做的，是不是艺术，并不要紧，我是因为精神的推动才做了它。所以如果将艺术和精神分开的话，那我和艺术也就分开了；我是由于精神才偶然地被人称作在干艺术的。

这是我对艺术的理解。你可以说它很落伍，或者是错误的。

1992 年 5 月 2 日　柏林

第三辑　1992年5月

纽约—旧金山—柏林

也是创造的旅程

——与友人[1]谈

而比较纯粹的人呢，或者就真的疯了，像梵高那样的，他就不管了，走到哪是哪，就在这种状态里了。但通常的情形，精神会到来还会走，精神到来的时候，你做了这件事，你醒了，精神走了，这时候你怎么办？这时候特别可怕，因为你已经享受过了精神，或者说精神已经把你腐蚀出了一个空洞了，然后它走了以后呢？你就剩一个空心儿待在这儿。

这时候呢，你既不属于生活的逻辑，你也不属于生命的状态或精神的状态。这时候就特别尴尬。这也是一个恐怖，所谓的生命中不能承受之轻，实际上是这个东西。

S：你说我们平常只是读噢，但顾城是真感受。

不过就是经过这些事儿，你就特别清楚。实际上人为什么活下去，就是哈姆雷特那句话：死还是活，这还真是个问题。——就是你干嘛在这儿耗下去？——我觉得就是，它那个所谓生命的本身中间呵，含有一种期待，于是你不管它，它就活下去了。活下去有时候精神到来，你发现这活大有道理；精神一走，你发现这活纯粹就是（烨：一个胡扯）一个荒诞。

但是精神到来的时候，你不是一般的精神充沛呵，天地都焕然一新，就跟处在那个特别的状态下似的，那时候他就不想什么调工资的问题了。

……

（说画展）

---

[1] “友人”此处为S、X，为居美中国朋友。其言谈大多略，以省略号表示，或以括号形式提要。作者于5月9日飞抵美国参加诗歌活动。

那会儿学画，有句话特别让我开窍，就是“至人无法，无法有法，乃为至法”。我觉得这“至人”就是脱开了人世观念的人，“无法”说的是精神的自由不受任何观念的羁绊。说“无法有法”，是说这个自由又是在一个终极力量控制下的，这个力量既是你自性中的，又是冥冥的。

这个大约是中国自古以来就一贯认知的了。

（说中西方）

你看《红楼梦》，中国人可以让爱情处于一个静止的状态，而西方则总是显示为强烈的，冲突的。西方总是要走过去，要去得到（烨：追求的）；中国呢？它压根儿就不过去。你看《红楼梦》写了那么长，就不说“我爱你”这个话，这真了不起哈，这是一个东方的智慧。

……

你看《红楼梦》它写了女儿性是吧，而在西方呢，这种女儿性它就比较罕见。西方有女孩儿性，有儿童性，像《卖火柴的小女孩》呵；还有就是女人性了。但是中国在这两者之间，发现了一个特别微妙的阶段，就是女儿性的阶段。这个你要是在西方找的话，可能有个“水仙花”的感觉有些近似，就是那么一个有点儿自恋的阶段。

中国的女儿性的状态，实际上同那个佛性是重合的。你看《红楼梦》中的女儿性情，第一她清净，是吧，第二，她自在，第三她独断；这几点都是整合禅宗的。要说《红楼梦》成功呵，那它真是中国文化的一个至完美的体现；它居然将巨大而空幻的佛性具化成一个个的真人了——你看从薛宝钗那一极，她的屋里一片白，空空的没什么东西，凡事无求无愁，而又做得合适平整，无可挑剔；到林黛玉的那一极，对自性那么敏感的，那么苛求的；这中间还刻画出了那么好多个率真又各异的美丽性情。这是个不得了的事。

你看毛泽东……他也还是敬《红楼梦》。

这书我小时候读，哎呀，啰嗦死了；第二次读，觉得是一个故事；第三次读，有些感动了；这回读，哎哟，句句是真理。

……

S：你知道金斯堡呵，上课他让学生静默十分钟。我就不能接受。

X：默祷。

有点儿他们的祈祷和忏悔的意思?

S：我觉得他还是脱不了那个窠臼。

这西方，它把什么都弄得太戏剧化了。《圣经》那给闹的，整个儿特别的戏剧化，给小孩儿讲故事那是比较有意思的，跟过家家似的；再长大一点儿，看着可真是有点儿开玩笑。

（提起王国维）

他对于李煜的看法和对于唐诗的看法，他意识到的那种美呵，他这人我想是领悟到了佛的，他说那种境界那种美呀，那个核心就是佛的东西。

这你看呵，唐代的那个状态之所以那么心定呵，不论它怎么威武，怎么或者说哪儿人食人哪，或者写诗或者征讨呵，“燕山雪花大如席”呵，“马上垂鞭，风吹百草”呵，它这中间那个生气都在，它有一个很定的内核。这很定的内核就是从“采菊东篱下”到“红豆生南国”，它内心的这么一个舒展；舒展、沉静了之后它外部才有那么强大的一个生气显示出来。

但是到后来，只要这人心里一空，这气象立刻就瓦解了。这文化真就是这样，你只要没了这个核心，它顷刻瓦解，瓦解得一塌糊涂，到元曲以后它就直往形而下走，就成了说笑话，说怪话，胡说八道呵，也是种趣味吧。

我写了篇短文最近，我说一直就觉得这个精神没了，结果《红楼梦》大观园门一开呢，哎，发现《春江花月夜》那个境界呵，已经变成一个个清洁的女孩子那样的一个世界了。

精神有来有去，但有时候它潜默很久。

……

就像写诗是一次性的一样，精神的到来也不再会借以任何相同以往的形式，精神对形式的创造也永远是一次性的。如果说精神的运动有什么规律的话，这就是规律。

精神在人间的旅程是来去无常的旅程，也是创造的旅程，无数生动和质地纯粹的形式因为精神的到来而奇幻地展现给我们。可怜人那么蠢，没有创造力，也没有生命力，他只有等待精神的到来，或者去学习，去模仿精神留在人间的一个个形式标本，去照猫画虎地制作没有内力的"新"形式，或者干脆就毫无生气地使用旧形式；最有理想的莫过于试图在精神曾经创造又留下的形式中力图找到精神的轨迹了，我就干过这个事情；而其实精神创造了这个形式，留下了之后就再也不会回到这个形式里来了，那是真正的俱往矣。

那么难呵，就难在这儿了，你不能刻意去找。比如我，八五年以后，我下了个决心，如果诗不来，我不写诗。写不写诗，当不当诗人，对于我来说无所谓，我可以干别的许多事情呵。但是当你完全地放弃了之后，是不是，它会来？你怎么可能连同这个期待也放弃呢？

S：那天华尔华兹跟我说，他对你说的"守株待兔"[2]他不太明白，他觉得诗好像他那样磨就磨出来了。守株待兔到底是个什么意境，他体会不到。

---

[2] 应指作者一篇议诗短文中的用词。本卷《金色的鸟落在我面前——同伊凡、高尔登、闵福德问答(一)》中一段话应表义相近："诗可写可不写，它到人间来，不由诗人决定，由它自己决定。诗人不过是个守株待兔的人。"

这个呀，得找到那个大前提去了。西方认为人是重要，甚至是中心的，他是绝对肯定人的存在，和人的所谓价值的。而实际上呵，有一天我看电视，就忽然一愣，它放个小女孩的照片，跟着又放她现在是个老太太的照片，“叭”“叭”两个镜头就那么过去了；后来我想，这个事情，真是有的吗？——你一下想到这一步的时候，你真是觉得自己就是那么一个虚幻的影像似的，“叭”“叭”两下，一个那么甜的小女孩儿，一个一点儿精神气也找不见了的老太太，你说这两个是一个人吗？跟着你又想：那么重要吗？有必要那么在意吗？这个事儿真是有的吗？——这个念头一生出来呵，你跟人世联结的那根弦就断开了；这根弦一断，境界就打开了。实际上这是个生死结。

但是进入这一步特别可怕，因为于是等于你放弃了一切，包括死亡都放弃了，你就完全没有心理依靠了。这个没有依靠特别可怕，好几次都把我给吓坏了。

搬石头是件比较好的事，它将你的身体累到底，这时你的思想就会处在一个比较安静的状态。那个身体要不然它干扰你的思想，严重地干扰，同时干扰你内在的那个自然的感觉。反正甭管以什么形式，你必须把你这个身体的骚动，就是把“这个世界如同痴人说梦，充满了喧哗与骚动”的那个“骚动”，像个癌变会一直扩展一样的那个“骚动”，把它给抵消掉，然后才会剩下一个寂静；只有这个时候，那个纯粹的精神才有可能到你这里来。

精神它也挺“挑”的，你有杂念的时候，有时它也来，但是为的是惩罚你一下，将你弄得特别滑稽。革命呵、爱情呵，有时候就是这样，它也可以混和在一些混乱中间，一些人世杂念中间，但是带来的结果往往特别坏；最糟糕的就是希特勒了。而你是安静的，它的到来就使一切特别干净，你就来也从容，去也从容。《红楼梦》不在于它写的是什么，在于它怎么写的，它能写得历历在目，它不是“写”出来的，它是上天降下的影像，化作文字留在了书里。

S：王蒙最近出了一本小说，都是嬉笑怒骂的那种味儿，有点儿得“后现代”气。

X：跟着感觉走。

S：他反正是什么语言都搁里边，给你个绝对不纯的那种风格。

中国现在整个往哪走哇？中国的整个精神状态，你看那个王朔也罢，崔健也罢，它等于是往明末那个时候走。你看明末那时的东西，都是嬉笑怒骂，怪言怪语，根本就没个“正格儿”的。

前两天，我碰上一个捷克教授，他说你知道吗？耶稣在《圣经》里边他从来不笑的，你这人怎么老笑呢？我说中国人已经活过了那个不笑的阶段了。你看中国先秦的时候，青铜器，它不笑，它厉害着呢，那会儿严肃得不得了；你看到了魏晋的时候，人发疯，发狂，做怪态；但是到了明末的时候，它就笑。我跟他说冯梦龙有一段话说这个世界呀，不笑不能说话，一说话不能不笑，不说不笑没了笑话这世界就没法子待了。

然后他很醒悟，说，呵，他的老师是布袋和尚，不是耶稣。实际上到了明末，中国人就是，他什么都做过了，严肃也严肃过了，精神也精神过了，精神的失败和痛苦全都饱尝过了，它就剩下个笑话的形式了。挺好玩儿的，这方式也是中国特有的一个方式。

其实外国那个荒诞还是比较严肃的；中国那个笑话真是比较透彻。

烨：入境了。

S：昨天华尔华兹跟我说，说他读你那个诗集前边那个履历。他说觉得有喜剧色彩。

X：他觉得的喜剧色彩和中国的那个笑还是不一样的。西方的这种精神体验它总是纳入一种形式的。

对，是纳入形式，而不是任精神创造形式。西方对精神是有这个限制的，这个限制是内在的，是民族性格中的。

你看，那个堂·吉诃德整个是一个笑话吧，但是他从头到尾煞有介事。老外这个煞有介事特别好玩儿哈，他们不论多么嬉皮多么痞，还是有那么个框，没放松。这中国人要是一彻底，那弄不好可就一彻到底了。

烨：无踪无影；白茫茫大地好干净。

所以也是很可怕的。平常，有的时候有点儿好玩儿。

X：对，它没有一种形式拘泥。

西方人，他对“人”在概念上绝对保有一个想法，任何时候是绝不可能将这“人”等同于无的。你看希特勒那么疯，他也还是完全在人的范围内的，建立一个人种的什么，人种的高贵或低贱。他都不是煞有介事了，他是确有其事了。

烨：他就是个“有”，而中国是“无”。

X：西方同时他还有一种制度制约。任何事情都要有个明确的形式。

中国是可以有，也可以没有。要说有，孔子就强调严格的形式，他要用形式来控制。要说没有，那董卓，那就给你几百里地杀。根上还是个没有，没有“人”那么严重的想法。

X：这是。

……那一彻底到这份上就没什么可说的了，人类可以存在也可以不存在，到了这个程度，那像哈姆雷特的问题就没有了，所有的问题都没有了。

烨：外国人他在这点上心虚。

“文化大革命”，外国人他不能理解，他永远从政治上呵，或者从某种心理方面去理解，然后用他的价值观去量去评。他不知道这是中国文化本质的一次必然显象。

烨：西方就是人道主义呵；然后反暴力呵；他们看不懂，也不敢去弄懂。

X：这用西方逻辑是没法理解。

烨：而且我觉得东方文化和西方的哲学，压根儿就没融合在一起，压根儿各走各的道。

到现在，他们说了好多东西方比较、交流、融合，说了半天儿，压根儿各走各的道。

这人当过中国人以后，就成不了外国人了，为什么呢？因为中国人他太彻底；他已经彻底了，怎么还可能回过头来，信他们的那一套呢？你看这一百年，中国人也有不少留洋的，到了还都是中国人。

佛教为什么能影响中国，它比中国的那个“彻底”呀，就是“空空之境”呵，又多了一重境界，一重“生生之境”；这个让中国人豁然开朗。它比中国的那个强力还要更强。佛学当时一匹白马驮着一袋经书就进来了，而现在西方的这些半截子观念它是跟着坦克飞机呀、汽车呀、立体声呀，这些威胁或者诱惑进来的；而实际上，西方的精神是非常软弱和混乱的，甭管你搞多少学说，学说越多，越说明你心里没数，缺乏信心和力量。精神的本质是恒定的，同一的，那力量也是无限量的。

……

烨：我一点不是说笑话呵，就是上回我们来美国，碰上几个学生，他们问他，你住哪呵？他说住一个二楼。再问他就说不上来啦！

那个英文字我也不认得，我哪知道哪个区哪个街呵？我这也是懒。

但是我觉得，你要是写东西，那么我只能写我感觉到的，我不能写我没知觉的那些观念。像你几点几分必须到什么地方，那跟开火车有关系，跟你的生命状态没关系，那就是一个概念而已。

X：还有你这么不顾概念的人哪！

你知道我老早写的一首诗里就说：睡吧，合上双眼，世界就与我无

1992 年 5 月于纽约，谈话中

关❸。

你看这首诗里它说：“没有目的，在蓝天中荡漾，让阳光的瀑布，洗黑我的皮肤”；老子说的那个话：“淡若海，漂无所止”，那个时候当然我全然不知老子这话了。我后来觉得这就是中国人的那种潜意识里的、血液中的天生的东西。我全没读过老子呵，可是这样的领悟竟然是挺相像的。

X：但是你现在就是一种反观过来的。

对，现在我想表述，当然我就把它概念化、理论化、程式化了。

X：从哲学上讲，就是你反观你自己的某些体会。

这也是个职业病哈，当了两天老师当的。那本都是一些无所谓的、随

❸ 句皆出自作者写于1971年的《生命幻想曲》。

时来随时去的体验而已的东西，就像花的香气，或者石头的刺鼻味道，天然的那么一个状态。但是我必须讲课呀，比如这诗呵什么的，那么一讲呢，就给它归纳了，纳进一个或者纳出来一个逻辑，形成了一个说法。但是呢，道可道，非常道，名可名，非常名，我得明白这就是个说法而已，它根本不能代替那个状态。

X：可是很滑稽的就是，一旦这个说法从老师嘴里说出来，那学生赶紧就记到本子上。

烨：只能记下一个说法。

一旦他知道了，那一下他就一通百通了。

1992年5月11日　纽约

在中间有一段生活

——朗诵答问之后[1]

A：你更喜欢新西兰岛上的生活，还是更喜欢柏林的生活，还是对纽约有更多的兴趣？

如果我有充分的钱的话，我喜欢在岛上生活。那里的生活状态可以是很自然的，人在安静的时候，内心便会特别清楚。你可以观察你的内心，以自然的眼光观察，万物生焉。我在那里，如果能在没有干扰的情形下种一点儿地，养一些鸡，种几棵果树，那是最好的了。

A：那么这同陶渊明的生活有什么区别？

一个重大的区别就是要缴很高的地税。这个不是我地里长萝卜可以解决的，所以我必须出来做一些工作，就到这里来了。当然我也有点儿喜欢柏林，如果住一年，或是不太久的时间的话，还是不错的。

B：我不知道你在海外这五年，你父母对你有什么期望吗？

我想他们对我的期望要是传统父母式的期望的话，那我可能是够不上的，比如说我很喜欢过一个很安静的渺小的生活。好在我的父母倒不望子成龙，我现在这个样子他们大概觉得还可以吧。当然怎么都是有差距的。

C：你姐姐怎么样现在？我八三年的时候去找过你，但是你不在，你姐姐在。她现在怎么样？

---

[1] 作者同其他诗人于诗歌活动中朗诵诗歌并答问之后，于休息厅中同听众、记者、翻译（以英文字母表示不同个人）继续交流。英译部分略。

我姐姐也在新西兰。所以我们家里只剩下父母亲了。

烨：哎，他要问你一个问题。

呵，你好。

（英文）D译：他问你为什么你要戴这样的帽子？

呵，你就跟他说，我还以为美国是自由的社会，不会为一个帽子惊奇呢。

烨：原来自由是有限的。

（D英译）

这帽子没任何涵义，只是我喜欢罢了。我小时候就做了这样的一顶帽子，二十年前又做过一顶戴上了。那么出国以后，我想西方是自由的，我就戴着它走到外边去了。

D：没有什么意义？

呵，你可以告诉他，这是我的 castle，一个古堡，我的家，于是我可以随时从家里往外看，这样不会丢了。（D英译）

B：你在中国不戴？

在中国不能戴。大家穿着都那么规矩，吓唬了人不好。都来研究你有什么用心，就麻烦了。

D：他问你二十年前做这样一顶帽子就是为了好玩儿吗？

是这样的。

D：没有什么特殊的？

就是说它适合我的脑袋，或者说我的脑袋适合它。我的脑袋喜欢戴着它呵，这个理由很简单，好像也很充分。

D：嗯，我跟他解释解释。

烨：她们俩也问你的帽子。

看来这个帽子不错，让大家都挺高兴。

烨：这有时装模特的效果。

有贡献是吧?

（对客人）这是 This is my castle，my city，my home，戴着它有一个安全感——你看我走遍天下呢，还能一直在家里。

（烨英文解释）

烨：她们笑死了，说以为这是什么表示呢。

是，所以得给她们个理由呵，要不然人家该心情不好了。人都是，一个事儿都得有个解释。我们要给生活增添光彩。

烨：他们还在讨论呢，那你就再多说一点儿。

那你就说这是我修的城堡，也可以看成是个大炮。

烨：吓他们。（英译）

她说城堡很好，大炮不好；你念诗的时候很优美，干嘛要大炮呵?

你跟她说，我的诗里说，我要在城垛上转动金属的大炮。

——我对小巫女说，你走不出这片国土；早晨的道路上长满凶猛的灌木❷。

烨：樱花和刀。（英译。一片笑声）

他们都很开心。

E: Do you also speak English？（你也说英语吗？）

I don't speak English，sorry.（我不说英语，对不起。）

F: Do you understand English？（你懂英语吗？）

I don't，sorry.（我不懂，对不起。）

C: 那你在德国怎么做事呢?

我在德国用中文写诗。

H: 你要不要到美国来?

❷ 句出作者写于1982年4月的《小春天的谣曲》。

这不是来了吗?

H: 我是说你们在德国的工作是永久的还是?

我们工作一年，到明年三月。

H: 然后呢? 不来美国吗?

然后，大概就回新西兰了，我在那里种地嘛，地里现在长的都是草了。

H: 我们都很喜欢你的诗呵，你念诗的时候很悲伤。

现在已经好多了，原来还要厉害些。

I: 你在新西兰光种地吗?

一半教书，一半种地。

I: 这回从德国过来的?

哎。这回去德国，一个机会再到美国来，看看朋友吧，也挣一点儿钱，就是这样，而且回忆点儿往事。

D: 这么好几个人，又碰在一起了，不容易。

像舒婷八年没见了，这回见了。这是个挺好的机会。

J: 出来都好吗?

怎么说呢? 出来就这样吧，慢慢活吧。

还不错。

J: 柏林有一些人不错的; 八九年的时候我去过。

他们有许多人很喜欢文学的，而且他们很单纯。

D: 对不起打搅了，能不能请您过来讲几句?

好的。

(录音中断)

D: 冥冥中的，控制着你，你什么时候开始这样觉得的?

像舒婷八年没见了……

——1992年5月纽约。右三顾城、右二舒婷、右一谢烨

从一开始。现在回想，从最早写时就有这个感觉，但是当时我以为是一种灵感。（D译）

后来发现是冥冥间的力量对精神的一种自然的控制。（D译）

因为精神，是不由人控制的，那么控制它的就是冥冥了。（D译）

精神可以创造形式。（D译）

当我明白了这点后，我就放弃使用文字了。（D译）

一个精神到来，它创造了什么，我就承认什么。（D译）

我觉得一个作品的完成，全在于过程中间你没有去干扰冥冥控制之下的精神的行进。（D译）

D: 他说在英文里有一种自动写作，你说的是不是这个？

嗯，要有精神，精神是非现实的力量。（D译）

要不然“自动写作”很容易被误解成，就是脑袋里装着什么，就写什么，不论什么乱七八糟意识流，就写。（D译）

D：他说他说的是叶芝。

叶芝，他是有些特别感觉的。我以为最好的诗状态，是人在感觉到精神和冥冥的时刻，完全排掉人为，让字自然地落在纸上。

（录音中断）

K：他说这就是翻译工作的其乐无穷。

可能也是个苦海无边。

烨：其实从这个意义上讲，就是我昨天跟你在会场上说的，我现在实际上我自己的感觉，经常会发现他的这个问题，（M译）因为当然我可以理解他，当然我也可以不接受他，因为我跟他不是一个人，（M译）也就是说他面对读者的时候，如果是处于这种状态的时候，实际上面临着不被别人同意和接受，你知道吗？那是很危险的。（M译）

（英文）

M译：他说实验写作总是这样的，就是有不被读者理解和接受的危险。

烨：对，对。

（英文）

M译：她说这就是有很多一词多译呀。

不过我觉得翻译不用弄得那么严重，按照自己的心思写下来便是了，关键是有一个相映的境界和心情，与原作之间。（D译）

烨：所以他好像在这一点上完成了自己想要完成的东西，自己精神要完成的东西。（M译）

作为我对翻译者的想法，我承认应该翻译得将自己的感觉也加入在中间。(D 译)

K：他说一般来说，非这样不可，要不然没法搞翻译。

我希望翻译者同时也是一个很好的诗人，他的译诗比我的原诗还要好。

烨：我让你给打断了，我要说的话让你给打断了。

谢烨正要说，我这是太爱说话了。

烨：我刚才说就是他完成了他自己哈，在这一点上他是已经完成啦，对于他是很合适的。但是对于这个世界来说可能不一定合适。所以，当然我是属于这个世界的了，所以有的时候对于我也是不合适的。那个，当然，我欣赏他的纯粹，我只能这样说。这个纯粹可能使他毁灭，对，使他毁灭。因为就是你们昨天说的诗人在社会上是面对读者的，他的诗在社会上是面对读者的。但是诗人在创作的时候只面对他自己的精神。这就是我说的他为什么要毁灭。因为精神是不会管读者的。(以上 K、M 译)

精神不为这个世界上的任何事情所迷惑。

烨：就是说精神不会被这个世界上的任何事情迷惑，就是他说的精神不会在这个世界上的任何地方停留，也不会停留在我这儿。

这是打岔，精神不停留，我这人心可是就是留在你这的，压根儿它就不会动。要说跟着精神走，你就是我的精神呵。

烨：也不会停留在诗歌形式上，所以很可能有一天呢，他可能就不写诗了。

(以上K、M译)

L：Why？（为什么？）

烨：很可能，我说。

因为，他既然不选择这个世界上的任何形式，当然诗歌也包括在这些形式中了。

但是当这个精神选择诗的时候，他不会妥协。

所以目前，现在就是说，他是登上了一艘必将沉没的轮船。

（笑）必将沉没的巨轮，它将在大海的呼吸中消失。[3]

烨：昨天他朗诵的诗就是这个——他将在大海的呼吸中消失。

K：他说他希望这是一个比喻。

烨：可惜这是一个真事儿。

（笑）这是一个现实。

烨：所以对我们来说，生活既是悲哀的，又是幸运的。

我在给一个朋友的一封信里说，一切来自冥冥还将归于冥冥，但是在这中间有一段生活，有花有树，我所能做的事情就是把世界的声音关得小一点儿。

烨：这也是为什么好多朋友喜欢我们的道理；但是生活并不喜欢我们。

这是公平的，你不喜欢什么生活，什么生活就不喜欢你。

（以上K、M译）

5月12—14日间　纽约

[3] 句出作者写于1982年3月的《方舟》。

生命创造诗歌

——聚会片断[1]

1

西方的爱情是强烈开放的花朵；东方的爱情是两朵花之间微妙的芳香。

译者：他说刚才你把中国的传统讲得很美，你还说到了舒婷是同传统在一起的？

我跟舒婷是很好的朋友，但是这段话，我想描述的是我所喜爱的中国传统。舒婷呵，那由舒婷说呵！

舒婷：我认识顾城十五年呵，他今天讲这么多话我还是第一次听到。谢谢顾城。

译者：他问关于朦胧诗诗歌的新时代，对传统是继承的还是反对的？

呵，这个问题好像很大呵，像是文学史博士论文的题目。（英译）

我想就朦胧诗诞生的特点讲一些我的感触。（英译）

朦胧诗可以说诞生于“文革”期间。（英译）

而“文革”是以毁坏和排斥几乎一切文化为特点的，无论西方文化还是中国传统文化。（英译）

那么那个时候就形成了一片文化空白。（英译）

在这个空白中间，有一些人，他们的生命里，天然地生长出一种愿

[1] 本篇各节均始于录音开始，止于录音完结。

望——一种痛苦、要求和期待。（英译）

他们表达它，就出现了他们的诗。（英译）

他们中有些人接触了极少量的东方文化、西方文化的残骸；但是我，告诉我写诗的，是一群鸟。（英译）

它们暴雨一样地落下来，对我叫着，我要回答它们。（英译）

我们永远在传统的或是现实的文化中寻找诗的起源，这是有道理的，但是是不够的；（英译）

“文化革命”，这个没有文化的时代中产生了诗，证明的恰恰是诗歌源自生命本身。（英译）

我回忆这段“文化革命”中的历程，我最后不得不承认，一切来自冥冥还将归于冥冥；（英译）

（译者：来自什么？）

——冥冥。就是“未知”。——来自一个虚无，还将归于这个虚无；

但是它，这个虚无，创造了真实的生命，这个生命创造了诗歌，创造了无尽的艺术形式。（英译）

2

我刚才说过，一个精神可能推动出一个个看似不同的事物，那么不从形式上讲，说这是在搞革命或者政治，那是在写诗，而是从其精神实质上讲的话，它们就是一个事物。（英译）

而我忠于的只是这个精神，不论它把我推向哪里。（英译）

我只能听从这个精神的召唤，而不能判断这个精神。精神充满的时候判断是不可能的。因为任何判断都是使用尺度的，而任何使用的尺度都是精神以外的。精神只有自己的行进，没有任何功利目的，所以从本质上说是不承认任何人造的尺度的。（英译）

就像我们写诗，诗一行行地出来，这时我们不能判断，也没必要判断

一样；诗的行进完全属于它自己，是同人的评判毫不相干的。（英译）

（英文）

译者：他不能理解，你个人跻身于这个民主的行列的时候不能判断，你相信它的理想吗?

我说我是为精神推动的，我没说我是要实现民主的。（英译）

我要实现的只是一个个瞬间中真实的生活。（英译）

“民主”在这里说的时候，只是一个口号，一个说法罢了；推动它的是什么才是实质的。（英译）

就像看似不同的事物其实是同一个事物一样，看似同一个事物其实也会是根本不同的事物。（英译）

心里有着强烈的感觉，把它落在字上，然后叫它诗，落在线或颜色上，然后叫它画儿；叫什么是无所谓的，而它们是你心里的感觉，这才是实质。（英译）

同样，都给叫成诗的东西，却很可能根本是两样东西，比如一个是精神，一个是功利。而“诗”在这时不过是个借口而已。（英译）

（英文）

译者：他说那你难道不相信民主吗?

我不相信能够通过文章建立民主。我相信的是甘地光着脚从这个村子走到那个村子的精神。

（英文）

译者：那他说你和平主义了?

但是我又要说毛泽东和甘地和惠特曼是同样精神的。

C：不一样，毛泽东是暴力革命，甘地是非暴力革命。

但是都是一个精神聚集起的力量。

D：你为什么说他们是一个精神的？

他们都是从本民族土壤中生长起来的，都是自性的，都是忘我的，都不是靠读翻译理论建立思想的，都是超乎成败看他们的事业的，都是超越了“有为”和“目的”之心经历人生旅途的。

曹操是一个诗人，陶渊明是一个诗人，他们有着同一个诗的精神，都在这个精神下看待人生；但是曹操他可能杀了一万个人，陶渊明他可能一辈子什么也没杀过。而我们这里是从精神上说的。

（略5行）

人类有生存法则，是吧；人类还有精神法则。

（英文）

译者：他说顾城你和Ann两个人都很顽固，现在他想把你们两个人抓到一块去。

很简单我们说莎士比亚，他把哈姆雷特放在一戏剧里，让哈姆雷特被命运折磨得至痛苦至绝望。

但同时，他又让哈姆雷特看这个戏。让我们也看这个戏。看这个绝望、毁灭、诞生、绝望——这整个的冷酷过程——它的艺术魅力。

这就反映了人类具有两个本质，一个是求生存的，一个是求精神的。

因而也就形成了两个法则，一个是生存法则，一个是精神法则。

E：怎么讲？

生存法则，是以有利人类生存为准则的；精神法则是以精神纯粹为准则的。纯粹就是不掺和人世目的。

E：……那么你怎么讲希特勒呢？

C：还有斯大林、列宁？

希特勒呵，那还不明显吗？建立一个“人种”的人间统治，坚决地；他这人世目的，

F：他也很精神。

那是，而且很强，同时他人世目的更强烈。这精神，精神的性质，它的方向是自由的，绝对自由，人世目的掺和不进来，赶上正好相应了，一下好像很有力量，又精神又有力量，但那是暂时的偶然的，错觉的，等到一分岔，分开了，不相应了，甚至相悖了，你还硬来，那就沦入黑暗。列宁、斯大林都是停留在人世目的上的人。

（略7行）

X：……（字音难辨）

他脑筋非常清晰，一直到最后都非常清晰。

E：他搞“文化大革命”，不就是很强的人世目的吗？

他搞“文化大革命”并没有很强的人世目的，什么不得了的非实现不可的目的，他就是精神太强大了，其实是精神，而不是利害想法，让他不如此不可。（略2行）

那么生存法则他超越了，人类的精神法则他也超越了，精神法则它再纯粹，再极限，也是天之下的；而他那个精神，就是到达他的那个精神，把他推到了，硬就是把他推到了跟天叫板儿上。你还在这儿跟他说规律、说科学，他早越出这个了，不在这儿了，不在人世目的上了。

E：没有人世目的，还搅得人世昏天黑地。

人世受困，所以有超人世。

（英文）

译者：他问你是佛教徒吗？

1992年5月纽约一次演讲朗诵过后于休息厅

我赞赏佛教、赞赏禅。

(英文)

译者：他说你很像个佛教徒，因为你的讲法和佛教是一样的。

(笑)我说：我觉得佛教徒很像我。

(英文)

译者：他说他很想让你同他去那边，他想让你同他们说说话。

哦，我们应该去向他们致敬。

3

"文化革命"中间没有中国的历史，没有西方的文化，是一个空白。❷

❷ 以下以英译介入另起行。省略号为段落处，为字音难辨议论和提问。

那么忽然间结束空白，四面八方花花绿绿的东西就都涌进来，速度很快，形成了中国文化史上从未有过的一个奇观——

所有时期、各不相同的文化，同时到来；然后产生了好像很多的新形式。

但是这些形式都谈不上是精神的产物，没有精神内涵的支持；看起来很新，但是内在力量却是没有的。

……

中国的年轻人在沙漠中十年，没有水，在快要干死的时候，忽然大海倒在我们头上，我们又快淹死了。

我有一阵儿非常混乱，后来我明白到，我怎么忘了我是一个自然的人呢？

中国有句话说内心是你的老师，天是你的老师。

……

诗人应该有清楚的自性。如果竟然以诺贝尔奖的标准为写诗的标准，那是非常荒唐的。

一朵花向春天开放，不会向总统开放；这是最简单的事情。

你把奖金和奖章放在这里，不会吸引一个小虫子；它们爬过来也会爬过去，它们沿着自己的方向前行。

……

中国现在最大的问题就是没有一个内在的精神，使它具有创造力，创造自身的道路。

译者：他问毛将怎么样地解释呢？最后产生什么样的局面，现在这样的现象过去以后？

严格地说我不知道，但是我可以推想一下。

这要从中国文化的内部去找它变化的根据。

（略5行）

中国人在遭受这一苦难的同时，享受了毛泽东思想巨大的精神感觉。

但是现在毛泽东时代结束了。中国人既不能接着按照传统生活，又不能按照西方的方式生活，当然也不能按照毛泽东制造的方式生活。那么这个时候如果没有一个生长出来的新的精神的话，这个国家是一定会瓦解的。

中国人并不信仰西方的民主和治国之道。西方这回的民主及整个的价值观的输出，是伴随着汽车、电视这类享乐品的；中国人抓住的其实是汽车、电视而已。包括海外中国人。

译者：……民主运动的时候，一个西方记者问一个女学生，你知道民主意味着什么吗？那个女学生说：我不知道，但是我知道我想要它。

她想要的那个东西，其实当时可以看得很清楚，最使中国人兴奋的，是那个挣脱了束缚的状态，非生活的状态。

译者：你可以解释一下吗？

就是说，那个时候，大家都不会想到钱，也不会想到房子，提级呀；这些生活状态中的问题都没有了。

……

是呵，他们说和平主义，甘地式的，那么一个时期的绝食和反抗这个是做到了的，那是在一种特别的精神状态下。但是他们到海外来，他们并没有延续这个精神，他们并不能像甘地那样，从一个村子走到另一个村子，光着脚，自己什么都不要；他们什么都要起来，追求西方的享受，在革命还没成功时就追求这种享受；那么从这一点上看，他们不如早期的共产党员。

译者：……

我觉得最主要的原因还是缺乏一种人格的力量。

（略3行）

就是这样，这是最终能影响中国人的。

（英：He has very much admiration for Mao，doesn't he？）

中译：他说你还是很尊敬毛的，是不是？

于休息厅

是这样，毛泽东现在是幅画儿了，我们可以欣赏这幅画儿；但是当我们被当成墨研，被打碎成为颜料时（磁带完）

1992 年 5 月 12 日　纽约

看见鸟飞你也飞了

——餐间与英语友人[1]谈

中国文化发展到这一步，已经超越了人类的精神法则，不仅仅只是生存法则了，也不只是一般的精神法则了。

接下来的事情是人类历史上从来不曾有过的事情。

作为哲学的彻底性来讲，中国哲学应算是已经达到极限了。

我们看中国精神的历史是这样的，最早，它还是神巫鬼怪形式的，后来中国人很快就不相信这个了，在孔子的时代就不相信了。这时他看人世，就只剩下了死和吃饭两件事。

但佛教传入中国以后，带来一个新的动向，就是死亡是没有的，那么一个感想。

后来，唐代左右，中国文化围绕这样的感觉而形成了一个核心，创造了非常美丽的东西，那种虚无又无限光明的气象。

这样的文化状态持续了将近一千年，后来随着蒙古人的入侵，就消毁了；它的精神似乎消隐了，但不知什么时候又会突然出现。

这种精神是不是我们在……看到的?

内在联系是有的，我想。

是不是其他朦胧诗人也有这种看法?

这是我个人的看法。

[1] “友人”此处为一文学助教，中文学生。其言谈多引自译者的中译。

西方人总是以为自己懂得很多，他们不了解中国，却装得好像了解中国。

这是因为中间有个巨大的阻隔。西方人认为“人”是重要的，你看从个人到上帝到神，整个想法都围绕着这个“人”；而在中国的传统里面没有这个想法。

实际上中国的哲学追究到了极点，让所有人生和死是一件事情。

但是西方很难接受这样的一种对人类的生存和灭亡的蔑视态度。

把中国问题说到了这样的可怕程度的话，那么也要同时说到中国文化另外的一面，就是非常美丽的充满生机的一面。

那么这一面纯粹、可怕到什么程度，另一面也就纯净、美丽到什么程度。

不妨拿《红楼梦》和……做一个比喻，它们一个美丽到了这样的程度，一个危险也到了这样的程度，而它们是一体的。

写诗的时候，也是这样，当精神到达一个极限的时候，就到达了一个最为美丽纯净的地方，但同时也就临近死了。

我写诗几度到达这样的感觉。

所以有的时候，我不敢写诗。而且从那样极至的时刻再返回现实，也是我害怕的。

说一句实话，我是不喜欢你们美国的；我喜欢朋友，喜欢诗歌。我不喜欢美国这样的国家。

你是不喜欢它的局部一些地方呢，还是总的不喜欢？

大概是因为我感受不到它的精神吧。我觉得它整个笼罩在一个虚假里，人们在回避走向内心。当然我喜欢山达非 Santa Fe、新墨西哥，我想惠特曼……（此处难以辨听），有很多美国民间歌曲，从那里来。

九〇年春天的时候，很多人问我：你喜欢不喜欢中国？我说：我喜欢很多人，但是“中国”你这样问只是个空泛的概念，我不知道怎么说。

每个美国想当总统的人竞选的时候，他都要说为了“美国”，……（此处难以辨听）为了“中国”，或是为了什么，而此时此刻这样的概念是虚构的，伪造的。

好多年前，有人很认真地问我对二十世纪的看法。我说：什么是二十世纪？是一个房子吗？我没住过那么大的地方，也没住过那么小的地方。

可是人大半儿都是这样讨论的：二十世纪是什么？

懂得鸟飞的人自已都不飞。

我喜欢诗的原因就在于：你看见鸟飞你也飞了。

布莱希特有一句诗，说鸟划破长空，这时不是我们的目光所能够达到的。这是否有一些中国哲学的气氛？他说的是这个鸟的飞和我们知道的鸟飞，不可能吻合。

中国话就是“名可名，非常名”，“道可道，非常道”。

其实这是个很简单的道理。

不过诗，有的时候是可以做到这一点的；就是在一个瞬间抵达那里。

你说的，让我这种在六十年代中长大的人还不能足够地体会。也许我在学校里的时间太长了。

学校教人，大半儿是为了让他们能够遵守法律和纳税，这是西方；中国是让他们服从政治。

那么当语言变成了这样的传教工具，它便脱离了它的自然性了，跟人心已经没有了关系。

我作为一个老师觉得有一件事情必须做，就是一方面我教给学生一些东西，但是另方面我又教他们否定这些东西。这个事情虽然做得不成功，但做的时候总觉得是一种境界。你知道不知道有个美国女诗人叫 Adrian Wrench，她说：这是压迫者的语言，但是我要和你对话，我还是需要这种语言。

德国的布莱希特说过，诅咒使他的声音变得难听，但是他说：请你们原谅我，以后的人，我生活在一个不幸的年代。

我们所学习的知识，很可能涵义就是痛苦。

在我革命的时候，我就试着说：Sorry。

我想布莱希特肯定会喜欢你的这种说法的。

这是个无可奈何的说法。

我觉得写诗的首要，在于恢复语言的自然性。

如果语言处于自然状态，它自己就会说出你的一切。

我对中国的了解不多，我的一点点知识都来自和智者的交谈，包括你。你想回中国吗?

我很害怕回到中国也看不见中国了。

在我十二岁的时候，北京还有城墙。

下雪的时候，我不上学，我去城墙上边玩儿。

现在我的每个梦里，我差不多都在那个没有了的城墙上走。

我对我的国家也有梦想，我觉得这个梦想很美丽，我想许多人都会觉得这个梦想很美丽。可是这个梦想会给打破的。

其实梦想就是梦想，不该去实现它。

就如同你爱一个人，你不应该对她说；你要离她远一些。

这就像希腊寓言里的水仙花儿。

你说的“水仙花”是什么？

呵，那是一个非常美丽的故事：一个男孩儿，他爱上了自己在水里的影子；最后他死了，变成了一朵水仙花儿。

我的过错就在于，我老要去实现我的梦想。

我觉得我们爱的是花儿的香气。当我们因为这个爱而摘下这朵花儿的时候，就把我们的爱丢掉了。

李白诗里说：相看两不厌，唯有敬亭山——一座山，我和山，就这样互相看着，永远也看不厌。

（盘碟桌椅碰撞声……）

哦，我们该走了……

1992 年 5 月 12 日午餐 纽约

神灵贯穿其间

——餐间与友人[1]谈

鸟高兴叫就叫，不高兴叫就不叫，那是完全的自然状态。它没有什么保存的问题，保存、传播，更广泛地交流，没有这些问题。而我们在社会状态里，就面临这个问题，于是就需要定义，需要学习。它这个矛盾也就出来了。

你一进入定义，一试图保存，它那个最让你觉得值得保存的无限灵机就失去了；这个自然的灵机，因为没有任何规范，就没有办法让它完整地进入保存，也就不可能进入重复的交流。写诗的人面临的就是这个问题。

我现在呢，就是忠于自然，至于交流能达到什么程度，这个我就没法为它负责了。

有时候上天会显示一个奇迹在哪儿呢？它那个自然的力量之大，以至充沛到不可能达到的语言中间，而使语言产生出一个非凡的自然状态。比如说“八月蝴蝶黄，双飞西园草”就是一句白话，但是由于那个微妙的力量的进入，就一下“五月不可触，猿声天上哀”，让这样平白的话无限灿烂起来，或者说让一个平凡的自然景象无限灵动了起来。

最不可思议的是这个“五月不可触，猿声天上哀”，它美丽得令人不能相信。从字面上解，是说五月船要过的话，那儿有个礁石，你可不能触上它呵，那里水很急，“瞿塘滟滪堆”嘛；可是它忽然就是“五月不可触，猿声天上哀”，这整个直感就是那个“五月”是不能碰的，时间也成了灵体，

[1] “友人”此处为：S，为居美中国朋友。

一碰就伤心欲绝，天上都是猿的悲鸣呵，——多漂亮呵——那个心境透澈得。我说的那个非凡的神奇就在这了，它使只涵盖一个固定范畴的字词，顿时焕发出了阳光和花香一样，忽然就活出了好几重生命。

所以我相信，要是做这个事情的话，那就非得有那样一个精神力量不可。要不然你就会陷在字词的定义里，那你还写它干嘛？

诗的语言的核心，一定是自如的，坦然和无牵无挂的。我们不知道什么是诗，但是知道什么不是诗；那有牵有挂的都不是诗。

诗，其实虽说是毫无用处的，但是它表现了人的精神的哪一点哪，就是精神的自然，人性的自然。这一点儿不是骄傲，就跟你放一亿块钱这小虫子也不过来一样，诗显示的就是这样的自然。

S：这个真是西方文学达不到的。它一般可以做到的最高境界就是它把那个冲突写到非常非常不可解的地步，戛然而止。但那个真正自然的境界，还真只有中国古诗里有。

烨：他有一回讲话，说，在语言停止的地方；你那是怎么说的？

在语言停止的地方，诗前进了；在玫瑰停止的地方，芳香前进了。[2]
——中国诗呵，它就是前进的芳香，而不是停止的玫瑰。

S：现在我们看老子、庄子……

他呵，其实不在于他说什么，在于他整个的那个气度和文字的那个自如，那是真正的文学。

所谓的文学是什么呢？文学就是神灵贯穿其间，这时无论说什么，都微妙自如；而你就似成了微妙自如本身一般，就觉得那个冥冥呀，那个虚

---

[2] 原句：在语言停止的地方，诗前进了；在生命停止的地方，灵魂前进了；在玫瑰停止的地方，芳香前进了。见作者1984年五台山诗会发言《关于诗歌创作》结束语(北方文艺出版社《顾城文选・卷一》、江苏文艺出版社《树枝的疏忽》)。

空呀，整个就是你，那诗就一句一句地出来。

我那会儿感到我像是一个空空的走廊，风吹过就变出了花朵。

李白说“清水出芙蓉”呵，说的就是诗的这样的自然。像杜甫就差多了：（烨：雕琢呵）白发搔更短。

烨：你这样看来呵，无论是科学、思想，任何一个领域，好像只要注入精神，就都变成艺术了。

这西方思想家们一直在忙什么呢？他就是用这个修正那个，再用那个修正这个。

S：它是逻辑的，理性的。

（笑）他那才是非理性的呢。思辨状态的非理性，理性的非理性。嗯，套用点儿他们的词。

他只会在逻辑中看，他就不知道站到逻辑外边来看看逻辑是个什么东西。

说到根儿还就是他不能跳出“人”的框框，而他的“人”是逻辑和概念中的“人”。不是真人。

这就叫“理性”。

S：他一定要有一个视角，“人”在看。

烨：对，他不能容忍，或者是他从血液里就没有这个东西，他不能把“我”去掉。

——“我”去掉了怎么办哪？“我”是一片叶子？像中国画儿里人那么小，还没片叶子大呢；他们吓坏了。

烨：他说那怎么办哪？

你看“八月蝴蝶黄”“红豆生南国”，哪有人哪？它就是生命的一个自如状态。而西方人他就硬要在里边找到“我”才甘休。

“行到水尽处，坐看云起时”，这整个是一个空幻的，一个幽灵的“行”和“看”。唐诗中的空灵呵，妙就妙在这儿了，就是那个“你”已经成了冥冥了，于是那个意境一下就自然开阔了起来，那个观注就变得明亮透澈而且富有心情了。

西方的东西吧，有的特别感人，也挺震动人的。但是它闹到最后呢，不是往这边儿有点儿作态，就是往那边儿有点儿作态。然后它就修正这个作态——不要戏剧性呵，不要浪漫呵，不要什么，非抒情呵，用这个反动那个，那个反动那个。

烨：矫枉过正，老是不对。

S：或者他在自己的作品里留一点儿空儿，让人家觉得他是在（烨：思想）。

要不然就聪明一点儿，说“我知道我什么也不知道”；实际上是一样的。“知不知者上”，还是这中国话说得清楚。

……

S：这还行吗？

烨：不好吃。

S：不好吃呵？

烨：那个不好吃。不过你给他吃没关系，因为他不知道。

S：这米饭还可以哈？

烨：哎，米饭还可以。

S：满有味儿的。

我妈妈为了引诱我吃饭就故意跟我说话，分散我的注意力。

S：那你现在的口味还是北京的？

烨：他有什么口味呵？他没有口味。

我的味觉是开关式的，开了我就开始有感觉，关了我就一点儿感觉都没有。

烨：真的，你不能作为人的任何一种正常的东西来看他，好比我原来就觉得做饭，我喜欢吃的好吃的，他一定也喜欢，所以我就想做得多一点儿，大家都吃一点儿对不对？后来我发现他根本就没知觉。

（笑）我现在做到了一点，不专门吃坏东西。原来我专门吃坏东西，因为我很恨我的胃。那会儿我很极端。陶渊明不是说“口腹之役”吗？“心为形役”嘛，然后“世与我违”嘛，我很有同感，所以我就故意折磨这个胃，不给它吃它喜欢的东西。

烨：所以他就不让我做饭。你跟人家说，人家永远也不能够明白他是怎么回事。

更早的时候，还没认识谢烨呢，那会儿有一个阶级斗争学说在我身上——这身体怎么老要舒服呵，整个的资产阶级，我就和它斗。现在好了，就是觉到这事儿和我没有关系。

烨：每个人的“欲”和“不欲”不一样。明白了这个道理，世界就变得顺了好多。有什么不好的，行，倒他锅里；有什么好的我自己吃。

现在我在家里吃第二道。我们家我专门有个大锅。谢烨吃完第一道倒在我碗里，她的午餐是我的晚餐。

其实儒家本来是很高妙的。它那个中庸呵，所有的尺度跟写诗一样，是由冥冥感应而成的。它令每个人生活在特定的度数里。它认为这是一个自然的表现。

S：好像最早的那个儒家跟道家也没什么太大的区别。

儒、道本是一元。其实你可以看到，孔子不过是把老子的社会性部分加以发展和落实了，庄子呢，不过是把老子的个人化的部分发展和落实了。

其实中国的东西它浑然一体。它的现象可以层出不穷，姿态各异；但是那个心儿，始终如一。

中国自从脱离了巫术以后，就没看出有什么大的变化。包括……也只是一个现象，"文化大革命"都是现象。可是就是说，西方，因为它根本没有中国这根弦，所以它也不可能跟中国的这根弦有什么合音，更不可能代替中国这根弦。

中国即使现在完全不明白这个东西在哪，就像中国现在有气功而无禅宗一样，完全不知道这个东西在哪儿；但是它，这个冥冥一直在支配着中国，这是一个宿命。除非有个东西比它更彻底。中国已经彻底到顶了，……那还怎么更彻底？再彻底就什么都没了。

所以西方人坚持的最后的东西，他这个"有"，他这个"人"，是不能去掉的。你看他那个"装置"那些东西就看得很清楚，就是你"物化"我也"物化"；但是他还是在一个对应前提下的。

从那个嬉皮时代开始看，它说那我就任性化，就自然化，就人化，心化，就物化，它就这么搞了一个又一个来对付。

我觉得西方真是，没什么精神可言，但他们有足够的顽固。这顽固是他们骨子里的，是他们的好处，也是他们的灾难吧——命。也不是好，也不是坏。

烨：这都是宿命。

S：没有人就没有悲剧了。

烨：你说一样，不一样，真是根本的一样和不一样。就是命里注定。每个人带着自己那个烙印，就开始在这个世界上冲突呵，相混哪，乱七八糟，怪。

中国历史上，如果说征服了中国的唯一外来的东西，大概就是佛学了。它硬是比中国的“彻底”多了一重，比中国的彻底更透彻，并且能给人以美感，给人以安慰。我有一首诗里说，我站在一个庙堂里哈，一看里边还有一间屋子。❸

S：苏联现在有个电影导演，导了个电影叫《Z》，他就最喜欢门套门，门套门。

嗯，门是有点儿神秘哈，小时候给我带来好大的恐怖。我的《滴的里滴》最后一句就是：门开着，门在轻轻摇晃。

烨：在柏林的时候，他们学生会，你看他们那个文章哈，挺好玩儿的，都特别真诚的，莫名其妙，因为你（笑），特别逗。

他们单纯得很。

烨：人特别好。

有时候我替他们着急。

烨：哎。没办法，但是你怎么着急也没用，就是看着。

S：理科的吧？

烨：也有文科的。文科的有时候更麻烦。他觉着他就懂了，那就格格不入，根本就没办法。你就跟他说，已经说得很清楚了，他还不知道。理科的他还心虚些。我记得那回特逗，就是他跟人家说那个，一个幽灵在大地上徘徊，那个人就说那个精神（笑）多不可琢磨呵。

马克思不傻，他什么都知道。

烨：特别好玩儿，有一个女孩儿就说共产主义没有什么不好，不好在于他说共产主义是最好的，所以我们现在应该确定它不是那么最好的。我说你怎么

❸ 作者有诗《点》，写于1990年2月：我所爱的你/是夜晚//我想走远点/在庙堂里站着//一看里边还有间屋子

可能确定呢？

S：一样都是确定。

烨：对，这是特别根本的。你告诉她，她还是不懂。跟她没办法。马克思创造共产主义是他生命的全部过程的结晶……

而且是他生命投射的一个影像。

实际上与其叫做他的理论，不如叫做他的表达，他的行为。

烨：行为，对。

我就这样给她解释哈，怎么不是理论。她说那中国还有好多国家都跟着这个理论做的；她说应该负责。我说你选择了共产主义，你怎么可以让马克思来负这个责呢？

S：把责任都放到死人账上头。

烨：她就不明白啦！

挺逗的，我告儿你，就说话难着呢。

其实真正的理论呵，连同爱因斯坦的那种东西呵，都是一样的，它实际上都是假说，但是呢，又都是他真实心性的一个体现，是他的生命力、他的精神能量选择的一个形式。

烨：表现为行为或表现为思维是完全一样的。

把理论视为行为，我觉得还有一点儿道理，把理论视为真理那可就极其荒唐了。

S：我们大家付吧。

烨：可以。

就这么多我们都付了吧。

S：不行不行。

烨：才，难道才，噢，十二块钱，你不要管了吧。

S：不要不要。

这回你不要管了吧。

S：拿着拿着。

我看你还是拿着吧。因为我们现在有工作。你好像没什么正经工作的样子。

S：我有工作。

烨（笑）：说人家没工作。

有个盖图章的工作。

烨：这是我给你的。

S：你搁那吧。

烨：没有啦，你拿着，没有问题啦！

S：不要。搁在这儿吧。

烨：不，不要搁在这儿，我这里够了。

中国那个明慧和智慧，真是，（S：哎，你没。烨：十六块钱嘛，三块五，我够啦。不多。）那种很微妙的一种类似光的东西，……照出（烨：这样咱们一块儿吃饭很方便）……太阳……照出周围……（以上省略号处难以辨听）。外国那个都叫“创造”——创造人，人创造，因为他愿望太强，最后撞到宇宙这个大虚无上，这是没辙了，这是一点儿辙也没有了。

1992年5月12日晚餐　纽约

生命本质中的戒律

——与烨谈（五篇）[1]

篇一

工业革命是外国的东西，不是中国的东西。

西方人因此就以为人可以让事物这样或者那样。实际上事物从来也没有这样或者那样。

哎，这是西方人选择的一种行为。实际上是冥冥，让西方人选择思维，选择理性。

其实整个理性主义呀，它是什么的结果呵？它是失去了那个精神内核的结果。

可是，希特勒也是理性主义的耶，而且它有精神内核耶。

希特勒呀，他那个理性主义只是个虚壳呵，一个表面说法。咱们不是说了“妄想”吗？妄想就是“妄想实现”是吧，怎么才能让自己同时让别

[1] 本篇各分篇皆始于录音开始，止于录音结束。

人确信能够实现，那理性主义就是个好保证是吧，因此他不光必须让别人相信他是理性主义的，他自己也一定是绝对相信的。

要说“精神内核”呵，它要是真有个透澈的精神内核呵，那它就镇定自若啦，像咱们唐代似的哈，就不会去拉理性主义外壳了。它正因为没这个内核，这个芯儿呵“虚”的，它才四处找依据呢，就是咱们老说的，精神不够的时候，就要找形式撑起来，他这呢，就是要撑起他那个巨大疯狂的妄想来。

当然你也不能说它这全是人为的，什么事儿的出现它不可能不是在冥冥之下的，只是你能不能意识到它罢了。你不能意识到，你就认为是你人为的力量，那你就妄吧，你必在冥冥之下受到惩罚。德国的民族性、它的历史遭遇，反正也是，让他们在那个时候选择了希特勒，那这个精神因素已经在那里了，就是说有一种特殊精神是到达了这个民族的。这个精神的方向大致是同希特勒煽动的方向一致的。

当然一定不是只有精神才有力量的，有没有物质力量？那原子弹要也能算是精神力量的话，就没有“精神原子弹”了是吧？但是这个概念区分也只能是彼此相对的，一条严格的线估计是画不出来的。那么我说的精神，它的性质是没有目的的，完全自然自由的，同人的观念指引毫无关系的，它强大的时候是会摧毁既成观念的。这就是它的到来总是创造新的形式的道理，像我的诗它就成了个新样子，甚至原来对诗的认识都被改变了。

你看……精神呵，它那明显地是毛泽东时代的那个精神，从“造反有理”“你们要关心国家大事，要把无产阶级‘文化大革命’进行到底”到后来的“四五”到“民主墙”到……，它这能量最初是通过毛泽东放射出来的，一直一隐一显没有离去，但是呢，它不是你的观念能指引的，甚至不是任何观念能知觉的，它一旦到来就是一个崭新的形式展现，当初与之相应的观念不但会不受到支持，甚至会成为这个精神的反动了。

但是这样说的时候，就像是同时承认了确有一个相对精神力量的力量了是吧？比方说观念的力量，或是形式的力量，要不然就没有“精神力量”可言了。我以为观念或者形式，是人的习惯性、惰性的体现，那么它的力量是什么性质的，说它是物质性的？那是不是我得去医学院待待了呵，生理学呵什么的；而且我说精神来自冥冥的时候，人家也能用生理学给你搅和一通是吧？那就成了精神的也是物质性的——精神学呀，神经学呀，生理化学呀，同时物质的就是精神的了——什么细胞呵、蛋白呵、核糖核酸呵，用这个来给你解释精神；但是呢，还是道可道非常道，名可名非常名，西方科学走了那么多年，才总算接近了中国哲学最初的地方，像现代物理学就感叹，啊，中国哲学早在两三千年前就等在那儿啦。而我们这讨论精神，当然不是讨论生物科学。

那当然不是啦，那个领域不是太狭小了吗？要是讨论那个，那你就是个精神病人啦。

所以呵，概念呀，咱们一般情形下谈论它，都只能是相对的；你拿的尺子不一样量出来的还不一样呢。人为什么要区分概念，那肯定是有目的才有必要区分是吧，当然也不能说没有纯兴趣的。我此刻的目的，就是回答清楚你的问题是吧。

那么我说的这个精神力量它一定是不受人摆布的，所以也不会听从希特勒去关心他的目的，而希特勒当然，要的就是那个目的，而不是顺应这个精神；最初他碰巧因应这个精神跃起，他就认定精神与他同行了，他就喝令、指挥精神往他的目的去，那他的下场就注定了。他是自始至终疯在他的妄想里了，到最后也不能跳出来看一眼。

……则是与精神同行的，那些个现实中的目的，在精神的行进之下，都是可以随立随弃的。

你看那些人呵，一说……，他们就是……，一锅一煮；可是根本就不一样。

功利主义嘛，最简单了是吧，他到这儿就止步。从功利看，都是好多人死了，这是当然对人最坏的结果了。所以就一锅一煮。这要是西方人煮呢，还好理解——反人道、反人类是吧，他拿这个尺子一量，就给你扔一个锅里去了；……当然好多人是不愿多想，反正是到西方来了嘛，就学用西方的价值观吧。在这点上西方、精英、一般海外国人它就“合”了。

误合了。

……而你听他讲话呢——“下定决心，不怕牺牲”、“中国人死都不怕还怕困难吗？”（略10行）

我看你讲的话够吓他们的。

唉，这成天耍嘴皮子了。说这一面，就得也说那一面，西方有西方的英勇和诚实。这折腾概念是真不擅长，比我垒墙倒腾那些个石头不好玩儿多了，那个垒得平平的多么舒服，垒着就出来了毛主席的话：成千成万的先烈，在我们的前头，为着人民的利益，英勇地牺牲了，让我们高举起他们的旗帜，踏着他们的血迹，前进吧！

（笑）这可真是，

畅达哈。唉，真就是多言数穷，不如守中；说就是说说而已。

它精神到的时候，一句是一句；就这一句，这一句就是真理。精神充满出来一句，这一句就充满精神。至于有没有人听，听了懂不懂，

那是另外的事了。

那就是另外的事，不是它的事了。这时再多说一句，

那就是杂念的，

就是你为什么还要说？你就是个信口开河痛快，那或许是那个精神能量余波未尽；可要是你指望人家“懂”，那你就说吧，恐怕说到最后你自已都不懂了。没有精神支持的时候，你就不由自主在概念逻辑里绕，而真理还就不在概念逻辑里。

咱们今天就是兴之所至哈，可别自以为是在做真理的事情。

这无论东方还是西方，无论东方的微妙，还是西方的主义，它都是一种精

……垒着就出来了毛主席的话……

——顾城在岛上垒的墙之一（详见《散文卷》）

神内核驱动出来的。

这不能一概而论；往往是精神没有的时候，“主义”才多起来。

哎，但是这个精神内核是冥冥控制的。你没办法，就是这样。

精神衰微或失去的时候，人只剩下了表现，表现为坚持或垮掉，都是无奈的表现。

什么东西，就还说是形式吧，最初由精神推出的时候，那个显示是十分自如的，到了精神离去人固守的时候，这个自如就没了，就越来越生硬了，因为它已经不再是生命体，而是精神弃下的残骸了。

精神离去的时候，人不坚守就是垮掉。当然西方他大多选择坚守。这是他们血液里、民族性格传承里的，是他们的命运。而这一切来自冥冥。

你看西方人如此之冲动，如此之认真，如此之思辩，是吧，那已经成了他们的依靠，是他们的文化形式，也是他们的精神形式了；由一个精神的起点开始，然后坚守，不断地人为修筑起来的。

他不可能走东方人的道路，它也许可以有一两个人理解东方。

东方是融会贯通，而达到了一个空虚、无有又万有的境地；看似浑然一片，什么都没有，而一旦给它来个什么，它立刻就应出来；你来什么，它就有什么应，万有万应，你灭不了它；而它长久里可以让西方人看起来无声无息。这是另外一个世界，无论精神到来还是离去都显示出一种令西方意外的镇定，因为它有一种身置其中，却同时又可以置身其外的品质，以道观的品质。

西方呢，在应之前，它就先进入一个前提，哪怕是存在主义，它这个“人”和“存在”的前提是肯定了的。那么这样，当然它的“应”就是有限的，你超出去了，它就应不出来了。

你要是没有前提，或者这个前提就是虚无，那就百有百应，百应百有。当然这个要是发展成一个恶的东西，那就是极其可怕的了，就是它对付恶，也百应百有。

没错儿。其实东方人的恶和西方人的恶是一样的。

咱们讲这些东西呢，就不能排除个人的爱好在中间；精神是无善恶的，而个人的爱好呢，似乎使精神就有了善恶。这就一下复杂起来了——论善恶，咱们要是以精神是否纯粹论，那就不必论了；可是要是以对人的生存造成的影响论，那就成社会伦理学了，和精神无关了。

（略8行）

和那个精神有关的只是他本人，是他本人的献身使精神显现并且光芒四射。

给炸死了你吧，可以去找保险公司是吧。

保险公司不是；——那我叹命运、叹政治、叹社会人生、叹是非公道，也是自然呵，也许也会叹出新的精神呢，有保险公司找当然也要去找了，可是它是界限分明的另件事。那个精神得以完美显现，清水出芙蓉，天然去雕饰；我这无论多悲惨和它一点儿不沾，对它的美毫无影响。除非是，我也为这个美而忘我。要是我为这个精神的光亮呵，为它的中间也有我的闪耀而欣然呀，那我就同这个精神有关系了，就是说，也并入我的精神了。

但是仍然有单纯的个人爱好在，不从功利出发，对精神现象也是有喜也有恶的，这是最难辨别的地方，比如我，对那个特别伟大就不喜，波澜壮阔就不喜，对那个“天道无情”就很恨，曹操的气概或是李逵的劫法场，一碰就觉得暗，就做到噩梦里去了。

这你还是掺进功利去了。

这个好像还是很不好分哈，可能我就要说那不是精神的，像说希特勒，我说疯狂的力量，物的力量。不过有没有现世目的，这个区分的确是本质的。

这个得把效果和那个本质分开。

那是。你看杀人工厂，集中营，你痛恨，你的痛恨是否掺入了功利想法且不论，就一般地说，这个痛恨也是纯精神的；这时候你再稍一推理，就会自然地痛恨造成这个悲惨现象的东西，不会管那个东西是不是精神的；那这个时候就是从功利观出发了，你的辨别就不纯正了，俗话说就是掺进私心了。但是我是说，即使从单纯地欣赏精神的角度说，也依旧是有好恶的，比如说我看希特勒，他或许那个时刻是百分之百投入的，但是我看还是难看，一堆错乱了的神经、难看的物质。而一般地说，所有专注、忘我的时刻，人都是漂亮的。当然也许是因为我看他不是忘我的吧。

你哪见过希特勒，你看的是电影，那都是丑化了的。

咱们也看过点儿纪录片呵，照片。

你肯定还是联想到他做的事儿去了，还是没把那个精神，从他的五官上，和那些事儿里，给分出来。你刚说的劫法场也是被那个事儿影响了。你自己就没分清楚。

这上天呵，真是有意思，你说它坏吧，的确，它让人有善恶，然后又抑恶扬善，它让你甭管先天的还是后天的，是个恶人，又让你比善，那你当然就费力得多。

你说它好吧，它真是周到得不可思议，在每个人性中它都预先设下了律法，对有的人设得苛刻，有的人设得宽松，这就把给善者在比赛善中的优待像是收了回来，补偿给了道德比赛失宠的恶人。

无论如何正是因为有这个设定呵，人才有了美感，才有爱的知觉，才在万恶之中享受到了万善。要不然这个人的地球大概已经毁灭了。

这个上天，它真是有意思，不知道它要干什么。

它让人和人如此相同，再恶的人它也让他有至纯、至善的向往，再善的人也要让他有阴暗的时刻和角落；它又让人和人如此不同，知者知之，不知者就是不知，希特勒就让他一疯到底，释迦牟尼就让他通天达地。

像咱们认同精神，咱们看纯、善是精神的，看险恶就是非精神的。当然这我也许得修正，就是看它是否纯粹；而别人呢，他们就说道德、法律、制度；道德法律制度是什么东西？不上不下，不清不楚，畏首畏尾，它能裁判善恶吗？它不是个精神的东西，它顶多是精神的残骸，让我怎么能认同呢?

但是宿命是全体，它是包括精神和非精神的。

（略2行）

就是说这个精神出没的全过程是冥冥观注着的。在精神出现的时候不管是好是坏，是建设是破坏，它都是很厉害的，但是消失的时候，形式就把它淹没了。

咱们感觉精神的时候多，也就说明咱们认同精神的时候多。那么不能或者不肯感觉精神的人呢，往物化和妄念方面去的人呢，往概念方面去的人呢，它就跟自己认同得多。

这可能就是那个后现代主义什么的。

哎，就是物化认同物化，非精神认同非精神。就是这么个东西。

但是精神呢，它跟物化的这种东西有个大不同，就是它跟冥冥有关系。所以呢，你的精神到了一定的程度呢，就是说你可以离弃精神，而成为冥冥的观注。

其实艾略特他讲的非个人化和非感情化，很大程度上也是体会到了这个东西的。佛教讲的就是这个东西。那么在这个冥冥的观注之下呢，精神和非精神就都在一个全过程中间了。这时候，就应该没有什么个人的爱好，和认同精神或者非精神的问题了。就是你知道了——这是必然的。

就一切都是必然的。

可是在精神行进的时候，它是充满了，嗯，对于必然的一种潜在的反抗的。但是这个整个的反抗依旧是必然的一部分。

最好的例子还是……呵，他对必然的挑战到了……已经由潜在到公然的程度了，他的精神能量将他推到了什么境地呵，就是到达了冥冥，那个能量仍然没有耗尽，他获得了冥冥的观注的时候，他不是看到这个“必然”就算完了，就心平气和了，他的兴趣并不止于这里，他仍然精神强大，他照旧盯着冥冥，他还是一个不服，甚至更加不服了，他要让冥冥看看，或者看看冥冥，到底拿他怎么样，或者是他要向冥冥弄个明白——这个到达他的精神到底是个什么东西，推动了他的一生，到底是为了什么。当然最终他还是落在冥冥里了，也没有得到任何回答。

他有冥冥的观注，他还是不甘心，不认，最终当然是算了。要说人间目的，他已经达到最高了；但他早已超越了人间目的。

希特勒就是人世中的，太有目的了。

希特勒，他那个精神至上其实不过是个“人”至上，什么人种至上，某个观念至上，捆着所有疯狂就往那去，四处看不见，完全自我，根本看不见冥冥，在人世观念里他就猛撞，不向上走。其实他一向上走，看一看自己，他的疯狂可能就熄掉了。

斯大林也是目的明确的，所以他就是严格地手段为目的服务，讲科学。他就不会有“战天斗地”呵这样的口号，更不会闹“文化大革命”这样的大规模群众造反运动了。

这是从根本上就不一样的。

一般的精神行进，它势必同试图制约它的、阻挡它的各种形式、各种观念冲突，这也可以视作是同必然的冲突；但是这个“必然”完全不可等同我们刚才说的冥冥注视下的那个必然，那个精神非精神同属一个全过程的宿命的必然；这个“必然”指的是等而下非精神狭隘范围里的堕性东西。而希特勒死守的就是这样的一个堕性东西，他疯狂地命令所有的精神将历史推向这个东西，也就是推向这个他臆造的观念，他当然是将这个观念看作为“必然”的。

而精神的本性是自由的，是没有目的和不受任何观念限制的。此时冥冥自是看见了他那个“必然”的必然命运，

哎，这两个必然是两个层次的两个不同的概念。

这词看你怎么用了。

你要是以静如天道的冥冥的观注来看所有事情的话，你就能看见精神出没的轨迹，看见精神留在人间的形式，和这些形式对新的精神行为的限制以及与之发生的冲突。

精神出没的历史越久，即人同自然生命的分离越久，那么这个精神不断出没留下的文化残骸就积累得越多，下一次精神到来与之爆发的冲突规模就会越大。实际上呵，这是内在的，是自身中的冲突。你看，中国，从庄子的反文化开始，到……可以看得出规模一步步扩大的轨迹。这是一个完全形而上的冲突。古代战争这种形而上的因素是很小的，因为信仰而导致冲突的成分是很小的，它多是部族间的血缘战争，为了现实生存的战争，更近似动物性的。到后来很多发展为宗教战争和意念战争，尤其……这个“文化革命”，它是对冥冥的战争和对现实秩序的战争。那么你就可以看出这一点，就是说，随着这个文化残骸堆积物的加厚，这个精神出没的间距就拉长，而冲突起来对原有文化秩序的破坏程度就加大——就是那个精神呵，和历次由于它的离开而遗留下的文化残骸爆发的冲突呵，规模就越来越大。

第二次世界大战，

实际上世界大战和革命，都跟这条线索有关系。

这挺微妙的哈？从那一头转到这一头，从这种国家与国家之间的战争转到一种精神上的摧毁性的。

最早就是部族战争，部族战争跟鸡打架没有特别的区别；然后发展到

一种意念战争，诸如伊斯兰教跟基督教的战争。它就是意念之下，两边都各具一种精神，使战争成为了一场特别强烈的具有生命感觉——我是说精神生命感觉——这样的战争。

像后来发生的东方文化西方文化的冲突，实际上就是一种内在的精神跟历史文化残骸的冲突。

精神最有意思的是，精神还造成了各种文化残骸，就是文化形式；它在不同的地点和时间出没，就留下了完全不同的形式；这些形式各个如此不同，以致使它们之间严厉地冲突；而精神又在各个领域里不断地复兴、升起、更新形式，打搅和推动这种冲突；这是这个精神的游戏最为生动的地方。

如果单从这样的精神论的角度来看待诗，那到了实际中间是挺可怕的。但是奇妙就在最奇妙的还不是精神的变化，而是承载精神的生命体的那个内在奥秘，那个先天设定在生命本质中的戒律，这一切真是冥冥的杰作。一个人，这个人天然地具有这种度数，这种内在的制约，这天然太厉害了，它不是观念的，平时你甚至不知道它在，它在精神到来时到来，清清楚楚、毫不含糊地规范住了精神，让你过后回想起来都吃惊；那么这个东西，这个戒律，它如果不是精神的，那就是冥冥的了。……

篇二

它讲“一心法”说“开二种门”，一者“心真如门”呵，二者“心生灭门”，说“生灭门中，复有觉、不觉二义”，它实际讲的就是精神和那个形式。

但是这一下呢，他就发现有了个错误：既然“佛性常清净，何处染尘埃”，那么“心”怎么有了“生”“灭”呢?

而其实呵，这个“佛性”说的是冥冥，而“心”的那个“生灭”呢，

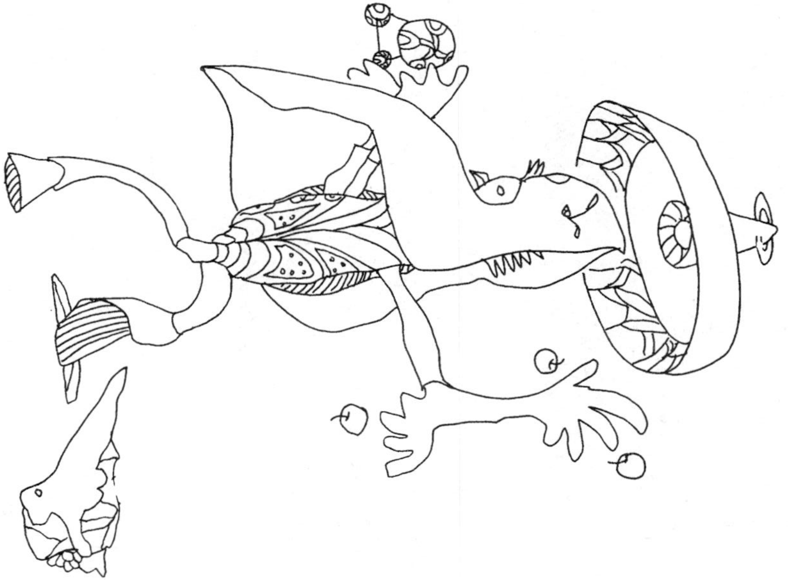

精神最有意思的是，精神还造成了各种文化残骸，就是文化形式；它在不同的地点和时间出没，就留下了完全不同的形式；这些形式各个如此不同，以致使它们之间严厉地冲突；而精神又在各个领域里不断地复兴、升起、更新形式，打搅和推动这种冲突；这是这个精神的游戏最为生动的地方。

——图即兴于岛上生活期间（1988年7月—1992年3月）

说的是精神和形式。但是“心”这个概念呢，经常就弄得一会儿是精神，一会儿是冥冥；它在这两者之间就有一个模糊。

所以“一心说”呢，其实就是这样一个说法，你精神在“一心”之中呵，它是显示冥冥的，它显现冥冥的那种创造生命的生机，但它不是冥冥，它依旧是冥冥的“象”，尽管那个现实呢，又是这个精神的“象”，哎，它就是这样的关系。他经常就给混淆了，一混淆就弄不清了。

就有那个神秀，为什么说他低一个段次呢？他说这个“尘埃”要经常去“打扫”，佛性才清净。它这就是还在精神和形式的冲突的层次上。而冥冥呢，是“何处染尘埃”，完全没有“打扫”的问题，是吧？结果经常就在这中间搅和了。

说你不讲概念吧，讲得比谁都清楚，说你讲概念吧，哎呀。

那道生一,一生二,二生三，那要是待在“道”那儿，就没分别了，可是咱们不是跑这儿来了吗？

“二”和“三”，越分越清楚。

可就是什么时候也别迷失了来路，以为这“二”或“三”就是家了。

这要分清楚不容易，我就想你的这个“生存法则”和“精神法则”呵，它真的还有点儿无懈可击。

这不是我的呵，这是就在那儿的呵。就在人中间，在每个人中间；他再实利的人那儿，也有这两重。表现的形式不一样，哪怕他意识不到，可是就在那儿。

这是当然，那会儿咱们不是说葛朗台都可以算是艺术家了吗？

你看他“敛钱”敛到至境，那钱都脱离了钱的意义了是吧？一枚枚对他至高无上得都成了艺术品了；那他可就误入精神之境喽！可惜他离冥冥还远，所以没有看见。

看见就该疯了。

他本来的目标，多敛钱，然后发财荣华富贵，过上等生活是吧，那时候看钱就是个财富数字。后来那钱个个都熠熠生辉起来，就锁那儿谁也不准动了。那这时候，你说，他不是“忘我”了吗？

整个儿成精神的盲动了。

跟实利，跟原本敛钱的目的整个儿无关了。巴尔扎克没让他看见这点，可自己是看见了的，所以当精神推动他写的时候，他要提醒自己是在为实利写，不要越出生存法则去。但是精神这个东西到来了，人是身不由己呵，你要是死守着实利观念你还就得疯了。就是说精神要是推你进了精神境地，你抓着生存法则不放的话，你恐怕反而是生存不了了；你要是放开观念与精神同行，那惠特曼就是个典范，生死也是由不得你的。

精神不是个好东西是吧？

那当然。可是精神它不来是不来，它来你拦不了呵，命也，冥冥的游戏。

这个游戏更令人无法揣测的一个地方是，冥冥还让你想不出来，没有了精神，人如何可以生存。你说现在说人造人，为什么要造？就是对人性不够满意，要造完美的，那么好，冥冥就给你这个机会，说你自由造吧。那么，就请你回答，什么样的是“完美”？

反正当然不是你这样的。我这样的就比你完美对不对？

对呀，可是这永远是相对的呵，要是没我这样的了，你这样的又好在哪呢？而且没我这样的了，你怎么还会是你呢？比如说要是没有我在这儿说我的话，你就也说不出你的话，要是世上人都是你了，你说的话就是别人说的话，你就不想说了吧？你做的事就是别人做的事，那你还做它干嘛？那当然就像老子说的，咱们就鸡犬相闻、老死不相往来是吧；人乐意那样吗？如果乐意的话，也不用去造了，现在就可以是了，各位自己一待，如草如木，归于自然。人可以做到而不去做就说明他不想做。

人再造自己的时候，说精神不是个好东西的时候，按完美理想造的时候，那人该是什么样的？首先就是不死不病是吧？没有精神捣乱对吧？那什么样？——吃？那不吃而活岂不更好？睡觉？更用不着了；穿衣住房？那还不如让他不惧风霜雨雪呢；还剩什么？就剩个无比健康脑子转特快了是吧？

转特快干什么呢？

不干什么就是快，算术一算就去了月亮了，去干什么？没有目的；那才是“没有目的”呢，无心无欲，就也没了“随心所欲”。

这要说不死不病又没精神，那石头就够格了，要嫌石头不够格，嫌石头及至地球及至宇宙一概有生有灭，那么，嚯，冥冥，道，人要是能将自己“造”成那个道本身的话，也就不要说“造”了，一切早就完成了。

说说造一个纯精神人的话怎么样？

当然立即就毁灭了，不畏生死，就都死了。要是不死不病又有精神，可惜就谈不上精神了。

所以人还就命里该着 (zháo)，他就非死非病不可了是吧？

咱们这么说还没把造人的人的人性算进去呢。你看甭管什么科幻小说、电影，那个理想超人，你就看看你就知道了，百战不死，或者死而复生，全一个想法，然后勇敢、正义，这要是都勇敢正义，还对谁勇敢正义去？打仗又为了什么打？不争吃不争地的。这为看故事那罢了，可咱们说的是理想人的社会。你嫌自然不好的时候，哎，你试试还能不能设想出一个更好的来。

人不会是因为自己爱别人不够要造更有爱的人吧；他觉得不够，他就会再多爱一点儿是吧。

就是他不可能有多出来的爱。

就是说人是因为有多出来的爱才会觉得自己的爱不够。又成悖论了。

总之，这人，古今中外的幻想故事你就看得清楚，它都是梦想力量，财富，不死不病，呼风唤雨，打遍天下无敌手，谁要造人都会以这个为目标，喜怒哀乐肯定都是负面因素，都得去掉，只留个求胜意念。这要是为人造个工具人没的说，一个新机器，而我们是说再造我们本身。

所以呵，这真是非常清楚，苦难和幸福是一体的，死和生，邪恶和美好都是一体的——一个东西两个象，要么都要，要么都不要；自然就这么残酷，根子就在这个宇宙的本质上。

像咱们那个“上帝”❷倒也不错，成天给咱们送个圣经故事。

那些画儿书哈，印得可真正是讲究，说明信的人多。

人就要找这么个地方休息。你看它描述的那个理想，当然它说是将来的现实了，就是死人都活了，活人也都不死了，全在上帝身边，成天丰衣足食，唱歌跳舞是吧，有意思的是他那画的有男有女有老有小不说吧，还

❷ “上帝”：顾城谢烨对在岛上生活时的一位传教士的私下称呼。可参见《散文卷》中《养鸡岁月》。

有黄种人有黑种人，不忘讨好一下现代观念哈，穿的衣服倒全一样。它还让不断生娃娃，大概是长到该不长的时候就不长了，反正个个身体健康，容光焕发。它这就是往好里说吧，只有幸福没有苦难，只有生没有死，你要是问他，他就说上帝会照看我们。

哎，他就永远说这一句话。

也是一个以不变而应万变哈。

人所以出来了万般想法呢，就是因为面对着一个问题：生死。没了这个问题，所有的问题就都没有了，是不是就好了呢？

那没了这个问题，也就没有人生了。

当人面对死的时候，宗教出现了，哲学出现了；当死没有了，所有的哲学宗教也就没有了，连科学也用不着了，艺术文学也不会存在了；就这么尴尬。

人说人只要不死了，人生就怎么都是完美的了；就是说人生有足够的美好，只要再加上一个不死，就完美了。

可是只要一有这个不死，那一切人生的其他美好就会随即消失；爱情、亲情、勇敢、正义、思想、学习、智慧、创造，所有这些都是面对死才在的，或者说所有这些令人生美丽值得留恋的东西，都是人至痛恨的死带来的。给你一个不死，取消所有它们，那么你以为你是生是死呢？实际就是——当取消死的时候就死了。就是这样的悖论，就这么荒唐。

全都一样，人逃不过灭亡的命运。

科学说自然人终究灭亡，那么就干脆全部以科学生命替代。不是资源短缺吗？那人不吃不喝不呼吸空气；物质都有寿命，都会毁坏，那就不依赖物质；是否可能达到不论呵，这就又到了那个问题，到底什么是人？或者就说，到底什么是你？——胳膊腿可换，五脏血液神经可换，大脑现在是换不了，离可换也不远了，于是你说这些可换可人造的东西都不是你；剩下什么了？你说记忆是你，记忆是后天的；你说先天遗传的个性、能力是你，没准儿那些个东西都是你希望获得改造的；你说灵魂灵感是你，当所有一切都可制造的时候，那个东西还在吗？还有什么意义？现在一般地说，大脑中的所有信息是你，只要都给复制下来，肉体、物质体都好办——可以不是腿是轱辘，可以不是细胞是硅片；最终人整个儿就是个信息了，也没准儿。

那可就悬啦，复制到什么地方，复制了是不是就是两个“你”啦？那“这个”你是不是得赶快自杀呵？要不然那跟信息走露有什么两样呵？另一个“你”知道你的一切！

就还是那个问题呵——什么是你；如果真是大脑中的所有信息是你的话，那么完全复制出来之后，哪个是你？原本的是你，就是说你还是会死的，“活”着的那个并不是你；复制的是你，那难道原本的你不是你吗？——你到底是延续了你的生命呢？还是被偷走了你的生命？

那一想真是太可怕了，那要是真能复制的话，那就可以随便地删改啦！

技术上的，就太多啦，那个什么，米了[3]，不是就老跟老顾乡说这个吗？这个想象的话那也是一本书一本书的，写的人估计也少不了，咱们不是专家。反正纯人为的生命世界，应该叫纯人为的能动世界，一旦到来，我们早已不是我们，那一切与我的感知无关。

---

[3] 米了：顾城的姐姐顾乡之子。

就是说“感知”是你!

反正就绕吧。就说这个复制信息，或者复制“感知”——所有可复制的都是可测可计算的，而只要是可测可计算的，就不是本质，只是现象。

每个人都不疑惑“我”的实有，可是为什么回答不了“什么是我”这么个至简单的问题呢？就是因为他必须运用概念，而真理不在逻辑中，人也不在概念中。不在概念中的则不能复制，所以复制一个“我”是不可能的，“我”有生无死是不可能的。

而人妄图脱离自然，这条路已经开始走了，也许终将有一天人可以完全地脱离自然，但同时那也是人完全脱离生命的时刻。我说“我不相信科学”，根子就在这里，科学让我们在以为获救的过程中，正一点点地将我们杀死。

道可道非常道名可名非常名，这早就说得十分清楚了，科学到了现在才不得不有所承认；当然并不会甘心啦。不甘心也是自然的，要不人干什么呢？

全都说回去了。

不过，这有的概念是很明确的。

在某一个层次上。

比如说这精神，一说他们就是人权、人道啦，你说你这是在说生存，我现在在说的是精神，他就不听了，听不懂。

这点反倒是西方人更有求真理的诚心。这两重，无论东西方人人都有是吧？你看美国拍那个电影，日本炸珍珠港，这要是只有生存法则的话，那全剩下发抖、躲藏、求饶了，可是这个样子就一定没有美感，说明什么，

给你一个不死，取消所有它们，那么你以为……

……根子就在这里，科学让我们在以为获救的过程中，……

——图随笔于岛上生活期间（1988年7月—1992年3月），试为其组诗《布林的档案》插画时草。

说明美感就不是生存法则里纳得进去的东西，而美感就是人人都有的，也就是说人人都有超越出生存法则的精神上的要求。这个电影你看，它表现他们自己在被日本轰炸时临危不惧、舍生忘死的精神，它同时也表现日本赴死炸他们那一刻的精神闪耀；那显然地，这就是单纯地从精神法则出发的了。

这个东西还是很清楚的，云在青天水在瓶呵，精神法则就是云在青天，生存法则就是水在瓶。

你这个精神不停留在任何地方呵，和那个没有精神时候的那种没着没落呵，你那天是怎么说的？

“精神不停留在任何地方”当然不是“没着没落”，而是处处是着落。精神只有自身的行进，它的行进就是它的着落；也许它会在一个形式里停留很久，但是那不意味它属于了这个形式，它依然只属于自身的行进。

精神行进的时候，你可以有一个观看的，你永远可以觉到你有一个不变位置的观看，这时你就看到了精神法则和生存法则。

这个观看是什么？是你属于冥冥的那个东西，同你的来源有关。

我就有这样的一个观看。

你好像自身就是一个观看呢，说你属于这个世界你好像属于这个世界，说你根本没有来到这个世界，只是一个对这个世界的观看，也是呢。

哎，我就看着你呢。

所以你大呵，我“精神行进”、“无所住处是真心”，自我鼓励了半天，也行进不出你，是吧？

手心儿里呢。

别吓唬我。我是呵，就是不想行进出你；我的行进将在你的注视下结束。这人呵，是越缺什么就越说什么，我这行进不得，才老是说行进，离不开生存法则，才老说精神。不要点我。

我们是并行的精神吧?

什么并行，我根本不动。

唔，我这回说的是真，你无处不在耶，你是我的冥冥吧?

你行进在我的注视之下。精神在冥冥的注视下行进。

哦，我叫你，“我的天”吧；嗯，全是原来叫“雷”叫坏了，“可罕”可怜是地上的。（录音关闭）

5 月 16 日

篇三

哎，我早上就在想这事儿，实际上翻译、评论都是一种创作的领域，我现在知道为什么了。

你看大千世事，那是亿万花朵。

我说大千世事是亿万精神花朵。亿万精神花朵开放在不同的领域。我早上刚领悟另外一个道理就是说，为什么一个诗人不会理论的话，他的力量就削弱了。因为你的精神没有贯穿到理论里头去，也就是你没在理论的这一层次打动人心。你看 ×× 就是很明显哈。实际上写诗的创作过程跟读者是没有关系的，它就是一个单独的过程，但由于你的强大，你悟透了另一层，就是你自己对诗的审视和对理论的审视是你的另一层精神境界，在这一层，你突破，你的精神洋溢出来哈，就是给人一种力量的时候呢，就等于你精神的表现范围扩大了，你的精神除了渗入到创作里头，另外又渗入到了评论、理论里。

像那个千手千眼佛哈，不仅千手有眼，脚也有眼。

哎，等于你多了一个范围。其实外国的那个Profession，就是专业人士，就是在文字这个领域以及审视世界新文化的领域，他两个领域占有了，他占有得越多呢，他的精神发挥的可能性就越大。科学家在科学上取得成就是完全一样的。

它把两个领域联系起来，并不是通过一个外在的逻辑，而是由于内在的个人精神，精神贯通过去。

理论和诗看上去很接近，但实质上是两码事儿，实际上等于是你又打通了理论的这个领域。

内气贯通。

实际上××没有理论的领域，她只有创作的领域。而××在理论的领域里，说实在的，一塌糊涂。

创作特别强大的人哪，必然有理论，不管他讲不讲理论——他那个生命的力量就越过去了。

这个是。但我是从我那个角度说的，我说诗是创作，理论是什么呢，是回头审视这个创作，和这个创作在世界上的效果，就是已经离开了创作的过程。我说的是这个。老子不是说没有理论，老子是把这一段留给别人做。

那这个理论同哲学还是很有距离的。

理论，和哲学是有距离的。

我以为你想说哲学呢。哲学跟诗在一个高点上，是完全贯通的。

我说的是理论，哎，当然哲学跟诗是贯通的。

理论那就降下来一级了，瀑布。

理论不过是，

理论通常是一种技术行为，是外在的，是有目的、有对象的。

哲学是什么呢？是本身。它并不是你创造的。你有就有，没有就没有。

这个本身，是你本身，也是万物本身，也是冥冥本身，也是精神本身，也是理论本身，它没有对象，也皆为对象，也互为对象。

这个“本身”也可以换用一个词就是“实质”。作为个人，就体现为人格。作为理论，就是其真谛，那个核；这说的是泛理论，具体的某个理论当然有可能是毫无真谛，完全偏离了的了。所以说理论也是可以同哲学重合的。

对，哲学它是一个实质，它包含在行为过程中，它是行为过程的主干。

你可以看哲学，说哲学，但是不能改变哲学，你看不看，说不说，它都在那，与它无干；你研究的其实是看到的它的过程，表达的其实是对你看到的它的一个描述。

创作是由于一个精神的贯穿而形成的状态；理论则是以观念、概念或者以体验、以哲学发现什么为依据，对这个状态以及各种状态进行审视而形成的。钻研理论的动力可以是精神的，同时理论也就可以是创作的了。

理论跟科学是一个渠道里的。就好比火车站上等上车，排一队队人，这创作是一队，然后理论是又一队。

就是说理论是理论，创作是创作，创作并不必要为理论指导，理论也并不保卫创作。

对，它们没有关系。

我们老说的创作是艺术创作。其实理论也可以是另一个形式的创作。翻译、科学全都可以是创作。

对，我刚才说的就是这个，你呢，创作诗，他们呢，创作科学定理，翻译家呢，创作一种沟通，而理论家呢，创作对文学的看法。

要是说灵感，说精神的话，科学和艺术，那可以是特别一致的，就是，啪！就全通了，一刹那，全明白了。

哎，我说的就是这个，人家说理论和创作有一个承袭关系，是先有了创作，后出理论，或者理论推动创作，这是胡扯。

理论面对的是自己的精神，创作面对的也是自己的精神。

就是你说的那句话，共产主义是马克思的精神行为。

对，而不应看它作真理。你给看成真理是你的事，你的精神与之呼应，那是你的创作部分了。

刚才我说过，世事大观，全部是精神的花朵。

古代人说啥呀，说人哪，有个浩然之气，上可达神，下可做苍生中的事情。缩小到一篇文章中呢，说这个人不得志呵，这气就给发到文章里去了，就成了文章的气了。听起来这说法颇为世故呵，却是一个对贯通的领悟，知道这气可以跨越任何界线，达到任何地方。所以要不然古代做诗人、做官怎么成了一回事了呢，就是这气贯通了，可以通到这边，也可以通到那边。

也就是说，它的创作领域比较大。

对，所以唐代那帝国那么有创造力。

像《读书》杂志就是一个创作，它之所以生动，之所以完美，

它有精神在里头，

它的精神贯注在它的理论中间。

这个才叫知识分子。

……

你看马悦然的翻译，他给人翻译的时候非常谦和哈，但是镇定自若；你再看马努思中文那么好，翻译得也那么好，但他就不能做到镇定自若。

因为他的精神没有贯注进去，语言特别好，但是没用。

他那人吧，有点儿魂不附体，他干什么都有点儿魂不附体。

因为他没把自己的精神贯注在那儿。

他有没有那么大的精神尚是疑问呢。他给我写信就说，我这个人缺少一种气。

对，就是这个气。

他说包括读书气。他这家伙真聪明，他那脑筋，那机器呀，真叫个好，沾什么，会什么。

他可能有一点儿什么创作，就是对自身的认识，他这对自身的认识达到了别人没有达到的程度。

他对自己认识之后呵，他可能什么都不做。但是呢，他的坦白打动了人，使人从中也看到了自己。

他能达到这一步，也是他的精神推动的哩，他的精神在别的地方都不能停留，但是贯注到了这里。

他的审视呵，作为马努思来讲，它不是个思辨的结果，它是本能的结果，是精神的推动。

所以说这是他的创作。

创作即精神的创作。它实际上是必然的，命里注定的，而不是预谋的。

就是那个“三思而后行”呵，“三思”思什么东西，思的都是已经有的东西，已有的经验，已有的形式。

……

他一思就有了“分别心”了，不要说三思了，佛学就讲“不二心”嘛。一个人如果“三思而后行”，那他就不能创作。当然孔子并不是在讲创作，他这本就是相对现世中的功利目的而言的。

……

创作产生的就是生命；不管什么形式，它都是具有生命的形式。……冥冥产生精神，精神产生生命。

……

人原为生命，在社会观念中与生命脱离，精神到来时又同生命复合。冥冥中就是这样平衡的——人能制造观念，它便让人也能充溢精神和为精神照耀。

精神就是对“人为”的一个反动。精神的出现是盲目的，又是不可遏制的。它的创造永远是出人意料的，不循人意的；但是又是解放人，将人带入充分的理想境界的。

人原为生命，在社会观念中与生命脱离，精神到来时又同生命复合……

——图大约画于 1993 年 2 月。柏林。

所以我写下的那句话就是：我们永远不知道将来是什么，但是我们设想。

设想和设想还有很不一样的性质呢。比如 ××，他设想去捞龙虾，或者他设想升一级、去买辆车，前者就很可能是创作，后者就是，

就是一个逻辑。

就不是创作了，就是刚才说的“三思而后行”的那种功利性的东西了。

对，功利性，就是说你有一个目的，然后设想一套达到的方法。

而且这个目的不是你自性中的，是人家加与你的，是这个物化的、盲目的社会加给你的。

甭管谁加的，肯定不是创作，不是精神的，因为精神是盲目的，不可能有目的。

现在还有一个问题，就是说有没有群体的盲动，和这个个人的盲目精神的冲突？

当然有了。

那那个群体盲动是怎么着？我认为是精神的惯性产生的。

群体的盲动呵，在精神消失之后，整个社会有一种惯性哈，

噢，我知道那个群体盲动，社会盲动是什么了，

是每一个人盲动的总和。

它是什么东西呀——本来呀，人在自然状态下还没进入人类社会的时候呵，他这个盲动呵，这个物的盲动跟那个所谓精神和生命的盲动呵，本来是一体的。

但是进入社会以后呢——观念的形成和社会的形成是同步的——那么观念一出来，精神也就分离出来了。

就像这个桔子是个自然生命体哈，它的汁液是精神，和不是汁液的部分它是在一起的，是不分的；但是你甩呀轧呀，它汁液就分出来了。

那么这时生命就分离为精神的盲动和物的盲动了。

物的盲动产生了理性主义，或者就说是实效主义；这好像可以回答昨

天的问题了，非精神力量——观念的、形式的、妄想的、希特勒的，那个能量就是物的盲动产生的。

这还真是一通百通耶。可是我觉得实效主义也是一种精神的盲动，它这个精神的盲动它就走理论。

是呵，你可以说任何的出类拔萃，甭管什么，为现实服务的理论，或是说明现实的理论都是精神盲动的结果。但是它跟物的盲动有一个误合，就是说物的盲动也会产生“主义”，比如类似理性主义这样的东西，所以我加了个“出类拔萃”。那么即使这个“出类拔萃”的理性主义呢，它也都是为说明现实用的，不同在于它是创作的，而不是制造的，就是说它是在一个特别精神的推动下形成的。

接着的误合呵，就是那个现实盲动呵，就将这个精神的成果奉为“主义”了，沿着这个“主义”就滑下去了——精神推动形成了这个被现实叫做“主义”的东西之后呢，就走了；而这个变成了“主义”的东西留了下来，就成为了物的盲动的轨道。

哎，误合，误合。

我想说的是同个人精神冲突的群体盲动；你说共产主义运动是怎么回事？

共产主义，

革命，共产主义运动中间刨去革命，因为革命是纯精神的呵，刨去革命以后，那是什么东西呢？

有好多种东西。

官僚体系是个什么东西呢？

这个，官僚体系它就不是盲动的。

这个盲动看怎么讲。不是目的明确了，那就不是盲动了，那就不要说

"物的盲动"了；因为我们说的物的盲动，它的性质就是人世的功利性，即目的性呵，难道我们还会去说基本粒子的运行吗？当然也可以说我们是权且借用这个词吧。

我干嘛要用这个词呢，嗯，我得试着讲讲，我就讲这个官僚体系吧，你看，狭义地讲可以说是盲动的，广义地讲也可以说是——

这共产主义运动之下，没有人说要做一个官僚体系是吧；所以说不要官僚体系、打倒官僚体系的人，和其实建立了官僚体系但是不承认这是官僚体系的人，他们在否定官僚体系上是一致的。就是说这个体系在一致的否定中建立了起来，然后他们还都在继续否定。那么这个体系的建立就可以说是盲动的。你也可以说是有意的，因为其实是为了一个目的的。这个"盲动"和你刚才说的"盲动"概念差不多吧？

然后我们从广义上说，就是从本质上说。那就好像要再说一下物的盲动和精神的盲动。

继续我们前边说的可以知道，任何有规定方向的动呀，都属于物的盲动——这里"盲动"就是广义的了，就是我为什么要用这个词的道理所在了。在大范围里，在冥冥之下，一切目的皆是盲目呵。物的盲动跟精神的盲动，最大的区别在哪呢，在于精神的盲动它是自身的，是没有外在目的的，自身就是它的目的。

就是说有没有目的这是物动或精神动的区别所在。

物的盲动，它因为为目的而动，那它就可以改换目的地动。所以如此狭义地看也可以认为是一种盲动。

而精神的盲动因为目的只在自身，它就是轨道不可改换的，前行不可遏制的。因而广义地看反倒不是"盲"的，而是清清楚楚的。

嗯，现在该说群体盲动了，群体盲动也可分精神的和物的。

精神的就是，在一代人或一批人中间无数盲目的精神出现了，而他们互相影响，又影响出去，他们于是都朝着一个方向去，大家都觉得好，这是集体精神盲动的表现。

物的就是呵，那中国现在最明显了。

就是没有了精神，那就没着没落呵，看着物质，那不过去干什么呢？一过去就一窝蜂过去，都怕落下。

不去追就感觉不安全，去追，又生怕追得比别人少，还是不安全。

不安全就是怕变成人下人了。

你说做人上人这是不是精神的呢？

这怎么是精神的，这是再物质不过的了。他那个“人上人”不是品格高，而是要地位高，这个地位一定得是以现实中的物的形式确定的，包括让人家听他的话，尊敬、奉承他。当然没有精神的人他还就爱把这叫成精神的。而我们说的精神是绝不凭借物质的。

他那个倒可以说成是没有精神的心理上的需要。而心理还就是个物质的东西。精神可以让心理强；失了精神，心理就要物质来撑着——“人上人”起的就是这么个物质作用。

对，甘地那是精神，托尔斯泰那是精神，Jones 那是精神。

精神强大的人，那物质，可有可无，对他不起作用。

这个，刚才的话还没说完呢，你说到的那个，群体的精神盲动，也有这种情况，他不是每个人都有了或者感受到了精神，但是呢他随大溜，就跟在物的盲动中差不多，觉得不随过去反倒更危险些，投机革命呵，这样呢，也会一下闹成很大的声势。

哎，有时候跟着，就觉得自己也有精神了，强大了。

这时候要有一个异样的个人精神出现，就会爆发剧烈冲突，必遭群起攻杀。

群体盲动也可分精神的和物的……

精神可以让心理强；失了精神……

这时候要有一个异样的个人精神出现，……必遭群起攻杀。

——图试为其组诗《布林的档案》插画时草于岛上生活期间（1988年7月—1992年3月）

哎，你这还整个给兜起来了哎。

姑且吧，学着用用他们的逻辑。其实，唉，精神，宇宙万物，哪里是在你这个逻辑里转的。

你这还是真的，我原来就想怎么他们就不能打动人心，后来想明白了，因为你的精神比他们强大，你的领域实际上比他们的多了一个范围。

我还走了化粪池的范围呢。

哎，就是呀，它就又把□□他们镇了。你知道□□首先他想有，他想在理论上有个创作，他这个就是“三思而后行”；他费了大劲了。

5 月 17 日　旧金山

篇四

而西方，你看他们扎在哪啦？全扎在“精神”那儿了——精神就是他们的终极；甭管他说多少上帝，他把冥冥归于精神。

对，没错儿，它就想抓住精神。

他这一想抓住，他就再也不能将精神归于冥冥了；那一归他就无从可抓了。所以他就不能想开出去这一步。

他必须要这个精神是他知道以至能够掌握来源的。那他不让“精神”归于冥冥就等于是他硬断“精神”的归路，等于是将精神从冥冥那里给硬切下来。我跟 ×× 昨天就说了这个，她没明白。

她不明白。

我说冥冥就拿它比做一个完整的蜥蜴。精神和冥冥的关系，就好比精神是蜥蜴的那个尾巴，它是蜥蜴的一部分，它们是一体的。那蜥蜴它可以爬也可以不爬，可以闪电般地动，也可以充满闪电地不动，一个寂静。你这啪，把那个尾巴给切下来了，你说我就要这个“精神”，它不许走，那这个尾巴给切下来了就跳，你看那个蜥蜴，尾巴给切下来，就跳得特别厉害，可是那个蜥蜴本身呢，一点儿事儿也没有，它再长出个尾巴来。

这尾巴跳，你这以为是很强的生命力的表现，这就跟那个现代主义的跳很像，现代主义一出来很是自鸣得意，上帝、传统、什么，都不在话下，很“精神”，可是跳了几下，就没气儿了；到了后现代，那就是死了。这个精神你不将它归于冥冥，那它就归于死了；你人是毫无办法的。蜥蜴的尾巴猛跳，就再也不跳了，因为它离开了生命本体。

东西方的区别真是在这儿。所谓有我之境，和无我之境，根子就在这儿。今天算是恍然大悟。

哎，你一直在说的就是这个。有时候你说了就说了，自己没觉得。

说了就忘了。

我说那个不可翻译和不可理解，原因也在这，两边儿的哲学不一样。

对。他们没办法理解“一切来自冥冥还要归于冥冥”这个状态，和在这个来归之间的精神的游戏状态。你看那个“生命中不能承受之轻”也罢，高利克也罢、库彬也罢，他们都钻到精神里就认定是终极了。艾略特也困在了这根弦上。可是也有特别棒的人，惠特曼；还有那个谁，叫什么，昨天晚上，

没有幸福可言；你看见没有？老外就没有这个。

还有一个人，契诃夫，就有这个东西；你不能把老外给贬没了。

那当然不能贬没了。

还有那个谁，就是种地的那个，昨天咱们说那两个诗人有一个，我说

我还喜欢一个人，就是在美国种地的那个，英儿也说过，弗洛斯特！弗洛斯特有这个自然精神。

老外偏重在哪呀？老外偏重在表现这个东西。你像老子吧，他不是表现，天人合一，他就告诉你，光明和黑暗都是。

和光同尘哪，这就像开玩笑哈？

哎，这是老子。

出生入死；你看他，这种话。

你看惠特曼，他对这个光明到来，告诉你他看见了。

惠特曼他全部创作都在显示光明。契诃夫显示什么呢，他让你看光明开的玩笑，就是这个世上的人被这个光明所捉弄的一个个样子；他写的就是这个，被理想和妄想捉弄的众人。他让你看光明到来又走了，剩下的那个尴尬。

而且怪，我昨天想起个什么事儿，昨天 ×× 不是说你吗？……说：你怎么说“文化大革命”是空白呢？你当然已经说了这个空白是文化秩序的毁灭，是这样的一个定义哈，但是他说那是错的，

他们担心把他们的“文化”给抹了。

哎，他说你怎么能说这是空白呢，他说好多人在写在翻译

（磁带空去部分）

在这样的时刻生命本身产生出了一种天真新鲜的文化。而这一点呢，证明，文化根本的来源是生命自身，在没有文化滋养的时候，在没有文化传统承接的时候，依旧会有艺术。

也有文化的产生，这个产生就是创作。

他们就是光听一句。因为他们的脑子从来不走那根弦。咱们这是一整根弦走下来的。他只听一句，也就是冷不丁的一个音，自然他就，嗯，没

办法。

而且这说的“文化秩序毁灭”是从宏观说的。你说你几个朋友之间，悄悄传递交流着一些写作、几本书，那是局部的、偶然的。

另外如果以泛文化讲，这个“文化革命”，文化秩序的毁灭，它就也是一个文化现象，也是一种强大的文化秩序。要真从那边说，当然，你足够写一本书了。正经八百地说，这玩意儿就全在听者有心。

××、×× 说得完全不对，他们所说的全都是这个世界的现象，而且都是创作过程的一种现象，而不是文化秩序。他们没听懂。

他们就是，除了这个现存的秩序和文化的这些现象以外呀，他们看不到别的东西了，看不到那后边的那个推动它的精神和那只虚无的手、那个观注的天空，这个都看不见了；那么一切都是从这边来看的，也就是从“文化”这边来看“自然”了，那“自然”就给看成了一片空虚。

5 月 17 日

篇五

他说我没有自己的理论的话，我就会成为这个人的追随者。这人一无所有，这人就是一图书管理员，就穿一件袄，睡在一个躺柜上，连被褥都没有，那么一个人，过一辈子，自己的一点儿薪金都为图书馆买书了。所以这个叫什么，叫知识分子。而且他想的是什么呢？是人类迁离地球的计划；这是什么人哪？

就是你那天说的，知是知道的知，识是见解。

他是人类第一个航天计划的设计者，你想想，切尔科夫斯基就是他的学生，就是到图书馆听了他讲话才产生了造火箭的构想的。这是什么人哪？所以俄国为什么令人尊重呢？包括你看托尔斯泰这种人，他是一个大贵族，最后他在田里耕地。他为什么呢？这叫知识分子。

知识分子真不是你上了两天大学，有个什么地位就叫的。

地位？是，老是我们知识分子受尊重不够呵，还什么搞导弹的不如卖鸡蛋的呵；人家卖鸡蛋就是为挣那点儿钱的，你要是为挣钱，那你也卖鸡蛋去呀；你为什么搞导弹，不是你喜欢做这个事吗？当然从一个国家说，它要让国家强大厉害，它委屈了搞导弹的是失策，那要是不打算强大厉害呢？那你们就全都卖鸡蛋去好啦，鸡蛋还可以吃呢，对不对？导弹能做什么？你像新西兰，

就是

搞导弹还违法呢。

总之就是你是要搞导弹还是要挣钱？是要知识还是要地位？你不是“知识分子”吗？你不是“地位分子”是吧？所以呵，要是有了吃喝还要抱怨社会待遇的都不是真知识分子。你要你的知识，凭什么人家就该着种粮织衣养着你？

这说得在点上。你要是因为你是知识分子，就认为别人就该给你钱，那没有那个道理。别人要是因为你是知识分子给你钱，那是别人的事，你没道理认为是应该的。现在就是，不给他他说社会不公、共产党不尊重知识分子。他那就是当初就不是为知识的，就好比是押宝，就押在这上头了，就准备着当人上人的。

是，那投资的、赌博的多啦，那你怨谁去呵？这世界说实在的并不是为共产党预备着的，你的机会也是一样的。毛泽东你是看他得天下了，那开初社会也罢，时代也罢，可并没有对他优待。苦也罢，死也罢，谁管呀。

那么多人就都是这样豁出去了的。那就凭这个就比你更知识 (shí)，那要是没有这个知识 (shí)，不可能坚持下来。

那么多人舍生忘死，死了。就是，没谁该着你，你就是自己干。

那要饭人家可是自己要的，也没说你就该给我。那要饭的付出了得呵，那贡献也了不得呵，让人家享受够了同情心、虐待心、好奇心、优越心，是吧，然后吃点儿什么不就是帮你打扫了垃圾吗?

我这说去要饭，还就是不行。给教育坏了。

哪天一定让你要饭去。

也没准儿。看活到哪儿了。你看艾未未往那儿一坐，他那不是做出来的；他其实那已经是很收敛的了。他那是知识的，他看得很清楚。

哎，“知”就是知道，……识是辨识、识破，是创造的力量。

知道过去，创造未来；这叫知识分子。你这老是设想未来，压根儿，

而且他这所有设想都一门心思地取媚于现实，那算什么知识分子?

其实知识分子这词并不坏，在古代“知”即“智”呵，智者也是什么贤人呵，乃至所谓圣人哪，于实际中都是很平常的人。庄子就是个打草鞋的，释迦牟尼就是个要饭的，这有什么呢，那个慧能一个字儿都不识，是不是？一个知识分子不在于你识几个字，而在于你能不能在这个世界上知自己，知天命，而不被这个现实所压倒、所束缚。

这个现实可不是越来越有钱就超越了的——甘地，律师，人家不当了；释迦牟尼是王子，人家不当了；这才是品格的自由。托尔斯泰大贵族，人家自己成立一农庄，人家种地了，最后晚年出走，死在路上；老子也出关了；孔子还想乘一大木头，漂到海上去；庄子真的假的，人家让他去当官

儿，他就说不想当个供庙里的乌龟壳，这话不是光俏皮就说得出来的，这是他十分自然的直截了当的话。这是知识 (shí) 超越现实。

跟 ×× 说的那个“知识”……

为什么有“反文化”呵，就是因为文化的虚伪，它不忠实于其本质的精神，成了伪君子，就是毛泽东说的从真老虎变成了纸老虎——一切反动派都是纸老虎，看起来样子可怕，其实并不可怕。

话就这样出来了，也没辙哈？

朗朗上口哈？他就是，他有真气的时候，他看你就是假的。清楚得不得了。

所以我现在细想起来就特别坦然。

哎，你也该着。

我是该着哇！

第一我没法儿和……合作，包括反对它。第二我没法儿跟外国资产阶级合作，包括传扬它的文化。

就是还剩一点没放下，这所有伟大的精神创造，最后它都成了现实统治者的摆设。比如米开朗基罗做的一个东西，那一个日本商人他妈就能给买走，摆在他的见鬼的客厅里，如此而已，是吧？

但是好在这跟米开朗基罗一点儿关系都没有。

没关系，没错儿。

你不能把米开朗基罗买去，你不能把米开朗基罗的精神买去；那精神就是米开朗基罗的，你不能买去。你能毁坏他的创造物，你买去你可以给砸了，或者贴上你的公司商标，这是可以做到的，就是说现实可以毁坏精神的创造物，或毁坏米开朗基罗本人，但是你毁坏不了这个精神，也取代不了这个精神，你用什么也代替不了这个精神。

对，这还真不是虚话。

这不是虚话呀。王羲之的字你可以给它埋到墓里就没有了，但是你永远不可能再写一张出来。甭管你多有钱，当不当皇帝，这没有用。

那个洛克菲勒基金会，艾端午说的，说是为了传扬一种什么精神。

他们那些人呀，就是说非常有钱，有钱之后呢，就表现出一种文化姿态来，就设立一个基金会，给各种文化以资助。这按说确实对艺术家不是个坏事儿，而且他也不把他的原则强加于你。但是潜移默化中间呢，它就推行了它的优势文化，就是所谓欧洲中心主义的这种优势文化。这个是有他的潜在用心在其中的。

而且虽说精神跟现实没有任何关系，但是我们否认不掉你要是把米开朗基罗的作品买到你的客厅里，别人就会来看，而且跟着这个客厅也获得了某种尊敬，也就是说这个精神产品已经成了为这个屋子增值的物品了，如果说得不好听的话，就是成了为这个现实世界所做的广告了。

就是现实强大，可以……

现实可以占有精神的产品，从而增加现实的价值和占有者的自我文化价值感、优越感。你看美国大资产阶级，他有无穷的钱，吃不尽喝不尽，这时候他除了增加他财富的价值，他还要增加自身的文化品位感嘛，他要用你的精神来增加。

但是，你要说的就是，他占有不了精神。

这就叫三军可夺帅，匹夫不可夺志。很清楚的一句话。

所以我赞成艺术家跟资产阶级做一个贸易在现实中间。但是同时这个东西他是买不到的。

这个贸易是他亏本儿，一定要以他的亏本儿告终。

他不亏本儿，他其实不需要这个精神，他要是需要这个精神他就成艺术家了。他需要的是这个精神所产生的价值感。

重要的是你，别一块儿全给卖了。

这说得棒。

但是这里也会有例外，我们不能不承认人是有信仰感的。比如一个农奴，或者一个农奴主，到大昭寺去朝佛，他忽然感到了超越自身的冥冥的力量，他把自己的全部一切就都献在这儿了，这就是另外一回事了。这就不是饭后茶余剔下点儿牙秽的钱，跟喂狗似的，闹那么点儿情趣了。

他要是光着脚，走到塔尔寺或者大昭寺去，献了自己的东西，这就不同了，这就是达到他的心灵了，这时候他也不是资产阶级，也不是美国了。只要是真诚的，哪怕他是一个美国人，哪怕他是一个百万富翁，哪怕就献上一点儿，只要是真诚的，那就真正有了价值了，这说的是精神价值。

佛教就讲随缘功德。

所以我现在想透了，我就我行我素。你给我就给，不给拉倒。我就是做我的工作而已。

1992 年 5 月 17 日　旧金山

每个字都是一个独立的生命

——安妮夫妇 AB 来访[1]

这个人家在我们岛上就算是有钱人家了，因为丈夫是海员，现在还是，一辈子做海员。比较有钱。他的妻子是毛利人。他妻子把我们也算作毛利人，那个岛上，只有我们一家中国人，看我们就有点儿像毛利人。

A：你们先去了香港是不是？跟 Minford 先生见面了，后来跟他一起去了新西兰？

对。他听我说了一段话，说那可以到他那去讲课，奥克兰大学。我工作了几个月以后，冬天就来了，我们住城里一个古堡里，很冷，我就用好多报纸烧火，英文我也不认识，但是我认得钱，我就看报上卖房广告，我想有一个很便宜的房子，后来就真找到了，就在这个岛上。我先把那个广告拿给 Minford 看。他说那个岛非常好。然后我们就过了海，找了好久，找到一个树林，那么粗的藤，弯弯曲曲的，跟《西游记》里一样，很漂亮。彩虹升起来，从这边山到那边山，然后我们从木头上走过去，锯开的树上，独木桥。

A：可以在树林里散步？

可以，没有人。山很陡，大树。一个人坐在一个很破的房子里，那个人在刻一个贝壳海豚。他两眼放光，刚抽完大麻，他说世界末日就要到了。我说还有多久？他说还有五十年。

A：那么还有时间，还可以聊。你们用英语吗？

---

[1] 本篇大量时间两组谈话同时进行，另组略。此谈话于《顾城文选》中分收于卷二、卷四，在此合一。

不不不，John Minford 给我们做翻译。后来这房子我就买了，跟银行借的钱。后来我花了三年修理它。很好玩儿。

A：那你这个时候都不赚钱吗？

我在大学有一个工作，做研究员。

A：研究员，那是最好的。你的岛离大学多远？

我六点起来，到大学是九点半。晚上回来，天黑了。

A：那你每个星期都去一次吗？

哎，去教四堂课。剩下的时间在家里研究，实际上就是种地、养鸡、种果树。

A：现在你还是搞研究呢？

没有没有，我做了两年以后就辞职了。

A：为什么？研究是一辈子的事情。

有两个原因吧。□□以后纽西兰钱很少，我虽然是研究员，但是也就给我一千元新币，上完税，再交房子钱，就没什么钱了，像五十美元这样多，过一个月。还有□□以后我就不爱说话了，上课不说话不行，坚持一年，就辞了。

烨：没有五十美元，十五美元。

每天我们花一块新币大概，但是那个时候也可以很好，那挺好的。

烨：后来我们做了好多事情。

我们养鸡。

A：你卖鸡蛋？

烨：卖鸡蛋。

A：你们经常去集市呵？

对，她卖春卷儿，我给人画像。我们还做陶器。

A：有意思呵，Pottery？

烨：Ye，pottery。

谢烨做，我在上边画。原来岛上人都做这个过日子，大概在二十年前吧，后来都不做了，因为机器做的很便宜。

A：旅游的人很多吗？

烨：夏天的时候，岛上有好多人做各种手工。

做戒指，

烨：项链，各种东西，卖给旅游者。

岛上人基本都是画家和诗人，梦想者。那个地方太偏僻了，没人去。

B：没有到新西兰的便宜飞机。

是，人家不肯花那么多钱去新西兰。新西兰也没钱，把树林采伐权卖给中国，把海上捉鱼这个权利卖给日本。新西兰破产了。他们现在想卖海滩和岛屿。

A：那鸡呢？你们喂的鸡。

都杀掉了。我们养到二百只的时候，忽然人家告诉我们根据一个法律只能养十二只。

A：哎呀。

嗯。我们如果有鸡不会到柏林来。我还有兔子，送给小孩儿了。我说违法我可以坐牢去，我可以在里边写我的书，正好儿；在外边儿太忙，没时间写。结果说不会让我坐牢，会罚我钱。就开始杀这个鸡，跟____差不太多。

A：就是你们自己去杀吗？

她杀，我烧水，她杀一个就说：噢，不是因为我们，是因为那个人，他告状，那个人不喜欢鸡叫，他在山下住。

……

A：这是你画的画？

哎，我在岛上画的一些画儿。

B：这个是——“岛——爷”。

耶！

烨：这都有说明的。

这个我要做成一本小书，叫《激流岛话画本》[2]，还没做完。

这个“岛爷”——中国有“倒爷”，是倒卖东西的，十年以前出来的新词，就是买了卖，再以前叫“投机倒把”，是禁止的。这个“岛爷”就用了那个谐音。

“岛爷居岛望天”——住在岛上看天；“本作山中岁月，海上心情”——这是句宋词，本想在山里度度时光，海上养养心情。没想“南极坏了臭氧层”，南极臭氧层坏了，地球气温上升，冰山溶化，“冰山一溶化，海水就上升”，这个岛就要给淹了，所以“真真恨煞意中人”。

然后有个小歌儿：“天上有云，地上有人；有人无钱，忙个不停。”我们就忙个不停。

这个叫“姊妹易嫁”。我想你知道这个中国戏吧。

这全是我们的岛。大概画了四十张，这么大的。

这是姐姐，这是妹妹。

A：不错呵！

“姊妹易嫁变成画”，然后“脚游泳”——脚变成 fish 了，“头开花”——头顶开出花儿来；

“一顶小轿子，来装姑娘家”——要结婚了。

然后：“姑娘说话：姑娘本是一枝花；什么花，没钱花。”——这还是一个“花”字，可是转了意思了。这是老跟谢烨唱的歌儿。

做成这么一本书，《激流岛话画本》。

A：你先考虑好，想好，画一个草稿，再？

没有没有。这一根线，你可以感觉到它有一种生长的意愿，你就沿着

---

[2] 《激流岛话画本》是一组“画”配“话”作品，1992年5月、6月间作者为他画在岛上的一些画加话，一直想继续，一直没顾上，终于十八篇，见《诗歌卷》下册。以下谈及的《岛爷》和《姊妹易嫁》各为其中之一。

这个意愿——线柔和的时候长出花儿、鱼、女孩子、水，坚硬的时候长出石头和男人。

一根线它就这样长长长，忽然停；它这个画儿就画完了，跟写诗的情形差不多。就是冥冥中有一个感觉。

这个是复印的，送给你们看着玩儿。

A：啊，谢谢你呵！

谢烨在这个岛上人家都认识她，都喜欢她。

A：不喜欢你？

烨：没有人懂他，他也不怎么出来，不让人懂。

A：你认识好多人？

烨：对，他们都喜欢我。

A：有意思吗？

烨：非常有意思。

有意思，很有意思。

烨：我跟这儿的人讲顾城，他们都惊讶极了，说顾城那不是疯了吗？

可是我一跟他们讲我们岛上的人，他们就说我不疯了。

你看比如说我们的一个朋友，他是英国人，自己造了个木帆船，就漂过了大西洋，在加勒比海转了一阵，打工呵，然后又漂过太平洋，娶了个日本妻子，就漂到我们岛上去了。然后他们卖了船，买了一小块地，自己盖了个破房子，生了两个小孩，等着小孩长大，这中间他一直造木船，他妻子就打工维持生计，也没钱回日本看看。等了十五年，他们一起升帆去日本。还没走到印度尼西亚，就被吹到海里去了，漂了很久，靠了岸，爬上来，给我们写了一封信。他们还要围这个地球绕圈儿。

都是这样的人。他们就想着自己要做的事情，不管别的，什么股市升了跌了，地价涨了落了；不管。

烨：实际上我们刚刚去那个岛上的生活是非常可怕的，不可思议的，但是我们已经过来了，差不多养鸡的时候已经很好了。

有很多吃的。

A：那怎么呢？你们回去以后呢，没有鸡，你们怎么办呢？

我们现在过得很好，生活上总有些办法。我们可以写东西。她也写。

A：你在那里写什么呢？

烨：我现在写岛上的生活，写一点儿小说。

A：小说？

烨：哎，我喜欢写小说。我小说的形式非常古典。

她喜欢契诃夫那样的。

烨：我喜欢那样的看待生活的感觉。

也可以很美。

烨：原来我们还有个事情，我在那边做食品在集上卖。

B：他们喜欢吃？

烨：喜欢吃。

我们的声誉很好，我们卖春卷一块钱一个，那么大。每星期可以卖一百多个。

B：就是一星期一次？

烨：Ye, but enough.（是，但是够了）

B：enough？（够了？）

可以卖一百多块钱。本来我跟她一起做这个，因为我们鸡杀了，太多的鸡了，就做成春卷卖。

烨：Friday working, Saturday sell them.（星期五做，星期六卖。）

B：星期天去游泳？休息？

烨：差不多没有休息。我很忙。

B：你们还觉得很忙？

烨：非常忙。

你看我在海边四年，就游了三四回泳。一直很忙。

B：可能你不喜欢游泳？

烨：不，他喜欢，他非常喜欢。

我喜欢游泳。

A：是吗？

我喜欢游泳。太忙。

烨：因为我跟你讲他选择这样的生活，实际上人家认为好像是没有事情可做的，但事实上，他如果决定跟外界不打交道的话，他就要自己生产自己生活，就算用的免了，只是光生产这吃的东西就够你忙的。因为我买那个房子，地要交税的，所以如果没有任何钱进来的话就不行，所以就需要好多的劳动，维持下去。

越过越穷。

烨：所以实际上是越过越穷。我有一段时间真的不能容忍了，我说我在中国没有饿过饭，我在新西兰饿了饭。当然是可以吃，但是没有水，一天做一顿饭，吃两天，吃凉的。只是 rice only（只是米饭），没有菜。然后我们去找野菜，到海边去找贝壳，树上摘木耳，所以每天的时间都花这个事情上了。而且他还搬石头。

从山上打石头，往下搬，垒墙。

烨：因为那个山坡很陡，土会掉下来。

垒成梯田。

B：房子是木头的？

木头的。

烨：房子很破。

B：一般都是修理还是做新的？

烨：应该做新的，但是我们没有钱。

我们就到垃圾场去捡一点儿木头，回来给钉上。我用的木头都那么短，给它一个个钉起来。

A：根据你说的，好像这个房子艺术方面肯定是有意义的。

很像一个“装置”。

A：那是一个Passel，各种各样的东西都放在一起？

哎，什么都有，稀奇古怪的。我捡到什么可以往上钉的就钉上去。

A：没有贝壳？

没有。我是钉房子，不是装饰房子，不过以后也可以试试。像刷漆，那房子漆落了，要刮掉重刷，我就捡到什么颜色的漆就往上刷点儿什么颜色，好多人刷完房子剩一点儿漆就给扔了，我就捡回来。因为漆还是挺贵的。结果那个大紫红破楼就有点儿五彩缤纷。

烨：就是自然的生活并不是美妙的。我说你是喜欢瓦尔顿湖，亨利·戴维·梭罗，喜欢鲁滨逊的野人生活，但是实际上那个故事是不真实的，没有讲好多他们需要的事情。

她说：啊！没有厕所！

烨：很可怕，没有厕所，野厕所，在外边的，那很可怕。

中国农村都是这样的，不稀奇，她主要没到中国农村生活过。

A：你跟你的父亲到山东去了是不是？

对。我觉得比山东情况好得多。而且虽然我们岛有个很小的政府，但是没有那么伟大的……

烨：而且中国很少能够找到一个地方，你可以自己摘到果子。

A：那来柏林以后呢？变化很大？

烨：变化太大了，我们经常谈。

这就好像到了那边去了，从那边看这边。而我们原来是就在这边的。

A：你们住在大城市觉得很奇怪，是不是？

烨：不很奇怪。只是感觉不一样了。我好像不属于这个城市，也不属于东方，也不属于西方，我只是属于我自己。然后我可以感觉到人们在城市里是怎样生活的，在做艺术是什么状态，在谈论什么。

……那房子漆落了，要刮掉重刷，我就捡到什么颜色的漆就往上刷点儿什么颜色，好多人刷完房子剩一点儿漆就给扔了，我就捡回来。因为漆还是挺贵的。结果那个大紫红破楼就有点儿五彩缤纷。……

——这是房子的北向一面（即向阳面），进门是房子的二层。门外接顾城设计和主力修建的木平台（包括门两侧的木坐台）。房子东向一面是隔山谷远望可见的一面，即正面，为上下两层；下图左端可见其北上角，其紫红漆色为房子原色。作者谑称其『大紫红破楼』。上图作者赴德工作一年半回岛后9月26日（1993年）摄；下图摄于2007年7月。对比上下图可见十多年后木坐台、窗户以及配电箱等已损坏或被窃。平台西侧连接顾城铺设的上山石阶。

我们到这里来只是过一小段生活，我们还将回去。

我们自冥冥开始有一小段人间旅行，我们还将回去。

A：冥冥？什么叫冥冥？

就是我们不知道的万物起源，一切生命和精神都来自那里，也要回归那里。

A：你们回去中国吗？

我很奇怪，在岛上做梦梦见的全是中国，北京。醒来了当然就在岛上。我就老有个颠倒的感觉——在梦里的才确实是我的生活，而醒时在岛上的一切反倒虚幻不真实，像在梦里。所以我白天老是一愣，要判断一下是不是在做梦。而进到梦里却是透骨的真实，很强烈的一种感觉，很少怀疑那可能是梦。

A：你做梦，早上写下来吗？

对。你看我这样的诗，就是写梦里的北京的，都是写在岛上的，有的是半夜摸黑写到纸上的，有的，是醒来记录下的。我在柏林想把它们做完。总题目就叫“城”。北京城的城，也是我的名字——我就像一个幽灵一样，和北京城缠绕在一起。

A：幽灵是什么？

嗯，幽灵就是已经死了的人的知觉。这时他可以看见那些已经消逝了的东西，比如像已经拆掉了的城墙呵，对于他并没有消失。

A：就是写这些呵？

对，我想做成一本儿。都是北京的一个一个的地名。

这个中华门，五几年就拆掉了。天坛，都是北京的地名。有的当然不是，是一张画儿。这全都跟____有关系。这首也有关系，就是他们都在说一些事情，但是回避了那个死亡的时刻，只是一再地说死了以后的事情和死以前的事情。

A：所有这些东西都是你做梦看见的一些事情，但是你早上和后来呢？

把它记下来。

A：对对。那这些诗都是记下来，还是后来再修改的？

有的是有修改的，有的完全是直接记下，一字不改的。比如，你看这些字，就完全是梦里的："天王红玉斑，八马门前栏；有人门上过，结得好姻缘。"这首诗完全是梦里来的，像一首古诗。它跟另外一个梦重合在了一起，一些现代的情形。也可以搅在一起读。但是它们单独地有自己的故事，而一个宿命在这中间。

你可以看出来，跟下围棋有点儿像，这边是黑子，这边是白子；有一个东西过来，现代就把传统打散了，去掉了。[3]

这个送给你，你慢慢看。

A：嗯，好的，谢谢你。都是新的？

都是新的。这个肯定没有给过法国人，但是给过德国人。

你看这首叫"后海"，但是作为我的语感，就有"后悔"含在里边。这中文，它字有音有形，有很多变幻方向。

我说："他们看你，他们没穿衣服，你不觉得太久"；然后他说：

"你也没穿衣服"；我说晚上还有一件事。——于是我就找一个借口，好可以把一个女孩子掩护过去，就跟____的时候一样。我把手放在衣服下边，我的刀，危险的事，然后我不相信她能这样离开这个地方，因为他们已经约好了。——"刀太短，我让你风一样在前边快走"——让那个女孩子走在前边。但这时候，就发生了一件事情，就，我是，杀人的人，我不仅是掩护她的人，而且我是杀人的人。——"她追上来"——这女孩子追上来："干嘛"？——不知道，我已经变成杀人的人了，然后，"她是在楼道

---

❸ 作者这里讲述的是他的诗《缘》，作者列其为组诗《城》之一。写于1991年12月。诗见《诗歌卷》下册。

里被我看住的”——我挡住她，“女孩子是不能杀的”，他隐隐还是知道女孩子是不能杀的。然后说“昨天杀了四个，两个在卧室，两个”……“你把刀给她看，说，你要死了”——就给她看，说“你要死了”，同时也是他要死了，也是我要死了；这语言是有这样的含量的；你要死了，当然；你把刀给拿了，然后“她笑”——她不太相信这事儿，就像 一开枪，谁也不相信一样——她说：“你有几个娃娃？”开了一句玩笑。但实际上这罪恶在你身上，就好像水……；但是这是死后对死前的回忆。这下边就是死了以后的那个人的生活——说“沿着水你要回去，票一毛一张”；“站起来！”你忽然有个声音让他站起来，其实他没有想到他死了，还被人看见。然后呢，要占座位，占你坐的地方。——“你一个人想车站的风景”，你一个人在那儿，想曾经发生在车站上的一些事情。实际上这个人已经变成幽灵了。

这整个儿写，比较可怕的是哪呵，你慢慢地过了两年之后，□□就开始全都进到我的梦里了，那么这个事情可怕在哪儿？不是说别人杀人，是我杀人。就这个，跟鲁迅的那个话，真是很像：那个“吃人”就是“我吃人”。❹

A：对对对对。

等我都写好了，寄给你。

A：那你们怎么样？到柏林继续写？

烨：对，柏林我们可能会写一些文章的。

B：你们有很多活动吗？

我们到柏林，人都不认识，也不会德语，所以我们成天待在家里。那个时候就可以写东西。写了不少东西。

A：那现在呢，你们很忙，但还是有时间写？

烨：现在有一些事情，你看我们现在，这个星期六回到柏林以后，下个星

❹ 《后海》写于1991年7月。可谓《城》中令作者最为震惊和不安的一首诗。诗见《诗歌卷》下册。

期马上去伦敦，接着去荷兰。

你们没听他上次那个朗诵，有一首诗叫“滴的里滴”，那个朗诵得非常好，我觉得，这是你没有听到的。

A：我听的你的朗诵不错。

烨：对，那个朗诵不错。

我丢掉了一张纸，很可怕，当时。

A：但是很有意思。

烨：哎，对。不过我想说他在纽约的时候朗诵的《滴的里滴》。这个《滴的里滴》都是声音。他这首诗就是特别典型地体现了他后来诗的那种现代的，它不是只有现代的形式，而是一种心理。其他朗诵的就是《我是一个任性的孩子》《布林》《生命幻想曲》。《滴的里滴》可能是比较好地表现了他个人的一首诗。诗的那语言是有意义的；但是这首诗呢，它朗诵也是一种意义，表现了他那种精神上的不能容忍，跟这个世界的那种对抗，所以这个时候声音的意义很大，表现了那种疯狂的感觉。最后这个诗到最后一节，它的文字意义就出现了，然后整个这个精神状态就转化成一个文字的意思出来。我觉得那首诗挺表现他个人的，而且也挺说明问题的。就是说诗是从内心出来的东西，现代意识也是从人的内心出来的，而不是模仿。

A：噢，这个《水银》里的吧？

哎。在一九八五年以后吧，我发现一个很有意思的事儿，您看这个诗，它说“从炉口把水灌完，从炉口，看脸，看白天；锯开钱　敲二十下”，这时候就出现了“烟——”——是个形体，但是是个不稳定的形体，伴随着一个似乎肯定的事情：“被车拉着，西直门拉着，奔西直门去”——这时候“烟”这个形体忽然一下就完全变成了声音——“丫丫丫——”，就跑走了。——这字你不管它，某个情形下它可以完全地变成声音。[5]

[5] 作者这里讲述的是他的诗《名》，作者列其为组诗《水银》之一。写于1985年11月。诗见《诗歌卷》下册。

那么“滴的里滴”这个声音呢，自然而然之下它能返回为字。你看，它这很有声音了：拍拍手，你可以过去——“滴！”就出现了：“滴——”——然后“滴的里滴”“滴滴”——“里滴”——“滴”，这个不安的声音造成一个极危险的一个混乱之后，忽然，另外一个声音出现了，说：“整个下午都是风季”——这个声音一出现，世界就变远了，“盘子说话”，坚持说：“盘子盘子盘子……”就越来越远了；这时候，一个清清楚楚的现实出现了，和平而且真实：你是水池中唯一跃出的水滴。——这真正，这两句话是我清清楚楚在梦里听见的，然后我一下就恢复了我的原初状态：“一滴”，稳定成了清澈的一滴水；“滴的里滴”这个抓不住的声音就衰变成了一个意象，同时呈现为一个字。

混乱过去了，动荡稳定下来，但是——“门开着门在轻轻摇晃”——那边是不是冥冥呢？[6]

A：很不容易翻译。也不一定，要想其他的办法。

就是好像有个精灵，从字里边逃走了，变成声音就跑到不知道的地方去了；然后在不知道的时候它又跑了出来，又返回成了字的样子。中国字不是僵死的，是生长的，它们各有自己的故事，又不断结合组成一个一个新故事。诗人最好不要使用它们说明自己。

A：对，我明白了。

文字它会自己行动，你不要干预它们的行动，这就是《水银》。水银落到地上碎成千万粒，轻轻一个震动，它们就会自己行动，组合，排列，出现一个个令人惊异的景象，有点儿像那个小时候的万花筒。

A：我相信你自己朗诵这个《水银》里的《滴的里滴》会

烨：非常好。

A：对。怎么很跳跃？

烨：很真实。

---

[6] 《滴的里滴》写于1986年3月。作者列其为组诗《水银》之一。诗见《诗歌卷》下册。

A：音乐性的？

烨：哎，有点儿，他快疯了，他朗诵这首诗经常就快疯了，所以他不常朗诵这首诗。

这个，我可以给你读一下。

A：哎，好的好的！

但是我不敢很厉害地读。厉害地读，对我影响太大。

（静片刻．朗诵《滴的里滴》。略）

我不太敢读，因为有回我很厉害地读这首诗，我的身体整个儿地疼起来，因为，我有一点儿癔症。这个诗的感觉跟“文化革命”、____，那个时刻都是很像的，一个突发“滴——”，一切现状就瓦解了，一切既成经验就失效了；绝望中间，不知道，怎么办好，又不能毁灭。

最后放弃希望的时候，这个声音到来：你是水池中唯一跃出的水滴——一滴。顿时世界就远了，你跟它的关系一下就没有了。

耶稣在最后，他说：上帝，你忘记了我吗？有时候我想就是相似的感觉，就是希望到了“最后”的那样一个感觉。但是我不知道人的那个“最后”是怎么样的。我好多次就到了这个时候，但是忽然一个声音就出现了，然后就安静了下来。

有一次也是觉得被这个世界别（biè）得——我不是说物质上的，是人的观念上的——就非常不开心，然后一个声音清清楚楚地说：你怎么会以为我是人呢？——我一下就愣了，然后恍然大悟。就是这样的一首诗：鱼在沙滩上晒太阳，鸟在空中睡觉……你怎么会以为我是人呢？——令人茅塞顿开哈，天地本是广阔的。[7]

A：对。你这个音乐的，在诗里边，是不是越来越重要？

哎。因为汉字每个字都有自己单独的声音，这个就像音符一样。但是

[7] 句出作者诗《小说》。写于1990年4月。诗见《诗歌卷》上册。

又有很多的同音字。那么有时候对到来的声音我就不能一下知道它是哪个字。这时候我甚至会翻一下字典。非常有意思，就是说声音总能在汉字中间找到它的形体。有一回我听到一个声音，它说：你是一个暴行，有电的金属兰若。“兰若”这个声音就很奇怪，后来我查，我一看字的样子就断定是那个声音的，更让我惊奇的是它的含义，它是一种花儿，而且还是寺庙。这可真是人间的天外之音。

A：但是，我不知道我感觉得对不对，你的声音好像也有语法？有一种节奏的语法？

对，但是不是我的，是文字自身的。这种法则是很强烈的，你人为地破它，文字就不安定。这比人为的语法还要强大。所以我不将我以为的规则加与它。

我不是自己想出一个节奏，然后将字列进去；我让它们自己流动。它们自有规则。这个很有意思。

A：你朗诵的时候，总是用一样的方法还是？

烨：不一样。

我这是不能太走进去；如果真走进去的话，那它就自己变化了，它就活起来了。

一切准备好的，都不是活的。我想是这样的。

也可能是一个，也许，一个中国的幽灵在我的身上，我不知道它要干什么。

（谈论行程等。略）

A：你知道我们去年出版了一本中国当代诗歌选集，包括你的一些诗。

烨：白色的？

有四个人的？

A：我怕寄丢了，会在海上什么地方？

我们收到了，很好，因为有中文，我们也可以看。

A：我还有很多，可以给你。

我要买一些，今天就把钱交给你。

A：不需要不需要，我这里还有很多，不需要钱。

因为我们现在很有钱。你知道。

烨：不是很有钱，是有钱。

因为柏林给我们一年很好的钱。哎。

而且我们买了也可以将它卖掉，在读诗的时候卖掉。所以一样。

A：在柏林你们还是高兴？

烨：不错，我们高兴。现在我们差不多到哪里都很高兴，回去也很高兴。

人好像有这样几个阶段。一个阶段你很痛苦，精神同现实矛盾。第二个阶段就是你死了，精神死了，剩下的只有一个“空”。然后到后来又一个阶段，一切都有了，重新有了，万事万物皆是花朵。

烨：精神的花朵。

你看中国历史也像是这样的。屈原，他跟现实也是这样一个冲突关系。到了曹操：对酒当歌，人生几何。就跟死了一样，只剩了活和死，那就像死了一样。然后到了陶渊明，这时候中国有了印度的佛教，情形发生了个大的变化，一切都开始有了光明，就是陶渊明说的：此中有真意——忽然在这个毫无意义的人世上，看到了蕴含其间的美妙。美妙还在于，你不想去抓住这个美妙，不想自己怎样，自己并不重要，这个时候，就很好。

（AB 说中国的一些事。略）

A：你们在岛上有报纸、广播？

烨：没有。

后来有了，后来有了。好长时间没有。忽然有人跟我们说，我们在集上，人家说苏联怎么了，没有了，我就吃了一惊。是，世界变化很大。

A：你们也不听广播吗?

烨：唯一一个广播让他发脾气给摔了。

（笑）我给它丢出去了。

烨：在集市上碰到朋友聊天，他们说中国出了什么事情，印度发生了什么，然后再说美国，又说苏联已经没有了。

真像是听一个故事，很遥远，不真实。

我们到柏林去，可以看见哪儿都卖列宁的书，苏联的钱，军徽，奖章，照片，他们那个时代的东西多得很。你就真觉得这近一百年，就是从这个世纪初长起来的一个苏联，倒下来就没有了——历史就是这样一个故事。

A：你们到柏林以前，已经知道柏林的墙完了吗?

这个我们知道，那个时候我还在大学教书呢。

烨：看见那个墙皮以后，证实了这个故事的存在。

就是这样，经过的事，也是没有的事。

中国说往事如烟，人生如梦；这个话说得很厉害。

A：哲学很重要。

烨：不是重要。

哲学是事实。

烨：对，哲学是一个真实。

西方世界和东方世界他们哲学不一样，导致他们的思想方法、行为不一样。

他们的事实就继续不一样。

A：我们过日子的条件，不那么难，但是我想我们的感觉也跟你们的差不多。看美国人，或者中国人，

烨：看他们做什么，就知道他们的看法是什么。

A：有没有一个真理呀？

烨：没有。

有的是：只是这样。

烨：没有一个真理。

如果说“只是这样”就是真理，那真理自是有的。这个“只是这样”可以看作有许多层次，相当于中国老子说的那个“道生一，一生二，二生三，三生万物”的层次。比如说“人总是要死的”，“天是蓝的”，只是这样——但是这是这一层次上的“只是这样”，说它是真理的时候便要明白这个前提。如果不明白，说将来也是这样，到哪里都是这样，那就越出了这一层的“只是这样”，就不能说是真理了。因此任何预言都不能说是真理，马克思的共产主义就不能说是真理。说真理是没有的，就是从这个角度说的。

这样说对我来说，你知道是很乏味的，因为好像我在说别人在说的话。在精神到来的时候，精神带给你的就是真理，而且是完全的真理，清楚无二，但是是对应着你的精神的真理，精神告诉我“门开着门在轻轻摇晃”，那就再真理不过了，可是我肯定不会到现实的层次去验证它，这有一个“门开着”“在轻轻摇晃”？那共产主义是精神带给马克思的，那对应他的精神那就是真理，但是对应现实就未必是。你要没有同样的精神感应，那对你也不是。

这说的是“道生一”之后的层次上的真理。但是那个最根本的“只是这样”呢，不论我们是否感应到，是它诞生一切，同时收回一切，我们这所有的“层次”、所有层次中的“只是这样”呢，都不过是它幻化出的某一诞生与收回过程中的一闪即逝的象。如果你对中国哲学有了解的话，你就会知道这说的就是“道生一”而“生万物”的“道”了。也就是我刚才说的“冥冥”。那么这个“只是这样”如果说是真理的话，那就是绝对的了。就是说叫做“有真理”了。

过去我们说绝对真理，相对真理，其实应该这么解。

但是你问的真理是我们这个人世层次中的真理是吧?

烨：你这把人问懵了，那当然，还要问人世以外的吗?

那要看求人世还是求真理了，要是真理大过人世呢？算了不说这个了。

A：你们在岛上有书没有?

有《红楼梦》，有一点儿唐诗。

A：足够了?

足够了。当然有更多的书我也要看，因为我习惯了看书，哪怕有一个台湾报纸偶尔，我也从头看到尾，但这并不是我的必需。

A：有没有外国文学?

没有。我发现，外国文学我不能评价它，能感觉它。比如美国的，我喜欢弗洛斯特，喜欢惠特曼，这个是我喜爱的；但是如果从语言上讲，只有中国长出来的语言才是我能真切感受的语言。所以明清时代的那些小品呀、戏呀，倒是我更喜欢的。主要就在语言上了。

实际上没有外国文学的进入，中国文学也会产生一种白话文的，也会产生出一种现代语言。中国文人语言受翻译影响太大，这，不是个怎样美好的事情。

A：你说还有一些大陆作家也不太欢迎这个欧洲化的倾向?

你看像王朔这样的，他就是在反动这个翻译语言的影响，甚至台湾语言的影响。这是必然的。我觉得这是个好现象。但是故意的就不好了，应该是自然的。因为语言本都是从一棵自然之树上长出的叶子，硬是摘下这片换上那片，我是不相信的，尽管有时候也能嫁接起来。语言脱离了自然，它便同我们也脱离了。说中国文学要以世界文学为标准，这个我不太相信。

A：你这是什么意思呵？

我不懂什么是世界文学，我只知道诗是每个人自己写出来的，就如同每朵花是自己开出来的，它不需要依循什么标准。也许会写得好或不好，但那是后来的事情，写的时候，是从心里来的。

A：就是风格问题还是很重要的，就是一个人没有找到自己的风格。

风格？风格就是自己的心，自己心的外貌，自己能够站得住的那个地方。

只要有心就有风格，不用找。标准管它是什么，跟心没有关系。

烨：风格是心的表现。

A：自己的语言。

烨：还有好多人经常就这样问你，写诗怎么才能够让大家明白？让读者明白？我说写诗不是为了让读者明白，而是要表达自己。就像他，你不让他表达不行的。但是他表达出来恐怕更不能让读者明白，很有可能。

A：如果完全不明白也没关系？

烨：没关系，因为这是他自己的完成，不是读者的完成。

其实这每个字都是一个独立的生命。就像蚂蚁，无论你告诉它什么道理它都不会按道理爬，你给它搁一万块钱它也不会爬这边来。

烨：所以我真正告诉他们，他写诗并不是让读者理解他。当然他写的时候有这个愿望，也有这个可能性，但是结果很可能是不被理解。

A：但是一个作者不需要考虑读者？

烨：作者不需要。对。

A：能不能理解我，不是个问题？

烨：实际上你面临一个绝望更好，对创作来说更好。所以我说他这样做是他的必然。

一般的人喜欢本末倒置，他们想了解诗不是去读诗，而是首先去注意文学史、注意世界对于艺术的论述，或者想写诗也是这样，不是首先因为一个感受，而是因为文坛因为荣耀，但是这都是诗以后的事，诗以外的事，和诗没有关系。

我有一点是相信的，人类精神它是一个看不见的大树，长出了这些叶子，惠特曼、弗洛斯特、洛尔迦，他们都是从这个我们看不见的大树里长出来的。如果你从树的内部看他们，他们是一个，是一个共同精神和生命的花朵。只要你从内部感觉他们，是很容易明白的。而你要是从外部看，他们是太不一样了。你不能说这个对，那个对，这样长了对还是这样短了对，这是没道理的。

1992年5月19日下午　旧金山住所

“习惯了这个形式”

——餐间与友人 A、S 谈[1]

一

就是一句话，想做了真心去做，做成做不成，天意。

A：我就这样想。

你为什么要做这件事呢？不过是你想做罢了。

A：人从哪里来的还不知道呢。

可怕的是还扯出来一堆文化史，还弄个文化界。

A：……有篇文章：没有评论家就没有小说，就没有文学。

整个儿一个，

A：没有形式就没有内容。

没有乌龟壳就没有乌龟。

A：所以我都不在乎。在哪过都一样。他们那些人当道更坏。

都是美人，没有进宫，可惜了。

A：人家马克思原来是一个才华横溢的人。

真正用功的读书人。

A：座位下边磨个坑呀。大英博物馆么。人家马克思原来是一个幻想家。

其实孔子最伟大的地方不在他的学说，在于他赶着马车到处游说；就

[1] 此处友人以A、S表示，皆为居美中国朋友。环境嘈杂。省略号表示删略或者难以辨听。

这个事情，他跟堂·吉诃德一样。

A：毛泽东受这个影响很深，你知道吗？他行万里路，读万卷书，一双布鞋，一个雨伞走遍湖南，写了《湖南农民运动考察报告》；下雨天，不打伞，淋着，大冬天洗冷水澡，吃坏东西，这都是他的那个修其身治其心。

什么叫修身养性呵，这就叫：躺在山上睡大觉，跳大江里游泳，得天地之气呵。跟周恩来，他这个起始点就不太一样。

（略5行）

A：他们两个各尽一半。

就是互补。

（略5行）

所以你看，所有形式都是心性的表现。

A：严格说我做＿＿＿＿＿正好，要叫我选择的话。……这些我没办法了，得剩下了。

你这个没关系，你给我。谢烨从来把她吃剩下的倒给我。现在我养成一个毛病，不是剩的我就吃不好。人家吃西瓜，我就吃西瓜皮，已经成一个习惯了。

A：噢，我以为你爱吃皮呢。

不是，我就是可惜那点儿东西吧，其实知道毫无意义。当然总灭不掉一个希望啦。

A：你看这出了毛病了吧？成了都以为你爱吃那个。

唉，习惯了这个形式吧。

A：昨天那么些好吃的，你就吃那个烙饼。你烙的是吧？

哎。

A：还让人家吃。“这么好的东西，多好的东西呀”还在那里絮叨。

是呵，这么好的东西。××来了喊饿，那么好的饼，看都不看，要出去吃。唉。要是吃都图虚华，就别说别的了。

A：以后没有人敢和你一起吃饭了。

己所欲勿施于人。“己所不欲勿施于人”还容易。这“己所欲勿施于人”就难了点儿。

5月22日　旧金山

二

他们那个精神太高了，高到了最后就是说，只有他们两个心心相印。任何现实已经都不能满足他们，无论建立一个多么强大的国家。……周恩来有一点，他对毛泽东欣赏。……可是妙就妙在忽然间，那真是众里寻他千百度，

A：蓦回首，那人却在灯火阑珊处。

这是对周恩来而言的，万象皆空，唯此含真。……

（略7行）

A：总归是个爱。

……毛泽东其实你看开始的时候，他还是兢兢业业的，四渡赤水什么，他要考虑问题咧。

A：早年他就是天降大任于我也，就是说先劳其筋骨，睡板床，在五六年以前。

……他那个精神太强，他必须找到一个形式，但是没有这样的形式，

（略7行）

这如果从他们两个来看，中国哲学具体到个人行为上，真达到了不可思议的高度了，……根本就是，生死都是太次要的了。（略8行）

××[2]，到现在就没有说透的。人们太怕虚空了，太需要肯定出一个实际了，冤有头债有主，他必须有。不肯落入虚空。其实心里都明白，明白才最不承认呢。像西方人，没那么明白，可明白到哪儿倒是比较容易承认，他没那么势利。中国人太虚空，所以实际就跟稻草似的，他不抓着那就全完了；可是呢，这个虚空一旦被精神灌满，那可不得了，那实际很可能登时就不在话下了，什么事都可能发生。

A：……

西方人不可能理解这个精神。那是他们的价值尺度量不出来的，就如同用守恒律量不出量子运动一样。西方人守着个价值观，跟中国人守着个实际一样，于社会那当然有价值观就好办多了是吧。中国的社会就危险，所以中国的统治它也照着实际的来。……

A：……

西方人破了价值观那还是极个别人的，中国虚空是根儿上的，是全体的。而且中国的虚空是那真是空，跟印度、日本还不一样，可以空得什么信念都没有，什么精神都没有，没骨气，没风格，就剩下个实际，叫做好死不如赖活着。那这时候，其实又是什么都是可以装进去的，中国人没有原则，其实没有不能接受的道理，只要对他的实际有好处。但是呢，一旦精神到来，那中国人又可以是面貌大变，比什么人都精神，都纯粹，那是很可能的。

A：毛泽东……

毛泽东他就喜欢人精神的时候。他本人是少有的那种充满精神的人，空空如也之后，对他不是就剩个实际了，而是什么呢，是就剩个性情了，他是那种少有的个性特强的中国人，精神老是充满的人。

（略2行）

A：……

[2] 此处为友人的名字，隐去。

……就是天道无情呵。当然“消灭”还可以解释为在意，毛泽东是全然不在意了。这倒不显示他们的哲学不同，只是显示他们的性情不同。……

A：也是真的，这也是真的，你怎么理解这个？你知道我说的意思吧？

……

它这个《红楼梦》，……它这个“真”跟那个“真”有一个内在的联系。他一直有个迷惑，就是这样一个真实，就没了，就变了，就完了。你看贾宝玉也是这个感觉，林黛玉也是，为什么花儿就没了？她不能接受这一点。像毛泽东，他不能接受的是他这个精神的消亡，他不能接受的死是这个，不是他的身体，……

A：……

我就看了看他们出来的民主派……在哪儿呵？都说和平主义，谁也不像甘地那样儿什么都不要，就在地上一步步地走，毛泽东、共产党早期……而且……后来说斩不尽杀不绝，前仆后继，还真就是……，……很容易往国外跑，就不跑。那你一比，……那些喊口号的都跑啦，……见义勇为的都是普通人……

（略5行）

烨：就是他们没精神。

这两个钱，就给你买了。那袁世凯……，……五千块钱买一个议员，……孙中山当总统的时候……。他们现在这，不用五千，就卖了。

……但是毛泽东的精神……，周恩来为什么喜欢他，就在这点上。斯大林不敢出兵朝鲜，毛泽东就敢出兵；斯大林不让打过长江去，毛泽东就打过长江去。就这一点，他……

A：……

这是他的精神骄傲。在这么强大的现代工业、现代强权面前，……；他就是，给它打回去，……这种力量。……这就有他的信心。

……

A：……

对，他发现他做了一个东西，却是他完全不想要的，这个东西就是这个□□，实际上跟他推翻掉的官僚体系没什么区别。他发现这个世界要的，不是他要的。他说“反潮流”哇，实际上他反的是这个东西。

A：反潮流……

皮之不存，毛将焉附，是吧，就他这句话，……皮毛哈？

（略7行）

要是从这上边写出来，比《三国演义》棒多了。你站在这面看，还要从那边儿，从那个境界去了解他们，看他们所做的一切。……

A：……

你就照实际写，别往概念上堆。

A：……

对，我看李银桥这东西，我在奥克兰的一个小书店看见的，我当时就在那儿看了一天。

A：我也是……，但他写的……，过两行就来个总结。

哎，这个很糟，……

A：……

……就是真性情，就是这个人有还是没有，说到底就是这个。你要是玩儿，就是没有，是吧？没有咱们就照没有的来。

A：……

……实际上这个境界西方哲学从来没有到达过。……

（应他人）好的，我们可以做一个录音。

从八三年起我就想这事儿，但是我没有材料，我只有猜。后来材料出来以后，我发现这个事儿都应了，我就吃了一惊。……佛教有一个生生之境，就是你到了“白茫茫大地好干净”之后，不是灭，而是生。……就是到了生、灭两个境界之间去了。

烨（与S至）：……

A：……

……中国的虚空是那真是空，跟印度、日本还不一样，可以空得什么信念都没有，什么精神都没有，没骨气，没风格，就剩下个实际，叫做好死不如赖活着。那这时候，其实又是什么都是可以装进去的，中国人没有原则，其实没有不能接受的道理，只要对他的实际有好处。但是呢，一旦精神到来，那中国人又可以是面貌大变，比什么人都精神，都纯粹，那是很可能的。……

——图草于岛上生活期间（1988 年 7 月—1992 年 3 月）

S：……

不是，他这完全是性情的，他不管政治，他这个人，政治的成分是越来越少了，特别到晚年，成了他太不重要的一部分了。

……

烨：今天晚上……，没时间了。……星期五休息。

A：我一直想在你们……，住一晚上。

烨：可以。

可以住一晚上。

A：……

我们在柏林有个房子，你要愿意到柏林去玩儿一玩儿，可以住，我们可以聊聊天儿。

A：行呵，行。

我们那儿的房子有三间。你可以住一间。

A：……

烨：相见恨晚。

这事儿，你跟谁说，谁都不理解。

烨：……

A：……

实际上，我们说的那个"白茫茫大地好干净"呵，并不是无情无义，它是什么呢？它是完全放松之后的真情真意。佛教它最后的"生生之境"就在这儿啦。……

1992年5月20日　旧金山

生生之境

——同德国自由大学车先生谈

西方文明的优势现在是压倒性的，一说现代、后现代就是西方。人们于是也比较愿意从西方的角度看中国问题，一是比较简易，二是好像也更公允——西方人听得明白，中国人也觉得新鲜，两全其美。

可事情的实质并不从人愿，西方文化这一次对中国的进入，是借助着诱惑和强力因素的——民主、自由、自我，这些关系到“人”的概念，是和彩色电视机、电脑、汽车一起过来的，中国人接受它并且播扬只是一个表面现象，而在哲学感受上，西方的道理从来也没有替代中国人的法则。为什么呢？因为中国的法则合中国人的性情，并且在哲学的彻底性上超过西方。

东西方的哲学都面对“有”和“无”的问题。西方喜欢化无为有，做形而上的探求；东方却习惯化有为无，不是解决问题而是取消问题。后一方法顺应哲学本性，防止了所有悖论，以取消规则而保持了精神的纯粹。

（略10行）

说到根本它是一种明白，一种直接的了悟，人不仅可以作为人而且也可以作为自然来看待一切。文载先秦时代即有言：以道观之，物无贵贱；天地不仁，以万物为刍狗。生也自然，死也自然——诸子百家于此似乎没有争论。各执一端的不过是下一个问题：建立什么样的生存秩序。

当儒、墨、法家争论社会制度的时候，庄子站在一边，在道家看来，这样的争论不仅是徒劳、多余的，也是虚伪的，他们看见的是所有制度的反面。

无为无不为是一种哲学境界，却也是中国人的潜在心态。人通常需要安全地生存，需要秩序，某些时候却又需要无法无天——超越生死的自由自在。这个钟摆一直在哲学和人类历史间缓缓摆动。[1]

现在西方文明在世界范围内是压倒优势的，一说现代就是西方。那么大家就比较愿意从西方的角度来看待中国问题。这一则好像比较公允，二则也比较时尚。因为好像中国本身是个死结。可是实际上西方的东西这一次和中国发生关系，它是包含着很多非精神的诱惑因素的。比如西方的民主和西方的自由，这些关系到“人”的概念，是和彩色电视机、飞机、电脑一起过来的；这些东西一过来很令人倾倒，但其实在哲学的本质上，西方从来也没有代替中国人的法则。为什么会这样呢？因为在这一点上中国人的法则比它的彻底。

（略10行）

它是潜藏在中国文化里的？

对，它是一个幽灵。批判毛泽东也没有用处，伪造也没用，它是潜藏在中国人血液里的一个基因。这个基因源远流长，一般地说，需要从先秦说起。

为什么呢？

那是中国人脱离了巫术，道家哲学、儒家哲学兴起的时候。有人把那时的哲学叫做先秦的理性主义，而实际上那不是西方说的那个理性，它是一种明白，一种直接的省悟。那时候，人一下就通了——天道无情嘛！天跟人的想法一点儿关系都没有，人类的生生死死，天一点儿也不会被打动；但同时所有生灭又是由天的力量，冥冥之中控制着的。

❶ 以上为作者自我笔录件，余稿缺佚。以下为原始谈话录音笔录。

"天地不仁，以万物为刍狗"，人此时很容易意识到自己不过是宇宙间的灰尘。西方现代主义的发现与此相近，只是中国依凭的是自己的方式。

人不过沧海一粟，既然无端地活了，就要活下去；接下去就是怎么活的问题了。个性的道路是宽阔的，共性的道路是狭窄的。法家的方法很简单，就是强制，以力量建立纪律。儒家呢，它讲一个"礼"，它用一个道德的方式，确定等级的方式，力图建立和维持一种相对平和的生存秩序。它一点儿不过高地估计人性——鸟兽群体皆分等级。

我养鸡就知道鸡是分等级的。等级制度可以减少人之间的内部斗争，或者说为这个斗争确立一个规则和依据。它一点儿不把人抬高到人或神的位置，没有西方的那种想法。它不能在虚无中间建一个立脚点，它就把人降低，降低到泥土的位置，降低到一般动物、植物的位置，再补充上仁义道德，以期一个作为社会整体的长久平和，使生存在总体上得以延续。它知道一旦这个总体秩序破坏掉，人就回到原始的残杀中去了。

它这个东西，实际上无论孔子也罢，庄子也罢，荀子、韩非子也罢，都源于老子的"天道无情"，这中间从来没有人道主义可言。

中国人对于人的概念，可以看出，从一开始跟西方的就不一样。

你认为儒家的人伦的观念实际上就是个等级的观念?

它是个无可奈何的方式，为了求得一个无可奈何的和谐。君臣父子，它非常实际地从亲情入手，确立人伦，再将人伦扩大为社会责任，从而遮没人的危险的原始属性——竞争和自由。

以生存为目的，西方能明白；至于天道，孔子是知而不言的。人家问，他回答说：天说了什么？你看四季在运行。因为他明白这个东西是在文化秩序之外的，而人一旦离开了作为人的这个范围，那就不是人了。

中国不少的哲学家往往自觉地和动物平等。庄子的"齐物论"就是这样的东西——我可以做蝴蝶，做鸟儿，做什么都行。那么出了做人的这个范围，也就是孔子要求的这个范围，就进入到另个范围了，就是老子的无为无不为的这样的范围。人在这个范围里或什么都不做，或什么都做，不再有人世目的，不再受制于做人的观念。

这个事情止于社会以外的自然范围，包括那些隐士的传统，那么不论自由到什么程度，不论老子的思想透彻到什么程度，于人于世，它还是顺天知命的；它面临的只是无可奈何的人性和无可奈何的生灭规律。“淡若海，漂无所止”，这就是它的和谐方式。其实无论是庄子的方式，还是孔子、老子的方式，都是为了达到这样的一个和谐。

但是这个精神发展到魏晋时代，就越来越衰微了。人长久地面对死亡、玄理，生的意趣便被侵蚀，“对酒当歌，人生几何”，生命的实感和虚感都大大增加，那时候就是白杨多悲风，萧萧愁煞人，出廓门直视，但见丘与坟——人一出北门儿，就到墓地了，生之日就是死之时，这样活着好像一点儿意思都没有；所以到了礼崩乐坏之后，董卓一杀几百里，很简单，完全是天道无情在人间的一个表现。只要孔子的这个礼数一破坏，杀就开始了，无为无不为么，再一转而“有为无不为”，就成无恶不做了。

你只要懂了这个道理的话，你就看见个人的毁灭性了。

但是到了佛教传入，它确实给中国添了一个东西，也可以说诞生了中国精神的另一面。

以佛教进入为界，中国前期的哲学，可以看作是个空空之境，就是什么都没有，人就是这么一个东西，该活就活，该死就死，该杀就杀，该砍就砍。老子说：及我无身，何患之有？而到了佛教传入以后，它忽然发现死亡是没有的，死亡不过是人们对死亡的一个想法、一个观念而已。

这样，当人从生死的念头中间解脱出来以后呢，他忽然发现了万物的生生之境——生命的美丽，所有变化，生灭，聚和散，这些东西都具有了意义。这和庄子的逍遥境界很有些像，只是因时而化，少了几分性情，多了几分心境。

自由于是不仅是一种独往独来的游戏，也成为一种默契，光辉由此而明。

这时我们看唐诗就非常清楚了，就是这种“春江花月夜”呵，“红豆生南国”呀，含着无限自然的生机。“春来发几枝”，生命就是这样，没有这个分别心；不是一生下来就说：“呵，秋天就要来了，我们就要死了，这一切毫无意义。”没有这样的感慨。

它没有分别心，也不孤寂；此刻就是彼刻，生也是美，灭也是美，——中间有个很美的韵味。看那个《春江花月夜》，从月升到月落，整个是一个完整美丽的过程；中间“鸿雁长飞光不度，鱼龙潜跃水成文”，那样一个寂静的美丽，竟然就留了下来。它这时候，已不取这个美了，也不执于生了，那么它也就没有死了。

整个唐代你看那么有生气吧，全在于它的内部有这么寂静而明亮的精神做核心；安详的佛，神像，禅宗，那么自然的神性，人性，自在的性情，那么漂亮的文化，层层叠叠地——呈现出来——他们找到了一个完全乌有的东西，但是充满光明。当它成为内核的时候，我们便成为它寂静的影像——一切皆象，一切自有它的道理；当我们做一件件事的时候，做则已；这只手和那只手，手势之间，配合微妙。

这就是印度精神了。

相结合的吧——一切皆幻，如露如电，人生如白马过隙，这是中国的；而色即是空，空即是色，它到达了一个新的境界，心与宇宙同一，宇宙也就孕涵了生的光韵。

我过去写过一首诗，我说：我所爱的你／是夜晚／／在庙堂里站着／一看里边／还有间屋子[2]……中国文化延续到这时忽然间就增添了一重境

❷ 原诗有异，诗题《点》，写于1990年2月。见《诗歌卷》上册。

界。那么这个佛教的传入，它不是跟什么彩色电视，这些诱惑一起传入的，它就是马驮着一袋儿书传进来的。

这一袋书，它投进中国的生活的时候，暗淡、柔顺、漫长的岁月流动中，就升起了一重光明。

但是“无所住处是真心”，任何美丽的精神都不会在人间久驻，很显然，到了宋代，这种普照的境界就衰微下去了。人在这时，感觉不到这一境界的照耀，就转向到个人化、生活化、活泼的性情上去了。这个佛教这时起码还起到了一个作用，就是排除去那些使神思混乱的妄念，留下人的性情自在。他辛弃疾，就是一个性情自在的人，直截了当，真心是佛嘛。

那么这种东西发展到蒙古人入侵，那一笼罩整个社会的和谐感给破坏得更厉害了，但个人的风格却发展得更好了。

可是它这种破坏，跟腐儒的反对，他们老是排佛；这个就说孔家的好，有好多家，虽然在事实上无形地结合起来了，可是反对的力量还是很强的。

佛、道精神渗化到儒学之中，这是个很奇妙的事，既为儒学增添了自然的态度，又为佛、道增添了形式，这是中和的部分，像是根须集合汇成树木；而同时，分离也在继续，这不光是哲学与哲学的分离，更是精神与形式的分离。

任何精神创造的形式最后都要背叛精神。在精神离去的时候，形式而且还会越变越复杂，来企图证明精神还在；它越是没有，就越要证明有，要不老子说“多言数穷”嘛。

到了明清，它这时候就发展出两个极端。一方面道理越讲越复杂，对于经书的注释、考证大增；另一方面呢，在通融调和中，也出了一些混蛋，他就是不管这些条条框框，就是自己爱笑就笑，爱哭就哭；“性灵论”就是那时候出来的嘛。那么小说里也可以看出出了孙悟空，这天上地下根本就不管你，叫“玉帝流年做，今年到我家”，就是跟你胡说一气。这可不是什么民主思想，这是庄子的“齐物”思想。

其实中国哲学一直就有唯理、唯灵的两种倾向，前者如明镜在天，后者如水银泻地，自在得很。其实“心学、理学”都还是有牵挂的，要不也不会弄出分别。

但是它所有的转变都是在这个时候，而且是最乱的时候，最高压的时候。而且好像是传统占了上风的时候，其实它那个转变就开始了。

微妙就在，你还可以看出精神守恒的一方面。一方面它出没不定，另一方面它守恒；在这儿没有了，它就到那儿去了。比如清代的思想是很平庸的，整个地看来；但是出了《红楼梦》，这一个精神量就几乎等于了所有唐诗的精神量。那是很清楚的。

《镜花缘》也不错。

啊，你喜欢《镜花缘》，我没看出多好来。女儿国是不错的，但不要加上考状元才好。有人问我，你干嘛不喜欢世界？我说：我倒不是不喜欢世界，我是不喜欢男的，这世界整个被男性的妄想充斥着。

所以它这个东西就是这样，它有个潜在的过程，本来以为这种清洁、自在、独断的这种佛教禅宗的精神灭绝了，变成一种笑话了，怪言怪语了，但是忽然从《红楼梦》里就出来了；你看那大观园的女儿心性，一个一个一个，何等清净，何等自在，何等独断，自然而自生；实际上和禅宗的精神是一个特别大的重合。它已经如天观世了，它却又是具体的生活。

我感觉就是这样——像孙悟空那样翻跟头，又能看见这跟头翻在自己手掌上；所有过程都是心之象。《红楼梦》确实是把中国的所有独到的东西，忽然全都体现了出来，特别是女儿性，是一个创造。唐代还是基本停留在浪漫的诗境和哲理上的，但是到了《红楼梦》，便已成为人性情的一部分了。

所以这个女儿性是个很大的题目。你知道吗？我看你足够开一个学期的课。

这是我喜爱的一个题目，是我的一个信仰。

这是个很有意思的题目。我认识一个教授，他有个题目，就是专门谈这个女儿性的。

这是比较复杂的。如果他对中国的哲学精神没有一个基本的了解的话，仅仅限在“女儿”这两个字里讲，这个是很困难的。像《红楼梦》，什么是相思？什么是女儿性？它不是生理上的自恋，不是这个东西，而是与世界充分融合，对世事真切了解之后，达到的一个境界。

所有的人都认为我很西化，但是我知道我有多少东方的东西在里边，太多了。

中国人永远不可能成为西方人，为什么呢？

不过忘祖的人也不少。

那个呀，他也没变成西方人，他就是中国人的劣根性，假洋鬼子大有人在嘛，阿Q也有点儿。

假洋鬼子是物质的，百分之九十是物质的。

它是中国特性的另外的一个方面，实用主义、实利主义的。中国人不是泥土就是一个未知的东西，不是这一头儿就是那一头儿。

好像中国的“成为王败为寇”，和“进化论”完全可以吻合嘛。中国可以接受这个东西。

佛教的“唯我独尊”和西方的“自我主义”字面上也似吻合，但实际上完全不同。它那个“我”是什么“我”呀，你这个“我”又是什么“我”呀。

在西方我自己原来也注意到了这个问题，起码佛教的输入，你是讲它是因了空幻的世界带来的。但是它讲的是空幻，这个空幻世界是针对你个人的修养的，所以它很自然地把你个人推到世界的中间去了。原来不是这样，儒家是你这个人不是个东西，啥也没有，看起来好像是个实有的东西，其实是个空的。

实际上佛教精神和庄子精神有一点重合，在这个“无我无不我”上。但是佛教更柔和，更空幻，更朴素，更微妙一些；那个庄子比较强烈地还属于有点儿小孩子脾气。

而佛教，可能是因为这个宗教，好像是从民间出来的。中国道教好像是从知识分子中间出来的。

“道”是一个哲学，是知识分子的。佛学亦是。“教”就往往大众化了。

道家原本有个身份问题。虽然庄子们说可以当鸟，可以当鼻涕，可以当屎，但这又是他的一种名士风度，有点儿骄傲的，至少在很多人身上体现为一种名士风度。但是佛家的那个就比它要平和得多，你想释迦牟尼，他是个要饭的，他可以生为王子然后要饭去了。

我的意思就是说它的平民性要广阔得多，所以容易被接受。

实际上它是对中国等级观念一个大的补充吧，或者说是一个反抗。

印度也是一个等级制度很深的国家，但是它的宗教却打破了这个等级的区别。

所以叫物极必反。天上有多少树枝，地上相应地就有多少树根。这是我一直相信的。而它们本身是一棵树，是同一棵树。它的这边有多少精神量，它的那边也必然有多少聚合力；这边有多少现实量，那边也就有多少虚幻的量。社会这样地平衡着，继续下去。

（略8行）

我觉得作为毛泽东，他的基本哲学，是一个反叛哲学。他反叛的不仅是人间的这个统治，他最后成了一个最高统治者，他依旧反统治，企图颠覆这整个的统治系统；而且他更进一步反叛的甚至是冥冥的规律，是精神和现实的基本法则。他这个人跟中国传统有一个大的不一样，就是他喜欢奇迹，他喜欢前所未有的东西。照我的理解是：只有前所未有的，才是久已存在的。他不甘心在一个循环的宿命中间。他一旦面临中国历史的时候，或者客观发展规律的时候，这种外力一来，他的反叛精神就给激发出来了；而如果西洋的社会发展哲学一来，他就又回到中国道家哲学的循环理论中去了，来抵抗这个西洋的东西；但同时，他又无时不刻地不在想着打破中国的这个古老的理论。

他自己，包括他恨外国，就是他是那么传统，他的整个的根植在传统里那么深，他好像也没有办法接受新的，一来新的马上就打回去。

那个东西呵，对于他来说，他不是打回去，他是看不起。为什么呢？你这是以生存为前提建立的一个理论、一个法则，而他超越了这个前提了，那就是另外一个问题了。

（略3行）

他意识到的死亡是另外一回事。

你看中国历史，它从顺天知命，老子和孔子的，发展成孙悟空的齐天大圣，齐物者齐天，到了毛泽东则无法无天了。当然“无法无天”也是佛教的想法，但是毛泽东他给带进了现实，就是他反抗的竟然是天命。从来没有一个中国人提出过战天斗地，人定胜天。“射天”“背天”的调皮皇帝是有的，但专门战天的人是没有的；而毛泽东他要天翻地覆，同时又知道，人是战不胜天的；可是在某种程度上他要这样提，特别是到了晚年。

到了晚年，他热衷反抗的对象已经是冥冥了，就是创造了他的这个精神和他的这个生命的那个未知的事情。他晚年的所有这个奥妙呵，就都在这儿了。

你看他找杨振宁，找李政道，高能物理学，他谈的是什么呢？他说的是太空黑洞，是是不是宇宙就一直膨胀下去了，从大爆炸，或者说，从一个虚子来了，是不是最后就没有了，就灭了？他说，不是，他说一切周而复始，而变化是永恒的。但这又构成了对他的一个矛盾，在毛泽东的性格上，一方面他需要新的、前所未有的东西，一方面他又清楚这仍然是个周而复始的东西。那个尼采晚期想到的一些东西，跟他是很像的。尼采也意识到有一个本质的东西，可能是周而复始的，是他未知的。

这使他感到恐怖，是产生他的东西，是观注着他这个游戏的东西，这使他恐怖。就是一切好像都是你自己在选择，但实际上你是它手里的一枝笔，这个他意识到了；但是他对这个事情的理解和愤怒达到了我们不能想象的程度，对这个事物不得已的依赖，令他愤怒到了我们不能想象的程度。……

（略12行）

在某种程度来讲，这是个现代精神。

要不然萨特为什么喜欢毛泽东呢，萨特去中国见过毛泽东，他喜欢毛泽东。他不一定明白中国的这个精神，但是毛泽东的这种自由性情，无疑就是萨特主义哲学的体现。但是萨特主义再怎么讲哲学，再怎么讲虚无，再怎么讲人面临那永恒盲动的一刻，它是脱离不了人的。西方哲学它脱离不了人。毛泽东在这一点上把人去掉了。

你的这种感觉很直接。真是，语言能讲出来。

这个事情显示出来给中国人，和显示出来给中国历史，本来整个只该是一个玄学，是跟中国现实不应该有关系的事；但是居然就成为了中国的一个不仅是现实，而且是毁灭这个现实和毁灭这个历史全部的一个事情。……

（略2行）

这到了不可思议的一个程度。……这是一句禅语。就是他们之间的默契，必要的时候只一句这么简单的话就够了。

周恩来对毛泽东的赞叹，他是赞美了。因为周恩来是个无私无畏的人，他已经超越了生死恐惧的范围了。当然他也有懦弱的时候，这是肯定的，也有极感情化的成分。对毛泽东，作为整个人来讲，他是赞美他的，从“四渡赤水”开始，他就赞赏他了。因为毛泽东实现了他从来就不可能实现的东西——那种自信，那种抬起头来压倒一切的气概。

你看最早他们这些有志青年，就是立志改造中国的青年，跟现在也挺像；那会儿就一股潮流就都去西方留学，周恩来也去了，邓小平也去了；毛泽东把蔡和森送走就独自回湖南了。他那会儿也前途一片茫然呢，就可以不随这个大溜儿。自己游游泳，睡睡觉，干自己想出来的事儿。

养精蓄锐?

哎，他就是自信人生二百年，会当水击三千里；独立寒秋。他看这个世界就是小小寰球，有几个苍蝇碰壁。老子说治大国若烹小鲜。你看见毛泽东在天安门城楼上挥帽子，这样儿，忽然露出的那个表情，他根本就没有把这个当成一回事情。

我觉得这句话太有意思。我上课还教过，我说：老子讲，治大国若烹小鲜。

而且老子还说“立乎不测”。周恩来和毛泽东恰恰是立乎不测，而他们又彼此默契。周恩来似乎做得更加无言，立都不立，更无从测起。

当然毛泽东有他的，可以讲是智谋。比如说，其实老子，当然他是个古代的人了。

但是老子也讲兵者是诡道，不，这是孙子说的。老子说“用兵以奇，治国以正”。这两个人呢，毛泽东应了“用兵以奇”，周恩来应了“治国以正”。

毛泽东喜欢用兵。毛泽东前半生生逢乱世，过瘾极了，他把《水浒传》《三国演义》统统用到井冈山、抗日战争上去了，用得奇妙，后来又用到同美苏的关系上。……他最恨太太平平过日子。他喜欢大风大浪。他是一个彻底的中国人，也是唯一的想……的中国人。他是一种新的“无不为”精神的创造者和实践者。他太明显了。有人用西方的眼光看他，说他接近了这个方面，但囿于“人”的观念，便终隔一层。

所以这个事情一直待在我心里，我想有人会想到这里的。上回，我走到伦敦的时候，在英国汉学会上，就讲了十五分钟的“大游戏、小人间”[3]，我觉得会有人注意到这件事的。过了五年出来，我依旧没有看到这方面的文章。

你五年前就讲了这个问题吗？

我是八三年开始想这件事的。但是没人明白。人都用通用的逻辑推论毛泽东。中国人太注意他们的损失了，特别是有些读书人太在意他们的身份，不愿从纯哲学的、艺术的角度去看毛泽东。

而西方人明白的困难在哪呢？他们不愿意，也很难抛开“人”的这个观念去想问题。“本来无一物”——他们也许觉得这对人类是个侮辱，没有办法接受的。

你讲是不是有人给你翻译？

那次没人翻译，因为是汉学会。

我们这儿的汉学家一般水准较中国人差。

十五分钟只能讲个大概。当时只站起来一个人，他问我：你说毛泽东思想就是庄子思想吗？我说：毛泽东思想并不是庄子思想，我说的是毛泽

[3] 此一发言之后作者写了回顾提要，题即“大游戏 · 小人间”；短文见《讲演答问卷》。

东喜欢庄子的思想。

我举了个例子。在瑞典我有一回跟马悦然在一个岛上晒渔网。马悦然忽然就笑了。我问他笑啥？老先生说他见过毛泽东，他是陪瑞典大使去的。瑞典大使按外交礼节恭维毛泽东，说“中国文化对世界有很大贡献”；毛泽东说：“是吗？我怎么不知道？”……然后瑞典大使就说，哎呀，有这个贡献、那个贡献；毛泽东接着说：“噢，你实在要说贡献么？大概就是三个，第一个嘛，是中草药，第二个是《红楼梦》，第三个是麻将牌。”这就是毛泽东的“齐物论”。我那次在汉学会上说的就是这个，说这就是庄子的“齐物论”，在毛泽东身上的体现。

那么“文化革命”实质上就是这样的一个事情：上边的下来，下边的上来。他给你搅和一通。卑贱者最聪明，高贵者最愚蠢；把颠倒的历史再颠倒过来。[4] 实际上 …… 它是一个齐物论，一个快活；就跟梁山泊一样，造反有理，打家劫舍，捡那大的打，吃酒，吃肉，吃窝头儿，甭管你是王公贵族，还是小偷强盗，都一样。毛泽东他喜欢这种东西。那一次扯到这个问题上去了，这个问题那会儿没法儿深入地谈。

西方人有一点就是他们一直有一个“人”的概念，是先验的、前提性的。这是不可动摇的。因为这是他们文化的核心。他们很难离开这个“人”字来考虑问题。就是最现代主义的，他们也无非说我们是“空心人”，但是它不能说“没有”，这他不能接受。什么“生命中不能承受之轻”，也不过是有点儿自艾自怨的这么一种对自身的看法。

它不能从这个角度看问题，这是其一。其二呢，它还有文化的优越感，它觉得它可以用西方文化来真正地完全地解释中国的问题。有这个因素。

但实际上你可以看出来，东方文化它是沿着自己的轨道长成的一棵树，你要从内部看，那脉络就更清楚了。虽然内部是一个空虚，但所有长

[4] “卑贱者最聪明，高贵者最愚蠢”“把颠倒的历史再颠倒过来”，皆为“文化大革命”当中常听常见常用的毛主席语录。

出的枝杈都是清晰的。就是从毛泽东到林黛玉，到庄子到老子，实际上，都是一只手上不同的手指。

你把这三家连在一起好极了。

毛泽东喜欢孙悟空，喜欢林黛玉，喜欢李逵，喜欢李贺，喜欢李白；你这看得很清楚，他喜欢的都是生性自在，真性情的东西。他也说过“真我”，不高兴自己是傀儡。我们现在说的是他这个哲学极端。我们当然不否认他有充分的权术，和充分的“三国演义”和充分的“资治通鉴”，合纵连横，他都全了，他从《红楼梦》到《西游记》到《孙子兵法》，说用就用。

尤其是孙子兵法。

兵者诡道，兵不厌诈。（略3行）

对中国文化他爱那个有生气的一部分，对陈腐理念的东西，他有个特别大的厌恶，那个意思是说，装什么蒜？

我觉得……

……“只异旧时人，不异旧时行履处”，我想这句禅语可以帮助我们不陷于以一般功用逻辑来套毛泽东的那种特别的性情和精神。……

（略5行）

我们可以从心理学的角度来看，不是从西方的心理学，是从中国的那个心性和灵性，这方面来看。社会学已经谈了很多了。

人可以慢慢地冷静下来。因为好多人受了伤害，观点是比较一致的。

但是你看，现在毛泽东在中国又产生了一个魅力，虽然这是一个盲目的力，比如说挂毛主席像，珍惜毛主席像章；实际上中国它有一个本能，他们为什么原谅毛泽东？

我这儿有个避邪，正面是延安时期，反面是……；有个台湾的太太到我这儿来，她觉得太可怕了，我这个人。他们一点儿也不知道是怎么回事。

其实中国人是这样，你看看____也是这样，中国人之所以动员起来，不是因为你说民主，也不是因为“自由”的口号。中国人根子上从来不信这玩艺儿，但是信真性情，……这时候，他们急了。

（略15行）

那你看……我跟你抬杠呢。

“女儿性”是另外一个题目。从那边看，男性的所有气概都是妄为。……我们刚才说的是中国人对真性情的感应，一种现实中的精神。

我是说人，在其中和不在其中的两重看法。审美是一个艺术行为的概念，而不是一个生存领域中的概念。在美国的时候，我谈到过这个问题，如果他是一个画家，他拿你当墨研，你无疑只有痛苦谈不上审美。

我们现在所说的是这幅已经完成的画儿，这是一幅前所未有的令人惊讶不已的画儿。你说为什么埃及金字塔令人感动？堆积起它的你说是累累白骨，是残暴、黑暗，但是人们还是在它前边照相，还是印它成为精美的风光图片，这就是因为这时已不在生存层次，累累白骨、深厚的人的血泪，饱含的已经是一种和这个塔、这个历史融为一体的精神了。——人们所以获得审美上的震撼，我想根本起点在于人的情感对应着的是无情的天，这样一个缘故吧。

那么现在我们看到的这幅画儿，它是那个来自天之冥冥的精神，到达一个人时的创作，这个精神如此强大，以致使整个人世不由自主地成为了它的创作场地，以致令他自身也无可抵抗地化为颜料而成为了这幅画的中心部分。

说到审美和道德的两重性，我提到过生存法则和精神法则，道德只属于生存法则范畴，审美只属于精神法则范畴，两者不能掺和。

我们现在看这个瓷瓶，这上面这个人拿把大刀，我们决不会感到恐惧说“哎呀不好，这人拿大刀要杀人了”是吧？我们反而会欣赏，他马的漂亮，刀的漂亮，神情姿势。这就是审美的。然后我们下边也许会讲到他的妻子儿女，因为他，这个家庭，那个人，什么的，那就是另件事了。

西方也有这两重性，《哈姆雷特》一方面，哈姆雷特生了死了，这是个问题，另一方面，它让你看他整个的痛苦和毁灭的全过程，这个宿命的优美。

我又要和你抬一顿杠了。我们学校里的学生，很多女孩子是女性主义的。提到女儿性，我想起来了。

我也是很拥护女儿性的。我本质上是反英雄主义的。建功立业我觉得都是装腔作势，因为男人非常空虚的缘故。

现在说到女儿性。我以为《红楼梦》之所以这么漂亮，不在于它仅仅是写好了一个什么故事，或者表达了一个什么哲学的观念，而在于它体现出了中国精神的一个特别美妙的部分。

这个美妙的部分我觉得在西方文学里本来是个绝望的部分，就是浮士德的那个“真美呵，你停下来吧”，但是就消失了的部分，它不停下来。执者失之嘛。这时中国人采取了一个什么办法呢？——此时无声胜有声，此处相望不相闻。

任万物自生，如天观世——她们的美丽，每个自在的生命的美丽，不予驾驭的，自现而自隐，自灭而自生。林黛玉和贾宝玉，那么深切，也没有说，我爱你，一点儿也没有；它就是两个心性的显示过程。重要的还有林黛玉和薛宝钗之间的关系。

其实贾宝玉，可以看出来，他的心性是很弱的。而且书里边的男人差不多都是个虚影，就像《聊斋》一样，里边的女子才是精灵，是其生命所在。

林黛玉的显现，是她自身梦幻的显现，没有对象的，一切都春光灿烂。就像一个女孩子一会儿想跳舞了，一会儿想穿好看的衣服了，完全是对自身的，自身闪耀出的漂亮，就像纪伯伦说的，“美是永生揽镜自照”，你是永生也是镜子，这完全是一个水仙花的故事。但是她再长大一点儿，她会把幻影投在贾宝玉身上，而贾宝玉永远不是她的对象，哪怕结婚也不是。

如果我们说林黛玉体现了……的这种固执，那么薛宝钗体现的就是另一种周恩来的无我之境。薛宝钗根本地体现了中国哲学的另外一个方面，她的屋子里一片雪白，什么都没有。贾母一进去就说：你什么也没有？

实际上她是最早悟到这白茫茫大地好干净的人了，她不是通过痛苦和思想悟到的，而是天性如此。家里破产了，哥哥被抓了，趁有活口，劝她妈妈问问他还欠了别人多少钱，都没钱了，她也无所谓。她是真正无所谓的人。可是她一切事情都做，一切事情都要做得合适；她不求目的，她只有一个合适。这就是中庸之道。这种合适它又很微妙：这个人应这个事，它合适；他们俩之间这样做合适——它是随机应变的，又是先验的。这个合适蕴涵在她的所有内里外在中间。实际上她根本看不上贾宝玉，但她无所谓。

这倒是明显的，她伺候着他，尤其在后面那段。

应物不藏，对她都是跟自己关系不大，她只是做得合适罢了。一个无所求的人，你是不能以市俗经验推想他为什么，要什么的；她的行为中没有目的，就像“月映万川”，没有目的，只是现象罢了。

薛宝钗天然的悟，有一事可以说明。贾宝玉早先看戏，鲁智深有句唱词说：“赤条条来去无牵挂。”当即贾宝玉就落下泪来，林黛玉就吃了一惊，薛宝钗于是说：“坏了，这个人悟了。”林黛玉说：“哪的事呵，看我问他一问。”林黛玉就问了他几句话，贾宝玉就一呆答不上来，也就不再想这件事了。这是他第一次觉得世界与自己没有关系。那么实际上，薛宝钗说“糟了，这个人悟了”的时候，已经在前边等着他了。

这已经看得很清楚了，中国哲学在他们的心性，在女儿性上的体现，是那么自然微妙——它不是一个思想的结果，它是天然就在的。

中国哲学它变成了一种性情的体现之后呢，它真正达到了浑一之境。这你就根本不用再去说什么“不二心”，说什么“真心是佛”了，因为已经一体了。

很会讲啊，你。

所以你从这儿来看毛泽东、周恩来，也是非常清楚的，那就是中国哲学和他们的本性成为了一体，他们就跟化身一样，使这样的哲学通过他们，在中国历史上不可遏制地，也是不可动摇地体现出来。

西方的东西是“有”。孙中山受了西方的影响，那么他被袁世凯代替了，袁世凯是中国的路数。王明受了苏联影响，但是他被毛泽东代替了。西方的东西没用，一到这个时候，就显出来了。

中国文化真伟大，来什么，一定给你挤走。

毛泽东，说实在的，为什么得到人民的拥护？除了他给了人民这种……的感觉，和各种……以外，他给了中国人一个最重要的东西，就是在西方文明面前，他给了中国人信心；而且在他光辉所及的范围内，他真的把西方文化打退了，无论是西方的现代工业，还是直到美国的军事力量，他都给打退了。他的打退凭着的完全是一个混劲儿，就是：“中国人死都不怕，还怕困难吗？”这实际上是一句非常可怕的话，但是大家都兴奋；就是这样。

你从这点也可以看出来，中国这么实际的一个民族，这么愿意生存和繁衍的一个民族，但是居然在这个时候宁为玉碎，不为瓦全；要知道中国人历来是好死不如赖活着的。

这句话说绝了。

……人们所以获得审美上的震撼，我想根本起点在于人的情感对应着的是无情的天，这样一个缘故吧……

……道德只属于生存法则范畴，审美只属于精神法则范畴……

佛教的『唯我独尊』和西方的『自我主义』字面上也似吻合，但实际上完全不同。它那个『我』是什么『我』呀，你这个『我』又是什么『我』呀……

——图画于 1992 年在德生活期间

在这种精神下就变了，它就是：宁为玉碎，不为瓦全。苏联打上来，在珍宝岛，那么大个儿推那么小个儿，中国兵就跟他拼，拿木棍子就打坦克，就疯到这个程度。为什么？因为人到了这个时候，你会发现一种比生存更重要的东西——生存重要，但完美更重要。完美的生包括死。

我切身也有这种体验。

革命到来的时候，你就特别清楚了。精神到来的时候，你别无选择，生和死成了次要的事情。但是当革命离去的时候，大家就发现了一个重大的问题，就是咱们怎么活下去？是按原来那个路数活下去，还是按照别的路数活下去？中国现在面临的就是这个问题。可以照西方的路数活，但是它满足不了中国人的一种根本的心理需要。

其实“文革”以后的变化是大的，物质生活的改变很大，丰富得多了。我们小的时候吃二两芝麻酱，吃一瓶油，全家一个月，肉很少。但是是可以维持下去的。

我小时候，刚到台湾，一个月也见不到两块肉，都吃菜。

所以人到底是什么？人真是这些泥土吗？人真是这些物质吗？像中国这么实际的一个民族，最后它的历史还是回答了这个问题。

中国人和西方人不一样，它不强调精神和现实的冲突，这个讲什么爱情、灵魂，跟中国人都没有什么关系——但是中国人也会由泥土忽然变成太阳！

这个事很奇怪，它物极必反。它这一端走到什么极限，那一端就也能走到什么极限。

所以我也没想到____会发生。本来我觉得中国人实利主义已经又到了不可思议的程度了，就是明清那个最实利的程度。

我就是觉得一边是那种精神状态，一直压着它，维持着它的秩序；另一边是一个要求，一个变的潜在的一个精神。然后这个精神一爆发，就什么也限制不住了，就变成了无不为了。中国人一直让儒家给压下去了，儒家得势它就能维持表面平静。

儒家是靠着表面形式维持的。我觉得一个民族是有它的灵性和本性的，压到一定程度它就出来了，而且加倍地报复。所以中国历史越来越动荡呵。这不仅跟西方有关，跟它自己的文化的这两个极端也有关系，它不是这个波段就是那个波段。

中国正在失去它中庸的核心。

到现在为止，你把佛教讲得很透彻，一直讲到“文化大革命”。我也相信纯正的中国，因为佛教已被中国吸收了。但是基督教有什么样的影响呢?

基督教给中国造成了一个很大的错乱。因为这个体系和中国的体系太不一样了。

但是这个体系的影响已经在了。这个体系应该是现在跟未来的某一个决定性的事物。我个人的感觉起码在台湾有这个趋向。在中国大陆到什么程度我不知道。

我觉得中国人可以接受基督教，但只是接受而已。它同广大中国人的感觉，其实是不融的。说到根本上就是，中国，它对万物人生的感受早已彻底到了这样的程度，而西方的思想，则基本上还是一个处在中间地带的东西，它是以人为核心的。在现在的中国，你要建立以人为核心的这种思维方式，嗯，虽然现在一直在讲人道主义呵，但我总觉得嘴上说的多，从心里感悟的少。

从另外一个方面你看，中国原来是个自给自足的大国，包括毛泽东，也是没有你们我都能活。但是在另外一个方面，他就会有什么跟第三世界，照顾弱小世界，这些事，包括他去给哪里农业技术，什么，这个其实是基督教的精神，这种干法。

（略19行）

对抗大国是他的天性。他喜欢危险和挑战，对手越大越好。帮助小国是他的义气和策略，一方面是打抱不平当及时雨，墨家的兼爱，另一方面也是统一战线，合纵连横，取得人心。这都是中国的方法。

（略7行）

我们那时候叫，说是“天下大乱，形势大好”。

对，“越来越好”。作为国家元首，他说这个话，赞赏这个“乱”，可见他内心的能量了，他没处寄托。后来苏联不跟他合作，他自己也没办法了，他说：“全世界人民团结起来，打倒美帝国主义及其一切走狗！”他给这，给那，他想把他的精神扩展到全世界；当然他对这个事儿，也是半真半假的。后来基辛格访华到北京的时候对他说：你说了这样的话，我们美国马上成立了一个研究小组，研究你的动态。毛泽东就很开心，说：“那是我放的一个空炮！”[5]其实到后来他就跟开玩笑一样。

这也是诡计呵。他倒也许并非愿意诡，他的逻辑导致了人家难以明白他，一切不明白。

你以为他有目的，实际上他没有目的。他就要这个运动，这个运动的感觉。

因为他是随机应变的，所以弄得那些有计划、有计谋的全乱了。

你不能按逻辑推断他，他是随着他的兴致而为的。好像他在天安门上一按那个钮儿，五星红旗升了起来，他脱口而出：“升得好！”自己叫了个好。这个人跟禅宗的即兴很像。很多地方完全是即兴的。

他不喜欢原子弹，原子弹简直不能算什么，一个赖皮。他喜欢人，原

[5] 陈述实例可参见节选入《我们眼中的毛泽东》的尼克松和基辛格回忆。

子弹跟人的关系太远了，没有人的因素在其中，不叫个东西。他痛恨原子弹，也痛恨西方的经济法则；他喜欢什么？只要有了人，什么人间奇迹都可以造出来。只要路线对了头，没有人可以有人，没有枪可以有枪。他就是强调精神，精神第一。

他先让人生孩子，然后又……他一会儿要人，一会儿不要人。

你知道印度有个神，一只手创造，一只手毁灭吗？这是他整个的一个游戏，他不是从中有什么乐趣，生死都不过是他的形式，你是他的形式。他对人间的看法就是：小小寰球，有几个苍蝇碰壁。庄子也是，不过把人间视作一个小米粒罢了。这就是大游戏小人间。

整个从《红楼梦》到麻将牌，是一回事，从中国人民到原子弹到“不须放屁”，是一回事。……你想，中国古诗是多雅的境界呵，他在里头写“不须放屁”，中央台当时四部轮唱。

我受这个孔夫子的教育太深，我没有办法唱它，全世界人都唱，我也没法唱。

很多东西我也不喜欢，但是这没有办法，这是一个精神的事实，又出现在我生长和与之冲突的时代。

我想我喜欢的是什么呢？就是“相望不相闻”的这种相思的感觉，这种女儿心性的美丽。

我也是一直有这种感觉，我感觉我们中国人就喜欢讲究和谐。

中国人是求和谐的，于理、于事、于心，都是如此。但并不能因此避免巨大的动荡。因为对有的人来说静是和谐，对有的人来说动是和谐，至少对毛泽东来说是如此。入聚火门方能得清凉之境，只有天翻地覆，才能平衡他的精神。糟糕的是这恰恰形成了他极为独特的人格魅力。尼克松说：单凭洞察力和冷酷无情，毛泽东是不可能在中国取得成功的。他同时还具有能够吸引追随者的超人的魅力和藐视巨大困难的意志力。尼克松这句话就说到点上了。……他有人性的魅力，是天生的。中国革命又恰恰与之和谐。

中国人是这样，如果你是一个好汉，他就能原谅你。如果你这个人做得彻底，……都可以原谅。因为两者都不是说想自己占有什么。

中国人为什么给和尚捐钱？和尚没后代。你如果是一个大家庭，你说你有什么信仰，你要人捐钱给你，中国人不会为你捐钱的。

这就在于这个人比较彻底。这种彻底恰恰实现了中国人另外一极的人格理想。现在老说中国人是佩服人格的，只有人治没有法制；但是，其实是，只有这种人格的力量才能动员起中国人来，没有任何其他道理，改变制度也没用。中国人不是喜欢孙悟空吗？喜欢李逵吗？喜欢武松吗？

这也表现了儒家的失败，因为它老要给你画一个中规中矩。

是有唐僧，有刘备，有宋江。但这些形象在艺术作品中和在民间是失败的。而真正成功的是另外的一种东西。

这不仅在东方，在西方也成功。

所以人有两重生活。一重是他的生存，对于生存秩序的要求；因为生存一旦失去秩序这世界就崩溃了，哪都一样。这个中产阶级的民主跟中国的中庸之道是大同小异，都是含含糊糊的一个东西。另一重就是完全属于人的精神的，对无限自由的、旖旎无限的要求。

这体现的也是人性的两重性。但是这个两重性在西方表现为精神和现实的冲突，在中国呢，则表现为从最实际的循规蹈矩到最空幻的无法无天意识，它们的这样一个同一的状态。

我现在想提一个跟你这问题好像没有关系的一个问题：在美国有人做过

个大学生的统计，华裔美国年轻人做选择，就是这个教授他教的东西不太好，但是他人还不错，那你做学生的话，你怎么选择：是大家建议他改善？大家申述校方解雇他？或者大家激烈地批评他？最后得票最高的是第二个：解雇他。这个对我来讲是个意外。这是一个现象，一般人认为亚洲人是不激烈的，可是他们采取这样的选择。

你看这个佛教国家，柬埔寨，它一旦失去了那种温和的社会秩序以后，它无法无天之后，它杀人达到了世界的顶点。可能有人类史以来，这样杀人的也是少有，差不多把自己国家的人杀掉了有三分之一，这么可怕的程度。这个事情永远是两极的，变化的结果是无穷的。

可是我在德国看到的事情并不是这样的。

是呵，西方以人为中心点，就是这匹马，它绳子是绕着这个桩的。

还是这一点，可以这么说，沿着这点说：你要确定哪种是文化特征，哪种是某一个体系下头的人的行为特征。别的问题就很难判断了。

现在大家被精神折磨得痛苦了，对中国文化产生了一个很悲观的看法，一般认为，可以把西方的民主制度讲一讲，然后带到中国去。而且香港、新加坡等等也确实在某种程度上实行了这个制度。但实际上，在中国的本土，这是很困难的。它有待另一个伟大精神的出现。一旦再次照耀，那么中国还会因为虚无，或许发展得很好。

我想举个例子。我在德国认识的中国籍贯的教授，几乎没有一个可以平心静气地跟人讨论问题的。我现在快五十了，我讲的是比我大十岁的上一代的快退休的这些人。在德国大概有四个。这四个教授都是书念得很好的，而且也相当聪明，在德国做教授也不容易。但是这四个几乎没有一个人能平心静气，不管是跟中国人还是跟外国人讨论问题。要不然就是不说话，要不然就是吵架，没有办法。

好像林黛玉说：不是东风压倒西风，就是西风压倒东风。这也是毛泽东很喜欢的一句话。他们要么不发生关系，君子之交淡如水；只要一发生关系就是这样，天无二日。

可是从现在看这个趋向在缓和。我个人认为，不是会被西风压倒而是要往西调整，做某一方面的调整。

实际上你看中国内部对西方的反叛力量已经在生长了。这不是保守派的问题。你可以从王朔的小说里看出来，他说：你别以为你老能给我们指方向，指个道儿什么的，让我们到哪去。就是说：我们哪也不去，这挺好；甭跟我们说人权，我们多了还没处用呢。《今天》最早的一个诗人叫食指，他写过一首诗，叫《疯狗》，他说：我像一条疯狗，漫无目的地在人间漫游，最后一句是什么？假如我是一条疯狗，我将毫不犹豫地放弃所谓的人权。

就是中国人你可以看出来，他一方面对人权有一个好像现在很流行的看法，但是到了骨子里，只要一有机会，它完全是讲个“个人性情”的东西，而不是讲人权的东西。崔健的歌儿也是一个例子，他唱：“我就要回到老地方，我就要走在老路上。”

这跟想象差不多。想的和做的能不一样吗？好像王朔和崔健是流行的，可是他们也同意民主，也不反对人权吧？好像一个笑话一样。

（略3行）

中国的原则就是李逵的原则，你得是条好汉，要不然你就是个鸟人，见你的鬼去吧。甭管你什么出身，讲什么道理，都是个鸟人。要不你得是条好汉。中国人就服这个，你一点儿办法都没有。

但这也不是说中国就没有辙了。你看日本，日本它有日本精神，它是靠着日本精神拿住了西方的生产方式的，它一样能够运转。新加坡是有中国精神的，它也跟现代经济构成了一个和谐，一样能运转。现在中国的问题是什么呢？中国所谓的知识分子，有一个流行的看法，就是非得用西方的制度不可，它首先落定在这个制度上了，认为制度产生了新人。我们这些人不行，是被制度闹的。这个完全不对。

西方的所有制度源于它的宗教，而宗教源于它对人生本质的一个感觉和理解，这是根深蒂固，源远流长的。中国人要想拿住现代经济的话，首先决定于他自己的精神，从自己文化中生长出来的精神，然后用这种精神，来跟西方较量。实际上中国掌握这种现代操作方式可以是非常快的，我觉得中国人脑子灵得不得了，无论是掌握商业还是掌握数学、科学都快，出大的形而上家咱不敢说，但是要仅仅掌握个技术，还是不难的。

但精神上边现在整个是一个混乱。（略3行）

他也很聪明，他让你精神不得发展。

你不让它发展，它就陷入异常的状态之中了。就像核能，可以建立一个核反应堆，去发电，也可以变成一个爆炸。

如果你顺应这个精神的话，你可以使它处于一个寂静的状态。中国历史上唐代的时候，就是内部有这样一个像核反应堆一样，一个寂静的禅宗这样的东西在运转，那么外部它所有的东西都有一个可行可不行，都可以的，这样一个坦荡磊落的丈夫气概。有“花间一壶酒”，才有“醉卧沙场君莫笑”，有“绕床弄青梅”，才有“不教胡马过阴山”。在精神强大的时候，相对的东西之间从不矛盾，它相反相成，融会贯通，跟内部的一个真性情的精神相和谐；就是你进，你也灭不了我，你退呢，我也可以攻。

我觉得所有献身，都是对精神的一种享受。这种选择是精神到达时身不由己的。

这种动力是不是会在某一段时间以后变成另一种运动？

可以。它这能力过一段时间一定会表现出来。

……能不能分散掉这种能力呢?

毛泽东也试过这事儿，让你战天斗地去。但是，战天斗地的时候，他给了你另外一种精神表现的渠道，包括入团入党呵什么。

(略1行)

他其实走错了一大步。

他没有想到那么多和尚在庙里念经，对唐帝国的扩张有过多么大的作用。我想他一点也不知道。

你看甘地他一步步在他的印度土地上走，光着头，光着脚，裸着身，那么走，他从这个农村走到那个农村，那一定是他的精神在起作用。最后人家才能跟随着他。他要是穿一身律师服跟你讲大道理，我不相信会有那么多人跟着他。毛泽东也一样，毛泽东他是一个农民，他不管怎么样可以在困难时期吃野菜、粗粮，不吃肉，穿破内衣，这不是表现，这是他的爱好。周恩来更是天生的律己。有这点，中国人就会跟着他们。

你要来一个假洋鬼子，就是全国人都穿上西装，对不起，中国人还真没那么便宜；现在好像无所谓到了顶点，但是你看王朔的小说或者崔健的歌，就有这种意味，西方的东西都喂我们也不够。

中国人说到底，既是实利主义者也是虚无主义者，你要不把他那个虚无挡住呵，那他就成了董卓和曹操了。

人必须有个依靠才能做事情，要不然中国人多明白干这些事情干嘛?现在把祖坟都刨了，世世代代的不管怎么着过，本来你还能上祖坟烧点儿香祭祭祖，还有这么一个寄托。你把祖坟一刨，大家这边没了根，那边又没了靠，就像猪、鸡，养鸡场那么活着，人不能这么活下去，人得有个依靠。这依靠不管多虚幻，但一定是重要的。

中国人的精神它既是空无的，但是也是无限的。不像西方到达上帝、天国、彼岸，或者一个自我救赎的那样的感觉，他就满足了。中国，实际上那个精神是漫漫无边的。

……“四·五”的时候，我参加了。我看见一张张钱贴在碑上、柱子上，都是最大面值十块一张的。那会儿一个月就三十块钱养家。我一个月挣十六块钱。

所以对人性的本质的理解，是一个统治者治国的比较重要的一个东西。对民族心理狭隘的理解，只会使社会失去平衡。还有就是你到底要什么。

从如何看待人性和表现人性的意义上来看，“文化大革命”的价值的确很高，它给你看，你必须要做一个选择，每一个人都要接受这一刀，每一个人都要重新往回看、往里看。

经过“文化革命”以后，你觉得那场革命的生活是真实的，那以后的生活都变得不真实了。不过是生活而已，但不是触及灵魂的。

连我姑姑都这么讲。我姑姑是大家小姐，心地善良。她一家伙就投入共产党，去了延安，但是她自己也说她一直被保护得很好，她就是在延安也被保护得很好，这头一次被暴露在风雨之下，是“文化大革命”。

你看见一个人被打死，实际上你当时是镇静自若的。《战争与和平》里边有个人，被拿破仑军队捉住，在路上走的时候，他忽然发现，又走了，每天都站不起来，可是每天他都走了；而且最高的幸福和最深的苦难之间几乎没有距离。——实际上是非常镇定的。

人在大的恐惧和幸福中间，他有一个特别寂静的一个“看”，一个观照。

但这你需要上天再多给你一点智力，你就依靠这个。

你很容易把一件事归到概念上去，或者说一件事多么残忍，或者说多么非人道，什么的。

我想起一件事，我跟过去的老纳粹谈过，他们说：那个时候，情况跟现在讲得完全不一样，纳粹那个时候，对于我们来讲是希望。所以到今天，他也不能容忍人家批评希特勒，希特勒代表了一种希望。

你想那个时候，德国百分之九十的人都是这样的嘛。

弗洛伊德有两句话沾了边了。一句话是说：生命冲动包含着死亡冲动。还有一句话就是：文化使人不自在。

一方面人类为了生存，它建立了文化秩序；另一方面人类破坏这种秩序的愿望也是存在的。实际上生命的目的不仅是为了延续，而且是为了毁灭。这是很清楚的。西方有西方的方式。生存和毁灭是统一的。

如果只强调一个方面，它就变得虚伪了。

比如越南海面上漂着很多难民，这是他们都知道的。他们怎么不把他们都捞起来呢?

他们说的人权、平等也就是一个含含糊糊的东西，跟中庸之道一样，只能是含含糊糊的，既是为了一个心理安慰，又是为了生存法则，所以它成了不过是在一个限定的范围之内，说说而已的事情罢了。

中国人接受死亡，比西方人要少好多浪漫，天道无情嘛。毛泽东说“天若有情天亦老，人间正道是沧桑”，人间就是一个变化，他打过长江时说的这话，没说自己是正义之师，就是：天道无情，人世沧桑；轮到你亡你奈何不亡。

他又说：“一个阶级胜利了，一个阶级消灭了，这就是历史，这就是几千年的文明史。”就是一部分人活了，一部分人死了，这就是历史。

死亡可是个严肃的事情，中国人爱活。

那是，中国人不想死。真死来了，他也没辙，他从命了。平常他可不找这麻烦，不预先想死的事。

那时候，我在考虑死亡的问题，好几个人劝我说：你不要自己找麻烦，在别人没找你麻烦的时候，你千万别自己找自己的麻烦，而且这些问题你想也没用。他们好几个孔子之徒，不言鬼神——因为这不是我们所能掌握的，这是天机，你怎么知道？人不知死，车不知翻么！你怎么知道？甭想。

（磁带翻面空去部分）

那一面实际上是违反我的本体论的。

我觉得要是从那边讲就更有意思。先讲到这方面，大家对东方的东西有了一个概念以后，我可以从另外一边讲。就是一个是水，一个是鱼；看到了这片水之后，再看鱼是怎么游的；一个是东方的世界，一个是东方的方式。

第一部分好像是无情的，是从社会学角度看的。中国还有特别有情的部分，从东方美到女儿性，那才是最为微妙而美好的。

这部分，是可以被西方人接受的；因为同他们的人道主义正好发生了一个错合。

比如中国的情和西方的爱情，就有一个错合；东方的女儿性和西方的女人性，他们也以为有点儿什么关系，也是一个错合。而其实全都是完全不同的两回事。可是从形式上感觉，他们总以为是一回事。这样倒可以给他们一个出发点。

我正在写关于女强人名词的论文。我的感觉也是那个，在西方女强人是个好名词。对中文这也许是个引进的名词。

我感觉上最痛心的，还不是中国的混乱，最痛心的是这种女儿性的丧失。

中国的东西虚幻而且微妙。《聊斋志异》里有句话：女子的美丽，不在眉宇肩颊之间，而在肌肤之中。就是说她是一种质地的美丽，心性和质地的美丽。《红楼梦》好就好在说的是这个。至于胳膊怎么样，腿怎么样，眼睛瞪多大，是次要的。

你要讲这个，大家得逗笑了。

这是樱花和刀。你讲樱花，大家都是爱听的；要是讲刀，就玄了点儿。

我讲过一些中国古典诗词的语言体味。所谓空灵之美是同唐诗的读音，同它平白、无形无言的意味一起的，所谓不着一字，尽得风流。

我喜欢《长干行》《春江花月夜》。

我觉得，确实，最高的美就是和谐。这和谐就是完美的同义语。和谐不是一个平衡，就跟中庸之道不是一个折中主义一样。它是一个你离开了这些分别，回到创造本源去的状态。一般人老把和谐理解成半斤八两，这有点儿荒唐。

（录音中断，空去部分）

在中国就是出神入化。出神，你离开了那个精神僵滞状态，入化，入了大精神，这大概就安宁下来了。精神在人间永远像个幽灵一样地游来游去。

中国的“无所谓”“不在乎”“出神入化”“灵机一动”，都是很简单的词，普通经常用的词，可是却显现着，或者本就是一个精神背景和境界；包括那个最最常用的“知道”“不知道”。

中国古代语言跟西方语言比，一个大的特征就是它涵义指向的非单一性，它的涵义指向甚至可以是无限的。像老子说的“道可道非常道”，你怎么理解都行。

中国的东西妙就妙在哪呢？妙在光而不耀。它的光不是亮，不是一种强烈的外在显现。你的光芒只要一显示出来，就有方向了，就有投影了。它的光整个是含盈在里边的，它根本就没有出来，但同时这光的显耀，它的可能性就增加到了无限；因为它引而不发，它便可能这样也可能那样，永远是个未知。

“若有”，这个词不绝吗？“未知”，知，是个未知——也存在着无限的可能性——百应百有，百说百有理。语言到了这个程度，实际上它变成了一个实体生命状态。这个字好像是活的，它活在历史中间，它可能发展成任何意思。有一次我和一位朋友讨论，他忽然明白了，我就说：呵，知之为知之，不知为不知。于是这话的意思就成了：知道的人就是知道的。就和禅语“饮水知冷暖”那样。不知道的人你永远也无法让他知道。就是你，是即是，不是就不是。我的朋友于是笑。孔子原来讲的也许是学习态度的问题，但是语词，随着外界跟你发生的关系的变化，一旦成为你的之后，就有可能出现新的涵义。

瑞典原来的汉学教授高本汉说：中国的语言是个文学的语言，它让你的想象力发展无尽。

当我理解到这一点以后，我真爱中文，它对于写诗真好。那么未知，又那么具体丰富。汉字，不仅是一种表意的工具和零件，而且它有着自己的面貌和性情，有着自己未知的生活。活，是美丽的，而活又是没有任何前提的，一切灵机而生。

（谈及马悦然先生在《莱茵通讯》上的一篇文章，说顾城是一首走动的诗。）

这我不知道，不知道他说过。马悦然先生曾就我的诗介绍说是：根于“文化大革命”。在结尾部分又说我采用了西方的现代形式，但表现的是“道”的神秘意识。是篇很短的文章，就叫“根于‘文化大革命’”。我想也确实是，要不是“文化大革命”，我恐怕难以出现这种思想和感觉。“文化革命”，那种荒凉，那种寂寞和那种诱惑，都是同时的。

那老先生挺好的，他差不多把中国文化变成了一种修养。有一天，我们一起烧壁炉，一起看火——他年轻的时候，跑峨嵋山去了，搞禅宗。我看他那么安宁的样子，那个时候，五年前，我正不安宁呢，我问他：“你觉得有没有一种东西是我们所不知道的，但是是真正生命的东西？”他看了我半天之后说：一定。声音很轻。我觉得要是人不领悟这一点，是很难得到安宁的。

谢烨那会儿还说过一句可笑的话。我问了他个很笨的问题，问他是不是也有思想混乱、不安宁的时候；谢烨说："他不乱，那跑到中国去干嘛？"

人如果要去寻找什么，必定是在他自身混乱的时候。如果你安定，你就不找了——你就是。

我来德国的时候是一九六九年，中国正闹得热火。这里也是一样，我是深受台湾教育宣传的。这里的学生都戴一个毛式帽子。他们正在拥崇毛泽东。那个时候，学生开会修改校规，教授抗议，没辙，因为学生人多。怎么样？把教授扛起来从窗户丢出去，吓得教授不敢来上课了。教授不来，学生就彻底得势了。他们可以召开研究所会议、院系会议，整个大学的决策都由学生控制了。我们中文系呢，系务由"四结合"决定。原来是系主任或教授决定。德国教授原来是至高无上的。"四结合"：教授、中级教务、非学术研究的雇员、学生。什么事一表决，教授都惨。助教于是往下团结；他不必巴结教授了。

"文化革命"的时候我十岁。我记得那天我和我父亲在街上走，他的鞋带儿坏了，走起来踢里突噜的；到了一个胡同，用白纸贴着：革命胡同。再往前，就都在换商标、店名、路牌，有人把霓虹灯砸掉了，我看见红卫兵从窗户里伸出去砸"亨德利"的水泥筑字，用铁的钩子绝望地砸，一块一块想把它撬下来，那东西很结实。外边整个变了，好像进入了一个不可想象的世界。有个女的裤角被剪开了，大概因为是小脚裤，头发也被剪了。有个标语好像说：剪刀专剪细腿裤，推子专推飞机头。

我们后来走进一家小饭馆，不久进来一个小女孩儿，现在想来也就十二三岁的样子，戴着军帽，腰里扎着皮带，她大声朗诵说："毛主席教导我们说：革命不是请客吃饭，"所有的人吓了一跳，都放下了筷子。她接着说："不是做文章，不是绘画绣花，不能那样雅致，那样从容不迫、文质彬彬，那样温良恭俭让；革命是暴动，是一个阶级推翻一个阶级的暴烈的行动！"然后她说："地主、资本家、狗崽子，滚出去！"谁也没敢出去。接着下令每个人吃完饭自己洗碗。当然所有人都自己洗。我们回家的时候，西单、马相胡同、王府井等等路牌已经都改了，成了毛泽东思想大街、东方红大街、红卫兵万岁大街什么的，售票员只能把头伸出去看站牌上贴的那张纸，然后报"毛泽东思想大街到了"，谁也弄不清这是上了哪了。《百年孤独》里写，忽然大家把字都忘了，这个世界就瓦解了。感觉就是这样。那可真是"名可名，非常名；无，名天地之始；有，名万物之母"，一下这世界就换了。

那一天真的奇怪，家还是原来的家，却是一个完全不知道的世界来临了；这个事情又理所当然，几乎是每个人恐惧又希望的一件事。原来的生活就像一页纸被翻了过去。永远也没有了，一下就是十年。我们家被打开，书被抄走，父亲被抓走。总之，原来天经地义的法则就都不存在了。事情变化很快，……

有什么地方可以藏东西吗?

东西？扔还来不及呢！重要的不是摧毁东西，而是摧毁观念，金银财宝顿时毫无价值。我们后来的木匠店里，红木家具都锯了做刨子，或者就烧了火了。看着那东西挺好的，但是那个时代所有的价值观都变了，全被粉碎了。那时候历史就真的颠倒过来了。所谓知识、文化，真的好像变成过去的东西了，再也没有用处了。

这好像"五·四"的高潮，"五·四"没有达到的，他们都达到了。

这个给人的感觉是深刻的，而且难言。

我觉得范围这个东西真是奇怪，有价值的东西一出这个范围就都变了。

我在美国的时候说：我不仅不相信中国这个世界，而且我不相信西方这个世界，因为我经历过这样的历史，一阵风来了，一切就都没了，好像吹过一页书一样简单。

他们西方现在对自己是有信心的，可是我的幻觉感很强。

其实就是这样，在这个范围内，一切都是有的，超出这个范围，一切便是无的。

我本来对人也有一个理想，那是直到大概八二年左右；后来我的这个理想幻灭了，因为我觉到没有办法过高地估计人性，正像不可过低地估计人性一样。

我原来想人可以过一种真性情的很朴素的生活，好像就够了，就是老子说的“小国寡民”那样，大家有得吃，然后说说话。但是这个是不可能的，人，我发现了，他只有抓住个东西，在对增值的不断想法中间才能过下去，要他离开这个老鼠踩的飞轮，他真就不知道怎么着好了。

中国离开了那场运动以后，好多人也不知道怎么着好了。西方也一样，离开了增值这场活动也不行。这是唯一能够抵销掉他的生命能量和消耗掉他的生存时光的一个东西，没有这个怎么办？人面对着一片完全的未知和虚空，没有办法生活，低下头来踩这个轮子才能有感觉。

人越没有的时候，越需要；这种需要的不安可以遮盖去生命中的疑惑。我在岛上也一样，我搬石头，好让我的思想停止，停止两年之后就活了过来。

我是沿着西方现代主义的路子走过的，真走进了一个可怕的境地。那回中国报纸上登了一个文章批判我，叫“寻找自我是一条死胡同”，我还真发现这句话还就说对了，真的是条死胡同，钻进去以后差点儿神经了。

中国现在有一个自卑心理，于是就匆匆忙忙地加入世界的事务，加入它想象的世界文化，就好像整个这个事务和奥运会一样。

好像在毛泽东那个时候不是这样的。

毛泽东那时候是你打你的，我打我的。现在那个西方的价值观在中国引起了很大的误解。这几年所以很多东西就有些乱。比如对世界文化的看法，中国人认为世界文学好像中国作家协会似的，是一个团体；实际上不是这样，它是不同的文化在不同情况下的自身状态和相互关系。它并没有一个共识的标准，那个所谓主流价值观也完全不必当它是个文学标准。

但是现在大家提到的一个问题就是：中国文学比较世界文学的差距。那么他们非常明显地就是用“西方标准”来衡量中国人。

他们从来也没有要求过西方向东方的改变。

这个现象很普遍，太普遍了。我和我的教授研究清代思想的教育意义。他只看英文的书或德文的书，而这方面的书并不多，我只看中文的包括方志什么的。

我们在纽西兰看了一个讲中国的戏，里边儿一半儿中国人，一半儿日本人，后来还拿出一个阿拉伯神灯擦了擦，唱着 Tea time，tea time，特神。

我教唐诗的时候，那书上有白话译诗，把“汉皇重色思倾国，御宇多年求不得”，给译成：汉朝有个皇帝想找女人，找了好多年没有找到。这本来是一个非常漂亮的声音和一个优美故事的影像，结果变成现代白话就给糟蹋成了这样，这还是中文变中文，若是中文变成外文怎么办？所以我就教他们原文。他们理解古汉语和现代汉语的困难程度是一样的，没有现代汉语的语言习惯问题。

（录音中断空去部分）

郭沫若后来把《浮士德》都译成五言体了：永恒之女性，引导我们走。那个时候他是石破天惊的。……他是太聪明了，他那都是个玩儿法吧。

他后来写的《李白与杜甫》，那真是胡说八道，他那个推论：“恶竹应须斩万竿”，他说：那竹子有多少？可见杜甫是地主。《茅屋为秋风所破

歌》，他说他咒骂贫农孩子捡了他的柴草。这算哪对哪呵？他之所以这么评，就因为毛泽东喜欢李白，不喜欢杜甫。（略3行）

实际上他早期诗受外文影响很大，他的写也就像是一种翻译，像惠特曼的痕迹，包括泰戈尔的痕迹，维特式的东西，都有。他的自传倒还不错。他的诗要是从语言上看，因为是早期的白话，实际上是看不得的。新诗的语言还是到了艾青的时候比较好了，话也比较顺了，三十年代以后，四十年代中期。

郭沫若的文字可怕，老是"啊""啊""哦""哦"，这个样子的，唔，也被人家批评得可以。

是。诗的本质其实还是很庄严的，不能像那个样子。

毛泽东有首诗写得好，就是《沁园春·雪》，"北国风光，千里冰封，万里雪飘"，这诗不错。这首诗起势非常平，气象辽阔。一般人认为他在说大话，但是都是实话，是这样的："惜秦皇汉武，略输文采；唐宗宋祖，稍逊风骚；一代天骄，成吉思汗，只识弯弓射大雕；俱往矣，数风流人物，还看今朝。"这个非常潇洒，这是毛泽东感觉的鼎盛时期。有一回谁跟安娜路易斯·斯特朗站在黄土高原上，听毛泽东说了一句话：谁说中国没有独创的诗人？这就是一个。……当时给那人印象非常深。

他的诗倒不在文字上，而在气度上。

……他的字是很有个性的。

他那年写"一九七〇年"不用这个汉字的"零"。当时《人民日报》还出了一个社论，好像就叫"坚决拥护用'〇'"，说这是汉字发展的一个重大突破。而且他错了就涂，从来不管。他这种无法无天的性格也体现在他的书法上了，它这也是挺极端的一种风格。

看老虎是欣赏，并不是自己变老虎。

（略7行）

毛泽东还借过王羲之的字。有一回，他从黄炎培那儿借了一帖王羲之的真体，六十年代的事儿。五八年以后他退下来，他就写字，□□□陶冶性情。他喜欢王羲之的字，借了以后，黄炎培怕他不还，那人是个民主党派，他老给毛办打电话问。毛说：我说好借一个月，到时不还是我失信，但是不到一个月你来催是你失信。他挂上电话就不开心了。警卫员就说：真小气，跟主席讨债。那时苏联正讨债，这词儿都是通的。毛泽东一听就转过来了，说：这个人不够朋友，够英雄。后来到了一个月，黄炎培倒客气了，说：如果毛主席在看就尽管多看几日。毛泽东还是让十二点以前给送到他家去。用大夹子夹好[6]。

毛泽东的好多这种事儿挺好玩儿，他也喜欢过一个平常人的生活，他跟他周围的人，实际上关系是很朴素的……他和他的警卫员说说笑笑，是常有的，他喜欢老实的，不是太聪明的人；他的警卫员最好不会写字，他说：我教你写字呀？跟哄小孩儿似的。他喜欢干这种事儿。有的时候江青和秘书吵架，他嚷：都不要吵了！他的秘书还吵。于是他就说：江青都不吭气了，你还说！他会在周围的人有所需要的时候，帮助他们，给钱给他们，但是一概不让他们通过自己的关系做官。他把这个分开，作为两路，个人交情是个人的交情。他这点是一直就很清楚的。[7]

他老年是不是过分宠爱江青？为什么他的大权能旁落呢？我的意思是说。

实际上毛泽东晚年对政治的关心程度越来越弱，他对这事儿不感兴趣了，不是因为身体不好。“文化革命”到中期以后，他对这事儿就一点儿兴趣也没有了。那会儿二十年大庆，就是一九六九年十月，那之前他的像章和塑像都造疯了，越造越疯，忽然有一天满街的像就都撤了，那以后就真停了。他那讲话也没正式传达，内部传了传，说呵，造我那么多像，你们都睡觉了，让我在外边风里雨里的，给你们站岗，说造他的像章把他的飞机都造掉了，就是这样的话，其实他是厌倦这场他发动的革命了。……

（略 49 行）

[6] 陈述实例可参见节选入《我们眼中的毛泽东》的李银桥回忆。

[7] 陈述实例可参见节选入《我们眼中的毛泽东》的李银桥回忆。

中国人的精神它既是空无的，但是也是无限的。不像西方到达上帝、天国、彼岸，或者一个自我救赎的那样的感觉，他就满足了。中国，实际上那个精神是漫漫无边的。……

他只有抓住个东西，在对增值的不断想法中间才能过下去，……这种需要的不安可以遮盖去生命中的疑惑。

……他们从来也没有要求过西方向东方的改变。

——图随笔于岛上（1988 年 7 月—1992 年 3 月）

这样的人你很难用逻辑去想他，他可能有一百个逻辑，而且都是自己的。因此你用一个公用的逻辑去想他是想不通的。

现在如果还有这样一个，不是刀，而是樱花的那么一个精神，我想中国又行了。这是一个愿望吧。

1992 年 5 月 27 日　柏林

第四辑 1992年6月（一）

伦敦

是水还是光？

——讨论会后与友人谈[1]

1

A：所以你在你那个岛上跟自然很接近？

我想是这样的。有人说：呵，你到了国外脱离了中国的传统了。我说这就是中国传统，我到中国传统里来了。自然中间是无所谓国度的，而归返自然是中国的一个传统。人可以自己生活，在自然里头。陶渊明你一定知道？而实际中间，这样的人还有很多很多，人们不知道就是了。日本也有这个传统。

A：我做这个题目，人和自然的关系，“田园诗”不大好解释，士大夫的审美理想？

“田园”呵——那个诗与其说“写”，不如说“看”：看着花就开了，看着树就长起来了，看着诗就出现了；很像李白说的那个“清水出芙蓉”。“芙蓉”就是荷花——诗就像花儿从水里边长出来一样，没有人的参与，人只是看见了这个花儿，看见了这个诗。

---

[1] 友人篇中以A、C表示。A是日本汉文学研究生。C是中国居英朋友。交谈于研讨会休息时段。此时正值举办于伦敦大学的中国现代文学研讨会期间。可参读《讲演答问卷》中的《等待这个声音……》。

“文章本天成，妙手偶得之”，也是这个意思。

这个要是跟西方人说的话，他们要想一想；但是日本，那你们很清楚了。你们的这个传统，比中国要保存得好。中国的“田园诗”不说了，“田园”就没了，这是我最不高兴的一件事。

A：可能还有，你不一定知道？

少，很难。这……的政治和统治系统遍布每一个细枝末节，在中国没有一个人能够离开……生活，哪怕在大山里，哪怕在密林中。人和人的自然关系没了，很弱很弱了，都是政治关系，躲不掉的。

烨：你明天可以去听课。像今天有个发言，说现在新一代的感觉，他们觉得没有位置的那个感觉，位置都被顾城他们给占了，他们必须超过去。

北岛为标志，他们说超北岛。

烨：但是这种有没有位置的感觉不是属于诗的，也不属于文学，而是属于你的利益目的的。怎么能拿这么一个感觉来作为一个文学特征呢？要说是非文学特征是可以的。这个特征就是求名利。而顾城他们当年写诗是没有这些名利的。

北岛他们当初写的时候面临的那别说不是名利啦，那说不准就是监狱啦。

烨：就不可能像这些人一样，还要在什么诗坛上占一席位置。他们写就是因为生命的趋动，不写不行，一定要写。不管什么，像顾城就比较个人化，像北岛就有些政治化，但是总之他们面对的不是诗坛，也不是文学史，而只是他们自身。那个时候，至少刚开始的时候，他们选择写诗是没有这种个人目的的。

没有好处的。

烨：没有好处，写只是一种必然。

北岛、多多他们写好歹还有几个朋友看，那他们之间就是构成了一种交流理解；而我那个时候，干脆就是对鸟儿说话，都不知道天下还有人写这些东西。

其实写诗和所有生命的生长一样，它除了自身要长大以外，没有任何目的。艺术就是这样一个生命本身的事情。当然像你们可以研究它，但是那同植物学家研究花儿一样，跟花儿是没有关系的，花儿并不需要你的研究，也不会为你的研究著作而开放。

这个道理太简单了。

但是因为写诗能带来现世中的一些好处，也会带来一些坏处，所以就把写诗弄得复杂化了。

烨：弄得很复杂，你明天可以听一听，明天可能会很复杂。

但是实际上是很简单的。你可以听一听。搞研究也可以是件有趣的事，在这个世界上听听看看，因为你研究嘛，无非是通过现象研究内在的关系是吧?

2

C：……他们这好像就是变节了。

共产党起码是一直保持住了，而且他们面对着屠杀，也有内部的极其复杂残酷的矛盾，但是它还就是能够一直斗争下去。死就是无所谓的事儿，……就是这么干下来的。

（略11行）

……这中国人就这么活下来的。所以（笑）说中国共产党人是特殊材料制成的呢，它还真是有和一般的中国人不一样的地方，一个两个不稀奇哈，那么一大批人；毛泽东说“只有共产党能够救中国”也不是虚话。

（略10行）

光进入以后水就明亮起来，……你说它是水还是光？

——图 1992 年画于柏林

中国哲学不含希望；但是你看佛教有一个希望，这个希望它很微妙的，是一个十分寂静的光明。

烨：立地成佛。

C：那么道教呢？

道跟佛的感受起点是一样的，就是天道无情，人微不足道。

但是“死”，道教是空虚的，要不然道教为什么老在那儿鼓动人活得长呢，是吧？

而佛教在这个“空”的后边有个“生”。这个“死”不是结束——“红豆生南国，春来发几枝”，就有了一个生生的境界，一个如同春天的临照万物。

C：那道教、佛教的区别就是，佛教是在活的时候也有春天？

在活的时候，你是死的；死了以后，你将获得真实的生命。这是佛教的。

C：那么道教呢？死了以后就？

道教是呵，道教的那个自然哪，讲心的自然，也讲外在的自然，讲这两者的对应；佛教是完全讲心的——心透，你按本性生活。

C：可是中国的佛教和道教是密不可分的嘛。

佛教，它是作为一种精神改变了道教的，产生了中国的佛教——禅宗嘛。

C：对。

这就好像是光进入水里一样——水本是纯洁的，纯粹但是是黑暗的；光进入以后水就明亮起来。这就成了中国的佛教。你说它是水还是光？

1992年6月5日　伦敦大学

唯一能给我启示的是我的梦

——同西蒙谈《颂歌世界》《海篮》及其他[1]

《颂歌世界》是用什么过程写的，这个组诗是怎么写出来的?

这些都是一首首单独写出来的，现在的排列顺序并不是当初写的顺序。

我发现我的生命状态，包括感觉状态，每过三五年就会发生一个变化，这个变化会使我的诗有明显的改变。

《颂歌世界》是什么变化呢?

那个时候，我忽然觉得好像拉开了一个抽屉，里面清清楚楚摆放着我过去的生活；在抽屉拉开的一刹那，所有静止的小物件好像都挪动了一下。然后我看我过去的信仰、爱情，都在抽屉里像小玩具一样，散发着淡淡的光芒，一点点地亮起来，我感到安宁，像刚开垦的泥土和缓缓的流水那样。

那时候我像是成了盲人，我的手在抚摸，清凉的感觉直入心底，有清楚的质感；我对语言又有了一个清晰的感觉，就是语言的质地。

---

[1] 西蒙：Simon Patton；汉学者。此篇基本为西蒙据自己的采访录音整理出的文字，原文字亦包括对英文表述录音部分的整理，此次编选略去，并将采访者的英语表达以翻译者的中译代替，同时对中文记录部分做了技术性勘正，如“物性”恢复为“悟性”、“意识节现”恢复为“一时皆现”等。文中标注为“（若干句整理者不能辨听确认，空去）”的部分，即为原整理文件标注不能辨听空去的部分。

《颂歌世界》为作者组诗，作者选自己写于1983年至1985年间诗中的48首组成。《海篮》为作者于1992年赴德工作期间整理的又一诗集，其中选诗均可见《诗歌卷》下册。

语言的质地?

那个时候我感到的是，语言重要的不是它的形状，不是我们怎么切削和组装它，不是说把这个木头做成一个板，或者一个凳子，这个不是重要的；重要的是敲一敲变成了玻璃，再敲敲变成了铜，再敲变成了水——这样的语言质地的变化。

在这样地感受着语言的同时，一个一个过去生活的场景浮现出来。有《黑电视》[2]这样一首诗，它是我在"文化革命"的时候的一个感觉——不断地把一根树枝向水底下插，却怎么也插不到河底，但是后来，我就在这个地方，在我终于抛下这根树枝的地方，第一回看见了死人。

那是一个男人，眼睛蒙着。所以这个《颂歌世界》跟"文化大革命"有关系，我想是的。还有一首《我还在收集金黄的烟丝》[3]这样的诗，里面说的就是那个死人。

虽然这是"颂歌世界"，诗里还是有很多死亡?

是的。那个时候我对死亡的看法已经跃出人生恐惧了，也脱离了人道主义的假定。死亡成为一种带有光芒的物质。这个时候，我又一次地感觉到"文化革命"刚开始不久的一个刹那，有人举着喇叭大声说话，红卫兵聚在桥上，有人报信说谁家有多少金子，平稳的世界突然开始瓦解，学校不许写字的墙上贴上了大字报……我这时候再看，觉得那个背面亮起来，越来越亮，这不是太阳的光芒，也不是灯的光芒，是大地震动的光芒，是所有物质本身的光芒。

你自己的家被抄了吗?

[2] 组诗《颂歌世界》之一，写于1984年7月。

[3] 组诗《颂歌世界》之一，写于1983年10月。

是的。我父亲也被抓走过。

有一本书留下来呵？

对，一本法布尔的《昆虫记》。“文化革命”过去这么多年后，我又开始重读“文化大革命”。我的读已经离开了一般性的批判，转而成为一个看待。你知道有着太多的内涵，以至使正义非正义的尺度变得无力，人赖以依靠的所有观念都摇摇欲坠。……（若干句整理者不能辨听确认，空去）

在你看的时候，还可以看见每个故事里边的那个最新鲜的时刻，譬如：“盘头发的人扶着车子／／很绿很绿的河水／草地上跳着兔子／／灰暗的兔子眼神如火／／可以在水里骑车”，然后“草地上晾着绳子”[4]，就是这样。

这时诗里的“我”不见了，有很多的“你”和“他”；“我”成了一个“看”；但是呢，所有的“你”“他”又都涵着我。很像是我在看我，在这个佛手上翻跟头。

你最早的诗大部分是关于大自然的，是抒情大自然，但这个《颂歌世界》有些改变？

那个时候我开始发现自然并不等同于自然界。原来我觉得我在人世的不幸是由于我脱离了自然，而那个时候我开始感觉到自然是一种心的力量的体现。心的状态。刚才我在电梯上跟你说上回我来欧洲的时候还看什么都不对头，而这回再看就没什么不对了，因为我不在其中了，这就是我心的状态。……（若干句整理者不能辨听确认，空去）

我开始怀疑文字的作用。每个字，它的意思被人们肯定，然后你借助这个被肯定了意思的字表达你自己，这对于诗来说是让我感到荒谬的，因

[4] 引自《颂歌世界》之一《离》， 写于1985年9月。

为诗的品格本应是极端洁净和无限自由的。有一首诗就叫《字》[5]，它说“那扇大铁门几乎把我们碾死”，所指就可以说是这个文化、这个僵死的字含义。

然后呢，那个里边好像说：“很短的脚踩着砂砾”，那么一种很难受的感觉——你不能改变它，它也不能表达你——诗的那么一种很困难的感觉。然后：“在艾宾后边”，

“艾宾”是什么？

“艾宾”是个我在梦里听见的名字，这首诗是我在梦里听见的，“在艾宾后边”——清清楚楚。我把这个“艾宾”写下之后去查过《辞海》，才发现还真有这么一个人，是一个语言学家。

是什么地方的人呢？

可能是一个德国人，叫艾宾什么什么，我没记。但有这么一个人。他做了一些语言心理实验，“遗忘曲线”就是他做的。他拿自己做反复的实验，研究这个遗忘规律，他就是试验隔多久回想一次，看忘记的程度，然后做成曲线。

他还做了另外一个实验，但是我怀疑这个实验是我想出来的，但是我又确有这样的记忆。就是他把一些有既定含义的生词告诉小孩儿，同时将一些类似“滴的里滴”这样的从未被人使用过的尚无确切含义的声音词也告诉小孩儿，后来发现小孩儿记住的是那些没有含义的词。

你常常把你的梦写下来，把它们写进你的诗里吗？

[5] 组诗《颂歌世界》之一，写于1985年11月。

能唯一给我启示的是我的梦，并不是书，不是别人说的话。我想这是因为梦是从我的生命里来的，而书或别人的话，就不是，它们起的作用只是对我梦中的现象予以印证罢了。比如法布尔的那本书，我刚得到的时候，我就觉得是一本我的书，我觉得我是见过它的。

书并不能告诉我我不知道的事情，因为如果我的生命里没有，我不可能因为书而知道。

你相信“潜意识”这个概念吗？

“潜意识”是一个来自西方的概念，东方比较接近的说法是“悟性”。禅宗有言说：“卷尽云雾，万象森罗，一时皆现”，就是风把云卷走了，世界顿时呈现出它原本的面目，也就是“悟”了。我觉得这个说法距离我比“潜意识”更近一些。而“悟”于我总是在梦里，或是由于梦里的提示，所以梦对于我是很重要的。

可是你说的梦不是普通的梦，我的梦都很复杂、很乱。都反映我生活里的问题、困难。你的梦好像不是这样？

梦里的很多事是很奇怪的，但是又总有一种透骨的真实；他影响我，就是因为这个强烈的真实感。

有一个时期，我进到梦里就又进到了我过去的生活中间，这个过去的生活还是老样子，可是我变得不一样了，已经很大了，我写《水银》[6]常是这样的情形，我回到学校，还是原来的学校，同学也是那时的样子，可是我坐在他们中间，不知为什么就那么大了，算术题也变得一点儿看不懂，我好像有很多年干别的去了，到过什么地方，仔细想，记忆却是一片空白，

---

[6] 《水银》亦为作者组诗，作者选自己写于1985年至1988年间诗中的48首组成。可见《诗歌卷》下册。

只剩下了一些不好意思，好像旷了很多的课，把自己弄得这么大了……

我写《城》[7]也有这种感觉，就是我到底干什么去了？这个事情想不起来了。这种怀疑是一直的一个怀疑，就是我忘了什么事情，不仅是忘了我的生活，而且是忘记了我的生命。

你好像还说过在我们的这个人生里忘记了很多以前的事情，可还不大清楚，以前的生活到底是什么，是孩子的生活吗？

在我寄给你的材料中你可以看到，……（若干句整理者不能辨听确认，空去）

我想起以前的生活——穿过出生的日子。

这是佛教的一种概念吗？"再生"这个概念？

不是再生，是生命中的一个记忆——当你回溯到了本源，你往那边看，你可以看见你曾经是鸟，曾经是鱼的生活。……（若干句整理者不能辨听确认，空去）

你所以有一个个变化，是因为你本就是一个"无"，或者说是一个"灵"，所有形体都是暂时的。

这样会没有什么自我吗？

如果你读中国唐诗，你会发现其中很少说"我"。有的是一个"看"，一个"观照"。那么佛教的这个观照，它是这样的一个东西，从人世这边看它是"无"，而它看人世却是清清楚楚、历历在目。

你说的"自我"当然是局限在人世中间的，这时你看花花会凋谢；你看到一个时代过去了，一个帝国消亡了，你感到的是无可奈何。而在佛教的观照之下，灭亦是生，万物生机盎然，就如同春天之下永远有花朵一样，

[7] 《城》为作者又一组诗，见《诗歌卷》下册。

所以佛有一个“生生之境”。

当然那个时候，我还没有感受到这一层，这是越往后来越明晰的想法。当时我到了那里，我就看见了我作为一个男孩儿的生活只是我生命历程中的一小段。中国说“知天命”，我不知道别人知道的是什么，写诗帮助我知道的是——我看见鱼游泳就感到了鱼的快乐，看见鸟飞翔，就感到了鸟的快乐，这是自然的快乐，和思想的快乐很不一样；为什么会这样，因为我的生命里仍然刻有这个记忆，我曾经作为鱼，作为鸟生活过。

你说这种快乐是一种游戏吗?

可以这样说。

那你觉得写诗是一个游戏吗?

这要看你怎么……（若干句整理者不能辨听确认，空去）

我写过一篇小文，《诗 · 生命》[8]，我说，在人间成为千万朵莲花，它喜欢和自己游戏。——这可以说就是观照之下的景象：它就是你的这只手和这只手，你的两只不同的手在一起做的游戏；也是一个人、一个天空、一个命运一起做的游戏。这个游戏是必然的，别无选择的，同时又是自如的，无所谓的，没有目的的。

可是很多人觉得生活应该是有目的的。你对这样的人怎么回答呢?

因为他们感觉不到生命本身的目的，所以便要制造一个目的。

人之间之所以辩论，之所以道理越辩越多，就在于我们不知道道理。我们不知道便要找，道理就越找越多，辩论就越来越复杂起来。

---

[8] 《诗 · 生命》，作者写于1985年。

像惠特曼，他有一句诗中文是这样说的：“我从此再不寻找幸福，我就是幸福。”——一旦知道了，就这么简单：他自身就是目的。不需要再找任何目的。

你很喜欢惠特曼吗？

我喜欢惠特曼。他的哲学跟庄子的很接近。

听说过惠特曼受到了东方哲学的影响。

我想主要是由于他自己的精神因素。很多人读庄子并没有感觉到他的那个世界。但是惠特曼的世界同庄子的就非常像。

你什么时候开始读庄子的？

一九八三年的一个时候，我开始比较认真地读庄子，因为那个时候我觉得我的精神状态到了个危险限度。我读惠特曼和庄子，惠特曼说：宇宙本身即是灵魂行走的一条大路，为了灵魂的前进，一切都让开路，一切——宗教、艺术、政府。我听着，觉得非常漂亮。但是这到底只是一个说法，是很西方式的，可以看出来，它还是有一个过程在中间的。

而在真正的东方的方式里，不存在这个过程。就是你知道就是知道，不知道就是不知道——你不是在这个水里，就是在岸上——这是两种生活。

我觉得这一切中间，这所有的生命中间，都被一个宿命贯穿着。你是一朵花你就要长大，就要开花儿，就要结果，这是它的宿命。一个花不会想这个问题，一个橘子也不会想，但是一个人会想；为什么？因为这是人的宿命。

人不是橘子，生命之水充盈在生命里；人是一个倒空的杯子，精神——人的生命之水，生命之光辉，生命之涵义——离开了，所以人需要重获这个生命之水。

尽管每一次到来的生命之水都是崭新的，不一样的，但是人只有在获得了它时才能算是活的，算是有生命的，才能达到充分的平衡和安宁。这是我一直困惑的一个问题，为什么这么美好的生命要离开我们？为什么这么美丽的精神我们不能保存它？我用我全部的虔诚保存它，还是不能够。

这使你难过吗？

是很难过，像个西方说的“空心人”那样假模假样地伪装于世，“生命中不能承受之轻”，对于我真是不能承受。

那个时候还陷在“自我”里，也遭遇着西方的不幸。就是说精神在这里住过，留下了我的身体这个空房子，我的身体变得毫无意义，我的生活也变得毫无意义。

在精神到来的时候，生命是充盈的，你一点儿都不想这个问题，此时你只有一个方向，你别无选择，你的诗，一句一句地出来，清晰地显示；没有我可不可以这样？或者那样？完全没有这样的疑惑。

到了你开始选择的时候，说明精神已经不在。在你选择的时候，说明你一无所知。禅宗讲的就是这样一个东西。

禅宗？

“禅宗”不依靠思想选择，到哪儿就是哪儿。

西方人习惯预先建立一个解决问题的规划；中国人则有个习惯就是到时候再说，随时解决问题。像“车到山前必有路”呵，像邓小平的“摸着石头过河”，都是这样的方式。这个方式可以变成一个很坏的行事逻辑，机会主义的逻辑，但是也可以形成一个美丽的状态——随机应变，出神入化。

因为你是没有的，不肯定一个具象的，你不断地遇到世界便会一再地产生你——这可谓东方的存在主义。你可以是鱼，是鸟，是所有具有特别生命感觉的万物之一或者万物之万。

在西方存在主义是个你做个什么人的问题，在中国是个你做个什么东西或者什么都不做的问题。庄子想当蝴蝶当蝴蝶，想当乌龟当乌龟，这是他的自由。这个时候“空心人”的问题就没有了——精神走了，留下一个空空的你，你便生命不能承受之轻；但是你同精神一起走，它上天你上天，它入地你入地，你并不一定要当一个人，这个时候，你就再不会同生命分离了。在这一点上我更愿意做一个东方人。

那么我再讲回到《颂歌世界》和《水银》，我的生活已经变成为一本书，那些经历，特别是“文化革命”中的一幕幕，是在一个极强大的精神辐射下，摄印出来，留在书上的。这个生活我可以一千次地读它，第一次，我也许作为一只鸟飞过去，看一遍，第二次，我也许作为一只老鼠钻进去跑上一遍；那这就是两个世界。你明白吗?

我现在写又一组诗，《城》，还是写我的生活，但是它已经不同，在梦里我是又一个形式的我，那么我走进我的生活，便进入的是又一个不同的世界。

我的这个《颂歌世界》，人家问我这个标题是什么意思，是“颂歌的世界”还是“歌颂世界”？我说是“颂歌们的世界”。

们?

“们”。就像一个人一个人一样，它们各自有自己的一个生活，每个生

活还会有自己的生活，在我的梦里，它们不寻常地生活着。……（若干句整理者不能辨听确认，空去）

到了《水银》，每个字都有了自己的生活。

字的生活怎样？

字的生活是这样的。中国文字的历史非常久远，一个字经历了上千年甚至几千年的生活历程，在这中间人家给它加上了这个那个的意义，这就像是它做过了好多工作，上过了很多的学一样，各种经历都在它上面打上了烙印。像“经济”这个词到处流通，诺贝尔奖也设它一项。我在山东的时候，老乡用它是说个“合算”“节省”的意思。

要是你问李白，李白在他的那个《嘲鲁儒》里说“问以经济策，茫如坠烟雾”，你说你是讲钱的事吗？那，这个时候这个词还没有后来的经历，风貌正大不一样呢，经国济邦，经世济俗，没准儿是字的这个生活机缘让“经”“济”碰到一起，结成个词的，再继续一起或分别经历生活。传说它们去了日本，就沾上钱的意思了。

一百年前你说“随机应变”，是一个涵义，现在你问意思，人家可能会说就是“机会主义”。那么中国词的意思它是从其中的每个字来的，从字和字之间的关系来的。字和字之间有一种有时严密有时松散的组织关系，各种字可以加入可以退出，但又并不那么随便，甚至还要经过类似人们经历的那些手续：申请、考察、合格不合格、接纳不接纳、留党察看、开除。

字和字之间有一个礼貌、一个行为规范，好比我们现在吃饭，中国人的客气、中国人的对吃饭的态度，就将吃饭固定成了一个特有的形式，每个吃饭的人之间的表面和隐含的关系一般就在这个形式之下显现。

中国字呢，它的一个显著特点，就是它是个个独立的，从外貌到内在健全完整，它能独自直接做事，它远远不仅仅是一个符号。你让它组词，它还有脾气呢，就不给你好颜色看；而有的时候，它自己就找到了结合者，令你大吃一惊，再一看，还真是不仅新鲜而且漂亮。

一个中国字，就可以说是一个自然生长的生命，从最初的诞生就是生命的。人们画一幅画儿，画儿的线条是富含表达的；我们看最早的甲骨文、金文，每个笔划都充满了这样的一种生长的生机。那么自然长花长草，自然的精神长出来的花草就是中文。中文因为有这样的先天的灵动，所以它的表意空间，它的组词空间，我想比起西方文字来是要大得多的。

对于我来说，一个字的到来是从哪里开始的？是从声音开始的。字化作声音的形态到来，再复原为字。比如那个“烟”变成“丫丫丫”的声音逃走了，挥发了，如同“水银”，常态下是可视可感的发亮的金属，忽然一个情形，它就变成空气不见了；但是呢，不知什么时候，它又会回来，像是变成“滴”“滴的里滴”的声音，突然就又来了；它还能继续凝结成文字，显示生活、历史、文化给它的意义，以及它的这一番周游，自冥冥带来的新一重涵义。

因为我感到了每个字自身的灵性，所以到了《水银》的时候，我就不再强制地组合它们，我让它们自己组合；在我心动的时候，字就会像万粒水银受到一个震动一样，出现它们的排列，这个排列简直就像我的心电图一样，我相信它是完全因应我的心跳的。

特别有意思的是，当它们排列之后，你可以观赏——整体的以及每个字的好看不好看，它们的个性和它们之间的感情联系，排斥和吸引，新鲜的词和句型，奇特的跳跃、转折，颇耐捉摸的又暗藏着绝对完美的整体……看来看去，可以看成一幅幅画；说“一幅幅”是因为换个时刻或者情境看，居然会是又一幅画，而且还可以看出一个个的故事。

你觉得你越来越脱离字的意义，或者对你来说，意义还很重要？

对我来说，声音的感觉像是更重要的。我考虑字合不合适的时候，我先放一个声音在这个地方。譬如“兰若”这个词，先是梦里听到的声音，我并不知道会是哪两个字，我写下了“兰若”，后来去翻字典，不仅果真有这个词而且还正合我意。你知道，它又是花又是寺庙。所以在这一点上我相信生命同神灵的联系——在人们创造文字的时候，不是毫无道理可此可彼的，而是受到了神灵启示，人才写下和接受它的。当时文字同占卜和祭祀是关系密切的，甲骨文本就属于神巫的活动。当然这是我的解释。

对于我最重要的就是，语言在恢复它的自然性的时候，它正好在它的行动中间显示了我。本来我同它没有关系，我到这个世界上来的时候并不认识它，但是因为我与它来自同一本源，所以从某一个起点重新出发的时候，一种召唤让我们不期而遇。

是不是你已经告诉过我，诗是为谁写的；是为你自己，还是为别人?

这就像为生活找一个目的一样，为谁这个问题是诗以外的问题，不是诗的问题；诗要生长，其本身是不为谁的，是没有目的的。

我写诗，如果说是为了什么的话，大约就是为了一个真实的生活；平常我不像是活的，缺乏一种真实的感觉；诗的到来使我快乐，使我震撼甚至恐惧，总之进入一个真实。

而从诗方面讲，它就像花要长大，要开花，要结籽一样，完全是由它自身的基因决定的，只要有机会，它就要长，跟为谁毫无关系。

很多诗人是为了表达他们的感觉，他们的思想。

人要表达这是自然的，但是对于诗是不是自然的就难说了。对于诗不自然的时候，你的表达也就不会自然。这时候就是说，你不该用诗表达，诗不是适合你这一表达的形式。

有的时候让人感觉，诗人仅仅是在利用诗的形式而已，原因不是为了表达，而是为了表达的效果，就是说有这样的一个“表达”以外的目的。

但是“清水出芙蓉，天然去雕饰”，一个花儿从水里长出来，没有任何其他的沾染，中国叫“出污泥而不染”。

诗是一种自然的生长，是生命在人类社会中产生的影像，这是我越来越相信的事情。人可以将自己的目的加给它，比如说这个花可以治病，这个花可以欣赏，这个花可以卖钱，这个花可以安慰我们，但这都是花以外的事，都是后来的事，同花的生长本身没有关系。

像有的诗，李白说：“八月蝴蝶黄，双飞西园草；感此伤妾心，坐愁红颜老。”然后：“五月不可触，猿声天上哀。”——这有人说是为了讲一个悲哀的故事，为了表达同情；而我觉得是一个声音的到来，使这个女子的故事成为诗，是一个真实生命的优美显现流动为诗；我们能被这样的诗打动，是因为我们同这首诗一样，也是从自然里生长起来的生命。

所以看诗的时候，要分好诗坏诗，好诗就是——

天然自成。——有的诗是写的，有的诗是长的，这是一个最大的区别。我为什么现在不说喜欢杜甫的诗了？因为他的诗大多都是写的。中国文化最美丽的地方在于，就是说你不管它，它自生。

你感不感到一种害怕，它不来了？

我有这个恐惧。但是我想我如果是属于诗的，它来不来人间都无所谓。我如果是属于人的，我就想让它来安慰我。……（若干句整理者不能辨听确认，空去）

中国人有这样的骄傲，可以不当人，可以当泥土或者当空气，我的生活也是这样的。我可以是泥土，等待来自天的雨水，等待灵感、精神注入我生命。如果它不来，或者离去了，我依旧可以像泥土一样生活，搬石头、锯木头，度过所有时间。它不来也很好，它来更好，这是我现在的态度。

而且我说了，因为你要做一朵花，才会觉得春天离开你；如果你是春天，就没有离开，就永远有花。西方人很伟大也很可怜，他们很固执，他们抓住了人，他们一定要做人；但是没有精神的时候人是什么？——人就是泥土。而他们不肯接受这个命运。中国人的血液里是游动着这个宿命的，“知天命”，中国说。

这是一种比较谦虚的看法，不认为自己那么重要。

这也是一个最骄傲的态度，将自己降到最低的时候，便也就傲视了一切世间的荣华，无视那些东西，那么也就获得了最大范围的自由，没有什么还能诱惑和缚住你了。

西方人他们永远认为人是重要的，而这是一个孩子式的看法。我写《我是一个任性的孩子》时也是这样的看法。说看法不如说本性，那首诗显示的是我的本性——我一定要坚持我的要求，一定要这个东西，不管有没有，没有我也要。这的确是小孩子气的，同西方精神在那个时候给我的鼓励大概也有关系。

但是越往后，我越走到中国的古老的境界里去了，也许也是因为它能平复我的本性吧，平复掉我本性中对愿望的强烈的实现要求。古老的境界并不是说死，或者叫你无所作为，你可以做适合你做的事，但是你不为结果苦恼。

我们这两天[9]听过很多人谈到今天派、朦胧派等，但是我觉得你跟北岛、芒克这许多人不大一样。

我也写过社会性的诗，甚至也写过革命式的诗，也喜欢过西方的书。

[9] 此时正值举办于伦敦大学的中国现代文学研讨会期间，“这两天”应指此间。可参看《讲演答问卷》。

不太一样也许在于我觉得做不做一个诗人，或者做不做一个人不重要。北岛有一回宣布自己是一个无政府主义者，他问我："你认为写诗是不是和政府没关系？"我说："没关系。"他说："那你为什么不宣布你是一个无政府主义者？"我说："我是无者。"这是我喜欢的变化。惠特曼说："在所有安排好的地方我们都不能停留。"我没有那些目的，我要的是活，是生命的自由。

我最后的问题，想叫你谈谈你最近写的东西，跟你以前写的有没有很大的变化？

每隔三五年，我就发生一个大改变。现在我同时在做三件事。一个是我在写《城》，……（若干句整理者不能辨听确认，空去）我在梦里不光不知道自己是干什么的人，而且是一个死了的人，是一个游魂，但是游魂也有一种着急，想不起路，想不起来要到哪去，想不起家在哪儿，所以老是停在一个地方发愣。但是每个梦里的地方，西单、王府井、前门，都给我一个感觉，还有拆掉的那些城墙：西直门、东直门、中华门……我看到的都是现在没有了的东西，和还没到来的东西，也有现实。可以看见自己活着时的生活，和死了以后的生活，但是这中间有一个空洞，就是人们的一个回避，对死那一刻的回避。

这个《城》我很想把它做完，在德国把它做完。我在岛上开始写的，……过去将近两年的时候开始写，我也快发疯了，我的，

你怕发疯？

这是命里注定的事。有回我沿一条路越走越快，前边要有个悬崖就跳下去了，我抱上一块大石头才让速度慢下来。这是我写《城》。

这样一个东西，有点儿像《陶庵梦忆》，就是张岱，明代的。他写《西湖梦寻》，就是写……（若干句整理者不能辨听确认，空去）都是从特别客观的角度。

这是个幽暗的事。

我现在在做的还有《海篮》。“海篮”这个词是我编的，我在给一个朋友的信中说了一句话，我说：“我好像知道了一点儿；真的话都是非常简单的，像用海水做的篮子。”……（若干句整理者不能辨听确认，空去）这就不像过去写诗，打扮它，变得很浪漫。

它是什么就是什么，我就说出来；但是呢，这说出来的话并不是这个世界上的话，像“海水的篮子”不是这个世界上的事物一样。

中国有句俗话说：“竹篮打水一场空”，是以“有”捕“无”，当然是什么也捕不到；那么以“无”捕“有”呢？这就是《海篮》。

我在写这些，这个东西跟梦也有联系，但是更是我平时的心境。像这样的句子：“这树要开花／再一看是叶子／细一看也是花／满山满树都是叶子”，然后：“她美丽像手指／有点不好意思”[10]。就是这样，很平常，很美丽，很真实，也很虚幻。

还有像这个句子：“一层层拉开树枝／你看树　站着睡觉”[11]。

还有这首诗：“我把路修到山上／采果子给你／我摘果子　从那些死了的树上／一百年前　鲜艳的果子”，然后，“那个小孩儿”就抬头看我：“你的头发／一直垂到地上　一直垂着／抬起头来／对我慢慢微笑”[12]。这个原文我可以找给你，这是一个故事。

还有一个故事，包括画儿，也是我现在做的一件事，我叫它《激流岛话画本》，是用文言加笑话写的。这是一件好玩儿的事儿。如果想到读者的话，这个可能是有读者的。

我现在就是在弄这么几个东西，形式都是和过去大不同的。还有就是我在写一些散文和近似理论的东西。最近我对毛泽东又有了一个新的感觉，还有周恩来，这个也会成为一个题目，有可能做成谈话的形式。

---

[10] 引自作者写于1991年1月的《重名》。可见《诗歌卷》下册第6页。

[11] 引自作者写于1990年11月的《桥》。可见《诗歌卷》上册第430页。

[12] 引自作者写于1991年2月的《九月》。可见《散文卷》上册第212页。

你好像对画很感兴趣?

对。我觉得做一个画家可能比做个诗人要幸福。但是一直没敢做。

但是你有时候画画儿。

有时候画。但是真要是开始画的话，我就停不下来，我就疯在里头了。那么这时我就得要纸、笔，就变成钱的问题了，而我要是不得不为这个停下来，我就要发疯。所以我尽量不走到这个画画儿的道路上去。我在集市上画像都有点儿这样，我画了一个人就停不下来，马上必须再有一个人画才行，然后就成了我给他一块钱，请他坐下让我为他画像。谢烨就很生气，谢烨说这样人家会怎么想呢？正常时我是收八元钱画一张的。

你的办法很好。你也对艺术理论感兴趣吗?

我现在并不当真地去看理论的书。我想这也很自然，因为读着不觉得与我有关。我读诗，读文字，能读进去，总是因为在其中读到了我。昨天开会我还说，我看文字只有是我写的和不是我写的两种[13]，也许是因为我还没有读到过“我写的”理论吧？不是我自己生长出来的理论，便同我的生命没大有关系，我便没什么兴趣。至于我搞理论，那只是随情随性，看我的生命力量到什么程度了，我并不想建立什么体系，确立什么目的，我也不想变得高尚、伟大，成为大艺术家。

为什么人们要理论？理论无非是人们觉不到依傍的时候，惶惑做什么、怎么做的时候，想确立一个价值、一个目标而琢磨出来的东西。在我的感觉中间，理论就是为无可奈何的情形设计出路，所谓指明方向什么的，像论证国家体制、文化优劣等等都可以包括在里头；嗯，我知道这是生存必

[13] 可参看收于《讲演答问卷》的《等待这个声音……》文尾。

须的，甚至也是自然而然的。但是对于我来说，是多余的。因为我刚一接受了做人的原则就没准儿改做鱼了，那指导我的理论就又没用了。

这个也是现在说，我曾经有一阵儿，是着实在理论中寻找原则的。

我有时候用理论是因为我觉得别人的思想方法很好玩儿。

那是另一回事，你那是观赏、欣赏，跟看一张画儿一样。这同在里面硬要找真理不同，跟为创造真理而做理论不同，跟为了毕业甚至为了成为一个作家、理论家更不同。像我们现在也可以说是在做理论，我这做理论只是因为我想说话。

有可能发现新东西。

是呵，但那是后来的事，发现不发现并不预期它，没这个目的。现在我在这儿说，不过是我的精神能量找到了这么一个表达形式，至于说话中间闹出了"理论"，那它既是由于我们说话时有那么一个对象，也是由于你的精神在这个说话形式中的创造力。至于这个"理论"是不是个东西，并不去管它，那是以后才会管的事。

此刻我说话，我感到说是愉快的，我的精神在找一个声音，它们在结合成新的生命。任何理想都需要一个妄想的形式，而妄想需要一个现实的形式，于是我说话，这是一个有意思的事。

我觉得这真的很有意思，从无到有，又从有到无。而且实在地说，有人知道的话，通过说也罢，理论也罢，你就和他的生命有了一个联系，这个感觉很好；当人们互相知道的时候，每个生命的领域就扩展了，就不只是拘在一个狭小的地方。所以做什么——垒石头，写文章，大家一起游行，甚至一起战争，都会成为对生命领域的扩展。但是如果由此固定出一个规章、一个原则、一个制度，那就完蛋了，那就复入狭小的生存区域，而与我们的自由生命背离。

你常常区别生活、生命？

对。生命与生活无关。

1992年6月6日　伦敦

真读一首诗的时候

——与友人谈[1]

痛苦倒不可怕，有一个恐惧，最后一刹那你一下知道了是怎么回事，这是个恐惧。这个事儿我想了好几回，其实。但是最后我得到一个大的解放，就是——听天由命。我看我自己，就跟看孙悟空在巴掌上翻跟头似的，看一看，就跟我没什么关系了。这时候我走到德国，走到哪儿，见什么，都不烦；我虚度光阴也不烦，有所作为也不得意。但是有一条儿，我喜欢真的，——真性情的人，真人真话。我现在就是这样一个状态。我不能说我老是春天，老有春天的活力，有花朵开放，但是起码我已经不是那个害怕凋谢的玫瑰了。其实人活着呀，我发现被这个恐惧呀，折磨，弄得你老要选择，好像一不选择，或者选错了，就得一下掉到哪去了，这一辈子就不一样了。一个大恐惧。而其实呵，选择不选择呀，一个样儿，命里注定了的。后来我发现这全都在你的本性里了。我为什么画画儿？因为一画画儿我就安静了，一天画八张，唱唱歌儿，跺跺脚，就过去了。所以后来我就想，这人哪，不能这么可怜，那些东西再好再好，你就是活这么一段儿，到底跟你有什么关系？但是你说，咱们说真心话，碰上真的读一首诗，哪怕就是你心情处在最绝望的时刻，它还是动。

友人：……

可是这个文学史也罢，什么史也罢，这个都是人们伟大的观念，一个妄想，哪有这么回事呵？

后来我就看懂了《红楼梦》了，人之为人就是这么一段过程；而其中

---

[1] 此处友人为一居英中国朋友。友人言谈大多略。

的美丽、其中的精神是从冥冥来的，它还要回去，我们不可能抓住它。

同时你为什么要抓它？——因为你在人世这边你才要抓它；你要是不在这儿，春天走，你也走，你就不抓它了。你可以是春天，那你何必是朵开了又凋谢的花呢？

就是惠特曼说的，一切安排好的地方我都不停留；佛教说的无所驻处是真心——你压根儿，它“没有”你也“没有”，它拿你怎么着？它拿你一点儿辙也没有，这世界拿你一点儿辙都没有。你到最大不了，你把我崩了，或者你把我饿死，你还能把我怎么着？在这之前，你休想拿住我。在一定范围内，我保持礼貌，超过这范围，去他妈的——你达官也罢，贵人也罢，你请我吃饭，我不吃！

烨：这回开会就有人整顾城，他不知道顾城是谁。……过一会儿顾城一说话，那人一愣：哎哟！你还能说出这个话？

一个人被一个妄想缠着，就像我那诗写的，我说：在这宽大明亮的世界上，人们走来走去，像一匹匹马绕着木桩❷。你看契诃夫小说也看得清楚，每一个人都被一个妄念牵着，绕木桩，绕绕，不行了往回绕，还绕，老绕，你说这是何苦呢？你随便走两步不行吗？

说实在的这世界没那么凶，你真这么着啦，它还真没准儿放你一马；你要真搞艺术，也许就成了，镇了。等我压根儿不打算写诗的时候，哎，它诗倒来了；轮到我苦心经营的时候，唉，执者失之嘛。

烨：反正岛上待了四年以后，你出来就看得特清楚。原来没那么清楚，现在清楚着呢。

可能是我们那个岛呵，也给了我些教育。岛上一个个人吧，全在干事

❷ 引自作者诗《在这宽大明亮的世界上》，写于1981年7月。

儿，干的那个事儿呢，莫名其妙，有的当然也挣钱，有的压根儿不挣钱，但是他们呢，有一个共同的特点就是，全都没有雄心壮志。像有个人在英国就自己钉了个船，然后乘上去绕地球，绕到日本娶了个妻子，到我们岛上卖船买了块地，盖个破棚住下又钉船，钉了十几年，不挣钱。

烨：他妻子是个日本人，说他一分钱不挣，就钉船，把他妻子打工养家的钱也钉进船里了，他们家的日子过得比我们还惨，房子比我们的还得破。

然后这人就领着全家坐上他钉的帆船又到海上去了，漂回日本，再绕地球。我们这回出来之前收到他们一封信，说他们船翻了一次，都掉海里去了。这不是鸽子号，没记者跟着，可他就干这种事儿。这个叫做纯粹。

所以这一看呵，要说艺术家，这叫艺术家，要说观念艺术，这叫观念艺术。可是呢，当然他们根本不管艺术。

烨：他就是不可遏制的。

毛泽东说人是要有一点儿精神的。我觉得这人哪，我们活是当狗哈，但是呢，你别里里外外都当上狗了；那这日子咱趁早别过了，拉倒吧。

就是咱们一方面“好死不如赖活着”，在另一方面呢，宁为玉碎，不为瓦全；要不我图个什么呢？

烨：那你要是没有这一方面，精神的这一方面，那还有什么意思？那见得多啦；你要没有这方面，那太可怕了。

人呀，想开了，过得真棒；要不患得患失的，满脑袋苦恼死了。

然后再回到这儿来干事儿，你就是一个，客人，随时要回去的；就像春天到这花儿里来一样，做一件事儿，做完还要走。做得好不好，人家说什么，那是无所谓的，因为你的心里清楚。我觉得这个佛教呵，最后我是服了，唯一符合中国人知觉的一个信仰，能支持中国人做大事小事，从容。

活也从容，死也从容，做事也从容。不然让这世界给整得，也太惨了，这也不是，那也不是。

而且这干什么都可以，有时候我跟餐馆里打工，就打工是吧，这跟当伟大画家有什么区别呀?

烨：哎，而且我跟你说，就顾城那怂劲儿哈，就穿着这破衣服，北岛都说你这都不知道哪个时代的；那些中国人就挤兑他，当着老外挤兑，我告儿你，挤兑他那个话，我跟你说，真的，我说不出来都；他就在那儿，哎，没脾气，嘿嘿笑还；我就说了，您那话压根儿呀赶紧收回去——我这样儿，我这样儿是我自己的！

你这气性还是太强了。

烨：那我当然气了！那不是废话？那我不是气，我是看那个“虚乎”劲，别扭。

你看他别扭，你就走，你没必要跟他说呵。

烨：我不说，问题是他跟我说，我就气。

友人：一开始你们在岛上自在惯了。

在岛上自在惯了。

烨：自在，太自在了。他在那儿实现理想。他说理想跟实现没关系哈，可是他还老去实现。

此理想非彼理想呵！

理想你要去实现的时候呵，你其实是拿它当个设想掂量的。像我的理想是盖个城堡，有城墙、城垛、箭楼、吊桥，那就是理想而已是吧，赶上我要去实现的时候，就可能变成盖两间房子，换个屋顶，还上贷款了，就是降成一个设想了。像现在，就是为了实现这么个说理想也罢、设想也罢的东西，我们就到这里来了。那我的理想，建个太虚幻境，那就不能给变成设想是吧，那就是个方向，然后你就进了个状态。

烨：我原来在岛上最大的担心，就是钱的问题。我没钱，就一点儿没辙，到美国以后，我忽然想通了这个问题。其实我们去德国也不是我们争取的。就是你争取，压根儿没用；你不争取，它这事儿有时候就过来了。

命里注定都是。

烨：没辙！轮着你你还跑不了。

你一活该，它倒简单了。

这种感觉挺好。但是有一个缺点，它老容易丢东西。我在街上丢一百块钱，谢烨就急了。

烨：给我气得要死。就让他那么一回拿了钱，他就给丢了。你老得跟着他。而且，就是所有的东西都得我拿。

我可以拿的。

烨：他不惜力气哈，他愿意帮我拿，到时候他给你丢，你有什么办法？

咱们就想开了吧。

……

我说咱们还是毛主席的那句话哈，我说咱们改一点儿：使他们每个活着的人想起我们就心里高兴[3]。

烨：挺好玩儿的。他跟北岛他们说这些。

我这人儿还不太喜欢特别善良，吃不住劲。我自打十七岁哭了以后，我就不哭了；____哭过一回。

烨：蝌蚪死的时候，你不是还掉了两滴眼泪吗？你这个还是哭了好几回呢。

（半自语）我这人儿挺心狠的，为什么心狠，因为我其实特别伤感，又害羞，是那么一个人儿，哎，这我要是不硬撑着点儿哈，就他妈太不成样子了。

烨：我告儿你，他吧，捡垃圾回来，把我气得，我就说你他妈这点儿小事

---

[3] 毛泽东原句："无数革命先烈为了人民的利益牺牲了他们的生命，使我们每个活着的人想起他们就心里难过，难道我们还有什么个人利益不能牺牲，还有什么错误不能抛弃吗？"这是一段"文革"当中经常朗诵的语录。

儿就不能忍着我？那我凭什么忍着你呀？他不管你，根本不管你那一套，他做一切事情为我是可以的，呵，我不是说他对我不好，他是可以对我好的，但是，他所有的理念，他觉得他为我好，实际上是伤我。

哎哟！

烨：你是不知道呵，他是要这样的，他一定要这样，而且他就不将就着我。你一定要这样，我没要这样，你还捡垃圾？捡那一堆！我恨喏，我就偷偷地往外扔，真的，没辙，他捡了，我就偷偷扔，你说我这日子是什么日子，他妈太怪了。有一回我扔垃圾，他就气了，把我们唯一的一个人家送的话匣子给扔出去了。就这个人，你说，他就这么可恶。

我捡的都是有用的东西呵。

烨：扯。

我们那个修那个厕所、浴室用的板子就都是捡的，都是新的，就是那些人新的就给扔了。我们楼下一整面墙，都是捡的碎木头拼起来的，那个值钱喽——我那捡的都是硬木，小的就跟这个药盒这么大，你想每块木头都是一个特殊的来历呵，上百块儿漂亮木头呢。[4]

烨：我不跟你耗了，你放心；我不跟你纠扯，你要死就死。

我现在告诉你你不信，我就等着他死呢，我就等他死就完成，全部就美妙得不得了，他就成仙了。

谢烨还有一个歌儿呢，叫：妙哉真妙哉呀，上西天下不来。

烨：我说他就应该上西天下不来，特可恶，还老活着。

唉，如此吧。

6月7日凌晨　伦敦

---

❹ 作者提及的“我们楼下一整面墙”其十五年后拍摄的照片可见《散文卷》下册第280至281页。

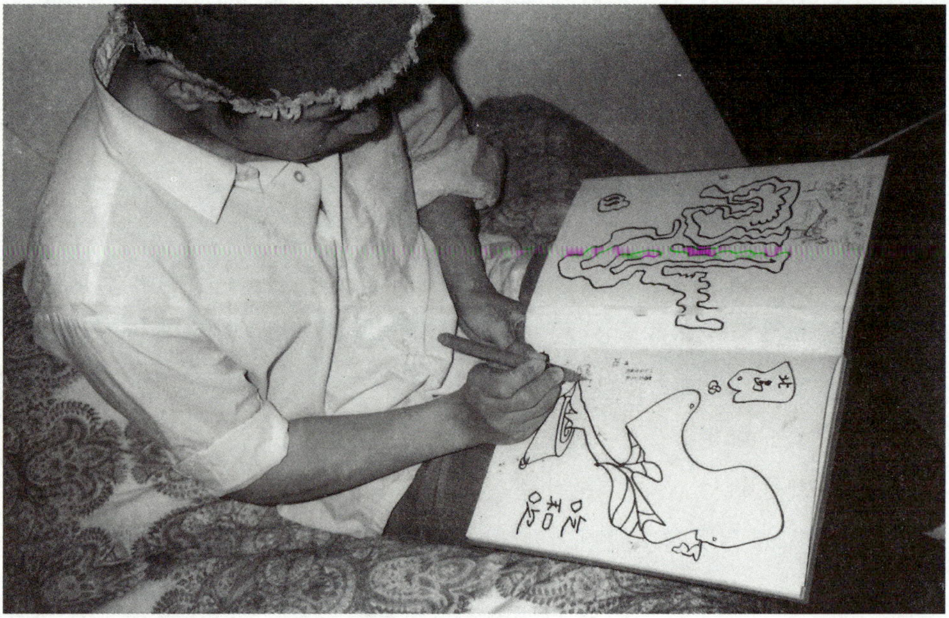

于友人笔记本上留画，题“吃和吹”自嘲自警

参观中间

试油画写生

神明留下的痕迹

——从《我不能想得太多》谈起[1]

1

现在我们一谈论诗，大家就开始说语言、结构、这个那个的主义；如果我说那个看不到的东西，那个产生诗的东西——生命以及精神，人们就说这是个古老的思考了。

昨天开完会，大家有余兴就谈到了这些，到底什么是诗，到底什么产生了诗，或者说我们用什么来判断诗之为诗。

2

我现在可以扼要地说，我觉得诗就是呼吸；就是说诗有呼吸方为诗，而且诗有呼吸即为诗。没有呼吸人就是死人，有了这个呼吸，人就是活的。《圣经》上说上帝把这个呼吸放在人身上，吹了一口气，人就活了，获得了生命；语言也是这样，你有一个呼吸，一个精神，你把灵感放在字里，字就活了，诗也由此获得了一个统一的生命；它不仅可以在世界上有它的生活，而且它可以不断地繁衍子孙。

3

我说的呼吸并不是一个神话。我们看不见呼吸，我们看见的是鼻子、

---

[1] 此篇为与来访者谈话录音记录中顾城一方言论（顾城对其笔正）。以不同序号表示的两段话，其间为访者的话，通篇空去。编选略有删节。《我不能想得太多》为作者的一篇诗论，可见《散文卷》上册第370页。

眼睛；我们看见文字，看见韵律，看见那些词语的变幻，于是我们研究这些东西。但必须知道，这不是诗的全部，甚至不是诗的实质；实质我们看不见，但是使诗成长；实质就是呼吸。人活一口气，诗也一样。

4

诗所显示的事物，西方有个说法，说是在两行诗之间。

实际上一切都来自于于我们来说的“未知”，也就是于我们来说的“无”；它们到来了，成为“有”，可视可感，但是它来自“无”，它也继续显示着“无”。

我们说的“呼吸”“气”，或是“冥冥”，它跟“无”是一体的，是我们看不见的，但是它创造了所有可见的形式，并赋予这些形式以生命，使它们可以突发前所未有的行动。而这种令人惊讶的变幻，也正显示了推动它的那个巨大“无形”的力量。

我们可以把它叫做“神明”，也可以叫做“气”，也可以叫做“冥冥”，也可以叫它作“天”。我选择了“冥冥”[2]，是因为它更强调了那个“无形”对于人类来说的未知性质。

一个诗人要是不承认这个“无形”的话，认为诗经过研讨，就会总结出个最佳创作法，那么就差不多是将写诗视同于流水线制造了。这样“创作”出来的诗估计会很像电脑产品，或者说这个作者已经“进化”得像是机器人了。

5

有名天地始，无名天地母。这个“未知”无形无名，是万物之母，也是文化之母。万物产生，有了分别，有了名称，有了概念；这个时候文化产生了，文化人也就产生了；人也就从和万物浑然为一的自然生命中分离了出来，有如杯子和水的分别，它们成了两个事物。水可以被注入也可以

[2] 指在《我不能想得太多》中用词，作者选择了“冥冥”。

被倒出，不再像自然状态中那样——生命和它的形式浑然不分。

我们可以用水果来比喻自然的生命，一个果子中的水是不会因为倾翻而泼洒出来的；人在同花、鸟、树木、走兽一样不会思想时，那么他的生命之水即他的本身，不会因为震荡离你而去；当人开始了思想，这个时候，生命之水——精神，就会到来，也会离去。

人思想使人同万物分离，分离又加强人的思想，思想更强化分离……；这个过程中，人关于“人”的概念就强调到了极致，而人的生命之水也析出到了极致，也就是说杯子和水分离到了极致。我这里说的“杯子”大体等于“人”的概念，即人之为人的概念，而“生命之水”大体等于人的精神。

从众生中分离出的精神——生命之水，会由于不断积聚，而在某一时刻突然到来，注满一个个的杯子，又漾溢出来，在整个范围里产生一种生命的运动，这时就会出现艺术的创造；革命、爱情都会成为一种显现形式。……

它到来也会离去，在精神——生命之水离去的时候，只剩下了杯子，或者还有泥土，一切都空空如也，“空心人”“生命中不能承受之轻”，这些现代人的哀怨都是这时的情形。包括中国目前的这种无名的躁动。

6

希腊人写作认为是神灵附体——灵感。《圣经》也是说上帝通过人的手写东西。我想这是一个说法，像我感受的——人是一个导体，在神灵通过时放出光芒。

7

我说“关掉世界的声音”[3]，这个声音不是指来自冥冥的精神之声，而是指这个世界的盲动的噪音，莎士比亚说的“充满喧哗与骚动”的这个噪音。

[3] 作者在《我不能想得太多》中说“关掉世界的声音”，访者就此提出问题。

如果人是一个接收各种声音的收音机，那我们可以调整波段，避开噪音，也许就会听到另外一个声音，一个前所未有的声音，它是通过天线传来的，但是因为唯有你听到，所以也是你的；没有你就没有这个声音。因此我说的“关掉世界的声音”，当然是不包括这个声音的。

这个世界在离开了神明的时候呢，它自己也会发出盲目的一种强大的响动，这个响动可以说越来越大，对于很多人来说已经不以为还有以外的声音了。

8

这个声音到来，那个声音对于你就没有了，这就像光明到来，黑夜就没有了，这两个东西是不并存的。

我说“关掉世界的声音”其实是顺从我的自然；要说选择，就是选择这个顺从；而不是我硬抗着要自己在这个世界的噪音里，抵制自然声音的到来。对我此刻没有“如何去关掉”[4]的问题，此刻[5]是“灵”到来的时刻，这时的选择是属灵的，只要我不坚持不关掉，它自己就关掉了。

9

精神到来的时候，是主动状态，这个世界成为它的形式，就像中国革命成为毛泽东的形式一样，于是文字成为诗人的形式。举一个例子：有一个人读了很久的经书对其中的道理还是似懂非懂，去问慧能。慧能说你得道的话，道理围着你转，不得道呢，你围着道理转。就是说，你如果有一个生命主导的话，一切既成规范都不再是你心灵和思想的障碍。

写诗也是这样，如果你有灵感的话，文字为你而生而舞而熠熠生辉，如果你没有灵感，你就成了——可以说诗这样写也可，那样写也行，到底怎么样才是，你也没数。——而在真正灵感到来的时候，你便会是别无选

---

[4] 访者提到这个“如何去关掉”的问题。

[5] 指《我不能想得太多》中的“此刻”。

择的。

10

灵感是一种光，它进入我们，产生折射，赤橙黄绿青蓝紫，语言只是其中之一。

11

不能说是“转译”，它是产生。同我们这个世界从虚无中来又回归虚无一样，实际上是那个东西创造了这一切。从水蒸气到水，我们从无形到有形——而我们说从“无”形到“有”形时，“有”“无”不过是一个人造的界限——在这一层上说，说“转换”是可以的；但它还不是我说的冥冥；冥冥亦是这一“转换”的制造者。“转译”带着人为的痕迹，而转换是没有人的加入的。

诗的语言产生自冥冥，而不是由一个东西变成另个东西，“转译”而来的。

12

我知道你的意思，你是说传统和诗人的创造有这么一个关系，也就是已有文化和你的创造之间有个关系；你听我这么一说好像那些都成了不重要的，那么一切都是从你那一霎那自无限创造出来的。这点呢，我觉得是这样的，开会[6]的时候我说了句笑话，我说我看见好的诗我就认为是我写的；这是个笑话，可也是我的真话——我看见美的东西，第一个感觉就是它就是我；无论是一张画儿，是一个人，还是一个瞬间，还是一首诗。

为什么会有这个感觉呢？想想并非没有道理，因为一切东西都是从“那边儿”来的。就像我小时候写过一首诗，说树枝想伸上天去，然后呢，把天戳了一些小洞，这些小洞呢，透出了天外的光亮，人们就把它叫成了月

[6] 指“中国现代诗歌讨论会”。

亮和星星[7]——对于我来说呢，以前所有的文化，那些我热爱的唐诗宋词，那些美丽的文学艺术，都是这些小洞透出的天外的光亮。

那么我也是一个更小的洞，我也透出了这个光；而这些光在这个世界上相遇、相识的时候，它们知道它们有一个共同的来源。他们的关系不是父子关系，而是同生的关系——它们是一棵大树上的叶子。

因为我们在人世中间，我们才想象出一个历史，想象出一个时间，想象出一个时代；我们把它分别开来了。而实际上，在这个意义上讲，他们完全是同时的。

13

灵感可以比喻为一种光，也可以比喻为一种能量；如同宇宙射线一样，它本身就是一种语言，宇宙的语言，或者你的语言，一样。它可以是个声音，如“滴的里滴”，也可以激活已有的语言。就像一个粒子打入原子核那样，使语言产生裂变和聚变，产生质地的变化。在这个时候，无有的会成为已有的，已有的也不再是固有的了。

这几乎是必然的过程，诗人所做的，只是不妨碍这个过程而已。

14

这是精神的另一半历程，或者说是精神的另一个完成形式。从你论及的方面说[8]，这种完成是没有尽头的，就像是说“好男儿志在四方”“子子孙孙是没有穷尽的”一样。

但我以为就写诗来讲，写完，这个过程就结束了。“十月怀胎，一朝分娩”，娃娃哇地一哭，生产孕育便结束了。之后再发生的事是另一件事，它和我的创造过程已没有关系。就像娃娃出生之后，也许你还可以给他整容，修残补缺，但是娃娃出生的过程是结束了的。

[7] 应指作者写于1968年的诗《星月的来由》。

[8] 访者论及一首诗的完成延续到之后的修改、读者的阅读和创作参与。

既是诗，不管是否完美，都是有口活气的，和诗人有血缘的联系；它能自己行走，与人相爱，繁衍子孙；这一点是不论多么完美的“洋娃娃”都做不到的。

15

就说这是个精神的旅程。如果说人类有一个精神的话，对于这个整个的旅程来讲，创作和阅读只是它整个旅程的一部分，所以你说它是没有完结的，也是可以的。

再说这种一致性[9]。在我刚认识她的时候，我写过一首诗，中间一句是：“你很好看和我一样／你很好看和我一样”，我说了两次；结婚的时候也达成了一个协议，是“一样好看，一样高”。这当然是个玩笑；我要说的是它们是一个。

之所以真理是简单的，就在于中国哲学直觉到的“归于一”。如果你时时想起我们是一个，你在这个世界上所有的旅程就都变得从容、有趣了。

16

现代主义的致命问题在于它切断了同这个万物本源的联系，或者是说它失掉了这个联系。我们说蜥蜴，就是小时我们常见的壁虎，它动则动，不动可以一直不动。而你切下它的尾巴，这个尾巴就要跳个不停；为什么？就是因为它失掉了同本体的联系；这个跳不仅不是生命力的表现，而恰恰显示了离开生命的一片慌乱。现代主义之所以变换得那么快，一天一个姿势，一刻也定不住，道理就在其中了。这是人类的绝望。

17

这个问题的答案就要看一个诗人到底是一个什么了。你仅仅是一个现实的对抗者，还是一个孤独的美丽心境的显示者，还是看待这个世界的一

---

[9] 访者谈到诗的读者和诗人本人感受的不一致。

个“看”、一个观注?

我们那天也谈到这个问题：如果你是一朵花，在秋天到来时你一定会凋谢；如果你是蜥蜴的尾巴，跳一阵后便是死寂。这是人世的悲哀。但是如果你是春天的话，在你走到的地方就永远有花朵。这也确实是我的一个经验，有一年我绕着地球旅行，恰好整个行进在春天里，我忽然发现没有冬天，没有死亡。

为什么没有冬天，没有死亡？因为你不是花，也不是草，不是任何停留不动的形式，不是一个固执，而是“无所住处是真心”的这个“真心”。如果是这样的话，如果以这样的“真心”来看待你描述的这个世界的话，这个现代的诗人就没有了你说的问题。

人可以来，也可以走；这就是我说的“一切来自冥冥还将归于冥冥”。而在这之间，我们“有一段有花有树的生活”。

18

有的是概念上的完美主义者，有的则是本性中有着对完美的绝对要求的这样的一种完美主义者。

对于美和希望，终究会离开我们，我一直存有大的困惑，这折磨了我可以说很多年——就是浮士德所面临的，他说真美啊，你留下来吧！这时一切就消失了。

这的确是一个折磨人的问题：爱情过去，我们剩下了婚姻；革命过去，我们剩下了政治；诗过去了之后，我们剩下的是诗坛……一个精神的创造力过去了的时候，剩下的可以说是一具尸骸。那么这个时候怎么办？这使我痛苦了很长的时间。

后来中国自身的血液流动中那永恒闪动的光辉给了我很好的安慰，像《春江花月夜》中的“鸿雁长飞光不度，鱼龙潜跃水成文”，鸟在月光中飞，一直在飞，又一直在月光里；为什么它不会飞离月光呢？因为它是飞着的鸟，也是照耀着鸟的月光；这里月光是最重要的。

中国的审美你可以看得出来，它是一种观照，没有西方的“我是什么”、“人是什么”这样严重的问题。

个人并不是重要的。一个人在失去灵感的时候，它是泥土，他们承认他们是行尸走肉、是昆虫、是《金瓶梅》描述的那个东西；而一个人获得领悟的时候，他一瞬间便成为天空，他如天观世，看着由自己创造和毁灭的那些花朵。

19

其实症结就在“真美呵，你留下来吧”，老子说的那个“执者失之”——你去摘玫瑰，你摘到了，它的香气也就散了；没有办法能够保留这个香气。可是如果你只是看这枝玫瑰，你就可以和它的香气在一起。

用手去取是一个很孩子气的行为，也是一个强盗的行为，你为什么要占有这个东西呢?

我们经常把诗人归入诗坛或者文化史，把有生命的东西归入无生命的世界。庄子说过一个寓言：一只乌龟在泥里爬，摇它的尾巴，这时候人们要把它变成一个乌龟壳放入神殿。乌龟说，我情愿在泥里爬活着，我不情愿去神殿死着。这也说明了生命创造和文化收藏的关系，乌龟和博物馆、诗人和文化史的关系。我觉得如果一个诗人仅仅是为了文化史或者诗坛写诗的话，那么他便是可怜到了、也空虚到了乌龟壳的程度了。

20

我觉得诗的语言和文字是一种生命的现象，并不认为是与创作主体并存的另个生命过程。

现在人们对语言和文字有一种特殊的研究兴趣，那么我们也不妨谈谈语言和文字。

我们知道文字产生于语言，语言产生于人的需要，需要不妨分为两种。一种是功用的需要，比如需要集合起来去打野兽，这时使用语言，是为了让每个参与者知道，于何时何地怎么去打野兽；这时的语言特点或叫对语言的要求，是语义的共性，你得让不管一百还是一千个人听，意思仍然只有一个。另一种是人的感情上的需要，需要表达需要发声，喜怒哀乐，因为爱而歌唱，“嚶其鸣矣，求其友声”，这时的语言不考虑功用，只是真切心情的流露，处在自然状态，也就会是最为个人化的，更具独创性的。

语言从诞生始，因为人的不同的需要就具有了这两种互不相干的性质，那么成为文字之后，依旧保持着这两种尽管时时相互交错，却又泾渭分明的性质。其功用性服从于功用，要求指向明确，含义固定，没有歧解空间。而文字的自然性依旧提供着无限的表达可能，应和着表达，文字的含义则有着无限的扩展空间——歌声飞向天空像鸟一样，它任意飞翔，任意鸣叫，可以完全没有规章。

猎人的枪指着这只鸟，瞄准，为的是打下这只鸟，吃掉或者卖掉，这是功用语言；而鸟要的是飞翔的愉快，则是自然的语言。在诗歌艺术……

21

呵，我说的就是这个问题，对不起，我会回到这个问题上来。[10]

由语言的起源可见，不同的需要一直令语言持有两种功能，一种是表达式的，一种是功用式的，人可以通过语言的这两种功能达到其非语言的现实目的。表达也往往是有目的的，但毕竟表达是表达，目的是目的；为了目的的表达也就不可能保持表达的纯洁，而纯洁的表达是不会去为目的服务的。表达中的目的性强弱，也就决定了功用式语言侵入的可能程度的强弱。

在诗歌艺术中间，这种冲撞尤其强烈。语言，它被政治使用过，被商人使用过，被作家和情人使用过，一经使用，就被固定，而具有了或加强

[10] 访者打断并提醒作者他的问题是：作者在《我不能想得太多》中说：“我知道活的秘密，就笑了。我把多出的水，洒在字里，字就开始生根开花。”那么说“字”也有它的一个独立于创作者之外的生命过程？

了功用性质。一首诗的出现，它无疑会抗拒这样的语言；——“清水出芙蓉，天然去雕饰”，“一语天然万古新”呵——天然的语言是最单纯的语言，却是抄袭不到的，因为它是只用一次的语言，对于在语言的世俗中混迹久了的人来说，天然已变得陌生和困难，求“新奇”而不得，只能是“鲁叟谈五经，白发死章句”了。

我说“关掉世界的声音”，也是关掉被一再使用的语言的声音，让我回复自然状态，也只有这时，单纯的与你生命同律的自然声音才会让你听见，唯有这个声音才是你的语言。它是新鲜的，因而充满生机，它是自然的，因而不含一丝欺骗。但是也正因为它是最初的，还没有受到任何“功用”污染的，它便不会是符合任何既成规范的，也不可以任何规范要求的。慧能说：“心行转法华，不行法华转；心正转法华，心邪法华转；开佛知见转法华，开众知见法华转。”诗人并不围绕文字，而是文字围绕着诗人，诗人是创造文字律法的人，不是遵守文字律法的人。

语言的两种功能的冲突在我的下意识里，有时是很激烈的，比如《滴的里滴》就是一场这样的混战——有名有位的二十八宿要抓住来自花果山的孙悟空，于是一个活的精灵和一个既定的世界发生冲突，生命、精神和这个世界冲突，世界竭力将生命判为幽灵，判为乌有，但生命一旦出现，便像魔鬼样灵动多变，也像上帝一样，使文字和生活的既定意义土崩瓦解、丧失殆尽。

“滴的里滴”像一个危险的声音来到我心里，它产生出恐惧，也产生了自由时刻的兴奋，我努力保持常态，大声说了声“叶子”！接着所预兆着的那个声音不可避免地出现了——“滴……”；这个声音的出现使所有的文字意象都脱离了常轨：“鱼把树带到空中”，开始跳舞；这是个熟悉而陌生的声音，它在我的感觉中继续行进、发展，扩大成“滴的里滴”，直到恐惧和冲突都放出光芒，树开始冒烟，世界变异：“机器露出水晶鼻子”，“脚”含着暗示“伸向对方”……在这一切过去之后，混乱慢慢远离我，水开始下落，车站显露，“滴——”的声音逐渐疲倦，毁灭趋于完成，一切似乎进入虚茫的衰败，这时另一个声音如期出现："整个下午都是风季"，世界骤然缩小，我听见它还在说一件事——盘子，关于盘子……这时"滴……"的声音转化成了一滴水，它获得了自己的安慰，一个精灵获得了它的形体，而它又始终保持着精灵的微笑："你是水池中唯一跃出的水滴"——它不属于世界，不属于那个装着封条的玻璃瓶子，它在世界上行走，它也是那扇天外的门，在轻轻摇晃……

就是这样，生命获得了它失去的形式，它用最初的方式表达了自己的感受，破坏和创造了语言——文字既有的文化状态，使我们明白了生命所在——"别有天地非人间"。

这就是语言和文字的生命现象，它在我们的生命过程中时时充满生机，给我们的生命以启示、以映照，而它又是我们生命的一部分，是我们生命的创造，它的生命现象也正是我们的生命之为生命的显示。这就是我说的精神到来，生命之水漾溢出来，"洒在字里"，"字就开始生根开花"的含义，而且也只有在这时"字"才会"生根开花"。

22

他们[11]中间有种虔诚，哪怕出现非常嬉皮的感觉也还是在一种虔诚里，这跟他们的宗教传统有关系。中国人做事原本就带有很大分量的玩儿的性质，这中间当然也不乏潇洒，但是是不是那么认真就难说了。中国是真亦假来假亦真，只要越出了孔子的礼，就没什么标准了，就凭个人的秉性、爱好了。

一个诗人做诗评论只能说是涉及了更多的领域而已，作为创作过程，依旧是单一的。

你说的诗人评论，也可以看作他们的能量超过了写诗这个形式，也就是说仅仅是写诗这个形式并不足以表现他，他还需要另外的领域，开始另外的创作。他们是孙悟空，又是如来佛，孙悟空翻跟斗是一种能力，如来

[11] 接访者话，"他们"指西方一些亦进行诗评论的诗人。

佛看翻跟斗是又一种能力，而他们具有两种能力。

23

很难这样说[12]，我们很难说两朵花比一朵花更接近春天。

其实单就文学创作来讲，本身就会是一个在其中又在其外的过程。王国维也说你在其中可以感，在其外可以看。《红楼梦》既是具体的生活过程，又是看破生活虚幻的过程。《哈姆雷特》也一样，它既清楚地看到人在世界的骚动中遭受当然的折磨，又同时在其中困惑：到底是生还是死……做诗批评和写诗，都是可能同时感受在其中和在其外的。

24

我不是说哈姆雷特的处境和诗人有什么关系，我是说，在其中的感觉和在其外的观看——一个写诗的过程，也可以同时是一个审视的过程；一个创作的过程也可以是一个同一的审美的过程。就如同鸟在光里飞的同时，又看着这只鸟和光，这是更加自由的艺术境界。

梵高，他发疯了，他不看自己，他或者疯或者醒来，反正他不看自己，这是一种状态。但是像曹雪芹、莎士比亚这样的人，他创作，同时观看——你是花朵，同时你是春天；你是这个世界，同时你又是天空在看待这个世界……

如果人类还有神明的话，这是我相信的一个神明；中国叫悟性——观照，若月般升起的观照。

25

抛弃。就像你画完这张画儿，你就在画儿之外了。[13]

---

[12] 访者问能不能说同时做诗评论的诗人比单纯写诗的诗人高明。

[13] 访者此前谈及创作者完成其作品后，即被其作品“拒绝”。

26

他成了艺术创造的排泄物[14]。这就要问：你，到底是创造那个作品的“精神”，还是创造它的那个“人”。如果你是一个人的话，你将不断被抛弃；为什么？因为你的物质属性，因为你的观念属性。

27

我想说，是，如果诗人仅仅是导体，或者像你抱怨的“一个被抛弃物”的话，当春天离去，它枯萎了，你就同春天一点儿关系也没有了，你创作的一切，署上你的名字，也没用，跟你一点儿关系都没有。因为你是在它之外的，你是对此一无所感的。

而如果你确是创造本身，那个光明本身，那个“气”本身，那个“水”本身，这个精神到诗中间来，创造了这个作品，到读者那里去产生灵悟，又理解了这个作品，这是春天整个创造的事情，是她创造了君子兰和玫瑰，又是她的鸟在啄食这些花，是她的蜜蜂来采这些花蜜，这是整个春天的事情，是一个人的两只手，在做的一个事情；如果他是这样的话，就从来不会困惑，如果不是这样的话，他把自己的名字印在诗集上，想达到不朽，那他当然要陷到你说的尴尬境地中。诗人被神灵抛弃的时候，他不比任何一个人高尚。

我们说诗人，是说在那个创造瞬间他是诗人；平常他和所有的人是一样的。诗人不是一个身份。道理就在其中了。

28

要找出诗人和别人的不同之处的话，有一点，就是他有一种虔诚，他希望自己变得透明、通达，好让光能够清澈地通过；如果他是浑浊的话，光就通不过。让光通过他——这是他唯一能做的事。如同常说的自我拯救。

如果他想要把自己的名字印在一个东西上，以取得和上帝同等的地位

[14] 访者叹诗人想借助自己的语言创造达到不朽，却成了被自己“抛出的客体”的“排泄物”。

的话，他一下就变浑浊了，因为他有一个非诗的目的了。那么他就完了。

要说成为光明本身，那是不可求的，光明到来你是，走了就不是了，除非光明长时间地在你这里驻留。你做的其实只能是，让自己干净。

“真美呵，你留下来吧！”——也是一个象征。意欲占有的时候就背离了。那光就走了。

29

一种期待。[15] 这是难免的。而这时他能做的只是让自己干净，就是不期待。你守株它兔不来呵。这又跟悖论似的。但是就是个干净，爱干净这是起码的。兔来不来无所谓。这时你自己没准就是那兔子了。

30

通俗地说，就是功利性。而任何大功小名对于春天来说都没有必要。

现在我们讲的还都是泛论，还不是个体化的美的创造、感知。

泛论是有意思的：东方美感、西方美感；关于冥冥到来之前和之后的那两端……

31

是没法谈[16]，但是我们可以感觉到。在我们谈到“色即是空，空即是色”的时候，我们在说“色”的时候，可以感觉到“空”，说“空”的时候也包含了“色”；为什么人们不谈？未必是因为没感到，而是因为不愿有这个感觉。

32

你是说这个世界的所谓实际的事情呢？还是说未知的冥冥的事情呢？

[15] 访者此前说：诗人对诗有一种奉献。

[16] 访者此前说：那两端我们没法谈。

33

首先诗人与冥冥的沟通，并不必依靠语言文字。灵悟在任何时候，在任何部族，不论有文化的或是没有文化的，有文字的或是没有文字的，都可以发生。灵光一闪的时刻，就是所谓恍然大悟，有时候根本同文字、思想无关，也来不及发生关系，更谈不上通过文字或思想了，它是没有通过就达到了的。如果要说桥梁[17]的话，那也许可以作为他明悟而返回人间的桥梁。

这样的桥梁道路又有千万条，就像春天通过千万条树枝，千万朵花到来一样，科学、艺术、庙宇、宗教、一杯茶，乃至“庖丁解牛”，都可以是得道归返人间的道路，或者成为它浑然天成的表现场所。如果你认为这所有都是诗和诗人，那么我是同意你“只有诗人有这种特权”的说法的；如果只是把诗人作为获得了某种身份的人、垄断了某种文化表现形式的人来定义，我就不明白了——如何唯他可以看见通向冥冥的独木桥呢？

34

佛教的概念。[18]

35

颜色的“色”。

[17] 访者此前说只有诗人有这种特权，他们可以看见通往冥冥的独木桥，文字是他们达到未知的桥梁。

[18] 访者此前说想继续说一下“色象”，说歌德是对光和颜色进行分析的第一人，不知作者所说的“色象”是哪个概念？

作者答后访者几节简短问话如下（作者相应答话见本文对话第“35”“36”“37”“38”）：

——色，哪个色？（作者应答见“35”）

——象？（作者应答见“36”）

——这和你刚才说的歌德有什么关系？（指作者言“‘真美呵，你留下来吧！’”。作者应答见“37”）

——然后呢，当你发现这个色象之后呢？（作者应答见“38”）

36

气象的“象”。这个“色”是我们可见的一个现象。

37

歌德说：一切都是象征。

38

当你发现了这个色象——一般人认为，这个色象就是全部的世界了——而你看到这个色象只是一瞬间的显现，只是整个变幻中间的一个印象，这个时候，你便已经认识到了事物的本身，就是这个变幻，这个“空”的本身，平常的凡眼看不到的这个东西本身。

当你看见了这个印象表现了这个看不见的真实的舞蹈者的时候，这个时候，你也就成为舞蹈者的一部分了；而此前的你只属于那个幻象。我说的“合一”就是这个意思。

我们说拯救也罢，超度也罢，领悟也罢，都是一样，因为我们就是这个世界上的色象和象征；但同时我们认识到这一点之后，我们也就成为了舞蹈着的神灵的一部分，也就是说，那光通过我们开始写作。也就是你说的“桥梁”也可以吧 。文字成为显示明悟的桥梁，或者我们成为神灵通过留下文字的桥梁。

39

不是科学的[19]。这是一个最基本的佛教的概念。是说一切我们所能看见的，一切人所能感觉的东西，那么被称为“色”；而我们感觉不到的，却又是创造这一切“色”的那个事物，它被称为“空”。而这两者又是不可分的。这是个最基本的佛教的概念。

平时我们看见一只鸟，我们会想它是一只什么鸟，什么科的，或者可

---

⑲ 访者此前问作者所说的“色象”同歌德所说的“象征”有什么关系，是否科学的概念。

以吃？看见一棵树，我们也许会想可以做家具，或者看着漂亮，可以画成画儿；这个时候，我们是在用凡人的眼光看它们。这时佛教说：一切有象者皆非如来。就是一切的现象都不是生命的本质。“象”即为色象、象征，总之有形。你这样看它们时，你便是停留在“分别心”上。

但是后来你再看见一棵树时，你感到了生长的愉快，再看到一只鸟时，你感到了飞翔的愉快；这个时候，你就是跟它合一了。于是你就成了那个“空”。

当一切色象、象征成为你的时候，你就成为那个“空”了。那么“空”和“色”在这个意义上就合一了。

我们说佛教的最高境界即“空即色，色即空”。你达到了这一境界，即达到了“明自性”。这同道家的“天人合一”也有些相像。这就是整个事件的过程，也可以说是艺术创作的完成，也可以说是人的悟性的完成。

40

我说的是星星是天空的小洞，它透出了天外的光亮。诗人是有那么个性能，他可以让自己变得清澈。要不然就跟诗无缘，就不是诗人了。当然凡人都可以让自己清澈，是不是诗人本是无所谓的。

41

应该说和冥冥的交流，是不需要语言的。它只是一种契合，也可以说是一种灵悟，灵悟和冥冥的对应契合。并非文化形式的“心通八极”。只是在某一特殊情形下，灵悟才显示为一种新鲜的声音或文字。

我还要说那么在这种特殊情形下，文字它是在合一中的，完全消失了所谓它的运用者的。文字此刻即神，你此刻即神，神通过你显为文字也罢，神附体化作文字也罢，它不存在着任何面对文字的问题[20]。这在人间看来好像是一种扶乩或妖言，但我要说：诗的文字确实是神明留下的痕迹——妙

---

[20] 访者此前提及诗人面对文字的痛苦和绝望。

手天成；而不是人的任何知识修养所能创造的。

一个幼儿唱出了诗来：愿世界上永远有我，愿世界上永远有妈妈。一语中的。

42

昌邑县，东冢公社，火道村；取火的道路，在那可以找到火，“火道”。我觉得这些名字都很有象征意味。我在那里也找到了我的“火”。

43

我在去那儿之前，已经开始写一些小诗了，比如那首星星透出了天外的光亮，那是在北京写的。但是真正开始写是在火道村外的潍河边上，那时候最明白的一首诗叫《生命幻想曲》。

那首诗对我是重要的，从那一刻起，我知道了人的生命和万物的生命有一个共通，而那一共通无人知晓——当一只鸟沿着河岸飞走的时候，我就变成了它的幻影。

44

我曾和舒婷合出过一本诗选，没有各自署名。我和她的心性不同，但是我们曾在同一个季节里生长；我们之间有一个默契，也可以说是理解。至于说我诗里的意象是纯净的，阳光似是滤过的，我并不这样认为；当然，我也知道，冰在夏日是很容易溶化的，人们只能在冰箱里保存和制造冰块，因此他们不免推论，所有的冰都是制造出来的。

我们不用说地球的两极始终一片银白，就是在最热的非洲，也有乞力马扎罗这样的雪山；诗的生命是自由的，也是真实的，它是可以穿越小小的骚动的人世，归于江河之源的。庄子说：夏虫不可语冰。未免刻薄，但仍不失为一条思路。

45

这可以从两方面谈：一是从我的个人经历方面来谈，我们现在可以回到那个时代的感知中去；还有可以从中国文化史的角度来谈，因为中国文化的突变产生了“文化大革命”，这个事情对我说是个外部的影响。你觉得哪方面你更感兴趣呢？

46

中国没有童话。中国有个神话。为什么没有童话？因为中国到孔子时代时，便已经老了，已经知天命了，已经弄得有点儿清楚了，不再存在着幻想。中国的艺术是什么艺术？是非常明达地观照着这个世界的艺术，看世界自灭自生的这样一个艺术，然后从中找出一些有趣味的东西来。

当然这个艺术是非常可敬的。对于我来说，十三岁到一个荒滩上去，我真觉到了天道无情，大地茫茫。我记得第一天我走出村子去井边取水，四外都是白的，下了雪，正是元旦，什么都没有。

后来我在这片荒凉的天地中间走，天是圆的，地也是圆的，除了那几个村子以外，什么也没有；你在这样的天地间走动的时候，唯一的感觉是什么呢？是自己那么渺小，真是古时说的沧海一粟呵——这是中国人的血液给我的感觉。但同时呢，天地间只有你——天地为我独在。

后一个感觉在春天到来的时候，就慢慢地强了起来，在雪化了以后，花朵长出来，她们也是只看着我，因为天地间只有我，我看不见别人；那么多鸟飞来的时候真的就围绕着我落下来，像是惊喜大地上还有一个移动的生灵一样。它们对我热情地叫。大地为它们的到来和离去瞬时有如一张巨大的纸页一样，掀动了一下又合上，过去世界的声音，北京城留给我的声音，静止了，消失了，这时候我听到了另外的声音——万物在轻柔地对话……

我割草割破了手的时候，感觉到的不是疼痛，感觉到的是血非常漂亮，一滴一滴地掉到草里；我沿着小路走回村子去，小路像蛇一样在草滩上游动，小花在路边看着我，含着泪水，这时候我想："野花／星星点点／像遗失的纽扣／撒在路边……"它们不像城里那些被人赞赏和精心照料的花，没人看它们、理睬它们；这些花，长在无情的天地之间，它们能等到的大约只是毁灭；但这时它们依旧满含泪水，全神贯注地看着我；我觉得我非常爱她们，我觉得我的诗就像她们一样，悄悄地开放在寂寞的人间……[21]

春天越来越强烈，就到了夏天，十四五岁的时候，我觉得生命亮起来，在夜里都是亮的，小公鸡在草垛上走来走去，太阳升起来的时候，河就被晒热了，我也被晒得漆黑，我在沙滩上躺下，风吹动沙子慢慢地盖过来，这时我看到一只白色的鸟，它在空中也合上眼睛在睡觉，它滑向水面的时候，突然惊醒，又振翅飞回到天上；这时我感到，天空一层一层地打开了，它一下飞进了无限——有生以来我的所有困惑、痛苦、恐惧，这时无影无踪，你所感到的是树在响，是你的手在哗哗摇动，水推撞河岸，是你的手在抚摸你的膝盖，白云起伏，是你的生命升起来，于是我就写下了这个《生命幻想曲》。要不然我说这首诗对于我的生命是重要的呢，像这样的句子：没有目的／在蓝天中荡漾／让阳光的瀑布／洗黑我的皮肤——我觉得自己完全进入到了这个无限里边。从这开始，我就真正地爱上了诗歌，走上了这条道路。

当然我后来又走了很多弯路，我相信人，我想对人说话。在对人说话的时候，我遭遇了一个困惑，就是我必须遵守说话的规则，要不然你要被笑话，没人在意你说话的心意。这个困难和十七岁一起到来，和城市一起到来，使我的生命发生了混乱；我不得不用唯物论来支持自己、否定自己。所以有一个阶段，我的社会性是非常强的。

再写自己，已经是七九年以后的事了。那时革命过去，我重又感到世界的虚幻。我把现代形式、爱情、童年未实现的愿望混在一起，我写："早晨来了／快爬到树上去"[22]——我那时是喜欢童话，很喜欢《小王子》里的

---

[21] 参看361页作者当时写在他的写诗小本上的这首诗。

[22] 句出《初夏》。作者写于1982年2月。

一句话："大人都是很笨的，他们什么都不懂。"

47

我的童年是非常寂寞的，一点儿不是美好的，但是在那个瞬间，我知道了什么是美好的，什么是我。

48

我有一点补充，我的所谓童话，并非完全生自自然状态。实际上它源自"文化革命"给我造成的恐惧。我说"天道无情"这种感觉，不光是我走在荒滩上感到的，在北京的时候就感到了；我的寂寞感在北京的时候比我在荒滩上还要强。

另外我很小时突然感到了死亡的空虚，人死了就要变成灰烬被涂在墙上，这是我五岁时的一个感觉，最重要的感觉就是我是要死的，我必死；这种无可奈何的宿命的恐惧感觉一直跟随着我，使一切都变得毫无意义，上学，从一年级升到六年级毫无意义，有知识毫无意义，干什么呢？唯一能做的是找一点儿好玩儿的事情。我喜欢童话的另个原因，跟那种空虚的压迫是有关系的，我的自性由于恐惧而收缩，由于童话而解放，这也是那个童话世界里，不仅有鱼有鸟，而且也有那么多坟墓的原因吧。这又到了哲学，哲学也是在不断受挫受伤之下又害怕接着受挫受伤而产生的不失本性的一个解。哲学融会在任何地方，也融会在童话里。

当然童话对我的另重安慰是对付外部世界的，就是最简单的，就是你说的，这个世界不好，我们再造一个。最明显的就是"文化革命"的时候，你无处可藏，你也无能为力，这时童话就是你的心愿和去处了。

49

我是真正地大吃一惊。[23]

---

[23] 访者此前说：每个人的童年对死亡都是非常恐惧的。

50

火道村的荒凉，是那个白茫茫大地好干净的荒凉；而我上那个岛，我走进的却是一片茂密的树林，可以说有点儿原始树林的样子。树生长了几十年倒下来，自己死了，非常多。我跨过那些树，就到了山顶，看出去是一层一层的天和一层一层的海。

这对于我来说好像是找到了归宿。我曾多次寻找家，无论是爱情，无论是革命，无论是山东的火道村，但这一次我真有了一种到家的感觉。古藤飞鸟，大树鲜花，我开始打石头、种地、养鸡，忙了四年。

后来我明白了一点，就是自然不是树林，自然是你的心。心是自然的，而思想可以是自然的，更多的时候是不自然的。

你一天天打石头，把石头撬下来，打碎；当你的钢钎和石头相碰迸出火花时，天就黑了；这时候走下山来你很疲倦，开始烧火，把锯好的木头放在灶边上烘干，扔进灶里，然后做一顿晚饭，之后睡觉。你也许思想了，但是忘了。

你累得浑身麻木地从梦中醒来，又和夜里的跳蚤、老鼠、蚊子继续做一个游戏和斗争。实际上自然生活中，直接就有个它吃你和你吃它的问题。当我这样总结的时候，也还是自然的，但一旦将它固定下来当作真理，那就不自然了。

除了不得已解决这些生计问题之外，我承认我在岛上的几年生活是属于我自己的真实的生活。空气非常干净，没有人使用我的语言，也没有人向我指出事情的方向。这个时候我发现了什么是命运，命运就是你的本性，你不可改变的选择，那个在你的血液里始终控制着你的东西。我到现在也不能解释我为什么要拦住所有我地里的水，我修墙拦它，为什么我要把每一片树叶都留在地里，要将土地变黑、变肥沃，仅仅是为了种植吗？好像不是。

也许因为我对土地有一个责任，我同它有一个关系，在这个对人世来

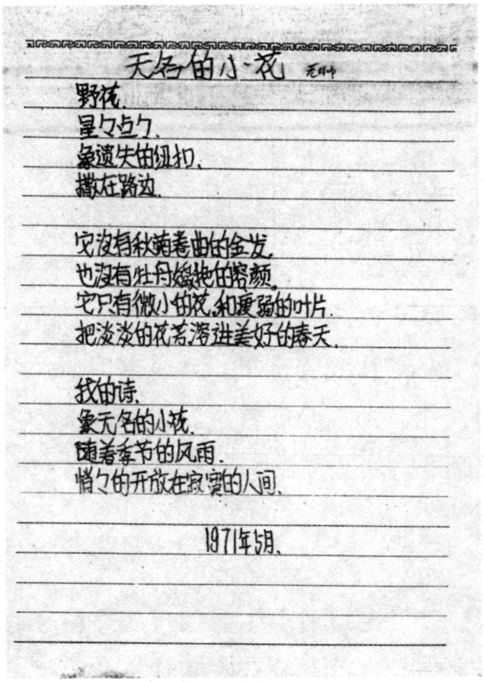

无名的小花

野花，
星々点々，
象遗失的纽扣，
撒在路边。

它没有秋菊卷曲的金发，
也没有牡丹娇艳的容颜，
它只有微小的花，和瘦弱的叶片，
把淡淡的花香溶进美好的春天。

我的诗，
象无名的小花，
随着季节的风雨，
悄々的开放在寂寞的人间。

1971年5月。

我割草割破了手的时候，感觉到的不是疼痛，感觉到的是血非常漂亮，一滴一滴地掉到草里；我沿着小路走回村子去，小路像蛇一样在草滩上游动，小花在路边看着我，含着泪水，这时候我想：『野花／星星点点／像遗失的纽扣／撒在路边……』……我觉得我的诗就像她们一样，悄悄地开放在寂寞的人间……

——作者1971年5月一次割草回家之后写到他的本子上的诗《无名的小花》。1969年12月至1973年底他落户在火道村。

说毫无意义的事情中，我获得了一种依靠，我好像成了土地的一部分。我和树林交换呼吸和养分，我拿了它的，就必要还它，阳光和水通过它们到我的身体里来，又回归，这样的生命感受很充分。这是其一。

在我与天奋斗，与地奋斗之中，我把我的身体扔了出去，我的思想得到休息，同时也得到了另一个解放，就是对生命的这种处境我可以看了。我可以看自己在垒墙、搬石头，看自己在自己命运的掌心里翻跟头，照《西游记》的描述是翻得如同风车一般。一直到现在我又回到欧洲，回到世界中来，我都同时也在看。这次我安宁了，一点也不烦，无论是在伦敦还是在柏林。我知道这是一个宿命，我欣赏它。人不必选择生也不必选择死，他只须依照自己的天命走完自己的道路。

51

是这样的，我到新西兰以后的生活像是照片翻成底片，底片翻成照片那样，整翻了个个儿。我在那儿睁开眼睛就是一重重山，一重重海，就是树、草、石头这些最简单的东西，也许用十五个词就可以把周围的一切说尽了。可是我一闭上眼睛，就站到了北京的街上。这时我的现实生活好像是梦，而我的梦却是我铭心刻骨的现实生活。就是醒在梦里，睡入现实。它们一日一夜分离得清清楚楚，成为完全不相干的由冥冥抵达我的两个波段。

我于是写两种东西。一种东西是我醒在梦里的，比如像"满山满树都是叶子／再一看是花／再一看又是叶子／你美丽像手指／有点不好意思"这样的句子，或者"你给我看苹果／在花开的时候／远远地看／只有这一片是红的／十五只鸟在路上飞／飞过／飞不走了"，这样意象简单、明朗、清澈的，呈现洁净又感动的心境的诗。还有就是梦进中国的，关于现实的那样的句子。

我忽然站在北京一个我熟悉又不认识的地方，这时我想我那么多年到哪里去了？想也想不起来。

我知道我很大了，可又回到小学的教室里，看见同学坐在我的周围，我也坐下来，同学还是原来的样子，而我很大了，我干什么去了？好像旷了很多的课，坐在那儿有些惶然和不好意思，也不敢问，这是个奇怪的感觉。

又在北京了，好像已经死过了，是个魂灵还是确有知觉呢？在哪里生活过？记忆好像被洗掉了，可事情还应该留在哪里，却也是找不到了似的。这中间有一个小小的误差，你弄不清毛病出在什么地方——原来的生活一切如故，你有时不能不怀疑，这一切是安排好的，而中间有一件事，想不起来了。

我在梦里想这件事，醒来看，我在半夜会不开灯不睁眼睛在纸上记下梦里的字、声音或是景象，醒来看，再抄录下来。后来我把其中的一些列在一起，成了组诗《城》。这“城”是我的名字也是北京，这里包括了我的死亡，也包括了我的观看。

说生活地点的改变对我有影响的话，就是这么一个“翻拍”，其实一点儿影响也没有。我无论在什么地方，我真真切切地，只是跟我的宿命有一个关系，只是同它在做一个斗争。我的生命内部有一个很大的力量，我必须把它克服掉，以获得一个平静，一个平衡，以便让我能做我自己的事情。我是个非常极端的人，我总是试图把我的这种极端变成一个和谐的东西，我在跟这种极端作斗争。

52

我想咱们一个一个问题谈。你同时给我的问题太多，我就忘了。

第一个问题你是说有没有危机感？

我说一点儿都没有。为什么没有？因为我可以不写诗，我可以种二十回萝卜，直到生命结束；这跟写诗一样，可以是非常愉快的。

我写诗，更像是土地的现象，而不是人的现象；我欣悦诗的生长，也接受它的灭亡，接受灭亡之后的无限生机。所以我对历史、对文学的责任感就有些淡薄。我写过十几本诗，大部分没有发表，我也没有危机感，我的小孩儿跑来跑去，拿去扔进火里，也是个自然现象。

53

我换了一个地方以后，我把我自己解放出来了，也就是说我不再受任何干扰了，这时候就没有危机可言了。因为我可以完全直接、自由地面对生命本身了。

我说把“世界的声音关掉”，是说我去掉了一个噪音；不通英语，对我来说反是一个便利，不是不听，是听也不懂，于是自动就不听了。我在那儿可以谈《红楼梦》、唐诗，也可以种萝卜；有的书在中国是读不到的，我也可以读；我对文学和历史都无恶意，我欣赏它们，尊重它们，但并不遵守它们。所以还是那句话，一点儿危机感都没有。

54

好像都不是。[24]

55

我最早写诗是因为鸟对我说了话，花看见了我。这个显然是没什么社会的因素的。那么我到岛上，这一点既没增加也没减少，这是使我愉快的。

再有你说写诗没有读者，就等于这个诗的生命不能得以完成，那么这就不是我的事情了；我刚说了写诗如同生娃娃，对于诗人来说，重要的是写，是孕育和生产的这个过程，至于生下来以后是去“上山下乡”了还是“五子登科”了，我就随其自然了；生灭有命；过去我从北京到山东农村是这样，现在我从中国到新西兰也是这样。

---

[24] 访者此前问是“自我放逐”还是“被人放逐”。

56

我以为诗人的年龄可以是变化不定的，可以早上五十岁，晚上五岁，也可以在第二天颠倒过来。生命有自己的季节，并不受外部时间的影响。这也是艺术的美丽超越了人世兴亡的道理所在。

至于说到语言意象，常用的汉字只有几千个，在不同情境下，它们的指向可以完全不同。《道德经》一个“道”字每使用一次，几乎内涵就有一次不同，比起现在一开篇就是好多的批评术语要简练多了，可含义之深广却不是现代批评能够企及的。这是汉字本身“不变”的变化，也是它最为广阔优美的特性。

至于我，我过去使用的意象也并非都是花鸟虫鱼，八一年开始写的布林组诗几乎无花无草；许多无花无草的诗只不过不能发表罢了。

再有，我并不喜欢选择意象，它在梦寐里到来，在我心里出现，它是什么便是什么，我不妄加更换。意象明暗皆是我的心境。我所要的就是这种自然。或进天堂，或进天国，或下地狱，或在人间恍惚，都是我的时间。

语言，你不管它，它自会变化，有时连我自己都会吃惊；如八五年那个声音意象“滴的里滴”的出现，就让我非常惊讶；“甝有个尚大的祖国”[25]中“甝”的出现，对我是全然新鲜又陌生的，我并不记得它，并不认识它。一个活的东西的隐没是不可能予以摆布的，变化永远如期到来。因此说到语言意象，我没有找过，也没有这方面的危机感。

57

这个问题我刚才已经回答了。《道德经》“道”字之变幻、“花鸟虫鱼”印象之由来，再让我说我只能来回说了。我可以说前所未有的才是久已存在的，我可以说久已存在的又是前所未有的；孙悟空翻跟斗、玫瑰花开放，表现的都是同一生机，其美丽就在于可不变亦可万变，皆为本性使然，而

[25] 句见作者写于1991年7月的诗《倚天》。诗可见《诗歌卷》下册。

非时装表演。

58

首先我提出我的看法，我反对使用语言。人有什么样的目的就有什么样的逻辑，你一定要写一首诗的时候你才面对语言。而语言自己到来的时候，你做的只是把它记录下来。灵悟到来的时候，它创造语言。

当然有时候你会碰到一些麻烦，比如我听到一个声音，在梦里——“你是一个暴行，有电的金属兰若”——“兰若”，我后来查到了这个词，它既是花名，又指寺庙；这个时候不是我确定了这个词，而是这个词到我这里来教我认识它。我原样留下这个句子，至于它有没有道理，我不以为是我可以准确回答的；我相信冥冥的震动产生万物的声音，只要在产生的一刹那是合适的，它就必有非如此不可的奥妙。

在这个意义上，我相信文章天成，人只是妙手偶得之而已；也正是在这个意义上，我说我反对使用语言。人如果不是非写诗不可的时候，你为什么要写呢？不写当然也就不用使用语言了。而到你非写不可的时候，即是语言到来的时候，哪里还有“使用”的问题呢？

要是确有强大的能量到你的生命中来，等待一个释放的形式，而语言并没有伴随而来，那就说明写诗未必是适合的形式了，也许是搬石头、种地，或者围地球绕圈儿。我们岛上很多人就是这样，有一个人坐帆船绕地球转了一圈，这是他的表达个人、平衡生命能量的方式。

写诗是人与灵的事，而非人与人的事；所以在这点上“使用语言”和“面对语言”的提法对我是没意义的。当然我早期使用过语言，在写抒情诗的时候，写《我是一个任性的孩子》的时候，特别是我对人说话的时候，我考虑到语言；那是因为我感到人是有灵的，可以用语言穿过人达到，而使人在灵下醒来。但是在我认识到灵是灵，人是人，人未必需要灵，未必需要为灵照耀的时候，我就只在意与灵相通，而不奢望与人相通了，也就是说我没有了面对人的苦恼了，我也就不存在使用语言的问题了。语言于我是自生的，像树叶一样。

59

现在看来我很像是死了的人。我不知道什么是死亡，所以死亡是没有的。我又好像死过了，可以往前推想。这都是玄理。谁也不知道死亡究竟是什么，那么在这个意义上，死亡是一个概念；也就是说死亡只是我们对死亡的一个想法，如果你没有了这个想法死亡也就没有了。

60

当人们“忘记了死亡和爱情的时候”[26]，会表现为两种状况。一个呢，你开始觉得这个事情——死亡和爱情——已经是跟你没有关系的另个过程了，这时你即临近冥冥；还有一种状态，他陷入到麻木的物化中了。这两种境界好像差不多，和光同尘也罢，行尸走肉也好，都是个无动于衷，形式近似。但实际上是不同的。

我们可以知道不同在哪里。我们来到世界上，获得身体和感知，这是一个外化的东西；但对于一般人来说，这又是唯一的东西，他的世界赖此存在。所以你拿枪对着他的身体，一般来说他是不同意的。但对于另外一些人来说，如果命运到这一步，它也是自然的，就像秋天来了，春天来了，它也是个自然过程一样；而这种接受的态度实质却是一种主动的选择。

生和死在一念之间，曾经对于我的重要，在于处于主动状态——你是活着的。写诗的时候，灵悟的时候，万象皆新，无所不在，你是活着的；不写诗的时候，则一片沉闷，基本处于死的状态。这是一个可怕的对比。那时我只接受生不接受死。

慢慢变了——我活的时候，我可以变化多端做一切事情，做鱼做鸟，做人，说话；我死了的时候，我像泥土一样安静。这是整个同一的过程，我想它需要休息，变得干净，就像树林里落满雪。真有死亡的话，恐怕也是这样一回事情。

我到过中国东北，那儿有冬天；春天来的时候，所有的树、所有的花

---

[26] 语见《我不能想得太多》。访者此前问“在人忘记了死亡和爱情的时候”将是什么状况。

都格外新鲜。可是在新西兰没有冬天，它所有的树一直绿着，绿到后来很疲倦。我想如果有死亡的话，这便是它的意义所在。死亡好像一个季节，让万物得到休息。

61

我那个《滴的里滴》说："门开着门在轻轻地摇晃"——"整个下午都是风季"——"你是水池中唯一跃出的水滴"——老子说嘛，人在这个世界上充满了恐惧，是因为有一个身体，所以"及我无身，何患之有"？佛教的"空"和"解脱"和这个都有关系。我觉得到这只是一个开始，从这以后呢，你可以开始你真正的生活了。

你可以在这个世界上做一切你喜欢做的事情，而这种活泼自在不是源自对人世的绝望，不是放纵、发泄和破坏，那是十分自然的一个生活，像是孔子说的"随心所欲不逾矩"。"矩"是内心律法，因此"随心所欲"也就是它的"矩"；你进入完全的自由，也就是不再选择。就是这样一种如是的生活——红豆生南国，春来发几枝——这样的，十分自然的，最为简单的，完全是你自己的真实生活。

62

不是，倒不如说是描述纯生命过程，或者纯生命体验。也可以看成是个人生观。[27]

63

也是一样。[28]

---

[27] 访者此前问：是不是以此描述死亡的过程？

[28] 此前简短对话：访者：生命和死亡的矛盾……／作者：这个矛盾已经解决了。／访者：已经解决了？／作者：解决了。人是／访者（断）：当人忘了死亡以后，是一种更高的境界？／作者：是一种会是很好的生活吧。纯生命的生活。或者无生命的生活。／访者：但是当人忘记了爱情的时候会是什么样？

可要是不忘记，就是不忘记死亡或者爱情的话，两者就不那么一样了——死亡会是时刻在那儿的，而爱情却是像灵感一样，从来不是我们所能把握、控制的。它是冥冥创造的一个花朵，一个错乱，在人间体现为一个妄想；当它不被忘记的时候，你就难免陷在这个妄想里，我只能说它是一个美丽而危险的事情。

64

爱情于人世间是虚妄的，但同时于生命中又是最真实的。它的到来让你感到生死的真切。我喜欢这种感觉，它到来的时候，什么问题都少了。

65

听天由命。[29]你人死不死都无所谓了，诗死不死又有什么关系呢？汉字这么麻烦，又这么漂亮，这就已经积累了它的灭亡的因素了。它有它的命运啊！而且严格地说，一切有生，一切必有死，你不接受也不得不接受。

不接受的结果不过是你吓得要死，恨得要命，把现在的好日子都给糟蹋了，于结果又有什么关系呢？所以你看，人又抓不住现在，又在设想明天，又是恐惧，又对过去追忆，又忙于记录，要捕捉、交待什么，这是一种没落的文化心态。一只鸟在跳的时候，从这块石头跳到那块石头，才不想那么许许多多。写诗也是这样，写一行，走一行最好，如果跟出来许许多多并行的句子，那就坏了，都是杂念吧。

人在失去了生命和光明的支持以后，他不知道该怎么办好，他不得不为自己想出一千种办法，而这一千种办法都不能帮助他。

66

我怎么说呢？我正像跟你说的，一进梦就回北京了，不用买飞机票，也不用签证，一闭眼睛不就回去了吗？而且我感觉我是一个中国人，我永

[29] 访者此前问：能不能接受文学的死亡？

远不会变成其他的人，我可能变成一个猪，或者一条鱼，但是变成一个西洋人，恐怕是这辈子没有什么希望了。

67

我心目中的中国，是“鸿雁长飞光不度，鱼龙潜跃水成文”的中国，是“红豆生南国，春来发几枝”的中国，这是我喜欢的中国。《红楼梦》的清洁、独断、自在的女儿性，这一女儿性和中国的自然、光明的佛性的重合，中国哲学至《红楼梦》显现为这么一种清净的女儿性情，东方的美丽真是达到了美的极至。对于我来说，这是中国，她给我生命，她让我感到生命，她的光和水通过我，让万物充满生机。

如果中国就是一个渴望变成美国的东西，中国就是一个大吃大喝，就是一个试图模仿西方建立他们的制度的这么一个大机器，那可以说它跟西方一样，和我距离遥远。这时我要重复我十五岁写在《生命幻想曲》中的一句话：“世界与我无关”。这个“我”既不是顾城，也不是我的皮肤、身体，是那个跟冥冥相通的从那里来还要回到那里去的呼吸、水，和精神；这时恰如你对一片月光说，你属于什么，那便是十分可笑的。

68

中国对我来说从来不是符号。作为一个精神的遗传、精神的生理，或者就说成“生活经历”来讲，它跟我息息相关。比如说北京出现了……它对于我就是一个生理刺激，致使我不能不做出反应。但同时我知道我的反应于现实是毫无意义的，同那个“月光”是没有关系的。我会参加革命，但不会参加政治。

69

我是希望中国有希望的。这是我要说的话。但是呢，我也知道这个希望所要求付出的代价。比如我们都说甘地的和平主义，甘地的和平主义不

……如果你时时想起我们是一个，你在这个世界上所有的旅程就都变得从容、有趣了。

……但同时呢，天地间只有你——天地为我独在。

……人不必选择生也不必选择死，他只须依照自己的天命走完自己的道路。

……我对文学和历史都无恶意，我欣赏它们，尊重它们，但并不遵守它们。

……我相信冥冥的震动产生万物的声音，只要在产生的一刹那是合适的，它就必有非如此不可的奥妙。

……语言于我是自生的，像树叶一样。

——图画于 1992 年柏林

光是坐在那儿绝食，也不光是坐牢，甘地他出身上等阶级，是受过英国教育的律师，但是他在种姓制度严明的印度土地上，像个贱民一样光着头，然后从这个村子走到那村子，他自己劳动，养羊、纺线，当他成为最普通的印度人的时候，印度人跟随他。他有自己的信仰，人们也总结了他的理论所谓和平主义，但并不是仅仅因为这一美妙的理论，或者以西方的角度审视为他做出的那些结论，而是因为他的心和人民的心成为了同一个，这时候人民出现了。人民，说实在的，听话听多了，特别是中国人，有那么长的历史。说起毛泽东，早期革命的时候，穿的是布衣，他们可以给老乡挑水，跟人民吃一样的东西，不管这是幻象还是整个历史对人类理想的一个嘲笑，但是这么大的事情，这种心的力量，是由这些最基本的一个个现象表现出来的；可以说，他们是从那做起的；如果人民吃不上整顿饭，你也就吃半碗饭的话，人民是会跟随你的。……所以在这一点上，我是信仰人格的力量的。所以说你是不是付这个代价，决定了你是不是能做这个事情。我们可以看到早期的共产党人有留日的，有留法的，留英留俄的，他们大多本身就是地主子弟，他们本可以过一种吃喝玩乐或者人上人的生活，可是他们走上了推翻自己的阶级的道路，那个时候是杀十个剩一个，可这一个还会上，这个还比较容易，但是在你可以做人上人时，你还做一个人下人，这就是最最不容易的，最体现人格力量的了。……

1992 年 6 月 7 日　伦敦